KB096196

염무웅 평론집

문학과 시대현실

문학과 시대현실

초판 1쇄 발행 / 2010년 12월 6일

지은이 / 염무웅
펴낸이 / 고세현
책임편집 / 황혜숙
펴낸곳 / (주)창비
등록 / 1986년 8월 5일 제85호
주소 / 413-756 경기도 파주시 교하읍 문발리 513-11
전화 / 031-955-3333
팩시밀리 / 영업 031-955-3399 편집 031-955-3400
홈페이지 / www.changbi.com
전자우편 / literat@changbi.com
인쇄 / 한교원색

ⓒ 염무웅 2010
ISBN 978-89-364-6332-8 03810

염무웅 평론집

문학과 시대현실

창비

유신정권이 막바지에 이른 1979년 봄에 평론집을 묶으면서 나는 제목에 '민중시대'란 말을 붙인 바 있다. 군사독재의 압박으로 대학에서 쫓겨나 있던 암울한 시절이었는데, 그런 시대적 분위기에도 불구하고 내 주위의 벗들은 별로 주눅들어 있지 않았다. 아직 젊었기 때문인지 아니면 세상물정을 제대로 몰라서였는지, 은연중 '민중이 주인 되는 세상'이 오리라는 희망조차 품고 있었다. 지금 생각해보면 터무니없는 꿈이었지만, 당시에는 나도 그런 꿈에 젖어 책 제목을 그렇게 붙였다. 그런데 얼마 후 형식적인 민주화가 이루어지고 물리적 탄압의 강도가 줄어들어 세상은 좋아졌다. 그러나 세상이 좋아졌다지만 모든 사람에게 공평하게 좋아진 것이 아닐뿐더러 억압이 줄어든 빈자리를 차지한 것도 민중적 권리가 아니라는 사실이 차츰 드러났다. 오히려 1990년 전후의 세계사적 변화는 자본권력의 공세에 날개를 달아, 나라 안팎의 민중현실은 날로 더 팍팍해지기만 했다. 1995년 봄에 평론집을 내면서 '혼돈의 시대'라는 말을 제목에 붙인 것은 그런 씁쓸한 심정의 발로였다.

그로부터 15년의 세월이 지나 이제 다시 평론집을 묶으면서 어떤 제목을 붙일까 궁리해본다. 돌이켜보면 1995년 당시 문민정부의 대통령은 오스트레일리아를 방문하고 돌아온 직후 '세계화'를 국가목표로 제시하고 요란한 캠페인을 벌이기 시작했다. 세계의 동향에 밝은 분들은 이미 1990년대 초부터 지구화시대의 도래와 그 대응책에 관해 논의하고 있었다. 이를 계기로 이 나라의 여러 학술·사회 분야에서 진행된 민족담론의 퇴조와 신자유주의의 진군은 귀에 못이 박힐 만큼 반복학습된 시대적 의제가 되었고 일상을 압도하는 객관적 현실이 되었다. 그러니까 G20 정상회의로 요란을 떠는 오늘까지 '세계화'라는 번역어의 모태가 된 글로벌현실은 지난 20년 동안 지구질서를 장악했고 한국사회를 지배해왔다. 그런데 이제 신자유주의의 종말을 예고하는 징후가 세계 도처에서 분출하고 있음에도 한국의 표면적 현실은 요지부동이고 권력의 일방통행은 반성의 기미를 보이지 않는다.

이 시대의 지배적 관념과 나의 문학적 감각 사이에 괴리가 생긴다고 여겨질수록 나에게는 문학작품을 그것이 태어난 시대적 현실의 직접적 소산으로 읽는 것이 더 절실하게 느껴진다. 그렇다고 내가, 이 책을 세심하게 읽는 독자라면 동의하겠지만, 기계적 반영론의 지지자인 것은 아니다. 실상 내가 진정으로 관심을 갖고 해보고 싶은 일은 문학작품에 이룩된 독특한 성취를 그것의 역사적·현실적 근원과의 관계 속에서뿐만 아니라 그것 자체의 미학적 질서 속에서 해명하는 것이다. 물론 아무런 사심이나 선입견 없이, 어떤 선험적 이념의 지도에 매달림 없이, 형상화되어 있는 그대로의 작품 자체에 육박하고자 하는 것은 모든 비평가들의 한결같은 목표일 것이다. 한편으로 그것은 문학의 내적 질서에 최대한 몰입하는 감성의 행위이면서, 다른 한편 작품이 발딛고 있는 그 시대의 구체적인 현실에 객관적으로 접근하는 이성의 작업이다. 어느 면에서 그것은 세속적 이해를 초월하는 정신의 집중을 요구하는 동시에, 다른 면에서는 물질적 현실의 심층에 대한 일종의 법칙적 투시를 요구한다. 그러나 안고수비(眼

高手卑), 실제로 씌어진 글은 언제나 쓰고 싶었던 것에 미치지 못한다. 그것을 알면서도 평론집의 표제에는 내 비평적 사유의 단진자운동에 양축이 된 두 낱말을 앞세웠다.

평론집을 묶으려고 그동안 썼던 글을 모아보니, 기간이 긴 만큼 분량도 꽤 많다. 적잖이 덜어냈는데도 보다시피 부피가 제법 두툼하다. 모두 5부로 나누었는데, 제1부는 김광섭·임화·김팔봉부터 최하림·이성선 등 작고문인들을 다룬 글이고, 제2부는 고은·신경림·조태일 세 시인에 관해 논의한 글들이다. 제3부는 이시영·이동순을 비롯하여 주로 젊은 시인들의 세계를 살펴본 글을 모았고, 제4부는 김정한·송기숙 등을 중심으로 농민소설의 운명에 대해 생각을 정리한 글과 1995년 한 해에 활동한 이문구·오정희·송기원·이윤기·이균영·김향숙·최인석·윤대녕·이혜경·방현석 등의 작품을 통해 오늘의 한국소설계를 점검해본 글을 모았다. 제5부는 성격이 좀 잡다한데, 서평에 해당하는 글도 있고 짤막한 칼럼이 있는가 하면 독일문학 전공자라는 자신의 이력을 돌아봄으로써 한국에서 서양문학 연구의 정체성이 무엇인지 숙고해본 글도 있다.

교정을 보면서 다시 훑어보니 이 글 저 글에 내 개인적인 사연과 감상이 스며들어 있음을 알겠다. 내 딴에는 지난날의 경직된 자세에서 벗어나 좀더 진솔하게 독자에게 말을 걸려고 한 것인데, 의도했던 바와 달리 감상주의에 흐르거나 긴장의 해이를 낳았을지 모르겠다. 더 파고들 여지를 남긴 어정쩡한 글도 적지 않고, 부분적으로는 비슷한 내용이 되풀이된 곳도 있다. 그래도 나로서는 지난 15년 동안 부실한 건강을 딛고 평론가의 구실을 아예 그만두게 되는 사태를 이기기 위해 꽤나 노력해온 셈이다. 그런 나 자신에게 격려를 보낸다. 그리고 이런 나를 보살펴 다시 세상에 서도록 힘이 되어준 아내에게 감사한다. 27년 동안 영남대학교에 재직하면서 고락을 함께했던 대구의 동료·선후배 들을 끝내 잊지 못할 것이다.

어느새 노년에 가까워진 내 나이가 스스로도 믿어지지 않는다. 살아오는 동안 전통적 농경사회가 현대적 산업사회로 변하는 과정을 낱낱이 목격한 것이 우리 세대인데, 앞으로 또 어떤 변화가 닥쳐 당황할지 가늠하기 어렵다. 이 책에 실린 이런 종류의 평론문장이 언제까지 사회적 존속을 보장받을 수 있을지도 확신이 서지 않는다. 이런 추세를 감안하면 나는 내 책이 그렇게 많은 독자에게 읽히리라 기대하지 않는다. 그러나 비록 많지 않은 독자에게일망정 나는 내 글이 정독되기를 소망한다.

2010년 12월
염무웅

제1부

1

한 민족주의자의 정치적 선택과 문학적 귀결

■

김광섭의 시를 위협하는 것들

1

오래전 김광섭(金珖燮) 선생(1905~77)이 작고한 직후 한 잡지사의 청탁으로 썼던 「김광섭론」(『세대』 1977. 7, 『민중시대의 문학』 수록)에서 나는 1935년 『시원(詩苑)』에 「고독」을 발표한 시기부터 대략 40년에 이르는 시인의 문학적 역정을 크게 3등분하여, ①고단한 식민지 지식인으로서 당대의 암담한 현실을 우울하고 관념적인 언어 속에 담았던 초기 ②해방후 왕성한 사회활동으로 분주한 나날을 보내면서 주로 구호적인 애국시들을 발표했던 중기 그리고 ③뇌출혈로 쓰러져 힘든 투병생활을 하면서도 문학적으로 높은 창조적 경지에 이르렀던 후기로 정리한 바 있었다. 돌이켜보면 그 글을 쓸 당시 내 눈에는 시집 『성북동 비둘기』(1969)와 시선집 『겨울날』(1975)에 거두어진 후기의 업적들이 너무 크게 앞을 가리고 있어서, 초·중기의 김광섭 문학을 그것 자체의 내적 논리 안에서 바라보는 데에 소홀하였고, 따라서 나는 초·중기 문학과 후기 문학 간의 차별성 못지않게 중요한 양자간의 연속성의 측면을 제대로 간취하지 못하였다. 또한, 나는 해방 직후부터 1960년대 중엽 병으로 쓰러지기까지 그가 우파적 문인단체와 보수적 언론기관에서 매번 중요한 직책을 맡아 적극 활동했고 심지어 대통령 공보비서의 직책까지 맡았던 것을 단순히 시인으로서의 탈선으로 간주하여 괄호 안에 묶었을 뿐이지, 그러한 문단적·사회적 활동과 일제시대의 그의 짧지 않은 감옥살이 및 그의 민족주의적 문학이념 사이에 얽힌 독특한 연관성에 주목하여 통일적으로 해석하지 못하였다. 요컨대 그의 삶과 문학을 그가 살았던 시대와의 관계 속에서 일관되게 종합하지 못하였다.

이상과 같은 자기반성을 기초로 나는 김광섭 문학에 관해 대략 다음의 문제들을 중점적으로 살펴보고자 한다. 첫째, 김광섭의 초기 문학활동 특히 첫시집 『동경(憧憬)』(1938)을 구성하는 시대적 요소와 개인적 특성은 무엇인가. 그리고 이 시집 발간 이후 점점 더 죄어오는 억압의 시기를 맞아 다수의 문인들이 정치적 이념의 차이와 문학적 경력의 구별을 넘어 '친일'의 나락으로 추락한 반면 김광섭은 그동안 현실정치에 냉담한 태도를 지녀왔음에도 불구하고 오히려 치안유지법 위반이라는 죄목으로 3년 7개월 동안 철창에 갇히는 몸이 되었는데, 이 사실과 그의 문학은 어느 지점에서 연결되는가. 둘째, 김광섭은 평생에 걸쳐 자신이 민족주의자임을 자부하였다. 그러나 민족주의는 결코 자명한 개념이 아닐뿐더러 단순 명료한 개념도 아니다. 어떻든 일제강점기에 민족교육을 했다는 죄목으로 감옥에 갔던 그는 해방을 맞아 수많은 정치적 분파들이 난립하는 가운데 결국 이승만노선을 선택하였고, 그 노선에 따른 적극적인 문화운동을 전개하였다. 그렇다면 이와 같은 정치적 선택을 통해 구현된 '민족'의 내용은 무엇이며, 그것은 그의 문학과 어떻게 연관되는가. 마지막으로, 1965년 발병 이후 10여년 동안 신체적 조건이 그를 번다한 문단적·사회적 활동의 압박으로부터 보호해준 덕분에 산출될 수 있었던 그의 훌륭한 병상시(病床詩)들은 그 이전의 시들과 어떤 차별성을 가지는가. 그의 말년의 시들은 초·중기 시들의 연장선 위에 있는가, 아니면 그것으로부터의 질적인 비약인가. 다시 말하여 김광섭의 시적 생애를 관통하는 불변의 미학적 동력이 있다면 그것은 무엇인가.

2

　김광섭은 아주 늦깎이로 문학에 입문하였다. 중동학교를 졸업하고 1924년에 일본으로 건너가 이태 동안의 입시준비 끝에 그가 들어간 곳은 와세다대학 제일고등학원 영문과였다. 그 학교 조선인 동창회가 주최한 신입생 환영회에서 만난 인물이 바로 불문과 1년 위에 재학하고 있던 이헌구(李軒求)였는데, 두 사람은 평생 동안 둘도 없는 친구이자 한결같은 문학적 동반자로 지냈다. 세련된 문학청년 이헌구로부터 서양문학의 세례를 받고 이 새로운 종교의 독실한 신도가 되기까지 김광섭은 "문학이나 시에 대해서 생각해본 일도 없었고 또 그런 비현실적인 이야기를 해준 사람도 없었다. 중학시절에 겨우 『창조』라는 제본부터 색다른 잡지 한 권을 본 일밖에는 없었다."(「詩에의 登程」, 김광섭 『나의 옥중기』, 창작과비평사 1976, 306면) 그때까지 그가 경험한 것은 고향인 함경도 바닷가의 물새와 들꽃, 잠시 이주해 살았던 북간도의 황량한 벌판, 가난을 벗어나기 위해 불철주야 일에 매달린 가족들, 그리고 식민지적 압제의 현실이었다. 읍내의 경성공립보통학교에 편입하기 전에 그는 동네 서당에 다녔는데, "아침 서당에 가면 수군거리는 말──새벽에 독립군이 와서 밥 먹고 갔다는 둥… 쌀을 가지고 갔다는 둥… 항상 동네는 수런거렸다. 낯선 사람이 지나가면 저 사람이 산에서 나온 독립군이 아닌가 하며 혹시 일본 헌병이 나와 그를 보고 있지 않나 해서 두렵고 무섭기도 했다."(같은 책 298면) 게다가 동네 한가운데 새로 지은 그의 집 바로 뒤에 헌병대가 들어와, 저녁 무렵이면 애국청년과 독립군들을 잡아다가 고문하는 소리가 들려, 소년 김광섭은 방안에 앉아 숨도 크게 못 쉬고 비명소리를 들을 수밖에 없었다. 이것이 1910년대 일제 식민지 통치권력의 중심부에서 멀리 떨어진 함경도 변방의 풍경이었다. 그는 자신의 민족의식이 바로 이런 환경 속에서 싹텄다고 회고한 바 있다.

입시공부에서 해방된 자유, 연애보다 달콤한 문학의 매혹, 토오꾜오의 대학사회를 휩쓸고 있던 시대정신으로서의 사회주의 등 성인이 되기까지(그는 중동학교 입학 전인 열다섯살 때 이미 결혼을 했다) 그가 경험했던 것과 완전히 다른 근대적·문명적 풍조 속에서 그는 급속도로 문학에 빨려들어갔다. 당시 유학생 동창회에서 등사로 발행하던 『알〔卵〕』이란 동인지에 그도 기다렸다는 듯이 참가하여 난생 처음 「모기장」이란 시를 발표하였다. 이 작품은 그후 어느 시집에도 수록되지 않았는데, 아마 남들 앞에 내놓기 민망할 정도의 습작이었을 것이다. 그래도 김광섭 자신은 후일이 시에서의 모기가 "일본 형사의 비유로 이념적인 것이었다"고 언급하면서, 그 무렵 어학과 문학 양쪽의 재사로 학생들 사이에 명성이 높던 영문과 3학년 정인섭(鄭寅燮)으로부터 괜찮다는 평을 받아 "나도 시를 쓰면 되겠구나" 하는 자신감을 얻었다고 말하고 있다(『나의 옥중기』 307면). 어떻든 여기서 우리의 주목을 끄는 것은 그가 최초의 습작에서부터 단순한 감상의 토로나 외국시의 모방을 시도하지 않고 그 나름으로 민족의식을 표현하고자 했다는 사실이다.

그러나 대학시절 그는 시창작보다 영문학 공부에 몰두하였다. 바이런·셸리·키이츠 등 낭만주의 시인들의 작품을 많이 읽었고, 발레리와 엘리엇 같은 동시대 시인들의 '지성적인 사조'에도 커다란 영향을 받았다고 한다. 하지만 1932년 제출된 그의 졸업논문은 시인론이 아니라 「사회극 작가로서의 골즈워디 연구」였다. 다른 한편 그는 오랜 수난의 역사를 지닌 아일랜드의 문예운동과 특히 애비(Abbey)극장을 중심으로 전개된 아일랜드의 민족극운동에 관심을 가졌다. 졸업 직후 귀국하여 그해 12월 친구인 이헌구의 권유로 '극예술연구회'(극연)에 가입하는데, 연극인도 아니면서 자신이 극연에 가입한 것은 아일랜드 문예부흥운동을 우리 현실에 옮겨 민족운동의 활성화에 기여하고자 하는 데 뜻이 있었다고 주장하였다(같은 책 319면). 실제로 그는 이듬해 모교인 중동학교 영어교사로 취임한 다음부터 시집 『동경』(1938.7)의 간행으로 시인의 위치를 확립하기까지 「극단(劇壇)의 전망, 제언」(『조선일보』 1933) 「연극 제3회 공연을 앞두고」(『극연회보』 1933) 「우리의 연극과 외국극의 영향」(『조선일보』 1933) 「극작가 존 골즈워디의 극론 소고」(『衆明』 1933) 「외국극 이입(移入)문제」(『조선일보』 1933) 「극장과 민중문화, 연극기관의 필요」(『조선일보』 1934) 「애란 민족극의 수립」(『동아일보』 1935) 「연극문화발전과 그 수립의 근본 도정(특집): 관객층의 조직과 연락」(『조선일보』 1935) 「연극운동과 극연」(『조선문단』 1935) 「극계의 회고」(『동아일보』 1935) 「애란 문예부흥 개관」(『삼천리』 1936) 「유진 오닐 단상: 그 생애와 예술에 관하여」(『조선일보』 1936) 「애란 연극운동 소관(小觀)」(『삼천리』 1936) 「근대극의 부(父) 입센의 생애」(『조광』 1936) 등 적잖은 편수의 연극 관련 글들을 발표하였다. 이 글들을 제대로 검토해보지도 않고 단지 그 목록의 나열만으로 이 무렵 김광섭의 정신적 지향과 문학활동의 내용을 추론하는 것은 물론 무책임한 일이다. 다만 확실한 것은 시집 『동경』의 출간을 계기로 연극 관련 에쎄이의 발표가 씻은 듯이 청산되었다는 사실인데, 그러나 이것이 연극운동을 통해 달성하고자 했던 목표 자체에 어떤 변화가 생긴 까닭인지 아니면 연극보다 더 효과적인(자신의 능력과 소질에 더 적합한) 다른 수단이 발견되었기 때문인지 단정하기는 어렵다. 오직 시집 『동경』 안에 이룩된 객관적 성취만이 개인 김광섭의 주관적 판단에 대해 역사적 증언을 할 권리가 있을 것이다.

시집 『동경』에는 김광섭의 이름을 우리 문단에 예리하게 각인시킨 사실상의 데뷔작 「고독」을 필두로 총 38편이 실려 있다. 「고독」은 일제시대의 그의 대표작으로 널리 알려져 있고 시인 자신도 이 작품에 어지간히 만족감을 느껴 자주 거론했지만, 그 결과 생겨난 세평을 점검하기 위해서라도 다시 한번 읽어볼 필요가 있다. (시의 인용은 모두 1974년 일지사판 『김광섭 시전집』에 의거했으며, 전집에 수록되지 않은 작품의 경우에는 1975년 창작과비평사판 선집 『겨울날』을 따랐다.)

내
하나의 生存者로 태어나 여기 누워 있나니

한 間 무덤 그 너머는 無限한 氣流의 波動도 있어
바다 깊은 그곳 어느 고요한 바위 아래

내
고단한 고기와도 같다

맑은 性 아름다운 꿈은 멀고
그리운 世界의 斷片은 아슬타

오랜 世紀의 知層만이 나를 이끌고 있다

神經도 없는 밤
時計야 奇異타
너마저 자려무나[1]

---

1 2005년 9월 29일 '탄생 100주년 문학인 기념문학제'가 열리는 날 그 자리에서 나는 『이산 김광섭 시전집』 『이산 김광섭 산문집』(문학과지성사) 두 권을 기증받았다. 따라서 이 글을 발표하고 난 뒤에야 이들 시전집과 산문집을 검토할 수 있게 된 것은 부득이한

이 시에 설정된 구도를 파악하는 것은 어려운 일이 아니다. 시의 화자는 첫줄에 한 글자로 서정적 자아를 앞세운다. 그러나 이렇게 도전적으로 제시된 단독자＝서정적 자아를 둘러싼 시대적 상황은 자아를 압박하며 자아에 대해 적대적이다. 작품「고독」뿐만 아니라 시집『동경』전체를 지배하는 가장 기본적인 정조는 이와 같은 내리누르는 듯한 중압감이라 할 수 있는데, 그 중압감의 근원은 방금 김광섭의 이력을 개관하면서 암시했듯이 그의 남다른 민족의식이다. 그러나 그는 어떤 경우에도 민족의식을 저항적 행동으로 표출하지 않는다. 그는 외부지향적이고 투쟁적인 기질의 소유자가 아닌 것이다. 후일 감옥 안에서도 그는 반항·적개심·절망 같은 격렬한 감정에 사로잡히기보다 꼼꼼하게 사물을 관찰하고 차분히 자신을 반성하는 태도로 일관한다. 1943년 11월 10일부터 1944년 9월 5일까지 서대문형무소에 갇혀서 쓴「옥창일기」는 옥중기라고 믿을 수 없을 만큼 전체적으로 냉정한 기록으로서, 마치 수행자가 토굴생활을 적듯이 자기 마음의 움직임을 적어나간 수행일지의 성격이 짙다. 요컨대 그는 자아를 압박하는 외부세계 즉 억압적 식민지현실을 '한 간 무덤'으로, 그리고 현실과 불화의 관계에 놓인 자신을 한마리 '고단한 고기'처럼 인식함에도 불구하고 자기의 시를 자아와 세계의 대결이 벌어지는 치열한 싸움터로 만들지 않는다. 그리하여 초월의 공간("맑은 性 아름다운 꿈")은 아득히

___

일이지만 유감스러운 일이었다. 그런데 이 기회에 다시 확인한 사실은 저자 김광섭이 작품의 발표 또는 저서의 출간 이후에도 수시로 자기 글을 손질했다는 점이었다. 이번에 출간된 문학과지성사판 시전집은 初刊本을 그대로 재수록하면서 한자를 괄호 안에 처리했고 내가 참고한 일지사판 시전집(1974)은 한자를 그대로 노출하면서 저자의 수정을 반영하고 있는데, 어느 쪽이 더 현명한 것인지 쉽게 판별하기 어렵다. 그러나 나로서는 작품의 형성과정과 그 작품들의 발표 당시의 수용과정에 관한 역사적 연구가 아니라면 작품창작의 책임자인 저자의 마지막 수정을 定本으로 받아들이는 것이 옳다고 생각한다. 어떻든 이「고독」의 경우 저자는 세 군데 손을 대었는데, 가령 제4연 제1행의 "맑은 性 아름다운 꿈은 멀고"가 새로 나온 문학과지성사판에는 "맑은 성(性) 아름다운 꿈은 잠들다"로 복원되어 있다.

멀고, 자아는 극도의 신경증적 긴장 속에서 전망을 차단당한다.

이 작품이 당대의 독자들에게 신선하게 다가간 것은 마지막 연의 간결하면서도 압축된 표현이 갖는 비수 같은 날카로움 때문이었을 것이다. 특히 "시계야 기이타"라는 짧은 한 행은 평범한 일상적 사물을 신기성 내지 생소성의 개념에 의해 정의함으로써 시대적 상황의 압도적 무게에 포획된 고뇌하는 지식인의 불면의 밤을 청각적 진공 속에 부각시킨다. 그러나 작품 전체를 처음부터 다시 읽어보면 마지막 연의 예각적 효과에 이르는 시적 과정이 용의주도하게 조형되었다고 말하기는 어렵다. '하나의 생존자' '무한한 기류의 파동' 그리고 '맑은 성' 따위의 표현들은 어색하거나 불투명하고, '지층(知層)'이란 조어도 꼭 필요한 것인지 납득되지 않는다. 언어에 대한 둔감과 표현의 불투명, 그리고 그 점과 결부된 관념어의 과잉은 시집 도처에서 찾아볼 수 있지만, 비교적 성공적인 다음과 같은 소품에서도 그 폐해를 깨끗이 씻어내지 못한다.

수리개가 旋回하는 靜謐한 오후

이 小谷에는
새의 노래도 한떨기 꽃도 없이
綠陰이 깃들이고 있나니

願하여 愛의 性을 그려 보거늘
오늘도 마음은
둔한 벌레가 되어 외로이 풀잎에 기다

── 「小谷에서」 전문

'한 간 무덤' '바다 깊은 그곳'(「고독」)과 '새의 노래도 한떨기 꽃도 없는' 작은 골짜기는 사실상 동질적인 공간이다. 그곳에서 시적 주체는 단순한 생존 이상의 더 높은 자아실현을 추구하지 못하며 고뇌와 무력감에 빠져 존재의 퇴행을 경험한다. 이 시에서의 수리개(솔개)의 선회는 앞의 시 「고독」의 '무한한 기류의 파동'에 대응되는, 그리고 '정밀한 오후'의 침묵과 '무덤'의 정지상태에 대비되는 동적 이미지일 것이다. 그러나 "오늘도 마음은/둔한 벌레가 되어 외로이 풀잎에 기다"라는 표현은 "내/고단한 고기와도 같다"에 비해 본질적으로 동일한 자아인식을 나타낸 것이면서도 비유의 생동성과 감정의 객관화에 있어 더 뛰어난 성취를 이룩하고 있으며, 그리하여 시대의 압박 밑에 왜소해진 한 인간의 심리적 초상을 절실하게 그려내는 데 성공하고 있다. 다만 이 「소곡에서」 역시 "맑은 성 아름다운 꿈은 멀고" 못지않게 불투명한, "원하여 애의 성을 그려 보거늘" 같은 구절을 포함하고 있다. 이 가위눌린 듯이 어눌한 말투와 관념어의 몽롱한 파편들 사이로 신음처럼 새어나오는 시인 김광섭의 소망은 추측건대 망망한 창공을 드높이 비상하여 자유를 실현하는 것 또는 끝간 데 없이 넓은 초원에서 자연과의 합일을 이룩하는 것, 즉 식민지 현실의 암흑적 질곡으로부터 초월적 공간으로 탈출하는 것이라고 추측해볼 수 있다.

그런 점에서 다음에 인용하는 「우수(憂愁)」는 시집 『동경』의 성과를 대표하는 수작일 뿐만 아니라 일제 군국주의의 단계적 강화 속에 카프가 해체되고 지식인의 변절이 본격화되기 시작한 1930년대 후반의 시대조류를 거스르는 역작이다.

海心에 깜박이는 등불로 말미암아
밤바다는 무한히 캄캄하다

물결은
발 아래 바위에 부딪쳐서 출렁이고

自由는
永遠한 憂愁를 또한 이 國土에 더하노라

어둠을 스쳐 멀리서 갈매기 우는 소리
귓가에 와서 가슴의 傷處를 허비고 사라지나니

아 밤바다에 외치고 가는 詩의 새여
그대의 길도 어둠에 차서 向方 없거늘
悲哀의 詩人 苦惱를 안고
또한 그대로 더불어 밤의 大洋으로 가랴

　똑같이 억압적인 상황에서 태어났음에도 불구하고 이 작품은 동시대
김광섭 문학의 일반적 특징인 관념적 모호성과 입안에서 더듬거리는 듯
한 어눌함을 일소하고 무엇보다 언어의 활달한 호흡을 구현하고 있다. 아
니, 이 시에 남아 있는 부분적인 관념성 자체가 작품의 전체적인 어조에
적절히 통합되어 시의 역동성을 강화하는 데 기여하고 있다. 사실 김광섭
의 시에는 처음부터 율격에 대한 배려를 찾아보기 어려웠고, 이 특징은
그의 말년에 이르기까지 지속된다. 생각건대 그것은 그의 시적 출발 자체
가 서구 낭만주의 시대의 자유시 및 그 계승으로서의 모더니즘 시였기 때
문일 것이다.[2] 불행히도 그는 한국시의 전통 안에서 언어감각을 습득하고
표현기술을 연마하는 기회를 갖지 못한 채 일본유학을 떠났고 거기서 서

2　이 점을 잘 보여주는 것이 그의 詩論的 에쎄이 「현대시와 지성에 대한 관견」이다. 그가
　시에 대해서 말할 때 주로 의거하는 모범은 낭만주의와 상징주의의 전통 속에서 탄생한
　유럽의 현대시인들 즉 랭보, 오든, 엘리엇, 발레리 등이었다. 그는 자신도 현대시인의 반
　열에 속한다는 강력한 자의식을 가지고 관념과 지성을 옹호하고 감상주의를 배격하였
　다(『나의 옥중기』, 277~95면 참조).

양문학을 통해 시를 공부하여 시인이 되었다. 이 성장기의 트라우마는 평생 그를 따라다니게 되는데, 그러나 「우수」 같은 작품의 존재는 한 시인의 출발지점이 어디이고 통과장소가 어떤 곳이냐가 훌륭한 문학의 산출에 본질적인 장애가 되지 않음을 입증한다. 왜냐하면 이 작품은 그가 김소월의 리듬과 정지용의 언어감각을 제대로 익히지 못한 채 출발했음에도 불구하고─어쩌면 바로 그랬기 때문에 김소월이나 정지용과는 전혀 다른 독특한 영역을 개척할 수도 있음을 보여주고 있기 때문이다.

「우수」의 배경은 밤바다이다. 멀리 바다 한가운데서 깜박이는 등불로 말미암아 오히려 밤은 그 압도적인 어둠을 천지에 덮는다. 그러나 시의 화자는 위축되지 않는다. "바다 깊은 그곳 어느 고요한 바위 아래//내/고단한 고기와도 같다"의 무력감과 좌절의식에 비할 때, "물결은/발 아래 바위에 부딪쳐서 출렁이고"에서는 오연하게 고양된 자아의 도전정신이 감지된다. 이 막막한 압제의 땅에 영원한 슬픔을 더한다고 느끼게 하는 것은 관념으로서의 자유 자체가 아니라 시의 화자 내부에서 들끓는 자유에의 갈망일 터인데, 그것은 멀리 날아다니는 갈매기의 울음소리에 허비어 덧나는 가슴의 상처와도 같다. 그렇게 본다면 갈매기는 이 고뇌의 시대에 어둠의 항로를 뚫고가야 하는 시인의 사명 또는 그의 비극적 운명을 담지한 시적 상징일지도 모른다. 그런 점에서 이 시는 자아와 세계, 실존과 역사가 부딪치는 충돌의 현장에서 솟아오른 시인의 호쾌한 출항선언이다.

그러나 시집 『동경』에서 「우수」의 통렬함은 예외적인 것이고, 대부분의 작품들은 불분명한 관념과 생경한 우리말 표현으로 인해 그러지 않아도 답답한 분위기를 더욱 침울하게 만들고 있다. 이 점과 관련하여 김광섭은 시집 발문에서 이렇게 말한다. "추상(抽象)된 세계를 가지지 못한 시인의 생명은 의심스러울 것이나, 이 추상된 세계란 현실을 통하여서의 이상(理想)이거나 반역일 것이다. 그러므로 저 건너에 깃들여 있는 추상된 세계의 거울은 곧 현실이요 현실 없는 추상은 없다. 그러므로 또한 현실이 쓰거운데 추상의 세계만이 감미로울 수도 없다. 여기서 시의 사명은 아름다운 서정의 세계나 산뜻한 감각의 기복(起伏)만을 영출(靈出)해냄에 시종할 배 아니다."(『김광섭시전집』, 96면) 이것은 김광섭 시문학의 이론적 자기정당화로서, 그는 현실과 유리된 추상적 관념주의 및 이념적 전망이 배재된 현실추수주의 양자를 아울러 비판한다. 또한, 그는 은연중 1930년대 중반 우리 시단을 풍미하는 기교적 심미주의와 말초적 감각주의에 대한 명백한 반대를 보여주며, 현실의 고통을 외면한 감상적 낙관주의에 대해서도 공격의 화살을 보낸다. 그리고 그는 자기 시가 관념적 내지 추상적이라고 비판하는 데 대해 그것은 현실반영의 불가피한 방법론이라고 반박한다. 그와 동시에 그는 이 무렵 카프 문학이론의 전투적 열정을 인정하면서도 카프의 정치의식 과잉과 기계적 공식주의가 문학창작의 자유를 속박한다고 지적하는 동시에 소위 해외문학파에 대해서도 일정하게 거리를 두는 발언을 하였다(「비평현상의 부진」, 『동아일보』 1935. 9. 28 참조).

특히 여기서 해외문학파와의 관계를 분명히 해둘 필요가 있다. 앞에서 김광섭이 일본에서 귀국한 직후 이헌구의 권유로 극연에 가입하여 한동안 활발하게 활동한 사실을 언급한 바 있는데, 그가 영문학을 전공했기 때문에 그리고 극연 회원과 해외문학연구회 구성원이 대부분 중복되기 때문에 그를 해외문학파의 일원으로 간주하지만, 사실은 그렇지 않다("한국문학사를 보면 나를 해외문학파의 한 멤버로 소개하고 있다. 사실 나는 이 회에 가입한 적이 없다"고 그는 회고한 바 있다. 「나의 이력서」, 『한국일보』 1977. 3. 20). 아마 이보다 더 중요한 것은 그가 해외문학파의 공적을 높이 평가하면서도 민족현실을 등한시하는 듯한 그 세계주의적 측면을 놓치지 않고 비판한다는 점이다. 이렇게 추적해본다면 1930년대에 명멸했던 다양한 문학이론적 분파들 속에서, 그리고 1940년대로 넘어가는 상황의 이념적 파산 국면에서 김광섭이 모색했던 민족문학의 길은 입지가 협소하고 불안정한 험로였음이 분명하고, 바로 그런 점에서 그는 친구 이헌구와 평생 심정적으로 동행하면서도 드물지만 때로는 이론적으로 갈라지기도 하였다.

3

귀국 이듬해부터 만 8년째 모교에서 영어교사로 근무하던 김광섭은 1941년 2월 21일 아침 출근준비 중에 형사들에게 연행되어 경찰서로 끌려간다. 석 달이 넘도록 조사를 받은 끝에 5월말 형무소 미결감으로 넘겨지고, 여기서 다시 지루한 검찰조사와 간단한 재판을 거쳐 꼭 1년 만에 2년형의 선고를 받은 다음 그때부터 기결수로서 1944년 9월 6일 만기 석방될 때까지 옥고를 치르게 된다. 그에게 적용된 법률은 현행 국가보안법의 원조에 해당하는 소위 치안유지법이었다. 판사가 유죄를 인정한 그의 범행내용이란 수업시간에 학생들에게 독립사상을 선동했다는 것인데, 그가 학생들 앞에서 했다고 인정된 발언의 요지는 ①말로는 내선일체라고 하면서 조선인을 차별한다. ②학교에서 조선어 과목을 폐지한 것은 조선어를 말살하려는 정책이다. ③이광수와 이태준은 민족주의자로서 학생들은 그들의 인물과 작품을 알아야 한다. ④조선어 신문인 『조선일보』와 『동아일보』를 폐간한 것은 조선문자를 없애어 조선인을 문맹으로 만들려는 것이다(『나의 옥중기』, 14면). 이보다 앞선 1940년 8월 10일 당시 조선일보사에 근무하던 이헌구는 김광섭으로부터 "슬프다 조선일보여"라는 전보를 받는다. 바로 그날 두 한글신문이 폐간되었고, 이헌구는 병중임에도 해산식 참석을 위해 신문사에 나갔던 것이다(같은 책 3면, 이헌구의 머리말). 앞에서 여러 차례 암시했듯이 김광섭은 소년시절부터 민족감정을 자극받을 만한 환경에서 성장하였고, 일본 유학시절 이후 비록 독립운동에 직접 행동으로 뛰어든 적은 없어도 언제나 자신을 민족주의자로 자각하고 있었다. 다만 그의 민족주의는 사회주의와 연합 내지 협력할 수 있는 개방성을 지니지 못한 것이라는 데에 한계가 있다. 감옥생활을 회고한 글 「사상범」(월간 『다리』, 1972)에는 다음과 같은 문장들이 적혀 있다.

민족은 근원이다. 그러므로 그 민족에 속한다는 가장 단순한 생각 하나만으로도 민족의식은 형성되는 것이다. 한 민족에 속하는, 더군다나 지식인, 그것도 저의 나라 최고학부를 졸업한데다가 민족의식이 가장 강렬한 시인에 대하여 민족을 버리고 1년 10개월 만에 네 항목의 죄를 만든 놈들을 따르란 말이냐. (『나의 옥중기』, 214면)

나의 중동교단 10년은 나의 민족정신의 단상(壇上)이었다. 거기서 민족의식의 씨앗, 사상의 씨앗이 더욱 심화되면서 내가 교단에 서면 '조선인'이라는 것을 설명이 없어도 학생들에게 직감케 했다. 감정은 처벌하려도 증거가 없는 것이다. 다만 슬픔을 전해주면 무언중에 그것은 의식화되면서 보이지 않는 민족의식의 뿌리가 (…) 뻗쳐 나가므로, 이것이 직접 운동보다 현실적 효과는 적지만 (…) 일본의 식민지 동화정책을 막는 데 근본되는 잠재력이 되므로 나는 교단에서 그러한 힘의 상징이 되고자 했던 것이다. (같은 책 210~11면)[3]

---

3 「사상범」은 1972년에 30여년 전의 옥중생활을 회고하면서 쓴 글이다. 따라서 이 글에는 서로 다른 시점에서의 김광섭의 생각이 혼재되어 있다고 말할 수 있다. 「옥창일기」에는 그런 성격이 좀더 복합적으로 개입되어 있다. 모범수였던 그는 2년형을 언도받아 기결감에 온 지 1년 반 만에 집필허가를 받아 일기를 쓰기 시작하였다. 1943년 11월 10일부터 1944년 9월 5일 출소 전날까지 쓴 것이 「옥창일기」이다. 그런데 『나의 옥중기』 머리말에서 그는 "일어에서 옮기자니 약기(略記)한 것, 은유와 반어로 쓴 것, 이모저모에 암시한 것 등 바로잡기에 이럭저럭 (…) 3개월여"라고 말하고 있다. 이로 미루어본다면 원래 일본어로 압축적 반어적으로 써놓았던 것을 『자유문학』(1961년 4-5월 합병호~1962년 7-8월 합병호)에 연재하면서 3개월여에 걸쳐 우리말로 번역 수정했음을 알 수 있다. 그런데 최근 나는 『나의 옥중기』에 수록된 「옥창일기」와 그동안 둘째딸 금옥씨가 보관

그러나 그가 반일적 감정의 소유자임은 분명하지만, 그는 일제 식민지 통치의 철폐를 위해 어떤 조직을 만들거나 행동으로 투쟁을 전개할 그런 종류의 인물은 아니었다. 그는 경찰조사 과정에서 자기가 조선독립을 희망한다고 진술한 것에 대해 검사에게 대략 이렇게 대답한다. "경찰진술에서 독립을 희망 안한다고 주장하고 싶었지만, 그렇게 하면 죄는 면할 수 있을지 모르나 양심을 부정하는 것으로서, 지독한 고문을 당하면서 독립을 희망조차 않는다고 할 수 없어서, 다만 희망을 부인하지 않은 것뿐입니다."(같은 책 208면) 그에게는 형벌을 받느냐 않느냐보다 자신의 양심을 지키느냐 못 지키느냐가 본질적으로 더 중요한 것이었다. 또, 감옥의 독방에서 지내던 어느날 배식시간이 오래 지났는데도 밥이 오지 않아 현기증이 날 만큼 배가 고팠다. 하지만 전후사정을 알고는 그 밥 돌리는 죄수에게 화가 미치지 않게 하기 위해서 참고 입을 다물었으며, 그러고 나서는 혹시 그 댓가를 바라는 마음이 자신에게 생길까 스스로 경계하는 대목이 있다(같은 책 81면). 또, 그 무렵 유명한 국문학자 김태준(金台俊)이 들어와, 두 사람은 간수의 묵인하에 통방을 하며 의견을 나눈다. 그런데 김태준은 김광섭이 보기에 자신과 정반대의 인물로서, 견습 간수를 매수하여 바깥과 연락을 취하다가 발각되기도 하고, 그런 말썽 중에도 자신에게 공산주의를 권고하는 철두철미함을 보인다. 그 김태준에 대하여 김광섭은 이렇게 서술한다. "그와 나는 같은 문학도로 문학적 양식도 본질적으로는 비슷했고 시대의 고민에 대한 것도 같은 테두리 안에 있었는데, 다만 한 가지 그는 공산주의 신봉자요 나는 민족주의자로서 정신적 사상적 차이가 있었을 뿐인데, 판단하고 적응하는 데 있어 그는 기민하고 주의를 위하여

___

하고 있던 원고본 「옥창일기」가 적지 않은 부분에서 일치하지 않음을 발견했다. 이것은 1961년 잡지 연재 때 원고화한 것을 1976년에 책을 내면서 저자가 다시 한번 손댔음을 말해주는 것이다. 따라서 「옥창일기」에는 1943년, 1961년, 1976년 세 시기의 김광섭의 관점이 혼재하고 있다고 보아야 한다.

서는 수단과 방법을 가리지 않았다."(같은 책 213면) 김태준이 실제로 어떤 사상과 인품의 소유자였는지를 따지는 것은 별개의 문제이겠지만, 어쨌든 그와의 대조를 통해 드러나는 김광섭의 모습은 온건한 민족주의자, 양심적인 지식인의 그것이다.

출옥 후 1년도 안되어 닥친 8·15해방은 김광섭의 삶에 일대 전환점을 마련한다. 그는 이헌구와 더불어 1945년 9월 8일 '조선문화협회'라는 모임을 만들고, 이어서 열흘 뒤에는 그것을 '중앙문화협회'로 확장 개편하여 정식 조직으로 발족시킨다. 임화·김남천 등의 '조선문학건설본부' 간판이 워낙 빨리 내걸리기는 했지만(1945. 8. 16), 이에 대한 김광섭의 반응도 느린 것은 아니다. 아직 한반도의 정치적 운명이 어디로 향할지 불확실한 상황에서(하지 중장이 지휘하는 미군 부대가 인천항에 상륙한 것이 바로 9월 8일이다), 그리고 대부분의 문인들이 망연자실 사태를 관망하고 있던 그 시점에, 비록 상반된 노선을 지향하고 있었지만, 임화와 김광섭은 민족의 미래에 대한 어떤 신념을 그처럼 황급히 현실 속에 투입하고자 했던 것인가. 구(舊)카프의 주류세력이 프롤레타리아 계급문학을 고수했고 김동리·조연현 등 후배세대들이 '순수문학'을 주장한 데 비하여 임화와 김광섭이 들어올린 이념적 깃발이 공교롭게도 똑같이 '민족문학'이었다는 것은 아이러니한 일치라 할 것이다.

이 무렵 김광섭의 행적을 좀더 따라가보기로 하자. 그가 중심이 된 중앙문화협회는 『해방기념시집』 『일본패배의 진상』 등 출판활동을 전개하면서, 연말 모스끄바 3상회의의 신탁통치안 협의내용이 국내 신문에 보도되고 김구 지도자로 한 임시정부 인사들이 격렬한 신탁통치 반대운동을 전개하자 즉각 반탁홍보에 앞장섰다. 한편, 좌파문인들이 내부분열을 극복하고 광범하게 동조자를 규합하여 '조선문학가동맹'(1945. 12. 13)을 결성하자, 이에 대항하여 김광섭은 1946년 3월 13일 중앙문화협회를 확대 개편한 '전조선문필가협회'를 출범시켰다(1946. 3. 13). 이 협회 결성식에서 개회선언은 박종화, 취지서 낭독은 김광섭, 경과보고는 이헌구였고, 김구는 내빈으로 참석했으며 이승만은 축사(대독)를 보내어 격려했다. 그런데 이 자리에서 채택된 4개항의 강령 중 주목할 만한 것은 두번째, 즉 "민족자결과 국제공약에 준거하여 즉시 완전자주독립을 촉성하자"는 항목이다. 이것은 명백한 반탁선언이라 할 수 있는데, 1946년 1월 조선공산당을 비롯한 좌익계열이 신탁지지로 선회하고 이승만 일파가 한동안 애매한 입장을 보이는 상황에서(신복룡『한국분단사연구』, 한울 2001, 304~11면 참조), 전조선문필가협회의 결성을 주동한 김광섭·이헌구 등은 김구 노선으로 기울고 있었던 것이다. 이런 입장은 그들의 언론계 진입에서도 드러난다. 왜냐하면 임정계열의 김규식(金奎植) 명예사장, 엄항섭(嚴恒燮) 사장 체제로 1946년 6월 10일 창간된『민주일보』에 이헌구가 편집국장, 김광섭이 사회부장으로 참여한 것은 당시 그들의 정파적 입장이 어느 쪽으로 기울고 있었는지 보여주는 것이다.

확실하게 입증할 만한 증거가 없기는 하지만, 이헌구·김광섭이 김구·김규식 등에서 멀어져 이승만 쪽으로 가까워진 것은 1947년 봄쯤이 아닌가 한다. 이 무렵 그들은 민주일보사 경영진과 감정적 대립으로 대거 퇴사하여 윤보선(尹潽善) 사장의『민중일보』에 핵심간부직으로 일제히 자리를 옮겼던 것이다(이헌구 부사장, 김광섭 편집국장). 이것은 단순히 몇몇 문인들이 이 신문에서 저 신문으로 직장을 옮긴 데 그치는 것이 아니라 당시 남한의 지배질서와의 관계에 있어 그들의 입장이 김구의 노선과 확연하게 갈라지게 되었다는 사실을 의미한다. 과연 얼마후 김광섭은 함대훈(咸大勳)의 추천으로 미 군정청 공보국장에 취임하였다. 당시 군정청 공보부에는 공보국·여론국 등 네 개의 부서가 있었고 공보부 전체의 한국인 책임자는 이철원(李哲源)이었다(신복룡, 앞의 책 163면). 극연 시절부터의 친구인 소설가 함대훈은 해방후 뜻밖에도 군정청 공안국장과 공보국장 및 국립경찰전문학교 교장을 지낸 인물이고, 이철원은 일찍이 미국과 프랑스에서 유학하였고 뉴욕에서 영어신문을 발행한 경력도 가지고 있었으며 이승만정부에서는 공보처장을 역임하였다(1949. 12. 21일의 시집 『마음』 출판기념회 사진은 서 있는 이헌구와 김광섭 사이에 이철원이 앉아 박수를 치는 장면을 보여준다. 『김광섭시전집』 화보 참조). 김광섭은 이런 활동의 연장선에서 정부수립 후 대통령 공보비서관이 되어 1951년까지 재임하였다. 비서관을 사임한 뒤에도 그는 2, 3년간 피난지 부산과 대구를 옮겨다니며 정부 홍보지인 『대한신문』 발행인으로 신문간행에 애를 썼고, 1958년에는 그가 책임지고 있던 『자유문학』의 편집을 소설가 김송(金松)에게 맡기고 자신은 1년 남짓 『세계일보』 사장으로 활약하였다. 이 신문은 당시 자유당의 실력자인 이기붕(李起鵬)계로 알려져 있었다.

이처럼 그가 중앙권력 근처에 바짝 다가가기는 했지만, 그러나 권력 자체를 탐했다거나 문학을 버린 것은 아니었다. 어떤 점에서 그의 활발한 사회활동은 자신의 민족주의적 신념을 현실 속에서 관철하기 위한 노력의 일환이었다. 따라서 그것은 그의 문필활동과 모순되는 것이 아니라 오히려 상호보완적이었다. 해방공간에서 발표된 그의 평론목록은[4] 그동안 우리 문학사에서 간과되었던 또 한 갈래의 문학이념의 실재를 확인시킨다.

표제부터 우파 민족주의의 입장을 표방한 『백민(白民)』은 김송 주재로 1945년 12월부터 1950년 5월까지 총 22호가 발간된 문예지인데, 경영난으로 여러번 결호를 냈으나 김광섭의 지원으로 고비를 넘겼다고 한다(『해방문학 20년』, 171면. 김송의 회고). 군정청 공보국장과 대통령 공보비서관으로서의 영향력이 문학운동에까지 미친 셈이다. 평론목록에 있는 김광섭의 글

---

4 당시 발표된 그의 논문들은 대략 다음과 같다: 「정치의식과 문학의 기본이념」(경향신문 1946. 7. 10) 「문학의 당면한 임무」(민주일보 1946. 8. 15) 「시의 당면한 임무: 시론」(경향신문 1946. 10. 31) 「민족문학의 방향」(만세보 1947. 4. 28) 「문학과 현실」(백민 1947. 6) 「문학의 현실성과 그 임무」(백민 1948. 1) 「민족문학을 위하여」(백민 1948. 4) 「통일이념 수립과 문화인의 임무」(연합신문 1949. 1. 23) 「민족주의 정신과 문화인의 건국운동」(백민 1949. 6).

들을 거의 읽지 못하고서 그 문학사적 의미를 거론하는 것은 망발일 테지만, 「민족문학을 위하여」의 몇대목을 음미해보는 것만으로도 대한민국 단독정부 수립을 전후한 시기 우파 민족주의의 정치적·문학적 입장을 엿보는 것이 불가능한 일은 아니다.

문학을 하는 사람 가운데는 자기의 작가적 기질이나 감흥에만 의거하여 문학을 창작하는 사람도 있고 혁명과 투쟁을 위해서만 문학을 제작하는 사람도 있으나, 문학은 민족 전체를 한 개의 공동된 운명체로서 인식하고 그 지성과 감성을 다하여 민족이 당면한 위기를 극복해야 할 것이다.

(…) 특히 민족문학이라고 부를 때에는 거기에는 문학이 가진 바 역사적으로 규정된 민족적 사명이 중대한 의의를 지닐 것이다. (…) 여기에서 문학은 그 주제가 일개 연애사건이거나 계급투쟁이거나 그 어느 것 할것없이 민족의 성격을 띠고 민족의 현재로서 또는 민족의 미래로서 그것을 표현하려고 한다.

정치건 문학이건 기타 일반 정신과학이건 그 어느 것을 물론하고 적어도 현단계에선 민족 전체가 염원하는 바가 무엇인가를 파악하여 근본이념으로 해야 할 것이요, 다음으로 계급의식을 고조하여 계급의 이익을 옹호하더라도 민족이 해방되지 못한 이상 계급해방이 없다는 관점에서, 계급을 위하여 민족을 파괴하여서는 안될 것이오.

여기서 이승만의 민족 대동단결론을 연상하는 것은 어렵지 않은 일인데, 김구·여운형·박헌영 등 해방 직후 민족지도자로 거명되던 그 누구에 비하더라도 국내적 기반이 취약했던 이승만으로서는 대동단결론을 통해 친일파 세력에게 면죄부를 주고 그들의 현실장악력을 자기 편으로 끌어들여 집권의 수단으로 이용하는 것이 불가피했다. 물론 이승만 자신은 친일파가 아니었지만, 그의 정부를 구성한 최대의 분파가 친일세력이었다는 것은 공지의 사실이다. 김광섭은 말하자면 이승만정부 내의 소수파인 비(非)친일 분파의 일원이었던 셈인데, 이런 사실과 관련하여 위에 인용한 그의 민족문학론에서 주목되는 점은 민족문학과 계급해방과의 관계이다. 이헌구·김동리·조연현 등이 계급주의 문학론에 대해 노골적인 적대의식을 드러낸 데 비하면 김광섭의 민족문학론은 일정한 수준에서 계급주의를 포용하려는 듯한 논리를 전개한다. 이것은 앞에서 그가 김태준에 대하여 민족주의와 공산주의라는 사상적 차이에도 불구하고 문학적 양식에서 본질적 상통성을 느꼈다고 고백했던 데에 연결되는 측면이라 할 것이다.

그러나 분단현실의 격화는 그의 이성적 자세가 탈없이 유지되도록 허용하지 않았다. 「민족문학을 위하여」 같은 글이 발표되는 순간에도 실제로 그는 좌파와의 공존을 모색하기보다 좌파를 타도하는 전선에 몸담고 있었고, 6·25전쟁의 발발로 중간적 견해들이 설 땅을 잃고 모든 타협의 가능성이 봉쇄되자 결국 그의 민족문학론은 소멸의 운명에 처하게 되었던 것이다. 이 무렵 발표된 그의 작품들은 단세포적인 선동적 구호시로서 문학적으로는 별로 볼품이 없지만, 그의 정치적 주장의 내용을 전해준다는 점에서 아주 무의미한 것은 아니다.

아 조선의 의지와 지혜와 생명
영원토록 생동하라
도약하라 비상하라
대우주의 창조에 깊은 뿌리를 박고
지고한 가슴 속에 정열을 가다듬어
무한한 미래에 계속된
20세기의 파동(波動) 많은 산맥

높은 봉우리 위에
영원한 자유와 독립의 탑을 세우라

이것은 1945년 9월 29일 강연회에서 낭독한 「해방」이라는 작품의 마지막 연이다. 벅찬 감격이 공허한 메아리를 울릴 뿐, 아무런 진정한 실감도 나타내지 못하고 있다. 1948년 12월 27~28일에는 문총(전국문화단체총연합회, 1947. 2. 12 창립) 주최로 '민족정신 앙양 및 전국문화인 총궐기대회'가 열리는데, 이때 김광섭은 대회 말미에 공직자의 자격으로 연설을 한다. 1949년 1월 1일이라는 날짜가 명기된 「새나라!」라는 작품은 아마 이 강연내용의 요약일 것이다. 뒷부분을 인용한다.

괴뢰에 아첨하는 자
중간에서 헤매는 자
침묵으로 말살하려는 자
졸렬한 도피자들
그대들은
어디로 갈 터이냐
오라
민족의 노래를 부르라
감격과 경이와 정열로
대한민국을 세우라

중간파의 존립 가능성을 부인하고 정치로부터의 은둔과 사회적 침묵에 대해서조차 공격을 퍼붓는다면, 그것은 이미 대한민국에 대한 찬가를 초과한 정치폭력이다. 그것은 대한민국의 기본이념인 자유민주주의의 부정이며 다름아닌 파시즘의 논리이다. 놀랍게도 6·25 직전 이 나라 문단의 주류가 이런 살벌한 광기에 사로잡혀 있었다니, 이 시기 전쟁에 의하지 않은 동족학살이 1백만에 이른다는 사실과 더불어 실로 몸서리칠 일이다.

4

박종화·이헌구·김광섭 등이 이끌었던 '전조선문필가협회'와 김동리·서정주·조지훈·조연현 등이 주동한 '조선청년문학가협회'는 남한에 대한민국 정부가 수립되고 그 과정에서 다수의 좌익문인들이 월북하고 난 다음 '한국문학가협회(문협)'라는 단일조직으로 통합되었다. 그러나 전쟁을 거치고 환도 후 1954년 예술원의 발족을 계기로 문단은 다시 두 조각으로 갈라지게 된다. 김동리·조연현 등 문협 주류의 독주에 불만을 가진 문인들이 모여 '한국자유문학자협회(자유문협)'를 결성한 것인데, 한마디로 이념적 분열과는 상관없는 이권다툼의 소산이었다. 당시 김광섭은 모윤숙·변영로 등과 함께 오스트리아의 빈에서 열린 세계작가대회(펜대회)에 참석하고 돌아오던 중 대만에서 자신이 자유문협의 위원장으로 선출되었다는 소식을 듣는다. 그만큼 그는 사회적 중량감을 지닌 문단의 중심인물이었다. 참고로 김광섭 이외의 자유문협 간부진을 살펴보면, 이무영·백철이 부위원장, 모윤숙·김팔봉·서항석·이헌구·이하윤 등이 각 분과위원장을 맡았다. 과거의 소위 해외문학파를 중심으로 문협 주류에서 배제된 잡다한 분파가 광범하게 결집한 셈이었다. 그러나 4·19혁명에 의한 이승만정권의 붕괴와 뒤이은 5·16군사쿠데타는 거대한 사회적 변화를 불가피하게 동반하였고, 이 과정에서 김광섭·이헌구·모윤숙 등 자유당정권에 음으로 양으로 기대고 있던 문인들의 영향력은 점차 쇠퇴의 길을 걷게 되었다. 5·16 직후 자유문협의 해체에 따라 김광섭이 개인적으로 인수하여 발행하던 『자유문학』도 점점 운영이 어려워져 결국 1963년 8월

(통권 71호) 잡지사 문을 닫게 된다. 동분서주 애쓰던 일이 예전과 달리 난관에 부딪히자 그는 큰 심정적 타격을 받는다. 그리하여 1965년 4월 그는 운동장에서 야구를 구경하던 중 고혈압으로 쓰러져 병상에 눕게 되고, 얼마 뒤에는 1952년부터 재직하던 경희대학교에서도 퇴임을 통고받는다. 이 와중에 그는 어머니를 잃는 슬픔을 겪는다. 그러나 다들 아는 바와 같이 그는 병고를 딛고 시인으로 거듭나 『성북동 비둘기』(1969) 『반응』(1971) 『겨울날』(1975) 등 시집을 간행함으로써 기적과도 같은 변신을 이룩하는 데 성공하였다.

나는 이번에 모처럼 이 후기 시들을 다시 한번 읽어보았다. 이 글을 쓰다보니 시간에 쫓기고 분량이 넘쳐서 자세한 분석적 검토를 다른 기회로 미룰 수밖에 없지만, 내 기억 속에 남아 있는 몇몇 훌륭한 시들의 감동은 여전한 반면, 그의 초·중기 시들과 맥락을 같이하는 불투명한 관념시 및 소박하고 단조로운 사회시 또한 적지 않다는 것을 새삼 발견하였다. 어쩌면 당연한 얘기지만, 병후의 그의 문학이 과거로부터의 단절이나 비약일 수 없다는 사실은 더 넓은 차원에서 역사의 준엄함을 증거하는 것이기도 하다. 그러나 그의 후기시가 초기부터 그에게 씨앗처럼 내장되어 있던 인간적 따뜻함과 자연에 대한 친화의 정서를 좀더 넉넉하고 편안하게 형상화하고 있다는 것 또한 분명하다. 이런 점에서 그의 삶과 문학 역시 그 성취의 측면에서뿐 아니라 과오와 결함의 측면에서도 우리에게 가르침을 준다. 왜냐하면 그가 만년의 훌륭한 시들에 이룩된 높은 인간적 진실과 투명한 지혜의 경지에 닿는 것을 방해하고 위협했던 요소들은 바깥의 현실 속에만이 아니라 그의 삶의 내부에도 엄존해 있었기 때문이다.

탄생 100주년 문학인 기념문학제 발제문(2005. 9. 29);

『해방 전후, 우리 문학의 길 찾기』(민음사 2005)

자연으로 위장된 역사의 흔적들

■

1907년생 문인들의 문학행로가 뜻하는 것

1

주지하는 바와 같이 러일전쟁은 형식상 늙은 제국 러시아에 대한 신흥 제국 일본의 승리였으나, 실제로는 일본을 앞세운 영국과 미국의 승리였고 이들 국가에 의한 동아시아 세력판도의 재구성이었다. 그것이 한반도의 식민지화로 귀결되었음은 굳이 말할 필요도 없는 사실인데, 외교권 박탈과 통감부 설치를 주요 내용으로 하는 강압적인 을사조약(1905. 11. 17)부터 완전한 식민지 전락으로서의 합병조약(1910. 8. 29)까지에 이르는 과정은 일사천리로 진행되었다. 아마 1907년은 임종을 앞둔 조선왕조가 마지막 가쁜 숨을 내쉰 해일 것이다. 잠시 이 해의 사건들을 일별해보자. 정초부터 대구를 중심으로 국채보상운동이 일어나 전국적인 호응을 받았으며, 을사5적을 암살하려는 기도가 있었으나 번번이 좌절되었다. 5월 22일에는 이완용 내각이 발족하였고, 그로부터 한 달쯤 뒤인 6월 24일에는 이상설, 이준, 이위종 등이 황제의 위임장을 가지고 제2차 만국평화회의에 참석하기 위해 네덜란드 헤이그에 도착하였다. 이 밀사사건으로 고종의 퇴위가 강요되고(7. 20), 이어서 순종의 황제 즉위식이 거행되었다(8. 27). 이 와중에 이른바 '정미(丁未)7조약'이라 통칭되는 한일신협약이 조인되어(7. 24), 사법권의 위임과 군대해산을 결정하였다. 같은 날 '광무(光武)신문지법'이 공포되었는데, 이 법은 1950년대에 이르기까지 언론자유를 옭죄는 탄압의 도구로 위력을 발휘하였다. 무엇보다 1907년은 매국노를 규탄하고 일제의 침략에 반대하는 구국운동이 전국적인 무장투쟁으로 고조된 해였다.

그러나 이 시대가 이러한 국권상실의 암흑과 핏빛 저항으로만 채색되어 있었던 것은 아니다. 수원농림, 선린상업, 오산학교, 수피아여학교 등 많은 신식학교들이 이 해에 잇달아 설립되고 서울에 수도, 전기, 전화, 철도, 전차 등과 관련된 공사들이 시행되는가 하면, 미국인 선교사가 청년들에게 농구경기를 소개하고 자전거상회에서는 자전거 경기대회를 열기도 하였다. 9월 1일부터 11월 15일까지는 우리나라 최초의 박람회가 개최되어 20여만 명의 관람객을 끌어모았으며(안국선安國善의 단편소설「공진회(共進會)」는 이를 소재로 한 작품이다), 한미(韓美)전기회사에서는 동대문 차고에 활동사진관람소, 즉 영화관을 만들기도 하였다. 양장 여인이 처음 서울 거리에 나타난 것도 이 해 연말께였다고 한다(이상 『한국현대사 제9권: 연표로 본 현대사』, 신구문화사 1972 참조).

이런 점에서 이효석, 신석정, 김달진 등이 태어난 1907년 전후의 시기는 흔히 '애국계몽기'라고 호칭되는 데서 드러나듯이 애국적 정서와 계몽주의적 열정이 분출한 시대였다. 그러나 그것은 시대의 일면에 불과하고, 다른 면에서는 러일전쟁을 계기로 일제의 식민지 침탈이 더욱 심화된 망국의 시대였다. 그런 양면성을 가령 언론계의 형편을 통해 살펴보더라도 영국인 베셀(裵說)과 양기탁, 박은식, 신채호 등이 활동한 『대한매일신보』는 여전히 반일(反日)의 깃발을 들고 국문판까지 발행하기 시작한 반면, 신소설 작가로도 유명한 이인직은 자신이 주필로 있던 천도교 신문 『만세보』의 경영난을 기화로 이 신문을 인수하여 『대한신문』으로 제호를 바꾸고 이완용 친일내각의 기관지로 탈바꿈시켰던 것이다. 요컨대 애국과 매국이 공존하고, 문명개화로서의 근대화가 외세의 식민지 침략과 나란히 진행되는 모순의 상황이 이 시대의 특징이었다. 다시 말하면 이 땅에서 근대화는 식민지화의 분식(粉飾)한 얼굴이었던 것이다.

1907년생 문인들의 삶의 출발점이 망국의 위기와 근대적 전환이 교차하는 갈림길 한가운데 위치해 있었다는 것은 그들의 인생역정 전체가 시대의 격랑을 피할 수 없었다는 운명의 예고처럼 보인다. 그 시대의 격랑이란 어떤 것이었던가. 생각건대 20세기 전반기의 인류 역사는 사상 초유의 두 세계대전을 축으로 하여 그 파괴와 신생의 길항 위에 성립한다. 특히 제1차 세계대전의 와중에 일어난 러시아혁명의 성공은 제국주의 열강의 압박과 착취에 시달리던 전세계 민중들에게 새로운 희망의 빛을 던지고 해방의 영감을 불어넣었다. 시야를 동아시아로만 좁히더라도 3·1운동에 이은 5·4운동의 전개(1919), 인도네시아(1920)·중국(1921)·일본(1922)·인도(1925)·베트남(1930) 등 여러 나라에서의 공산당의 결성, 그리고 이런 움직임과 연결된 농민운동·노동운동 및 학생운동·여성운동 등 각급 사회운동의 활발한 전개는 이 지역의 정치지형에 엄청난 변화를 가져왔다. 식민지 당국의 혹독한 탄압과 끊임없는 내부갈등에도 불구하고 4차에 걸쳐 조선공산당(1925~28) 결성이 시도되고 그 외곽에서 카프(1925~35)가 조직되었던 사실은 그 나름으로 당시의 세계사적 조류를 반영한다고 할 것이다.

그러나 세계 변혁운동의 활력은 대공황의 와중에서 점차 주춤거리고, 자본주의 기존체제는 위기를 극복하는 과정에서 도리어 체질강화의 기회를 얻게 된다. 이미 이딸리아에서는 파시스트(1922)가 정권을 잡았지만, 독일에서의 히틀러 집권(1933)과 스페인 내전(1936~39)에서의 공화주의의 패배는 온세계에 민주주의의 후퇴를 알리는 신호탄이 되었으며, 그 연장선 위에서 유럽은 다시 세계대전(1939)에 휘말린다. 이 반동의 물결은 일본 제국주의의 야심을 자극하여 만주사변(1931)·중국 침략(1937)·태평양전쟁(1941)으로 이어지는 확전으로 나타났는바, 그 여파는 식민지 조선에 대한 더욱 가혹한 탄압과 무자비한 전쟁동원을 결과하였다.

이 같은 역사의 격랑에 1907년생 문인들은 어떻게 반응했던가. 똑같은 시대조류 가운데서 성장했어도 자기의 문학세계를 찾아가는 그들의 도정은 당연히 서로 똑같은 것일 수 없다. 김소운(金素雲)과 김문집(金文輯)은 보통학교를 마치자마자 또는 중학을 다니다 말고 일본으로 건너가 그곳에서 문학적 교양의 터전을 구했고, 자의든 타의든 생애의 많은 부분을 그곳에서 보냈다. 이 점에서 그들은 동년배 문인들 중에서 상당히 예외적인 경력의 소유자들이다. 그러나 그들이 그곳에서 획득한 일본 고전문학에 대한 조예와 일본 현역문인들과의 교유는 그들의 문학인생을 위해 일정부분 자산이 되기도 했지만, 근본적인 차원에서는(특히 김문집의 경우) 오히려 심각한 제약이 되었던 것 같다. 왜냐하면 당시 조선에 있어 일본은 식민지 모국인 동시에 근대문명의 유일한 창구로 기능했으므로, 일본문화에 대한 이러한 간극없는 밀착은 결국 자아상실의 위험을 동반할 수밖에 없었기 때문이다. 따라서 그러한 위험을 벗어나기 위해서는 김소운의 경우에 보듯이 자신의 교양의 모태에 대한 평생에 걸친 힘겨운 싸움을 피하기 어려웠다.

반면 박세영(朴世永)은 중학 졸업 이후 일본유학 대신에 중국대륙 유랑을 선택하는데, 이 경험은 그를 민족현실의 새삼스런 발견으로 이끌었을 가능성이 상대적으로 더 높다. 물론 여기서 일본이냐 중국이냐의 선택지가 자동적으로 한 인간의 사상형성에 차이를 만들어냈다고 말할 수는 없다. 하지만 박세영이 귀국 직후(어쩌면 이미 중국 체재중에) 좌파조직에 가입하여 일생 동안 답답할 만큼 일관되게 노선을 견지한 데에는 일본유학이 아닌 중국방랑을 떠날 때 그의 마음에 있었던 것과 동일한 어떤 내적 성향이 작용했을 것이다.

여기서 이들과 대조적으로 떠오르는 인물이 벽초(碧初) 홍명희(洪命熹, 1888~1968)이다. 그는 명문대가 출신으로서 일찍이 전통학문의 수련을 거친 다음 일본유학(1906~10)을 통해 서양과 일본의 근대문학을 섭렵했고 또 중국 및 남방 생활(1912~18)을 통해 그곳에 망명한 다수의 독립운동가와 연계를 맺을 수 있었다. 비슷한 연배의 인물들과 비교해볼 때 벽초는 신채호의 전투적 치열성을, 한용운의 내면적 깊이를, 최남선의 학문적 체계를, 이광수의 대중적 인기를 결하고 있지만, 그러나 그들 어느 누구도 갖지 못한 포용성과 유연성, 현실 적응력과 민족적 경륜을 겸비하고 있으며 한 인격 내부에서 전통과 근대성의 통일을 구현하고 있다.

김달진(金達鎭)과 신석정(辛夕汀)은 불교전문학교에서 수학했다는 경력을 공유하고 있고, 기본적으로 자연친화적인 감수성의 소유자라는 점에서도 공통된다. 김달진은 출가한 스님으로서 역경(譯經)사업 등에서 많은 업적을 남겼고, 신석정은 평생 고향인 부안과 전주에 머물면서 시 쓰는 일과 학생들 가르치는 일 이외의 다른 잡무에 손댄 적이 거의 없었다. 그런 점에서 두 사람은 외관상 당대 현실의 절박한 문제성과 일정하게 거리를 두고 그들만의 독특한 선적(禪的)·전원적 공간 안에 고고하게 칩거하는 삶을 살았다. 그러나 그것은 겉으로 드러난 모습일 뿐이며, 자연은 현실과의 긴장을 감추는 오래된 가면일 수도 있었다. 그리고 그 점에서 김달진과 신석정은 외관상의 유사성에도 불구하고 아주 대조적인 개성을 지니고 있었다고 생각된다.

카프의 위력과 퇴조라는 시대적 표정의 변전을 한 작가의 문학적 행로 안에 집약적으로 반영한 인물이 이효석(李孝石)이다. '동반자 작가'라는 말이 1920년대 후반의 유진오와 이효석을 지칭하는 관습적 용어로 굳어진 사실이 이를 입증한다고 하겠다. 시대의 유행을 뒤쫓는 듯한 이러한 추수적(追隨的)인 자세가 정명환(鄭明煥) 교수에 의해 강력히 비판된(「위장(僞裝)된 순응주의(順應主義): 이효석론(李孝石論)」, 1968~69) 이후 이효석은 「메밀꽃 필 무렵」의 높은 완성도와 대중적 명성에도 불구하고 대체로 비평의 호의적인 조명에서 벗어나 있었다. 분명히 이효석은 30여년 뒤의 김승옥이 그러하듯이, 작품을 통해 완성에 이른 재능이었다고 말하기는 어려울 것이다. 돌이켜보면 그는, 겨우 35년에 그친 짧은 생애 탓도 있지만, 김승옥이 받았던 것보다 훨씬 더 복잡한 시대적 압박을 더 미숙한 동시대인들 틈에서 통과하지 않으면 안되었고, 그 결과로서의 상처와 불균형을 삶과 글에 남겨놓았다. 그러나 그런 점까지 포함하여 그의 문학은 식민지시대를 증거하는 독특한 초상들 중의 하나로서 외면할 수 없는 중요성이 있으며, 그런만큼 후세의 문학사가들에게 심도 있는 해명을 요구할 권리가 있다.

2

학문연구가 대학제도 바깥에서 지속되기 어려운 것이 근대사회의 한 특징이라 할 때, 3·1운동 이후 연희·보성·이화 등 사학들이 전문대학 체제를 갖추게 되고 일제 당국에 의해 제국대학이 설립된 것은 우리나라 근대학문의 역사에서 획기적인 의의를 갖는다고 할 수 있다. 특히 연희전문에는 정인보(1892~1950)·최현배(1894~1970)·백남운(1895~1974) 등 훌륭한 학자들이 교수로 재직하고 있었던바, 이들이 식민지 관학(官學)에 대항하여 민족지향적 학풍의 수립에 진력한 것은 주목에 값한다.

이에 비해 경성제대의 출범이 갖는 의미는 이중적일 것이다. 한편으로 그것은 명백하게 최고 교육기관에 있어서의 식민지 통치의 관철이다. 개정된 조선교육령(1922)에 의해 전문학교와 대학의 등급을 구분하고 경성제대만을 유일한 정규대학으로 인가한 것도 그렇지만, 법문학부와 의학

부만으로 구성된 이 대학에서 1926년 개교 당시 전체 교수 57명 중 겨우 5명만이, 그리고 전체 학생 140명 중 47명만이 조선인이라는 사실도 그 점을 보여준다. 그러나 다른 한편, 비록 식민지체제의 내부에서이기는 하나 그 식민성을 극복할 수 있는 일정한 주체적이고 잠재적인 역량이 양성될 수 있는 사회적 제도가 또한 대학이다. 경성제대 조선어문학과 졸업자들이 우리나라 국어국문학 연구 제1세대의 핵심을 구성하게 된 사실이 단적으로 이를 입증한다.

김재철(金在喆, 1907~33)은 바로 이 제1세대 중의 한 명이다. 조윤제(1904~76)가 1회, 이희승(1896~1989)이 2회, 그리고 김태준(1905~49)과 김재철이 3회로서, 이들은 3회 졸업생이 배출되던 1931년에 조선어문학회를 결성하여 일본 학자들의 영향을 벗어나기 위한 집단적 활동을 개시하였다. 특히 대학 동기인 김태준과 김재철은 졸업논문을 위해 준비한 『조선소설사』와 『조선연극사』를 신문 연재로 발표하여, 안확(安廓, 1886~1946) 같은 재야학자가 첫 삽을 들었다고는 하나 아직 불모지나 다름없던 이 방면에 개척자적인 업적을 제출하였다. 뒤이어 방종현(1905~52)·이숭녕(1908~94)·김형규 등이 조선어학과를, 구자균(1912~64)·고정옥(1911~69)·정학모·손낙범·정형용·이명선 등이 조선문학과를 차례로 졸업하고 이 흐름에 동참하여, 이제 국어국문학 연구는 근대적 학문으로서의 기본골격을 갖추게 되었다. 이들은 해방후 각 대학 국문학과 교수로 자리잡고 후속 세대의 양성에 힘썼으며, 그중 일부 학자들은 '우리어문학회'를 조직하고 그 학회의 이름으로 『국문학사』(1948)와 『국문학개론』(1949)을 간행하여 초보적인 형태의 집단적인 학문운동을 전개하기도 하였다. 다만, 안타까운 것은 발표 당시에 이미 높은 가치를 인정받았던 연극사 연구의 개척자 김재철이 불과 26세의 새파란 나이에 세상을 떠남으로써 더 많은 업적으로 학계에 기여할 기회를 놓친 점이다.

그런데 김재철의 탄생 100주년이 되는 이 시점에서 국문학 연구가 근대학문으로 탄생하게 되는 초기과정을 잠시 뒤돌아본 까닭은 어디에 있는가. 잘 살펴보면 일제강점기의 국문학 연구는 유감스럽게도 문학활동의 살아있는 현장 즉 현실문단과 일정하게 괴리되어 있었다는 사실을 알 수 있다. 이것은 당시 서양문학 전공자들이 적극 문단활동에 개입했던 것과 아주 대조되는 사실이다. 여기서 가령, 경성제대 영문과 2회 졸업생인 이효석이 이미 재학중에 소설가로 데뷔하여 주목을 받았고, 같은 영문과 3회 졸업생인 최재서도 조만간 비평가로서 상당한 영향력을 행사하게 되었으며, 무엇보다도 3·1운동 전후 우리 근대문학의 건설자들 대부분이 일본유학 중 서양문학에 심취했던 사실을 상기해볼 수 있다. 생각건대 국문학 연구가 근대학문으로 태동할 무렵 이들 연구자들 앞에 놓여 있는 동시대의 한국문학은 연구대상으로서 너무나 빈곤하고 축적된 작품량 또한 너무나 빈약하였다. 따라서 그들의 학문적 과제는 현재적인 것이 아니라 과거로부터 넘겨진 문학유산의 분류와 체계화, 즉 역사적 연구일 수밖에 없었다. 그런 점에서 김태준·김재철·조윤제 등 초기 국문학자들이 소설사·연극사·시가사(詩歌史) 등에 착수하여 각자의 첫 저서를 내놓은 것은 불가피한 일이었다고 할 수 있다.

그러나 동시대 민중의 구체적인 생활 즉 당대의 현실을 표현하는 것을 목표로 하는 작품의 창작에 있어서는 그러한 역사적 연구가 살아있는 준거(準據) 노릇을 하기 어렵다. 아마 이 시대의 작가와 비평가들이 실제의 작업에서 살아있는 모범으로 삼았던 것은 우리나라의 고전 또는 현대작품이 아니라 서구문학을 적극 받아들여 자신들의 근대문학을 만들어나가고 있는 일본의 성공적인 선례였을 것이다. 많은 논란을 불러일으킨 임화(1908~53)의 소위 이식문학론은 이처럼 우리 문학사의 과거와 현재 사이에 충분한 내재적·유기적 연속이 결여되어 있다는 엄연한 현실에 관계된 것이라고 보아야 한다.

그러나 어느 시대 어느 나라건 문학에 대한 역사적·이론적 연구 즉 문학사와 문학이론은 창작과 비평이 이루어지는 문학현장과 구별될 수는 있을지언정 분리될 수는 없다. 우리나라 신문학 운동 초기에 양자가 서로 무관해 보일 만큼 멀리 떨어져 있었던 것은 특정한 시대의 예외적인 현상으로서, 이것은 양자 모두를 위해서 바람직한 상태가 아니다. 나의 어렴풋한 짐작에 국문학 연구와 현장문학이 서로를 발견하고 상대방을 통해 자신을 한단계 더 높일 수 있게 된 것은 일제 식민통치의 압제가 더욱 악랄해진 1930년대 후반이 아닌가 한다. 시와 평론으로 활약하던 양주동(1903~77)이 신라향가와 고려가요 연구에 몰두한 것은 뜻밖의 선회라 할 수도 있지만, 출판사 학예사를 무대로 한 문학사학자 김태준과 현장이론가 임화의 접촉은 각자 추구해오던 방향에서의 필연적인 만남으로서 중요한 의미를 지닌다. 2005년도 탄생 100주년 기념문학제에서 김재용 교수는 해방 전후 이념적 기치로서의 민족문학론의 형성에 김태준이 핵심적인 역할을 했고 그에 앞서 김태준·임화 두 사람의 이론적 상호접근이 이루어졌다는 가설을 발표했는데(김재용「김태준과 민족문학론」), 오늘날 수많은 국문학과 출신 비평가들이 한때 번성하던 서양문학 전공자들의 위세를 밀어내고 평단의 대세를 장악하게 된 상황의 연원을 찾자면 1930년대 말경의 민족문학론 잉태 지점으로 가야 하지 않을까 생각한다.

3

카프 결성 이전에 이미 김석송(1901~?), 김기진(1903~85), 조명희(1894~1938) 등이 경향파적인 작품을 발표했고 카프 결성 이후 그 영향권 안에서 많은 시인들이 활동한 것은 잘 알려진 사실이다. 그런데 1931년에 발간된『카프 시인집』에는 김창술(1903~50)의「기차는 북으로 북으로」등 4편, 권환(1903~54)의「소년공의 노래」등 7편, 임화의「네거리의 순이」등

6편, 안막(1910~?)의 「삼만(三萬)의 형제들」 등 2편, 그리고 박세영의 「누나」 1편이 수록되어 있다. 시집이 발행된 시점은 일본에서 갓 돌아온 임화·김남천·안막 등이 프로문학의 볼셰비끼화라는 깃발을 들고 카프의 제2차 방향전환을 시도하여 헤게모니를 장악하고 난 직후로서, 이 시집은 카프 내부의 그러한 변동을 반영하고 있다고 믿어진다. 여기에 수록된 다섯 사람들 이외에도 김해강(1903~87), 류완희(1903~?), 박팔양(1905~?), 박아지(1905~59), 이찬(1910~74), 김조규(1914~90) 등이 카프를 중심으로 활약했고, 이들보다 문단 선배인 이상화와 김동환도 한때 카프의 노선에 동조적이었다. 그러나 돌이켜보면 이 여러 사람 가운데 박세영은 이찬과 더불어 카프의 계관시인이라 불려도 좋을 만한 대표성을 지니고 있다.[1] 몇가

---

1 내가 접해본 거의 모든 자료는 박세영이 1902년생이라고 기록하고 있고, 단지 김윤식(金允植) 『한국현대문학사』(서울대학교출판부 1992) 등 일부 책에만 1907년 7월 5일생이라고 되어 있다. 그리고 대부분의 책들은 그가 1922년 9월에 결성된 사회주의 예술단체인 염군사(焰群社)에 가담하여 이호(李浩)·송영(宋影)·이적효(李赤曉) 등과 연결을 맺었다고 기술하고 있다. 잡지 『염군』은 1923년 11월 이적효를 대표로 창간호를 편집한 상태에서 압수당하고 1924년 3월에는 제3호를 기획하다가 금지됨으로써 결국 한번도 빛을 보지 못한 채 폐간되었다. 한편, 1924년 6월 9일자로 경성 지방법원 검사정(檢事正) 대리 平山正祥이 상부에 올린 보고서에 따르면, 이틀 전인 7일에 노동총동맹과 청년총동맹 주최로 31개 운동단체들의 연합간담회가 있었던바, 염군사에서는 최승일(崔承一)·송영·심대섭(沈大燮)·지정신(池貞信)이 이 모임에 대표로 참석하였다. 참고로 밝히면, 이호는 대한민국 초대 법무장관을 지낸 변호사 이인(李仁)의 아우이고 지정신은 당시 이호와 연인관계였다. 1925년 8월 염군사와 파스큘라의 합동에 의한 카프의 결성은 관철동 형네 집에 기숙하고 있던 이호의 방에서 이루어졌다고 한다. 그런데 배재고보를 졸업한 직후인 1922년 4월 중국으로 건너간 박세영이 혜령 영문전문학교를 다니다 중퇴하고 톈진(天津)에서 『화북명성보』 교열원으로 일하다가 귀국한 것이 1924년 9월이라 하니, 그가 염군사에 관여했다는 기록은 중국에 머물면서 배재고보 동창이자 문학적 동지인 송영 등과의 문통(文通)에 의해 이름만 얹은 사실을 가리킨 것일 가능성이 높다. 물론 그가 1907년생이라면 이러한 염군사 가담설은 당연히 허구이다. 그러나 『염군』 창간호에 적효(赤曉)·홍파(紅波)·송영·이호 등의 작품과 더불어 박세영의 시 「揚子江畔에서」가 실릴 예정이었다는 구체적인 회고(鴬峯山人 「신흥예술이 싹터나올 때」, 김윤식 『한국근대문예비평사연구』, 한일문고 1973, 39면 참조)가 있는 것으로 미루어 그의 생년(生年)이 1902년임은 거의 확정적이라고 여겨진다.

지 각도에서 그 점이 뜻하는 바를 검토해보자.

　방금 거명한 이른바 카프 시인들의 행로를 살펴보면 그들 대부분이 역사의 격랑에 부딪혀 상처를 입고 좌절하거나 비극 속으로 침몰했음을 알 수 있다. 김기진·김동환의 얼룩진 생애는 잘 알려져 있고 조명희와 임화의 비극적 최후도 밝혀진 터이지만, 안막·박팔양·박아지·김조규 역시 월북 후 별다른 활동을 못했거나 행방이 묘연하다. 대표적인 카프 시인 중의 하나로 지칭되던 권환은 건강 때문에 고향인 마산으로 낙향하여 숨죽이며 살다가 6·25 직후 세상을 떠났고, 1920년대 후반 왕성하게 구호적인 시들을 발표하던 김해강도 카프 해산과 더불어 지향점을 잃고 의미있는 문학활동에서 떨어져나가고 말았다. 김해강과 동향(同鄕)으로서 당시 가장 활발한 카프 시인이었던 김창술 역시 후일의 행적을 확인하기 어렵다.

　이렇게 본다면 박세영과 이찬은 소설 쪽의 이기영과 한설야가 그렇듯이 일제말 암흑기를 훼절의 과오 없이 통과했을 뿐만 아니라 월북 후에도 오래도록 북한 문단에서 지도적인 위치를 누리면서 창작활동을 지속했다는 점에서 카프문학의 정통성이 북한문학으로 계승되었음을 입증하는 산 증인이라 할 수 있다. 박세영이 북조선 애국가의 작사자로서 '북조선문학예술총동맹' 서기장의 자리에까지 올랐던 것이나 이찬이 북한에서 혁명시인의 칭호를 받았던 것은 그러한 연속성의 한 단면을 드러낸다.

　일제강점기 박세영의 문학사적 업적을 평가함에 있어서 여러 동시대인들이 증언하는 그의 인품의 성실성과 이념적 일관성은 중요한 참고사항이다. 가령, 시집 『산제비』 머리말에 들어 있는 임화의 언급을 상기해보자.

　항상 우리는 '글은 사람이다'라는 말을 해왔지만, 이 말이 世永君의 예술에서처럼 부합되는 경우도 드물까 한다. 그는 창작생활에 있어서나 우리 예술단체 활동에 있어서나 특별히 눈에 띄는 특색을 가졌다고 할 수는 없다. 그러나 어느새 그는 우리들 가운데 없지 못할 무거운 존재가 되었다. 그는 자기라든가 문학적 명성이라든가를 돌아보지 않고 잠자코 필요한 일에 종사한 드문 사람이었다. (…) 사실 이 책을 펴는 독자가 누구나 짐작할 수 있으려니와, 君의 작품은 어느 것을 보아도 어디 이렇다 할 특징으로서 독자의 눈을 휘황하게 하지는 않는다. 그러나 특징 아닌 특징이라고 할 어떤 특징에 의하여 그의 작품은 차차 완성의 域으로 가까워가고, 고유한 예술적 성질과 견고한 실력으로 독자의 섬세한 음미를 요청한다.

이 문장은 박세영의 인간과 문학에 대해 정곡을 찌르고 있을 뿐만 아니라 당시 한국시가 도달한 예술적 수준이 어느 정도인지, 또 조직운동에 요구되는 품성적 특징이 어떤 것인지에 관한 임화 자신의 이해를 명료하게 보여준다는 점에서 매우 흥미로운 자료이다. 이 서문을 쓰던 1937년 무렵 임화는 점점 좁아드는 활동공간 안에서 지난날 자신의 비현실적인 과격노선을 비판적으로 반성하는 한편, 신문학사 연구를 통해 우리 문학의 진로에 관한 좀더 폭넓은 시야의 확보를 모색하고 있었다. 따라서 이 서문에서 그가 말하는 '독자의 눈을 휘황하게' 하는 특징이라는 것이 결코 프로문학 이념과의 결별을 뜻하는 것일 수는 없겠지만, 동시에 과거와 같은 상투적인 구호의 지리멸렬한 반복을 가리키는 것일 수 없음도 분명하다. 적어도 임화는 카프 영역 바깥에서 산출된 『정지용시집』(1935) 『기상도』(1936) 『사슴』(1936) 『분수령』(1937) 같은 시집들의 높은 수준을 외면할 수 없었고, 또한 「시작(詩作)에 있어서 주지적(主知的) 태도」(1933)부터 「모더니즘의 역사적 위치」(1939)까지 김기림이 주장했던 새로운 시학에 이론적 긴장을 느끼지 않을 수 없었다. 이와 같은 문학사적 인식 위에서 그는 박세영 문학에 대해 유보적인 평가를 내리는 것이다. 다시 말하면 임화는 같은 문학진영 소속의 박세영이 지닌 인간적 성실성을 높이 평가하면서도 그의 작품의 미학적 참신성에 대해서는 회의적인 견해를 숨기지 않았다. 그런 점에서 해방 직후 카프의 재건을 둘러싼 좌파 내부의 노선분열, 그리고 월북 이후 한국전쟁을 거치면서 박세영과 임화가 맞게 될 극단적으로 대조적인 운명의 단초를 여기서 이미 감지한다 하더라도 그것은 지나치게 결과론적 예단이 아닌 것이다.

어떻든 문제는 박세영의 작품이 얼마나 당대 현실과의 치열한 대결의 소산인가 하는 점인데, 솔직히 말하면 나는 시집 『산제비』 전권에서 진실한 감동을 주고 문학적 생기를 느끼게 하는 단 한 편의 시도 만나지 못하였다. 뜻밖에 자주 나오는 자연묘사는 대체로 감상적 탄식을 위한 상투적인 배경으로 되기 일쑤였고, 열악한 노동조건에 대한 고발(예컨대 「산골의 공장」)이나 노동자의 단결과 연대에 대한 호소(예컨대 「누나」)도 실재하는 현실로부터 울려나온다기보다 시인의 관념에서 만들어진 듯한 도식성을 벗어나지 못하고 있다. 도시의 향락적 청년에 대비하여 노동하는 어부 남편을 찬양한 '단편서사시' 「바다의 여인」은 구성의 억지스러움과 내용의 통속성만이 돋보인다. 정지용의 「유리창」에서 완벽하게 절제된 감정의 무언극을 경험한 독자라면 「이름 둘 가진 아기는 가버리다」의 흘러넘치는 감상주의에 역겨움을 금할 수 없을 것이다. 그러나 다음 작품들에서는 식민지 현실의 중압을 돌파하려는 건강한 의지와 진실한 자기반성 및 거기에 상응하는 얼마간 정돈된 언어를 발견할 수 있다.

> 남국에서 왔나,
> 북국에서 왔나,
> 山上에도 上上峰,
> 더 오를 수 없는 곳에 깃들인 제비.
>
> 너희야말로 자유의 화신 같구나,
> 너희 몸을 붙들 者 누구냐,

너희 몸에 알은 체할 者 누구냐,
너희야말로 하늘이 네 것이요 대지가 네 것 같구나.

—「산제비」 전반부

너와 나, 또 수많은 동무들이,
삶의 뜻을 알려고 어린 시절을 보낸 지도 여러 해,
하늘같이 높던 그 理想은 다 꺼지고 말았다.

너와 나, 또 온 세상의 청춘들이
한 번씩은 다 가져보는 그 마음,
그 마음은 높게 하늘로 떠오르는 사람들이 되어
검은 구름에 앞을 못 보고,
헤매이다 떨어져버리는구나.
생각하면 날개도 없이 뛰어올라간 만용을,
내 어찌 한하지 않으리.

오 너는 나에게 대답하라,
하늘에 닿던 너의 理想을 누가 앗아갔나 대답하라,
그러면 일찍이, 너는 너의 모든 성의와 분투를 감춰버리고
우연과 自信을 내세운 일이 없는가 대답하라.

—「나에게 대답하라」 전반부

시집 『산제비』의 수록작품 대부분에는 괄호 안에 창작연대가 기록되어 있는바, 전자는 '丙子 初秋', 후자는 '丙子 盛夏'라고 되어 있다. 그러니까 1936년 초가을과 한여름, 즉 거의 같은 무렵에 씌어진 것이다. 이 사실은 이 시들을 이해하는 데 중요한 단서를 제공한다. 왜냐하면 그 시점은

48

바로 카프가 강제 해산된 직후로서, 두 작품은 자유의 박탈과 이상의 좌절이라는 시대적 상황에 대한 시인 박세영의 시적 대응으로 읽히기 때문이다. 두말할 나위 없이 시 「산제비」에서 제비는 간섭과 구속을 벗어나 마음껏 훨훨 하늘을 날아다니는 존재로서 현실상황의 억압성을 부각시키는 시적 표상이며, 서정적 화자의 자유에 대한 갈망을 대변하는 상징이다. 그리하여 시인은 또다른 시 「나에게 대답하라」에서 심각한 자기반성을 수행한다. 화자는 자신과 동지들이 자기도취에 빠져 현실을 옳게 인식하지 못하고 객관적 조건의 변화에 현명하게 대처하지 못했던 것이 아닌가 자문하는 것이다.

그러나 이런 작품들도 건실한 현실의식과 소박한 언어의 결합에 의해 상대적으로 성공적인 결과에 이르고 있다는 것이지, 위기의 시대를 정면으로 돌파하는 정신의 강인함 내지 비타협적 통렬함과는 거리가 먼 상식의 세계이다. 사소한 얘기인데, 제비는 높은 산정 위를 날아오르는 새가 아니라 사람 사는 동네에 터를 잡고 집과 논밭 위로 날아다니는 새이다. 그러니까 집제비 들제비는 흔해도 산제비는 보기 힘들다. 물론 「산제비」의 제비는 시인의 자유에 대한 갈망을 대변하는 관념적 표상이지, 제비의 생물적 특징을 구비한 실물적 존재이어야 하는 것은 아니다. 그렇다면 더욱이나 제목을 그렇게 붙일 까닭이 없지 않은가.

4

서두에서 잠깐 언급했듯이 신석정과 김달진은 불교와의 인연, 노장사상에 대한 심취, 문단 중심부에 거리를 둔 소탈한 생활, 그리고 무엇보다도 자연친화적 시세계라는 점에서 외관상 유사한 면모를 보인다. 그러나 그들의 삶을 더 깊이 들여다보고 작품을 더 꼼꼼히 읽어보면 그들은 그러

한 공통성에도 불구하고 오히려 아주 대조적인 개성의 소유자들임을 알
수 있다. 김달진은『시원』(1934)『시인부락』(1936)『죽순』(1947)의 동인으로
서, 그리고 해방 직후 좌파의 문단장악에 저항했던 '청년문학가협회'의
부회장으로 세상에 이름을 드러내기는 했으나 적극적인 사회활동에 뜻을
두지는 않았다. 그리하여 그는 시인이라기보다 승려 또는 고전번역가라
는 인상으로 각인되어 있었고, 첫시집『청시(靑柿)』(1940)는 오랫동안 사
람들의 기억에서 사라져 있었다. 반면에『시문학』(1931)을 무대로 본격적
활동을 시작한 신석정은 초기부터 모더니스트 김기림의 각별한 주목을
받았고, 첫시집『촛불』(1939)의 출판기념회에는 유파를 초월하여 많은 문
인들이 축하를 보냈으며, 이후 그는 언제나 문단이 기억하는 주요시인들
중의 하나였다. 세계와 관계맺는 방식에서 나타나는 이러한 차이는 그들
의 시의 영원한 화두라 할 자연에 대한 태도의 상이(相異)로써 좀더 분명
하게 구체화된다.

재발견의 형식으로 우리 앞에 다시 모습을 드러낸 시집『청시』는 가히
경이에 값하는 높은 수준의 시세계였다고 말할 수 있다. 당시에 발표된
많은 시들이 시간의 풍화작용을 견디지 못하고 다만 역사적 독해의 대상
으로 퇴색한 데 비하여 김달진의 상당수 시들은 여전히 현재적 감수성을
생생하게 자극한다. 이것은 어떤 점에서 그의 시적 사유가 처음부터 역사
적 차원을 배제하고 있었기 때문이라고 볼 수도 있다. 역사가 악마적인
힘에 넘쳐 모든 이성적인 것을 압도하는 시대에 김달진은 역사와의 의식
적인 단절을 통해 역설적으로 역사에 오염되지 않은 순수의 공간을 확보
할 수 있었다. 그 일종의 순수공간에서 그가 한 일은 극히 객관적인 시선
으로 자연을 바라보는 것이었다. 그리하여 그의 시는 때때로 외광파(外光
派) 인상주의자의 그림처럼 관념의 개입이 배제된 순간의 자연의 빛깔과
움직임을 제한된 화폭 안에 즉물적으로 재현한다.

유월의 꿈이 빛나는 작은 뜰을
이제 미풍이 지나간 뒤
감나무 가지가 흔들리우고
살찐 暗綠色 잎새 속으로
보이는 열매는 아직 푸르다

— 「扉詩」 전문

이 작품은 『김달진 시전집』(문학동네 1997)의 맨 앞에 실려 있는데, '비 (扉)'가 사립문을 뜻하므로 '비시'란 말하자면 서시(序詩)라는 뜻일 것이 다(다른 선집에는 제목이 「青柿」라고 되어 있어 바로 첫시집의 표제작임을 알게 한다). 당 시의 시로서는 드물게 섬세한 감각과 예민한 관찰이 적절하게 형상화되 어 있다. 이 시에서 이러한 미학적 균형의 달성이 가능했던 것은 어디에 서 연유하는가. 생각건대 그것은 시의 화자가 텍스트 바깥에 몸을 숨기 고 아무런 타의(他意)의 관여 없이 대상의 즉자성에 시선을 집중할 수 있 었기 때문일 것이다. 다시 말하면 시인은 마치 풍경화가가 캔버스에 의해 넓은 자연으로부터 일정한 크기의 토막을 잘라내듯 일정하게 시야를 한 정하고 그 안에서 포착된 풍경의 사물성(事物性)을 관조할 뿐이고, 그 사 물성 너머의 초월적·현실적 세계에 대한 일체의 형이상학적·역사적 사 유를 억제한다. 그런 점에서 이 작품은 일종의 무의미시이다. 다시 말하면 김달진 시의 자연은 인간 감정의 외부에 자기충족적으로 실재하는 부도 체(不導體)로서의 사물이자 동시에 실재의 덧없음을 암시하는 하나의 가 상(假象)이다.

이에 비하여 신석정 초기시의 자연은 아무런 객관적 실재성을 갖지 않 는다. 그의 이름을 시단에 널리 알린 1930년대의 대표작들, 예컨대 「임께 서 부르시면」 「그 꿈을 깨우면 어떻게 할까요」 「나의 꿈을 엿보시겠습니 까」 「그 먼 나라를 알으십니까」 「아직 촛불을 켤 때가 아닙니다」 같은 작품들에서 자연은 중첩되는 비유와 끝없는 환상에 둘러싸인 가공의 이상 향이며, 현실 너머의 세계에 대한 동경과 희구의 미화된 투사이다.

어머니
당신은 그 먼 나라를 알으십니까?

깊은 삼림지대를 끼고 돌면
고요한 호수에 흰 물새 날고
좁은 들길에 야장미 열매 붉어
멀리 노루새끼 마음놓고 뛰어다니는
아무도 살지 않는 그 먼 나라를 알으십니까?
──「그 먼 나라를 알으십니까」 전반부

여기 아름답게 묘사된 '그 먼 나라'의 풍경들은 이 나라의 실재하는 자 연경치와는 아무런 관계가 없는 상상적 낙원의 그림이다. 그러나 그렇다 고 해서 이 시의 아름다움이 감상적 백일몽에 근거한 터무니없는 허구라 고만 말할 수는 없다. 어쩌면 이 시는 바로 그 비실재성과 환상주의 때문 에 당대의 독자들에게 강한 매력을 발휘했을 터인데, 현실적 전망이 전면 적으로 차단된 식민지 민중들에게 신석정의 시는 그 나름으로 피안세계 의 존재를 지시하는 은유로 기능했을지 모른다.

이 지점에서 문득 서구 산업화 초기의 낭만주의 문학을 떠올리게 된다. 멀고 낯선 것, 이국적이고 타향적인 것에 대한 동경(소위 Fernweh)과 가 깝고 익숙한 것, 내면적이고 고향적인 것에 대한 그리움(Heimweh)은 상 호배타적이고 상반된 방향성을 지녔음에도 불구하고 그들 낭만주의자들 의 감정세계 속에서는 공존하고 있었다고 말해진다. 두말할 것 없이 그것 들은 현세의 고통에 대한 절망적 인식(Weltschmerz)이 낳은 정신적 쌍생

52

아였다. 신석정 초기시에 있어서의 이상적 자연에 대한 낭만적 동경과 초월에의 경향도 그 시대의 현실에 실재하는 세계고(世界苦)를 기반으로 성립된 것이었다고 추론할 수 있을 것이다.

여기서 우리는 김기림이 신석정을 가리켜 "현대문명의 잡답을 멀리 피한 곳에 한 개의 유토피아를 음모하는 목가시인"(金起林 「1933년 시단의 회고와 전망」)이라고 정의하면서, 신석정의 경우 목가 그 자체가 현대문명에 대한 간접적인 비판이기도 하다고 지적했던 사실을 상기하게 된다. 이 무렵 김기림은 시의 창작에도 힘썼지만, 그보다 활발한 평론의 발표로 우리나라 문학사에 본격적으로 모더니즘 운동의 시동을 걸고 있었다. 신석정 초기시의 자연친화적이고 낭만적인 성향은 김기림의 주지주의적 모더니즘 이론과 상충되는 면이 많다고 보아야 할 터인데, 신석정 시의 어떤 요소가 김기림 모더니즘론에 적극적으로 접맥된 것인가. 혹시 서양 목가문학의 전통에 대한 김기림의 이념적 학습내용이 신석정 평가에 기계적으로 투입된 것은 아닌가. 후일 신석정은 어느 수필에서 김기림의 호의와 우정에는 감사하면서도 정작 자신의 시에 대한 김기림의 고평(高評) 자체에는 떨떠름해하는 태도를 나타낸 바 있다. 이것은 현대문명 비판이라고 하는 김기림표 양복이 자신의 몸에 맞지 않는 의상임을 신석정이 솔직히 고백한 것이라고 할 수 있을 것이다.

8·15해방의 거대한 파장에 대해서는 굳이 말할 필요가 없지만, 그것은 김달진처럼 역사와의 단절을 통해 정신의 고고성을 견지해오던 시인조차 역사의 광장으로 불러내는 계기로 되었다. 『해방기념시집』(중앙문화협회 1945. 12. 12)에 정인보·홍명희·박종화·정지용·임화·김기림·이용악 등 24명 시인들의 작품과 함께 그의 「아침」이 실린 것도 눈에 띄는 일이지만, 임정(臨政) 요인들의 귀국을 감격스럽게 노래한 「그분들은 오셨다」라든가 압제에서의 해방을 찬양한 「자유」 같은 일종의 정치시를 발표한 것도 김달진으로서는 예외적인 행보였다. 그런데 잘 살펴보면 이 시들은 흥분

과 격정에 넘친 당시의 수많은 구호시·애국시 들의 홍수 속에서 그래도 시적 품위와 감정의 절도를 지키려 애쓴 많지 않은 예에 속한다는 것을 알 수 있다. 그러했기에 그는 오래지 않아 정치문학의 소용돌이를 벗어나 다시 자기 본연의 자리로 돌아간다. 그러나 단순한 원상복귀는 아니었다. 자연풍경의 인상주의적 재현 안에 이미 잠재해 있던 초기시에서의 자기성찰이 이제 좀더 평이한 서술체로, 그리고 좀더 본격적인 내면적 자기반성의 형태로 제시되는 것이다. 「비명(碑銘)」이라는 말년의 작품은 자신의 인생 전체를 다음과 같이 밝은 빛 속에서 요약하고 있다(이에 비해 「某月某日」 같은 작품은 자기비판의 어조가 더 강하다고 하겠다).

여기 한 自然兒가
그대로 와서
그대로 살다가
자연으로 돌아갔다.

풀은 푸르라
해는 빛나라
자연 그대로.

이승의 나뭇가지에서 우는 새여.
빛나는 바람을 노래하라.

해방후의 사회적 격변은 때때로 신석정에게 적지 않은 시련을 부과하였다. 6·25전쟁 중의 부득이한 행적 때문에, 또 현실비판적 작품 때문에 그는 잠시나마 당국에 잡혀가 고초를 겪기도 하였다. 그러나 그는 그의 모든 작품들이 입증하는 바와 같이 어떤 특정한 이념적 경향을 추구하는 정치적 시인이 결코 아니다. 물론 해방은 그의 문학에도 커다란 전환의 계기로 작용하였다. 한마디로 초기시의 그의 자연이 낭만적 이상에 정초한 가공적 낙원의 그림 즉 '미학적 자연'이라면 중기 이후 그의 자연은 이상의 추구를 체념하고 난 뒤의 가난한 생활 속에서 관찰한 '경험적 자연'이라고 할 수 있다. 그러나 어느 경우에든 그의 전원시는 정치이념을 내장하기 위한 문학적 외피가 아니었다. 그가 전생애에 걸쳐 인간을 아끼고 자연을 사랑하며 불의에 타협하지 않은 올곧은 한길을 걸었음은 분명하다. 험난했던 시대를 헤치면서 얼마나 많은 사람들이 비극적으로 난파와 좌절을 겪어야 했던가 상기할 때, 김달진과 신석정은 그들의 외롭고 깨끗했던 삶만으로도 오늘 우리에게 새삼스런 교훈을 준다고 하겠다.

5

대구 출생인 김문집(金文輯)이 무슨 연고로 어린 나이에 일본으로 건너가게 되었는지는 알려진 바 없지만, 기록에 따르면 그는 와세다(早稻田)중학과 마쯔야마(松山)고보를 거쳐 토오쿄오제대 문과를 중퇴한 것으로 되어 있다. 다시 말하면 그의 인격과 지성은 주로 일본적 토양 위에서 형성되었다고 할 수 있다. 지금 내 손에 있는 그의 유일한 저서 『비평문학』(靑色紙社 1938. 11. 2)을 읽어보더라도 그가 우리 문화전통에 대한 무지와 경멸을 거침없이 드러내는 반면에 일본 고전과 현대문학 및 서양의 근대문학 이론 특히 독일 문예학에 대한 탐닉과 박식을 글의 곳곳에서 과시하고 싶어하는 것을 쉽게 알아볼 수 있다. 그러나 그를 단지 전통부정론자로만 규정하고 반민족적 친일문학자로 단죄하는 데에 그친다면 그것은 우리 근대문학사의 복합적 맥락 안으로 한걸음 더 들어갈 수 있는 기회를 놓치는 것이다.

알려진 대로 김문집이 일본에서의 학업과 소설습작을 중도에 그만두고 귀국한 것은 1935년이다. 그리고 그는 소설가 이무영의 주선으로『동아일보』에「전통과 기교문제」라는 평론을 발표하면서 혜성처럼 문단에 등장하여, 주로『동아일보』를 거점으로 좌충우돌 눈부신 활동을 전개하였다. 돌이켜보면 김문집이 평론가로 등장하던 그 시점은 문학사적으로 대단히 중요한 전환의 시기였다. 소위 만주사변(1931) 이후 일제가 점차 파시즘의 길을 걷기 시작하고 식민지 조선에 대한 억압정책을 강화함에 따라, 그리고 당시 우리 문학에 절대적 영향력을 행사하던 일본 문단이 전반적으로 전향(轉向)의 파도에 휩쓸림에 따라 그동안 위세를 부리던 카프의 패권은 급속도로 해체되었다. 카프의 위력이 쇠퇴한 데에는 카프 자신의 오류와 미성숙도 이유의 하나였다고 볼 수 있다. 카프 계열 이론가들의 비현실적인 과격노선과 난삽하고 관념적인 문장은 독자대중과의 자연스런 연결을 스스로 차단하는 것이었다. 무엇보다도 1930년대에 접어들면서 정지용·김기림·백석 및 이태준·박태원·김유정·이상 등 카프의 자장 바깥에 있는 문인들이 카프적 도식성과 구호주의를 넘어선 예술적 수준 높은 작품들을 잇달아 발표함으로써 문단의 분위기는 일신되었다. 이러한 때에 어느정도 이론적 무장을 갖춘 전업적(專業的) 비평가들이 등장하였으니, 그것은 우리 문학사상 초유의 일이었다. 최재서(1908. 2. 11생)·백철(1908. 3. 18생)·김환태(1909. 11. 29생)·김문집(1907. 7. 7생)·이원조(1909. 6. 2생) 등이 바로 그들인데, 여기에 임화(1908. 10. 13생)나 김기림(1908. 5. 11생)처럼 시인이면서도 전업비평가를 능가하는 역량을 발휘한 인물도 포함될 수 있을 것이다. 공교로울 만큼 비슷한 연대에 태어난 이 제1세대 비평가들의 본격적 활동시기, 즉 1930년대는 한국 근대비평의 형성기라고 말할 수 있다.

이 제1세대 비평가들 중에서도 김문집은 예외적인 존재이다. 그의 등장 자체가 아주 돌발적인 것이었고, 등장 이후 그가 쏟아낸 자유분방한 독설과 안하무인의 기행은 순식간에 세인의 이목을 집중시킬 만했다. 일어·

영어·독어를 거침없이 섞은 이 난독가(亂讀家)의 독특한 문장 앞에서 이념과 지성을 앞세운 엄숙한 표정의 평론가들은 무참히 농락당할 수밖에 없었다. 그런 점에서 적어도 평론집 『비평문학』을 묶어내기까지 3년 동안에 걸친 김문집의 문필활동은 민족전통에 대한 터무니없는 무지와 역사에 대한 비뚤어진 관점에도 불구하고 일정한 우상파괴적 의의를 가진다고 평가할 수 있다. 사실 나는 그의 평론집을 다시 읽으며 수시로 인간 김문집에 대한 깊은 연민을 느꼈고, 그 나름으로 뛰어난 재주를 가졌음에 틀림없었던 그로 하여금 그 재주를 옳은 방향에서 꽃피도록 북돋아주지 못한 이 나라 문단의 척박한 토양이 한없이 원망스러웠다.

그가 일본에서 귀국한 후 처음 발표한 논문 「전통과 기교문제」에는 '언어의 문화적 문학적 재인식'이라는 부제가 붙어 있는데, 그 글의 첫 문단은 다음과 같다.

조선문학에 무엇이 가장 결함(缺陷)했나? 나는 전통이라고 답한다. 전통이 없는 데 기교가 없고 기교가 없는 데 피(血)가 없다. 기교는 전통의 표상이고 피는 생물로서의 예술의 의의인 것이다.

이 문장에는 김문집 비평의 핵심이 요약되어 있다고 할 수 있다. 곧이어서 발표한 「민속적(民俗的) 전통에의 방향」이라는 글에서도 그는 "조선에는 국민문학 특히 민족의 문학이 없었다. 따라서 현대 조선문학은 아무 전통도 유산도 없이 출발했던 것이다"라고 말하고 있다. 그에게 일본문학, 나아가 서양문학의 일방적 우위는 너무나 자명하고, 이에 비해 조선문학의 열등성은 불을 보듯 명백했다. 이런 점에서 그는 당시 한일관계의 비대칭성을 문학의 영역에서 가장 노골적으로 대변한 인물 중의 하나일 것이다.

그러나 민족문학의 전통에 대한 그의 자기부정은 단순한 무지의 발로

가 아니라 그의 인생의 모순 전체가 복합적으로 연관된 자기분열의 일면이다. 「어휘와 언어미와 화문학(和文學)의 고금」이라는 좀 이상한 제목의 글에서 그는 젊은날 일본땅을 방랑하다가 나라(奈良)의 유명한 호오류우사(法隆寺)에 당도하여 겪은 충격을 이렇게 서술하고 있다.

아무 선입감도 아무 예비지식도 없이 방랑 도중에 우연히 들어선 그 절간에서 순간적으로 나는 여기가 현해(玄海)땅 나라인 것을 잊고 두 활개를 길이대로 펴면서 "엄마 !" 하고 부르짖자 쏟아지듯 쏟아지는 눈물을 억제할 수가 없어서 고송(古松)에 읊인 신성(神聖) 그대로의 인적 없는 그 경내에서 목청놓아 울다보니 오정이 저녁이 된 것이었다. 나는 내 고향 나라 호류사 뜰에서 넋을 받치고 몸을 맡긴 채 잠을 잤던 것이다. 소화 6년 10월. 알고 보니 일본의 국보 호류사는 조선사람이 지은 절이었다.

우연히 들어서게 된 일본의 절간에서 그는 마치 어미의 품에 안긴 듯한 전율을 느끼고 목놓아 울다 깊은 잠에 빠졌던 것이다. 그러나 김문집은 자신의 고달픈 영혼에 가한 충격의 심층을 더 깊이 파내려가지 못하였다. 결국 그는 일제말의 상황에서 극단적인 자기부정으로서의 민족해소론에 이르렀고, 1941년 비평계의 경쟁자였던 최재서에게 폭행을 저질러 그 스캔들의 와중에서 다시 일본으로 건너가고 말았다. 그리고 아예 일본인으로 귀화한 후에는 생사조차 알려진 바 없으니, 그는 뿌리뽑힌 실종자의 캄캄한 운명 속으로 영원히 사라져버렸던 것이다. 그것은 민족적 정체성의 상실뿐만 아니라 인간적 존엄성의 폐기를 뜻하는 이른바 친일문학의 말로이기도 하였다.

탄생 100주년 문학인 기념문학제 총론(2007. 5. 11);

『분화와 심화, 어둠 속의 풍경들』(민음사 2007)

죽음을 넘어 시대의 어둠을 넘어

■

오늘 돌아보는 임화의 삶과 문학

1

주지하듯이 이 제목은 저 엄혹하던 시절 광주항쟁의 진상을 알리기 위해 지하출판된 책에 붙여진 것이다. 저자는 소설가 황석영으로 되어 있었으나, 실은 당시 광주에서 문화운동에 종사하던 젊은이들과의 합작품이었다. 생각해보면 이 제목은 세 겹의 뜻을 함축하고 있는 듯하다. 첫째는 군부권력에 의한 시민학살의 사실, 즉 무고한 '죽음'의 실상을 알리는 것이다. 둘째는 그 죽음의 의미를 암시하는 것이다. 광주항쟁 중에 벌어진 허다한 살상은 결코 정치군부와 광주민중의 우발적 충돌의 결과가 아니다. 그것은 심층적인 곳에 역사적으로 축적되어온 '시대의 어둠'의 폭발, 즉 우리 현대사의 깊은 모순의 표현이다. 셋째 그 제목은 비극과 모순을 '넘어' 역사의 정의를 실현하려는 전망과 의지를 담고 있다. 그런 점에서 1985년에 출판된 이 책은 1987년 6월에 일어날 사건의 예감을 이미 품고 있다고 말할 수 있다. 이 책 제목의 이러한 복합적 암시성을 나는 여기서 임화의 삶과 문학을 반추하는 거울로 삼고자 한다.

다들 인정하는 바와 같이 임화(林和, 1908~53)는 살아서 활동하는 동안에나 비명에 죽은 지 55년이 된 지금이나 우리 문학사상 가장 문제적인 인물이다. 그는 불과 스물서너살의 젊은 나이에 카프(KAPF, 1925~35)의 서기장이 되어, 일제시대 유일의 독립적 문예단체라 할 이 조직을 상징하는 존재가 되었다. 그는 카프를 대표하는 시인들 중의 한 사람이기도 했지만, 날카롭고 공격적인 수많은 평론의 집필로써 우리 근대문학비평을 건설한 주역들 중의 하나가 되었다. 그는 카프가 존속하는 동안에는 카프의 간부답게 명확한 당파적 입장에서, 그리고 카프의 해산이 강제된 뒤에는 좀더 유연하게 현실적응을 모색하면서 반대파와의 문학이론적 공방을 거듭하였다. 그런 점에서 그의 비평적 생애는 논쟁의 연속이었고, 그의 비평담론들은 그때그때의 실천적 필요를 반영하는 것이었다. 1930년대 말경 정세가 더 악화되어 이론투쟁의 공간이 극도로 좁혀지자 그는 현실과의 접촉면이 상대적으로 적은 역사적 연구 쪽으로 방향을 돌렸다. 그가 구성한 신문학사론은 이후 모든 근대문학사 연구자들에게 직접적 또는 간접적으로 계승 또는 극복의 대상으로 넘겨지게 되었다.

일제말 대부분의 문인들이 그러했듯 마지못해 친일어용단체에 이름을 걸고[1] 앙앙불락의 세월을 보내던 임화의 인생에 8·15해방은 극적인 전환의 계기가 된다. 그는 놀랍게도 일제의 항복선언 불과 이틀 뒤인 8월 17일에 김남천·이원조·이태준 등과 함께 '조선문학건설본부'를 결성하였다.

---

1 임화의 친일문제는 논쟁적인 주제의 하나이다. 임화 자신은 1953년 8월 조선인민공화국 군사법정에서, 1934년 카프 2차검거 사건 때 이미 자기가 일제에 영합할 마음을 품었고, 1939년에는 일본정신을 고취하는 일본어 논문을 발표해 본격적으로 친일에 나섰다고 진술한 바 있다. 김윤식 『林和研究』, 문학사상사 1989, 699~700면 자료 참조. 그러나 1940년 전후의 임화의 글과 행적을 검토한 대부분의 연구들은 그의 적극적 친일에 대해 부정적 내지 회의적이다. 예컨대 김용직(金容稷)은 임화가 일제식민지 당국의 국책(國策)에 카프시절처럼 단호하게 저항하지는 못했어도 결코 동조적이지 않았음을 구체적으로 논증하고 있다. 김용직 『林和文學研究』, 새미 1999, 115~28면.

카프 해산 이후 10년간 접었던 조직운동에 복귀한 것이었다. 이를 시발점으로 하여 그는 누구보다 정력적인 활동을 전개하였고, 1947년 11월 월북하기까지 언제나 운동의 중심에 서 있었다. 그러나 해방후 재개된 그의 운동노선과 활동방식은 카프시대와 비교할 때 간과할 수 없는 차이를 보인다. 그것은 아마 다음과 같이 요약할 수 있을 것이다.

첫째, 해방후 그는 노동자계급의 지도성에 대한 배타적 집착을 지양하고 광범한 계급연합에 기초하여 민족문학—민족문화를 건설할 것을 이념적 목표로 삼게 된 점이다. 이것은 임화노선에 대한 반공냉전시대의 상투적 비방과 달리 그가 결코 비타협적 공산주의자가 아니었음을 의미하는 것이다. 뿐만 아니라 그의 민족문학 노선이 중간파를 포섭하기 위해 급조된 일시적인 위장이었다는 설명도 믿기 어렵다.[2] 그는 이미 1930년대 후반에 카프운동의 자기반성을 통해 박래품(舶來品) 계급주의의 관념성을 깨닫고 있었고, 신문학사 연구 및 출판사 학예사(學藝社)의 운영경험을 매개로 민족문화 전통의 근본적 중요성에 깊이 눈뜨고 있었던 것이다.[3] 물론

---

2 그러한 냉전시대의 잔재는 다음과 같은 서술에도 여전히 남아 있다. "임화의 이와 같은 부르주아혁명단계이론과 그에 따른 문화통일전선론은 물론 계급문학운동의 위장형태에 지나지 않는다." 김용직, 앞의 책 148면.

3 학예사에서 간행한 朝鮮文庫의 제1권은 金台俊의 해설논문 「춘향전의 현대적 해석」이 부록으로 붙은 『原本春香傳』(초판 1939. 1. 10)이다. 1953년의 법정진술에 의하면, 임화는 2년간의 마산 요양 끝에 1937년 9월 상경하여 다음달 금광기업가(金鑛企業家)인 최남주(崔南周)의 자금지원으로 학예사를 설립하였다. 발행인 최남주의 이름으로 된 「朝鮮文庫 刊行의 辭」는 1938년 11월로 되어 있다. 참고로 『原本春香傳』 제3판(1941. 3. 12) 뒤에 실린 '기간목록(旣刊書目)'을 소개하면 다음과 같은데, 이로 미루어 보면 당시 학예사의 출판활동이 상당히 높은 수준과 활기를 보이고 있었다는 것, 임화가 김태준 등의 고전문학 연구에 지대한 관심을 갖고 있었다는 것, 뿐만 아니라 해방후 조선문학가동맹의 주력부대가 그때 이미 학예사 주위에 형성되고 있었다는 것을 짐작할 수 있다. *기간목록: 李應洙 편주 『詳解 金笠詩集』, 金台俊 교열 『靑丘永言』, 金台俊 교주 『高麗歌詞』, 林和 편 金在郁 해제 『朝鮮民謠集』, 金泰午 편 『朝鮮傳來童謠選』, 申龜鉉 역주 『歷代女流詩歌選』, 林和 편 『現代詩人選集』, 金台俊 저 『朝鮮小說史』, 金在喆 저 『朝鮮演劇史』, 徐寅植 평론집 『역사와 문화』, 金起林 시집 『태양의 풍속』, 金南天 단편집 李

해방공간에서의 그의 활동은 미군정의 탄압이 가중되고 통일민족국가 건설의 전망이 약화됨에 따라 점점 더 정치화되고 급진화되어 초기의 유연성을 상실하게 되었던 것이 사실이다.

둘째, 해방후 임화의 문학-문화운동은 점점 더 정치적 지도중심과의 위계적 연결 속에서 전개된 것으로 보인다. 좀더 구체적으로 말하면 그의 민족문학론은 한편으로는 방금 지적했듯이 카프식 계급주의의 반성을 통한 이론적 자기쇄신의 산물로 획득된 것이지만, 다른 한편으로는 조선공산당(1945. 9. 15)과 남로당(1946. 11. 23)의 지도자 박헌영이 8월테제에서 제창한 이른바 '부르주아민주주의혁명단계론'의 윤곽 안에서 정치적으로 구성된 것이었다. 돌이켜보면 일제시대의 국내 좌익운동은 당국의 극심한 탄압과 조직 내부의 파벌주의 및 객관적 조건의 미성숙 등으로 인해 지리멸렬함을 면치 못한 반면에, 부문운동이라 할 카프는 오히려 상대적 독자성을 발휘하여 ─ 일본을 통해 들어오는 국제적 조류에 끊임없이 우왕좌왕하면서도 ─ 그 나름의 지속성과 영향력을 확보할 수 있었다. 그러나 해방후 문화운동은 임화의 예에서 보듯이 해방정국의 소용돌이치는 격변과 갈등으로부터 비판적 거리를 확보하기 어려웠던 것으로 보인다.

셋째, 이러한 변화는 임화가 생산한 각종 문학텍스트의 성격변화로 나타나지 않을 수 없었다. 짐작건대 해방공간에서의 정치적 상황의 가중되는 압박과 자의반 타의반 그가 감당했던 임무의 과다는 그에게 창작에 투입할 숙고와 사색의 시간을 허용하지 않았을 것이다. 따라서 해방후 그의 글에는 ─ 시든 산문이든 ─ 긴박한 필요에 적극 대응하는 시사성과 정론성(政論性) 및 그에 결부된 선전·선동성이 강하게 나타난다. 물론 지난날에도 그가 관조적으로 현실을 바라보거나 한가하게 세월을 보낸 적은 없

孝石 단편집, 俞鎭午 단편집 李箕永 단편집, 朴泰遠 단편집, 蔡萬植 단편집, 安懷南 단편집, 李泰俊 단편집, 金台俊 편『李朝歌詞』. 이 중 마지막 책은 인쇄중이라고 되어 있어 미간(未刊)임을 알 수 있다.

었다. 길지 않은 일생 동안에 그가 소화해낸 활동량은 실로 경이에 값한다. 특히 1933년경부터 십여년 동안 그가 발표한 비평적·이론적 문장들을 읽고 정말 놀라게 되는 것은, 때로는 당파성 과잉 때로는 논리적 섬세성의 결핍이라고 여겨지는 상당수 태작(駄作)들을 포함하고 있음에도 불구하고, 독서와 사색과 집필에 혼신의 열정을 쏟고 있음을 입증하는 다수의 평론을 써내었고, 이를 통해 그가 부단한 이론적 전진을 하고 있었다는 사실이다. 그런 점에서 임화의 1930년대는 '한 비평가의 지적 성장과정'이 곧 '근대적 비평문학의 형성과정'에 해당하는 거의 유일한 사례라고 해도 지나치지 않을 것이다.[4]

---

4 임화의 비평세계를 전반적으로 검토하는 것은 이 글의 목표가 아니다. 하지만 최근 『임화전집』을 준비중인 소명출판의 호의로 신두원·하정일 두 분이 꼼꼼하게 교열한 『문학의 논리』(학예사 1940) 미수록 평론들을 미리 훑어본 바로는, 임화는 우리 근대문예비평의 건설자라는 호칭을 들어 마땅한 소수의 존재들 중의 하나이다. 그는 창작의 현장에서 수다한 월평·연평들을 썼을 뿐 아니라 이런 실제비평의 이론적 연장선 위에서 세태소설론·본격소설론·생산소설론·리얼리즘론 등을 구성했고, 카프시대 문학의 관념성과 공식주의를 극복하는 과정에서—즉, 자기극복의 과정에서—이인직(李人稙)·이광수(李光洙) 등 신문학 초기 작가들의 역사성을 재발견 내지 재평가하고 이를 「新人論」(1939) 「소설과 신세대의 성격」(1939) 「詩壇의 신세대」(1939) 등에서 주목한 신세대문학의 현재성과 연결함으로써 신문학사의 골간(骨幹)을 설계할 수 있었다. 그가 신문학사의 방법론으로 제출한 소위 이식문학론(移植文學論)은 상당 기간 곡해와 왜곡에 시달린 끝에 신승엽 「이식과 창조의 변증법」(『창작과비평』 1991 가을)과 임규찬 「임화 '신문학사'에 대한 연구 1·2」(『문학과논리』 및 『한길문학』 1991) 등이 발표됨으로써 정당한 논의의 장으로 진입하였다. 「雜誌文化論」(1938) 「문학과 저널리즘의 交涉」(1938) 「文化企業論」(1938) 「문예잡지론」(1939) 「新文化와 新聞」(1940) 등 일련의 논문들이 제기한 문제의식은 권성우 『횡단과 경계』(소명출판 2008)의 제1장 「문학미디어 비판과 문화산업에 대한 성찰」에 적절하게 정리되어 있고, 「언어와 문학」 「조선어와 危機下의 조선문학」 「언어의 마술성」 「언어의 현실성」 「예술적 인식표현의 수단으로서의 언어」 「언어와 문화의 교류」 「문학어로서의 조선어」 등 1934년부터 39년까지 발표된 일련의 언어관련 논문들에 대해서는 김재용 「프로문학 시절의 임화와 문학어로서의 민족어」(임화탄생 100주년 기념 학술회의 발제문, 2008)가 일제하 조선어학회에서 시행한 어문정리사업과 연관지어 검토하고 있다. 「비평의 객관성 문제」(1933) 「조선적 비평의 정신」(1935) 「의도와 작품의 落差와 비평」(1938) 「비평의 시대」(1938) 「비평의 高度」

이에 비하여 일제시대의 그의 시들은 지금 다시 읽어보면 발표 당시의 고평(高評)에 유보없이 동의하기 어렵다.「네거리의 순이」「우리 오빠와 화로」「우산 받은 요꼬하마의 부두」등 1929년의 문단을 화려하게 장식한 소위 '단편서사시'들이 초기 카프시의 메마른 구호성을 넘어서 일정한 시적 형상화에 성공한 것은 사실이다. 그러나 인물들간의 서사적 관계설정이 작위적인데다가 화자의 격앙된 감상이 시종 작품을 압도하고 있어, 저자가 의도한 노동계급적 당파성의 표현은 시의 내부에서 울려나오는 것이 못되고 있다. 카프 해산 이후의 야심적인 작품들, 예컨대「해협의 로맨티시즘」「밤 갑판(甲板) 위」「해상(海上)에서」「현해탄」「눈물의 해협」「바다의 찬가」등 바다를 주제로 한 연작(連作) 성격의 시들도 일제 파시즘의 진군에 맞서려는 시도로서는 감정의 사치가 과하고 이념적으로 불투명하다. 그렇기에 후일 평론가 김동석(金東錫)이 시집『현해탄』(동광당 1938)의 쎈티멘탈리즘을 가차없이 비판하면서 "병든 지식인의 자의식이 낳은 비애"라고 일갈했던 것은 조금도 혹평이 아니라고 생각한다.[5]

그런데 이제 해방을 계기로, 특히 월북과 전쟁발발을 계기로 그의 삶과 문학은 한 개인이 통제할 수 있는 경계를 벗어나 역사의 급류에 휘말리게 된다. 그 역사적 급류의 꼭지점에서 만나는 것이 납득할 수 없는 죄목에 의한 그의 처형인데, 이 '죽음'을 결과한 '시대의 어둠'이 어떤 것인지 따져보지 않는다면 어둠을 넘어 광명을 꿈꾸는 일은 아예 체념하는 편이 나을지 모른다.

(1939)「최근 10년간 문예비평의 主潮와 變遷」(1939)「창조적 비평」(1940) 그리고「비평의 再建」(1946) 등의 논문으로 지속된 임화의 비평가적 자의식과 메타비평적 고찰들은 앞으로 논의해야 할 과제로 남아 있다.

5 김동석「시와 행동: 임화론」, 임화시집『현해탄』(기민사 1986. 9. 30) 참조. 김동석의『현해탄』비판에 먼저 주목한 것은 유종호(柳宗鎬) 교수이다.『다시 읽는 한국시인』, 문학동네 2002, 100~101면.

2

  남북한 문단의 인명록에서 자취없이 청산된 임화를 다시 진지한 논의의 장으로 끌어들인 것은 근대문학사 연구의 많은 분야에서 늘 선편(先鞭)을 행사한 김윤식 교수이다. 그의 기념비적인 역저『한국근대문예비평사연구』(한얼문고 1973)에 부록으로 수록된「임화연구」는 반공냉전시대의 금기를 깨고 이 위험하고도 매력적인 인물을 문학사연구의 공식석상에 다시 호출하였다. 그러나 유신독재의 엄중한 분위기 속에서 이 논문이 일으킨 이념사적(理念史的) 파장은 극히 제한적이었던 것으로 기억한다. 요컨대 아직 때가 무르익지 않았던 것이다. 그로부터 15년의 세월이 지나, 6월항쟁과 민주화에 이어진 해금조치(1988)를 전후하여 월북·재북문인들의 작품이 독서시장에 쏟아져나오고 그들에 대한 연구가 폭발적으로 분출함으로써 비로소 임화연구는 본 궤도에 올라서게 되었다. 김윤식의『임화연구』(문학사상사 1989), 김용직의『임화문학연구』(초판은 세계사 1991, 중판은 새미 1999) 등 중진학자들의 두툼한 저서를 비롯하여 다수의 논문들이 잇따라 발표되고, 각 대학 국문과 석·박사 학위논문에서 임화가 가장 인기 있는 주제의 하나로 다루어진 최근 20년간의 형편은 잘 알려진 바이다.
  나는 이 수많은 임화연구들 중에서 극히 일부밖에 접하지 못하였다. 임화 자신의 텍스트도 산발적으로 읽었을 뿐, 아직 제대로 통독하지 못하였다. 다행히 최근『문학의 논리』에 수록되지 않은 평론들 상당수와 해방 전후의 시들 대부분을 읽을 수 있는 기회를 만났고, 그 결과 임화에 관한 나자신의 상투적 이해와 고정관념을 포함하여 우리 문단의 임화관이 아직 냉전시대의 잔재와 문학주의적 편견을 제대로 씻어내지 못했음을 깨달았다. 무엇보다 임화의 문필들 중 상당 부분이 아직 흩어져 있고 그의 행적도 불분명한 구석이 많아 단정적으로 말하기는 무모하지만, 임화 연구는 여전히 빈 구석이 많다는 것이 내 판단이다.

　물론 내가 읽어본 한에서 하는 말이지만, 임화에 대한 기존의 연구들은 특정 장르, 특정 시기, 또는 특정 주제에 시선이 고착됨으로써 임화의 문학세계 안에서 각각의 항목들이 맺고 있는 총체적 연관성을 놓치는 경우가 많았던 것으로 생각된다. 또, 때로는 연구자 자신의 방법론적 특성으로 말미암아 임화 문학의 전체상을 그리는 데에 오히려 혼란을 초래한 경우도 있었던 것으로 여겨진다. 가령 김윤식 교수의 경우에 그런 면이 느껴지는데, 그의 놀랄 만큼 방대한 실증적 조사와 꾸준한 작업에는 경의를 표해 마땅하지만, 그러나 전반적으로 임화의 생애와 작품을 일련의 정신분석학적 개념들의 복합체로 환원하는 자의적 해석방식에는 찬성하기 어렵다. 특히 가장 최근의 저서인 『임화』(한길사 2008)는 자신의 선행업적들을 대중적으로 요약 정리한 것이라 짐작되는데, 나로서는 납득할 수 없는 허다한 논리적 비약과 견강부회가 그의 소중한 실증적 노력에 손상을 입히고 있다고 생각된다. 그가 몇차례 시도한 백철(白鐵)과 임화의 비교연구도, 거의 고생물학자를 연상케 하는 집요한 자료탐사에도 불구하고, 나에게는 동의하기 어려운 일종의 역사왜곡으로 느껴진다. 백철과 임화, 두 사람은 나이는 동갑이지만 성장환경과 교육여건이 정반대인데다가 백철의 문단데뷔 때부터 임화의 월북 때까지 십수년간 독특한 우정관계를 유지했다는 점에서 호사가의 상상력을 자극하는 흥미로운 비교대상인 것이 사실이다. 그러나 난세를 헤쳐가는 뛰어난 처세철학자의 능력을 제외하면 백철은 어느 면에서도 임화의 상대역이 아니다. 문학에 대한 열정과 역사에 대한 헌신성, 시적 감수성과 비평적 장악력, 그 어느 것에서도 임화는 자신의 학벌 좋은 동갑내기에게 경쟁심을 느껴야 할 이유를 갖지 않았다. 오래전에 읽어서 구체적인 전거를 대기는 어렵지만, 백철은 일제말이나 해방 직후처럼 시국이 위태로울 때마다 임화에게 찾아가 조언을 구했다고 어느 회고적인 에쎄이에서 기록하고 있다. 반면에 임화는 백철이 일찌감치 카프노선에서 이탈하여 자유분방한 논설을 펼칠 때에도 매정하게 배척하기보다 포용성 있는 비판을 하였고, 일제말 매일신보 입사를 의논할 때에도 이를 용납하였으며, 해방 직후 조선문학건설본부 결성 때에는 백철에게 중요한 직책을 맡기고자 배려하였다. 정지용(鄭芝溶)을 비롯한 '기교파' 시인들에게 지나치게 가혹했던 임화가 왜 백철 같은 어중간한 인물들에게는 그토록 유화적이었는지, 어쩌면 그 점이야말로 불가사의하다.

유종호 교수의 『다시 읽는 한국시인』(문학동네 2002) 중 임화 부분은 소설로 치면 중편에 해당하는 분량의 독립적인 임화론으로 간주될 수 있다. 무엇보다 이 논문은 텍스트에 대한 꼼꼼하고 예리한 감식력과 당대의 문학현실에 대한 균형잡힌 시각을 보여준다는 점에서 국문학계의 정형화된 논문체제를 타파하는 강점을 지니고 있다. 임화의 문학에 대해 전반적으로 비판적인 입장에서 서술하면서도 "좁은 서정시의 세계에서 사회현실에 기초한 서사충동을 추구하여 그 세계를 넓"힘으로써 "부족한 대로 20세기 한국시에 정치시의 원형을 제공"했다는 긍정적인 평가를 잊지 않은 것도 그렇지만, 임화 시의 미숙성을 단지 개인적 재능의 문제가 아니라 개인에게 가하는 한국 문학전통의 허약성과 임화가 위치해 있던 근대문학사의 단계의 초기성(初期性)에 관한 문제로 인식의 지평을 넓힌 다음의 대목도 우리가 공유해 마땅한 적절한 지적이다.

임화에게는 언어자원의 효율적 활용을 이모저모로 습득하고 훈련할 시간적 여유도 없었고 그러한 기율의 자각적 부과를 부단히 촉구하는 전통 즉 살아있는 과거의 생산적인 압력도 없었다.[6]

---

6 유종호 『다시 읽는 한국시인』, 42면.

그가 홀대하고 비방한 기교라는 것은 사실 한 편의 시를 시로 책봉해주는 기본적 형태 요소였으며, 우리 현대시가 넓은 의미의 습작기에 있었던 20년대와 30년대에는 특히나 방법적으로 세련시킬 필요가 있는 기초적 국면이었다. 그럼에도 굳이 지엽적이고 말초적이라는 함의가 짙은 기교라는 말로 평가절하함으로써 임화는 시의 위상과 개개 시편의 성취도를 떨어뜨리는 불찰을 자초하였다.[7]

이런 통찰과 함께, 임화가 시인적 측면 이외에 "평론가, 문학사가, 문화정치 실천가로서 다양한 활동을 했고 이들은 긴밀히 상호연관되어 있다"고 한 지적에도 전적으로 동의할 수 있다. 그러나 나는 "임화는 무엇보다도 시인으로 기억될 것이고 그의 다양한 활동 중 시간의 부식작용에 가장 의연할 수 있는 것은 시 분야라 생각"[8]한다는 결정적 언급에 동의하기 어렵다. 임화의 비평에 대한 그의 불신은 주로『문학의 논리』에 수록된 평론들의 분석에 기초한 것인데, 가령 「카톨리시즘과 현대정신」의 한 대목을 예증으로 들고서 그는 "임화의 문장은 너무나 생경하고 투박하고 독백적이어서 섬세하고 엄정한 사고의 흔적이라고는 보이지 않는다""자기 나름으로 치열하게 사고했다기보다는 그가 참조한 준거집단의 구호적 사고나 유행적 성향에 동조 내지는 추종한 결과라고 생각할 수밖에 없다"[9]고 언급한다. 그러나 이 비판이 임화의 일부 평론이 아니라 그의 비평세계 전체를 겨냥한 것이라면, 그것은 당대비평의 일반적 수준에 비추어 불공정하고 임화 비평의 전체적 성취에 비추어 부당한 것이라고 하지 않을 수 없다. 물론 임화의 일부 비평문장이—특히 초기의 것일수록—생경하고 투박하며 '구호적 사고나 유행적 성향'의 폐해에 침윤되어 있었던 것

---

7 같은 책 95면.
8 같은 책 20면.
9 같은 책 19면.

은 부인할 수 없는 사실이다. 그러나 임화의 시대가 시에서와 마찬가지로 비평에서도, 아니 비평에서 더욱, "방법적으로 세련시킬 필요가 있는 기초적 국면", 즉 "넓은 의미의 습작기"에 처해 있었고, 앞에서 지적했듯이 비평가로서 임화가 습작기적 미숙성을 극복하고 논리와 사유에서 근본적인 전진을 거듭하고 있었다는 점을 상기할 필요가 있다. 그럼에도 불구하고 그가 끝내 '준거집단의 사고'의 틀에서 벗어나지 못했는지 모른다. 그리고 그가 일본문단의 동향에 끊임없이 민감하게 반응했는지도 모른다. 그러나 해외에서 들어오는 '구호적 사고나 유행적 성향'의 내습에서 자유롭지 못했던 것은 임화만이 아니다. 어쩌면 그것은 좌우를 가릴 것 없이 우리 문학사에 반복감염을 일으킨 중증질환의 하나였을 것이다.

아무튼 시와 비평 모두에서 임화가 일본 좌파문학의 맹렬한 학습자였던 것은 부정할 수 없다. 그러나 그는 학습된 좌파이론의 핵심을 견지하면서도 그것을 기계적으로 추종하는 데 그치지 않고 이를 식민지현실의 내적 필연성 안에서 논리화하고자 고심하였다. 그러한 고민의 결과로 탄생한 것이 일제시대의 신문학사론이고 해방후의 민족문학론이라고 나는 생각한다. 그리고 임화의 다양한 활동들 가운데 과연 어느 것이 '시간의 부식작용'을 가장 잘 견뎌내겠는가 하는 점에 대해서도 나는 유종호 교수와 다른 견해를 가지고 있다. 시간의 불가사의한 마술이 빚을 결과에 대해서는 물론 아무도 장담할 수 없겠지만, 적어도 일제시대로 범위를 한정해서 말한다면, 나는 앞에서도 암시했듯이 우리 근대시의 형성에 대한 임화의 창작적 기여가 불가결한 것이었다고 생각하지 않는다. 그러나 30년대 후반과 40년대 초에 행해진 임화의 평론활동과 신문학사 서술 및 해방공간의 민족문학론을 제거한다면 해당 분야에 치명적인 결락이 발생한다는 사실을 의심없이 주장할 수 있다.

3

8·15해방을 계기로 임화의 삶과 문학이 통제할 수 없는 역사의 격류 한 가운데로 빠져들었음은 이미 지적한 바이다. 대부분의 사람들이 넋을 잃고 어쩔 줄 모르던 8월 16일 새벽에 벌써 그는 조직의 재건에 착안하여 주요 문인들을 찾아다니기 시작했고, 17일에는 그렇게 소집된 문인 30여명과 함께 논의 끝에 조선문학건설본부를 결성했으며, 18일에는 미술·음악·연극 등 타 장르도 끌어들여 조선문화건설중앙협의회를 조직하였다. 실로 전광석화와 같은 놀라운 기민성이라 하겠는데, 내가 가지는 한가지 의문은 이 민첩한 행동이 임화·김남천·이원조 등 몇몇 주동자들의 독자적인 판단에 따른 것인가, 아니면 어떤 정치적 배후와 연계된 것인가 하는 점이다.

임화는 남로당 지도자 박헌영이 해방정국에 등장한 이후 그의 노선을 충실히 따랐다는 것이 지금까지의 정설이다. 그런데 실은 그가 어떤 경로로 박헌영노선을 접하게 되었고 언제부터 박헌영의 정치적 입장을 수용하게 되었는지는 분명하게 밝혀진 바 없다. 그런 의문을 가지고 임화가 해방후 처음 발표한 시 「9월 12일」(부제: 1945년, 또 다시 네거리에서)을 읽어보면 새삼스런 점들이 눈에 띈다.

조선 근로자의
위대한 수령의 연설이
유행가처럼 흘러나오는
'마이크'를 높이 달고

이 시는 미군의 서울 진주 다음날(1945. 9. 10) 진행된 조선공산당의 대규모 가두시위를 소재로 삼은 것이라 하는데, 인용한 첫 연의 '위대한 수령'은 주지하는 대로 박헌영을 가리킨다. 그런데 주목되는 것은 수령의 연설을 '유행가처럼'이라고 묘사한 불손한 비유법뿐만 아니라 "저 사람의 이름 부르며/위대한 수령의 만세 부르며/개아미마냥 모여드는/천만의 사람"이라는 구절에서 확인할 수 있는바 데모군중과 시적 화자 사이에 있는 심리적 거리이다. 다시 말하면 시의 화자는 '조선 근로자의/위대한 수령 박헌영'의 플래카드를 들고 환호하는 군중들의 대열 앞에서 그들과 일체감을 느끼기보다,

    부끄러운
    나의 생애의
    쓰라린 기억이
    鋪石마다 널린
    서울 거리는
    비에 젖어

라고 자책과 회오의 감상을 토로하는 것이다. 아마 이 소외감과 자책은 일제말 임화의 불철저한 삶에 뿌리를 두고 있을 것이다. 어떻든 「9월 12일」은 한편의 시로서는 해방공간에서의 민중적 열광과 소시민 지식인의 실존적 고뇌를 선명한 대립적 구도 안에 노래한 수작이다.

　그러나 임화는 오래지 않아 이런 심리적 동요를 극복하고 분명한 정치적 선택을 하게 된다. 그가 해방후 처음 발표한 논문 「현하의 정세와 문화운동의 당면임무」(『문화전선』 1945. 11)는 제목부터가 '8월테제'라고 통칭되는 박헌영의 논문 「현 정세와 우리의 임무」(1945. 8. 20)를 그대로 답습했음이 명백하다. 임화는 8월테제가 제시한 정세분석과 현실파악을 충실히 접수하고, 이를 바탕으로 자신의 문학사적 인식을 결합하여 민족문학론과

문화운동론을 구성했던 것이다. 그는 「인물소묘, 박헌영」(『新天地』 1946. 2)
이라는 글에서도, 박헌영이 조선민족 속에서 점하는 비중은 소련에서 스
딸린이 점하는 것과 동일하다고 찬양하였다.[10] 그렇다면 임화가 박헌영
진영에 합류한 것은 언제쯤인가. 그리고 어떤 계기를 통해서였던가. 알다
시피 박헌영은 일제말 은신해 있던 광주를 8월 17일에 출발하여 18일에야
서울에 들어왔고, 도착 당일 저녁부터 경성콤그룹 간부회의를 개최하는
등 눈코 뜰 새 없이 바쁘게 지냈다고 한다.[11] 따라서 임화가 이 무렵에 박
헌영을 만났을 가능성은 거의 없으며, 해방 이전에도 그가 박헌영과 접촉
했다는 기록은 찾아볼 수 없다. 후일 유진오(兪鎭吾)는 다음과 같이 회고
한 적이 있다.

　　나는 임(林和)을 다시 만나자 우선 그가 조선의 정치적 현단계를 어
　떤 성격의 것으로 생각하고 있는가부터 물었다. 그것을 알아야 그가 구
　상하는 문화운동의 성격을 윤곽이나마 파악할 수 있기 때문이다. 그랬
　더니, 임화는 '물론 부르주아민주주의혁명이지'하고 언하에 대답하였
　다.[12]

　여기서 다시 만났다는 것은 8월 16일 새벽 임화가 집으로 찾아와 만난
이후 다시 만난 일을 가리킨다. 그런데 '부르주아민주주의혁명론'을 제
시한 8월테제 문건은 박헌영이 8월 20일경 처음 작성한 뒤 내용이 얼마간
추가되어 9월 20일 당 중앙위원회에서 채택 공표되었다.[13] 물론 30년 가까

10　임경석 『이정 박헌영 일대기』, 역사비평사 2004, 282면.

11　같은 책 207~10면.

12　유진오 「片片夜話」, 『동아일보』 1974. 5. 4 ; 김윤식 『임화』, 한길사 2008, 149면 재인용.

13　그러나 8월테제로 통칭되는 문건의 공식 명칭이 「현 정세와 우리의 임무」인지 또는
　　「일반 정치노선에 대한 결정」인지, 그리고 박헌영이 처음 작성할 때의 제목과 조공 재
　　건위(또는 중앙위)에서 통과될 때의 제목이 다른 것인지 분명치 않다. 임경석, 앞의 책

운 세월이 지난 뒤에 유진오의 회고록이 씌어졌으므로 세부적인 면에 착오가 있을 수 있음을 감안해야 하는데, 여러 가지 정황들로 미루어 임화는 시 「9월 12일」의 집필계기가 된 9월 10일의 가두시위 이후, 그리고 논문 「현하의 정세와 문화운동의 당면임무」 집필 이전에, 다시 말하면 1945년 10월경에 박헌영노선의 추종자가 되었을 것이다.

여기서 떠오르는 인물이 국문학자 김태준(金台俊, 1905~49)이다.[14] 그는 1938년경부터 임화의 권유로 학예사에서 고전문학 관련 편저들을 간행하면서 임화와 긴밀한 지적 협력관계를 맺은 것으로 믿어지는데, 그러던 중 1940년 5월경 경성콤그룹에 가입하였고 이듬해 1월 이 사실이 드러나 검거되었다(이 무렵 김태준이 같은 형무소에 수감되어 있던 자신을 사상적으로 포섭하고자 접근했었다고 시인 김광섭은 회고한다. 김광섭 『나의 옥중기』 참조). 1943년 병보석으로 석방된 그는 1944년 말경 망명을 위해 부인(朴鎭洪)과 함께 중국 연안(延安)으로 향발하여 거기서 해방을 맞았고, 얼마후 귀국길에 올라 그해 11월 서울에 도착하였다. 곧이어 그는 조선문학가동맹의 탄생을 지원하는 활동을 전개하여 평론부 위원장에 선출되었고, 12월 28일에는 박헌영이 신탁통치 문제를 김일성과 협의하기 위해 북으로 넘어갈 때 그를 수행하였다.[15] 경성콤그룹이 주도한 남로당에서 김태준은 임화·김남천보다 상위인 문화부장 자리에 있었고 부인 박진홍은 부녀부의 주요 성원이었다.[16] 이로써 미루어 본다면 김태준은 시종일관 임화보다 더 강인한 투사

214면, 219면 참조.

14 조선공산당의 영향하에 임화 주도의 조선문학가동맹이 탄생하고 이 과정에서 김태준이 일정한 역할을 했던 사실에 주목한 글로는, 김용직 『임화문학연구』, 145~61면 참조. 한편 김태준은 1940년 5월경 경성콤그룹에 가담, 이현상·김삼룡·박헌영 등을 차례로 만나 조직활동에 깊숙이 빠져들게 된다. 김용직 『金台俊評傳』, 일지사 2007, 287면, 298면 참조.

15 이상 金台俊 지음, 丁海廉 편역 『文學史論選集』, 현대실학사 1997, 501~503면 참조.

16 박일원 『남로당의 조직과 전술』, 世界 1984, 192면. 이 책은 남로당 조직에서 활동하던 저자가 전향하여 저술한 『남로당 총비판』(1947)을 복간한 것이다.

의 길을 걸으면서 일제강점기에는 임화에게 민족문학론으로 가는 통로를 제시하는 고전교사(古典教師)의 역할을 했을 뿐만 아니라 해방후에는 그를 박헌영에게 연결시키는 정치적 중개자 노릇도 했을 것으로 짐작된다.

여기서 우리의 관심사는 임화의 이러한 정치적 선택이 그의 문학행위 속에 어떻게 구체화되었는가 하는 것이다. 해방후 발표된 그의 글을 부분적으로밖에 읽지 못한 나로서는 극히 유보적인 소견을 말할 수 있을 뿐인데, 앞의 「현하의 정세와 문화운동의 당면임무」 및 「조선 민족문학 건설의 기본과제에 관한 일반보고」[17] 「민족문학의 이념과 문학운동의 사상적 통일을 위하여」[18] 그리고 그의 해방후 논문목록을 훑어본 바에 의하면 대략 다음의 몇가지 점들을 지적할 수 있을 듯하다.

우선 눈에 띄는 것은 그의 모든 산문이 문화운동의 방향과 민족문학의 이념을 천명하는 데 바쳐져 있어, 좁은 의미의 문학평론을 거의 찾아볼 수 없게 되었다는 사실이다. 아마 이것은 불가피한 일이었을 것이다. 당시의 급박한 상황 속에서 그는 실제비평의 현장을 벗어나 점점 더 문화정책 이론가 내지 문화운동 조직가의 역할에 몰두할 수밖에 없게 되었다. 이것은 물론 그 개인의 자유의지의 행사이지만, 다른 면에서 본다면 시대의 큰 조류가 그의 양심과 재능에 강제한 불가항력적 족쇄였다.

그러나 당시의 그의 문학이념과 문화운동론이 상위개념으로서의 정치노선에, 구체적으로 말해서 박헌영의 남로당노선에 무자각적으로 종속되어 있었던 것은 결코 아니다. 물론 그는 해방정국의 현실을 역사적으로 규정짓는 문제에 있어서는 박헌영이 제시한 부르주아민주주의혁명단계론을 충실하게 받아들였다. 하지만 그것은 내적 필연성 없이 외재적으로 주입된 것이 아니었다. 앞에서도 시사한 바 있듯이 1930년대 후반에 이

---

17 1946년 2월 8~9일에 개최된 제1회 조선문학자대회의 기조연설문. 조선문학가동맹이 발행한 『건설기의 조선문학』(1946. 6)에 수록됨.

18 1946년 7월 창간된 조선문학가동맹 기관지 『문학』 제3호(1947. 4)에 수록.

미 그는 근대문화로서의 시민문화가 서구에서와 달리 우리의 경우 극복의 대상이 아니라 이제부터 본격적으로 추구해야 할 목표라는 것을 깨닫고 있었고, 카프시대 프로문학론에 결여된 것이 바로 우리의 역사적 발전단계에 관한 그러한 주체적 인식임을 반성하고 있었다. 해방후 그의 민족문학론은 그러한 반성의 산물로서, 이제부터 수립될 문학은 특정한 계급의 독점물이 아니라 계급연합에 기초한 진보적인 민족문학이어야 한다는 것이 그의 신념이었다. 그러므로 「신문학사의 방법」 「개설 신문학사」 등의 업적으로 표현되었던바, 시·소설·비평 등 각 장르에 걸쳐 이론적·역사적 고찰을 수행하는 비평가 임화와 해방후 새로운 객관적 조건에 부응하여 민족문학론을 모색하는 문화정책가 임화 사이에는 유기적인 연속성 즉 논리적 일관성이 존재한다고 보아야 한다.

　해방과 더불어 임화에게 큰 변화가 일어나는 분야는 무엇보다 시인 것 같다. 앞의 「9월 12일」이 행동의 노래가 아니라 행동 앞에서 갈등하는 고뇌의 노래라고 지적했지만, 이어서 발표한 「길」(『자유신문』 1945. 11. 15) 역시 그 연장선 위에 있다. 시의 화자는 해방전사들을 추모하는 행사에 참석했다가 돌아오는 길이다. 그는 용감하게 싸우다 죽은 전사를 찬양하고 기리지만, 그 자신의 내면을 지배하는 것은 어찌할 수 없는 공허감이다.

　　홀로 돌아가는
　　길가에 밤비는 차거워
　　걸음 멈추고 돌아보니
　　회관 불빛 멀리 스러지고
　　집집 문은 굳이 잠겨
　　길이 멀어 외로운가
　　생각하니 말 실행할
　　의무 무거워

空腹과 더불어 곤함이
등골에 사모친다

「9월 12일」에 그려진 것은 말하자면 군중 앞에서의 시인의 소외감이
다. 이런 소외감에도 불구하고 노래·만세·깃발 등 시청각을 가득 채운 해
방적 이미지는 시에 역동적인 활기를 부여한다. 그러나 「길」의 배경은 오
직 암울하고 적막하다. 만약 이 시의 화자가 임화 자신이라면, 역사전환기
의 임화 내면에 파고든 고독과 피로감, 임화의 영혼을 심층에서 가로지르
는 자아의 분열을 이처럼 적나라하게 드러낸 작품을 찾기는 어려울 것이
다.[19]

　그러나 곧 그는 이러한 방황과 내면침잠을 떨쳐버리고 당대의 현실상
황에 직결된 참여시들을 쏟아내기 시작한다. 소련군의 진주를 환영하는
송시(頌詩) 「발자욱」을 시발로 조선청년단체총동맹에 바치는 「헌시(獻
詩)」, 학병들의 귀환을 간결하면서도 예리하게 노래한 「학병 돌아오다」,
1946년 1월 19일 새벽의 싸움에서 전사한 영령 앞에 드리는 선동시 「초혼
(招魂)」 등을 잇달아 발표하는 것이다. 물론 이 작품들은 그때그때 행사의
필요에 따라 제작된 목적시이고 행사시이다. 그러나 그렇다고 해서 이런
계열의 임화 시들이 당장의 시사적(時事的) 목적에만 사용되고 버려질 일

19　그런 점에서 시 「길」은 시인으로서의 임화의 출발을 알리는 20년 전의 작품 「무엇 찾
　니」(『매일신보』 1926. 4. 16)의 고독한 방황을 놀랍도록 유사하게 반복한다. 「무엇 찾
　니」의 한 대목을 비교하여 읽어보자.

　죽은 듯한 밤은 땅과 하늘에
　가만히 덮였고
　음울한 대기는 갈수록 컴컴한
　저 하늘 끝에서 땅 위를 헤매는데 (…)
　남모르게 홀로 뛰는 혼령아
　이 어둔 비오는 밤에도 쉬지 않고 날뛰며
　무엇을 너는 찾느냐?

회용 도구인 것은 아니다. 방금 거명한 작품들에도 임화 특유의 시적 능력이 잘 발휘되고 있지만, 특히 「3월 1일이 온다」「나의 눈은 핏발이 서서 감을 수가 없다」「손을 들자」「깃발을 내리자」 같은 작품들은 특정한 사건 또는 행사와의 연관성이라는 시대적 맥락을 넘어 보편적인 감동을 창조하고 있다. 독자의 심혼을 뒤흔드는 탁월한 선동성, 낭송의 호흡을 배려한 긴박한 언어적 리듬, 단순하면서도 직정적인 비유들, 자유와 해방에 대한 열렬한 갈망의 정서 등의 면에서 해방후 임화의 성공적인 참여시들은 하이네·브레히트·네루다의 정치시들이 그렇듯이 억압에 저항하는 인간정신의 발현으로서, 그리고 한국시의 영역에 새로운 문학적 표준을 개척한 뛰어난 선구(先驅)로서 정당한 평가를 받아 마땅하다.

4

알다시피 해방공간에서 좌파들 활동은 정판사 위폐사건(1946. 5), 일부 좌익신문들에 대한 강제적 폐쇄조치와 박헌영 등 공산당 간부들에 대한 체포령(1946. 9. 6), 남로당 결성(1946. 11. 23), 여운형 피습 사망(1947. 7. 19), 그리고 좌익진영에 대한 대대적인 검거선풍(예컨대 1947년 8월 11일부터 나흘간 1천여 명 검거) 등 미군정의 가중되는 탄압으로 점점 위축되어갔다. 그러나 임화는 문화건설중앙협의회와 프롤레타리아예술동맹이 조공의 지시로 조선문학(가)동맹으로 통합되고(1945. 12. 13) 그 조직 내에서 이론적 헤게모니를 장악함에 따라 해방 초기의 심리적 동요를 극복하고 정력적인 활동을 전개할 수 있었다. 그는 민족문학의 역사적 정당성과 이념적 지향을 천명하는 논문들 및 미군정 지배하의 남한현실을 규탄하고 이에 저항할 것을 선동하는 다수의 시들을 연속적으로 발표하였다. 그것은 한편으로는 조공과 남로당의 지도자 박헌영의 정치노선을 문학적으로 구체화하는 것이었다. 그러나 다른 한편 그것은, 앞에서도 여러번 지적했듯이, 외부에서 주어진 정치지침의 기계적인 문학적 번역이 아니라 임화의 내면에서 우러난 필연성의 직접적 발현이었다. 그의 시와 비평이 해방공간의 독자대중에게 발휘한 막강한 영향력의 원천은 결코 남로당노선의 추종에 있었던 것이 아니라 그의 목소리의 절실함과 그 진정함에 있었다고 보아야 한다.

그러나 이제 미군정의 탄압이 더욱 강화되자 서울에서의 합법적 활동은 사실상 불가능하게 되었다. 박헌영 자신이 1946년 9월말 서울을 떠나 10월 6일 평양에 도착하여 근거지를 북으로 옮겼고, 이듬해 1월에는 대남사업을 위해 해주연락소를 설치하였다. 이런저런 사건으로 신분이 노출된 남로당 간부들도 하나둘 월북하였고, 그중 일부는 해주연락소에 차려진 인쇄소와 출판사에서 대남사업을 전개하였다. 박승원·임화·이원조 등 10여 명이 그들인데,[20] 그러나 임화가 월북하여 해주연락소에 합류한 것은 좀 늦은 1947년 11월이다.[21]

이 무렵 임화의 정치적 입장은 어떠했던가. 두말할 것 없이 그는 남로당 문화선전 부문의 간부로서 박헌영노선의 추종자였다. 남로당 기관지

---

20 임경석, 앞의 책 393면. 전직 북조선 관리의 증언을 인용한 이 책은 1947년 초 해주연락소에서 활동한 인물들 명단에 김태준을 포함하고 있으나, 이것은 사실이 아니다. 김태준은 1949년 1월 이후 무장투쟁노선을 택한 남로당에서 최고간부의 한 사람으로 유격대 지원 사업과 기밀탐지 사업을 지휘하다가 1949년 7월 26일 서울시 경찰국 형사에게 체포되어 9월 27일부터 4일간 군법회의에서 공개재판을 받은 끝에 11월 처형당했다. 김용직『김태준평전』, 588~92면 참조. 이렇게 보면 김태준과 임화는 극히 대조적인 경로를 통해 남과 북에서 각각 동일한 귀결점에 이른 셈인데, 일제하의 혹독한 탄압 속에서도 목숨을 부지하며 간고한 투쟁을 이어오던 수많은 지사들이 해방된 조국의 남과 북에서 불의의 최후를 맞은 것은 가슴아픈 역설이다.

21 1953년의 법정진술에서 임화는 "1947년 11월 20일 이승엽의 지시에 따라 입북하여 해주 제일인쇄소에서 일했다"고 말하고 있다. 김윤식『임화연구』, 701면 참조. 여기서 이승엽의 지시에 따랐다는 말은 꼭 믿지 않아도 되겠지만, 11월 20일이라는 날짜는 믿지 않을 이유가 없다.

『노력인민』 창간호(1947. 6. 19)에 발표된 임화의 시 「박헌영 선생이시여, '노력인민'이 나옵니다」가 거의 개인숭배적인 찬양으로 채워져 있는 것으로도 알 수 있다. 그러나 그는 이 시를 쓰기 조금 전에 발표한 논문 「북조선의 민주건설과 문화예술의 위대한 발전」[22]에서, "인민의 정권만이 문화예술의 발전에 이러한 조건과 환경을 부여할 수 있다는 것은 문화인의 역할에 대하여 이야기한 다음과 같은 북조선인민위원회의 위대한 영도자 김일성 장군의 말 가운데서 우리는 그 구체적인 증거를 목도할 수 있는 것입니다"라고 지적하고, 이어서 김일성 자신의 말을 인용한 다음, "그렇습니다. 이 위대한 지도자의 말이야말로 북조선에만이 아니라 남조선에 그대로 적용되는 금과옥조입니다"라고 높이 공감을 표하고 있다. 또한, 시 「노력하자 투쟁하자 5·1절이다」[23]에도 다음과 같은 부분이 들어 있다.

온 세계인류가 우러러보는
항상 영명하고 위대하시며
언제나 인류의 구성이신
스딸린 대원수 그분이 지휘하시는
영웅의 군대 이 땅에 이르자
인민들은 나라의 주인이 되었고

머리 위에 우러러 받든 우리의 수령이신
김일성 장군께서
인민들을 영도하시여
우리들은 비로소 노력과 창조의
새로운 깃발 아래로 즐거이 나아갔다

---

22 『문학평론』 3호(1947. 4)
23 『노동신문』 1950. 5. 2. 김재용 편 『임화문학예술전집』 제1권(소명 2009) 참조.

임화가 시와 산문에서 박헌영 대신에 김일성을 찬양한 것이 현실권력의 향배를 의식한 하나의 보신책이었는지, 혹은 아직 김일성과 박헌영 간의 균열이 생기기 전 당과 국가의 최고지도자에게 바치는 의례적인 존경의 표시였는지, 그것은 나로서는 짐작하기 쉽지 않다. 그러나 박헌영에게 바치든 김일성에게 바치든 상투적인 찬사와 공허한 수식어로 가득 찬 개인숭배적 찬송시라고 하는 것은 참된 시정신의 증발로서의 어용문학의 탄생이다. 그것은 「나의 눈은 핏발이 서서 감을 수가 없다」나 「깃발을 내리자」와 같은 강렬한 비판적 참여시의 언어를 용도변경하여 체제순응의 도구로 사용한 것이라 말해도 좋을 것이다.

6·25전쟁의 발발과 함께 임화는 그리던 서울로 내려왔고, 낙동강 전선까지 종군했다. 그러나 그가 서울 입성 후에 발표한 시 「서울」(『해방일보』1950. 7. 24)에서 "이 자랑스럽고/영광스러운 서울이/이 아름답고 수려한/우리들의 수도가"라고 노래한 대목은 평양중심주의자들에게 무심하게 보이지 않았다.[24] 임화에게는 운명의 시각이 다가오고 있었던 것이다. 1952년 12월 15일 노동당 제5차 전원회의 보고에서 김일성은 "당성을 강화하고, 자유주의와 종파주의의 잔재와 투쟁할" 것을 호소하면서 "만일 우리들이 종파주의의 잔재들과 투쟁하게 될 때 종파주의자는 결국 적의 스파이로 전락하고 말 것이다"라고 지적하였는바, 이 발언에는 이미 내무성이 내사를 진행하고 있던 남로당계에 대한 고발이 반영되고 있다고 와다(和田春樹) 교수는 해석한다.[25] 그리하여 53년 1월부터 이승엽·조일명·임화·박승원·이강국·이원조·설정식 등 십수명이 차례로 체포되었다. 그리고 이들은 심한 고문에 의해 당국이 원하는 자백을 했다고 한다.[26] 또다

---

24 김용직 『임화문학연구』, 218면에 그 점이 날카롭게 암시되어 있다.
25 와다 하루끼 지음, 서동만 옮김 『한국전쟁』, 창작과비평사 1999, 278~79면.
26 북한 내무성 부상(副相)이었던 강상호(姜尚昊)의 회고록 「내가 치른 북한 숙청」, 『중앙일보』1993. 4. 6; 6 . 28. 와다 하루끼, 앞의 책 280~81면 참조.

른 증언에는 53년 3·1절 기념행사를 마치고 박승원의 집에 모인 이승엽·임화 일당의 대화가 심상치 않아, 이를 그 집 식모와 운전사가 고스란히 사회안전부에 보고한 것이 사건의 발단이 되었다고도 한다.[27] 그러나 이 증언은 떠도는 소문을 옮긴 것이라 믿기 어려운데, 같은 증언자의 다음 글이 오히려 당시 북한사회의 분위기를 이해하는 데 도움이 된다.

> 1953년 7월말, 남한에서 월북한 이승엽, 조일명, 이강국, 임화, 박승원, 안영달, 조용복, 설정식 등이 간첩혐의로 재판을 받게 되었다는 소식이 들렸다. 놀라운 일이었다. (…) 그러나 이승엽 사건의 조짐은 이미 훨씬 전부터 나타나고 있었다. 군에 있을 때인 1952년 12월, 당 간부들에 대한 전면적인 사상검토 작업이 시작되고, 남한 출신과 북한 출신 사이의 미묘한 갈등문제가 비판대상으로 오를 때, 이미 이승엽 등 남한 출신 당 간부들이 체포되고 있었다. 그 뒤 까마귀 날면 배 떨어진다고, 나로서는 납득할 수 없는 사유로 사단장에게 불려가 하루아침에 중위에서 중사로 강등되었다. (…) 나 역시 남한 출신이었기 때문에 불안한 마음은 항상 짙게 깔려 있었다.[28]

임화 등 12명에 대한 재판은 휴전 일주일 뒤인 1953년 8월 3일부터 최고재판소 특별군사재판으로 열려, 내리 3일간 피고인신문 및 증인신문이 진행되었다. 피고 전원이 기소사실을 인정하였고, 증인도 기소장이 사실임을 증언하였다. 넷째 날인 8월 6일, 이승엽 이하 피고 전원은 자신들이 중대한 범죄를 범했기 때문에 어떤 형벌도 감수하겠다고 최후진술을 하

27 강원도 명주군 출신 남로당원으로 6·25 때 인민군 군관으로 전쟁을 겪고 후에 남파간 첩으로 체포되었던 장기수 출신 김진계의 증언. 김진계 「박헌영 간첩사건의 새로운 전모」, 월간 『말』 1994. 11.
28 김진계 구술·기록, 김응교 보고문학 『조국』 상권, 현장문학사 1990, 220면.

였다. 3시간의 휴정 뒤에 이승엽 등 10명에게 사형, 이원조에게 12년형을 선고하는 판결문이 낭독되었다.[29] 판결문에 기록된 임화의 죄상은 요컨대 "1935년 일제 경찰과 야합하여 카프를 해체하였으며, 친일 '문인보국회' 이사의 직위에 있으면서 소위 내선일체를 주장하는 등 민족반역 행위를 감행하여왔으며, 8·15해방 후에는 미국 정탐기관의 간첩으로 가담하여 이승엽 도당들과의 연계 밑에 간첩행위를 감행하였[30]다는 것이었다.

이 재판이 하나의 정치재판이라는 것은 의심할 여지가 없다. 와다 교수도 은연중 암시하고 있지만, 1952년 12월 15일자 김일성의 발언("종파주의자는 결국 적의 스파이로 전락하고 말 것이다")은 아직 내사단계인 남로당계 인물들에 대해 사실상 형벌의 가이드라인을 제시한 것이었다. 이 김일성의 발언을 부연하여 당 기관지『근로자』1953년 1월 25일자에 실린 한 논문은 제5차 전원회의의 역사적 의의를 설명하면서 이렇게 단언하였다. "세계 혁명운동의 역사는 우리에게 종파분자들의 말로를 산 경험으로 보여주고 있다. 뜨로쯔끼, 부하린, 리꼬프, 지노비예프, 까메네프 들은 결국 적의 정탐으로 되어 인민의 심판을 받지 않았는가."[31] 여기 거명된 여러 인물들 가운데, 예컨대 부하린은 레닌이 유서에 "당에 둘도 없는 최대의 이론가"라고 찬양한 헌신적인 혁명가이자 탁월한 경제학자였음에도 1938년 1월 재판에서 '반역죄와 간첩행위'로 사형이 선고되었다. 부하린이 처형되던 무렵, 일제의 탄압을 피해 소련으로 망명했던 「낙동강」의 작가 조명희(趙明熙)도 활동지 하바로프스끄에서 다름아닌 '일본 간첩'의 누명을 쓰고 총살되었음을 우리는 상기한다. 그러니까 이승엽·임화 등의 운명은 1952년 12월 15일의 시점에서 이미 결정된 것이나 마찬가지였다. 다만 그들의 입에서 종파주의적 활동의 몇가지 사례가 발설되도록 강

---

29 와다 하루끼, 앞의 책 320~21면 참조.
30 김윤식『임화연구』, 717면.
31 와다 하루끼, 앞의 책 281면 재인용.

압하는 일만 남아 있는 셈이었는데, 체포에서 재판에 이르는 반년 남짓한 동안 그들은 종파주의자에서 민족반역자·미제간첩으로 격상되었다. 재판의 실상을 실감하기 위해서 검사와 피고 사이에 오간 문답을 한대목 옮겨보자.

> 검사 일본 제국주의시대에 피고가 해왔던 문학운동은 계급적 문학운동이었던가?
>
> 임화 아닙니다. 그것은 일제의 어용문학이었습니다.
>
> 검사 미군을 환영하는 사업을 조직한 일이 있는가?
>
> 임화 약 3백 명의 문화인을 동원시켜 미군환영 시위를 한 적이 있습니다.[32]

임화의 답변이 자포자기의 절망감에서 나온 것인지, 아니면 극도의 공포감 때문이었는지, 그것도 아니라면 명백한 허위를 말함으로써 자신의 답변이 후일의 역사를 위한 통렬한 반전(反轉)의 증거 즉 법정 전체의 허구성을 입증하는 알리바이로 남겨지기를 기원했던 것인지, 그것을 지금 가늠하기는 어렵다. 고문으로 피폐해진 임화의 머릿속에서 어떤 종류의 책략이 작동할 수 있었을지는 의문이지만, 어떻든 비열한 행위들로 단죄된 임화의 참혹한 최후는 그의 치열한 삶에 합당한 예의바른 등가물이 아니다. 부하린은 1988년 고르바초프 시대에 공식적으로 복권되었고 바로 그해 9월 30일 소련 공산당 맑스-레닌연구소에서 그의 탄생 100주년을 기념하는 학술회의가 개최되었다. 처형 직전 감옥에서 썼던 부하린의 편지는 54년의 세월이 지난 뒤 노년에 이른 그의 부인 라리나 부하리나에게 전달되었다.[33] 그보다 먼저 1956년 소련 극동군관구 군법회의는 조명희와

---

32 김윤식, 앞의 책 702~703면.
33 김명호 편역 『부하린』, 小花 2003, 9면, 375면 참조.

관련된 1938년 4월 15일자 선고를 파기하고 무혐의로 처리한 후 그를 복권시켰다. 그리고 1988년에는 따슈껜뜨의 알리쎄르 나웨이 문학박물관에 '조명희 기념실'이 만들어지고, 얼마 후에는 모스끄바와 레닌그라뜨(지금의 쌍뜨 뻬쩨르부르끄) 등의 고려인 사회에 '조명희 문화협회'가 결성되었다. 이런 선례에 따라 김태준과 임화를 비롯한 수많은 비극적 죽음들이 그들이 살았던 시대의 불가피한 어둠으로부터 구출되어 진정으로 해방된 민족사의 공간 안에 명예롭게 자리잡아야 한다. 어둠의 실체로서의 분단체제를 극복하는 과업은 당연히 이런 일을 포함해야 한다. 그것이 역사의 전진이고, 그런 전진을 위해 애쓰는 것이 살아 있는 우리의 몫이다.

임화 탄생 100주년 기념 학술회의(2008. 10.17);

『창작과비평』 2008년 겨울호

낭만적 주관주의와 급진적 계급의식
■

일제강점기 임화의 시와 시론

1

그동안 나는 시집 『현해탄』의 복간본(기민사 1986)과 선집 『다시 네거리에서』(미래사 1991) 등을 통해 임화의 시를 부분적 산발적으로 읽었을 뿐인데, 근자에 『임화문학예술전집』(소명출판 2009)이 간행됨으로써 제1권 '시'편(김재용 편)을 통해 비로소 그의 시 전체를 연대순으로 통독할 수 있게 되었다. 주지하는 바와 같이 임화는 프로문학 진영을 대표하는 시인의 한 사람이었지만, 동시에 『문학사』(임규찬 편), 『문학의 논리』(신두원 편), 『평론 1』(신두원 편), 『평론 2』(하정일 편)로 이루어진 『전집』 구성이 입증하듯 정력적인 비평가이자 선구적인 문학사가였고, 아울러 그의 경력에서 나타나듯 누구보다 목적의식적인 삶을 살고자 한 실천적인 활동가였다. 따라서 이런 다양한 면모들, 특히 그의 비평가적 자의식이 시창작에 미친 내적 연관을 고찰하는 것은 임화 시의 독해에 아마 필수적인 절차일 것이다.

돌이켜보면 대부분의 월북문인들과 마찬가지로 임화도 지나친 과대평가와 부당한 폄훼의 이중적 파행을 겪어왔다. 비평가 임화에 가려서 시인 임화가 충분히 해명되지 못했다든가 반대로 시인 임화의 명성 때문에 비평가 임화가 제대로 조명받지 못했다든가 하는 불평은 그 자체가 냉전시대의 문학사적 불균형을 증언한다. 그러나 이제 임화가 생산한 텍스트에 기반하여 그의 시적 성취가 얼마나 영속적 가치에 값하고 그의 이론적 문장들이 어느 수준의 비평사적 중요성을 달성했는지, 그리고 임화의 독특한 개성 안에서 양자가 어떻게 서로를 견인하고 제약하는지 좀더 객관적으로 검토할 여건이 마련되었다.

작품이 작가의 의식을 기계적으로 반영하는 단순구조물이 아니라는 것은 상식에 속한다. 작품이 작가의 의도에 반(反)하는 성취 또는 실패를 결과한 예는 문학사의 예외적 현상이 아닌 것이다. 그런 점에서 창작자의 이론적 문장들이 갖는 자기설명적 효능은 언제나 조심스럽게, 즉 비판적으로 활용되어야 한다. 하지만 임화의 경우에는, 이 글이 검토해보려는 문제들 중의 하나가 그것인데, 그의 비평적 자아가 시적 자아에 비해 대체로 우위에 있지 않았던가 생각된다. 다시 말하면 그의 경우 일종의 논리적 의식성이라고 할 만한 요소가 시의 표현과 언어구성에 부단히 간섭한다고 믿어지기 때문에 삶과 예술의 분리를 전제로 하는 자율성이론은 그의 문학과는 인연이 멀다고 할 수 있다.

이런 예비적 화두를 꺼내면서 먼저 떠오르는 것은 무엇보다도 임화가 신문학 초창기, 즉 근대문학 초기에 활동한 문인이라는 자명한 사실이다. 유종호 교수가 임화의 비평문장과 관련하여 "언문일치 운동이 일어난 지 얼마 안되는 시점의 문체적 혼란에 대해서 준열히 추궁하는 것도 공정한 처사는 아닐 것이다"[1]라고 언급한 것, 또 임화의 반(反)기교주의 비평과 관련하여 "그가 홀대하고 비방한 기교라는 것은 사실 한편의 시를 시로 책봉해주는 기본적 형태요소였으며, 우리 현대시가 넓은 의미의 습작기

---

1 유종호 『다시 읽는 한국시인』, 민음사 2002, 19면.

에 있었던 20년대와 30년대에는 특히나 방법적으로 세련시킬 필요가 있는 기초적 국면이었다"[2]고 지적한 것은 그런 점에서 폭넓은 정당성을 가진다. 실제로 내 경우에도 시든 산문이든 임화의 초기작품을 읽는 것은 적잖이 노고를 요하는 일이다. 여기서 '초기'라는 말로 가리킨 것은 그가 '어린 다다이스트 시절'이라고 자칭했던 20세 이전의 문학적 유아기만을 뜻하는 것이 아니다. 이른바 '단편서사시'의 잇따른 발표에 의해 프로시단의 총아로 떠올랐을 무렵이나, 뒤이어 소위 '제2차 방향전환'으로 카프의 이론적 주도권을 장악했을 무렵, 즉 기세등등한 청년시인으로 자기존재를 확립했을 때의 글들도 거기 담긴 내용의 선진성·정당성을 떠나 우리말 문장으로서, 급변하는 우리 현대사에서 7,80년 세월이 의미하는 엄청난 언어적 격류를 감안하더라도, 매끄럽게 읽히지 않고 부분적으로는 아주 조악한 느낌도 준다. 그러므로 「카톨리시즘과 현대정신」을 대상으로 "임화의 문장은 너무나 생경하고 투박하고 독백적이어서 섬세하고 엄정한 사고의 흔적이라고는 보이지 않는다"[3]고 한 유종호 교수의 매서운 평가에는 약간의 단서를 붙이는 조건으로 나도 동의할 수 있다.

그 단서란 다음과 같은데, 첫째 임화 문장의 생경함과 투박함은 그의 산문뿐 아니라 시에도 거의 그대로 적용될 수 있고 적용되어야 할 성질의 것이라는 점이다. 산문의 기준을 가지고 시를 말하는 것은 당연히 위험한 일이지만, 그러나 내 생각에 임화가 구사한 언어는 시와 산문이 민감하게 구별되는 단계의 언어 즉 문학적 원숙기의 언어가 아닌 것이다. 임화에게 있어 초기시의 미숙성과 초기비평의 관념성은 본질적으로 한뿌리에서 나온 두 개의 결과물이다. 둘째, 유 교수의 비판은 1939년의 임화 논문을 대상으로 한 것인데, "섬세하고 엄정한 사고의 흔적이라고는 보이지 않는다"는 혹평을 들음직한 문장들이 1920년대의 문단에 범람했고 임

---

2 같은 책 95면.
3 같은 책 19면.

화도 범람하는 흙탕물에 뛰어들어 그 일부로서 활동한 것이 사실이다. 그
러나 대체로 1933년을 경계로 그는 일본 좌파이론에 대한 일방적 추종을
탈피하여 문학과 현실에 대한 자기 나름의 독자적인 사유를 드러내기 시
작했고, 이에 따라 그의 문장에서도 관념적 생경함과 논리의 억지스러움
이 점차 가셔지는 동시에 그에 비례하여 사고의 유연성이 증가한다.[4] 물
론 지적 성장은 활연대오하듯 단숨에 되는 것이 아니어서, 1939년의 글에
도 1929년의 관행이 남아 있게 마련이다. 더욱이 종교에 대한 임화의 식견
이 상식 이상의 것일 수 없음은 짐작하기 어려운 일이 아니다. 반종교선
동이 거세었던 당시의 세계적 유행을 감안하더라도 그가 깊지 않은 유물
론 지식을 밑천으로 여러 차례 가톨릭 비판에 나섰던 것은 사려깊은 행동
이 아니었다. 그러나 이런 측면은 1930년대 임화 비평의 일부임에 틀림없
으나 그의 이론작업에서 핵심적인 위치를 점한다고 보기 어렵다. 요컨대
우리가 시선을 집중해야 할 곳은 젊은 임화에게 들이닥친 개인적·시대적
역경에도 불구하고 그가 역경에 굴하지 않고 다른 누구도 대신할 수 없는
뛰어난 시적·비평적 업적을 이룩했다는 부동의 사실이다.

2

이번에 간행된 전집의 『시』편에 따르면 최초로 활자화된 임화의 시는

---

4 알다시피 임화는 근대학문의 방법론적 훈련을 받을 기회를 가진 적이 없었다. 그럼에
도 불구하고 그는 동연배의 대학졸업자들을 젖히고 한국 근대문학의 역사적 형성에 관
한 최초의 이론적 체계화를 시도할 수 있었다. 이것은 임화의 천재성으로만 설명할 수
없는 하나의 수수께끼이다. 특히, 그가 1933년경부터 일본 프로문학의 이론을 수입하여
단순히 기계적으로 적용하는 데 그치지 않고 우리 근대문학의 전개과정을 나름대로 주
체적인 유물론적 역사관에 입각하여 해석하고자 한 배경은 무엇인지 심층적이고도 다
각적인 고증이 필요하다.

「연주대」이다.[5] 1924년 12월 8일자 『동아일보』에 (아마 독자투고로) 발표
된 것인데, 전반부를 인용하면 다음과 같다.

> 야주개 군밤장사
> 설설히 끓소
> 애오개 만두장사
> 호이야호야
> 이 내 몸은 과천 관악
> 연주대에서
> 가슴을 파헤치고
> 호이야호야

열여섯살 소년의 것답게 단조롭고 유치하며, 임화의 문학생애에서 그
리 중요한 작품은 아닐지 모른다. 그러나 후일 유명해진 시인의 처녀작임
을 상기하면 무심하게 넘길 수 없는 몇가지 사실들이 눈에 뜨인다. 우선
야주개의 군밤장사, 애오개의 만두장사처럼 그 시절의 서울 토박이 아니
면 알지 못하는 풍물들이 호출됨으로써 간결하게 작자의 성장배경이 제
시되는 것이 흥미롭다. 관악산에 등산한 소년의 호연지기가 시가지의 상
업적 소음에 대비되는 방식도 시인다운 싹수를 엿보게 하며, '호이야호
야'라는 의성어가 후렴구로 반복된 것도 자못 기능적인 구실을 하고 있
다. 무엇보다 주목되는 것은 이 작품의 정형적 형식과 7·5조(내지 4음보)
율격이다. 이것은 소년 임화가 한국 근대시의 역사에서 신체시와 자유시
의 연결적 위치에 있는 안서(金億)나 요한(朱耀翰)의 열독자였음을 짐작

---

5 시 인용은 모두 김재용 교수가 편집한 『임화문학예술전집: 시』(소명 2009)에 의거하고
  『시』로 표시한다. 다만, 본문의 표기방식에 문제가 있을 경에는 책 뒤의 원문을 참조하
  여 수정했다.

게 하는 대목인데, 후일 그가 안서의 새로운 정형시 시도(및 소위 국민문학파의 시조부흥운동)를 강력히 비판한 것은 과거로의 퇴행에 대한 일종의 자기방어를 뜻한다고 볼 수 있다.[6] 마지막으로 간과할 수 없는 것은 이 작품의 밝고 낙천적인 어조이다. 알다시피 임화는 1925년경 집안이 파산하여 가출했고 다니던 중학도 5학년으로 중퇴했는데, 「연주대」는 바로 그 직전의 작품인 것이다. 뒷날 그는 어느 자전적인 글에서 "열아홉살 때 가정의 파산과 더불어 그의 평화한 감상의 시대는 끝이 났습니다"[7]라고 회고한 바 있다. 평화로운 감상의 시대가 허락한 낙원의 정서를 「연주대」만큼 진솔하게 전해주는 작품은 아마 달리 찾기 어려울 것이다.

가정의 풍비박산으로 거리를 헤매게 된 임화는 그러나 낙담하고 좌절하는 대신 오히려 도발적이고 반항적인 자세로 시대의 전위에 서고자 한다. 시 「무엇 찾니」(『매일신문』 1926. 4. 16)는 낙원에서 추방된 불우한 천재의 치열한 자아탐구 선언이다. 길지 않은 작품이기에 새삼 음미해봄직하다.

죽은 듯한 밤은 땅과 하늘에
가만히 덮였고
음울한 대기는 갈수록 컴컴한
저 하늘 끝에서 땅위를 헤매는데
소리 없이 자취를 감추고 내리는 가는 비는
고요히 졸고 있는 나뭇잎에
구슬 같은 눈물을 지워

---

6 임화는 평론 「33년을 통하여 본 현대 조선의 시문학」(『조선중앙일보』 1934. 1. 1~12)에 서 안서의 시형식에서의 복고주의를 다음과 같이 비판하고 있다. "뿐만 아니라 그는 내용의 새로움을 빼놓은 형식을 찾기 때문에 필연적으로 (…) 자유시로부터 낡은 정형적 형식으로 퇴화하고 있는 것이다." 『임화문학예술전집: 평론 1』(신두원 책임편집, 이하 『평론 1』), 342면.
7 임화 「어느 청년의 참회」, 『문장』 1940. 2, 22면.

어둔 밤에 헤매면서 우는
두견의 슬픈 눈물같이 굴러 떨어진다
남모르게 홀로 뛰는 혼령아
이 어둔 비오는 밤에도 쉬지 않고 날뛰며
무엇을 너는 찾느냐?

　언어구사의 세련도가 낮고 비유의 날카로움도 찾을 수 없는 습작기의
소품이라고 말할 수도 있다. "죽은 듯한 밤은 땅과 하늘에/가만히 덮였
고"(1, 2행)와 "음울한 대기는(⋯)/저 하늘 끝에서 땅위를 헤매는데"(3, 4행)
와 같은 단순반복적 서술은 시의 화자를 둘러싼 어둠 이미지의 강도를 오
히려 떨어뜨리며, "구슬 같은 눈물을 지워/(⋯)눈물같이 굴러 떨어진다"
(7~9행)에서의 '눈물'의 중복사용도 세심한 언어감각의 결여를 드러낸다.
그러나 임화의 초기 문장에 산재한 이런 미숙성에도 불구하고 이 작품은
그러한 서투른 언어표현 내부에서 작동하는 진지하고 진실한 정신의 움
직임을, 즉 절망의 고통을 극복하기 위해 '날뛰는' 고독한 영혼의 투쟁을
독자의 가슴에 강력하게 각인시킨다. "어둔 밤에 헤매면서 우는 두견"은
안식의 처소를 잃고 야음을 배회하는 임화 자신의 슬픈 자화상일 터인데,
행이 바뀌면서 시의 화자는 드높이 앙양된 어조의 질문형식을 통해 서정
적 주체를 불러들임으로써 작품 전체가 좀더 높은 차원의 긴장에 도달하
는 것이다. 물론 "남모르게 홀로 뛰는 혼령아"라는 외침이 완전한 독창인
것은 아니다. 여러 곳에서 고백한 바 있듯이 이무렵 임화의 문학적 자양
분은 주로 『백조』의 자장 안에서 공급되고 있었고, 고독한 영혼의 방황이
라는 관념은 그 동인지의 감상적·낭만적 분위기 속에서 양성되었을 것이
다. 그런 점에서 그것은 괴테와 낭만주의자들에게 깊은 영감을 선사한 루
쏘의 '아름다운 영혼' 개념에까지 연결될 수 있을지 모른다. 루쏘의 주관
적 감상주의가 근대적 개인의 탄생에 양면적인 역할을 했고 그의 '아름다

운 영혼'도 해방적인 측면과 복고적인 측면이라는 모순성을 가진다고 할 때,[8] 주관적 낭만주의자로서의 젊은 임화의 내면에 자기분열의 단초가 잠복해 있음을 발견하는 것은 이상한 일이 아니다. 어떻든 「무엇 찾니」의 작품구조는 이후 임화 시에서 반복적으로 변주되어 나타나며, 그의 시세계에 가장 빈번하게 등장하는 서정적 주체로서의 '청년'은 '남모르게 홀로 뛰는 혼령'의 현실적 후예들일 것이다. 그런 점에서 「무엇 찾니」는 그의 문학생애에서 원형적 존재이다.[9]

3

주지하는 대로 임화는 미구에 『백조』 동인의 영향권을 벗어나 단기간의 다다이스트 실험을 거친 다음 드디어 프롤레타리아 계급시인으로서 자기정체성을 확립하기에 이른다. 한 청년시인의 이런 재빠른 변신이 입증하는 것은 이 시대 우리 문학전통이 행사하는 구속력의 허약성이고 근대문학이 서 있는 기반의 박토성(薄土性)일 것이다. 그러나 변신의 당사자에게는 그 나름으로 내적 필연성이 없지 않았다. 임화의 경우 그를 다다의 추종자로, 다시 프로문학의 주창자로 급속하게 밀고나간 동력은 현실에 대한 일관되게 강렬한 반항의 열정이었다. 스스로 그렇게 의식하고 있

8 아르놀트 하우저, 개정판 『문학과 예술의 사회사 3』, 창비 1999, 103면 참조.
9 임화 시의 출발점으로서 「무엇 찾니」의 의의에 먼저 주목한 사람은 유성호 교수이다. 그는 이렇게 말하고 있다. "(이 작품의) 이와 같은 질문의 형식이야말로 그의 마지막 작품인 「너 어느 곳에 있느냐」까지 이어지면서, 바로 임화의 운명과 실존을 암시하고 있다." 유성호 「비극적 근대시인의 시적 경로」, 문학과사상연구회 편 『임화문학의 재인식』, 소명 2004, 167면. 유 교수는 「무엇 찾니」부터 「너 어느 곳에 있느냐」까지를 잇는 탐색과 질문의 형식을 중시하는 셈인데, 나는 질문의 형식이라는 두 작품의 공통성 자체보다는 「무엇 찾니」를 시발점으로 하는 서정적 주체의 내적 발전, 그 방황과 변모에 관심을 갖는다.

었음을 그는 이렇게 적고 있다.

10년 전에 '다다'나 '표현파'의 모방자들은 시의 사상과 내용에 있어서 동일적인 반항자이었다. 그러므로 박팔양(朴八陽), 김화산(金華山) 혹은 필자까지가 일시적으로나마 그 급진적 정열로 말미암아 프로문학에까지 도달했던 것이다. 그들에게 있어 본질적인 것은 양식상의 과거 부정일 뿐만 아니라 생활, 세계관 그것에 있어서 보다 더 큰 반항의 열정가이었다.[10]

논술의 객관성을 확보하기 위한 전략으로 박팔양·김화산을 끌어들여 3인칭 복수로 묘사하고 있지만, 사실은 임화 개인의 1인칭 단수 고백이나 다름없다. 가정의 파산과 가출을 계기로 감상적인 문학소년은 급진적인 반항아로 변모한 것인데, 1920년대 식민지 조선반도에 불어닥친 제1차 세계대전과 러시아혁명의 이념적 파장은 임화의 변신을 위한 객관적 조건을 부여했던 것이다. 「담(曇): 1927」(『예술운동』 1927. 11)은 카프 가입(1926. 12)에 뒤이은 프롤레타리아 시인 임화의 탄생을 만천하에 고지한 선언문적 정치시이다. 이 작품은 낭만주의의 낙원에서 추방된 임화의 의식이 새 사조의 맹렬한 학습을 통해 치열한 계급적 각성에 이르렀음을, 그리하여 세계적 범위에서 진행되는 계급투쟁의 전장 안으로 진입했음을 보여준다. 작품 말미의 제작일자(1927. 8. 28)를 믿는다면 국제뉴스에 대한 그의 촉각은 마치 텔레비전이나 인터넷이 있는 시대에 살고 있는 것처럼 놀라운 동시성과 현장성을 발휘한다. 그는 계급의식에 눈뜬 지 얼마 안된 약관의 청년임에도, 그리고 국내 대중매체의 발달이 유치한 수준이었음에도 국제혁명운동의 동향에 자못 밝다는 것이 드러난다. 작품의 소재가 된 이주

---

10 임화 「담천하의 시단 1년」, 『신동아』 1935. 12, 『전집』 제3권: 『문학의 논리』, 495~96면.

노동자 출신의 사코와 반제티는 무정부주의적 활동 이외에 아무런 범죄 증거가 드러난 바 없었음에도 불구하고, 그리고 전세계 노동자와 지식인들의 격렬한 항의와 규탄시위에도 불구하고 미국정부에 의해 결국 사형이 선고되고(1927. 4. 9) 얼마후에는 전기의자에서 죽음을 맞았는데(1927. 8. 23),[11] 작품은 거칠지만 박력있는 언어로 사건진행을 형상화하면서 계급적 적대감과 투쟁의지를 고취하고 있다. 이 작품에서 한가지 주목되는 점은 그가 이 시에서 '아메리카 제국주의 정부'가 아닌 '아메리카 부르주아의 정부'를 규탄한 사실이다. 이것은 당시 미국에 대한 좌파들의 인식의 무게중심이 어디에 있었는지 알려주는 사례로서, 그것은 노동계급의 국제적 연대를 통한 사회주의 혁명이라는 목표가 식민지 민족해방이라는 목표를 압도하고 있었음을 증명한다. 어떻든 「담: 1927」 같은 뛰어난 정치적 선동시는 일제강점기 동안에는 자취를 감추었다가 해방정국의 이념적 격동 속에서 다시 분출하여 시인의 비극적 운명을 재촉하게 된다.

1929년 무렵은 임화의 문학적 생산성이 특별히 고조된 시기였던 것 같

---

11 '20세기판 미국의 마녀재판'이라 불린 이 사건의 여진은 오늘에도 가라앉지 않았다. 그 자신 노동자 출신인 작가 브루스 왓슨(Bruce Watson)은 오랜 준비 끝에 사건 80주년이 되는 2007년에 『사코와 반젠티』(*Sacco and Vanzetti*)란 책을 출판했고, 이 책은 최근(2009. 9) 우리말로 번역되었다. 인터넷의 '출판사서평'에는 다음과 같은 설명이 올라와 있는데, 이것은 임화의 시 「담: 1927」이 단지 시인의 치솟는 격정의 발산이 아니라 그 시대의 들끓는 현실을 놀랍도록 정확하게 반영한 것이었음을 입증한다: "1927년 8월 메사츠세츠주 보스턴, 두 사내의 처형이 임박해오자 미국은 물론 전세계 노동자들과 지식인들의 사형 반대운동이 들불처럼 타올랐다. 파리에 있는 미국 대사관 밖에는 탱크가 출동하여 성난 군중을 막아섰다. 런던의 하이드파크에는 시위자들이 운집했고 제네바에서는 미국 상품이 판매되는 가게와 영화관이 공격당했다. 라틴아메리카 곳곳에서는 동맹파업이 벌어졌고 수송이 중단되었다. 남아프리카 요하네스버그 시청 바깥에서는 미국 국기가 불에 탔다. 시드니, 부쿠레슈티, 베를린, 암스테르담, 로마, 도쿄, 부에노스아이레스, 아테네, 프라하, 마라케시의 거리에 흥분한 시위대가 모여들었다. 아인슈타인은 곧바로 쿨리지 대통령에게 항의서한을 보냈고, 작가 아나톨 프랑스는 미국정부를 향해 「유럽 노인의 호소」를 발표했다. 작가 존 도스 파소스는 '두 개의 미국'을 선언했다."

다. 「젊은 순라의 편지」(1928. 4)에서 처음 선을 보인 그의 새로운 시적 시도는 주로 『조선지광』 지면을 통해 「네거리의 순이」(1929. 1) 「우리 오빠와 화로」(1929. 2) 「어머니」(1929. 4) 「봄이 오는구나」(『조선문예』 1929. 5) 「병감에서 죽은 녀석」(『무산자』 1929. 7) 「다 없어졌는가」(1929. 8) 「우산 받은 요꼬하마의 부두」(1929. 9) 「양말 속의 편지」(1930. 3) 등으로 연속되면서 그를 일약 카프문단의 혜성으로 떠오르게 했던 것이다. 여기서 새로운 시도란 이른바 '단편서사시'를 가리키는 것인데, 메마른 구호와 딱딱한 관념에 치우쳐 독자에게 정서적 호소력을 행사하지 못하는 프로시단에 있어 임화의 시들은 작품적 실천을 통한 새로운 활로의 개척으로 환영받았다.

그런데 위에 거명한 여러 작품들은 시적 성취수준에 조금씩 차이가 있고 서사성의 강도도 서로 다를뿐더러 이야기전개(narration)의 구조 또한 한결같지 않다. 이들 가운데 「네거리의 순이」 「우리 오빠와 화로」 「어머니」는 거의 동일한 구조로 되어 있어 '단편서사시'의 기본형이라 할 만하고, 나머지 작품들은 그 변형이라 할 수 있다. 해방후의 다양한 정치시와 6·25 기간 중의 전선시(戰線詩)를 별도로 치면, 이들 작품군(群)은 시집 『현해탄』의 바다시편[12]과 더불어 임화에게 한국 시사(詩史)의 지정석을 마련해준 양대 업적으로 평가받아왔다. 그런데 임화의 이 일련의 시들을 '단편서사시'라는 이름으로 포괄하는 지금까지의 관행을 폐기할 필요는 없을지 모르지만, 그것이 엄밀한 개념이 아님은 분명히해둘 필요가 있다. 그 개념의 출발지점으로 한번 돌아가보자.

이 용어를 처음 쓴 사람은 주지하듯이 평론가 김기진(金基鎭)으로서, 그는 「우리 오빠와 화로」가 발표되자 이에 감동하여 시를 상세하게 분석하고 이를 근거로 프로시의 방향을 제시하는 논문을 집필하였다. 그것이 바

---

12 『현해탄』 가운데 바다를 배경으로 한 시편을 유종호 교수가 이렇게 부른 것인데, 편의상의 것이라는 단서를 고려하면 적절한 호칭이라고 생각된다. 유종호, 앞의 책 61면 참조.

로 「단편서사시의 길로」(『조선문예』 1929. 5)라는 평론인데, 이 글은 80년의
세월이 지난 지금 읽어보아도 일정한 설득력을 가진다. 설익은 개념, 추상
적인 논지, 비현실적 상황판단, 터무니없는 과격성, 그리고 소모적인 파벌
주의 등으로 당시 대다수 좌파 논문들이 읽기 괴로웠던 데에 견주면, 김
기진의 이 평론은 아마추어적 미숙함이라는 시대적 한계를 분명 지니고
있음에도 그 안에서는 최대한으로 성실하게 비평대상에 접근하고 있다.
아마 시 한 편을 이처럼 꼼꼼하게 분석하고 이를 바탕으로 시단 전체를
향해 일반이론을 전개한 논문은 우리 비평사에 흔치 않을 것이다. 그러나
이런 미덕에도 불구하고 김기진이 「우리 오빠와 화로」의 분석을 통해 도
출한 양식(樣式)개념으로서의 '단편서사시'는 대상작품의 어떤 특성을 일
정하게 설명하는 용어이기는 하지만 특정한 시장르를 가리키는 충분히
보편적 명칭일 수는 없다.

　일찍이 나는 김동환의 「국경의 밤」(1925)부터 신동엽의 「금강」(1967) 김
지하의 「소리내력」(1972) 고은의 「갯비나리」(1978) 이성부의 「전야」(1978)
등을 거쳐 신경림의 「새재」(1978)에 이르는 작품들의 시적 성취와 양식상
의 특성을 검토한 바 있었다.[13] 그 글의 「국경의 밤」 부분에서 나는 1920년
대의 한국 문인들 앞에 놓인 장르선택의 갈등을 지적하면서 "김동환에게
는 서정시와 소설 어느 쪽으로도 채워질 수 없는 예술적 충동이 있었음이
분명하며 그것이 「국경의 밤」 같은 형태로 귀착되었을 것이다"라고 추론
하였다. 이와 아울러 임화의 「우산 받은 요꼬하마의 부두」 분석을 통해 이
작품이 김동환의 서사시와 구별되는 서술적 특징을 갖고 있다고 지적했
다.[14]

13　졸고 「서사시의 가능성과 문제점」, 평론집 『한국문학의 현단계』, 창작과비평사 1982
　　참조.
14　『국경의 밤』(1925. 3) 서문에서 김억이 처음으로 이 작품을 '장편서사시'라고 규정지었
　　는바, 김기진의 '단편서사시' 개념은 김억의 용어에서 유래했을 가능성이 높다.

상식적인 얘기지만, 서정시에도 감정의 토로와 상황의 전달을 책임지는 화자가 있게 마련이다. 그런데 화자는 시인 자신과 거의 분리되지 않은 존재일 수도 있고 시인과는 전혀 다른 허구적 존재일 수도 있으며, 또 텍스트 안에 등장할 수도 있고 바깥에 몸을 숨기고 있을 수도 있다. 「국경의 밤」에서 화자는 마치 3인칭시점의 소설에서처럼 순차적으로 사건진행을 서술하고 등장인물들의 언행을 전달한다. "아하, 무사히 건넜을까/이 한밤에 남편은/두만강을 탈없이 건넜을까?" 이 유명한 서두부는 등장인물의 독백이며, 조금 뒤에 이어지는 "소금실이 밀수출마차를 띄워놓고/밤새가며 속태이는 젊은 아낙네/물레 젓던 손도 맥이 풀려져/파! 하고 붓는 어유(魚油)등잔만 바라본다" 이것은 화자의 서술이다. 반면에 「우리 오빠와 화로」「우산 받은 요꼬하마의 부두」 등에서는 단일화자의 '극적 독백'이라 할 만한 것으로 시종한다. 그런 측면 때문에 김윤식 교수는 이들 작품을 "꿰뚫고 있는 시적 상황은 영락없는 배역시(Rollengedicht)이다. 배역시란, 시인의 자아가 다른 몫을 맡아 그 주어진 배역의 서정이랄까 감정을 노래하는 것으로 제목 자체가 말해주듯 연기적인 능력이 절대로 필요하다"고 설명하는 것 같다.[15]

지금 논의하는 일련의 임화 작품에 연극적 요소가 있음은 명백하다. 한때 임화가 연극이나 영화에 깊이 관여한 것은 널리 알려진 사실이고, 또 이 작품들을 군중 앞에서 낭송하거나 단막극으로 각색하여 공연한다면 책에서 묵독할 때와는 비교할 수 없는 폭발력을 가지리라는 것도 짐작하기 어렵지 않다. 실제로 1930년 봄 평양에서 개최된 어느 강연회에서 김남천(金南天)이 막간에 낭독한 「양말 속의 편지」는 군중들의 열렬한 환영을 받았다고 한다.[16] 그러나 그런 점 때문에 이들 작품을 배역시라고 부를 수 있는 것은 아니다. 김윤식 교수와 같이 육당의 「해에게서 소년에게」조차

---

15 김윤식 『임화연구』, 문학사상사 1989, 274면.
16 김남천의 증언(『조선일보』 1933. 7. 23). 김윤식, 같은 책 283면 참조.

배역시라고 한다면 소위 사물시(事物詩)처럼 객관적 묘사로만 이루어진 시 이외의 대부분의 시가 배역시일 것이다.

문제는 개념사용의 적절성 여부에 있는 것이 아니라 개념이 가리키는 시적 성취의 내용에 있다. 아마 이론적 혼선의 출발은 김기진의 논문에서 찾을 수 있을 것이다. 그에 의하면 시는 막연한 감정과 단순한 심리적 충동의 노래가 아니기 때문에 소설과 마찬가지로 현실적·객관적·실재적·구체적 태도를 요구한다. 그가 보기에 임화의 시 「우리 오빠와 화로」는 "한 개의 통일된 정서를 전파하는 동시에 감격으로 가득 찬 한 개의 생생한 소설적 사건을 안전에 전개하고 있다."[17] 요컨대 독자와의 괴리라고 하는 프로문학의 난관 앞에서 김기진이 찾은 해결책은 리얼리티 획득의 유력한 방법론으로서의 '단편서사시의 길'이었다. 물론 그는 프롤레타리아의 의식, 프롤레타리아의 생활을 소재로 삼아야 한다는 주문을 잊지 않았으나, 그의 소박하고 온건한 절충주의 미학은 창작 당사자인 임화의 거센 반박으로 설자리를 잃고 말았다.

4

'단편서사시'의 발표로 프로시단의 화려한 조명을 받았음에도 임화는 거기에 만족하지 않고 좌충우돌 공격적으로 논쟁에 개입하였다. 특히 「시인이여! 일보 전진하자!」(『조선지광』 1930. 6)라는 구호적인 제목의 글에서 그는 객관정세의 엄중함에 옳게 대처하지 못함으로써 무력증에 빠진 카프운동의 지도부를 비판하고 김기진 등 선배들의 기회주의에 공격의 포문을 열었다. 그는 시단의 난국을 타개하고 시인이 일보전진하기 위해서

---

17 김팔봉 「단편서사시의 길로」, 『김팔봉문학전집』 제1권, 문학과지성사 1988, 143~44면.

는 시의 대중화, 시의 프롤레타리아화라는 원칙을 무조건 관철해야 한다고 주장하였다. 그에게 있어 일보전진이란 "프롤레타리아의 생활 속으로 들어가는 것" "노동자 농민의 생활감정을 자기의 생활감정으로 하는 것"이었다. 이런 입장에서 그는 「네거리의 순이」 「우리 오빠와 화로」 등 자신의 시에 대해 가차없는 자기비판을 감행하였다. 그는 이렇게 쓰고 있다.

불행히도 우리는 종이 위에서 흥분하였으며, 머릿속에서 노동자를 만들고, 철필을 쥐고 〔계급〕(伏字, 인용자의 추측)의 심리를 분석하였을 뿐이다.
비가 와도 오월의 태양만 부르고 누이동생과 연인을 까닭 없이 〔희생자〕(伏字, 역시 추측)로 만들어서, 자기 중심의 욕망에 포화(飽和)되어 나자빠졌다. 네거리에서 순이를 부르고, 꽃구경 다니며 동지를 생각했다.
이러한 프롤레타리아가 사실로 있을 수 있는가? 이 조선의 급전(急轉)하는 현실 속에.[18]

아마 이것은 임화의 급진적 계급주의가 최악의 경직상태에 이르렀음을 기록한 문장일 것이다. 그가 1929년 말경 도일하여 카프 동경지부 이북만(李北滿) 집에 1년 남짓 기거하면서 좌파서적을 탐독했다고 하는데, 이 글은 당시 임화의 독서체험의 반영인지도 모른다. 물론 의식과 생활의 일치, 삶 자체의 철저한 프롤레타리아화라는 요구 자체는 그 나름으로 어떤 순결성의 발로이다. 그리고 그 기준에서 볼 때 자신의 문학과 생활이 관념적·소시민적이라는 것은 정직한 자기인식이다. 실제로 임화의 계급적 기반은 그가 어떤 상황에서 무슨 말을 하더라도 시종일관 소시민성 위에 세워져 있었다고 규정지을 수 있다. 이것은 임화를 이해함에 있어 기본적으

18 임화 「시인이여! 일보 전진하자!」, 『평론 1』, 172면.

로 중요한 사항이다. 그러나 한 작가의 계급적 귀속이 그의 문학을 환원론적으로 결정하는 것은 아니다. 작가의 사회적 존재와 그의 의식 사이, 그리고 그의 의식과 문학적 결과물 사이에는 복잡한 변증법이 있을 수 있음을 이미 맑스주의의 창시자들은 밝혀놓은 바 있다. 그런 관점에서 말하면 임화의 일련의 '단편서사시'들은 얼마간의 형식적 부조화, 다듬어지지 못한 언어, 인물처리의 도식성 등 불만스러운 점들이 있음에도 불구하고 그자신의 과도한 평가절하와 달리 한국시사에서 빼놓을 수 없는 업적이다.

비평가 임화에게 있어 「33년을 통하여 본 현대 조선의 시문학」(『조선중앙일보』 1934. 1. 1~12)은 전환점의 의미를 갖는 중요한 논문이다. 지금까지의 평론들에서 그가 거칠고 과격한 언어로 설익은 좌파이론을 주장하는데 급급해왔다면, 이 글은 여전히 그런 공식주의의 잔재를 지니고 있으면서도 임화의 이론적 사고에 중대한 진전이 이루어지고 있음을 보여준다. 첫째, 그는 1920년대 한국 근대문학 탄생의 물질적 토대에 대하여 사유하기 시작한다. 그는 이제 앞세대의 감상적 낭만주의에 대해 단순히 비판만하는 것이 아니라 그러한 경향이 생성될 수밖에 없었던 '황량한 토양'을 논리적으로 해명하고자 한다.[19] 그가 보기에 조선의 부르주아지는 대외적으로 제국주의에 대해 타협적이며, 동시에 경제적으로 허약하고 충분히 공업적이지 못하다. 이것이 조선 근대문학의 불완전, 즉 조선 낭만주의의 사회적 근원이다. 둘째, 그는 한국 프로계급의 역사적 위치와 그 특수한 사명에 대해 발언하기 시작한다. 서구에서는 근대 자본주의와 국민국가의 완성이 시민계급의 고유한 임무였으나, 우리의 경우에는 시민계급

---

19 임화 「33년을 통하여 본 현대 조선의 시문학」, 『평론 1』 331면 참조. 그런데 임화의 사고에 어떻게 이런 '사회과학적' 뒷받침이 생겨날 수 있었을까. 고증을 통해 확인된 사실은 아니지만, 나는 백남운(白南雲)의 『조선사회경제사』가 1933년에 출판된 사실을 상기하고 싶다. 임화는 조선 부르주아계급의 경제적 허약성과 타협주의에 관한 백남운의 설명에서 '조선 근대문학의 불완전', 즉 '조선 낭만주의'의 사회적 근원을 찾았던 것 같다.

의 미발달로 인해 근대의 완성뿐만 아니라 근대 이후를 상상하는 것도 노동계급의 과제로 되었다. 이러한 역사적 상황의 특수성은 문학사의 현단계를 파악함에도 결정적 지침을 제공한다. 그가 급진적 소부르주아지(즉, 자기 자신)의 낭만주의에 대한 투쟁을 언급하는 과정에서 다음과 같이 말한 것은 해방후 그가 주창한 민족문학론의 단초가 이미 이때 싹트고 있었음을 확인하게 한다.

이곳에 낭만주의에 대한 진실한 투쟁이, 즉 원칙적으로는 부르주아지가 수행해야 할 문학상의 행동이 프롤레타리아문학 위에 이중적으로 걸려 있게 되는 특수성이 있는 것이다.[20]

셋째, 그는 봉건조선의 몰락과 신문학의 등장 이후 시작된 문학적 변화과정에 대해 역사적 의미화를 시도한다. 그는 말하자면 일종의 발전사관(發展史觀)에 입각하여 우리 근대시가 육당의 신체시로부터 안서·요한의 정형적인 신시, 『백조』의 낭만주의적 자유시를 거쳐 프롤레타리아의 신흥시로 나아가는 과정을 밟아왔다고 본다. 이러한 해석에는 은연중 임화 자신을 포함한 카프 시인들의 문학사적 자부심이 내재되어 있다고 할 터인데, 다만 그는 우리나라 프로시가 노동계급의 일상적 투쟁 가운데서가 아니라 부르주아시의 선진적 부분에서, 그리고 그와 더불어 진보적 지식인의 손에서 태어났기 때문에 부르주아시의 잔재로서의 낭만주의적 요소를 청산하지 못했다고 인정한다.[21] 이런 논의의 연장선 위에서 그는 「우리 오빠와 화로」「우산 받은 요꼬하마의 부두」 같은 자기 업적 자체에 대한 자신의 전면부정을 철회하고 그들 작품이 가지고 있던 약점으로서의 감

20 같은 책 332면.
21 같은 책 360면 참조.

상주의를 '부르주아 감상주의'로부터 구별할 것을 주장하는 것이다.[22]

이제 드디어 시인으로서 일정한 자기긍정에 도달한 임화는 3,4년 중단했던 시작활동을 활발히 재개한다. 그러나 그에게는 일찍이 없던 시련이 닥치는데, 카프는 해체되고 동지들은 감옥에 갇히고 자신은 결핵에 걸려 병상에 눕는 신세가 되었던 것이다.

> 정말로 가시덤불은 무성하여 좁은 앞길을 덮고,
> 깊은 밤 날씨는 언짢아, 두터운 암흑이
> 그 위에 자욱 누르고 있다.
> 이미
> 자네는 부상한 채 사로잡히고, 나는 병들어 누워,
> 벌써 몇 사람의 진실로 존귀한 목숨이
> 고난에 찬 그 험한 길 위에 넘어졌는가?
> 이제 우리들의 긴 대오는 허물어지고 '전선'은 어지럽다
>
> ―「나는 못 믿겠노라」 부분

> 지금
> 우리들 청년의 세대의 괴롭고 긴 역사의 밤,
> 검은 구름이 비바람 몰고 노한 물결은 산더미 되어,
> 비극의 검은 바다 위를 달리는 오늘
> 그 미덥던 너도 돛을 버리고 닻줄을 끊어,
> 오직 하늘과 땅으로 소리도 없는 절망의 슬픈 노래를 뜯어,
> 가만히 내 귓전을 울린다.

---

22 같은 책 362~63면 참조.

오오, 이것이 청년인 내 죽음의 자장가인가?

—「옛책」부분

번화로운 거리여! 내 고향의 종로여!

웬일인가? 너는 죽었는가, 모르는 사람에게 팔렸는가?

그렇지 않으면 다 잊었는가?

나를! 일찍이 뛰는 가슴으로 너를 노래하던 사내를,

그리고 네 가슴이 메어지도록 이 길을 흘러간 청년들의 거센 물결을,

그때 내 불쌍한 순이는 이곳에 엎더져 울었었다.

그리운 거리여! 그 뒤로는 누구 하나 네 위에서

청년을 빼앗긴 원한에 울지도 않고,

낯익은 행인은 하나도 지내지 않던가?

—「다시 네거리에서」부분

「나는 못 믿겠노라」는 감옥에 간힌 동지의 편지를 받고 이에 대해 답장을 보내는 형식의 독백적 서술이다. 「옛책」에서 화자는 현장을 떠나 병실에 간힌 채 미래를 차단당한 상태에서 옛날에 줄 그어가며 읽었던 레닌의 책을 꺼내들고 괴로운 회상의 시간을 보낸다. 「다시 네거리에서」는 청춘과 희망과 투쟁의 장소였던 종로가 얼마나 낯설고 황량한 거리로 바뀌었는지 침통하게 노래한다. 세 편 모두 조직원들이 구속되고 카프가 해산된 시점에서의 작품인데, 임화의 것이라곤 믿을 수 없을 만큼 어두운 비탄과 깊은 패배주의가 전편을 지배하고 있다. 「낮」「야행차 속」「안개」(이상 1935)「가을 바람」「강」「적」「단장(斷章)」(이상 1936)「주유(侏儒)의 노래」「밤길」(이상 1937)「한 잔의 포도주를」(1938)「자고 새면」(1939) 등도 이 범주에 속한다.

그러나 비탄과 절망감에도 불구하고 작품 자체는 일제시대의 억압적

현실과 그 현실 속에서 갈등하고 좌절하는 지식인의 고뇌를 실감있게 형상화하고 있으며, 대중 앞에서 낭독하기에 알맞은 임화 시 특유의 힘있고 유장한 리듬을 살리고 있다. 이들 가운데 일부와 상당수 미발표작들을 묶어 해방전의 유일한 시집 『현해탄』(동광당 1938. 2)이 간행되었다. 표제작 「현해탄」을 비롯한 이른바 '바다시편'은 유종호 교수에 의해 "현해탄에 관한 시인의 격정적인 상념과 감회를 자유분방하게 토로하고 있다" "이 시편은 청년을 기리는 송가이며 모든 것에도 불구하고 미래와 역사에 바치는 불굴의 신앙고백이다"라는, 대체로 공감이 가는 지적을 받았다.[23] 그러나 '바다시편'에서의 그와 같은 어조의 자유분방함과 화자의 낙관적 결의가 시인 임화의 진정한 실감인지 아니면 단순한 위장이거나 허세인지 판별하는 것은 간단한 일이 아니다. 왜냐하면 그는 앞에서 살펴본 바와 같은 절망의 비탄을 거의 동시에 읊조리고 있기 때문이다. 그렇다면 그의 내면 깊은 곳에 가장 완강하게 잠재해 있는 것은 존재와 의식의 균열, 추방된 낙원으로의 복귀를 꿈꾸는 도전과 좌절의 신화, 발산적 행위로서의 창작과 성찰적 행위로서의 이론 사이의 비대칭적 길항이었던가. 그의 삶과 문학은 좀더 따져보아야 할 모순을 내장하고 있다는 점에서 여전히 문제적이다.

제2회 임화문학연구회 학술대회 발제문(2009. 10. 16)

* 이 글은 시집 『현해탄』 이후 임화의 시와 시의식이 어떤 굴절과정을 겪는가에 대한 고찰을 숙제로 남긴 채 미완으로 끝났다. 후일을 기약하는 바이다. (필자)

---

23 유종호, 앞의 책 71, 73면.

사막을 건너는 낙타처럼

■

팔봉이 살았던 한 시대

유신독재가 막바지에 이르렀던 1979년에 평론집을 내고 나서 16년 만에야 작년(1995) 봄 다시 평론집이란 걸 묶어냈다. 평론가로 문단에 이름을 올린 지 30년을 넘기고 나서의 일인데, 단지 오랜만의 책이어서였는지 아니면 시대정서의 한 모서리를 얼마쯤 짚어서였는지 이 책은 과분한 주목을 받았다. 금년 늦봄부터 초여름 어간에 이 책으로 한 달 사이에 두 개의 문학상 수상을 통보받은 것이다. 이호철 선생이 어딘가에 쓰신 대로 상복이 터진 셈인데, 1964년 신춘문예로 등단한 뒤 처음 있는 일이다.

그런데 이 상들의 수상과정에서 나는 꽤 심각한 고민을 겪어야 했다. 실은 이 글을 쓰게 된 계기도 거기에 있다. 내가 처음 단재상(문학부분) 수상 소식을 들은 것은 4월 중순 그 상을 주관하는 한길사 김언호 사장의 전화를 통해서였다. 정확한 날짜가 기억나지는 않지만, 4월 15일에 수상이 결정되었다고 17일자 신문에 보도되었으니, 그 무렵일 것이다. 시상식은 5월 10일이라고 했다. 그런데 5월 초에 『한국일보』의 문화부 기자로부터 팔봉비평문학상 수상자로 내가 결정되었다는 통보를 전화로 받았다. 어떨떨한 기분이 가시기도 전에 이틀 뒤 대구 주재기자가 내 직장인 영남대학교로 와서 사진을 찍고 몇마디 소감을 취재해 갔다. 그리고 다시 며칠 뒤인 5월 7일자 『한국일보』 문화면에는 커다랗게 관련기사가 나갔다. 이렇게 한꺼번에 두 개씩이나 상을 받아도 되는 것인지 나로서는 어안이 벙벙한 노릇이었다. 무엇보다 곤혹스러운 것은, 단재(丹齋) 신채호(申采浩) 선생은 추상같이 절개를 지키다가 옥사한 비타협적 민족지사임에 비해, 팔봉(八峰) 김기진(金基鎭)은 비록 힘든 시대였다고는 하나 지조를 지키지 못한 상처 많은 인물인데, 이렇게 삶의 길이 달랐던 분들의 이름으로 된 상을 거의 동시에 받는다는 것이었다. 여하튼 나로서는 난생 처음 내 이름이 신문지상에 자주 오르내리는 생소한 상황에 처하게 되었다. 그것은 말하자면 일종의 도덕적 결단을 요구하는 하나의 실존적 위기국면으로 나에게 다가왔다. 그동안 나는 어떻게 살아왔던가. 내 삶을 지탱해온 어떤 원칙이랄 만한 것이 있었던가. 만약 있다면 그 원칙과 나의 글쓰기 사이에는 어떤 연관이 있는가. 이런 질문이 연속적으로 나에게 달려들었던 것이다.

그렇다면 구체적으로 어떻게 할 것인가. 어느 상 하나를 사절할 수도 있었을 것이고, 사절한다면 당연히 나중에 결정된 것을 발표되기 전에 사절하는 것이 순리였을 것이다. 그러나 이미 신문에는 기사가 나가고 난 뒤였다. 신문사라는 공적 기관이 결정해서 커다랗게 발표한 것을 취소하게 하거나 그 신문과 인터뷰까지 하고 나서 수상을 거부하는 것은 그 자체가 사리에 어긋나는 돌출행위로서, 내 체질에 맞지 않는 것이었다. 문제는 일제말의 친일활동이 만천하에 알려진 팔봉의 이름으로 상이 주어진다는 것인데, 그렇다 하더라도 나는 이미 그동안 별다른 고민 없이 서너번 팔봉비평문학상 심사를 맡아오지 않았던가. 심사를 맡아온 처지에 수상을 거절한다는 것은 우선 나 자신에게 잘 설득이 되지 않았다. 이런 심적 갈등 속에서 나는 팔봉의 글들을 읽기 시작했다. 도대체 그는 어떤 시대를 살았었고, 그 시대적 조건에 어떻게 글과 삶으로 대응했던가. 팔봉을 극복한다는 것은 오늘의 현실에서 구체적으로 무엇을 의미하는가.

    단재 선생은 1880년생이요 팔봉은 1903년생이니, 단재는 팔봉에 비하면 말하자면 부집(父執)의 연치에 해당한다. 어떤 사람들에게는 두 분을 한자리에서 말하는 것조차 괘씸하게 여겨지는 노릇일 테지만 나에게는 그것이 피할 수 없는 1996년의 운수로 되었다. 두 분이 처했던 시대의 낙차, 그리고 상황을 대하는 태도의 차이를 극명하게 보여주는 일화를 가지고 말머리를 삼아보자.

    1928년경 단재는 망명지 북경에서 무정부주의 활동을 펼치는 한편 역사연구에 몰두하고 있었다. 그런데 책을 너무 보아서였는지 또는 영양실조 때문이었는지 눈이 아주 나빠져 시력을 잃을지 모르는 지경이 되었다. 그래서 단재는 눈이 더 흐려지기 전에 수범이(맏아들) 얼굴이라도 한번 보고 싶으니 사진을 보내달라는 편지를 고국에 보냈고, 부인은 사진을 보내는 대신 여덟살 난 아들을 데리고 중국으로 달려왔다. 6년 만의 재회였다. 그러나 단재로서는 가족을 거둘 형편이 아니었다. 한 달 뒤에 그는 가족을 다시 돌려보내고 무정부주의 조직활동을 위한 자금을 마련하려고 국제어음을 위조하다가 일본 경찰에 체포되었다. 1929년 대련감옥에 갇혀 재판을 받는 동안 그는 둘째아들 두범이 태어났다는 소식과 부인이 풀장사로 겨우 연명한다는 소식을 들었다. 그는 부인에게 "내 걱정은 말고 잘 지내시오. 정 할 수 없거든 아이들을 고아원에 보내시오"라는 비통한 편지를 보낸다. 단재 선생의 전기와 연보에 기록된 이 대목을 읽을 때마다 나는 솟구치는 감동에 눈물이 도는 것을 억누르지 못한다.

    한편, 팔봉의 장녀 김복희 씨가 지은『아버지 팔봉 김기진과 나의 신앙』(正宇社 1995)이란 책에는 다음과 같은 일화가 소개되어 있다. 1932년 어느 봄날 네살배기 복희와 한 살 아래 승한(팔봉에게는 3남 1녀가 있는데 인한·복희·승한·용한이다)이는 엿장수 가위소리만 무작정 따라가다가 그만 집을 잃어버리고 말았다. 낯선 곳에서 울고 있는데, 마침 지나던 스님이 그들 남매를 가까운 종로파출소에 데려다주었다. 순사들이 이것저것 물어보았지만, 그들은 겁도 나고 어리둥절해서 대답을 못했다. 그때 어떤 할머니가 나타나 부모가 찾아올 때까지 보살피겠다며 자기 집으로 데려가 다정하게 대해주었다. 그 할머니는 기생들을 거느리고 있는 기생할머니였는데, 그렇든 말았든 아이들은 할머니가 주는 먹을것을 받아먹으며 재미있게 놀고 있었다. 이때 그 집 중문이 열리면서 아버지 팔봉이 허겁지겁 뛰어들어와 두말없이 아이들을 양팔에 하나씩 덥석 안고 집을 나와 준비한 인력거에 아이들을 나란히 태우고 자신은 인력거를 따라 걸어서 집으로 돌아간다.

이 1932년이란 어떤 해인가. 소위 만주사변이 일어난 다음해로서 이때부터 일제의 중국침략이 점차 노골화되고 있었고, 이에 따라 식민지 조선에 대한 사상탄압도 거세어져 바로 전해 신간회의 해산 및 카프에 대한 제1차 검거선풍이 있었다. 팔봉 자신은 카프의 지도부에 속해 있었음에도 불구하고 어쩐 일인지—당시 그는 조선일보 사회부장으로 있었는데 그 때문이었는지—맨 마지막에 잡혀가 겨우 50여일 만에 석방되었다. 석달, 넉 달 또는 예닐곱 달 전에 잡혀가 미결감에 구속되어 있던 박영희·윤기정·안막·송영·이기영 등 카프의 중앙위원들도 이때 함께 기소유예로 풀려났다. 이래저래 카프 조직은 위축일로에 있었고, 팔봉은 거의 문학비평현장을 떠나 조선일보 내부에 휘말려 있었다. 그러나 어쨌든 그는 대외적으로 당시 사회주의 문예이론의 지도적 인물로 알려져 있었다. 이러한 그가 어느날 아이들이 안 보인다는 가족들의 연락을 받자, 만사를 제쳐둔 채 사방으로 수소문하여 당일로 아이들을 찾아냈던 것이다. 팔봉 자신의 기록에서든 팔봉에 관한 남들의 기록에서든 한결같이 확인되는 사실은 그가 다정한 남편이요 자상한 아버지였다는 것, 즉 매우 가정적인 인물이었다는 것이다. 따라서 짐작건대 가족의 안위와 그의 이념적 지향이 양립할 수 없는 선택의 문제로 다가왔을 때 그는 단재와 정반대로 후자를 포기했을 가능성이 높다. 그리고 이러한 개인적 성향이 팔봉의 인생행로를 결정짓는 데에 무엇보다 중요한 변수로 작용했으리라고 나는 생각한다. 이 경우 단재의 잣대로 팔봉의 삶을 평가하는 것이 쉽지 않다는 것 또한 분명하다. 왜냐하면 가족을 아끼고 보살피는 일도 정상적인 인간의 자연스런 심성의 발로라 할 때, 단재의 경우처럼 인류을 비정하게 자르는 것이 더 높은 도덕의 이름으로 존중되는 상황이란 인간생활의 모든 정상적인 궤도가 뒤틀리고 매순간의 삶이 백척간두의 결단으로 이어지는 극히 난해한 상황이기 때문이다.

춘원 이광수를 비롯한 대다수의 문인들이 일제말 친일부역자로 전락했음은 우리가 익히 아는 바이다. 물론 친일의 양상은 각기 달랐다. 이광수처럼 당시의 조선문단을 대표하는 작가는 그만큼 더 거센 압박을 받았으리라고 짐작하기 어렵지 않으나, 그의 경우 외부적 압력 때문이 아니라 자신의 내면적 신념에 따른다는 듯이 조선민족의 황민화를 주장하였다. 반면에 채만식 같은 작가는 친일이 강요되기 이전에도 이런저런 조직에 가담하는 것을 극력 싫어했고, 부득이 친일적 활동에 동원되는 경우에도 내키지 않아하는 기색이 역력했다. 그런가 하면 풋내기 신인으로 친일대열에 끼지 않아도 좋을 몇몇 사람은 매명과 출세의 욕심으로 오욕의 문장을 남겼다. 어쨌든 이광수를 비롯하여 박영희·주요한·김동환·유진오·최재서·백철·김문집 등 사상적 경력과 문학적 성향을 달리하는 많은 문인들이 친일문단의 주동적 분자로 함께 등장했던 사실은 친일문학의 성격을 이해하는 데에도 중요한 암시를 제공한다.

그렇다면 이 친일문학은 우리 문학사 연구에서 어떻게 다루어져왔던가. 백철(1948)과 조연현(1956)의 문학사는 이 일제말의 부분을 건드리기는 했으나, 그들 자신의 떳떳지 못한 행적이 의식된 탓인지 아니면 친일파가 다시 지배세력으로 재등장한 남한사회의 분위기에 편승한 탓인지 '암흑기' 또는 '공백기'라는 말로 대강 덮어버리고 넘어갔다. 아마 이 방면에서 최초의 것이면서도 가장 종합적이고 결정적인 업적은 임종국(林鍾國)의 『친일문학론』(1966)일 것이다. 이후 친일문제에 관한 모든 연구들은 이 저서를 출발점으로 한다고 해도 과언이 아니다. 그러나 유신체제와 5공정권으로 이어지는 정치적 압제의 기간 동안 『친일문학론』은 임종국 자신에 의해서나 다른 후배들에 의해서나 의미있는 후속 연구로 이어지지 못하였다. 그러다가 민주화투쟁의 열기가 고조된 6월항쟁 전후에 다시 친일파 연구가 활기를 띠기 시작하는데, 역사문제연구소·(반)민족문제연구소 같은 기관에 의해서 또 임종국·송건호·송민호·최원규·이경훈·조동구 같은 개인들에 의해서 연구가 착실하게 진행되었다. 한길사의 기획출판 『해방전후사의 인식』 여섯 권(1979~89)도 이와 관련된 중요한 업적일 것이다.

나는 이 논저들 가운데 일부밖에 읽어보지 못했다. 그러나 일부 읽어본 것만으로도 우리의 친일문제 연구가 1990년대 들어 진일보하고 있음을 감지할 수 있었다. 물론 임종국의 독보적인 기여에서 보는 바와 같은 자료의 발굴과 수집, 즉 실증적 연구도 아직 충분히 이루어진 것은 아니다. 독립기념관 같은 전시적 축조물을 만드는 데 드는 비용의 10분의 1만 국가에서 지원하더라도 이 문제는 어느정도 해결되었을 것이다. 아무튼 이러한 실증적 연구와 더불어 이에 못지않게 중요한 것은 연구의 시각이 진전되고 있다는 사실이다. 돌이켜보면 1970년대까지의 친일파 연구에서 지배적인 척도가 되었던 것은 소박한 민족감정이었다고 할 수 있다. 단순명쾌한 일종의 흑백논리에 따라 찬양 또는 규탄되었을 뿐이고, 반일 또는 친일에 이르는 과정의 내적 논리가 그 나름의 필연성을 지닌 역사적 현상으로서 심도있게 분석되지 못했던 것으로 여겨진다. 이 점에서 나는 이경훈의 「백철의 친일문학론 연구」(연세대 원우론집, 1994), 「이광수의 친일문학

연구」(연세대 학위논문) 및 조동구의 「친일문학 연구」(부산공대 논문집, 1994) 등의 논문들이 이 방면의 연구에서 상당히 의미있는 업적이라고 생각한다. 왜냐하면 이경훈의 지적대로 "친일문학을 낳은 신체제·대동아공영권 등의 구호는 원래 일본 제국주의라는 외적으로 부여된 하나의 현실적인 힘이었지만, 그럼에도 불구하고 그것은 하나의 엄연한 논리로서도 역시 존재하고 있었으며, 그에 접근하는 문학자의 태도 역시 단지 외적 강제에 굴복하는 모습만으로는 나타나지 않았기 때문이다." 물론 친일문학의 내적 논리를 규명한다고 해서 순수한 민족감정 자체가 무효화되는 것일 수는 없다. 민족감정이야말로 논리적 연구를 밀고나가는 힘의 정서적 기초일 것이다. 그러나 이제 우리가 해야 할 일은 반민족행위까지를 포괄하는 전체 민족사의 총체적 복원인 것이다.

이제 이런 예비적 관점을 가지고 다시 팔봉에게로 시야를 좁혀보자. 앞에서 나는 팔봉이 다정다감하고 가정적인 기질의 소유자이고, 따라서 험악한 시대에 투사적인 역할을 하기에는 적절하지 않은 인물이라고 암시하였다. 여러 증언과 기록으로 미루어 그는 대체로 온건하고 합리적이며 현실주의적이다. 원칙과 명분을 대쪽처럼 고수하기보다 현실적 조건에 융통성 있게 적응해나가는 편이었다. 그러나 물론 이런 개인적 성향 자체는 그가 왜 사회주의 문예이론의 선구자가 되었고 또 왜 친일문인으로 전락하게 되었는지를 직접적으로 설명하지는 못한다. 이 자리에서는 그가 어떻게 친일의 길로 들어서게 되었는지 그 과정만 추적해보기로 하자.

팔봉은 유난히 회고록적인 글을 많이 남긴 문인이다. 그의 전집을 읽어보면 똑같은 일화가 서너 군데에 되풀이 나오고 어떤 것은 10여 차례 이상 반복되기도 한다. 그 회고록에 의하면 팔봉은 앞서 언급했듯이 1931년 제1차 검거사건 때 카프 동지들 중 맨 마지막에 잡혀가 두 달쯤 고생하다 풀려났다. 그런데 그후 한 달 남짓 만에 다시 경찰에 불려가 유명한 미와(三輪)경부한테 조사를 받는다. 공산주의 지하운동을 하는 서인석(서중

석)을 보름 동안 집에 숨겨준 일, 김휴(김봉열)에게 조선말 활자의 자모를 만들어주어 블라지보스또끄로 가져가게 한 일, 이성태(『조선지광』 발행인이자 지하당 간부)를 도와 노령(露領)으로 망명시킨 일 등을 묻는 데에는 팔봉으로서도 놀라지 않을 수 없었다. 왜냐하면 그것은 팔봉과 당사자 이외에 아무도 모르는 비밀이었기 때문이다. 그래서 그는 기왕에 알고 묻는데 숨길 필요가 없겠다 싶어 솔직히 있는 대로 털어놓는다. 그러자 노련한 형사 미와는 이렇게 말한다. "당신은 신문사에 있을 뿐만 아니라 글을 쓰는 문사이기 때문에 해외에 있는 사람들한테 이름이 팔려 있어서, 당신은 모르지만 저쪽에서는 당신을 알고 찾아오는 사람이 더러 있을 것이오. 우리가 필요한 것은 이렇게 해외에서 몰래 들어오는 사람을 집어내는 일인데… 다음부터 그런 사람이 찾아왔을 때 전화로 통지해줄 수 없겠소?" 그것은 바로 밀정 노릇을 하라는 것이었다. 당연히 그로서는 들어줄 수 없는 제안이었다. 그러나 감옥에 가는 것은 두려웠기 때문에 팔봉은, 그런 약속은 못하겠지만 해외에서 들어오는 사람을 앞으로는 만나지 않겠다고 말한다. 그리하여 팔봉은 그날 밤 무사히 풀려난다. 그러나 그는 심한 갈등에 시달리며 혼자 생각한다. "끄나풀이 되어달라는 저놈의 올가미에는 안 걸렸다. 그러나 해외에서 찾아온 '주의자(공산주의자)'를 만나주지 않겠다는 마음의 밑바닥과, 그런 사람이 찾아왔다는 것을 알려준다는 행동과는 그 거리가 과연 얼마나 먼 것일까? 이 두 개의 마음의 자세를 비교해보면 그다지 천양지차가 있는 것도 아니고, 질적으로는 전혀 다른 심리이면서도 용기가 매우 죽어버린 자세가 아니냐?" 이것은 과연 날카로운 자기분석이다. 그리고 일제 경찰이 노린 목표의 하나도 활동가들의 그런 사상적 균열이었을 것이다. 어떻든 이튿날부터 팔봉은 아무 일도 없었던 듯이 신문사에 출근하고 지냈지만, "문학에 대한 열정과 사상운동에 대한 의욕은 거의 송두리째 없어진 상태"가 되었다고 고백하고 있다. 실제로 1930년부터 3,4년간 팔봉은 문필을 거의 쉬고 있었다. 그리고 1933년에는 내분을 거듭하던 조선일보사를 그만두고 전기소설 『청년 김옥균』의 집필에만 몰두하였다.

1934년 1월 두 살 터울의 친형이자 가까운 동지였던 김복진(金復鎭, 1901~40)의 출옥은 팔봉에게도 하나의 전기가 된 듯하다. 조각가 김복진은 아우인 팔봉 주위의 좌익청년들을 논박하기 위해 사회주의 계통의 책들을 읽기 시작했으나, 곧 팔봉보다 더 열성적으로 운동에 뛰어들었다. 그리고 1928년 여름 ML당 경기도 책임자로 체포되어 7년간 감옥살이를 하고 나온 터였다. 형 복진은 몸조리를 하고 아우 팔봉은 금광을 한다고 몇 달 객지에 있다가 돌아온 다음, 이들 형제는 그해 8월말 『청년조선』이란 잡지를 창간하였다. 팔봉은 아예 인쇄소마저 차릴 요량으로 함경도 쪽을 돌며 돈 있는 사람들한테 축하광고비 명목으로 상당한 자금을 거두어왔다. 그리고 돈화문 앞에다 애지사(愛智社)란 인쇄소를 차렸다. 그러나 막 잡지의 제2호 조판을 마친 12월 5일 새벽에 그들 형제는 경기도경으로 붙잡혀갔다. 심문의 골자는 러시아 공산당으로부터 자금을 받아 인쇄소를 차린 것 아니냐는 것이었는데, 그 혐의가 벗겨지자 이어서 그들은 연말경 전북도경으로 인계되었다. 1934년 여름부터 시작된 카프의 신건설사 사건(제2차 카프사건)이 점점 확대되어 무려 7,80명의 관계자가 전주에 잡혀와 있었던 것이다. 그러나 팔봉은 이번에도 심한 닦달을 받지 않고 이듬해 2월 20일경 형과 함께 석방된다. 이튿날 형제는 기차를 타고 서울로 들어오는데, 그들은 한강물을 바라보며 이런 대화를 나눈다.

"기진아, 넌 이제 앞으로 어떻게 살래? 그전같이 프롤레타리아 운동을 하겠니?" "나는 아무 변화를 느끼지 않았습니다. 내 사상은 전과 마찬가지죠." "나는 앞으로 과거의 생각을 완전히 청산하고 조각만 하겠다. 일본 놈들의 이렇게 강대한 조직 앞에서 우린 너무 미약하다. 난 단념했다!" "나는 안 그렇습니다." "그럼 너만 네 길을 걸어가거라."

몇군데 회고록에 되풀이 나오는 이 일화는 아마 사실일 테지만, 그러나

이 대화에 표명된 팔봉의 결심이 얼마나 확고한 내면적 진실의 반영인지 가늠하기는 쉽지 않은 일이다. 실제로 팔봉은 형제간의 이 대화가 있기 1년 전 "얻은 것은 이데올로기요 잃은 것은 예술 자신"이라는 언명이 포함된 박영희의 유명한 전향논문이 발표되었을 때, 이를 신랄하게 비판하는 「문예시평」을 집필한 바 있었다. 이 시평을 포함하여 그보다 몇해 전에 발표한 「문예적 평론의 평론」(『중외일보』 1928) 「예술의 대중화에 대하여」(『조선일보』 1930) 「예술운동의 일년간」(『조선지광』 1930) 등 팔봉의 글은 임화와 양주동의 각박한 좌우협공 속에서도 그가 예술성과 운동성의 정당한 결합을 위해 진지하게 고민하고 있었음을 보여준다. 카프해산 전후 1930년대 중반부터 시작된 임화의 신문학사 연구와 민족문학론 모색은 초기의 관념적·교조적 편향을 극복하는 과정에서 이루어진 것인데, 생각해보면 그것은 팔봉이 방기한 팔봉노선의 사실상의 계승이었던 것이다.

그러나 다른 한편 팔봉은 앞의 형제대화가 있은 지 1년쯤 뒤인 1935년 3월 형과 부친의 권유에 따라 총독부 기관지인 『매일신보』에 사회부장으로 입사한다. 이 사실은 어떻게 해석되어야 할까. 단지 사회주의적 신념의 포기이고 일제 식민지통치에의 투항인가. 적어도 주관적으로는 그렇지 않았던 것 같다. 실은 팔봉은 이미 10여년 전인 1924년에 몇달 동안 『매일신보』에서 기자로 일한 적이 있었다. 부모의 반대를 무릅쓰고 연애하던 여자와 멋대로 살림을 차린 그는 다섯 달 동안 여섯 번 이사를 하는 고초 끝에 부인을 친정으로 돌려보내고 친구의 방에 기식하다가 『매일신보』 편집국장으로부터 입사권유를 받았던 것이다. 그는 정백·이성태·김기전 등 사상적 동지들에게 자문을 구했고, 그들은 한결같이 어용기관에라도 파고들어가 합법적 신분을 획득해야 활동을 계속할 수 있다고 찬성을 했다. 그래서 취직을 하기는 했지만, 아무래도 편치 못하여 다른 신문사로 옮긴 적이 있었다. 이번에도 그는 불온분자의 딱지를 떼야 한다는 형의 설득에 마지못해 동의하는 형식으로 입사한다. 그리고 만 5년간 어용신문

기자로 근무한다. 팔봉은 당시 "이미 시국의 장래에 대해서 아무런 전망도 못 갖고서 될 대로 되라 하는 심정으로 그날그날을 살아가고 있었다"고 후일 고백하고 있다.

1941년 12월 8일 일본군대의 진주만 기습사건이 발발했고, 이를 계기로 일제는 중국에 대한 침략전쟁을 태평양전쟁으로 확대하였다. 아무런 의욕도 전망도 없이 취생몽사의 삶을 살던 팔봉은 이 소식에 커다란 충격을 받았다. 만주사변 이래 중국과의 싸움은 무의미한 전쟁이지만, 이제 미국·영국에 대해 선전포고를 한 것은 아편전쟁 이래 당한 동양민족의 수모를 갚기 위한 정당한 전쟁이다…라는 것이 그의 생각이었다. 그래서 팔봉은 그날부터 밤마다 다니던 술집에 발을 끊었다고 한다. 그리고 그는 총독부 보안과장에게 찾아가 일본에 적극 협력하겠다고 자청하였다.

참으로 절묘하게도 그해 1941년 11월호『조광(朝光)』에는 팔봉의「대아세아주의와 김옥균 선생」이란 글이 발표되었다. 절묘하다는 것은 대아세아주의 내지 아시아연대주의와 대동아공영권론의 논리적 연속성이 팔봉의 심상 안에서 그 무렵(즉 바로 진주만 공격이 일어난 시점에) 시기적으로 착종하고 있었다는 것을 의미한다. 아시아연대주의란 19세기 중엽 서구 제국주의의 침략의 위협 속에서 위기를 느낀 일본이 아시아 각국의 연대와 협력에 의해 동양의 평화를 수호하겠다는 발상에 근거를 둔 것이었다. 일본 자신은 '메이지유신'의 정치개혁과 급속한 산업혁명을 통해 아시아적 연대의 틀을 벗어났지만(후꾸자와 유끼찌福澤諭吉의 탈아론脫亞論이 씌어진 것은 1885년이다) 조선의 김옥균, 중국의 손문(孫文)과 강유위(康有爲), 인도의 찬드라 보스, 필리핀의 에밀리오 에키날도 등 아시아 각국의 선각적 지식인들은 한동안 여기에 기대를 걸었다. 중국·일본·조선의 협력을 뜻하는 삼화(三和)를 자신의 가명으로까지 사용했던 김옥균은 특히 이 아시아주의에 깊이 경도되었다(버마의 독립영웅 아웅산 장군도 아시아연대주의에 매혹되어 젊은 시절 한때 일본의 힘을 빌려 영국으로부터 독립할 것을 꿈꾸었다고 한다). 그런데 김옥균은 팔봉의 혈족이다. 그의 부친 김홍규(金鴻圭, 1871~1954)는 김옥균의 10촌쯤 되는 족제(族弟)로서 김옥균 개화노선의 추종자였던 것으로 짐작되며, 경술국치 뒤에도 한동안 관직에 남아 있었다. 이런 인연 때문인지 그밖에 다른 까닭이 있어서인지 팔봉은 김옥균의 삼화주의 즉 아시아연대주의에 깊이 공감했고, 바로 그런 관점에서 일본의 태평양전쟁 개전을 바라보았던 것이다. 팔봉이 읽었을 레닌의 제국주의론도 이 아시아주의를 보강하는 역할을 했을지 모른다.

그러나 대동아공영권론은 본래의 아시아연대주의 자체가 아니라 그것의 심각한 변질이었다. 뿐만 아니라 그 변질된 아시아주의조차 그것은 조선이나 대만 같은 일제 식민지를 위한 것이 아니라 베트남·버마·필리핀·인도네시아 같은 서구 제국주의의 아시아 식민지들을 겨냥하여 그들과 식민모국 간의 이간질을 선동하기 위한 전술적 책동의 차원에서 제기된 것이었다(마치 윌슨의 민족자결주의가 식민지 조선을 위한 것이 아니었던 것과 같다. 일설에는 그것이 다민족국가 소연방의 해체를 노린 것이었다고 한다). 그나마 이제 1940년대의 시점에서 대동아공영권론 및 그것과 얼마간 맥을 달리하는 또 하나의 친일논리인 내선일체론 등 일체의 이론적 논의들은 엄중한 현실상황을 싸바르기 위한 단순한 겉치장에 불과한 것으로 되었다. 그런 점에서는 백철(白鐵)의 '사실수리론'이야말로 가장 솔직한 항복의 논리였는지 모른다. 왜냐하면 어떤 의미에서 사실수리론이란 사실의 절대화 즉 논리의 자기부정 이외의 다른 것이 아니기 때문이다. 실상 그것이야말로 모든 억압적 시대의 공통된 언론이 아니겠는가.

1944년 8월 팔봉은 친일단체인 문인보국회의 상무이사가 된다. 그리고 이광수와 함께 상해의 대동아문학자대회에 참석하고 기타 몇가지 활동을 하다가 일본 경찰에 체포된 상태로 귀국한다. 한 달쯤 뒤 8·15를 맞은 그는 스스로 자신에게 5년의 근신처분을 명하고 인쇄업에 전념한다. 그러다가 6·25를 만나 인민재판을 받고 죽음의 고비를 넘긴다. 이승만·장면· 박정희의 집권 때마다 그는 새로운 희망을 가져보지만, 번번이 환멸을 경험한다. 1970년대 이후 20여년간 그는 수유리에 은거하면서 마지막 회한의 나날을 보낸다. 태평양전쟁 발발을 계기로 완전히 결별했다고 생각했던 사회주의 사상의 마지막 끄트머리가 그를 끝내 놓아주지 않고 괴롭혔던 것이다. 80세의 나이에 그는 자신을 찾아온 어린 대학생들에게 다음과 같은 요지의 발언을 한다. "사회현실이 지리멸렬할 때에는 문학도 현실에 적극 개입하는 '오늘의 문학'이 되어야 한다"고. 모든 현실적 책임과 실천적 부채에서 면제되는 나이에 이르러 그는 눈앞에 앉은 젊은이들을 통해 자기 자신의 젊은 시절로 잠시 상상적 귀환을 시도해보는 것이다. 사막을 건너는 낙타처럼 물을 만나면 물을 마셔 간직하고 햇볕을 만나면 또 더위를 견디며 묵묵히 발걸음을 떼어 옮겨야 했던 간난의 시대에 팔봉은 결국 실패의 인생을 보여주었다. 그가 선택한 짐이 너무 무거웠던가, 아니면 그가 건너야 했던 사막이 너무 팍팍했던가. 그러나 어느 쪽이든 그의 삶과 문학은 진지한 성찰과 극복의 대상일지언정 단순한 비난과 부정의 대상은 아니다.

『한국문학』 1996년 겨울호

신동문과 그의 동시대인들

　신동문(辛東門, 1927~93)은 이제 문단 안에서도 아주 희미한 이름이 되었다. 2004년 초가을 두 권으로 된 그의 전집이 출판되어 사위어가는 그의 명성의 불씨를 되살릴 계기가 마련되었으나,[1] 반년 가까이 시간이 지나는 동안 나타난 독자들의 반응은 그런 기대가 헛된 것이었음을 깨닫게 한다. 같은 연대에 활동한 많은 시인들 가운데 가령 김수영(1921~68) · 천상병(1930~93) · 신동엽(1930~69)이 거듭 새로운 조명을 받아 생전에 활동하던 때보다 오히려 더 중요한 시인으로 살아나고 있고, 김종삼(1921~84) · 박용래(1925~80) · 박인환(1926~56) · 박재삼(1933~97) · 김관식(1934~70) · 박봉우(1934~90) 들도 우리 시사의 성좌에서 그 나름으로 독자적인 영역을 확보한 데에 비하면 정한모(1923~91) · 송욱(1925~80) · 전봉건(1928~88) · 신동문 등 한때 상당한 중량감을 지녔었고 실제로 중요한 역할을 했던 시인들이 대중의 시야에서 멀어진 것은 무심코 넘겨버릴 사안이 아니다.

　나는 개인적으로 위에 거명한 시인들 가운데 박인환을 제외한 모든 분

---

1 신동문전집 詩篇 『내 노동으로』, 散文篇 『행동한다 그러므로 존재한다』, 솔 2004.

들과 다소간의 친분 내지 인연이 있었고, 특히 두 분에게는 지난 40년 동안 가슴속 깊은 존경과 애정을 지녀왔다. 바로 김수영과 신동문이 그들인데, 그들의 극히 대조적인 개성에 같은 무렵 동시에 매혹되었던 나로서는 그들의 전혀 상반된 문학사적 운명 앞에 마치 『노자(老子)』의 한구절 '천지불인(天地不仁)'의 냉혹성이 관철되는 것을 보는 듯하여 섬뜩함을 느낀다. 문학사의 수레바퀴가 굴러가는 동안 무엇이 그들을 이렇게 가차없이 갈라놓았는가. 거듭되는 재해석을 통해 점점 더 문학적 쟁점의 심층부로 진입하는 김수영과 반대로 신동문은 망각의 늪으로 가라앉는 듯이 보인다. 이 글은 신동문의 삶과 문학을 그 시대의 문단적 상황과 결부시켜 검토함으로써 신동문 자신과 그의 동시대인들의 숨결을 좀더 가까이 느껴보려는 데 목적이 있다.

1

누구나 알다시피 1945년부터 1953년까지의 기간은 일제가 물러난 이 땅에 미·소 양국군이 진주하여 군정을 실시하고 이에 기반하여 남북에 각각 별개의 정부가 성립되고 또 이러한 남북의 정권 사이에 혈전이 전개됨으로써 결국 분단이 확정된 기간이다. 말하자면 분단체제의 형성기라 할 수 있는데, 분단시대 한국의 역사에서 결정적 분수령이 되는 두 사건을 들라면 나는 주저하지 않고 1960년의 4·19와 1987년의 6월항쟁을 지목하겠다. 1950년대의 이승만체제에 대한 민중저항으로서의 4·19와 4반세기에 걸친 군사독재에 대한 시민봉기로서의 6월혁명은 기존의 정치권력에 타격을 가했다는 정치적 측면에서나 불완전한 혁명에 그쳤다는 측면에서나 아주 유사하다고 할 수 있다. 물론 4·19와 6월항쟁을 단순비교하면 4·19의 한계와 미숙성이 더 두드러져 보일지 모른다. 그러나 4·19

는 시민적 역량이 극히 미비한 상태에서 학생들 중심으로 부정선거를 규탄하는 데모에서 시작된 초보적인 운동이었지만, 결과적으로 막강한 독재권력을 타도하는 데 성공함으로써 1945~48년의 좌절된 해방을 다시 그 역사의 암실로부터 소생시키는 민족적 자기회복의 원천이 되었다. 다시 말하면 4·19는 친일파와 민족반역자 및 이들을 뒤에서 엄호하는 외세로부터 되찾은 제2의 해방이었다. 적어도 그 시발점이었다.

따라서 4·19는 분단 후 한국사의 물줄기를 바꾸었을뿐더러 억압과 절망감 속에 살아가던 개인들의 내면세계에도 커다란 해방적 작용을 하였다. 그러나 현실정치 속에서의 4·19의 경과 자체는 민주주의의 실현이라는 이상과 거리가 멀었다. 4·19 이후 1년 동안 벌어진 현실정치는 퇴행과 변질, 타협과 배반의 연속이었다. 이 과정을 문학적으로 가장 생생하게 증언하는 문학사례의 하나는 김수영의 시일 것이다. 이 무렵부터 불의의 교통사고로 작고하기까지 그의 작품에는 거의 대부분 집필일자가 붙어 있는데, 「하… 그림자가 없다」(1960. 4. 3) 「우선 그놈의 사진을 떼어서 밑씻개로 하자」(1960. 4. 26) 「기도」(1960. 5. 18) 「육법전서와 혁명」(1960. 5. 25) 「푸른 하늘을」(1960. 6. 15) 「만시지탄은 있지만」(1960. 7. 3) 「나는 아리조나 카보이야」(1960. 7. 15) 「거미잡이」(1960. 7. 28) 「가다오 나가다오」(1960. 8. 4) 「중용에 대하여」(1960. 9. 9) 「허튼소리」(1960. 9. 28) 「피곤한 하루하루의 나머지 시간」(1960. 10. 29) 「그 방을 생각하며」(1960. 10. 30)로 이어지는 김수영의 시작업은 그의 시적 사유가 4·19의 진행과 얼마나 긴밀하고도 숨가쁘게 얽혀 있는지를 기록한, 시의 언어로 씌어진 혁명일지와도 같은 것이다. 이 치열한 호흡을 따라가는 독자만이 "혁명은 안되고 나는 방만 바꾸어버렸다/그 방의 벽에는 싸우라 싸우라 싸우라는 말이/헛소리처럼 아직도 어둠을 지키고 있을 것이다"(「그 방을 생각하며」)는 구절 속에서 혁명의 진정성에 대한 시인의 끝없는 열망과 패배의 예감에 떨고 있는 한 영혼의 불안을 감지할 수 있을 것이다.

김수영의 시가 안타깝게 증언하는 혁명의 변질에도 불구하고 그러나 4·19는 한국사회를 일신할 수 있는 에너지의 토대이고 새로운 상상력의 근원이었다. 이 무렵 자타가 공인하는 새세대문학의 기수였던 평론가 이어령(李御寧)은 어느 글에서 다음과 같이 회고하고 있다. 아마 이것은 4·19정신이 한국의 출판문화에 끼친 극적인 영향을 기록한 하나의 좋은 예가 될 것이다.

데모 군중이 이승만 대통령의 하야를 외치며 종로거리로 밀려들고 있을 때, 나는 관철동(신구문화사가 자리해 있던) 뒷골목의 작은 다방에 앉아 이종익 사장과 한창 흥분해서 떠들어대고 있었다. 혈기왕성하던 때이고 더구나 그때 나는 직장이 없었기 때문에 울적한 나날을 보내고 있었던 터였다. (…) 그날도 역시 그런 날들의 하루였지만, 어떻게 하다가 화제는 새로운 시대의 개막이라는 데로 비약하고 있었다.
이승만시대로 상징되던 해방후와 전후시대가 끝났다는 거였다. 새로운 세대—지금 길거리에서 함성을 지르는 젊은 세대들의 시대가 열리고 있다는 것, 그리고 우리는 지금 그 역사가 돌아가고 있는 그 모서리를 직접 눈으로 바라보고 있다고 말했다.[2]

당시 이어령은 아직 20대의 젊은 나이였지만, 보수적이고 침체된 문단 풍토에 잇따라 공격의 화살을 날려 이미 유명인사가 되어 있었다. 그런 그의 눈에도 종로와 광화문을 행진하는 학생들에 의해 한 시대가 끝나고 다른 시대가 열리고 있다는 것이 보였고, 역사의 현장에 있다는 것이 실감되었던 것이다. 이날 출판사 신구문화사 사장 이종익과 그 회사 편집 고문인 평론가 이어령의 대화를 바탕으로 결실을 맺은 출판물이 『세계전

---

2 이어령 「이종익 사장과 세계전후문학전집」, 『출판과 교육에 바친 열정』, 우촌기념사업회출판부 1992, 145면.

후문학전집』이다. 처음 7권으로 기획된 이 전집의 첫째권은 손창섭·장용학·선우휘·오상원·서기원·송병수·추식 등 당시 전후문학의 대표적 신예작가들 소설을 모은 『한국전후문제작품집』으로서, 혁명의 열기가 아직 식지 않은 그해 7월에 출간되었다. 이 책에 대한 독자들의 반응은 가히 폭발적이었다. 책 내용의 기획이 대담하고 도전적이어서 젊은 세대의 의욕을 적절히 자극하는 것이었을 뿐만 아니라 책의 겉모양 즉 장정과 디자인도 새로운 감각에 맞는 진취성과 파격성을 갖추고 있었다. 이듬해 1961년까지 이 전집은 6권이 출간되었고, 애초의 계획을 확대하여 10권으로 된 전집이 1962년 3월에 완간되었다. 1960년대에 문학청년 시절을 보낸 사람 치고 이 전집 한두 권을 읽지 않은 사람은 없을 것이다. 문학도뿐만 아니라 일반인에게도 이 전집은 전후시대의 새로운 사상과 문학을 소개하는 지적 자극제가 되었다. 그것은 이승만독재의 폐쇄적 냉전체제가 무너진 뒤의 자유의 공기가 어떤 것인지 실감케 하는 이념적·정서적 개방성의 경험이었다.

그렇다면 이때 4·19는 신동문에게 무엇이었던가. 이 위대한 역사적 사건을 노래한 대표적인 시의 하나로 그의 「아! 신화같이 다비데군(群)들」은 단연 독보적이다. 이 시가 발표 당시에뿐만 아니라 오늘에 이르기까지 선명하고 가열찬 인상으로 우리에게 각인되어 있는 까닭은 무엇보다도 시의 부제가 '4·19의 한낮에'라는 데서 드러나듯이 그 생생한 현장성과 즉흥성에 있다. "마지막 발악하는/총구의 몸부림/광무하는 칼날에도/一絲不亂/해일처럼 해일처럼/밀고 가는 스크럼"의 행렬을 바로 눈앞에 목격하면서 시인 자신이 어느덧 군중의 일원이 되어 "싸우라/싸우라/싸우라고/이기라/이기라/이기라고" 외치는 듯한 급박한 호흡이 시의 전편을 숨막히게 파동치는 것이다.

김수영의 문학적 생애에 있어서 4·19가 하나의 분수령이었듯이 신동문에게도 4·19는 결정적인 전환점이었던 것 같다. 그러나 그것을 받아들이는 방식에 있어서 두 사람은 극히 대조적이다. 김수영에게 4·19는 단순히 외부적 현실 또는 객관적 사건이었던 것만은 아니다. 그것은 그의 시적 사유 내부에서 진행되는 의식의 가변성 자체이기도 했으며, 때로는 일상생활의 여러 세목으로 표출되는 행동들의 심리적 준칙이기도 하였다. 그런 점에서 1960년 4월 이후 씌어진 김수영의 모든 시는 4·19혁명의 전진과정이 그의 정신에 일으킨 파동을 마치 계기판처럼 기록한 일종의 역사문건이라고 말할 수도 있다. 반면에 신동문의 4·19는 무엇보다도 거리에서 벌어지는 육체적 행동이고 구체적인 투쟁이다. "沖天하는/아우성/혀를 깨문/안간힘의/요동치는 근육/뒤틀리는 사지/약동하는 육체"(「아! 신화같이 다비데군들」) 같은 구절에 형상화되어 있듯이 그것은 혁명벽화나 혁명조각처럼 영웅적이고 기념비적이다. 그렇기 때문에 그의 시는 복잡한 사유의 과정에 동반되는 회의와 망설임을 거절하며, 정의라든가 민주주의 같은 단순하고도 자명한 가치에 뒷받침되어 투명하고 힘찬 선동성을 발휘한다. 그것은 비장한 행동의 순간에 응결된 조소적(彫塑的) 혁명성이며 내면적 갈등의 여유를 허락받지 못한 어떤 단일한 동력의 우발적이고 직선적인 폭발이다.

2

연보에 따르면 신동문은 1955년 「봄 강물」이 한국일보에, 연작시 「풍선기(風船期)」중의 한 편이 동아일보에 가작으로 입선되어 문단에 이름을 알렸고, 같은 해 제1회 충북문학상을 수상했다고 한다. 그런데 이번 간행된 전집에는 「봄 강물」이 빠져 있다. 연작시 「풍선기」는 원래 모두 53호,

총 1700행이나 되는 장편시였는데,[3] 군복무중 보관의 어려움 때문에 대부분 버렸다고 한다. 남은 20편에 새로 순서를 매겨 그중 한 편이 동아일보에 입선되고, 열다섯 편(6~20호)이 다음해인 1956년 조선일보에 박봉우의 「휴전선」과 함께 당선하였다. 이로써 신동문은 공식적으로 문단의 일원이 되었다.

하지만 시인으로 데뷔한 뒤에도 그는 한동안 고향인 청주에 머물러 있었다. 그 무렵 고등학생들의 문학써클인 '푸른 문' 동호회의 고문으로 그들을 지도하기도 했고(소설가 김문수, 평론가 홍기삼, 전 국회의원 신경식 등이 당시의 회원들이었다고 한다), 청주시장이 사장으로 있는 출판사에서 첫시집『풍선과 제3포복』을 간행하기도 하였다. 1957년에 민병산(閔丙山) 등 지역의 문인·예술가들과 함께 충북문화인총연합회를 창립했고, 1959년에는 충청북도 문화상(예술부문)을 수상하였다.『자유문학』『현대문학』『사상계』등 월간지에 드문드문 작품을 발표하여 전후문단에 서서히 명성을 높이고 있었다.

그러다가 서울에서 4·19데모가 일어나고 그 여파가 지방도시로 미쳐 청주에서도 학생데모가 벌어지자, 청주에서 신문에 논설을 쓰며 지내던 신동문은 배후로 지목되어 경찰의 추적을 받게 되었다. 신경림 시인의 증언에 의하면 신동문은 4·19 직후 피신차 상경하여 4월 26일의 대규모 봉기를 서울에서 겪었으리라 한다.[4] 이 긴장된 시대의 정서를 담고 있는 에쎄이 「썩어진 지성에 방화하라」(『새벽』, 1960. 5)를 읽어보면 3·15선거 당시 얼마나 노골적이고 비열한 부정이 자행되었는지 짐작할 수 있다.[5] 투표일 아침 그는 투표장 어귀에 쳐놓은 새끼줄 앞에서 완장 두른 사람으로부터 입장이 제지된다. "어데 가오?" "투표하러 갑니다." "삼인조 짜 오시오."

---

3 시집『풍선과 제3포복』(1956) 후기. 전집『내 노동으로』, 107면.
4 신경림『시인을 찾아서』, 우리교육 1998, 280면.
5 전집『행동한다 그러므로 존재한다』, 19~23면.

"난 조가 없소." "안되어. 저기 가서 저 흰 완장 두른 조장한테 상의하시오." 그 조장은 자유당 석 자가 뚜렷한 흰 완장을 차고 있었다. 이렇게 투표장에 들어가지도 못하고 쫓겨났다가 안면이 있는 시 선거위원을 만나는 덕분에 다시 돌아가서 투표를 할 수 있었다는 것이다. 이것이 저 유명한 3·15부정선거의 한 장면인데, 사실 신동문은 야당투사도 아니고 좌파적 이념의 소유자도 아니었음에도 배후조종 혐의로 쫓기는 몸이 되었다.

이런 혐의를 받게 된 이유 중의 하나는 신동문 주위에 늘 사람들이 모인다는 것이었다. 그는 솔직하고 용기가 있을뿐더러 화제가 풍부하고 사람들과 어울리기를 좋아했다. 그에게는 권위주의적인 데가 전혀 없어서, 나처럼 십수년 나이가 아래인 젊은이도 격의없이 대할 수 있었다. 그는 어려운 처지에 있는 동료와 후배들을 돕는 것을 좋아했다. 신구문화사에서 매일 만나던 시절 나는 구자운·천상병·고은·김관식 같은 후배시인들이 무시로 그를 찾아와 개인적 고충을 털어놓기도 하고 술값을 뜯기도 하는 것을 자주 보았다. 50년대 후반 청주시절에는 유종호·신경림 등 나이로는 제법 후배나 문단진출은 거의 동기인 문인들이 심심치 않게 찾아왔고, 아마 이들을 통해 서울의 문인들을 사귀게 되었을 것이다.

어쨌든 4월혁명의 와중에 아예 활동의 무대를 서울로 옮긴 신동문은 월간지 『새벽』사에 편집장으로 취직을 하였다. 이 『새벽』이란 잡지에 대하여 잠시 살펴볼 필요가 있다. 지금 내 곁에는 우연히 1959년 10월호가 꽂혀 있다. 판권난을 찾아보니 사장 장이욱(張利郁), 편집 겸 발행인 주요한, 주간 김재순(金在淳)으로 되어 있다. 이 명단만 보고도 잡지의 성향을 어느정도 짐작할 수 있을 터인데, 간단히 말해서 도산 안창호를 따르던 평안도 출신 흥사단 계열임을 알 수 있다. 장이욱은 한국인 최초의 서울대 총장이자 장면(張勉)정부의 주미대사를 역임한 교육학자로서, 내가 만나본 바로는 겸손하고 부드러우면서도 강직함이 느껴지는 작달막한 체구의 교양인이었다. 주요한은 「불놀이」의 시인 바로 그 사람이고, 김재순은 후일 국회의장까지 지낸 정치인이다. 『새벽』은 1954년 8월에 창간되었다고 하나 널리 읽히는 잡지가 아니었는데, 1959년 10월에 혁신호를 내는 것을 계기로 독자대중에게 적극 다가가는 내용의 편집과 영업방침을 택했다. 이 혁신호는 함석헌의 권두논문 「때는 다가오고 있다」를 앞세운 다음, '정권교체는 가능한가'라는 도전적인 제목의 특집을 꾸며 이승만의 자유당정부가 물러나야 한다는 것을 강력히 암시하고 있다. 박남수(朴南秀)의 시와 선우휘·오상원의 단편소설을 실어 문학에도 적지 않은 지면을 할애하고 있다. 이것은 『새벽』의 전신이라 할 일제시대의 『동광(東光)』(1926. 5~1933. 1)도 동일하게 지녔던 편집방침이고, 어쩌면 우리나라의 모든 종합지들이 한결같이 따랐던 편집방침일 것이다. 주요한과 김재순은 1955년에 출범한 통합야당 민주당의 신파 소속으로서 4·19 이후 장면정부의 구성원이 되었다.

신동문이 편집장으로 일하는 동안의 『새벽』은 대담한 기획과 파격적인 필자등용으로 당시의 젊은 독자들에게 『사상계』 못지않은 호응을 받았다. 대학 신입생이었던 나 자신도 『새벽』의 진취성에 더 호감을 느꼈고, 선우휘의 「깃발 없는 기수(旗手)」라든가 최인훈의 「광장」 또는 폴란드 작가 마레크 흘라스코의 「제8요일」처럼 6백매가 넘는 대작을 한꺼번에 싣는 데에 커다란 흥분조차 느꼈다. 그 무렵 『현대문학』 『자유문학』 같은 문예지들의 구태의연하고 고식적인 편집에 갑갑함을 느끼던 문학청년들은 앞서 언급한 『세계전후문학전집』과 『사상계』 『새벽』을 통해 세계문학의 새로운 기류를 호흡하고 참신한 감각을 접할 수 있었다. 이 책들을 만드는 데 실무적 아이디어를 제공한 것이 신동문·이어령 등임을 생각하면, 60년대 문학에 끼친 그들의 영향은 막중한 것이라 하지 않을 수 없다.

그런데 잡지 『새벽』은 민주당 장면정부가 출범한 뒤에 12월호를 종간호로 내고 나서 간판을 내린다. 친구인 민병산은 어느 글에서 다음과 같이 회고하고 있다. "당시 종로 2가 관철동에 있던 신구문화사 편집실을 신동문과 동행해서 방문한 것은 1960년 동지 무렵이었다. 그 무렵 (신)동문은 맡아보던 『새벽』지의 종간호를 내고 나서 이따금 이종익 사장을 만나 출판 아이디어에 관해 의논을 받고 있었는데, 하루는 나더러 같이 가서 이야기나 하자는 것이었다. (…) 그날 저녁 아마 이사장, 이어령, 신동문, 나 이렇게 합석을 해서…"[6] 이렇게 신동문과 이어령은 그 무렵 신구문화사의 비상임 편집자문역을 하고 있었는데, 두 사람 중 이어령이 먼저 서울신문을 거쳐 경향신문 논설위원으로 왔고 이어서 신동문도 경향신문 특집부장으로 취직을 했다. 자유당 시절 경향신문은 동아일보와 더불어 양대 야당지로 일컬어지고 있었다. 1959년 4월 주요한의 칼럼(소위 餘滴사건) 때문에 독재권력에 의해 폐간되었던 경향신문은 이승만의 대통력직 사임발표 다음날인 1960년 4월 27일 복간호를 내었다. 오랫동안 이 신문을 맡고 있던 천주교 재단이 1962년 경영난으로 물러나긴 했으나, 여전히 비판적 입장을 고수하고 있었다. 그러나 신동문은 입사 1년여 만인 1964년 5월 경향신문사를 그만두었다. "우리나라의 쌀부족 문제를 북한 쌀의 수입으로 해결하자"는 독자투고가 신문에 게재되어 편집국장·특집부장·담당기자 등이 중앙정보부에 연행되어 조사를 받은 사건이 퇴사의 계기였다.

1964년 바로 경향신문 신춘문예에 문학평론이 당선되어 문단에 얼굴을 내민 나는 그 신문 논설위원이자 그해 평론부문 심사위원이었던 이어령의 소개로 신구문화사 편집부에 취직을 했다. 당시 『세계전후문학전집』의 성공에 고무된 신구문화사는 그 후속작업으로 1964년 『노벨상 문학전집』을 간행하고 이어서 18권짜리 『현대한국문학전집』을 기획하였다. 이 전집의 얼개를 짜고 작가들을 섭외하는 것은 그 무렵부터 신구문화사에 상근하기 시작한 신동문의 일이고, 내용을 채우는 것은 나의 몫이 되었다.

---

6 민병산「단 한번의 외도」,『출판과 교육에 바친 열정』, 153면.

1965년에 여섯 권, 이듬해 열두 권으로 완간된 이 전집은 미숙하나마 신동문과 나의 합작품이라고 나는 자부하고 있다. 이 작업을 통해 나는 많은 선배문인들을 사귀게 되었고, 이것이 60년대 말부터 내가 잡지 편집자로 일하는 데 자산이 되었음은 말할 것도 없다.

10년 가까운 긴밀한 접촉을 통해 내가 알게 된 신동문은 참으로 매력적인 개성의 소유자였다. 깨끗하고 양심적이었으며 다정하고 친절했다. 다만 내가 그에게 불만인 것은 그가 시쓰는 일에 대해 다소 냉소적이랄까 초탈한 듯한 태도를 보이는 것이었다. 나는 그를 수없이 마주하여 재치와 해학에 넘치는 그의 화술에 빠져들곤 했지만, 문학에 대해 얘기하는 것을 들어본 적은 거의 없다. 그것은 화제가 무엇이었든 문학적 연관성을 떠나 말할 줄 모르는 김수영과 아주 반대되는 성향이었다. 대체 신동문의 내면 풍경은 어떤 것이었던가.

3

1963년경을 고비로 신동문은 한편으로는 여전히 「오늘에 서서 내일을」 (1963. 10) 「시인아 입법하라 아니면 폭동하라」(1964. 5) 같은 산문을 통해 시인의 사회적 책임과 현실참여를 주장하면서도, 다른 한편 자신의 시쓰기의 무의미와 무능력에 대해 되풀이 고백하는 분열적 양상을 드러낸다. 「변명고(辨明考)」(1964. 3)에서 그는 독촉에 못 이겨 책상 앞에 앉았으나 도무지 시가 써지지 않아서 괴로워하는 심정을 그대로 털어놓는다. 「시인이 못 된다는 이야기」(1965. 11)에서 그는 이렇게 말한다. "나는 시를 쓴다는 일이 도무지 무의미하게만 생각된다. 시를 쓰기 위해 밤을 새우고 시를 생각하기 위해서 시간을 할당해야 한다는 일은 너무나 아깝고 억울한 일로만 생각된다."[7] 그러나 「실시(失詩)의 변」(1966)에서 그는 잠시 새로운 다짐을 하기도 한다. "어떠한 이유로든 침묵하고 있다는 것은 그만큼 시인으로서의 과오라는 것은 알고 있고, 그 죄에 대한 대가로 (…) 언젠가는 보다 좋은 시를 써야 한다는 것을 각오하고 있다."[8] 그러나 그의 이 각오는 끝내 지켜지지 못했다. 이미 1963년쯤부터 현저히 줄어들기 시작한 신동문의 시창작은 「내 노동으로」(1967. 12) 한 편으로 사실상 종결되기 때문이다.

많지 않은 60년대의 시들 가운데 그런대로 의미있는 작품을 꼽자면 「'아니다'의 주정(酒酊)」(1962. 6) 「절망을 커피처럼」(1962. 12) 「아아 내 조국」(1963. 4) 「바둑과 홍경래」(1965. 5) 그리고 조금 전에 거명한 「내 노동으로」가 될 것이다. 이 작품들에 공통적으로 깔려 있는 것은 강렬한 부정의 육성이다. 그런데 부정의 대상은 거의 무차별적이다. 다시 말하면 부정의 주체가 존재하지 않는다. 따라서 그의 시세계에 남는 것은 순간적 위안과 일시적 망각뿐인 것처럼 보인다.

> 커피를 절망처럼
> 커피를 아침 차례 진한 한숨처럼
> 아침부터 마시면
> 빈 창자 갓갓이
> 메마른 가슴구석까지
> 커피는 절망처럼 스미고
> 야릇한 위안과 함께
> 나는 포근히 진정한다.
>
> ─「절망을 커피처럼」마지막 연

---

7 전집 『행동한다 그러므로 존재한다』, 81면.
8 같은 책 84면.

싼 술 몇 잔의

주정 속에선

아니다 아니다의

노래라도 하지만

맑은 생시의

속깊은 슬픔은

어떻게 무엇으로

어떻게 달래나

—「'아니다'의 주정」부분

그런데 중요한 것은 「아! 신화같이 다비데군들」을 포함한 60년대 신동
문의 시들이 출구와 전망을 잃어버린 자의 절망에도 불구하고 비극적 장
엄성 내지 침통함의 분위기를 나타내지 않는다는 점이다. 50년대의 그의
시들은 대부분 줄글로 되어 있고 충만된 자의식과 냉혹한 상황 간의 분열
과 대립으로 인해 대단히 복합적인 양상을 띤다. 이와 반대로 60년대의 시
들은 시적 화자의 시선이 내부지향적이 아닐뿐더러 시행이 짧고 경쾌하
며 마치 빠른 행진곡처럼 율동적이기까지 하다. 그렇다면 그의 문학에 있
는 것은 절망의 고통 아닌 절망의 제스처일 뿐인가. 어쩌면 그는 자신의
내부에 도사린 이러한 자기기만과 파멸의 위험을 똑똑히 알았기에 문학
을 버리고 "내 노동으로 오늘을 살자"는 발언에 일치되는 농사짓는 일의
세계로 떠난 것인지 모른다.

1970년대에 접어들어 신동문은 단양 농장의 개간을 본격화하기 시작했
다. 1969년부터 『창작과비평』 발행인이 되기는 했으나, 실무를 챙기는 일
은 나에게 온통 일임했다. 이 무렵 어느날 그는 나에게 낯선 책을 한 권 보
여주었다. 그것은 1950년대에 중국에서 간행된 침술책이었다. 대장정 기
간 중에 침으로 치료한 경험을 정리한 전문적 의료서적이었다. 신동문은

어렵게 구한 그 책을 독학하면서 자신의 몸에 수없이 침을 꽂아가며 침술을 익힌다고 말했다. 1975년 여름방학에 나는 단양의 농장으로 찾아가 그의 허름한 농막에서 이틀밤을 잤다. 새벽부터 인근 주민들이 침 맞으러 찾아오는 바람에 농사일이 안될 지경인 것을 목격했다. 그런데 돈을 절대 받지 않았으므로 치료받은 환자들 중에는 밭에서 두어 시간 일하는 것으로 치료비를 대신하는 사람들도 있었고, 돈을 내겠다고 끝까지 우기는 사람에게는 돈 대신 노래를 한곡조 시키기도 했다. 그가 한 달에 한두 번 가족을 만나러 서울에 왔다가 관철동 기원에 나가 바둑을 두고 있으면 역시 그의 침술소문을 듣고 그의 바둑판 곁에서 기다리는 환자들을 나는 여러 번 보았다. 그의 침은 믿을 수 없을 만큼 놀라운 효력을 발휘한다고 바둑 친구들은 말했다. 그러다가 1970년대 중반 창비에 게재된 리영희의 논문 「베트남전쟁」 때문에 그는 다시 한번 중앙정보부에 끌려가 문초를 받았다. 1975년 가을호를 마지막으로 그는 창비 발행인으로 이름 올리는 것도 마감했다. 신동문은 살아 생전에 이미 문학 없는 전설의 나라로 이주했던 것이다.

『문학수첩』 2005년 봄호

풍경 뒤에 숨은 고통의 잔해

■

최하림·이성선·김영무의 시집들

　유유자적 한가롭게 내딛는 발걸음의 먼 배경으로서든 세상살이의 고통과 혼탁에 대비된 상징적 공간으로서든 자연은 오랜 옛날부터 서정시의 핵심적 구성요소였다. 어쩌면 이것은 너무나 당연한 노릇일 것이다. 왜냐하면 자연은 인간의 생존을 규정짓는 근원적 바탕이자 벗어날 수 없는 생활의 테두리이며 인간의식의 뿌리를 감싸고 있는 절대적 원천이기 때문이다. 우리가 흔히 문화라고 부르는 것도 따지고 보면 거대하고 유구한 자연의 일시적이고 부분적인 변형에 불과한 것인지도 모른다.

　그러나 물론 그렇다고 해서 자연이 모든 사람들에게 늘 한결같은 모습으로 또 동일한 강도로 의식되었던 것은 아닐 것이다. 자명한 일이지만 자연에 대한 인간의 태도는 그의 삶의 문제 전체의 반영일 것이며, 따라서 그것은 그 시대의 객관적인 여러 조건과 각 개인들의 구체적인 이해관계와 경험세계에 복합적으로 연관되어 있을 것이다. 또한 인간의 삶에서 차지하는 자연의 의미, 다른 말로 자연에 대한 인간의 이미지 즉 자연관이라고 일컫는 것도 어떤 추상적인 사유의 소산이 아니라 특정한 시대를 살아가는 사람들의 일정한 사회적 관계에서 태어난 하나의 역사적 형성물이라고 할 수 있을 것이다.

이런 소략한 전제를 가지고 근년의 우리 시를 살펴볼 때 현저하게 눈에 띄는 사실은 과거 어느 때보다도 자연의 비중이 엄청나게 높아졌다는 것이다. 거의 모든 시인들이 무시로 자연을 소재로 삼는데, 시인들이 이처럼 자연을 주목하게 된 경위와 그들이 자연을 노래하는 방식은 물론 천차만별이다. 산업화·도시화의 반자연적 성격에 항거하면서 의식적으로 생태주의를 지향하는 시인이 있는가 하면, 그와 달리 현실운동으로부터 내면적 성찰의 자세로 전회하는 과정에서 자연을 만난 시인도 있다. 농촌생활의 일상을 구성하는 현재적 자연풍경을 노래하는 시인이 있는가 하면, 도시적 삶의 공허와 인위성을 드러내기 위해 과거의 자연경치를 기억하고 회상하는 데 몰두하는 시인도 있다. 어떻든 이제 자연의 파괴와 생태계의 위기는 인간생존의 기반을 치명적으로 위협하는 수준까지 왔음이 점점 더 분명해지고 있으며, 지구행성 위에서 인간의 정상적인 삶이 계속될 수 있느냐의 여부보다 더 절실한 문제가 없음도 명백하다고 하겠다. 그런 점에서 나는 올 가을 창간 10주년을 맞은 『녹색평론』 같은 잡지의 꾸준한 노력과 줄기찬 호소가 커다란 역사적·현실적 의의를 가진다고 생각한다.

그런데 이와 같은 생태적 관점 내지 환경의식의 확산은 당연히 바람직한 일이고, 이를 계기로 우리의 생활방식과 사회의 소비구조가 근본적으로 바뀔 수 있다면 그것은 더욱 환영할 일이다. 그러나 모든 '주의'가 다 그렇듯이 생태주의도 그 본연의 것으로부터 이탈할 위험이 언제나 도사리고 있다. 분야에 따라서는 이미 돈벌이의 수단으로 전락한 품목도 적지 않은 듯하며, 때로는 단순한 정치적·도덕적 명분에 불과하게 된 경우도 있는 것 같다. 심지어 생태주의 자체가 독재와 독선의 심리적 토대가 될 수도 있을 것이다. 그리고 보면 이 세상의 어떤 위대한 사상이나 거룩한 신념도 그것들이 태어나는 순간의 생명력과 순정성을 본래의 모습 그대로 간직하지는 못하는 것 같다. 물론 그와 반대로 불교나 유교의 역사에서 보듯이 거듭된 타락과 경직의 사례들에도 불구하고 훌륭한 계승자들에 의해 더욱 풍요롭고 심오한 것으로 발전할 수도 있을 것이다. 너무 과도한 비유를 들었는데, 어쨌든 『녹색평론』이 견지하는 일종의 근본주의가 그 현실정합성에 대한 의구심을 떨치지 못하면서도 이 불신의 시대에 외롭게 빛나 보이는 것은 그 초심에 대한 이러한 비타협적 충실성 때문이다. 그리고 동시에 생태주의라든가 생태적 상상력 같은 개념이 문학작품을 분석하고 평가하는 이론적 도구로서 대단히 조심스럽게 활용되어야하는 이유도 이 시대 자본주의체제의 엄청난 탐식성과 놀라운 잡식성 때문이다. 다시 말해 자본주의에 대한 비판과 반대조차도 자본주의체제의타격으로 되기보다 그 체제의 먹잇감으로 소모되는 상황에서는 생태주의의 얼굴을 그대로 둔 채 그 몸통 속에 상업주의의 영혼을 주입하는 일이얼마든지 가능한 것이다. 그런 점에서 기존의 이론화된 생태주의를 그냥받아들여 적용하기보다(때로는 그럴 필요도 있겠지만) 오히려 생태적 관점이 싹트고 성장해가는 과정에서의 고민과 문제의식으로 돌아가 사물을보고 문학을 대하는 것이 어쩌면 더욱 생태주의적일지 모른다.

1

이성선(李聖善)은 널리 알려진 시인도 아니고 크게 주목받는 시인도 아니지만 소수의 독자들에게 깊이 사랑받는 시인이었다. 금년 5월 초순 그가 갑자기 세상을 떠났다는 소식을 뒤늦게 듣고, 더욱이 유언에 따라 일절 부고도 하지 않고 몇몇 친지와 유족들만 장례에 참석하여 그의 화장한유골을 백담사 계곡에 뿌렸다는 소식을 듣고 나는 말할 수 없이 허전하고허망한 느낌에 사로잡혔다. 그러나 이번에 그의 시집들을 읽으면서 나는이성선이 오랫동안 자신의 죽음에 대해 사색하고 예감하고 준비해왔다는 것을 깨달을 수 있었다. 시선집 『빈 산이 젖고 있다』(미래사 1991)에는 하나의 주제를 두 가지 방식으로 노래하여 「불타는 영혼의 노래」라는 제목으로 묶어놓은 작품이 실려 있다. 다음은 그 작품의 둘째 부분인 '불의 노래' 전문이다.

지상을 떠나는 바로 그 순간
나는 불이 되리 하늘의 불이 되리
세상의 온갖 밧줄에 묶이어 살아온 나를
죽어서도 끝내 굵은 밧줄로 다시 묶어
땅속에 버려둘 수는 없어
하늘로 가는 문인 아궁이에
장작처럼 누워
온몸에 불을 댕겨
어두운 땅 한번 환하게 빛내고
하늘로 가리
불이 되어 불이 되어 하늘로 가리.

이 「불타는 영혼의 노래」가 언제 씌어졌는지(또는 발표되었는지) 확인할 수는 없다. 아마 『몸은 지상에 묶여도』(시인사 1979)에 실렸던 기억으로 미루어 70년대 후반일 것이다. 어떻든 분명한 것은 여기 보이는 바와 같이 이성선이 상당히 오래전에 자신의 죽음의 광경을 아주 구체적으로 상상하고 있다는 사실이다. 어쩌면 이성선은 거의 전생애에 걸쳐 지속적으로 죽음이라는 목표를 추구해온 것인지도 모른다. 문면상의 이미지는 「불타는 영혼의 노래」와 대척적이지만(즉 불과 얼음의 극단적인 대비이지만) 본질적으로 동일한 정신적 지향을 시인은 다음과 같이 맹세하듯 다짐하기도 한다.

내가 최후에 닿을 곳은

외로운 설산이어야 하리.

얼음과 백색의 눈보라

험한 구름 끝을 떠돌아야 하리.

가장 외로운 곳

말을 버린 곳

그곳에서 모두를 하늘에 되돌려주고

한 송이 꽃으로

가볍게 몸을 벌리고

우주를 호흡하리.

산이 받으려 하지 않아도

목숨을 요구하지 않아도

기꺼이 거기 몸을 묻으리.

— 「절정의 노래 1」 전반부

내 생각에 이성선 시의 인식론적 출발은 자신의 육체적 삶이 '세상의
온갖 밧줄에 묶이어' 있다는 사실의 깨달음이다. 「몸은 지상에 묶여도」라
는 시의 제목에 요약되듯이 그의 의식은 세속의 오욕과 지상적 한계에 구
속된 자신의 존재조건에 의해 끝없는 모멸감을 경험한다. "최초 땅속에
허리 구부리고 살던 벌레는 어둠에서 나와 땅 위를 기어갑니다. 몸 구부
렸다 폈다 하며 지구의 한 부분을 기어갑니다."(「序詩」 앞부분) 이렇게 작고
보잘것없는 모습으로 땅바닥을 기어가는 벌레야말로 그의 내면적 영상에
그려진 자신의 왜소한 자화상이다.

그러나 이성선은 시인생활의 초기에 이미 자신의 정신적 귀의처를 제
약과 속박에서 벗어난 초월적 영역으로 옮긴다. 몸은 비록 세속의 번뇌
에 묶여 있을지라도 영혼은 조만간 안식과 평화의 나라로 갈 것이라고 그

는 되풀이하여 노래한다. "드디어 그는 자기를 파괴하고 자기 안의 나를 파괴하고 한 마리 나비로 완성되어 하늘로 날아오릅니다. 우주를 소유합니다."(「序詩」 끝부분) 벌레에서 나비로의 변신(變身)을 통해, 즉 부정적 자의식의 재부정을 통해 그는 '한 송이 꽃'과 같은 찬란한 긍정에 도달하여 달·풀잎·이슬·산·바람들과 교감하며 우주를 호흡한다. 사실 이성선은 1970년에 시인으로 데뷔하여 작고하기까지 30여년 동안 우리 문단의 누구보다도 줄기차게 — 시집 『별까지 가면 된다』(고려원 1988)의 해설에서 오탁번 씨가 지적했듯이 '단조롭기 그지없다'고 할 만큼 일관되게 — 자연을 노래하였다. 그러나 이 사실에 의해 갖게 되는 우리의 선입견과 달리 이성선은 풍경화를 그리는 일에는 아무런 관심도 가지지 않는다. 그에게 있어서 자연풍경과 동식물은 인간사의 고통과 유한성을 드러내기 위해 그때그때 동원된 비유이며 시인의 정신적 수련을 거들기 위해 채택된 일시적 방편이다. 이제 드디어 그는 비록 시적 영역 안에서일 뿐이지만 공간과 시간의 제약으로부터도 자유를 획득한다.

새는 세상을 날며
그 날개가 세상에 닿지 않는다

나비는 푸른 바다에서 일어나는 해처럼 맑은
얼굴로
아침 정원을 산책하며
작은 날개로 시간을 접었다 폈다 한다
　　　　　　　　　　　　　　　　—「티벳의 어느 스님을 생각하며」 부분

나뭇잎 하나가

아무 기척도 없이 어깨에
툭 내려앉는다

내 몸에 우주가 손을 얹었다

너무 가볍다

— 「미시령 노을」 전문

　이성선의 모든 시들에서 끊임없이 되풀이되는 이 순수정신의 세계로
의 휴거(또는 휴거의 환각)는 그러나 이 시인의 현실감각을 완전히 제거
하지는 못한다. 시를 쓰는 동안, 숲속을 걷고 산길을 오르는 동안, 그는 초
월의 환상에 잠길 수 있다. 하지만 곧 그는 현실로 추방되고 지상으로 추
락한다. 그리하여 그는 또다시 비상의 연습을 시도한다. 그렇다면 현세적
삶에 대한 이런 처절한 부정과 바닥모를 비관주의는 대체 어디에서 연유
한 것인가. 근년에 간행된 시집 『산시(山詩)』(시와시학사 1999) 연보에서 이
성선은 처음으로 자신의 이력을 약간 밝히고 있는데, 거기 따르면 부친은
6·25 때 자진 월북을 하였고 그래서 대학진학 때 모친의 강권으로 말썽많
은 문과를 포기하고 농과대학에 갔다고 한다. 더 자세한 설명이 없어 확
실하게 말할 수는 없지만, 어린 시절부터 그의 집안은 이 남한체제에 용
납되기 어려운 살벌한 금기의 철망으로 둘러쳐져 있었던 것 같다. 열 권
이 넘는 시집들 가운데 명시적으로 아버지를 노래한 시는 두 편밖에 되지
않는데, 『절정의 노래』(창작과비평사 1991)에 실린 「눈물」부터 읽어보자.

화진포 물 위에 갈대로
혼자 누워 울고 싶어라.
새들은 일찍 떠나고
금강산 그림자만 내려와
이 물밑길로
아버지 오시어
내 어깨에 얼굴 묻으면
멎으리라. 흐느낌도
그때 멎으리라.
오랜 그리움 잊고 잠들리라.

참으로 감동적이다. 이성선 시의 고유한 정신주의도 내적 초월의 환각
도 여기에는 개입할 여지가 없다. 형이상학적 위장을 벗겨낸 뒤의 감정
의 단순성 자체가 이 시에서는 절실한 울림을 발한다. (이성선이 태어난
강원도 고성군 토성면의 신선봉은 설악산 바로 북쪽에 있어 설악산이 훨
씬 더 가깝지만 예로부터 금강산의 맨 남쪽 봉우리로 쳐왔다.) 최근의 시
집 『내 몸에 우주가 손을 얹었다』(세계사 2000)에 수록된 「새와 풀꽃의 면회
소」는 여기서 한걸음 더 나아간다.

아버지는 비무장지대 너머에 계시다
강원도 고성 금강산 속
작은 마을
또는 원산에
아버지는 계시다
외금강과 해금강의 외로운 길
논둑의 풀대 끝이나 길가 가지 위에

구름 되어 머물고 비로 흐느끼고
이미 육신은 땅에 다 털어버린 후
바람으로 아들을 부른다
설악산 아래 찾아와 밤 지새다 떠난다
아홉살 때 가신 아버지
돌아보고 다시 돌아보며 가신 얼굴
그때부터 비무장지대는
남북을 가르는 띠가 아니다
아버지와 내가 찾아가 꽃으로 떠서
서로를 들여다보는 강물이 되었다
비무장지대는 지금
저승의 아버지와 이승의 아들이
만나 대화하는
새와 풀꽃의 면회소가 되었다

90년대 들어 민주화가 어느정도 진전되고 특히 김대중정부의 출범으로 남북화해의 분위기가 조성된 사실이 이런 시의 배경으로 작용했을 것이다. 분단현실의 최전방에서 제도화된 반공폭력의 가장 살벌했던 한 시대를 숨 죽이며 견뎌야 했던 이성선 같은 착하고 소심한 시인이 오랜 의도적 망각의 노력 끝에 그러나 마침내 아버지와의 이별의 장면을 이처럼 의식의 표면으로 끌어올리는 데 성공하는 것은 그 자체로서 가슴 뭉클한 일이다.

그러나 물론 이 시들은 이성선의 문학에서 극히 예외적인 것이고, 정신주의적 초월의지야말로 그의 시의 변함없는 주제였다. 그는 끊임없이 자연 속에서 시의 소재를 구했지만, 그러나 그는 자연의 객관적 실상을 구체적으로 관찰하는 일에 아무런 흥미가 없었다. 그는 쉬지 않고 구름·바람·달·산·풀잎 따위들을 노래했지만, 그의 시선은 그런 자연적 사물 자체를 향하고 있었던 것이 아니고 언제나 그 너머 자신의 내면세계를 향하고 있었다. 이런 점에서 그는 자기밖에 모르는 이기주의자였고 자연풍경의 객관성에 머리를 숙이는 겸허함이 없었다. 후일 그의 이런 태도에 약간의 변동이 온 것은 사실이다. 1996년 그는 그 지역 환경운동연합의 공동의장이 되었다. 생태적 위기는 이제 이 완고하게 닫혀진 정신주의자를 마침내 정신적 자연 아닌 현실적 자연의 문제에로 눈뜨게 만들었던 것이다. 오랫동안 그가 동경해 마지않았고 자기 시의 최종적 귀결점으로 생각했던 인도에서의 감당하기 힘든 문화적 충격도 그의 정신주의의 입지를 더욱 좁게 만들었던 것 같다. 결국 그의 시적 사유와 육신의 삶은 그 소실점에서 만나고 말았다.

2

시집 『굴참나무숲에서 아이들이 온다』(문학과지성사 1998)와 『풍경 뒤의 풍경』(문학과지성사 2001)에서 최하림(崔夏林)은 이성선과 극히 대조적인 방식으로 자연에 관심을 쏟는다. 앞에서 살펴보았듯이 이성선에게 자연풍경은 그 자체로서 자기목적적인 관찰의 대상이 아니고 시인의 내면을 투사하는 외재적 표지이자 그의 정신적 각성과 내적 수련을 위해 차용되는 임시적 방편일 뿐이다. 달·산·풀잎·벌레 따위들이 이성선에게 30여년 동안 탕진되지 않는 소재로 남아 있을 수 있었던 것은 거꾸로 생각해보면 그 사물들이 시인에 의해 한번도 치명적인 공격을 받은 바 없었다는 사실을 입증하는지도 모를 일이다. 냇물을 다 건너기 전에는 뗏목을 떠날 수 없듯이 이성선은 끝내 화두이자 방편으로서의 자연을 버릴 수 없었다.

반면에 최하림의 시가 묘사하는 것은 제한된 화폭 안에서 팽팽하게 긴장하고 있는 그의 감각적 실존이다. 그런 점에서 그의 시들은 일체의 초월적·형이상학적 전제를 배제한 사물과 풍경의 인상주의적 재현이다. 그러나 물론 그러한 재현의 노력 자체가 치열하고도 밀도높은 언어적 집중을 동반한 것이기 때문에 그의 시는 외관상 보이는 바와 달리 깊은 정신성을 성취한다. 세기전환기에 잇달아 간행된 최하림의 두 시집은 차라리 한 권의 시집으로 묶는 것이 더 적절하다고 느껴질 만큼 강한 연속성과 통일성을 가지고 있다. 그렇다면 이 시인은 어떤 경로를 통해 이런 경지에 이르게 되었는가.

최하림은 그의 네번째 시집 『속이 보이는 심연으로』(문학과지성사 1991)의 머리말에서 몇해 동안 5월 광주에서 비롯된 죄의식에 시달렸음을 고백하면서 "자연과 나누는 감정의 지극한 평화"를 통해 어떤 실체적 진실을 보게 되지 않을까 기대하고 있다. 그는 시집의 뒤표지에서도 "내가 너를 보고, 너에게 보여진다고 하는 것은 풍경의 객관화를 요구한다"고 말한다. 그러나 '자연과 나누는 감정의 평화'와 '풍경의 객관화'가 작품 속에서 어느정도 실현되는 것은 근년의 두 시집에 이르러서이고, 그것을 의식적인 목표로 삼았던 네번째 시집 자체는 목표에 이르고자 하는 과정에서의 다양한 시도와 시련을 보여준다고 할 수 있다. 어떻든 시집 『속이 보이는 심연으로』에는 「죽은 자들이여, 너희는 어디 있는가」처럼 70년대의 최하림을 연상시키는 지사적 단순어법으로 광주의 참상과 시인의 자의식을 노래한 시가 있는가 하면, 「방」「겨울 초상화」처럼 그가 좀체 입밖으로 드러내지 않는 고통스러웠던 기억의 심연을 감동적으로 묘사한 작품도 있다. 무엇보다도 「시」「이 말 저 말 시인」「시에게」「말에게」「내 시는 시의 그림자뿐이네」처럼 시론적(詩論的)인 작품들이 여러 편 있어 그가 자신의 시세계에 대해 근본적인 반성을 하고 있음을 알려주며 그의 시인적 생애에 중요한 전환점이 다가오고 있음을 예고한다.

그런데 그 전환의 계기는 개인적 불행의 얼굴을 하고 돌연하게 그를 찾아왔던 것 같다. 『굴참나무숲에서 아이들이 온다』의 머리말에서 그는

1991년 여름 "몸과 맘에 말할 수 없는 상처를 입었다"고 밝히고 있다. 그는 뇌졸중으로 쓰러진 것이었고, 그래서 "다시 시를 쓰게 되리라고 생각할 수" 없는 상황에서 '병과의 싸움'이라는 오직 한 가지 뜻만을 염두에 둔 채 '누에가 실을 뽑듯이' 한편 한편 시를 써나갔다. 그리고 그는 10년 동안 두 권 분량의 시들을 써낼 수 있었다. 이 시들에 대해 최하림 자신은 '관성적인 시쓰기'였다고 겸양하고 있지만, 내 생각에 그는 이들 시집에서 비로소 지난날의 이러저러한 관성과 상투형으로부터 벗어나 최하림의 이름으로만 통용되는 드문 독창성에 도달한 것 같다.

어떤 점에서 『굴참나무숲에서 아이들이 온다』와 『풍경 뒤의 풍경』은 시의 형식으로 씌어진 하나의 투병일지이다. 그러나 「병상일기」 「병상에서」 등 두세 편을 제외하면 병에 대한 직접적인 언급은 거의 찾아볼 수 없다. 병을 다룬 작품들에서도 그는 도덕적 견인주의자의 엄격함을 가지고 자신의 육체적 불편과 심리적 고통을 통제한다. 즉, 그는 병원 신세를 지고 있는 자신의 구차한 모습조차도 감상주의가 개입할 여지없이 냉정하게 서술한다.

> 나도 베드에서 잔다
> 어쩌다 베드에 똥을 누기도 한다
> 똥누는 일은 홀로 한다 모두 홀로 한다 다친 영혼이 몸을 떨며
> 창가에서, 휘파람새들이 기웃거린다
> 휘파람새들이 지금은 아프다
>
> ──「病床일기」 끝부분

환자가 베드에 똥을 누는 일과 다친 영혼이 몸을 떠는 일이 아무런 정서적 매개 없이 동일한 평면에 병렬됨으로써 육신의 질환과 영혼의 상처는 하나의 사물적 연쇄를 형성한다. 시인은 차원이 다른 두 고통을 그렇

게 병치시킬 뿐이고 거기에 더이상의 감정적 윤색이나 관념적 해석을 부가하지 않는다. 그럼으로써 고통은 고통의 생성지점으로, 즉 그 시초의 본래적 단순성으로 회귀한다. 이때 시쓰기는 질병에 굴복하지 않고 담담한 마음을 견지하려는 정신력의 싸움인 동시에 그 상황을 언어적으로 객관화하려는 표현의지의 싸움이 된다.

그런데 두 시집을 조심스럽게 읽어보면 투병일지와 같다고 지적한 데서 이미 암시되듯이 극히 미미하나마 병세의 진행과정이 책장을 넘기는 데 따라 조금씩 감지된다. 그동안 많은 시인들이 병마에 시달렸을 터이고 특히 그 이름으로 최하림에게 문학상이 주어진 이산(怡山)의 경우 병으로 쓰러진 다음에야 『성북동 비둘기』 같은 명편을 낳기도 했지만, 그러나 최하림의 이번 시집들처럼 병에 걸렸으되 병의 포로가 되기를 거부하는 독립적 정신이, 즉 병을 제어하고 관찰하는 냉정하고 객관적인 시선이 시집 전체를 관통하도록 하는 데 성공한 예를 찾기는 어려울 것이다. 어떻든 시를 읽어나가는 동안 우리는 시인이 서서히 병에서 회복되고 있음을 느끼게 되고 심지어 최근에는 아내를 자동차에 태우고 짧은 드라이브를 하게 되는 것을 목격한다. 그런 점에서 그의 이번 시집들은 단일한 시간적 플롯 안에 다양한 풍경들을 배치하는 구조로 짜여 있다고 할 수 있다.

그러나 시간은 시집 전체를 지배하는 유일한 구성적 뼈대일 뿐만 아니라 개별작품 안에서도 흘러가는 인상과 사라지는 풍경을 고정시키는 액자의 구실을 한다. 짐작건대 관찰자이자 시적 화자인 시인은 거의 정해진 자리에 서 있거나 앉아 있거나 누워 있다. 말하자면 카메라는 일정한 위치에 붙박여 있다. 이 공간적 단조로움을 시각적 다채로움으로 전환시킬 수 있는 메커니즘은 바로 시간적 범주의 도입에 의해 가능해진다. 그리하여 최하림의 모든 시들에서 시간은 생동하는 추진력을 부여받는다. 어떤 점에서 시간은 시인에게 구원이자 저주이며 상상력의 날개이자 벗어날 길 없는 감옥이다. 여기 한 편만 예시하기로 하자.

노을 속으로 그림자들이 사라지고 나면
지구는 어느 때보다도 힘겹게
어스름을 끌어당기며 밤 속으로 들어간다
내 것이 아닌 추억들이 소리지르며 일어선다
주민들은 입을 다물고 가만가만 발길을 옮긴다
주민들은 침실로 들어간다 한밤에는
빗줄기들이 세차게 이파리들을
때리고 풍경은 길게 숨을 내쉬고
나는 두렵다 나는 눈뜨고 있다
내 앞에는 아직도 검은 시간들이
뭉텅뭉텅 흘러가고 있다

— 「황혼 저편으로」 전문

이 작품에서 나 개인에게는 '주민들'이라는 말이 귀에 거슬린다. 그 말은 시의 화자가 마을에서 외지인임을 부각시키는데, 실제로 최하림이 아무 연고도 없는 충북 영동에서 투병과 시작(詩作)에 전념하고 있기는 하지만, 그런 자의식을 굳이 언표하는 것이 나에게는 지나친 객관주의라고 생각된다. 어쨌든 이 시는 황혼으로부터 밤의 어둠으로의 시간의 추이에 따른 명암의 교체를 서술하면서 그 어둠의 검은 시간을 통과해야 하는 긴장과 두려움을 조형하고 있다. 나무 잎사귀들을 때리는 빗줄기, 길게 숨을 내쉬는 풍경, 도망치듯 사라지는 사람들, 가라앉히려 해도 가라앉지 않고 일어서는 지난날의 기억들, 신경은 점점 더 예민해지고 어둠은 더욱 불온하게 죄어온다. 표현주의 영화의 장면과도 같은 음산한 그림들이 풍경 뒤에서 빠르게 지나간다.

물론 시간적 범주를 구성하는 것은 시각적 영상만이 아니라 청각이고, 오히려 소리야말로 시간이 자기를 표현하는 기본형식이다. 다만, 집안의 마루에 서서 또는 의자에 앉아서 유리창을 통해 바깥 풍경을 관찰하는 자에게 청각은 차단되기 일쑤이며, 시각적 영상의 끝없는 가변성만이 시간의 지속을 증거한다. 다음과 같은 작품에서는 시인이 모처럼 기운을 차리고 야외로 나가 풍경 속으로 들어선다. 이때 그에게는 오래 억제되었던 청각이 다른 감각들을 압도하면서 마침내 소리들의 축제를 연출한다.

> 물 흐르는 소리를 따라 넓고 넓은 들을 돌아다니는
> 가을날에는 요란하게 반응하며 소리하지 않는 것이 없다
> 예컨대 조심스럽게 옮기는 걸음걸이에도
> 메뚜기들은 떼지어 날아오르고 벌레들이 울고
> 마른 풀들이 놀래어 소리한다 소리들은 연쇄반응을
> 일으키며 시간 속으로 흘러간다 저만큼 나는
> 걸음을 멈추고 오던 길을 돌아본다 멀리
> 사과밭에서는 사과 떨어지는 소리 후두둑 후두둑 하고
> 붉은 황혼이 성큼성큼 내려오는 소리도 들린다
>
> ——「가을날에는」 전문

물론 이 시는 단지 청각만의 축제로 이루어져 있는 것은 아니다. 소리들의 연쇄반응은 가을날 황혼녘의 들판을 구성하는 풍성한 자연경치와 동식물들 사이로 얽혀들어 눈부신 시각적 장면들로 전화된다. 그 한가운데로 시적 화자는 조심스럽게 걸음을 옮기다가 가끔씩 멈추어 서서 뒤를 돌아본다. 걸음걸이의 조심스러움이 건강과 관련되어 있을 터인데도 벌레를 밟거나 풀을 꺾지 않으려는 극진한 마음의 발로인 것처럼 느껴지는 것은 이 시의 자연묘사가 그만큼 조화롭고 평화적이기 때문이다. 그러나 이 모든 것은 '시간 속으로 흘러간다'고 정의됨으로써 황혼에 뒤이어 어둠이, 가을날에 뒤이어 겨울이, 그리고 소리와 빛깔들의 축제 다음에 깊은

침묵이 도래할 것임을 예고한다.

　시 「가을날에는」에 묘사되듯이 가벼운 산책이라도 나설 수 있게 되기 전에는 그의 풍경은 암울한 절망감을 내장하고 있다. 소리는 지워지고 모든 사물은 납덩이 같은 무게에 눌린다.

　　눈이 내리니
　　나뭇가지들이 무게를 이기지
　　못하고 포물선을 그리며 휘어지다가
　　눈을 털고 일어나고,
　　다시 눈을 털고 일어나고 한다
　　오후 내내 그 일을 단조롭게
　　반복한다 우리가 날마다
　　아침을 시작하고 또
　　시작하는 것과 같으다

　　이런 날
　　하늘은 지붕 가까이
　　내려와 멈추고 세상 길도
　　들녘에서 모습을 지운다
　　나는 천근 무게로 눈꺼풀이
　　내려앉아 꿈속처럼 눈을 감는다
　　아이의 속뼈같이 여린 가지들이
　　사라지고 또다시 가지들이
　　떠올라 머나먼 마을에
　　차곡차곡 쌓인다

나는 사나운 짐승처럼 눈벌판을

마구 쏘다니고 싶지만

나는 결코 눈길에 발자국을 남기지

못한다 눈은 나를 덮고 또 덮으며

종일 내려 쌓인다

—「아무 생각 없이 겨울 풍경 그리기」전문

   눈 내리는 겨울 풍경이 제1연에서는 시의 제목처럼 단순하게 즉물적으로 그려진다. 그러나 이 고요하고 단조로운 풍경을 바라보는 시적 화자의 내면이 무심하고 평정한 것은 아니다. 2,3연은 1연에 그려진 정물화적 표면을 까뒤집어 그 안에 감추어진 격렬한 감정과 비극적 정서를 얼마간 드러낸다. 그러나 이런 경우에도 시인의 절제심과 인내력은 그것이 어떤 파괴적인 폭발에 이르도록 방임하지는 않는다. 다만 시의 화자는 무겁게 눈을 감고 종일 내리는 눈이 자신의 몸뚱이를 덮는 광경을 환각처럼 떠올릴 뿐인 것이다. 그것은 "나는 아주 시쓰기를 멈추고 싶다"(「겨울 어느날」)고 말할 때의 그 쓰라린 체념 내지 가혹한 자기억제이다. 어쩌면 그것은 자기 자신에 대한 일종의 심리적 처벌을 뜻하는 것인지도 모른다. 때때로 그의 환각은 거꾸로 가는 시간여행을 통해 그를 어머니가 있는 고향집으로 데려간다.

많은 길을 걸어 고향집 마루에 오른다

귀에 익은 어머님 말씀은 들리지 않고

공기는 썰렁하고 뒤꼍에서는 치운 바람이 돈다

나는 마루에 벌렁 드러눕는다 이내 그런

내가 눈물겨워진다 종내는 이렇게 홀로

누울 수밖에 없다는 말 때문이

아니라 마룻바닥에 감도는 처연한 고요
때문이다 마침내 나는 고요에 이르렀구나
한 달도 나무들도 오늘 내 고요를
결코 풀어주지는 못하리라

—「집으로 가는 길」 전문

어디 잠깐 외출을 해서 말씀이 들리지 않는 듯이 묘사되는 어머니는 지금 어디 있는가. 수많은 시인들이 가장 외롭고 힘들 때 혼신의 힘으로 노래하는 것이 자신들의 어머니인데, 최하림도 예외가 아니어서 그의 「겨울 초상화」는 실로 절창이다. "과수댁인 어머니는/새벽 일찍 사립을 나서서 하룻밤 내지 이틀밤을/객지에서 밥먹고 잠자고 나무토막처럼 지쳐서/돌아왔는데 (…) 그런 어머니도 이제 가고, 그녀가 걷던/어둠의 강을 나는 걸으며 본다"(「겨울 초상화」)던 그 어머니를 만나러 화자는 걷고 걸어 고향집에 당도한 것이다. 그런데 어머니는 보이지 않고 써늘한 바람만 감돌 뿐이다. 그는 벌렁 마루에 눕는다. 여기서 고향집 마루는 물론 어떤 외재적 장소가 아니라 그의 적막한 내면세계의 은유이다. 위안도 해결책도 있을 수 없는 절체절명의 고요에 마침내 그는 도달한 것이다.

3

오랫동안 영문학 공부와 시비평에 정진해오던 김영무(金榮茂) 교수가 쉰 가까운 나이에 처음 시를 발표하기 시작할 무렵만 하더라도 그것은 약간 장난스러운 외도처럼 보였다. 그러나 세 권의 시집을 내놓은 지금에 이르러 살펴보면 그는 천성적으로 시인이다. 오히려 남의 시를 읽고 해석하는 평론활동을 했던 것은 자신의 아기를 낳아 키울 때를 대비하여 기저귀 빨래, 우유병 소독 따위 훈련을 했던 것인지도 모른다. 다만 유감인 것은 훈련기간이 너무 길어서 자기 자식 낳아 키울 시간을 넉넉히 못 가지게 된 점일 것이다. 그러나 어쨌든 김영무는 두번째 시집 『산은 새소리마저 쌓아두지 않는구나』(창작과비평사 1998)의 발문에서 김광규 시인이 적절하게 지적했듯이 충분히 습득한 기량을 유감없이 발휘하여 "소박한 향토의 서정과 선인들의 지혜, 자연의 순리와 존재의 진상, 환경파괴의 현실과 공동체적 삶의 회복" 등을 "아름답고 참신한 이미지"로 형상화한다.

그런데 이렇게 다양하게 발산되는 시적 관심들의 바탕에 있는 것은 말하자면 생명존중의 태도 또는 생태주의적 의식이라고 할 수 있다. 최하림의 경우 풍경과 시인 사이에는 일정한 단절이 개재하며 시적 화자는 얼마간 떨어진 자리에서 골똘한 눈길로 자연을 주시한다. 그리하여 그의 시들은 묵언수행(黙言修行)에 들어간 스님의 그것처럼 냉정하고 엄격한 분위기에 싸인다. 최하림의 시에서 우리가 보는 것이 철저히 개인적 자연이라면 김영무의 자연은 많은 사람들의 일상생활과 유기적으로 연결된 공동체적 터전으로서의 자연이다. 무엇보다도 김영무의 시들은 경쾌한 유머와 재기넘치는 비유들에 의해 밝고 긍정적인 빛을 발한다.

골짜기 환하게 불 밝히던 단풍들이
재도 없이 꺼져버린 11월이 오면은
우리 집 호랑가시나무
푸른 발톱 잎새 사이사이
좁쌀 강냉이꽃 튀겨댄다

때아닌 향기 마당에 가득하니
멀리 큰 산이 작은 산 어깨 너머로
늦벌들 붕붕대는 뜰 안을 기웃거린다

찬비 온 뒤 물 넘쳐 연못 맑아지고
감나무 해묵은 가지끝
여름이 커다란 날개를 접는 하늘가
홍시들이 다투어 연등불 내다 건다

—「11월」 전문

흔히 11월은 음산하고 칙칙한 퇴락의 계절을 대표하는 달로 우리의 뇌리에 박혀 있다. 그러나 이 시는 그 모든 불길한 조짐을 환하고 따뜻한 낙천적 이미지로 반전시킨다. 찬란하던 단풍이 졌지만 암울한 냉기가 찾아오는 대신 뜰 안의 호랑가시나무가 연신 좁쌀만한 꽃을 피워댄다. 꽃 모양이 강냉이 튀밥 같기에 '튀겨댄다'고 의인화한 것이 자연스럽다. 게다가 꽃들은 향기가 진동하고, 그러니 벌들이 모여들어 붕붕댄다. 가을 하늘이 맑아져 멀리 있는 산들도 바짝 다가와 집안을 기웃거리는 듯하다. 찬비는 왔으나 낙엽을 지저분하게 적시는 대신 연못물을 넘쳐 맑게 한다. 여름이 물러간 푸른 하늘에는 홍시들이 다투어 열린다. 이처럼 이 시에 그려진 풍경은 마치 착한 모범생의 답안지처럼 동화적인 아름다움으로 가득 차 있다.

그러나 최근의 시집 『가상현실』(문학동네 2001)은 돌연한 질병의 내습과 여덟 시간의 수술 그리고 힘든 투병생활에 의해 섬뜩한 위험경보가 곳곳에서 울린다. 자본주의 산업체제의 침략적 팽창에 의한 전지구적 규모의 생태계 파괴는 이제 시인 개인의 신체적 위기로도 구체화되는 것이다. 놀라운 것은 그러한 절박한 위기적 상황에도 불구하고 김영무 시의 어조가 침통하고 절망적인 가락을 띠지 않는다는 사실이다. 평생 동안 다져온 깊은 신앙심과 영문학도다운 날렵한 위티씨즘(witticism)이 알맞게 조화를 이룬 그의 투병시들은 김승희 교수의 날카로운 해설에 암시되어 있듯이 열렬한 생태시이자 생명시이고 신랄한 문명비평적 시이기도 하다.

이제 시집의 맨앞에 실린 「수술」부터 읽어보자. 제1부는 벌거벗은 몸에 환자복을 걸치고 입원실을 떠나 수술실로 옮겨지는 과정이 마치 병원을 무대로 한 영화의 씨퀀스처럼 간결하고 담백하게 서술된다. 제2부는 수술이 진행되는 동안을 다루는데, 물론 주인공은 마취상태이다. 그런데 시의 화자는 비몽사몽 속에 어떤 광경을 본다.

여기가 어디인가

가만히 내려다보니
누구네 집 마당에 잔치가 한창인데
푸른 옷에 푸른 마스크 쓴 사람들
수군대는 소리
술이 떨어졌다는 얘기가 들리고

꿈속의 장면 또는 무의식의 영사막을 시적 화자의 또다른 자아는 남의 일 보듯이 멍청하게 내려다보고 있다. 그런데 이 장면에는 두 개의 모티프가 겹쳐 있다. 하나는 수술대 앞에 선 의사들의 수군거림이다. 다른 하나는 예수가 잔칫집에 가서 물을 포도주로 바꾸는 이적을 행한 사건이다. 시적 화자의 무의식 속에서 의사들은 2천년 전의 예수시대로 돌아가 잔칫집 하인으로 변장하고서 항아리에 물을 채운다. 시의 제3부는 다음과 같다.

고통은 그 자체가 하나의 발광체, 찬란해라.
모르핀으로도 잠들지 않는 그 별빛 따라
갈 때와는 다른 길로 병실에 돌아온다

여덟 시간 만의 귀환, 귀향은 늘 새로운 아픔인데

그 항아리 물들 포도주로 변했을까

고통의 찬란함이라는 모순적 이미지는 가슴저리게 감동적인 작품 「불꽃놀이」에서 "연사흘 한 주일을 밤낮없이 지칠 줄도 모르고/계속되는 통증의 불꽃놀이"로 안타깝게 확장된다. 그러나 물론 이것은 단순한 수사학의 문제가 아니라 모든 생명체의 근원적 운명에 관련된 문제이다. 늙고 병들어 갖가지 고통에 시달리다가 결국 죽음에 이르는 것은 우리 모두의 피할 수 없는 노정인데, 누구나 너무 힘들지 않게 그 노정을 가기를 바라지만 시의 화자는 고통의 정체를 실물적으로 경험하도록 선택된다. 여기 어렴풋이 암시된 예수의 포도주 기적은 수술의 기적적 성공에 대한 염원의 반영이다. 수술실의 불안한 웅성거림과 잔칫집의 떠들썩한 활기는 근본적으로 상반된 것이지만 김영무의 상상적 세계에서는 놀랍도록 자연스럽게 하나의 이미지 안에 결합된다. 실은 두번째 시집에 실린 「탄생」에서 이미 시인은 생명의 잉태와 죽음의 탄생이 필연적 동시성 안에 연결되어 있음을 지적한 바 있다.

아내의 자궁에 아기가 들어선 날

죽음도 함께 따라와 누웠다

죽음이 하얀 달걀만큼 자랐을 때

내 아기는 오리알만큼 커 있었다

————「탄생」 제1연

삶과 죽음의 동시성에 관한 시인의 이러한 상상력과 그의 독특한 수사학적 방법은 『가상현실』에서 더욱 본격화되어 가령 「난처한 늦둥이」 같은 작품에서 쓰라린 웃음을 유발하기도 하고 「마니피카트」 연작시에 이룩된 것과 같은 심오한 통찰과 뜻 아니한 일상성의 전복을 가능하게 하기도 한다. 특히 암이라는 병의 선고와 처녀임신의 고지를 연결지은 「마니피카트」는 김승희 씨의 지적대로 '아주 놀라운 시'이고 질병과 종교와 문학이라는 세 층위의 통일을 달성한 작품이다. 최악의 절망과 믿을 수 없는 기쁨이 일체화되는 일은 범인들의 일상생활에서는 좀체 일어나지 않는다.

그런데 김영무는 마리아에 대한 찬양의 노래라는 형식을 빌려 모든 재앙과 저주를 그 찬양의 음률 안에 용해시키고 있다. 그러나 그가 절대자에 대한 신앙고백으로 고통의 현실을 은폐하려는 것은 결코 아니다. 도리어 김영무에게 있어 깊은 신앙적 태도는 마치 박해와 수난에 대해 그렇게 하듯이 육신의 통증을 더욱 생생하게 체험하도록 하는 바탕이 된다.

> 몸의 한복판을 찢어 열어놓은
> 아픔의 신천지
> 통증의 강고한 철권정치
>
> ——「불꽃놀이」 부분

> 어느새 불청객 암세포로
> 잠결인 듯 꿈결인 듯 소리없이 스며들어
> 순결한 이 몸 능욕해놓고는
>
> ——「마니피카트 2」 부분

특정의 종교와 신념체계에 대한 금지와 박해가 역사적으로 항상 지배권력의 야심에 연관된 정치적 맥락을 가지고 있듯이 질병과 통증 또한 개인적 영역에만 국한된 단순한 불행이 아니다. '철권정치' '능욕' 등의 비유적 개념들이 시사하는 것처럼 질병은 제국주의와 독재정권, 가부장적 남성주의와 수탈적인 산업체제에 의한 복합적이고 다층위적인 폭력행사의 한 국면이다. 시집『가상현실』은 따뜻하고 부드러운 영혼을 지닌 한 생태적 감성의 소유자가 오늘의 이 끔찍한 폭력문화에 온몸으로 맞서 언어의 번제(燔祭)를 올린 감동적인 기록이다. 부디 "아, 임이시여, 이 몸 업어다/강변 풀밭에 다시 뉘어 숫총각 삼아주오"(「탈옥수의 기도」) 하는 기도가 이루어져 김영무의 또다른 시집에 대해 논평할 날이 오기를 빈다.

『창작과비평』2001년 겨울호

제 2 부

2

불기(不羈)의 역정 반세기

■

고은 시집 『허공』을 계기로

1

시인으로서 반세기의 역정을 꽉 채운 고은(高銀) 선생의 지난날을 돌아보는 사람치고 경이의 찬탄을 발하지 않을 이가 없을 것이다. 무엇보다 그의 오십년은 우리 문학사상 일찍이 아무도 밟아보지 못한 낯선 오십년이다. 요절과 조로(早老)의 식민지 유습에 대해서는 이제 입을 다물어도 되겠지만, 젊은날의 열정과 긴장을 그 쌓여가는 연륜의 무게에 걸맞게 지켜나가는 시인을 찾는 것은 여전히 쉽지 않은 일이기 때문이다. 그런데 다들 아는 바와 같이 고은 시인은 자기 세계를 지키는 데서 더 나아가, 마치 우주의 무한팽창을 연상케 하는 불가해한 역동성과 놀라운 추진력으로 거듭하여 새로운 넓이와 깊이를 얻고 있는 것이다. 끝을 모르고 샘솟는 이 에너지의 원천은 어디이고, 문학사상 초유의 이 고은 현상을 우리는 어떻게 보아야 하는가. 문단생활 초기의 어느 산문에서 그는 선(禪)의 '불립문자'와 문학과의 관계에 대해 이렇게 적은 바 있다.

선에서 고정된 것은 죽은 것이다. 문자로써 표현했을 때의 그 문자는 죽은 것이다. 그러나 고정된 문자가 표현하는 생(生)의 내용은 죽은 것이 아니다. 그것은 생의 유동(流動)을 의미한다. 여기서 선과 문학이 맺어지는 것이라 믿는다. 문자에 불관언(不關焉)하는 역대 선사들도 다 시로 그들의 도(道)를 이루지 않았던가, 언어도단 되는 경애(境涯)를 언어로 창조하는 의미로 표현하지 않았던가. (인용자가 몇글자 가필 수정함)

　　　　　—「詩의 思春期」(『한국전후문제시집』, 신구문화사 1961)

이 산문의 끝부분에서 그는 종교 때문에 시를 버리지는 않겠지만, 시를 위해 종교를 버리지도 않을 것이라고 언명하고 있다. 환속을 겨우 일년 앞둔 시점에서 나온 발언이라고 믿기 어려울 만큼 그의 불교는 확고해 보인다. 그러나 돌이켜보건대 그에게 진정 중요한 것은 시를 통해서건 종교를 통해서건 삶의 살아있는 내용에 도달하는 것이지, 일정한 외피를 유지하는 것은 아니었다. 그에게 있어 고정된 것은 죽은 것이며, 문자로 정착된다는 것은 약동하는 진리에서 멀어지는 것을 의미한다. 왜냐하면 살아있음의 핵심은 체계나 관념 같은 정지의 형식이 아니라 탄생-출발-전복-저항 같은 운동의 형식에서 구해지는 것이기 때문이다. 그러나 그럼에도 불구하고 문자로 표현되는 "생의 내용은 죽은 것이 아니다." 그러므로 그의 시인으로서의 일생은, 비록 앞의 약속과 달리 미구에 승복을 벗기는 했으나, 언어를 통해 언어도단의 경지를 성취하고자 하는 구도행(求道行)으로 시종하고 있다고 할 수 있다. 그렇게 본다면 그는 본질적인 차원에서는 결코 종교를 버린 것이 아니다. 그로부터 오랜 세월이 지난 후 그는 어느 좌담에서 선시(禪詩)에 관한 질문을 받고 다음과 같이 대답하는데, 그것은 「시의 사춘기」에서의 언급과 놀랄 만큼 긴밀하게 이어져 있다.

시에는 어느 시든 그 안에 선적인 요소가 들어 있습니다. (…) 시는 원래 선적인 것입니다. 언어를 극소화하거나 언어의 법칙성으로부터 해방되는 새로운 세계입니다. 그렇다면 굳이 선시니 하고 판별할 까닭도 없어요. (…) 언어문자와 비문자 사이에서 나는 탕아입니다. 그리고 선 자체가 화엄경 세계의 대체계에 대한 민중적·재야적인 저항으로 생긴 수행의 영역입니다.

—「고은 시인과의 대화: 그의 문학과 삶」

(신경림·백낙청 엮음 『고은 문학의 세계』, 창작과비평사 1993)

선과 마찬가지로 시는 고은에게 있어 언어의 고정성·법칙성을 초월하여 자유의 영역을 추구하는 해방적 활동이다. 사물은 문자언어의 경직된 구조 속으로 진입하는 순간 본래의 생명성을 잃고 형해화하기 시작하므로, 시인은 언어라고 하는 자신의 유일한, 그러나 목적배반적인 수단을 독특한 방식으로 사용하지 않을 수 없다. 강물을 건너고 나면 뗏목을 버려야 하듯 시인은 언어를 통해 사물을 포획하는 작업을 끝없이 계속하면서, 그와 동시에 포획의 순간에 벌써 텅 빈 기호로 굳어져가는 자신의 언어로부터 끊임없이 떠나야 한다. "언어문자와 비문자 사이에서 나는 탕아입니다"라는 고백은 이런 역설적 상황의 토로일 것이다. 그런 점에서 누구나 지적하는 고은 시의 양적 방대성은 반세기에 걸쳐 지속된 언어와의, 또는 언어의 불완전성과의 불굴의 투쟁의 소산이다.

그러나 그의 창작활동에서 전광석화와 같은 선적인 번뜩임, 일종의 천재성의 발현만 보는 것은 일면적이다. 고은에 관한 일반인들의 선입견과 달리 그는 적어도 글에 관한 일에서는 자수성가한 사업가처럼 성실하고 근면하다. 그의 수많은 저서 자체가 초인적인 부지런함의 증거이지만, 실은 글쓰기에서뿐만 아니라 책읽기에서도 그는 드문 독지가임을 알 수 있다. 시에서나 산문에서나 동서고금을 넘나드는 그의 거침없는 박람강기는 오히려 독자를 핍박하는 수가 적지 않은 것이다. 앞의 좌담에서 그는

자신의 글쓰기 자세에 관련하여 이렇게 말하고 있다. "무릇 예술가에게
는 혁명가적인 오만이 있습니다. (…) 그런 오만이 나에게 없으란 법이 없
지요. 그런데 그것이 겉으로 곧장 드러나서는 안되지요. 전시대에는 그게
드러나기 쉽게 작가 혹은 예술가가 사회적으로 단순했지요. 나는 이 점
에 유의하기도 하지만, 작가에게 이것에 선행되어야 할 것이 근면이라 생
각합니다." 여기서 혁명가적 오만이란 말을 문자 그대로 읽을 필요는 없
겠지만, 그것을 시인적 사명감의 앙양된 표현으로 보는 것이 지나친 일은
아닐 것이다. 그런데 고은의 남다른 점은 예술가의 사명감이 구현되는 역
사적·사회적 조건에까지 시야를 넓히고 있다는 사실이다. 그리고 이때
그가 예술가에게 무엇보다 선행되어야 할 덕목으로 강조한 것이 재능이
나 열정이 아닌 근면이라는 점은 전시대 문학사의 빈곤을 그가 통렬하게
투시하고 있다는 반증이다.

2

　시집 『허공』은 고은 시인의 등단 50주년에 맞춰 출간된다는 점에서 기
념비적 의의를 지닌 책이다. 그러나 그럴수록 더 놀라운 것은 반세기 동
안 이룩한 거대한 업적에도 불구하고 그가 모든 기득권을 캄캄한 오유(烏
有)의 심연으로 내던지려는 듯이 조금도 자기만족에 빠지지 않고 빈손 맨
몸의 비타협적 정신을 견지하고 있다는 점이다. 이 시집에는 장시 내지
서사시를 제외한 고은 서정시의 여러 경향들이 두루 포함되어 있다. 하지
만 무엇보다 우리를 괄목하게 만드는 것은 어떤 성격의 작품에서나 그 바
탕에는 시쓰기의 근원으로 돌아가 초심(初心)으로부터의 재출발을 결의
하는 비장함 같은 것이 깔려 있다는 사실이다.
　물론 세월의 변화에 초연한 것은 아무것도 없으며, 고은의 시도 예외는

아니다. 따라서 초기시와 최근시를 비교해보면 고은 시인 특유의 어떤 일관된 요소, 가령 생략·비약·전도(顚倒) 같은 문체적 특징이라든가 틀에 얽매이지 않는 발상의 대담성 같은 공통성과 함께, 많은 차이점도 발견된다. 이전 시대와 비교하여 가장 현저한 차이는 그가 1970년대 이후 치열한 실천활동을 거치면서 민족시인으로서의 넓은 역사적 시야와 사상적 깊이를 확보한 것이라 할 터인데, 그 점과 관련하여 다음 문장은 고은 문학관의 변모를 실감하기 위해 음미할 만한 대목이다. "나의 시는 나의 생활의 표현이 아니라 생의 은닉이라고 할 수 있다. (…) 시는 이 시간, 이 현실, 이 역사의 속박에서 '사라진' 형이상학이다."(「詩의 思春期」) 말하자면 '나'에게 있어 시는 생을 드러내는 수단이 아니라 생을 감추는 수단이다, 다시 말하면 시는 '내' 삶의 진술이 아니라 삶의 비유이며 암시이다, 시는 지금-이곳의 즉물성을 초월하는 형식, 즉 실재적인 것의 압박에서 제외된 언어의 형식이다,라고 그의 말을 풀이할 수 있을 터인데, 그러나 이러한 의미의 심미주의가 단순히 현실에 대한 무책임한 태도만은 아니다. 어떤 역사적 조건에서는 은닉과 초월이 선택 가능한 최고의 현실주의일 수도 있고, 때로는 미학적 고립을 통해서만 오물적(汚物的) 현실에 저항할 수 있는 시대도 있다. 그러나 어떻든 주지하는 바와 같이 수십년 격변의 시대를 통과하면서 고은의 문학은 역사의 속박에 기꺼이 자신을 헌납하지 않았던가. 그럼에도 불구하고 우리가 잊지 말아야 할 것은 그가 가장 격렬한 현실참여의 순간에도 그것과 상반된 초월적 계기 즉 침묵과 은닉의 기술을 내버린 적이 없다는 사실이다. 이제 몇몇 작품들을 살펴보자.

1990년대 이후 잦아진 해외 나들이를 반영하여 시의 소재가 다양해진 것은 자연스럽다. 하지만 그는 단순한 관광객의 시선으로 낯선 풍물의 외면적 소묘에 그치는 이른바 기행시를 쓰는 데는 흥미가 없다. 그의 발길이 닿는 곳이 어디든 그곳은 자아와 세계에 대한 새로운 물음이 던져지고 그럼으로써 인식의 확장이 이루어지는 깨달음의 현장인 것이다.

운다

이 멸망 같은 인도양 복판을 벗어나며
지난 오십년을 운다

칠천 톤 참치배 뱃머리로 운다

엉엉 울음 끝
먼 마다가스카르 수평선을 본다

어느새
시뻘건 일몰
어서어서 앞과 뒤 캄캄하거라

——「인도양」 전문

　어느 순간의 인상과 감정을 압축적으로 그린 소품이다. 하지만 간단한
붓질 몇번으로 먼 망망대해의 정경이 날카롭게 부각됨을 알 수 있다. 화
자는 지금 참치배 뱃머리에 서서 지구 최후의 장면을 연상시키는 끝없
는 바다 한복판을 지나 마다가스카르 쪽을 향하고 있다. 이 의지할 곳 없
는 상황은 그로 하여금 자신의 지난 오십년을 정면으로 마주보게 만들고
그 오십년을 통곡하게 만든다. 이 시에서 '오십년을 우는' 것이 딱히 무엇
을 가리키는지 합리적으로 따지는 것은 부질없는 노릇이다. 짐작건대 '엉
엉 울음'이라는 전신투구적(全身投球的) 행위를 통해 몸과 마음의 커다란
자기정화가 일어나고 있을 것이다. 화자는 그런 울음 끝에 멀리 나타나는
수평선을 보면서 멸망으로부터의 회생의 기운을 예감하고, 이를 맞이하
기 위해 앞뒤의 좌표가 소실되는 암흑의 시간이 도래하기를 기원한다. 이

렇게 본다면 이 시에서의 대낮-일몰-어둠의 시간적 경과는 그 나름으로 멸망-통곡-재생의 신화를 함축하고 있는지 모른다.

그리고 보면 이번 시집에는 출산과 신생의 이미지가 자주 등장한다.

가을 크다
가을은 올 시간보다 가버린 시간이 더 크다
아가
아가
이 탐진치의 나 또한
옛날 옛적에는 신생아의 잠 배내웃음 사뭇 웃었더니라
이뻤더니라

—「회상」전문

계절의 가을이 인생의 가을을 환기시키는 것은 자연스러운 일이다. 가버린 시간이 다가올 시간보다 더 크다고 느껴지는 그러한 계절에 회한의 감정에 사로잡히는 것 또한 이상한 일이 아니다. 돌아보면 동경과 열망에 가득 찼던 청춘의 광휘는 흔적도 없이 사라지고, 탐욕과 어리석음의 세월만 인생의 출발지점을 아득히 반사한다. '웃었더니라' '이뻤더니라'와 같은 의고적(擬古的) 영탄사는 회복 불능의 상실감을 더욱 강화한다. 다음 작품에서는 출산의 묘사가 몽골의 야생적 자연에 대한 간결하고도 비유적인 암시와 결합되면서 생명의 존엄에 대한 찬미의 노래로 승화한다.

늦은 열이렛달이 떴다
모든 오만들아
어서 고개 숙여라
세상은 한 생애의 나 하나로 끝나지 않는다

164

어젯밤
무릉이 아기를 낳았다
아기의 첫 울음소리
뒤이어
멀리서 늑대가 따라 울었다

밖은 텅 비었고
안은 텅 차 있다

얼마나 지쳐 눈부시는가
열이렛날 밤
아기 엄마의 두 유방이 두둥실 떴다

—「울란바타르의 처음」 전문

　인도양이 멸망의 정서를 체험케 하는 위기의 공간이라면, 몽골 벌판은
출산의 역사(役事)가 행해지는 생명의 장소이다. 바다에서는 일몰이 지나
면 캄캄한 어둠이 닥칠 뿐이지만, 초원에서는 그 시간에 열이렛달이 환히
비추고 평화와 안식이 대지를 감싼다. 인도양을 지나며 화자는 지난 반
생을 스스로 울었지만, 몽골 초원에서는 아기의 첫 울음을 듣고 거기 동
조하듯 따라 우는 늑대의 소리를 듣는 위치에 선다. "밖은 텅 비었고/안
은 텅 차 있다"는 구절은 아기가 태어난 게르 안의 충만감과 늑대 우는 벌
판의 황량함의 절묘한 대비라고 할 수 있는데, 이 부분은 그런 장면묘사
의 기능을 한편 가지면서도 기계적 공간분할의 평면성을 넘어선 선적(禪
的) 은닉의 기술을 발휘하고 있다. "아기 엄마의 두 유방이 두둥실 떴다"
는 표현은 기법상 초현실주의적이지만, 아기와 엄마와 늑대로 구성된 이
시의 자연공동체적 상상력 안에서는——마치 샤갈의 그림에서 보는 것과

같은─하늘에 뜬 달과 달빛에 드러난 엄마 젖가슴의 동화적(童話的) 맞바꾸기가 일어나고 있다. 이런 눈부시게 아름다운 장면을 배경에 둘 때 비로소 "모든 오만들아/어서 고개 숙여라/세상은 한 생애의 나 하나로 끝나지 않는다"는, 문명세상을 향한 질책과 생명의 영원성에 대한 깨달음이 진정한 설득력을 얻는 것이다.

3

  시인의 환갑을 맞아 기획된 『고은 문학의 세계』에 수록된 평론들이나 시인의 고희를 축하하기 위해 출간된 시선집 『어느 바람』(백낙청 외 엮음, 창비 2002)의 편자 발문이나 공통된 것은 주인공 고은의 감당하기 힘든 엄청난 생산성, 그 놀라운 에너지 분출에 대한 경탄이었다. 그로부터 적지 않은 세월이 지나 어느덧 만 75세를 넘긴 시인의 새 시집을 보면서 우리는 과거에 너무 일찍 감탄사를 발했음을 인정하게 되는데, 실은 지금의 이 경탄도 앞을 예상할 수 없는 세계에 대한 것이라는 점에서 여전히 불충분한 것이기 쉽다. 다시 말해 시집 『허공』을 읽어보면 고은 시인의 창조력의 절정기를 언제로 잡을지에 대해 더 오래 기다려야 함을 절감할 수 있다. 이전 시집들과 비교해보면 어떤 면에서 시인의 사명에 대한 그의 자각은 더 치열해지고, 사물과 언어를 결합하는 그의 솜씨는 더욱 능숙해져 있으며, 현실과 역사를 대하는 그의 자세도 훨씬 유연하고 원숙해졌다고 여겨지는 것이다. 「유혹」「허공에 쓴다」「라싸에서」「등산」「하산」「어떤 신세 타령」「무제」「달래 4대」「개밥 주면서」 등 허다한 걸작들을 증거로 예시할 수 있는데, 그중 한두 편만 살펴보기로 하겠다.
  「라싸에서」는 티베트 여행을 소재로 한 작품이다. 화자는 해발 사천 미터 가까운 도시 라싸의 거리를 천천히 걷다가 흥겹게 모여드는 웬 거지들과 마주친다. 그 가운데 누런 이빨만 두어 개 남은 늙은 거지가 그에게 한 마디 건넨다. "한푼 줍쇼/따위가 아니라 (…) 그런 시시껄렁한 구걸이 아니라/어렵쇼/어렵쇼/당신께서 가장 높으십니다." 무심코 라싸 거리를 걷던 화자는 늙은 거지의 그 한마디로 말미암아 "내 어설픈 뜨내기 넋이/거기서 꽉 막혀/놀라 깨어나버렸습니다"라고 말한다. 예기치 않았던 큰 화두가 뒤통수를 치듯 그에게 던져진 것이었다.

> 내가 온 곳
> 내가 갈 곳
> 저 사천 미터 아래의 우레 벼락 세상에서
> 누가 나더러
> 당신께서 가장 높으시다고
> 맨손으로 치켜세우겠습니까

이런 물음을 계기로 화자는 시의 본질과 시인의 임무에 관하여 근본적인 사색을 전개한다. 그리고 그것은 화자로 하여금 시력 오십년의 행장을 근원에서부터 돌아보고, 앞으로 남은 시의 길을 혼신의 힘을 다해 걸어가리라 다짐하게 만든다. 「라싸에서」의 다음 부분은 아마 고은 문학 전체에서도 가장 감동적인 자기고백의 하나일 것이다.

> 생각건대 나 또한
> 거지 중의 상거지임에 틀림없습니다
> 시의 한 구절을
> 시의 한 구절과 한 구절 사이의
> 빈 데를
> 그제도

그 이튿날에도 얻어보려고
안 나오는 젖 빨아대며
이 꼭지 저 꼭지 배고픈 아기 주둥이 파고들기를
마다하지 않았습니다

그러므로 이승의 어느 골짝
저승의 어느 기슭
아니
밑도 끝도 모르는 우주 무궁의
어느 가녘에 대고
한마디 말씀이여
한마디 말씀과 말씀 사이 지언이시여
애면글면 구걸해오기를
어언 오십년에 이르렀습니다

이로써 미루어 보건대 시인으로서 고은의 준엄한 자세의 근원에는 무
엇보다 지언(至言), 즉 언어의 극한을 추구하는 억제할 길 없는 갈증이 놓
여 있다. "안 나오는 젖 빨아대며" "밑도 끝도 모르는 우주 무궁의/어느
가녘에 대고" 같은 구절은 그의 갈증의 생동하는 구체성, 그의 갈증의 무
한한 크기를 반영한다. 그런데 정말 중요한 것은 이와 같은 집요하고 강
렬한 추구에도 불구하고 고은의 시적 사유가 일체의 초월적·관념적 외부
를 전제하고 있지 않다는 점이다. 한때 그가 승복을 입은 승려였음은 천
하가 아는 사실이고, 어느 면에서 불교는 그에게 체질화되어 있다고 볼
수 있지만, 그러나 그것은——진정한 종교라면 마땅히 그래야겠지만——
그에게 격식이나 규범 또는 이념이나 체계의 형태로 부정적 잔재를 남기
지 않았다.

이로부터 내 어이없는 백지들 훨훨 날려보낸다
맨몸
맨넋으로 쓴다
허공에 쓴다

이로부터 내 문자들 버리고
허공에 소리친다
허공에 대고
설미쳐 날궂이한다

이로부터 내 속속들이 잡것들 다 묻는다
허공에 나가 춤춘다

오, 순수한 바깥이여

—「허공에 쓴다」 부분

　시인은 "어이없는 백지들" "속속들이 잡것들" 다 내버리고 다시 헐벗은 거지가 되어 미친 듯이 허공에 대고, 즉 "밑도 끝도 모르는 우주 무궁"에 대고 무엇인가를 쓰겠다고 말한다. 무엇을 쓰는가. "모든 개념분석들/모든 논리실증주의들/모든 경험론들/모든 좌우 도그마들"(「유혹」)의 구속에서 벗어난 살아있는 생명현상에 대하여 쓸 것이고, "모든 관념들의 오랏줄 사슬 차꼬"에서 풀려나 "온 마을 가득 암내가 진동"(같은 시)하는 환희의 유혹에 대하여 쓸 것이라 그는 다짐한다. 암수가 서로를 끌어당기고 저희들끼리 합쳐서 꽃을 피우고 열매를 맺는 일은 그 자체가 배타적 존재성을 갖는 것이어서, 다른 외부적 초월자로부터 설명될 필요도 정당화되어야 할 이유도 갖지 않는다. 그렇기 때문에 그것은 인간적 해석 영역에서 벗어난 자유의 공간이며 '순수한 바깥'인 것이다. 그러나 막막한 허공을 향하여, 말하자면 기성의 종교적 관념이나 이념적 체계에 얽매임 없이, 그야말로 불기(不羈)의 자세로 글쓰기를 지속하는 것은 천길 벼랑 위를 빈손 맨몸으로 혼자 걷는 위험한 모험이다. 시적 창조 본연의 위험이 그렇게 치명적인 것임을 지난 오십년 동안 쉬지 않고 실증해온 시인이 고은 아니던가. 우리가 그의 내일에 눈을 뗄 수 없는 것도 그 사실을 알기 때문이다.

고은 『허공』(창비 2008) 해설

분열과 갈등의 시대를 넘어

■

『만인보』 완간의 문학사적 의의

1

1986년에 첫걸음을 내디딘 『만인보』 대장정이 4반세기의 노정을 끝내고 마침내 대미에 이르렀다. 그동안 고은 시인이 보여온 예측불허의 생산력을 감안하더라도 이 대작의 완성은 경탄을 자아내기 족하며, 문단의 범위를 넘어서는 축하를 받는다고 해서 조금도 지나친 것이 아니다. 전체의 2/3에 해당하는 제20권의 발문에서 김병익은 『만인보』에 '민족사적 벽화'라는 적절한 찬사를 보낸 바 있지만, '민족사적'이란 수식어에 어울리는 이 대작을 위해 수많은 낮과 밤을 원고지 앞에서 보낸 시인의 공력과 노고는 오직 경의에 값한다. 일제강점기부터 분단과 전쟁을 거쳐 치열한 민주화투쟁의 시점에 이르는 한국 현대사의 파란만장한 흐름을 배경으로 민족의 고난과 민중의 생명력을 대규모의 서사적 화폭 안에 담아낸 작품의 완성을 두고 민족문학의 위대한 성취라고 말하는 것은 결코 과장일 수 없다.

돌이켜보면 우리 근대문학의 역사에서 서사적 성격의 장시는 낯선 장르가 아니다. 주지하듯이 1925년에 발표된 김동환의 『국경의 밤』과 『승천하는 청춘』은 식민지 민족현실의 형상화를 시도한 '서사시'로서, 감정표현 위주의 자유시가 주류를 이루었던 초창기 우리 시단에 하나의 새로운 지평을 제시한 업적이었다. 그러나 카프 결성에 따른 문단의 분화로 말미암아 김동환의 문제의식은 그 자신에 의해서나 다른 좌우파 시인들에 의해서나 더 진전된 성과로 이어지지 못했다. '서사시'가 오랜 잠복 끝에 다시 수면 위로 떠오른 것은 신동엽의 『금강』(1967) 출간이 계기가 되었을 것이다. 이어서 김지하의 「오적」(1970)을 비롯한 일련의 '담시'와 신경림의 「새재」(1978) 「남한강」(1981) 등 역작들이 잇달아 발표됨으로써 이런 유형의 '서사시'는 당시 고조되던 민족·민주운동에 호응하는 민중문학 발흥의 지표로서 문단과 사회의 주목을 받았다. 시기적으로 좀 뒤지만, 고은의 『백두산』(1987~94)과 이동순의 『홍범도』(2003)는 구한말 의병투쟁부터 일제강점기 독립전쟁에 이르는 민족운동사의 근간을 장대한 규모의 서사시로 승화시킨 역작으로서, 이와 같은 창작의 흐름이 어떤 절정에 이른 듯한 느낌을 주었다.

그러나 장편소설과 달리 장시는 독자가 쉽게 친숙해질 수 있는 장르가 아니다. 장편소설은 동서양을 막론하고 일반대중의 통속적 취향을 기반으로 발전했고, 활자문화가 번창함에 따라 오늘의 영화나 연속극처럼 자본주의적 유통구조를 매개로 소비되는 대중적 인기상품으로 되었다. 하지만 이제 우리나라에서도 『토지』 『장길산』 『불의 제전』 같은 대하소설은 더이상 씌어지지 않을 가능성이 높아졌다.[1] 반면에 서사시는 장편소설의

---

1 일찍이 벽초의 『임꺽정』(1928~40)이 대하소설의 전범으로 제시된 이후, 많은 작가들이 허다한 역작을 발표했다. 주요 작품을 완간 순으로 나열해보면, 『두만강』(리기영, 1954~61), 『남과 북』(홍성원, 1970~77), 『지리산』(이병주, 1972~78), 『객주』(김주영, 1979~81), 『장길산』(황석영, 1976~84), 『갑오농민전쟁』(박태원, 1977~86), 『타오르는 강』(문순태, 1975~89), 『태백산맥』(조정래, 1983~89), 『토지』(박경리, 1969~94), 『녹두장군』(송기숙, 1981~94), 『동학제』(한승원, 1989~94), 『불의 제전』(김원일, 1980~95),

역사적 전신(前身)이었다는 데서 짐작되듯이 고대·중세에 있어 민족국가 형성의 고난과 영광을 노래하고 공동체의 결속을 다짐하는 제의적 요소를 지닌 장르로서, 개인적 독서가 아니라 집단적 향수의 대상이었다. 키르기스스탄 같은 나라에서는 지금도 영웅서사시 「마나스」가 축제 때 마나스치(Manaschi)라고 불리는 전문적 창자에 의해 군중 앞에서 반주에 맞추어 낭송된다고 한다. 그런데 우리의 경우에는 식민지시대와 분단시대를 거치는 동안, 한편으로 민족의 집단적 기억이 대다수 민중에게 강제되는 '서사시적' 현실을 살면서, 다른 한편 산업화·개방화·도시화의 과정을 통해 농촌공동체의 해체와 구비문학 전통의 소멸을 경험하고 있다. 이것은 시인에게 민족문학적 영감을 고취하고 『금강』이나 『백두산』 같은 서사시의 창작을 촉구하는 현실과 그런 장편서사시의 대중적 향유를 저해하는 현실이 하나의 역사공간 안에서 공존·충돌하고 있음을 뜻한다고 할 수 있다. 어떻든 세계화현실의 본격 도래와 더불어 이제 서사시와 대하소설 같은 '무거운' 장르들의 본연의 소임은 종말에 가까워졌다고 보는 것이 옳을 것이다.

　『백두산』과 함께 『만인보』가 처음 구상된 것은 저자가 여러 곳에서 밝힌 대로 1980년 육군형무소 감방 안에서였다. 지극히 억압적인 상황 한가운데서 도리어 호방한 문학적 상상력이 작동한 셈인데, 실은 한국의 1970~80년대는 군사독재의 광풍을 온몸으로 헤쳐나간 고은 같은 시인에게만이 아니라 폭압의 현실과 역설적 관계를 맺었던 문인들에게도 일찍이 없던 '거대서사'의 시대였다. 그런데 고은의 경우 주목할 것은 두 작품의 기획이 동일한 근원에서 출발한 것임에도 문학적 형상화의 방식에서

───────

『혼불』(최명희, 1981~96), 『국경』(김남일, 1993~96), 『변경』(이문열, 1986~98) 등이 있다. 이 대하소설들 및 『금강』 『남한강』 『백두산』 등 우리 근현대사를 배경으로 한 장편서사시들이 주로 1970~90년대에 씌어졌다는 사실과 그 시대가 민족·민주운동의 고조기라는 사실 사이에는 중대한 연관성이 있을 것이다.

는 아주 대조적인 길을 택했다는 사실이다. "현실의 질곡과 시의 질곡이 하나라는 사실로 인식됨으로써 나는 시가 역사의 산물임을 터득한 것이다"(『만인보』 1권 '작자의 말')라는 언명과 "이제야 나는 고려의 자식이다. 이 시와 더불어"(『백두산』 1권 '머리말')라는 고백은 두 작품이 본질적으로 같은 뿌리에 근거한 동일한 체험의 소산임을 깨닫게 한다. 이 나라에서 유신체제의 강행부터 6월항쟁의 승리에 이르는 십수년 동안의 기간은 그만큼 역사와 문학의 분리가 힘들었던 일치의 시대였다. 그러나 앞의 '작자의 말'에서 이미 시인은 "서사시 『백두산』은 사람을 총체화하는 것인 반면 『만인보』는 민족을 개체의 생명성으로부터 귀납하는" 작품이라고 명백하게 구별하고 있다. 거대서사의 영광이 황혼에 이른 오늘의 시점에서 돌아본다면 인간의 총체성을 목표로 했던 서사시가 넘기 힘든 절벽에 부딪혔던 것과 달리 개체의 생명성으로부터 민족을 귀납하고자 했던 시도가 마침내 우람한 성취에 이른 것은 역사현실의 상황과 문학형식의 선택 사이에 개재된 연관의 불가피성을 확인케 한다.

어떻든 『만인보』는 민족사의 총체적 인식을 겨냥하는 서사시적 충동과 거대서사의 해체를 압박하는 세계사적 현실 간의 화해불능의 난관을 돌파하기 위해 고안된 독특하면서도 야심적인 실험인 셈이었다. 애초의 구상보다 훨씬 줄여 3천 명의 인물을 시로 쓴다는 첫 발표 때의 계획만도 대단한 것이었는데, 실제로는 계획보다 훨씬 더 늘어나 우리 역사상 유례없는 대작이 되었다. 이 4천 편의 작품들 모두가 개별작품으로서의 독립성을 지니고 있다는 점에서 『만인보』는 집합명사이지만, 동시에 4천 편 전체가 하나의 거대한 덩어리로 응집되어 일종의 서사적 통합을 이루어내고 있다는 점에서 『만인보』는 한 작품을 지칭하는 단수명사이기도 하다. 그러니까 이렇게 수많은 개인들의 갖가지 행적과 이력, 운명과 개성을 각각의 독립적 서정시(많은 경우 이야기시) 안에 담아냈다는 점에서 『만인보』는 독립된 단시들의 모음, 즉 하나의 거대한 시집이다. 따라서 우리는 딴 시집들에서와 마찬가지로 아무데나 펼쳐서 한편 한편을 그것 자체의 자기완결성을 전제로 읽을 수 있고 굳이 통독의 의무에 시달릴 필요가 없다. 그러나 그와 동시에 시집 전체로서는 단시들에 그려진 개인들의 사적 일상과 개별적 사건들이 자연스럽게 누적되고 상호 연결되어 민족공동체의 거대한 보편적 운명을 형성하도록 배치되어 있으며, 그런 점에서『만인보』는 독특한 이중성을 갖고 있다. 물론 서사적 구성과 거리가 먼 보통의 서정시집에도 은연중 시집 전체를 아우르는 정서적 또는 방법적 일관성이 있게 마련이고, 또 반대로 기승전결(起承轉結)의 구성이 어느정도 분명한 장편소설에서도 '부분의 상대적 독자성'이 인지되는 수가 적지 않다. 하지만『만인보』의 이중성은 전혀 이와 다른 의식성의 소산인 것으로 보인다. 되풀이하자면 시집의 각 편들은 독립적 단시들이다. 그러나 동시에 그것들은 개별성에 손상받음 없이 시집 전체를 포괄하는 또다른 차원에 연결되며, 이 새로운 차원과의 결합을 통해 더 넓은 시-공간적 좌표 즉 더 높은 역사성과 사회성의 공간을 구성하는 것이다.

『만인보』의 거대한 규모는 당연히 이 작품을 단일한 시선, 단일한 목소리, 단일한 감성이 지배하는 균질적인 텍스트로 유지되도록 허용하지 않는다. 시인 자신이 이 점을 충분히 의식하고 있음을 알 수 있는데, 가령 그는 작품 중반을 넘기면서 이렇게 말하고 있다. "지난해부터 나는 시 속의 화자에 대한 회의를 일으킨다. 시 속의 1인칭 '나'로 하여금 어떻게 시의 수많은 은유적 자아를 살려낼 수 있을 것인가, 어떻게 그것으로 타자들의 가없는 하나하나의 진실에 닿을 수 있을 것인가, 또한 '나'는 언제까지 밑도끝도없이 나일 수 있는가."(16권, '시인의 말') 이것은 말하자면『만인보』집필의 방법론적 고민의 일단을 토로한 것이라고 믿어진다. 일반적으로 서정시는 주관적 장르라고 말해지고 있고, 시의 표면적 화자와 내부적 자아가 명백히 구별되는 경우에도 텍스트의 모든 언술은 근본적으로 서정적 자기동일성에 귀속된다고 할 수 있다. 그러나 서사성을 지향하는 인물시 내지 이야기시의 경우 화자의 주도적 역할은 대체로 등장인물에게 양도될 수밖에 없으며, 더욱이 『만인보』와 같은 장대한 텍스트에서는 각 시속의 1인칭 화자와 그 화자를 통해 형상화되는 수많은 '은유적 자아'들및 작품 바깥의 시인 자신 간의 관계에 수많은 변형과 변주들이 발생하는것이 불가피하다. 이를 설명하기 위해 작품에서 허다한 예문을 동원할 수있을 터인데, 이런 면과 관련하여 유희석은 '『만인보』 형식의 무정형성'을 지적하면서 "인물시 특유의 극적 긴장을 유장하게 잇는 전술이 필수적이다"(「시와 시대, 그리고 인간」, 『창작과비평』 2005년 여름호)라고 지적하고 있다.그가 말하는 '유장한 전술'이 구체적으로 어떤 내용을 갖는지 모르지만,적어도 내가 읽기에 『만인보』는 한편으로 '형식의 무정형성'처럼 보이는측면을 의도적으로 방임하면서 다른 한편 '타자들의 가없는 하나하나의진실'에 닿기 위한 그 나름의 효과적인 전략을 개척하지 않았는가 생각한다. 작품 한편 한편은 고은 특유의 능란한 언어와 번뜩이는 안광이 발현된 단형의 인물시이되 시집 전체는 유장하게 흘러가는 서사적 장시의 성격을 갖는 이중성의 구현이 그것이다.

2

『만인보』 같은 엄청난 대작에는 당연히 형식문제를 둘러싼 곤란이 따르게 마련이다. 왜냐하면 4천 편에 달하는 방대한 분량의 시들을 하나의표제 아래 묶여 있도록 하는 일이관지(一以貫之)의 무엇이 필요한 측면도있는 반면에, 거꾸로 단일한 서술자의 틀에 박힌 관점이 조성할 천편일률적 단조로움을 극복하는 것도 문제이기 때문이다. '형식의 무정형성'이라고 하지만, 따지고 보면 정형성이라는 것 자체가 작품의 완성도를 가늠하는 상대적 기준일 뿐이며, 때로는 생동하는 진실에 닿기 위해 정형의 파괴를 무릅써야 할 때도 있는 것이다.

먼저 주목되는 것은 작품에 등장하는 수천 명의 등장인물이 단순히 기계적으로 나열되어 있는 것이 아니라 마치 밤하늘의 별무리처럼 몇개의 커다란 계열로 성층화되어 있다는 사실이다. 기본단위는 물론 개별작품들이다. 그리고 각 작품들은 일정한 서술형식만을 따르지 않으며, 따라서 모든 작품을 포괄하는 단일한 정형은 있을 수 없다. 앞의 인용문에서 시인이 "시 속의 화자에 대한 회의"라고 토로한 것은 단일화자에서 발생하는 문제점을 의식한 발언일 터인데, 왜냐하면 시에 목소리의 일관성 내지 시선의 단일성을 부여하는 초점의 기능은 화자의 고정적 위치를 통해 주어질 것이기 때문이다. 그런데 시인은 단일화자의 고정성에 구속되는 것을 거부하며, 그것이 형식의 무정형성, 다른 말로 형식의 개방성을 결과하는 것이다. 다음 작품들에서 보듯이 고은 자신이 주인공인 경우에도 경험은 화자의 미묘한 변형을 통해 다양한 색조로 굴절되어 제시된다.

외삼촌은 나를 자전거에 태우고 갔다
어이할 수 없어라
나의 절반은 이미 외삼촌이었다
가다가
내 발이 바퀴살에 걸려서 다쳤다
신풍리 주재소 앞에서 옥도정기 얻어 발랐다
외삼촌은 달리며 말했다
머슴애가 멀리 갈 줄 알아야 한다

─「외삼촌」 전반부(1권)

세상이
사람이

죽을 지경으로 부끄럽기만 한 아이

처서 지나

큰 바람 비바람 몰아쳐오면

그때야말로 살아난다

소나무가지 쫙 찢어지고

개가죽나무 뿌리째 뽑혀버리면

그때야말로 살아난다

온갖 부끄러움 다 버리고

식은 몸뚱이 힘차게 불타오르며 살아난다

—「어린 은태」 전반부(2권)

경남 가야산 해인사 계곡

두개골 6개

세찬 물에 떠내려오다 바위에 턱 걸렸다

1953년

가야산 빨치산 사망자의

어느 해골이신가

일초 선사

그 해골 모아 위령제를 지낸 뒤

그중의

한 두개골

방 안에 안치하고

근본불교

고골관(枯骨觀)의 선정에 들어갔다

바깥 바람소리
감나무에
가까스로 남은
감 한 개
툭 떨어졌다

일초 선사

해골의 눈구멍에서
푸른빛 뿜어져나오는 것 보았다
카아!

──「사라호 해골」 중간부(21권)

「외삼촌」은 성장소설의 한 대목을 떠올리게 하는 정통적인 1인칭 서술
이다. "어이할 수 없어라/나의 절반은 이미 외삼촌이었다"라는 절묘한 구
절이 끼여 있는 것을 제외하면 감정이입이 차단된 평범한 산문적 진술이
다. 외삼촌에게 자전거 얻어탄 일화는 여러 시에 되풀이될 만큼 소년 고
은에게 깊은 인상을 남기는데, 이때 자전거는 외삼촌의 인격의 표상이자
안일과 정지를 거부하는 활동적 정신의 객관상관물이다. 그런데 그 외삼
촌은 어떤 인물인가. 그는 일본 유학생으로 고등문관시험에도 합격했으
나 관직을 거부하고 혁명운동에 종사하다가 결국 네번째 감옥살이 도중
옥사한다. "나는 15세부터/외삼촌의 사회주의자였다".(「빨갱이 3」, 16권) 그
러나 일곱살 어린 고은에게 외삼촌은 자전거 태워주는 멋진 어른일 뿐이
었고, 그렇기 때문에 「외삼촌」의 1인칭서술은 담백하고 직설적이다.

「어린 은태」도 성장담의 일부이다. 지나칠 만큼 내성적이고 부끄러움
을 타던 소년이 어떤 계기를 만나 갑자기 격정적인 인물로 변신하는 예는

종종 목격되는 일이다. 그런데 이 시는 어린 주인공의 감정의 돌연한 상승을 묘사할 뿐, 객관적 사실에 대해 분명하게 알려주는 것은 아무것도 없다. "처서 지나/큰 바람 비바람 몰아쳐오면"에서 '처서'가 실제의 절기를 가리키는 것인지 어떤 상징적 사건에 연관된 것인지 단정짓기 어렵다. 제목으로 보건대 어린 시절의 시인 자신의 내면세계를 회상한 것이지만, 1인칭서술에 의하지 않고 '아이'라고 호칭함으로써 자신을 극화하고 있다.

「사라호 해골」은 여기서 한걸음 더 나아가 자신의 이야기를 3인칭으로 서술하고 있다. 주지하듯 사라호는 1959년 9월 삼남을 강타한 태풍이었는데, 그 때문에 가야산 계곡에 묻혀 있던 빨치산 해골이 물에 떠내려온다. 당시 해인사 스님이었던 일초 선사는 바위에 걸린 해골들을 모아 위령제를 지낸다. 이 일화를 소재로 한 작품 「사라호 해골」은 오도송(悟道頌)과 진혼가(鎭魂歌)의 양면을 겸한 시라고 할 수 있는데, 두개골을 방에 안치하고 선정에 들었다가 "바깥 바람소리/감나무에/가까스로 남은/감 한 개/툭" 떨어지는 소리를 듣고 "카!" 하고 탄식을 내지르는 부분이 전자에 해당한다면, 그 부분을 포함한 시 전체는 가야산 전투에서 산화한 주검을 달래는 진혼의 노래이다. 이때 3인칭의 객관적 시선은 개인의 기억 속에 묻혀 있던 처절한 비극성을 공적 공간으로 불러내는 역할을 하는 셈이다. 그러니까 「어린 은태」에서 주인공이 아이 뒤에 몸을 감춘 '숨은 나'라면 「사라호 해골」에서 그는 승복을 차려입고 의식을 집행하는 '변장한 나'이다.

이러한 검토에서 드러나듯이 화자의 자유로운 변형은 작품의 정형성 여부와 관련된 형식문제가 아니다. 물론 한편 한편의 시는 "타자들의 가없는 진실 하나하나"에 닿기 위한 형식적 개방을, 나아가 정형의 타파를 요구한다. 그러나 형식의 자유 자체가 자동적으로 작품에 '타자의 진실'에 이르는 길을 보장해주는 것은 아니다. 우리가 『만인보』에서 일관되게 보는 것은 그 어떤 도덕적·형이상학적 관념의 구도 속에서가 아니라 질병과 궁핍, 공포와 절망, 살육과 도주 같은 현대사의 구체적인 객관적 현실 속에서 자신의 실존을 구현해나가는—또는 실존의 구현을 거부당하는—수많은 개인들의 그 나름으로 치열한 삶이다. 그들 수천 명 등장인물들의 생존투쟁의 리얼리즘이 역사의 거대한 궤적 안으로 수렴되면서 '민족사적 벽화'의 살아있는 일부를 형성하게 되고, 그것이 결과적으로 이 거대한 작품의 생동하는 인간학을 구성하는 것이다.

3

『만인보』는 내용상 6부로 구성되어 있다. 이를 집필순서(즉 출간순서)대로 과감하게 명명해보면, ①고향시편(1~9권) ②70년대 시편(10~15권) ③전쟁시편(16~20권) ④혁명시편(21~23권) ⑤불교시편(24~26권)그리고 마지막으로 ⑥항쟁시편(27~30권)이 된다. 이 편제와 상관없이 군데군데에 멀리 삼국시대부터 가까이 독립운동기에 이르는 역사상의 인물들이 배치되어(⑦역사시편), "전체 작품에 변화를 주면서 독자의 역사의식을 돕기도 한다."(백낙청, 3권 발문) 사실 『만인보』의 특이한 점은 개별 작품들이 각자 독립성을 갖고 있을 뿐만 아니라 수백 편, 때로는 1천여 편으로 이루어진 각 시편들도 상당한 수준에서 독자적인 시집의 면모를 지닌다는 사실이다. 이 가운데 2백여 편의 역사시편이 가장 독특한 역할을 맡고 있는데, 그 2백여 편은 시집 전체에 두루 산재하여 과거와 현재 간의 긴장을 조성하고 당대적 사건들을 장구한 민족사의 투시도(透視圖) 안에서 바라보게 만드는 것이다. 이 가운데 ① ② ③ ④에 대해서만 개괄적인 언급을 하는 데 그치려 한다.

고향시편: 1권부터 9권까지의 1천여 편은 1930년대 후반부터 1950년대에 이르는 시대를 배경으로 하여 이제는 거의 사라져 볼 수 없게 된 농촌

공동체의 풍경과 풍물을 다채롭게 제시한다. 시인이 '내 어린 시절의 기초환경'이라고 불렀던 고향과 인근 마을의 멀고 가까운 친척들, 낯익은 이웃마을 할머니와 아저씨들, 금강 하류의 농촌과 시장터에 자리잡고 살아가는 각양각색 민초들의 인생사가 때로는 해학적으로, 때로는 풍자적으로 묘사된다. 뒤로 갈수록 무대가 넓어져 막판에는 「이문구」의 대천까지 북상하는데, 한두 편 감상해보자.

충청도 장항에서 흐린 물 느린 물 건너
삐그덕 가마 타고 시집온 이래 그 고생길 이래
된장 간장 한 단지 갖추지 못한 시집살이에 몸담아
첫아들 낳은 뒤 이틀 만에 그놈의 보리방아 찧어
두벌 김매는 논에 광주리 밥해서 이고 나가니
산후 피 펑펑 쏟아 말 못할 속곳 다섯 벌 빨아야 했다
그러나 바지랑대 걸음걸이 한번 씨원씨원해서
보라 동부새바람 따위 일으켜 벌써 저만큼 가고 있구나
갖가지 일에 노래 하나 부르지 못하고 보릿고개 봄 다 가고
여름 밭 그대로 두면 범의 새끼 열 마리 기르는 폭 아닌가
우거진 풀 가운데서 가난 가운데서 그놈의 일 가운데서
나의 어머니 나의 어머니 어찌 나의 어머니인가

— 「어머니」(1권) 후반부

달치 포구도 포구라고
밴댕이젓 나부랭이 아니면
눈꼽조개껍질이나 흩어진 것도 포구라고
거기 선술집 다정옥 있다
다정옥 춘자란 년

꼭 단호박같이 생긴 년

작달막한 것이

챙길 것은

여간내기 아니게 챙기고 나서

한번 누워주었다 하면

요분질로 밤새워

사내 피 다 말리는 춘자

바람 되게 불어쌓는 밤

웬만한 사내 둘은 거뜬히 죽어나는 밤

땀 식은 껄껄한 몸 가득히

신새벽 담배연기 힘껏 빨아들이는

그 담배 맛에 죽었다 깨어나는 밤

———「달치 포구 다정옥」(9권) 전문

「어머니」에는 가난한 집에 시집와 시집와 노역과 희생으로 일생을 보내는 조선 여인의 전형이, 「달치 포구 다정옥」에는 악착같이 돈을 챙기는 주막집 작부의 막장 인생이 그야말로 실감있게 그려져 있다. 전통시대의 어머니는 무심한 자식들의 뒤늦은 회한 속에서 거의 종교적 감정을 유발하는 존재로 살아나게 마련이므로, 고향정서에 뿌리둔 시인치고 어머니에 대한 간절함을 노래하지 않은 사람은 없을 것이다. "나의 어머니 나의 어머니 어찌 나의 어머니인가"라는 감탄형 의문문으로 끝나는 데서도 드러나듯이, 어머니는 이 시에서 고은의 타고난 능변조차 무력하게 만드는 조선 여인의 전형으로 형상화된다.

시장 자락이나 포구 근처에는 으레 선술집이 있게 마련이고, 다정옥도 그런 곳이다. 그집 작부 춘자 역시 눈에 선하게 떠오를 만큼 전형적이다. "꼭 단호박같이 생긴 년"이란 표현에는 단지 외모에 대한 묘사뿐만 아니라 천대 속에서도 악착스럽게 살아가는 그녀의 삶에 대한 시인의 은근한 긍정도 들어 있다. 질펀한 에로티시즘의 장면에 뒤이은, "땀 식은 껄껄한 몸 가득히/신새벽 담배연기 힘껏 빨아들이는/그 담배 맛에 죽었다 깨어나는 밤"이란 구절은 고된 성노동 뒤끝의 신산함과 처연함을 놀랍도록 절실하게 부각시키고 있어, 서사적 문맥을 넘어 서정시의 뛰어난 절창으로 승화되고 있다. 두 작품은 등장인물에 대한 화자의 태도가 다른만큼, 작품의 정조(情操)도 비극과 희극 사이처럼 상반된다. 그런 차이에도 불구하고 두 주인공은 역경을 뚫고 살아가는 강인한 생명력을 공유하는데, 그것은 『만인보』의 저자가 수많은 인물들의 삶의 이력을 통해 드러내고자 한 적극적 민중사관일 것이다.

개별 작품의 완성도는 물론 한결같지 않지만, 어떻든 이런 작품이 1천 편쯤 모이게 되면 그것은 그야말로 '서사적 풍요'(백낙청, 앞의 발문)라 불리어 마땅하다. 그것은 저자 고은의 경험의 원천이고 감성의 뿌리에 해당하는 세계인데, 놀라운 점은 그가 이 풍요한 유년기체험의 문학화를 오랫동안 미루어왔다는 사실이다. 긴 발효기간을 거쳐 태어난 고향세계의 풍요를 두고 백낙청은 이문구의 『관촌수필』 같은 소설적 성취에 견주어 언급하기도 했지만(앞의 발문), 지나간 시대의 농촌풍경이라는 점에서는 이기영·채만식의 장편과 이효석·김유정·오영수의 단편을 떠올릴 수도 있고, 특히 해방후의 농촌묘사로서는 방영웅의 『분례기』(1967)나 박정요의 『어른도 길을 잃는다』(1998) 및 송기숙의 여러 장단편도 비교가 될 수 있다. 그러나 어떻든 시에 이루어진 '서사적 풍요'란 아무래도 소설에서의 그것과는 종류가 다르다는 사실을 상기할 필요가 있으며, 더구나 『만인보』에 재현된 농촌공동체가 이제는 복구불능의 과거로 되었다는 점도 냉정하게 따져볼 일이다.

전쟁시편: 16권부터 20권까지의 7백여 편은 분단과 전쟁의 가공할 참극, 지독한 궁핍과 황량한 폐허, 그리고 '여러 지역과 사회'에 걸친 시인 자신

의 '편력시대'를 보여주는 시편들이다. 일찍이 고은은『1950년대』(1972)
『고사(古寺)편력——나의 방랑 나의 산하』(1974) 등의 산문에서 전후의 폐
허시대를 돌아본 적이 있지만, 6·25전쟁 자체의 광기와 잔혹을 정면으로
다룬 것은 이 시편들이 처음이 아닌가 한다.

생각해보면 6·25전쟁의 성격과 본질은 아직 다 밝혀진 것이 아니다. 한
가지 분명한 사실은 미군과 소련군의 한반도 분할점령이 비극의 출발점
이라는 점일 것이다. 김구 선생 같은 애국자들이 이미 경고했듯이 남북
단독정부의 수립은 전쟁으로 귀결될 수밖에 없었던 것이다. 어떻든 전쟁
의 참화는 너무 끔찍하고 그 영향은 너무 파괴적이어서, 그로부터 60년의
세월이 지난 오늘도 우리는 전쟁의 현실적·이념적 그늘에서 벗어나지 못
하고 있다. 그런데 전쟁과 문학의 관계는 단순치 않다. 포연 속에서 청춘
을 탕진한 세대들의 생생한 체험적 문학이 '전후문학'이란 명칭으로 불
린 것은 잘 알려진 바이고, 고은 자신도 여기에 포함될 것이다.『전쟁과 음
악과 희망과』(金宗三·金光林·全鳳健, 1957)는 참전세대의 대표적인 시집
인데, 제목에 보이듯 모더니즘적 겉멋에 들려 민족사적 비극을 정면에서
바라보는 것과는 거리가 먼 작품이다. 오히려『보병(步兵)과 더불어』(柳
致環, 1951)『초토(焦土)의 시』(具常, 1956)『역사 앞에서』(趙芝薰, 1959)처럼
종군경험에 바탕한 선배시인들의 작품이 좀더 실속있는 업적이었다. 어
떻든 1960년대 이후 시에서는 6·25전쟁을 다루는 일이 거의 사라진 반면,
소설에서는 오히려 더욱 본격적이고 심층적인 탐구가 시작되었다. 이호
철·박완서·홍성원·황석영·김원일·이문열 등 많은 작가들이 전쟁의 비
극과 전후현실의 참상을 깊이있게 그려냈던 것이다.

이렇게 볼 때『만인보』는 '전후문학' 시대의 전쟁시들을 넘어서고 있을
뿐만 아니라, 소설 쪽의 성과와도 구별되는 새로운 영역을 개척한 업적이
다. 여기에는 분단 직후의 이념대결, 정치가들의 무책임과 비열함, 장군과
병졸들의 기구한 참전동기, 전투가 휩쓸고 간 지역 민간인들의 터무니없

는 불행, 억울한 죽음과 빗나간 복수극, 전후의 가난과 황폐 등 망각의 지표면 아래 묻힌 수많은 사연들이 생생하게 드러나고 있다. 가령,「엄항섭의 눈물」(20권)은 1950년 8월 15일 밤 시청 강당에서 박헌영·이승엽 등 남로당계의 초청으로 김규식·조소앙·엄항섭 등 임정 요인과 안재홍·정인보 등 애국인사들이 참석하여 개최된 해방경축연회 광경을 묘사하고 있는데, 참석자들의 엇갈리는 정치적 운명이 전시상황의 급박한 분위기에 겹쳐지면서 시대의 역설을 참담하게 돌아보게 만든다. 그런가 하면,「귀향」(16권)에서 중학교 5년생 김명규는 학도병으로 나갔다가 거듭된 전투 끝에 겨우 살아나 고향에 돌아왔으나, 과부 어머니도 형도 공산당에게 학살당하고 없었다. 그는 무덤에서 하루를 보내고서 한밤중 자살한다.「제비꽃」(19권)에서 나무꾼 오진걸은 남덕유산 산판에서 일하고 내려오다 비를 만나 바위굴에 들어갔다. 그리고 불을 피우다가 빨치산 혐의자로 토벌대에 체포되어 사형수가 되는 불행을 맞는다.「하느님」(20권)은 어떤 작품인가. 1950년 12월 전남 함평군 월야면에서는 이 마을 저 마을 군인들이 나타나 집집마다 불을 지르고 주민들을 모아놓고 총을 쏘았다. "중대 지휘장교가 말했다.//살아남은 사람은/하느님이 돌봐주신 것이니/모두 살려주겠다고//이 말에 주검 속에서/살아 있는/53명이 일어났다//장교가 사격명령을 내렸다." 그러나 전쟁은 인간의 살육에 그치지 않고 생태계의 파괴를 넘어 가축의 광란까지 야기하는 지경에 이른다.「1953년 강릉 황소」(18권)는 그 극한상황의 증언이다. "전쟁이/소도 바꿔놓았다/개도 바꿔놓았다//전쟁이/사람만이 아니라/짐승도 눈에 핏발 서게 만들었다/(…)/전쟁으로/사람이 미치더니/소까지 미쳐버렸구나."

혁명시편: 21권부터 23권까지의 4백여 편은 시인으로 하여금 "나는 6·25로 산에 들어갔고 4·19로 산에서 내려왔다. 역사는 이런 나의 삶에 각성을 요구했다"(1권, 작자의 말)고 고백하게 만든 그 4·19혁명을 다루고 있다. 많은 역사적 사건들 중에서도 4·19는 유난히 동시대 서정시인들의

감성과 의식을 자극한 기폭제였다. 데모에 참가했던 학생들의 투고시와 기성시인들의 발표시를 모아 혁명 당년에 이미 여러 권의 기념시집이 출간된 것과 같은 사례는 역사적으로 아마 4·19가 유일할 것이다. 「우리들의 깃발을 내린 것이 아니다」(朴斗鎭) 「푸른 하늘을」(金洙暎) 「아 神話같이 다비데群들」(辛東門) 「진달래도 피면 무엇하리」(朴鳳宇) 등 4·19의 여운 속에서 씌어진 시들 중에는 지금도 심금을 울리는 작품이 적지 않다. 반면에 4월혁명을 소재 또는 주제로 삼은 소설로서 진지한 업적이라 할 만한 작품은 거의 기억나지 않는다. 그러나 시의 경우에도 달아올랐던 열기가 5·16쿠데타의 철퇴로 냉각됨에 따라 4·19 찬양시는 자취를 감추고, 다만 후배세대의 시인들에 의해 박정희 군사독재에 대한 비판과 저항의 방편으로 4·19를 음미하는 시가 간간이 이어졌을 뿐이다. 그런 점에서 『만인보』가 '4월의 영령' 한 사람 한 사람을 문학적 기념비의 형상 속에 집단적으로 호명한 것은 특별한 의의가 있으며, 더욱이 혁명 50주년을 열흘 앞둔 시점에 『만인보』 완간을 기념하는 심포지엄이 열린 것은 마치 혁명기념식을 앞당겨 여는 것과도 같은 감명을 준다. 그러나 4·19의 희생자들을 다룬 작품들 자체는 소재의 성격상 6·25전쟁이나 광주항쟁을 다룬 시들에 비해 밋밋하고 평면적임을 면치 못하는 것 같다.

70년대 시편: 10권은 「함석헌」「전태일」「육영수」…, 11권은 「박정희」「오윤」「문익환」…, 12권은 「이병린」「김영삼」… 각각 이렇게 시작하고 있고 13~15권은 표지에 '70년대 사람들'이라고 못박고 있다. 여기서 드러나듯이 10~15권의 7백여 편은 시인이 문단활동과 민주화운동에 동분서주하면서 접촉한 인물들의 열전이다. 대부분 직접 교유를 갖고 있는 인물들이고 다수가 생존인사들이어서, 역사상의 인물이나 향리의 민초들을 다룰 때와는 사뭇 분위기가 다르다. 역사의 공식적 기록이 전해줄 수 없는 숨은 일화들, 사건의 이면에 놓여 있는 주인공들의 인품과 성격들이 기막힐 만큼 예리하게 포착되고 있어, 그러한 관찰들 자체가 1970년대 민주화운동에 대한 미시사적 현장보고의 생동성을 띠고 있다. 가령, 다음에 인용하는 아주 짧은 두 편의 비교에서도 드러나듯이, 시인은 한 노동자의 죽음에서 '나의 시작'이 발원함을 고백하며, 마침내 그것이 '우리들의 시작'으로 확장되고 '아침바다의 시작'으로 심화됨을 확인한다. 그러나 그는 다른 한 노동자가 비슷한 시기에 죽어간 사실을 놓치지 않으며, 똑같은 두 죽음이 왜 현실에서는 전혀 다른 조명을 받는지에 대한 물음을 피하지 않는다. '역사는 정의가 실현되는 자리인가'라는 물음으로 치환될 수 있는 이 문제의식은 『만인보』의 저자가 수많은 비극들의 문학적 천착을 통해 반복적으로 제기하는 질문이기도 하다.

> 그의 죽음은
> 나의 시작이었다
> 나의 시작이었다
> 하나 둘 모여들어
> 희뿌옇게
> 아침바다의 시작이었다.
>
> 그는 한밤중에도 우리들의 시작이었다
>
> ——「전태일」(10권) 전문

> 1970년 겨울
> 한영섬유 노동자 김진수가
> 드라이버에
> 머리 찔려 병원으로 실려갔다
> 다음해 봄
> 1백여 일 지나자 죽었다

지난해 전태일의 분신 이후의 일이었다

사람들은 하나는 섬기고 하나는 저버렸다

— 「노동자 김진수」(10권) 전문

4

『만인보』가 원체 대작이므로 이를 통독하는 것도 쉬운 일이 아닐뿐더러 조리있는 작품론을 구성하는 것은 더욱 어려운 일이다. 이 글을 준비하느라고 찾아본 바에 따르면, 당연한 노릇이지만, 13~15권(1997)이 출간되고 난 다음해와 16~20권(2004)이 출간된 후에 『만인보』를 논하는 글이 여럿 발표되었다. 내가 주의깊게 읽은 논문은 윤영천·황종연·유희석·이시영의 것인데, 그중에서도 황종연의 「민주화 이후의 정치와 문학」(『문학동네』 2004년 겨울호)은 간과할 수 없는 문제점을 지니고 있기에 나의 논지와 연관하여 간단히 언급하면서 글을 마치려 한다.

황종연의 논문은 부제(고은 『만인보』의 민중-민족주의 비판)에 밝힌 바와 같이 『만인보』 비판에 역점을 두고 있지만, 그 성과를 인정하는 데에도 인색한 글이 아니다. 가령, 그는 이렇게 말한다: "한국사회 하층민의 생활은 가난의 인습에 시달리는 가운데 역사의 재앙까지 입었지만, 그럴수록 더욱 강한 의지로 가족과 이웃의 생명을 돌보는 여성들의 도덕이 원천이 되어 그 척박함과는 판이한 세계를 형성한다. 그것은 간단히 말해서 상호부조의 도덕이 일상생활에 배어 있는 세계이다. 『만인보』에 그려진 인간초상 중에는 각자 딱한 처지임에도 서로 기대고 도우며 살아가는 하층민들의 얼굴이 곳곳에 박혀 있다. 저자는 그 하층민들의 겉으로 보이는 초라함, 비천함, 난폭함의 이면에 공생을 위한 도덕이 살아있음을 자주 강조한다." 또 그는 이렇게도 지적한다: "어떻게 보면 『만인보』는, 적어도 그 하층민의 형상에 있어서는, 7, 80년대를 통해 고은 자신을 비롯한 많은 문학인, 학자, 예술가, 종교인들의 노력으로 정립된 민중상의 자유로운 종합이라고 해도 무방하다." 한국현실 바깥에 초연하게 군림하는 듯한 태도와 하층민이라는 단어의 입에 붙은 사용이 눈에 거슬리기는 하지만, 황종연의 이 지적은 대체로 공감할 수 있는 내용인 것이 사실이다. 아마도 이것은 그가 1970,80년대 민중운동과 민족문학의 역사적 공헌을 일정하게 인정하는 것과 대응을 이루는 논지일 것이다.

그러나 문제는 그 다음부터이다. 황종연의 사고는 "현재 한국 민주주의를 둘러싼 상황은 민주화 이전의 그것과 크게 다르다"는 전제에서 출발한다. 간단히 말해서 지난날 민주화에 기여했던 민중-민족주의가 이제는 민주주의에 반하는 위험요소로 되었다는 것이 그의 판단이다. 그의 논문에 이론적 배경을 제공한 최장집 교수의 『민주화 이후의 민주주의』(2002)가 한국 민주화의 보수적 귀결을 역사적으로 점검하면서 1970,80년대의 민주화투쟁이 자유주의적 가치를 포용할 여유를 갖지 못했음을 아쉬워한 것은 사실이다. 그런데 황종연은 여기서 더 나아가 개인주의·다원주의의 절대화를 내용으로 하는 자유주의 자신이 민주화 이후의 민주주의를 지도해야 한다고 말하면서, 그 대척점에 있다고 간주되는 민족주의·집단주의가 새로운 시대에 있어 "안심하고 수긍할 만한 민주사회의 비전"이 되지 못한다고 비판한다. 그러나 나는 한국 민주주의를 둘러싼 상황이 1987년을 계기로 본질적으로 변화했다는 황종연의 의견에 동의하기 어렵다. 더욱이 이명박 정권 출범 이후의 현실이 보여주는 것처럼 자본과 권력의 기득권연합은 자신들의 맨얼굴을 가리기 위해 뒤집어쓴 가면으로서의 다원주의·자유주의를 언제든지 벗어버릴 용의를 가지고 있는 게 아닐까. 물론 그렇다고 민족주의가 여전히 대안이라고 말하는 것은 아니다. 한국 민주주의의 질적 발전을 위한 최장집 교수의 고민을 뒤늦게 읽고서 내가 배운 것이 황종연의 그것과 너무나 다르다는 데에 나는 놀랄 뿐이다.

내가 보기에 황종연의『만인보』비판은『만인보』자체에 대한 비판이라기보다 황종연에 의해 해석된『만인보』비판이다. 그는『만인보』에 관련하여 "민중의 온갖 정체성들을 민족사의 일의적 서사 속으로 합병하는 민족시인의 정치적 상상력"이라고도 말하는데, 이것은 명백히『만인보』저자에 대한 과도한 단순화이다. "한국전쟁기에 '새 세상'이 왔다고 느낀 민중들의 광란에 명분을 제공한 것은 민족의 해방과 통일이라는 관념이 아니었던가?"— 황종연의 이 의혹에서는 심지어 반공주의자의 낯익은 중상모략조차 감지할 수 있다.『만인보』에도 여기저기 묘사되어 있지만, 전쟁의 혼란기에 개인적 복수와 사리사욕을 위해 만행을 저지른 자들이 있었던 것은 사실이다. 잔인한 학살극도 있었고, 끔찍한 치정극도 있었다. 해방과 통일을 명분 삼아 한풀이에 나섰던 민중들의 광란도 있었지만, 무고한 양민 수십만이 국가권력에 의해 재판 없이 처형되기도 했다. 그러므로 평화로운 미래를 열기 위해 진정 필요한 것은 진실의 토대 위에서 용서와 화해를 추구하는 것이다. 일부 과격분자들의 광란에 명분을 주지 않기 위해 해방과 통일의 이념을 위험시하는 것은 국가폭력의 과오를 시정하기 위해 국가를 없애자고 주장하는 것과 마찬가지로 비이성적이다.

그렇다면『만인보』가 근본적으로 말하고 있는 것은 무엇인가. 수많은 감동적 서사들 중에서 지금 내게 기억되는 것 한두 편을 예로 해서 생각해보자.「다섯 시간의 결혼식 강좌」(16권)는 "6·25사변 1년째/경인국도 오류동에는/평안북도 일대에서 내려온 사람들이/미군 통역 노연택의 집 한 채에/모여 살았습니다"에서 보듯이 전쟁 때의 피난생활 광경을 묘사하고 있다. 거기 모인 사람들은 함석헌 형제, 송두용, 유달영 등 알 만한 인물들이다. "그런 피난공동체에도 결혼식이" 있었다. 신랑과 신부는 평소의 허름한 옷 그대로 걸상에 앉아 있고, 신부의 아버지 함석헌을 비롯한 하객들은 차례로 긴 축사를 늘어놓는다.

오전 10시부터
한 사람
한 사람의 축사가
오후 3시 반에야 겨우 끝났습니다
5시간 반을
신부신랑은 꼼짝 못하고
오줌도 못 싸고 앉아 있었습니다

이렇게 결혼식을 올린 "그 신혼부부 바로 자식들 낳으니/대구 동촌에서 낳으니 동일이/포항 영일만에서 낳으니 영일이/서울서 낳으니 경일이/너무 순해서 순일이/너무 착해서 선일이/아들 하나 딸 다섯이었습니다."

또다른 작품은 「옥순이 옥분이 자매」(16권)이다. 1953년 휴전 직전 하루 두 번 왕복하는 광주-순천행 버스가 비포장 자갈길을 달리다가 가파른 고개 위에서 고장이 났다. 운전수와 조수가 수리를 하는 동안 갑갑해진 승객들은 한 노파의 선창을 시작으로 노래를 부르며 '꿀처럼 달게' 지루한 시간을 보낸다. 옥순이와 옥분이도 이 버스의 승객인데, 그들은 여순사건 때 부모를 잃고 외가에서 자라다가 이제 처음 고향으로 가는 길이었다. 어린 소녀인 그들도 "해는 져서 어두운데…" 하고 애틋한 가락으로 노래를 부르고 승객들은 박수를 친다. 드디어 버스는 다시 달리기 시작하고, 시인은 희망을 말한다.

그 전란이 휩쓸고 간 땅
그 좌와 우
미움과 주검 널리던 땅
어디에도

옛정이 남아 있지 않은 땅
차 고장으로
옛정이 처음으로 묻어나
서로 노래하고 춤추는
한 세상을 이루기 시작했다

두 작품 모두 참담한 시대를 배경으로 하고 있음에도 밝은 색조가 넘치고 읽는 이에게 잔잔한 미소를 짓게 만든다. 한창 전쟁이 진행중인 상황이고 고향에서 겨우 도망쳐나온 피난민 신세인데, 그런 와중에 결혼식을 올린다는 것 자체가 흐뭇한 사건이다. 게다가 5시간 반 동안의 축사라니, 얼마나 대단한 예식인가. 이것은 전쟁의 불합리와 잔혹성에 대한 원천적인 무효청구이며, 인간생존의 지속성에 대한 기초적인 권리선언이 아닐 수 없다. 광주-순천행 버스에서 벌어진 사건은 좀더 민중적인 차원에서 새로운 회생의 가능성을 암시한다. 한 노파가 노래를 시작하고 다른 노인이 그것을 이어받아 30여명 승객들이 저마다 가수가 됨으로써, 고장난 시골 버스 안은 '좌와 우/미움과 주검 널리던 땅'으로부터 화해와 상생의 공간으로 전화되는 것이다. 물론 이 두 시의 바탕에 있는 것이 소박한 공동체주의라고 말할 수는 있다. 그리고 그런 수준의 공동체정신은 현실을 끌고 나가는 힘으로 실재한다기보다 망가진 현재를 위한 '오래된 미래'의 비전으로서만 우리에게 빛을 발하는지도 모른다. 그러나 그것은 폐기의 대상이 아니라 대안의 구상을 위한 불가결의 초석임을 분명히할 필요가 있다.

『창작과비평』 2010년 여름호

민중의 삶, 민족의 노래

■

신경림의 시세계

1

1970년 늦여름이던가, 그 무렵 허름한 여관 건물을 개조해서 사무실로 쓰던 신구문화사 건너편 다방 앞에서 누군가와 헤어지고 막 돌아서던 신동문 선생이 그 다방으로 향하는 나를 발견하고는 마침 잘 만났다는 듯이 내게 시 원고 하나를 건네주었다. 당시 신선생은 『창작과비평』의 발행인이고 나는 말하자면 편집장인 셈이었는데, 편집 실무를 온통 나에게 일임하고 있던 그가 원고를 건넨 것은 아주 이례적인 일이었다. 신선생이 원고의 필자에 대해 약간의 설명을 곁들였다고 기억되는 것으로 미루어 그때까지 나는 신경림(申庚林)이란 이름을 아직 잘 몰랐던 것 같다.

바람이 쏠리듯 일제히 오른쪽으로 기운 각진 글씨의 시들을 다방에 앉아 단숨에 읽은 나는 커다란 충격과 흥분을 느꼈다. 그것은 서정주나 김춘수와 다름은 물론이고 김수영이나 신동엽과도 구별되는 새로운 시세계의 출현을 목격하는 순간의 충격과 흥분이었다. 한국 현대시의 고전의 하나이자 신경림의 이름을 1970년대 문학운동의 첫자리에 각인시킨 명편들, "아편을 사러 밤길을 걷는다/진눈깨비 치는 백리 산길"의 「눈길」, "젊은 여자가 혼자서/상여 뒤를 따르며 운다/만장도 요령도 없는 장렬"의 「그날」, 그리고 "못난 놈들은 서로 얼굴만 봐도 흥겹다"의 「파장」 등 다섯 편을 그해 가을호 『창작과비평』에 실은 것은 잡지 편집자로서 잊을 수 없는 행운이고 보람이었다.

얼마후 신경림 시인을 만났고, 만나자마자 우리는 오래전에 만났던 사람들처럼 순식간에 친숙해졌다. 그 무렵 창비 사무실에 자주 드나들던 이호철·한남철·조태일·방영웅·황석영 들과 이틀이 멀다 하고 어울려 청진동을 누볐으니, 어느덧 4반세기에 이른다. 돌이켜보면 그동안 나는 그 누구보다 신선생과 가깝게 지냈다. 문학에 대해서 또 세상살이에 대해서 수없이 많은 이야기들을 나누어오는 동안 의견을 달리한 적이 별로 없었던 것 같다. 무슨 견해를 피력하기 이전에 정서적으로 통한다는 것이 느껴져왔다.

늘 생글생글 동안(童顔)이어서 나이를 잊게 하던 신선생이 어느덧 회갑을 맞이한다니, 그와 함께했던 수많은 날들이 주마등처럼 떠오른다. 그의 산문들을 읽어보면 그는 젊은 시절 참으로 곤핍하게 살았던 것 같다. 그런데도 그는 조금도 그런 내색을 겉으로 드러내지 않고 주위 사람들을 편하게 해주었다. 1974년쯤으로 기억되는데, 그해 추석 무렵 안양 산동네에 있는 그의 집을 물어물어 찾아간 적이 있다. 이때 나는 처음으로 그의 사생활을 조금 들여다볼 기회를 가졌었는데, 상처한 지 얼마 안된 그는 병석에 누운 조모와 부친, 아직 자립의 기반을 다지지 못한 동생들, 그리고 엄마 잃은 세 아이들을 책임진 가장이었다. 부드럽고 따뜻해 보이는 그의 겉모습이 실은 얼마나 강인한 정신의 소산인지 얼마간 짐작되었다. 흔히들 입에 올리는 민중의 삶이 그에게는 바로 자신의 절실한 현실이었던 것이다. 따라서 이 자기 현실과의 정직하고도 치열한 대결을 통해 위장하거나 은폐되지 않은 자신의 목소리가 밀도 높은 시적 형상을 획득하는 곳에 신경림의 문학이 성립한다고 말할 수 있다.

2

　널리 알려져 있듯이 신경림의 처녀작은 1956년 『문학예술』 추천작으로 발표된 「갈대」이다. 이 작품을 포함한 초기작 다섯 편은 첫시집 『농무』에 수록되기는 했으나 1965년 활동을 재개한 이후 발표된 시들의 강한 인상에 파묻혀 오랫동안 잊혀져왔고, 더러 언급되는 경우에도 이 시인이 일찍이 극복하고 떠난 청년기의 삽화로 취급되었을 뿐이다.[1] 신경림 본인도 자신의 초기 문학세계에 대해 상당히 부정적인 견해를 피력한 적이 있다. 단지 유종호가 「슬픔의 사회적 차원」(1982)에서 초기작과 근작 사이의 연속성—삶이란 쓸쓸하고 슬픈 것이라는 감개의 연속성—을 지적하였고, 또 김현이 「울음과 통곡」(1987)이라는 글에서 신경림 문학 전체의 특징을 맹아적으로 함축한 의미있는 출발로서 「갈대」를 독특하게 분석한 바 있다. 그렇다면 신경림은 「갈대」의 세계를 넘어서 그것과 전혀 다른 더 광활한 곳으로 갔는가, 아니면 김현이 설명하듯이 「갈대」의 '내면화된 정적 울음'을 외연적으로 확대하는 길을 걸었을 뿐인가. 우선 작품 자체를 다시 한번 읽어보기로 하자.

　　언제부턴가 갈대는 속으로
　　조용히 울고 있었다.

---

1 이러한 사정은 1990년대 이후 크게 변했다고 여겨진다. 「갈대」 같은 서정성 높은 작품이 교과서에 수록되고, 그뿐만 아니라 이런 추세에 곁들여 그가 세대와 성별 및 이념을 초월하여 애독되는 '국민시인'의 이미지를 갖게 됨에 따라 초기작들은 신경림의 원형적 목소리를 담은 세계로서 더 주목받게 되었다.

그런 어느 밤이었을 것이다. 갈대는
그의 온몸이 흔들리고 있는 것을 알았다.

바람도 달빛도 아닌 것.
갈대는 저를 흔드는 것이 제 조용한 울음인 것을
까맣게 몰랐다.
──산다는 것은 속으로 이렇게
조용히 울고 있는 것이란 것을
그는 몰랐다.

동시대의 민중현실을 소재로 한 강렬한 사회성과 비판정신의 영상 속에 『농무』를 떠올리는 독자들이 보기에 과연 이 작품의 내면지향은 뜻밖이라는 느낌을 주기도 한다. 그러나 신경림의 시들을 통독해보면 자기응시에 의해 정직함을 지키려는 자세, 원통해서 억울해서 또는 쓸쓸해서 우는 모습, 그리고 자연의 변화와 계절의 순환에서 삶의 깊은 뜻을 읽어내는 방식은 도처에서 발견된다. 근년의 시집들인 『길』(1990)과 『쓰러진 자의 꿈』(1993)에서 각각 한 대목씩 인용해본다.

밤이 되면 그는 마을 안 교회로,
종을 치러 간다 그 종소리를 들으면서
사람들은 오늘도 무사히 넘겼음을 감사하지만
그 종소리를 울면서 듣고 있는 것들이
따로 있다는 것을 그들은 모른다
버려지며 풀 따위 아주 작고 하찮은 것들
하지만 소중한 생명을 지닌 것들이
종소리를 들으면서 울고 있다는 것을 모른다

터진 살갗에 새겨진 고달픈 삶이나
뒤틀린 허리에 배인 구질구질한 나날이야
부끄러울 것도 숨길 것도 없어
한밤에 내려 몸을 덮는 눈 따위
흔들어 시원스레 털어 다시 알몸이 되겠지만
알고 있을까 그들 때로 서로 부둥켜안고
온몸을 떨며 깊은 울음을 터뜨릴 때
멀리서 같이 우는 사람이 있다는 것을

—「裸木」 후반부

울음을 매개로 하여 삶의 인식에 이르는 발상의 동질성이 어렵지 않게
확인된다. 그러나 갈대의 울음은 자기 바깥의 어떤 대상(가령 '바람'이나
'달빛')과 연관된 대타적(對他的) 행위가 아니라 갈대 자신의 실존의 드러
냄이다. 그런 점에서 그것은 존재 자체의 절대성 안에 갇혀 있다고 말할
수 있으며, 갈대가 자기의 "온몸이 흔들리는 것"을 알았음에도 불구하고
바로 "제 조용한 울음"이 그렇게 자신을 흔들고 있음을 몰랐다고 시의 화
자가 서술하는 것은 매우 논리적인 전개라고 할 수 있다.

그런데 「종소리」에서 울음은 자연발생적이고 자기폐쇄적인 행위가 아
니다. 우선 여기에는 밤이 되어 마을 안 교회로 종을 치러 가는 서정적 주
인공이 등장한다. 작품의 전반부에는 그 주인공의 가난하지만 절박한 삶
이 묘사된다. 그것은 화려한 도시생활과 극명하게 대조되는, 극빈한 '생
활보호 대상자'의 삶인 동시에 성자(聖者)의 그것과도 흡사한 고결한 삶
이다. 이러한 사람이 치는 종소리이기에 그것은 울음이 된다. 그러나 그
울음은 단순히 저 혼자 속으로 삼키는 실존적 자기확인의 행위가 아니라

"버러지며 풀 따위 아주 작고 하찮은 것들"의 울음을 불러오는 거대한 공명(共鳴)활동의 일부이다. 그리고 이러한 사실을 '모르는' 것도 우는 자 자신이 아니라 울음의 행위 바깥에서 무심히 살아가는 사람들이라고 이야기된다.

「나목」에서 울음은 다시 한 차원의 깊이를 더 획득한다. 이 작품의 서정적 주인공은 나무들이다. 그들은 "실오라기 하나 걸치지 않고" "하늘을 향해 길게 팔을 내뻗고" 서 있다. 그들은 "밤이면 메마른 손끝에 아름다운 별빛을 받아" 그것으로 "드러낸 몸통에서 흙 속에 박은 뿌리까지" 말끔히 씻어낸다. 거의 동화적인 아름다움 속에 묘사된 이 나무들이 어떤 종류의 순결한 삶의 은유임을 독자들은 자연스럽게 감지하게 되는데, "(…) 씻어내려는 것이겠지"라고 하는 말투는 나무들 자신의 것이 아닌, 그러나 그 나무들과의 은밀한 교감 속에서 나무를 바라보는 제3자 즉 시인의 눈길이 있음을 깨닫게 한다. 면밀하게 예비된 이와 같은 사전포석이 있기 때문에 이 작품의 마지막 부분은 그 강렬한 감정이입적 충격효과에도 불구하고 시의 전개과정에서 내적 필연성을 얻는다. 즉, 나무들이 "서로 부둥켜안고/온몸을 떨며 깊은 울음을" 터뜨리는 일이 이 망가진 자연과 오연된 세계에 대한 한없는 아픔의 감정으로 전해져오고, 그 나무들의 울음에 멀리서 동참하는 사람이 있다는 사실 또한 강력한 공감의 힘을 발휘하는 것이다. 그것은 저 혼자 조용히 시작했던 갈대의 울음의 전 존재세계로의 확대이며 자연과 인간의 일치의 순간에 발해지는 법열의 흐느낌이다. 이렇게 살펴볼 때 「갈대」의 세계와 1970년대 이후의 문학세계 사이에는 연속의 측면과 단절(또는 질적 비약)의 측면이 공존한다고 볼 수 있을 것이다.

그러나 어떻든 신경림의 문학이 '온몸을 떠는 깊은 울음'의 경지에 단박 이른 것은 아니다. "터진 살갗에 새겨진 고달픈 삶이나/뒤틀린 허리에 배인 구질구질한 나날"들의 갈피마다에 새겨진 수많은 고난을 겪은 끝에 드디어 발해진 '깊은 울음'이기에 그것은 진정한 실체적 감동에 값한다.

시집 『농무』에서 우리는 '터진 살갗' '뒤틀린 허리'를 끌고 험난한 시대의
굴곡 많은 역사를 살았던, 또는 사는 데 실패했던 수많은 삶과 죽음들의
울음소리를 듣는다.

장에 간 큰아버지는 좀체로 돌아오지 않고
감도 다 떨어진 감나무에는
어둡도록 가마귀가 날아와 운다.

— 「시골 큰집」 부분

그리하여 산 일번지에 밤이 오면
대밋벌을 거쳐 온 강바람은
뒷산에 와 부딪쳐
모든 사람들의 울음이 되어 쏟아진다.

— 「山1番地」 부분

그리하여 증언하는 자 아무도 없는가,
이 더러운 역사를, 모두 흙 속에서
영원히 원통한 귀신이 되어 우는가.

— 「1950年의 銃殺」 부분

바람은 복대기를 몰아다가 문을 때리고
낙반으로 깔려죽은 내 친구들의 아버지
그 목소리를 흉내내며 울었다.

— 「廢鑛」 부분

저 밤새는 슬프게 운다

상여 뒤에 애처롭게 매달려
그 소년도 슬프게 운다

— 「밤새」 부분

메밀꽃이 피어 눈부시던 들길
숨죽인 욕지거리로 술렁대던 강변
절망과 분노에 함께 울던 산바람

— 「邂逅」 부분

이 울음들을 두고 김현은 그것이 "학대받는 자들의 내면화된 정적 울음"이라고 지적하였다. 그리고 그는 신경림의 시 속의 시간이 '보편적 시간'을 지향하며, 보편적 시간이란 '일정한 되풀이의 시간'이라고 설명한다. 그러나 내 생각에는 신경림 시의 울음들이 '학대받는 자'의 울음임은 분명하지만 '내면화된 정적 울음'이라고 말할 수는 없을 것 같다. 물론 「갈대」에 한정해서 살펴본다면 나 자신도 앞에서 언급했듯이 그렇게 말할 수 있을 것이다. 하지만 이 경우에는 '갈대'가 '학대받는 자'의 표상이 아닌 것이다. 반면에 방금 인용한 작품들의 경우 울음은 구체적인 사회적·역사적 상황 속에서 발해진 것이며, 따라서 결코 어떤 정적인 내면성의 발로라고는 말할 수 없다.

가령 「시골 큰집」에서 시의 화자가 본 것은 한 집안의 몰락이다. 짐작건대 몰락의 계기는 "우리는 가난하나 외롭지 않고, 우리는/무력하나 약하지 않다"는 좌우명에 새겨진 큰형의 이상주의가 좌우의 이념대립과 전쟁의 와중에서 겪었을 비극적 운명에 의해 주어졌을 것이다. 험한 풍파를 겪고서 큰아버지는 살림에 뜻을 잃고 사촌형은 허랑한 삶에 몸을 맡기고 가세는 더욱 기울어진다. 따라서 벽에 박힌 좌우명을 보고 우는 큰엄마나 짓무른 눈으로 한숨을 내쉬는 할머니가 있는 곳은 결코 단순한 반복과 순환의 시간, 어떤 추상적이고 보편적인 시간 속에서가 아닌 것이다.

「눈길」에서 서정적 주인공은 시골 주막의 여주인이다. 남편이 '억울하고 어리석게' 죽었다고만 서술되어 있으므로, 광산에서의 낙반사고 같은 것 때문이었는지 그밖의 다른 이유가 있었는지는 알 수 없다. 그러나 여하튼 남편의 죽음이 아낙의 현재의 삶에 절실한 것은 아니다. 이 시에서 아낙의 상대역은 '우리'인데, 우리는 "낮이면 주막 뒷방에 숨어 잠을 자다/지치면 아낙을 불러 육백을" 치고 어쩌다가 밤이면 산길을 걸어 아편을 사러 간다. 이 시의 기본감정은 미래에 대한 낙관적 전망을 차단당한 자들의 체념과 자조(自嘲)이며, 울음은 그러한 암울한 삶을 에워싼 처절한 배경음이다.

「산1번지」에서 울음은 자연주의 소설에서와 같은 암담하고 절망적인 사회사적 환경의 산물이다. 산동네 빈민가에 바람이 불어 "집집마다 지붕으로 덮은 루핑을 날리고/문을 바른 신문지를 찢고/불행한 사람들의 얼굴에/돌모래를 끼얹는다." 어버이는 모두 함께 죽어버리자고 복어알을 구해 오고, 애기 밴 처녀는 산벼랑에 몸을 던진다. 이 극한적인 절망의 상황 한가운데에서 모든 사람들의 통곡이 터져나오는 것이다. 여기에는 존재론적 고뇌라든가 관념론적 해석 같은 것이 끼어들 여지도 없는 날것 그대로의 적나라한 현실이 있을 뿐이다.

3

초기작 몇편으로 문단에 이름만 등록하고 서울을 떠난 신경림은 10년 가까이 고향 근처를 떠돌며 실의의 세월을 보내다가 1965년부터 다시 시작활동에 복귀한다. 그동안 그 자신도 어렵고 괴로운 생활전선을 전전해야 했지만 자기보다 더 가난하고 억울한 삶들을 목격하고서 그는 문학에 대한 좀더 의식적인 결의를 다지게 되었던 것 같다. "얼마동안 쉬었다가 다시 시를 쓰기 시작했을 때, 나는 내가 자라면서 들은 우리 고장 사람들의 얘기, 노래, 그밖의 가락 등을 시 속에 재생시킴으로써 그들의 삶이며 사상, 감정 등을 드러내겠다는 생각을 했었다."(『새재』 후기, 1979), "한때 시를 그만두려다 쓰기 시작하면서, 고생하면서 어렵게 사는 내 이웃들의 생각과 뜻을 내 시는 외면하지 않겠다고 다짐한 바도 있지만"(『달 넘세』 후기, 1985), "시골이나 바다를 다녀보면 모든 사람들이 참으로 열심히 산다. 나는 내 시가 이들의 삶을 위해서 조금이라도 도움이 되었으면 하고 생각을 한다. 적어도 내 시가 그들의 생각이나 정서를 담아내지 않으면 안된다는 생각을 한다."(『가난한 사랑 노래』 후기, 1988) 이렇게 그는 시인 개인의 사사로운 감정이나 예술적 충동을 표현하는 일보다 공적인 발언의 기회도 능력도 갖지 못한 사람들을 대신해서 그들의 생각과 정서를 자신의 시 속에 담겠다는 다짐을 거듭하고 있는 것이다.

그런데 조심해서 살펴보면 그가 그 목소리를 대신하고자 하는 사람들의 범위가 조금씩 확장되고 있음을 간취할 수 있다. 즉, '우리 고장 사람들'에서 '고생하면서 어렵게 사는 내 이웃들'로 넓어지고, 마침내 삶의 현장에서 열심히 사는 모든 사람들로 보편화된다. 다시 말해 민중시인으로서의 자각과 민중현실에 대한 관심은 그의 시창작의 일관된 그리고 점증하는 동력으로 작용한다. 이제 실제의 작품적 성취를 통해 그가 우리 시문학의 영토에 새롭게 기여한 창조의 업적을 구체적으로 살펴보자.

활동을 재개한 해인 1965년에 신경림은 「겨울밤」 「산읍일지(山邑日誌)」 「귀로(歸路)」 등 세 편을, 그리고 이듬해에는 「시골 큰집」 「원격지(遠隔地)」 「3월 1일」 등을 발표했고 이어서 듬성듬성 서너 편을 더 선보인 다음 마침내 1970년 『창작과비평』에 「눈길」 등 다섯 편을 묶어서 내놓았다. 그러고 보면 그의 활동이 본격화한 것은 1970년대에 들어서부터라고 할 수 있는데, 그러나 드문드문 활자화된 1960년대의 시들에도 이미 초기작과 구별되는 신경림 특유의 장면과 화법이 오인의 여지없이 드러난다.

> 우리는 협동조합 방앗간 뒷방에 모여
> 묵내기 화투를 치고
> 내일은 장날. 장꾼들은 왁자지껄
> 주막집 뜰에서 눈을 턴다.
>
> ——「겨울밤」 전반부

　작자의 서명이 없어도 알아볼 수 있는 바로 신경림의 시다. 장날을 하루 앞둔 시골장터의 분위기가 단편소설의 한 대목처럼 사실적으로 서술되어 있을 뿐이며 복잡하고 까다로운 시적 장치들이 의도적으로 배제되고 있다. 그러나 그렇게 거의 산문에 가까운 평면적 진술을 하고 있음에도 불구하고 이 작품은 생생하게 살아있는 이미지들이 순탄하게 흐르는 우리말의 가락에 빈틈없이 맞아떨어져 완벽한 '시'의 경지를 달성하고 있다. 이 점이야말로 당시 우리 시단의 관행적 언어사용 방식에 정면으로 도전하는 일종의 전복적 의의를 가진다고 생각된다. 정지용·김기림부터 김수영·김춘수에 이르기까지 한국 현대시는 표현의 대상과 방법에 있어 하나의 독특한 관습을 발전시켜왔다고 볼 수 있다. 모더니즘이라 통칭되는 이 흐름 바깥에도 물론 자기 나름의 화법을 개척한 한용운·김소월 및 임화·백석·서정주·이용악 등 주요 시인들이 있었다. 그러나 어떻든 시는 보통 사람들이 일상생활에서 사용하는 것과는 다른, 일정한 훈련과 학습을 통해 익혀야 하는 특수한 '말하기 방식'이었다. 1950, 60년대 시단에 횡행한 소위 '난해시'는 그러한 말하기 방식의 극단화된 형태로서의 시의 자기소외였으며, 대상을 낯설게 말함으로써 관습적 사유와 상투화된 감정토로에 충격을 가하는 시 본연의 기능으로부터 이탈된 관념의 자기분비이자 언어의 자기증식이었다. 신경림의 시는 작품 자체를 통해 당시 일반화된 우리 시단의 말하기 방식에 강력한 이의를 제기한 것이었다. 그것은 난해시의 폐해에 시달린 독자들의 광범하고도 즉각적인 호응을 받았고, 이에 힘입어 1970년대 한국시의 물줄기는 크게 바뀌게 되었다.

그러나 1960년대 중엽의 신경림 시는 한편으로 민중현실을 구성하는 객관적 세목들의 정확한 묘사를 통해 독자적인 자기세계를 구축해가면서도, 다른 한편 절망과 분노, 체념과 실의 같은 자포자기적 감정의 잔재를 내면적으로 유지하는 측면도 지니고 있었다. 앞에 인용한 「겨울밤」을 예시하면서 이시영은 이 작품의 '왁자지껄한 민중적 활기'와 '낙관적 삶의 정서'야말로 김수영과 신동엽의 시대를 뛰어넘는 신경림의 새로운 1970년대적 시세계라고 지적하고 있는데(「70년대의 시」, 1990), 그러나 내 생각에는 시집 『농무』가 부분적으로 활기와 낙관을 표명하고 있음에도 불구하고 전체적으로는 그것을 압도하는 절망과 울분의 정서를 내장하고 있다. 어쩌면 그것은 그 무렵 신경림 자신의 생활의 솔직한 표현이자 당대 민중현실의 침체성의 반영인지도 모른다.

> 서울로 식모살이 간 분이는
> 아기를 뱄다더라. 어떡헐거나.
> 술에라도 취해볼거나. 술집 색시
> 싸구려 분 냄새라도 맡아볼거나.
> 우리의 슬픔을 아는 것은 우리뿐.
>
> ──「겨울밤」 부분

> 돌이 날으고 남포가 터지고 크레인이 운다.
> 포장 친 목로에 들어가
> 전표를 주고 막걸리를 마시자.
> 이제 우리에겐 맺힌 분노가 있을

뿐이다. 맹세가 있고 그리고 맨주먹이다.

——「원격지」 부분

아무렇게나 살아갈 것인가
눈 오는 밤에 나는
잠이 오지 않는다
박군은 감방에서 송형은
병상에서 나는 팔을 벤
여윈 아내의 곁에서
우리는 서로 이렇게 헤어져
지붕 위에 서걱이는
눈소리만 들을 것인가

——「산읍일지」 전반부

온종일 웃음을 잃었다가
돌아오는 골목 어귀 대폿집 앞에서
웃어보면 우리의 얼굴이 일그러진다.
서로 다정하게 손을 쥘 때
우리의 손은 차고 거칠다

——「귀로」 전반부

고달프고 지친 삶의 구체적 장면들이 설명의 필요 없는 직접성으로 제시되어 있다. 그런데 위의 인용에서 보이듯 신경림의 시가 다루는 장면들은 첫시집의 유명한 제목 때문에 오해되곤 했듯이 좁은 의미의 농민적 현실인 것은 아니다. 즉, 그가 단순한 농민시인인 것은 아니다. 그러나 따지고 보면 1960년대 후반 이후 강압적으로 추진된 산업화정책으로 인해 전통적인 농촌, 전형적인 농민이 이 땅 어디에도 온전한 모습으로 남아 있지 못하게 된 것이 사실이다. 1970년대 한국문학의 수많은 작품들 속에서 강력한 농촌적 기억과 농민적 정서를 간직했으되 고향과 도시 어디에도 귀속되지 못하는 뿌리뽑힌 존재들을 만나는 것은 그러므로 당연하다. 유행가 가락을 타고 우리의 뇌리에 찍힌 "실패 감던 순이" "이름조차 에레나로 달라진 순이"들의 형상을 1950년대 한국시가 외면했던 사실에 아쉬움을 맛본 우리는 "서울로 식모살이 간 분이는/아기를 뱄다더라. 어떡헐거나" 하는 소박한 탄식에서 오히려 한국시의 현실복귀를 목격한다.

그러나 거듭되는 얘기지만 『농무』에서 시인이 현실에 복귀하기는 했으나 충분히 현실을 장악한 것은 아니었던 것으로 보인다. 고통과 절망에 가득 찬 현실을 직시하고, "우리의 슬픔을 아는 것은 우리뿐"이기에 서로 맹세의 손길을 잡지만, 우리가 가진 것이라곤 '맨주먹'뿐이며 그나마 "우리의 손은 차고 거칠다." 그러니 우리의 얼굴은 다시 '일그러'지며 "나는 잠이 오지 않는다." "눈이여 쌓여/지붕을 덮어다오 우리를 파묻어다오"(「겨울밤」). "오늘밤엔 주막거리에 나가 섰다를/하자 목이 터지게 유행가라도 부르자"(「원격지」). "어디를 들어가 섰다라도 벌일까/주머니를 털어 색싯집에라도 갈까"(「파장」). 그러다가 다시 시의 화자는 "분노하고 뉘우치고 다시 맹세"(「귀로」)하는 악순환에 빠지는 것이다.

그리하여 마치 손창섭(孫昌涉)의 단편소설에서와 같은 참담하고 음습한 상황이 조금도 미화되지 않은 모습으로 재현되는 것을 우리는 「3월 1일 전후」 「동면(冬眠)」 「실명(失明)」 같은 작품에서 본다. 시의 화자는 밤새 마작판에 어울려 주머니를 털리고 새벽이 되어 거리를 나선다. 매운 바람이 불어 얼굴을 훑는다. 맨정신으로는 집에 돌아갈 용기가 나지 않는다. 술집에 들러 새벽부터 술에 취한다. 술청엔 진흙 묻은 신발들이 어지러이 흩어져 있고, 도살장에 끌려갈 돼지들만 마구 소리를 지른다. 비틀대며 냉방으로 돌아가면 아내는 새파래진 얼굴을 들고 이 고장을 떠나자고 졸라댄다(「3월 1일 전후」). 아내는 궂은 날만 빼고 매일 길을 닦으러 나가서 몇푼 벌어온다. 멀건 풀죽으로 요기를 한 나는 버스 정거장 앞 만화가게에서 하루해를 보낸다. 친구들이 몰려와 술을 먹이고 갈보집으로 끌고 가고 그러다가 트집을 잡고 발길질을 한다. 그렇게 파김치가 되어 돌아온 날이면 아내는 여윈 내 목을 안고 운다(「동면」). 다음 작품은 그 제목에서 뿐만 아니라 절망적 광기를 뿜어내는 그 기괴성과 자연주의적 암담함에 있어서도 「광야」「비오는 날」의 손창섭을 연상케 한다.

해만 설핏하면 아랫말 장정들이
소줏병을 들고 나를 찾아왔다.
창문을 때리는 살구꽃 그림자에도
아내는 놀라서 소리를 지르고
막소주 몇 잔에도 우리는 신바람이 나
방바닥을 구르고 마당을 돌았다.
그러다 마침내 우리는 조금씩
미치기 시작했다. 소리내어 울고
킬킬대고 고래고래 소리를 지르다가는
아내를 끌어내어 곱사춤을 추켰다.
참다 못해 아내가 아랫말로 도망을 치면
금세 내 목소리는 풀이 죽었다.
윤삼월인데도 늘 날이 궂어서
아내 찾는 내 목소리는 땅에 깔리고
나는 장정들을 뿌리치고 어느
먼 도회지로 떠날 것을 꿈꾸었다.

—「失明」 전문

나는 이 작품을 거듭 읽으면서 문학적 평가의 시도 이전에 가슴을 저미는 아픔을 느낀다. 날궂은 윤삼월 어둑한 마을길을 휘청휘청 걸으며 얼빠진 듯 넋나간 듯 땅에 깔리는 풀죽은 목소리로 아내를 부르는 한 초췌한 사나이의 모습을 눈앞에 그려본다. 이것이 시를 버리고 서울을 떠난 한때의 신경림 그였던가.

물론 시인 자신이 작품의 화자 또는 주인공인 것은 아니다. 시 속의 '우리'는 '조금씩 미치기 시작'하지만, 그것을 관찰하고 묘사하는 시인의 시선은 냉혹하고 정확하다. 설사 한시절의 낙백한 삶이 실제 그대로 여기 투영되어 있다 하더라도 이제 그는 그 질곡으로부터 빠져나와 그 시절을 명징한 의식 안에 떠올리고 있음이 분명하다. 그리고 그것을 묘사한 시는 독자의 심금을 울린다. 그러나 이때 그에게는 일말의 부끄러움이 찾아든다. "써늘한 초저녁 풀 이슬에도 하얀/보름달에도 우리는 부끄러웠다"(「어느 8월」). "마당에는 대낮처럼 달빛이 환해/달빛에도 부끄러워 얼굴들을 돌리고/밤 깊도록 우리는 옛날 얘기만 한다"(「달빛」). "밀겨와 방아 소리에 우리는 더욱 취해/어깨를 끼고 장거리로 나온다./친구여, 그래서 부끄러운가"(「친구」). 그러나 이 부끄러움의 감정에서 깨어나 문득 정신을 차리면 전쟁과 독재와 학살의 기억은 시의 화자를 두려움으로 떨게 만든다.

　　젊은이들은 흩어져 문 뒤에 가 숨고
　　노인과 여자들은 비실대며 잔기침을 했다
　　그 겨우내 우리는 두려워서 떨었다

　　　　　　　　　　　　　　　　　　　　　　　　—「폭풍」 부분

　　문과 창이 없는 거리
　　바람은 나뭇잎을 날리고
　　사람들은 가로수와

전봇대 뒤에 숨어서 본다

—「그날」부분

빗발 속에서 피비린내가 났다
바람 속에서도 곡소리가 들렸다
한여름인데도 거리는 새파랗게 얼어붙고
사람들은 문을 닫고 집 속에 숨어 떨었다

—「어둠 속에서」부분

이런 구절들의 배후에 깔린 것은 아마도 힘없는 민중들의 삶을 가로질러 지나간 역사의 암흑, 낭자한 곡소리와 임리한 피비린내로 이 땅의 거리와 산천을 뒤덮었던 정치적 폭력일 것이다. 그리하여 "잊어버리자 우리의/통곡"(「僻地」)이라고 중얼거리며 집에 돌아와 잠든 그날 밤에는 눈이 내리고, 그런 새벽이면 맨발로 피를 흘리며 찾아온 '그'가 눈 위에 서서 "안타까운 눈으로/나를 쳐다본다"(「그」). 마침내 시의 화자는 부끄러움과 두려움, 실의와 체념 같은 모든 엇갈리는 복합감정의 사슬에서 잠시 풀려나 돌연 "통곡하라/나무여 풀이여 기억하라 살인자의/얼굴을, 대지여." "부활하라 죄없는 무리들아, 그리하여/증언하라 이 더러운 역사를"(「1950년의 총살」)이라고 절규한다. 시 「1950년의 총살」은 신경림의 작품들 중에서뿐만 아니라 6·25전쟁을 다룬 한국시들 중에서도 가장 강렬한 고발적 목소리일 것이다.

4

알다시피 신경림은 시집 『농무』의 간행(1973)과 제1회 만해문학상 수상

(1974)을 계기로 확고하게 한국시의 한 영역을 개척하고 1970년대 민중문학의 개념에 참된 실체를 부여하였다. 물론 그것은 혼자만의 돌출적 업적이었던 것은 아니다. 한편으로는 김수영·신동엽의 준비작업에 이은 이성부·조태일·김지하 등 여러 후배시인들의 기여와 고은의 합류를 꼽아야 할 것이고, 다른 한편 김정한·이호철·이문구·황석영 등 많은 동료 소설가들의 활약이 어우러졌음을 잊어서는 안된다. 무엇보다도 살벌한 이념적 제약과 정치적 탄압 및 사회경제적 소외의 온갖 악조건을 뚫고 민중세력 자신이 힘차게 성장했다는 사실 그리고 이에 기반하여 민족운동·민주화운동이 활발하게 전개되었다는 사실이 기억되어야 할 것이다. 신경림의 시 자체가 다름아닌 이러한 객관적 현실의 문학적 반영인 것이다. 어떻든 1970년대 중반 그는 좀더 목적의식적인 민중문학의 형식 즉 민요의 가락에로 관심을 돌린다. 이 관심은 대략 10여년쯤 지속되는데, 이 기간 중에 나온 시집이 『새재』(1979)와 『달 넘세』(1985) 및 장편서사시 『남한강』(1987) 연작이다. 물론 그의 시가 민중들의 구체적인 생활현실에 기반하여 민중들이 알아들을 수 있는 말하기 방식으로서의 시적 화법을 개척한 것이었던만큼 처음부터 "민요를 방불케 하는 친숙한 가락"(백낙청 『농무』 발문)을 지니고 있었던 것은 사실이다. 다시 말해 그의 시에는 민요와의 친화성이 처음부터 내재되어 있었다고 말할 수 있다. 그러나 민요의 현장을 답사하고 민요의 정신과 형식을 연구함으로써 그의 시가 이룩한 성취는 좀더 적극적으로 평가될 필요가 있다.

짐작건대 우리 근대시는 그 출발의 시점에서 극히 혼돈의 양상을 보였던 것 같다. 그것은 요컨대 하나의 문학장르로서의 정체성을 뒷받침해줄 만한 전통이 불투명했다는 사실에 관련된다. 양반 사대부들의 한시가 여전히 명맥을 잇고 있었고 시조와 가사(그리고 어쩌면 판소리나 잡가류)가 창조성의 쇠진에도 불구하고 재생산기반을 탕진하지 않고 있었으며 무엇보다도 일반 민중들 사이에 민요가 살아 있었지만, 이 모든 형식들을 하나의 근대시 장르로 통합할 만한 양식적 개념이 있었는지 나로서는 의문이다. 신문학 초창기의 젊은 시인들이 서구의 '자유시' 형식에 그처럼 쉽게 경도되고 또 일부 시인들이 일본 시가의 율격을 심각한 자의식 없이 모방했던 것은 서구의 근대시에 맞설 만한 통일적 장르의 전통이 우리에게 결여되어 있었던 사실을 반영하는 것이 아닌가 생각되는 것이다. 그런데 놀라운 것은 그럼에도 불구하고 이미 1920년대에 한용운이나 김소월이 지금 읽어도 그 나름의 내적 완성을 이루었고 그 자체로서 매우 안정된 시세계를 산출할 수 있었다는 사실이다. 그러나 그들이 우리말 시의 형식문제를 해결하여 확실하게 의존할 만한 굳건한 틀을 만든 것은 아니었던 것으로 믿어진다. 그렇기 때문에 그들은 개별적 탁월성에도 불구하고 우리 시의 역사에서 어딘지 외딴 섬처럼 동떨어져 보이며 또 그들 시형식의 직접적 계승자가 없는 것은 아닌가 여겨진다. 그런 점에서 본다면 오늘의 시인들에게까지 규정적 힘을 발휘하는 우리말 근대시의 창시자는 정지용·임화·김기림·백석 같은 1930년대 시인들이었는지도 모른다. 어쨌든 내가 여기서 문제삼고자 하는 것은 제약하는 힘이자 의존할 모범으로서의 확고한 시적 양식이 불투명한 가운데서도 어떻게 한용운과 김소월 같은 그 나름의 안정적 세계가 가능했는가 하는 점이다. 이것은 별도의 논구를 요하는 중대한 사안이라고 여겨지는데, 얼핏 떠오르는 생각을 말한다면 게송(偈頌)이나 선시(禪詩) 같은 불교적 전통이 한용운에게, 그리고 민요가 김소월에게 시적 안정성의 개인적 기반이 되었으리라는 점이다. 유감스러운 것은 민요가 김소월 이후의 절대다수 시인들에게 창작의 에너지를 공급하는 원천이자 벗어나야 할 형식적 제약으로서 지속적인 힘을 발휘하지 못했다는 사실이다. 그것은 바로 우리 민족이 겪었던 식민지의 역사에 대응되는 우리 문학의 자기망각의 역사 그것이다. 여기에 민요시인으로서의 신경림의 중요성과 한계가 동시에 존재한다. 이제 작품 자체를 통해 이런 점들을 검토해보기로 하자.

「목계장터」는 "이 땅의 근대시 개업 이후의 전시사(全詩史)에서도 이만한 가락의 흐름과 언어 울림을 갖춘 시를 찾기는 어렵다"(「고은과 신경림」, 1988)는 이시영의 격찬이 지나치다고 할 수 없는 완벽한 작품이다. 널리 회자되기 때문에 새삼스럽기는 하지만, 그래도 여기서 다시한번 읽어보지 않을 수 없다.

> 하늘은 날더러 구름이 되라하고
> 땅은 날더러 바람이 되라하네
> 청룡 흑룡 흩어져 비 개인 나루
> 잡초나 일깨우는 잔바람이 되라네
> 뱃길이라 서울 사흘 목계 나루에
> 아흐레 나흘 찾아 박가분 파는
> 가을볕도 서러운 방물장수 되라네
> 산은 날더러 들꽃이 되라 하고
> 강은 날더러 잔돌이 되라 하네
> 산서리 맵차거든 풀속에 얼굴 묻고
> 물여울 모질거든 바위 뒤에 붙으라네
> 민물 새우 끓어넘는 토방 툇마루
> 석삼년에 한 이레쯤 천치로 변해
> 짐 부리고 앉아 쉬는 떠돌이가 되라네
> 하늘은 날더러 바람이 되라 하고
> 산은 날더러 잔돌이 되라 하네

되풀이 읽어도 어느 한군데 흠을 잡거나 틈을 노릴 여유를 주지 않는 꽉 들어찬 작품이며, 안에서 솟구치는 정감과 바깥에서 물결치는 가락이 기막히게 맞아떨어진 최고의 서정시이다. 이 시가 우리에게 행사하는 자연스러운 친화성은 무엇보다도 그 가락이 전통시가의 4음보 율격에 토대해 있기 때문임이 이시영에 의해 적절히 분석된 바 있는데(「'목계장터'의 음악적 구조」, 1982), 4음보는 3음보와 더불어 민요의 기본율격이기도 하다. 다시 말해 이 작품은 우리 모국어의 가장 오래되고 안정적인 율격적 질서에 적극 호응함으로써 리듬감각의 파괴를 특징으로 하는 현대 자유시의 산문적 혼돈상태에 일대 실천적 이의를 제기하며, 그 점에서 오히려 일종의 실험적 참신성마저 지닌다. 그러나 이 시의 형식적 완결성은 단지 율격에서만 오는 것은 아니다. 1,2행의 하늘-구름, 땅-바람과 8,9행의 산-들꽃, 강-잔돌의 짝들은 각각 그 안에서 대(對)를 이루면서 후렴구처럼 되풀이되다가 마지막 15,16행의 하늘-구름, 산-잔돌에 와서 변형적으로 결합하여 마무리되며, 그 후렴구들 사이에 5행씩이 배치됨으로써 또다른 절묘한 대칭을 형성한다. 이러한 빈틈없는 구성은 적어도 「목계장터」에 있어서는 고도의 예술적 계산으로서 형식적 완벽성의 성취에 기여하지만, 파격의 지나친 통제 자체는 인간감정의 과도한 양식화로서 뜻과 울림의 자연발생적 확산을 가로막는 질곡으로 될 위험도 없지 않다고 할 것이다.

　그런데 잘 살펴보면 이 시는 전통적 율격의 활용에 의해 민요적 가락을 재생하는 데 뛰어난 성공을 이루는 반면 그 안에 들어 있는 의미의 움직임에 있어서는 『농무』의 그것으로부터 상당한 방향전환을 시도하고 있음이 눈에 띈다. 앞에서 살펴보았듯이 『농무』의 체험세계는 시인 개인의 것에 바탕을 두었으되 그의 고향사람·이웃사람과 공유하는, 넓은 의미에서 민중적인 것이었다. 그러나 「목계장터」에서 서정적 주인공은 풍진세상의 모진 세파('청룡 흑룡' '맵찬 산서리' '모진 물여울') 속에서 절망과 환멸을 경험한 개인으로서의 근대적 예술가이다. 다시 말해 "가을볕도 서러운 방물장수" "짐 부리고 앉아 쉬는 떠돌이"는 설움과 고달픔을 등짐 지듯 지고 팍팍한 인생길을 한없이 걸어가는 시인 개인의 예술적 투사인 것이다. 그러나 물론 그렇다고 해서 이때의 시인이 사회적 단절과 고립을 자신의 명예로 내세우는 소외된 존재는 아니다. "아흐레 나흘 찾아 박가분 파는" "민물 새우 끓어넘는 토방 툇마루" 같은 신경림 특유의 토속적 장면에 있어서뿐만 아니라 험악한 역사의 격랑을 숨죽이며 살아가는 왜소한 서민적 표상('풀 속에 얼굴 묻은 들꽃' '바위 뒤에 붙은 잔돌')에 있어서도 시인과 민중은 근원적으로 일치한다. 그러나 어쩐지 내 느낌에 이 작품에서 시인은 민중으로부터 소외되지는 않았으되 일종의 예술적 간격에 의해 민중과 일정한 거리를 두고 있는 것 같다. 그렇기 때문에 이 작품을 지배하는 기본정서는 『농무』에서처럼 절망·좌절·분노·공포에도 불구하고 와자지껄한 활기에 넘쳤던 군중적 감정이 아니라 뜨내기이자 떠돌이로 자신을 의식하는 민감한 예술가의 고독과 애수 바로 그것이다.

고달픈 유랑광대, 낙백한 처사(處士)의 구슬픈 탄식은 다음과 같은 작품에서는 시인의 자전적 사연에 얽혀 더욱 처연하게 읊조려진다.

> 내 여자 숨이 차서 돌아눕는 시린 외풍
> 험한 산길 지나왔네 눈도 귀도 내버리고
> 엿기름 달이는 건넌방 큰 가마솥
> 빈내기 화투 소리 늦도록 시끄러운
> 내 여자 내 걱정에 피말리는 한자정
> 강 하나 더 건넜네 뜻도 꿈도 내던지고
> 험한 산길 또 지났네 눈도 귀도 내버리고
>
> ──「밤길」후반부

이 작품에 다루어진 것은 앞서 검토한 「실명」과 상통하는 세계이다. 그러나 중요한 변화가 있음도 간과할 수 없다. 「실명」에서 우리가 본 것은 광기에 가까운 자학이었다. 암울하고 음산한 분위기가 작품 전편을 압도하여, 시의 주인공들이 킬킬대고 웃건 소리내어 울건 그들의 삶을 막아선 것은 절벽 같은 현실의 악마적 위력이다. 그러나 「밤길」은 그 제목에도 불구하고 4음보 율격의 리듬 자체에 의해 침통하고 암담한 상황의 절망성을 벗어나고 있으며 어떤 극한적 고비를 넘기고 난 안도감을 느끼게 한다. 아내를 '내 여자'라고 호칭한 데서도 깊은 연민의 정과 더불어 그러한 심미적 거리감이 인지된다.

민요의 가락 내지 전통적 율격에 대한 관심은 시집 『달 넘세』에서도 창작의 가장 중요한 동력으로 작용한다. 그런 면에서 뛰어난 성취를 이룩한 작품은 내 생각에 「씻김굿」「가재」「고향길」이다. 이제 이 작품들을 간단히 살펴보기로 하자.

'떠도는 원혼의 노래'라는 부제가 붙어 있는 시 「씻김굿」의 말미에는 씻김굿이 "전라도 지방에서 많이 하는 굿으로서, 원통한 넋을 위로해서 저세상으로 편히 가게 하는 것이 목적"이라는 설명이 첨부되어 있다. 이 시집에는 그밖에도 '굿노래' 또는 '혼령의 노래' 들이 꽤 실려 있는데, 알다시피 민요와 무가(巫歌)는 동일한 구비적 시가장르이면서도 여러모로 대조적이다. 간단히 말해서 민요는 민중들이 구체적인 생활현장에서 민중들 자신에 의해 만들어지고 불려지는 노래이지만, 무가는 굿이라는 특수한 연행적(演行的) 상황 속에서 특정한 목적을 위해 전문적 창자에 의해 불리어진다. 물론 민요든 무가든 그 형식이 전문시인에 의해 차용되어 창작의 기반으로 활용될 때에는 당연히 그 본래의 기능과 형태는 다양하게 변용될 수 있다. 어떻든 중요한 것은 동시대 독자대중의 심금을 울리는 시적 창조가 제대로 실현되었느냐 아니냐일 터인데, 「씻김굿」은 바로 그 점에서 탁월한 성취에 이르고 있다. 우선 전문을 읽어보기로 하자.

편히 가라네 날더러 편히 가라네
꺾인 목 잘린 팔다리 끌고 안고
밤도 낮도 없는 저승길 천리 만리

편히 가라네 날더러 편히 가라네.

잠들라네 날더러 고이 잠들라네
보리밭 풀밭 모래밭에 엎드려
피멍든 두 눈 억겹년 뜨지 말고
잠들라네 날더러 고이 잠들라네.

잡으라네 갈가리 찢긴 이 손으로
피묻은 저 손 따뜻이 잡으라네
햇빛 밝게 빛나고 새들 지저귀는
바람 다스운 새 날 찾아왔으니
잡으라네 찢긴 이 손으로 잡으라네.

꺾인 목 잘린 팔다리로는 나는 못 가,
피멍든 두 눈 고이는 못 감아,
못 잡아, 이 찢긴 손으로는 못 잡아,
피묻은 저 손을 나는 못 잡아.

되돌아왔네, 피멍든 눈 부릅뜨고 되돌아왔네,
꺾인 목 잘린 팔다리 끌고 안고
하늘에 된서리 내리라 부드득 이빨 갈면서.

이 갈가리 찢긴 손으로는 못 잡아,
피묻은 저 손 나는 못 잡아,
골목길 장바닥 공장마당 도선장에
줄기찬 먹구름 되어 되돌아왔네,

사나운 아우성 되어 되돌아왔네.

이 시의 율격은 한눈에 명백히 드러나는 바와 같이 3음보이다. 그러나
한 음보 안의 음절수에 있어서나 한 행을 구성하는 음보들의 단위에 있어
서나 매우 유연하고 유동적이어서 리듬의 기계적 반복성과 단조로움을
활연하게 벗어나고 있다. 가령, "밤도 낮도 없는/저승길/천리 만리" "꺾인
목/잘린 팔다리로는/나는 못 가" "못 잡아,/이 찢긴 손으로는/못 잡아"에
서처럼 한 음보가 6,7음절로 늘어나기도 하는가 하면, "햇볕 밝게 빛나는
새들 지저귀는" "되돌아왔네, 피멍든 눈 부릅뜨고 되돌아왔네" "하늘에
된서리 내리라 부드득 이빨 갈면서"처럼 3음보의 흐름에 거역하는 4음보
적 변격(變格)이 나타나기도 한다. 어쨌든 이 시의 이런 독특한 율격적 질
서는 서정적 화자인 죽은 혼령이 굿판에서 행하는 독백적 사설의 내용에
대응되면서 이 작품의 고유한 자기형식으로 승화한다.

이 시의 화자는 설명의 여지 없이 명백하다. 즉 그것은 5·18광주민중항
쟁 중에 '목이 꺾이고 팔다리가 잘려' 학살당한 원혼들이다. 광주의 참극
을 일으켜 정권을 탈취했던 자들이 한때 '새 시대'니 '정의사회'니 하는
파렴치한 언설을 입에 담은 적이 있었거니와 "바람 다스운 새 날 찾아왔
으니" 운운은 이를 가리킨다. 그런데 세상은 이제 원혼들에게 원한을 잊
고 저세상으로 가서 고이 잠들라고 권유하며 화해의 손길을 잡으라고 달
랜다. 이것이 이 시의 전반부이다. 후반부 4·5·6연은 전반부에 극명한 대
조를 이루면서 통렬한 거부의 음성을 발한다. "줄기찬 먹구름 되어 되돌
아왔네,/사나운 아우성 되어 되돌아왔네."라는 시적 주체의 현실귀환선
언으로 이 시가 끝난다는 것은 극히 시사적이다. "원통한 넋을 위로해서
저 세상으로 편히 가게" 하기 위해 벌이는 '씻김굿'이 작품의 제목이라는
것은 시의 내용에 비추어 신랄한 역설일 뿐만 아니라 원혼을 달래는 일이
다름아닌 역사의 정의를 실현하는 사업 곧 살아 있는 자들의 현재적 과업

임을 밝히는 것이다. 이 점에서 「씻김굿」은 「1950년의 총살」과 더불어 신경림의 드물게 직설적이고 전투적인 열정의 시이다.

1980년대 민중시인 신경림의 공적(公的)인 목소리가 「씻김굿」에 표현되어 있다면 「가객」「고향길」은 「목계장터」에 이어지는 고독한 예술가의 자화상을 쓸쓸한 음률 안에 담고 있다. 뱃길 따라 박가분 팔러 다니던 「목계장터」의 방물장수는 「가객」에서는 봇짐을 지고 장꾼들을 따라다니며 앵금을 부는 떠돌이 가객의 모습으로 나타난다. 안착할 곳을 끝내 찾지 못하는 영원한 표랑인의 헐벗은 삶, 물소리 들어가며 밤새 걷는 산골길, 이른 새벽 눈 비비고 일어나 한데서 먹는 시래깃국, 봇짐 얼른 챙겨 도망치듯 잔풀 깔린 성벽을 타고 걷는 새벽걸음——이 모든 영상들 속에 깊이 박힌 아픔과 외로움이야말로 다음의 시 「가객」의 내용이다.

　　내 앵금 영 넘어가는 산새소리
　　내 젓대 가시나무 사이 바람소리
　　내 피리 밤새워 우는 산골 물소리

　　무서리 깔린 과일전
　　가마니 속 철늦은 침시

　　푸른 달빛에 뒤척이던 풋장꾼도
　　이른 새벽 눈 비비고 나앉아

　　고목 끝의 한뎃가마에
　　시래기국은 끓고

　　무서리 마르기 전 봇짐 챙겨

돌아가리라 새파란 하늘
잔풀 깔린 성벽을 타고
여기 한 개 그림자만 남겼네

내 앵금 이승 떠나는 울음소리
내 젓대 동무해 가는 가는 벌레소리
내 피리 나를 보내는 노랫소리

　이 유랑의 예술가에게 돌아갈 '새파란 하늘'은 있었던가. 과연 그에게는 예전에 살던 집이 있기는 있다. 그곳 툇마루에 앉으면 "벽에는 아직도 쥐오줌 얼룩져" 있는 것이 보이며 예전과 마찬가지로 담 너머 늙은 수유나무에서는 스산히 잎사귀가 날린다. 그러나 거기 어린 시절의 꿈과 행복이 희미한 얼룩처럼 남아 있는 고향에서도 시인은 결코 영혼의 안식을 발견하지 못한다. 그의 '고향길'은 다름아닌 고향을 떠나는 길인 것이다.

두엄더미 수북한 쇠전마당을
금줄기 찾는 허망한 금전꾼 되어
초저녁 하얀 달 보며 거닐려네
장국밥으로 깊은 허기 채우고
읍내로 가는 버스에 오르려네
쫓기듯 도망치듯 살아온 이에게만
삶은 때로 애닯기도 하리
긴 능선 검은 하늘에 박힌 별 보며
길 잘못 든 나그네 되어 떠나려네

—「고향길」 후반부

220

위에 보이듯이 「가객」「고향길」 같은 작품들에서 3음보 민요율격은 그 단순한 기계적 반복성이 거의 의식되지도 않을 만큼 각 작품의 독자적인 호흡 안에 녹아들어 있다. 아마도 그것은 민요의 집단적 정서로부터의 시인의 미학적 독립을 반영하는 현상일지 모른다. 그리고 어쩌면 그것은 「달 넘세」「곯았네」「베틀노래」「네 무슨 변강쇠랴」처럼 민요의 정형적 틀에 묶여 있는 작품들이 현대시로서의 활력을 제대로 발휘하지 못한다는 사실과 더불어 신경림 민요시의 중요한 검토사안일 것이다. 실상 신경림 자신이 이미 여러 산문들에서 민요형식의 가능성과 그 현대적 한계를 지적하고 있기도 하다.

아마도 민요의 다양한 형식과 전통적 율격을 본격적으로 활용한 업적은 「새재」(1978) 「남한강」(1981) 「쇠무지벌」(1985)로 이어지는 서사적인 연작장시에서일 것이다. 작가 자신은 이 세 편이 "서로 이어진 내용을 가지고 있지만, 한편의 장시로 읽어도 좋고 따로 떨어진 시로 읽어도 좋을 것이다"(시집 『남한강』 머리말)라고 말하고 있는데, 과연 각 편은 그 나름의 독자성을 유지하면서도 상호간 긴밀한 내적 연관을 지니고 있다. 그야말로 '연작장시'라는 명칭에 어울리는 구성이다. 나는 오래전에 「서사시의 가능성과 문제점」(1982)이라는 글에서 김동환의 「국경의 밤」과 신동엽의 「금강」에 연속되는 중요한 서사시적 시도의 일환으로 「새재」와 「남한강」을 얼마간 검토한 바 있다. 그때 내가 주로 문제삼은 것은 이 작품들의 서사시로서의 문학적 성취와 그런 성취에도 불구하고 해결 안된 형식적 난관이었다. 물론 그 글에서 내가 사용한 '서사시' 개념도 서양문학의 정통적 서사시였던 것은 아니다. 의존할 만한 장르적 모범이 없는 문학사적 단계에서 이루어진 「국경의 밤」「금강」「새재」 같은 업적들을 귀납적으로 묶은 잠정적 개념이 서사시였던만큼, 이 개념의 역사적 유효성은 순전히 이론적으로 입증되거나 반증되기보다 시인들의 창작적 실천에 의하여, 그리고 그것을 받아들이는 문단과 독자들의 수용태도에 의해 결정될 일이다. 어떻든 최근 완성된 고은의 『백두산』까지 고려에 넣을 때, 그리고 서구 근대문학의 「황무지」나 「두이노의 비가」 및 우리 문학의 「기상도」 같은 장시들과의 명백한 장르적 변별성을 염두에 둘 때 「국경의 밤」부터 『백두산』까지를 묶는 단일한 문학사적 개념이 필요하다는 것이 내 생각이다. 이 가운데서도 『남한강』 연작은 근대 민중사를 꿰뚫는 그 역사의식에 있어서나 정제된 언어감각 및 자유자재하게 무르녹은 민요형식의 활용에 있어서나 단연 독보적인 작품이다. 이 작품의 본격적인 분석을 위해서는 따로 한편의 글이 있어야 할 것 같다.

5

1980년대 중반을 넘기면서 신경림은 민요기행을 계속하면서도 민요시의 창작에서 점점 멀어진다. 앞에서도 간간이 암시했듯이 민요나 전통시가의 정형적 율격에 얽매이는 것은 시적 상상력의 활달한 전개에 어떤 제약을 가하는 것이 사실이다. 그러나 그것의 형식적 가능성은 아직 완전히 탕진되지 않았다는 것이 내 생각이며, 그런 점에서 그의 민요형식과의 결별은 아쉽기도 하다. 모두 3부로 이루어진 시집 『가난한 사랑 노래』(1988)의 제1부는 온통 산동네에 관한 노래들인데, 시인의 솜씨는 여전하지만 갑갑하고 단조로움을 면치 못한다. 다른 부분에서는 민주세력의 분열을 개탄하거나 통일의 염원을 노래하는 방식으로 시사적인 관심을 보인다. 여행중에 만난 사람들의 사연과 각 지방의 풍물을 읊은 이른바 '기행시'가 선을 보이는 것도 이 시집에서이며, 「강물을 보며」 「산에 대하여」처럼 자연을 매개로 인생을 관조하고 삶의 뜻을 사색하는 시들이 씌어지는 것도 이 시집부터이다. 단정하기 어렵기는 하나 대체로 『가난한 사랑 노래』는 신경림의 전기문학과 후기문학 사이에 끼인 과도기적 침체상태를 나타내는 듯하다.

『길』(1990)은 제목도 그렇거니와 표지에도 '기행시집'이라고 못박고 있
다. 과연 이 시집에 실린 작품들은 모두 이런저런 여행 중의 계기에서 얻
은 착상을 기초로 하고 있다. 여기에는 물론 평범한 메모의 수준에 그친
듯한 작품들도 없지 않지만, 그러나 더 많은 경우 시인의 원숙한 눈과 깊
은 깨달음이 농익은 언어에 실려 형상화되고 있다. 순수한 우리말을 발굴
하여 시어로 되살리려는 의식적 노력이 이루어지는 것도 새삼 눈에 뜨인
다. 나는 이 시집을 읽으면서 『길』이 신경림의 문학역정 가운데서도 가장
높은 시적 성취에 해당한다는 것을 깨달았으며, 특히 「초봄의 짧은 생각」
「여름날」 「산그림자」 「우음(偶吟)」 「도화원기(桃花源記) 1」 「도화원기 2」
「나무 1」 「김막내 할머니」 「종소리」 같은 작품들에서 커다란 기쁨과 찌릿
한 감동을 맛보았다. 한두 편 읽어보기도 하자.

> 버스에 앉아 잠시 조는 사이
> 소나기 한줄기 지났나보다
> 차가 갑자기 분 물이 무서워
> 머뭇거리는 동구 앞
> 허연 허벅지를 내놓은 젊은 아낙
> 철벙대며 물을 건너고
> 산뜻하게 머리를 감은 버드나무가
> 비릿한 살냄새를 풍기고 있다.
>
> ─「여름날」 전문

싱싱하고 건강한 생명의 약동이 눈부신 그림이 되어 찬란하게 살아나
고 있다. 자연과 인간의 원시적 교감이 피곤한 여행자의─그리고 세태
에 찌든 독자의─나른한 시선을 소스라치듯 단숨에 저 황홀한 환상의

공간으로 인도하는 듯하다. 이 놀랍도록 충만된 시적 성취에 곁들인 '마천에서'라는 부제, 마천이 지리산 아래 마을 이름이라는 설명이 무슨 소용이 있으며 '비릿한 살냄새'가 이 시의 핵심이라는 지적이 무슨 쓸모가 있으랴.

> 이른 새벽 여관을 나오면서 보니
> 밤새 거리에 벚꽃이 활짝 피었다
> 잠시 꽃향기에 취해
> 길바닥에 주저앉았는데
> 콩나물 사 들고 가던 중년 아낙
> 어디 아프냐며 근심스레 들여다본다
> 해장국집으로 아낙네 따라 들어가
> 창 너머로 우뚝 솟은 산봉우리를 본다
> 창틀 아래 웅크린 아낙의 어깨를 본다
>
> 하늘과 세상을 떠받친 게
> 산뿐이 아닌 것을 본다.
>
> ─「산그림자」 전문

여기에도 '영암에서'라는 부제가 붙어 있으나, 오도송(悟道頌)이 어디서 읊어졌느냐를 따지는 것이 부질없는 노릇이듯이 부제는 한갓 자그마한 장식이다. 이른 새벽 길바닥에 주저앉은 처량한 중년 사내를 이끌어 해장국집으로 데리고 간 중년 아낙은 필경 관세음보살이다. 손에는 비록 콩나물 바구니가 쥐어져 있으나 그의 웅크린 어깨는 '우뚝 솟은 산봉우리'보다 더 우람하고 힘차게 '하늘과 세상을' 떠받치고 있다. 시의 이름으로 우리가 기대하는 지복(至福)의 경지가 여기 실현되고 있다 할 것이다.

길 잃고 헤매다가 강마을 찾아드니

황토흙 새로 깐 마당가에서

늙은 두 양주 감자눈을 도려내고 있다

울타리 옆으론 복사꽃나무 댓 그루

잔뜩 부푼 꽃망울들은

마지막 옷을 안 벗겠다고 앙탈을 하고

봄바람은 벗으라고 벗으라고 졸라댄다

집 앞 도랑에서 눈석임물에

달래 씻어 들어오는 아낙네

문득 부끄러워 숨길래 동네 이름 물으니

여기가 바로 도화원이란다

— 「桃花源記 1」 전문

우릉〔武陵〕의 한 어부가 냇물을 따라 올라가다 길을 잃고 찾아들었던 낙원은 가공의 땅이지만, 이 시의 도화는 지도에서 찾아보니 충주와 단양 중간쯤 충주호반에 붙은 작은 마을 이름이다. 그러고 보니 충주호 가장자리에는 도화와 멀지 않은 월악산 가까이에 바로 무릉이란 지명도 보인다. 하기야 내 고향도 이름만은 아름다운 강원도 고성군 토성면의 도원리이다. 도연명의 무릉도원이 본시 피난민의 땅이었듯이 도원리·선유리 같은 이름에는 전란과 학정에 시달린 민중들의 꿈이 반영되어 있다. 과연 이 작품에는 신경림이 발견한 낙원의 그림이 실로 전설적인 아름다움 속에 묘사되어 있다. 감자눈을 도려내고 있는 늙은이 내외의 모습이 만들어내는 평화스러움에 대비되는 것은 낯선 사내를 보고 뒤로 숨는 며느리의 부끄러움일 터인데, 이 부끄러움은 이유 없이 건성으로 여기 들어 있는 것이 아니고 잔뜩 부풀어 터질 듯한 복사꽃 꽃망울을 보는 시적 화자의 은근한 시선과 연관되어 있다. 그러나 이 시는 감자눈 도려내는 늙은이, 도랑에서 달래 씻어 들어오는 아낙네, 앙탈하는 꽃망울, 졸라대는 봄바람, 그리고 이 모든 것을 그렇게 보고 증언하는 화자의 존재를 "여기가 바로 도화원이란다"라는 마지막 행 안에 수렴해 들임으로써, 마치 좋은 시에서는 "문갑을 닫을 때 뚜껑이 들어맞는 딸깍소리"가 난다고 김수영이 말했던 것과 같은 완벽한 딸깍소리로써 마감하고 있다.

시집 『쓰러진 자의 꿈』(1993)은 제목이 시사하듯이 사회주의의 실패와 군사정권의 퇴진으로 대변되는 1990년대의 변화된 현실 속에서 삶의 뜻을 다시 묻고 문학의 길을 새로 찾는 작업을 하고 있다. 민중적 생활현실과 토착적 정서의 구체적인 세목들을 평이한 듯하면서도 정확한 이미지와 친숙한 가락에 실어 노래하는 것이 그동안의 신경림 시의 특징이라 할때 『쓰러진 자의 꿈』이 보여주는 명상적이고 관념적인, 때로는 우의적(寓意的)이고 잠언적(箴言的)인 성격은 사뭇 놀랍기까지 하다. 그러나 그의 시들을 돌이켜보면 1987년 6월항쟁 이후 민주세력의 분열을 겪으면서 현실운동에 대한 얼마간의 비관적 체념과 내면적·자기반성적인 경향이 그의 문학에서 점점 더 강화되고 있음을 알아볼 수 있다.

> 산이라 해서 다 크고 높은 것은 아니다
> 다 험하고 가파른 것은 아니다
> 어떤 산은 크고 높은 산 아래
> 시시덕거리고 웃으며 나지막이 엎드려 있고
> 또 어떤 산은 험하고 가파른 산자락에서
> 슬그머니 빠져 동네까지 내려와
> 부러운 듯 사람 사는 꼴을 구경하고 섰다
>
> ——「산에 대하여」 전반부

아무리 낮은 산도 산은 산이어서

봉우리도 있고 바위너설도 있고
골짜기도 있고 갈대밭도 있다
품안에는 산짐승도 살게 하고 또
머리칼 속에는 갖가지 새도 기른다

——「偶吟」 전반부

　앞의 것은 『가난한 사랑 노래』에서, 뒤의 것은 『길』에서 뽑은 것인데,
이 시들에는 물론 우리나라의 높고 낮은 수많은 산들을 밑에서 쳐다보
고 위에서 밟아보며 살아온 경험이 은은히 깔려 있다. 그러나 단순히 서
경(敍景)을 목표한 것이 아님은 분명하다. 여기서 산은 말하자면 이러저
러한 인생살이의 비유인 것이다. 대체로 비유적인 시는 단조롭게 마련이
고 노리는 바가 뻔해서 긴장감을 잃기 쉬운 법인데, 이 작품들을 그런 상
투성에서 구해내는 것은 오랜 연륜과 깊은 사색에서 저절로 우러난 지혜
와 균형감각이다. 시집 『쓰러진 자의 꿈』에는 그런 사색적인 작품들이 다
수 실려 있으며, 그 중 어떤 것들은 시의 명품(名品)만이 맛보게 하는 참된
감동의 경지에 이르고 있다. 「길」 「파도」 「초승달」 「댐을 보며」 「다리」 같
은 작품들이 그러하며, 특히 이 글의 앞부분에서 「갈대」 「종소리」와 비교
하면서 약간의 분석을 시도했던 「나목(裸木)」은 "아흔의 어머니와 일흔의
딸이/늙은 소나무 아래서/빈대떡을 굽고 소주를 판다"의 널리 거론되는
「봄날」과 더불어 투명하게 정화된 보석 같은 언어들로 숨막히게 충만된
최고의 '시'를 성취하고 있다.
　그러나 나 개인으로서는 시인의 인생역정이 좀더 진솔하게 배어 있는
「담장 밖」 「하산」 같은 작품에서 폐부를 찌르는 듯한 감동을 받는다. 먼저
「담장 밖」을 읽어보자.

　번듯한 나무 잘난 꽃들은 다들 정원에 들어가 서고

억센 풀과 자잘한 꽃마리만 깔린 담장 밖 돌밭
구멍가게에서 소주병 들고 와 앉아보니 이곳이
내가 서른에 더 몇해 빠대고 다닌 바로 그곳이다.
허망할 것 없어 서러울 것은 더욱 없어
땀에 젖은 양말 벗어 널고 윗도리 베고 누우니
보이누나 하늘에 허옇게 버려진 빛 바랜 별들이
희미하게 들판에 찍힌 우리들 어지러운 발자국 너머.
가죽나무에 엉기는 새소리 어찌 콧노래로 받으랴
굽은 나무 시든 꽃들만 깔린 담장 밖 돌밭에서
어느새 나도 버려진 별과 꿈에 섞여 누워 있는데.

나는 이 시를 몇차례 소리내어 낭송해보았다. 굳이 4음보니 뭐니 따질
필요도 없이 우리말의 흐름에 맞아떨어지는 자연스런 호흡과 절실한 의
미의 파동이 목젖을 떨게 만든다. 물론 이 작품에도 어김없이 신경림 특
유의 시적 소도구들이 등장한다. "구멍가게에서 소주병 들고 와"라든지
"희미하게 들판에 찍힌 우리들 어지러운 발자국" 같은 것들이 그것이다.
처음 두 행이 말하고 있는 것도 신경림의 시적 사유에서 낯선 것이 아니
다. "못난 놈들은 서로 얼굴만 봐도 흥겹다"고 노래한 것이 벌써 언제였던
가. 그리고 보면 이 시는 매우 신경림적이기는 하나, 그밖에 아무 새로운
것이 없는 듯한 느낌을 주기도 한다. 그가 30년이 넘도록 고단한 발걸음을
해오던 삶의 자리에 다만 다시 돌아왔을 뿐인 것 같기도 한 것이다. 그러
나 이 시가 주는 뼈저린 감회는 단순한 되풀이, 곤핍한 인생의 한없는 반
복이 조성하는 체념적 정서만은 아니다. 물론 그는 "버려진 별과 꿈에 섞
여 누워" 있기는 하다. 그것은 그가 처한 사실의 세계이고 그를 둘러싼 물
질적 현실의 세계이다. 하지만 그는 느낀다, "허망할 것 없어 서러울 것은
더욱 없어"라고. 이것이야말로 어쩌면 그의 문학에서 처음 발언된 대가적

품격의 언명일지 모른다. 결국 그가 도달한 곳도 시인이 자기 자신과 행하는 그리고 이 세계와 이루어내는 화해인 것이다. 그 화해는 이제 다음과 같은 아름다운 시를 낳는다.

언제부턴가 나는
산을 오르며 얻은 온갖 것들을
하나하나 버리기 시작했다
평생에 걸려 모은 모든 것들을
머리와 몸에서 훌훌 털어버리기 시작했다
쌓은 것은 헐고 판 것은 메웠다

산을 다 내려와
몸도 마음도 텅 비는 날 그날이
어쩌랴 내가
이 세상을 떠나는 날이 된들
사람살이의 겉과 속을
속속들이 알게 될 그날이

─「下山」전문

삶과 문학의 길을 오로지 꼿꼿하게 걸으면서 자신과 같이 외롭고 힘없는 사람들에게 목소리를 빌려주고 그들의 꿈과 희망을 우리 문학세계의 한복판에 깃발처럼 우뚝 심어놓은 그가 이제 마침내 회갑의 나이에 이르렀으니, 그의 시의 주인공이자 그 자신도 거기 속해 있는 민중들이 애정과 경의를 표할 시간이다.

『신경림 문학의 세계』(창작과비평사 1995)

민중성의 시적 구현

■

『농무』를 다시 읽는다

1

1956년 월간지『문학예술』에「갈대」「묘비」 등이 추천되어 문단에 나온 신경림은 이듬해까지 모두 5편의 시를 발표하고 서울을 떠나 낙향한다. 그리고 고향인 충주와 그 인근지역을 떠돌면서 10년 가까운 동안 낭인생활을 한다. 그 자신의 말로는 "농사도 지어보고 광산이나 공사장에 가서 일도 하고 장사도 하면서," 그러나 글 한줄 안 쓰고 문학책 같은 건 들여다보지도 않으면서 세월을 보내었다. 그러다가 1965년 길거리에서 우연히 김관식(金冠植) 시인을 만난 것이 계기가 되어 다시 상경하는데, 그의 시작활동이 재개된 것도 그때부터였다.

그러나 1년에 한두 편 내지 두세 편 활자화되는 작품으로는 그가 주목받는 시인의 반열에 오를 수 없었다. 무엇보다도 그의 시는 당시의 문단이 주목하기에는 너무나 낯선 종류의 것이었다. 그러다가『창작과비평』1970년 가을호에 한꺼번에 게재된「눈길」「그날」 등 5편은 한 시인의 문학역정에뿐 아니라 우리 문학사에 하나의 사건이라 할 만한 폭풍을 일으켰다. 이 시들이 당시 문단과 독서계에 일으킨 신선한 충격과 커다란 감명은 오래전에 하나의 전설이 되었다.

이를 계기로 그의 창작활동은 눈부신 업적으로 개화하기 시작했다. 그는 1971년에 8편, 1972년에 16편을 여러 지면에 발표했고, 이 업적들을 모아 1973년 봄 출판사 등록도 되어 있지 않은 월간문학사의 이름으로 시집을 자비 출판하였다. 그것이 시집『농무』의 초판이다. 이 시집은 이듬해 그에게 제1회 만해문학상의 영예를 안겨주었을뿐더러 전후 한국시의 물줄기를 바꾸어놓았다는 평판을 선사하였다. 이 시집은 초판 이후 발표된 17편이 더 보태어져 1975년 3월에 '창비시선'으로 간행되었다. 오늘날 흔히 거론되는『농무』는 초판이 아닌 바로 이 증보판이다.

2

한 편의 소설, 한 권의 시집이 세상에 나오고 나서 그 진가가 대중적으로 공인되기까지는 오랜 시일을 요하는 수도 있고, 반대로 시대적 요청과의 때맞춘 해후로 인해 즉각적인 호응을 유발하는 수도 있다. 시대와 작가의 만남은 다양한 변수에 영향을 받는 것이기 때문에 특정 작품이 독자들로부터 받는 환호 또는 냉대가 그 작품의 예술적 성취를 그대로 반영하는 것은 아니다. 1970년대 초에 이루어진 신경림의 문단복귀와『농무』간행은 밤하늘에 터진 폭죽처럼 돌발사건의 인상을 지니고 있지만, 생각해보면 그것은 시대적 요청의 당연한 표현이었다. 어떻든 "아편을 사러 밤길을 걷는다/진눈깨비 치는 백리 산길"——이렇게 시작되는 작품「눈길」을 1970년의 시적 관습에 젖은 사람이 처음 읽었을 때 받는 개안(開眼) 효과는 지금의 독자들이 쉽게 상상하기 어려울 것이다.

그러나『농무』전체를 다시 읽어보면 신경림 특유의 시세계가 거의 완벽한 형태로 모습을 나타낸 것은 이미 1965년의 「겨울밤」 「산읍일지」에서 임을 알 수 있다. 그리고 이 지점에서 아마 좀더 섬세하게 검토되어야 할 것은 「갈대」 「묘비」 등 초기작과 「겨울밤」 「눈길」 이후의 문학세계 사이에 어느 정도의 단층이 존재하는가, 또는 단층에도 불구하고 지속되는 내적 연속성이 인정되는가 하는 점일 것이다. 이 점과 관련하여 나는 「민중의 삶, 민족의 노래」(『신경림 문학의 세계』, 창작과비평사 1995)에서 「갈대」의 내면지향이 신경림 시에 대한 통념과 달리 그의 시적 발상의 지속적인 요소라고 지적하였다. 그러나,

　　—산다는 것은 속으로 이렇게
　　조용히 울고 있는 것이란 것을
　　그는 몰랐다.

에서 삶과 울음의 연결이 시적으로 구체적인 필연성을 결하고 있다는 것은 부인하기 어렵다. 다시 말해서 '갈대의 울음'은 내면의 진실을 추구하는 진지한 자세를 상기시키면서도 그 정서적 기반은 아직 소박한 감상주의의 테두리를 벗어난 것이 아니다. 쓸쓸한 표정으로 서서 바람을 맞고 있는 '묘비'의 심상 또한 불투명한 애수의 제시에 그치고 있다.

　짐작건대 바람과 달빛 속에 혼자 서서 쓸쓸히 자기 내부를 응시하면서 울음을 삼키고 있는 것은 젊은날 신경림의 시적 자아일 것이다. 그것은 진실하지만 무기력한 모습이다. 그의 낙향은 50년대의 억압적 정치현실과 낙후한 문단상황에서 그의 시적 자아가 선택한 유일한 출구였는지도 모른다. 그리고 낭인생활 10년은 그의 관념적 고독감에 사회적 실체를 부여하고 그의 내면지향적 정직성을 민중생활의 토대 안에 자리잡도록 했을 것이다. 그런 점에서 '글 한줄 안 쓰고 책 한권 안 읽으며' 보낸 그의 고단한 세월은 신경림의 오랜 문학적 여정에서 진정한 수련기간이고 내공

의 습득기간이었다.

3

시집 『농무』가 우리 문학사에서 차지하는 위치는 어떤 것인가. 공허한 관념의 유희로 인해 독자들의 외면을 받던 시적 빈곤의 시대에 민중들의 삶의 실상을 민중적 언어로 노래하는 새로운 시세계를 개척함으로써 우리 시에 활로를 열었다는 평가가 어느정도 정착되어 있다. 물론 이것은 틀린 이야기가 아니다. 그러나 「겨울밤」부터 시작된 신경림 시의 독특한 화법과 시언어의 조직원리가 충분히 해명되었다고 보기는 어렵다. 더욱이 신경림 문학의 세례를 받고 등장한 후배 시인들의 작품이 널리 발표되고 통용됨으로써 그의 시의 방법적 고유성은 상당히 희석되기도 하였다.

생각해보면 시인에게 있어 진정한 자아의 인식은 그의 현실인식의 철저성을 통해 드러난다. 사람의 의식이라고 하는 것은 객관적 환경을 떠나 독립적으로 존재하는 실체가 아니라 외부적 조건과의 접촉을 통해 확장되기도 하고 왜곡되기도 한다. 그런데 언어는 이미 획득된 의식내용을 담는 단순한 기능적 도구가 아니다. 시인의 새로운 현실인식을 담보하는 것은 그의 새로운 언어일 뿐이다. 위대한 시적 성취가 이루어지는 순간이란 인식과 표현의 완전한 통일이 달성되는 순간이다. 즉, 그 순간에 하나의 성공이 이루어지는 것이지 인식과 표현이라는 별개 영역의 성공이 사후적으로 결합되는 것은 아니다. 김수영(金洙暎)식으로 말하면 "시에 있어서의 내용과 형식의 관계를 생각할 때 내용과 형식의 동일성을 공간적으로 상상해서, 내용이 반, 형식이 반이라는 식으로 도식화해서 생각해서는 안된다. (…) 예술성의 편에서는 하나의 시작품은 자기의 전부이고, 산문의 편, 즉 현실성의 편에서도 하나의 작품은 자기의 전부이다."(김수영 「시여, 침을 뱉어라」)

그러나 시인의 언어적 모험이 아무 기댈 것 없는 진공 속에서 이루어지는 것은 아니다. 우리가 일상생활에서 말을 할 때 민족의 공동재산인 언어의 창고에서 낱말을 꺼내다 쓰듯이 시인도 정해진 문학적 관습에 의존하여 창작의 에너지를 배분한다. 따라서 문학적 전통이 빈약한 곳에서는 풍요로운 업적이 태어나기 어려운 것이 당연하다. 가령, 우리가 시선을 20세기 초로 옮겨볼 때 그 시점에서 시인들은 따라야 할 모범이자 극복해야 할 제약으로서의 장르적 규범을 제대로 갖지 못하였다. 조선시대의 옛문학으로부터 근대적 문학형식에로의 이행은 형식적 완결성의 요구가 상대적으로 덜한 서사장르에서보다 서정시인들에게 더 심한 압박을 가했을 것이다. 그런 점에서 한용운의 『님의 침묵』과 김소월의 『진달래꽃』은 아직 충분히 해명되지 않은 역사적 경이라고 할 수 있다.

이런 맥락에서 출판된 지 30년이 지난 오늘 다시 『농무』를 읽어보면 이 시집의 역사적 위치가 좀더 확실한 원근법 속에 드러난다. 그리고 신경림의 이름과 늘 결부되게 마련인 한국시의 민중성이 구체적으로 어떤 사회사적 근거 위에 서 있는 것인지도 좀더 뚜렷하게 밝혀진다. 이제 몇 작품의 분석을 통해 시세계 안으로 들어가보자.

젊은 여자가 혼자서
상여 뒤를 따르며 운다
만장도 요령도 없는 장렬
연기가 깔린 저녁길에
도깨비 같은 그림자들
문과 창이 없는 거리
바람은 나뭇잎을 날리고
사람들은 가로수와

전봇대 뒤에 숨어서 본다
아무도 죽은 이의
이름을 모른다 달도
뜨지 않은 어두운 그날

―「그날」 전문

그런대로 널리 알려진 작품이지만, 내부구조가 상세하게 분석된 작품은 아니다. 모두 12행으로 이루어진 이 시는 곰곰이 살펴보면 3행을 한 토막으로 하여 기승전결(起承轉結)의 4토막으로 구성되어 있음을 알 수 있다. 첫째 토막은 제시부이다. 섬뜩하고 불길한 장례의 정경이 단도직입적으로 제시된다. 선명한 시각적 영상을 젊은 여자의 울음이 날카롭게 횡단한다. 이러한 핵심적 사건의 제시에 이어 음산한 배경적 사항들이 두번째 토막에서 서술된다. 서사의 일반원칙에 따르면 배경이 먼저 설정되고 그 다음에 사건이 진행되는데, 여기서는 말하자면 도치된 셈이다. 그렇게 함으로써 장례행렬의 심상치 않은 비극성이 강화된 인상을 얻는다. 그런데 '도깨비 같은 그림자들'은 무엇인가. 장례행렬 뒤에 혼자 울며 따르는 여자를 멀리서 뒤쫓는 구경꾼들인가. 아니면 망자의 원혼을 위로하듯 옹위하고 가는 구슬픈 혼령들의 무리인가. 시의 화자는 독자의 상상을 자극할 뿐이고 아무런 단서도 제공하지 않는다. "문과 창이 없는 거리"(제6행)라는 단순하고 간명한 묘사는 "만장도 요령도 없는 장렬"(제3행)의 예리한 제시에 대구(對句)를 이루면서 얼어붙은 듯한 공포의 감정을 조성한다. 그러나 화자가 중립적인 관찰자로 시종하는 것은 아니다. 시적 상황의 간결한 소묘는 마치 파시즘의 도래를 예고하는 현대 전위화가의 그림처럼 절망적 상황과 마주선 자의 억제된 분노를 내장하고 있다. 세번째 토막에서 화자의 시선은 좀더 확대된 공간을 향한다. 그리고 여기서 이 시의 사회적 연관성이 암시된다. 그것은 다름아니고 사람들이 뒤에 숨어서

민중성의 시적 구현 235

장례식을 본다는 사실, 다시 말하면 이 장례식이 공공연하게 허용된 행사가 아니라는 사실을 말해준다. 장례식이 금지될 수 있는가. 전쟁중에도 민가에서는 장례가 치러지지 않았던가. 그러나 과거 야만적인 정치폭압의 시절 모든 상식과 이성은 폭력적으로 거부되었다. 이런 점에서 이 시「그날」은 고도의 정치적 비판을 함축하고 있으며, 마지막 토막에서 '아무도 죽은 이의/이름을 모른다'고 언명한 것은 그런 비판적 의도를 예각화하기 위한 반어이다.

시「그날」은 한 시대의 정치적 암흑을 증언하는 저항정신의 산물이다. 그러나 시의 화자는 텍스트 바깥에 몸을 감추고 자신의 목소리를 겉으로 발하지 않는다. 시의 제목은 이 장례식이 특정인의 정치적 죽음과 연관되어 있음을 암시하지만, 구체적 세목들의 결락은 여기 묘사된 공포와 절망이 특정한 진보정치인의 사형사건뿐만 아니라 우리 현대사의 항시적 탄압상황에 근거한 것임을 지시한다. 이러한 강렬한 현실연관성을 배경에 깔면서도 이 시는 감상적 울분의 토로가 최대한 절제된 가운데 장렬을 따르는 여자, 연기 깔린 저녁길, 숨어서 보는 사람들 등에게로 순차적으로 카메라앵글을 돌리는 장면화(場面化) 기법을 사용하여 높은 수준의 미학적 완벽성을 이루어내고 있다. 그러나 더 감탄을 자아내는 것은 이처럼 정교하고 세심한 형식적 장치의 설정에도 불구하고 독자들이 거의 그 점을 의식하지 못한 채 무심히 작품세계 안으로 진입하도록 텍스트가 제시된다는 사실이다. 『농무』의 의의를 거론할 때 빠짐없이 지적되는 사항이 소위 현대시의 난해성과 연관되어 있는데, 신경림의 경우 고도의 예술성에도 불구하고 시가 어렵지 않게 읽힌다는 사실이야말로 따지고 보면 오히려 수상쩍게 느껴지는 측면이라고 해야 할 것이다. 작품을 읽는 독자들의 호흡에 대한 배려, 즉 운율적 측면도 이 시의 자연스러운 수용에 기여했을 것이다.

흙 묻은 속옷 바람으로 누워
아내는 몸을 떨며 기침을 했다.
온종일 방고래가 들먹이고
메주 뜨는 냄새가 역한 정미소 뒷방.
십촉 전등 아래 광산 젊은 패들은
밤 이슥토록 철늦은 섰다판을 벌여
아내 대신 묵을 치고 술을 나르고
풀무를 돌려 방에 군불을 때고.
볏섬을 싣고 온 마차꾼까지 끼여
판이 어우러지면 어느새 닭이 울어
버력을 지러 나갈 아내를 위해 나는
개평을 뜯어 해장국을 시키러 갔다.
경칩이 와도 그냥 추운 촌 장터.
전쟁통에 맞아죽은 육발이의 처는
아무한테나 헤픈 눈웃음을 치며
우거지가 많이 든 해장국을 말고.

— 「驚蟄」 전문

　낙백시절 시인이 감내했던 고달픈 삶의 한 대목이 그야말로 단편소설과도 같은 서사적 구도 속에 전개되고 있다. 일찍이 시집 발문에서 백낙청 교수가 "리얼리스트의 단편소설과도 같은 정확한 묘사와 압축된 사연들을 담고 있"다고 지적한 이래 『농무』의 작품들이 지닌 단편소설적 특징은 많은 비평가들에 의해 확인된 정설로 굳어졌다. 그리고 서정시에 이야기의 요소를 도입하는 방식은 이시영·최두석 같은 후배시인들에 의해 다양하게 시도되었고, 한때 시의 서사성 문제가 리얼리즘이라는 주제와 결부되어 비평적 토론에 붙여지기도 하였다. 그런데 서정시가 인간의 특별한 감성적 영역에 관계되어 있음을 인정할 때 거기에 사람살이의 이런저런 곡절이 담기는 것은 자연스러운 일이다. 삶과 유리된 허황한 관념에 몰입하거나 뜻도 통하지 않는 말장난으로 시종해온 한국의 이른바 난해시야말로 사회사적 해명을 요하는 특이한 현상이다. 그런 점에서 신경림의 『농무』가 수행한 역사적 과업은 1930년대 말 일제 군국주의의 발악에서부터 해방과 분단, 한국전쟁과 반공독재에 이르는 기간의 혹독한 민족사적 시련에 의해 파괴된 시적 전통의 복구였다. 어떤 자리에서 신경림은 좋아하고 영향받은 선배시인으로 임화·백석·이용악·박목월 등의 이름을 열거한 바 있는데, 박목월 이외의 다른 시인들이 오랫동안 금기의 대상이었다는 것은 의미심장한 일이다.

이제 작품 「경칩」으로 돌아가보자. 앞의 「그날」이 선명한 시각적 영상의 구성을 통해 한 시대의 침통한 정치현실을 제시한다면, 「경칩」은 화자 자신이 텍스트 안에서(즉 1인칭시점으로) 사건을 기술한다. 「그날」에서 시의 진행은 장면의 전환 즉 공간적 이동으로 이루어지는 데 비하여, 「경칩」에서는 아내가 기침을 하며 잠자리에 눕는("속옷 바람으로 누워") 밤중부터 닭이 우는 새벽녘까지의 시간적 경과에 의존한다. 그런데 「그날」과 「경칩」은 낭독을 하건 묵독을 하건 읽는 느낌이, 마치 음악에서 단조와 장조가 다른 분위기를 자아내듯이, 아주 대조적이다. 그런 운율적 차이는 어디에서 발생한 것인가. 잘 살펴보면 「경칩」은 4행씩 한 묶음이 되어 「그날」과 마찬가지로 기승전결 4부로 구성되어 있다. 그러니까 한 행을 하나의 율격적 단위로 친다면 「그날」은 3음보이고 「경칩」은 4음보인 셈이다. 한 행의 길이 자체도 전자보다 후자가 더 길고 늘어진다. 이런 점들이 어울려서 두 작품을 아주 다른 가락으로 읽게 만들었을 것이다. 그러나 그런 대조에도 불구하고 두 작품의 구성원리는 동일하다. 즉, 산만하게 흩어지거나 폭발적으로 퍼져나가는 원심적 구조가 아니라 엄밀하게 계산되고 통제되는 구심적 조직이다. 아마 이것은 신경림의 거의 모든 시에서 찾아볼 수 있는 고전주의적 견고성의 원리일 것이다. 생각건대 이야기와 노래의 절묘한 균형은 범속한 산문화(散文化) 위험에 노출되기 쉬운 우리말 시에 심미적 긴장을 부여했을 것이다.

앞서 나는 「민중의 삶, 민족의 노래」라는 글에서 「3월 1일 전후」 「동면 (冬眠)」 「실명(失明)」 같은 작품들을 거론하면서, "절망적 광기를 뿜어내는 그 기괴성과 자연주의적 암담함에 있어서" 「광야」 「비 오는 날」의 50년대 작가 손창섭을 연상케 한다고 지적한 바 있다. 「경칩」은 물론 「실명」처럼 그렇게 암담하고 자학적이지는 않다. 「경칩」에서 아내는 깊은 연민과 측은함의 감정으로 묘사된다. 그러나 두 작품에서 화자들이 처한 현실은 본질적으로 동일하며 "경칩이 와도 그냥 추운 촌 장터"라는 구절에서 보듯이 미래에 대한 낙관적 전망으로부터 차단되어 있다. 이런 점에서 신경림도 '전후문학' 세대의 일원이었음이 분명하다.

4

『농무』의 간행으로 인상깊게 문단에 복귀한 신경림은 1970년대 후반의 작업을 『새재』(1979)에, 1980년대 전반의 작업을 『달 넘세』(1985)에 정리한다. 이 시집들에서 그는 한편으로 『농무』의 세계를 좀더 능숙하게 계승하면서, 다른 한편 새로운 시도를 선보인다. 새로운 시도란 주로 민요형식에 대한 그의 이론적·실천적 관심을 가리킨다.

앞에서 한용운·김소월의 이름을 들면서 거론했듯이 우리 근대시의 탄생은 혼돈과 시행착오의 과정을 겪지 않을 수 없었다. 그것은 과거 봉건시대의 시형식들이 시대적 변화에 저항 또는 적응하면서 주체적인 자기극복을 통해 근대시로 태어나지 못했다는 사실과 관련된다. 민중의 노래로서의 민요는 창조적 기능이 쇠퇴해가는 동안 지식인문단의 자유시와 적극적인 교섭을 갖지 못했고, 따라서 농촌의 붕괴와 더불어 점차 몰락의 길을 걸을 수밖에 없었다. 그러나 민요는 장구한 세월에 걸쳐 민중들의 생활현장에서 살아있는 문학으로 전승되어온 장르인만큼, 소멸될 수밖에 없는 요소도 있겠지만 새롭게 활용될 요소도 적지 않을 것이다. 우리 근대시의 역사에서 민요에 대한 관심이 적었던 것은 지식계급 문인들의 민중적 전통에 대한 무지와 무관심을 반영하는 현상이다. 그것은 식민지 식인의 이념적 기반이 본질적으로 대외의존적이었던 역사적 사실의 일환인지도 모른다. 이런 점에서 근대시 초기의 김소월은 형식사적 의의 이상의 중요성을 가진 시인이며, 신경림의 민요기행과 민요시 창작 또한 커다란 문학사적 의의를 가진다.

앞에서 나는 「그날」과 「경칩」을 분석하면서 그 작품들이 일정한 정형(定型)에의 의지를 품고 있다고 암시하였다. 물론 민요는 운율적 틀에 얽매인 구비적 문학이고 상투형의 반복이 잦은 인습적 문학인 반면, 신경림의 시는 민요적 정서와 민요적 가락에 대한 강한 친화성에도 불구하고 엄격한 미학적 통제의 소산이다. 그런 점에서 민요는 김소월에게 있어 그러하듯이 신경림의 문학에 있어서도 창조성의 발현을 구속하는 억압인 동시에 모국어가 지닌 가능성의 최대치로 인도하는 통로로서의 양날의 칼이다. 그는 자신의 민요시에 대해 이야기를 나누는 자리에서 "민요가락에 갇혀서 거기에 시를 맞추려고 하다보니까 싱싱한 맛이 없어진다"고 스스로 반성하고 있다. 절대다수의 시조들이 시로서의 발랄함을 갖고 있지 못하듯이 신경림의 상당수 민요시들 역시 생동하는 힘을 발휘하지 못하는 것이 사실이다. 그러나 뛰어난 시적 재능에 의해 정형시의 형태적 속박을 돌파하는 일이 성사된다면 위대한 시조가 태어날 수 있는 것과 마찬가지로, 「목계장터」 「어허 달구」 「밤길」 「씻김굿」 「베틀노래」 같은 시들은 민요형식의 창조적 활용이 어떤 생산적 성취에 이를 수 있는지, 예술형식의 미적 전유(專有)를 통한 자유의 구현이 어떤 기적을 낳는지 실증하는 최고의 업적이다.

다른 한편, 『농무』에는 좌절과 자조, 영탄과 체념의 정서가 주조를 이룬 가운데서도 이와 아주 다른 전투적 의지의 시들도 있다. 「1950년의 총살」은 전쟁중의 양민학살을 규탄하는 대표적인 저항시이지만, 「갈 길」 「전야」 「이 두 개의 눈은」 등도 신경림이 한때 임화의 독자였음을 상기시키는 만만치 않은 선동성을 발휘한다. 그중 짤막한 「갈 길」을 읽어보자.

녹슨 삽과 괭이를 들고 모였다
달빛이 환한 가마니 창고 뒷수풀
뉘우치고 그리고 다시 맹세하다가
어깨를 끼어보고 비로소 갈 길을 안다
녹슨 삽과 괭이도 버렸다
읍내로 가는 자갈 깔린 샛길
빈주먹과 뜨거운 숨결만 가지고 모였다
아우성과 노랫소리만 가지고 모였다

농민봉기의 한 장면을 담고 있는 듯한 이 작품을 단순히 선동적 구호시라고만 할 수는 없을 것이다. 그러나 신경림 특유의 객관적 묘사로 시종하는 시도 아니다. 여기서 문제는 이 시의 화자가 누구인가 하는 것이다. 삽과 괭이를 들고 모인 집단적 주체인가, 아니면 봉기사건과 거리를 둔 서정적 자아인가. 이 점에 대하여 이 작품은 명확한 입장을 취하지 않는다. 어떻든 이런 경향은 1980년대 이후 가끔 씌어지는 행사시들과 맥을 잇는다고 생각된다.

5

　나는 시집『새재』에서「4월 19일, 시골에 와서」를 다시 읽고 십여년 전 깊은 울림을 가진 목소리로 힘차게 그 시를 낭송하던 성내운(成來運) 선생을 떠올린다. 그러고 보면 이 시집에는「다시 남한강 상류에 와서」「군자(君子)에서」「개치나루에서」「고향에 와서」등이 실려 있어, 시인의 거처가 오래전에 서울로 옮겨졌음을 새삼 깨닫게 된다. 이런 종류의 시들은 『달 넘세』『가난한 사랑노래』에서도 드문드문 이어지다가『길』에서 드디어 기행시의 한 경지를 이룩한다. 그의 기행은 민요를 찾아서, 문학강연을 하러 떠나는 것도 있지만 함께 가는 친구가 좋아서, 그냥 사람이 만나고 싶어서 떠나는 것도 많다. 그의 기행은 사람과 자연이 어우러진 세상 속으로의 발걸음이다. 그러므로 그의 기행시는 시대적 현실의 저변, 민중생활의 심층에 그가 굳게 발을 딛고 있다는 반증이기도 할 것이다.

　분단, 전쟁, 냉전, 독재의 가시밭길을 힘겹지만 올곧게 걸어 마침내 민주화의 서광이 눈앞에 다가선 희망의 연대, 그러나 군사정권의 퇴진에도 불구하고 근본적 변화가 금방 달성되는 것은 아니었다. 그런 점에서 시집『길』이 1990년에 발간된 것은 뜻깊은 일이다. 한 시대의 마감을 상징적으로 보여주고 있기 때문이다. 그러나 그와 동시에 동구 사회주의 정권이 무너지고 자본주의의 총공세가 개시됨으로써 또다른 격변이 예고되었다. 길이 끝나는 곳에서 시인의 여행은 다시 시작될 수밖에 없게 된 것이다.

『신경림 시전집 1』(창비 2004) 해설

가혹한 시대의 시와 시인

■

신경림 『시인을 찾아서』를 읽고

신경림의 새 책『시인을 찾아서』(우리교육 1998)는 언뜻 보기에 매우 평범한—심지어 상투적이라고도 말할 수 있는—착상을 출발점으로 삼고 있다. 주로 중등학교 교사들을 대상으로 하는 교육관계 잡지의 편집자는 평소 우리나라 중·고등학교 교실에서 시교육이 얼마나 비(非)시적 또는 반(反)시적인가를 충분히 알고 있었을 터이고, 따라서 주요작품에 대한 적절한 해설을 곁들여 시인의 생애와 유적을 살펴보는 기획을 연재한다면 시의 세계에 조금은 더 편하게 다가갈 수 있겠구나 하는 생각을 했음직하다. 신경림의 이 책은 편집자의 이런 의도에 따라 잡지에 연재했던, 한용운·정지용에서 천상병·박봉우에 이르는 스물두 분의 작고시인에 관한 글을 모은 것이다.

그런데 내가 읽어본 바에 따르면 저자는 이 책에서 편집자의 주문을 뛰어넘는 대단한 일을 해내고 있다. 엇비슷한 성격의 글 스물두 꼭지로 구성된 책이므로 얼마간 지루할 수도 있을 텐데, 나는 거의 쉬지 않고 책을 통독했다. 이 책은 그만큼 독자를 즐겁게 하고 깨우침을 주는 요소들로 가득 차 있다. 한편의 훌륭한 글이 이루어지기 위해서는 그 글을 위한 일정한 시간적 공력이 투입되어야 할 뿐만 아니라 오랜 문필생활의 과정을 통해 양성된 지혜와 숙련이 필요하다. 『시인을 찾아서』에 실린 스물두 편의 글 모두가 그렇다고 말하기는 어려울지 모르나, 적어도 내가 읽기에 정지용·백석·이한직·조지훈에 관한 글들은 수백 페이지짜리 저서나 이름좋은 학위논문 따위가 제공하지 못하는, 문학과 인간에 관한 개안(開眼)을 담고 있다.

이 책이 편하게 읽혀지는 첫째 이유는 내용과 형식의 자유로움, 즉 저자의 열린 마음일 것이다. 대상시인의 선정부터가 무슨 특별한 기준에 따른 것 같지 않다. 생존시인 아닌 작고시인이라는 것이 기준이라면 기준인데, 독자에 따라서는 같은 작고시인 중에서도 김소월·이상화·김기림·김동환·이용악 같은 시인이 빠진 것을 무척 아쉽게 여길 것이다. 그러나 그건 할 수 없는 노릇이다. 글을 쓰다보면 꼭 써야 할 대상이면서도 어쩐지—자료가 모자란다든가 필자의 체질에 맞지 않는다든가 또는 반대로 너무 귀하게 여겨져 함부로 다루기 저어된다든가 해서—그냥 넘어가는 수가 있는 법이다.

그런가 하면 선정된 시인을 다루는 방식도 일률적이지 않다. 그래서 가령 이한직·신동문·천상병·박봉우처럼 특별한 친분이 있었던 시인들의 경우에는 그들의 일화를 매개로 시인의 세계에 접근하고, 정지용·신석정·임화·백석·윤동주처럼 소년시절의 독서체험과 연관되는 시인들의 경우에는 그 얘기를 실마리로 삼아 그들의 문학세계에 다가간다. 어떻든 우리는 이 책을 읽는 동안 스스로 뛰어난 시인일 뿐만 아니라 드물게 날카로운 시의 감식가요 탁월한 산문가의 한 사람인 저자의 요령있는 안내를 따라 우리 현대시의 다난했던 현장을 돌아보게 된다.

그런데 저자는 서문에서 이 책을 쓰는 동안에 "어느 면 닫혀 있던 내 시관(詩觀)도 많이 수정되었다"고 고백하고 있다. 지난 30년간 그의 문학적 동지이자 후배라고 스스로 생각해온 나에게는 서문의 이 구절이 무얼 말하는지 번개처럼 머리를 친다. 그리고 지난 1970, 80년대 어렵던 시절 고집스럽게 움켜쥐고 있던 그 시관·문학관이란 것이 그에게도 자유롭고 자연스러운 선택인 것만은 아니었구나 하는 당연한 상식이 새삼스럽게 되새겨진다. 그의 닫혀 있던 시관, 어쩌면 그보다 더 닫혀 있던 나의 문학관이란 어떤 것이었던가.

알다시피 우리가 처음 문학을 배우는 것은 대체로 교과서를 통해서이다. 임화는 물론이고 정지용조차 지워져버린 불구(不具)의 국어교과서가 가르친 시적 모범들, 조지훈의 「승무」나 박목월의 「청노루」, 김영랑의 「모란이 피기까지는」이나 서정주의 「국화 옆에서」들은 시에 관한 우리의 개념을 조형한 결정적 지표로 오랫동안 우리의 무의식을 지배하고 있었다. 그런데 우리가 정상적인 지적 성장과정을 겪는다면 언젠가는 반드시 국어교과서의 불구성에 대해 눈뜨는 날을 맞게 된다. 그리고 이를 통해서 일제강점기와 해방후 남한의 제도교육이 근본적으로 어떤 문제점을 갖고 있는지에 대해 전면적으로 숙고하게 된다. 그리하여 가정과 학교의 가르침에 순종할 줄밖에 모르던 고지식한 소년들이 20대의 나이가 되어 마침내 도달하는 곳은 기존의 가치관에 대한 가열찬 부정이다. 따라서 "나그네 긴 소매 꽃잎에 젖어/술익는 강마을의 저녁 노을이여"(조지훈)이든 "술익는 마을마다 / 타는 저녁놀"(박목월)이든 이런 시들은 해방 전후 우리 민중의 궁핍한 현실을 외면한 역사의식의 결여로서 타기의 대상이 되는 것이다. 문학작품에 대한 경직된 이데올로기적인 독법이라고 할 수 있을 터인데, 말하자면 이것이 그 닫힌 시관의 요점일 것이다.

그런데 그것이 어떻게 수정되었는가. "술익는 강마을의 저녁 노을이여"라는 구절이 포함된 시 「완화삼(玩花衫)」 전문을 인용한 다음 저자는 이렇게 말하고 있다.

이 시에서 비판의 표적이 되는 대목은 (…) 엄혹한 일제하에서 또는 그 직후라도(이 시는 46년에 발표되었다) 무슨 술익는 강마을이 있었 겠느냐는 것이다. 이 질문 자체가 가령 군사독재 시대에 나온 연애시 에 대하여 그 혹독한 시절에 무슨 그렇게 달콤한 사랑이 있었느냐고 힐 난하는 것이나 마찬가지로 성립될 수 없는 터이지만, 지훈의 생가와 그 주위를 다녀보면 이 시가 허구나 관념에서 나온 것이 아님을 쉽게 알 수 있다. 적어도 그 주위에는 이런 정서가 넘쳐흐른다.

이 부분을 되풀이 읽으면서 나는 신경림 시인 못지않게 닫혀 있던 나의 시관이 오늘에 이르러 얼마쯤이나 열려 있는지 스스로 가늠해보았다. 지 훈의 그 시가 단순한 타기의 대상일 수는 없다는 것, 그것이 그 나름의 생 활현실의 반영이라는 것에는 두말없이 동의하겠다. 뿐만 아니라 지난날 김영랑과 박목월 등의 아름다운 시들을 애써 외면했던 것도(정지용과 임 화를 교과서에서 삭제했던 역사적 상황의 심리적 대칭으로서) 극복해야 할 일종의 강박증세였음을 기꺼이 인정하겠다. 여기까지는 신경림 시인 과 나는 반성의 보조가 일치한다.

그런데 '술익는 강마을'이라는 풍요의 이미지가 그 당시 과연 현실성 이 있었겠느냐는 의문 자체가 성립될 수 없는 것일까. 설사 조지훈 개인 의 생활환경은 그렇다 치더라도 그것이 전체 민족현실의 예외적인 일부 에 지나지 않는다는 자의식은 시의 어딘가에 깔려 있어야 하고, 그럼으로 써 당대 독자의 현실감각에 왜곡이 발생하지 않도록 막아야 되는 게 아닐 까. 글쎄, 예술가는 상황이 혹독할수록 더 완벽한 낙원을 상상하는 특수한 존재라고 한다면, 수긍할 수밖에 없는 노릇이기는 하다.

그렇다면 박목월은 그런 의미의 특수한 예술가인가. 저자는 목월의 시 「달」 「춘일(春日)」 「윤사월」 등의 전문을 인용하여 분석한 다음 "초기 목 월의 자연은 너무 아름다워, 우리가 꿈꾸는 자연일 뿐이지 실재하는 자연은 아니라는 느낌이다"라고 결론짓는다. 그것들은 모두 신선도로서, "우리가 그 속에서 땀흘려 일하는 그런 자연이기는 고사하고 잠시 물에 발을 담그고 쉬면서 즐길 자연도 아니다." 왜 젊은 날의 박목월은 이상화된 자연 즉 신선도를 그리는 일에 그처럼 몰두했는가. 오직 그것이 그 시대의 가혹한 현실 속에서 정신의 치열성을 견지하는 방법이었던가. 가령, 『하늘과 바람과 별과 시』라고 스스로 명명한 미간행 시집 속의 아름답고 순결한 시들에서 윤동주가 하고자 한 일이 바로 그런 것이었다고 우리는 알고 있다. 너무 야박하게 다그치는 것인지 모르겠지만, 지훈과 목월은 내게는 윤동주와 달리 어떤 자기만족 속에 빠져 있었던 것으로 여겨진다. 물론 그렇게 된 이유는 단순한 개성의 차이만이 아니고 돌아가 안길 푸근한 향토가 윤동주에게 없었던 객관적 사실도 함께 고려되어야 할 것이다.

조지훈의 생가에서 지훈 시의 풍류가 한갓 관념이 아님을 알아보고 박목월의 고향에서 목월 신선도의 현실적 모델이 경주임을 발견한 저자는 집앞으로 실개천이 흐르는 정지용의 생가 터를 돌아보면서 저 유명한 시 「향수」를 당연히 떠올린다. 신경림 시인 자신이 회상하고 있듯이 1970년대 유신독재 시절 우리들의 가난한 술자리는 구중서 형의 어눌한 듯 힘있는 목소리가 "넓은 벌 동쪽 끝으로/옛이야기 지줄대는 실개천이 휘돌아 나가고…"를 엄숙히 낭송함으로써 더이상 가난할 수 없었다. 지금도 귀에 쟁쟁한 구중서판 「향수」에서 내가 무심코 떠올리곤 했던 것은 당연히 정지용 자신의 고향이었다. 그러나 「향수」 전문을 인용한 다음 저자는 조지훈·박목월의 경우와 반대로 이 시에 묘사된 자연과 풍물이 문학적 가공임을 이렇게 분석한다. 길지만 빛나는 대목이기에 그대로 옮긴다.

먼저 알 수 있는 것은 시인이 곧 작중화자와 일치하지 않는다는 점이다. 가령 "짚베개를 돋아 고이시는" "엷은 졸음에 겨운 늙으신 아버지"

가 바로 시인의 아버지는 아니요, 또 "아무렇지도 않고 예쁠 것도 없는 사철 발벗은 아내"가 그의 아내의 초상도 아닐 터이다. 보편적인 조선의 아버지, 조선의 아내라는 이미지가 더 짙다. 또 이 시의 풍물도 시인의 체험의 직접적인 투영이기보다는 조선 일반의 풍물이라는 성격이 더 강하다.

어쩌면 시인은 이 시 속에서 그가 이상으로 생각하는 삶의 모습을 편집적으로 그렸을지도 모른다. "얼룩백이 황소가 해설피 금빛 게으른 울음을 우는"의 은유에는 풍요가 있고, "짚베개를 돋아 고이시는" "엷은 졸음에 겨운 늙으신 아버지"에는 평화의 이미지가 있다. 아무렇지도 않고 예쁠 것도 없다고 했지만 "사철 발벗은 아내"와 "검은 귀밑머리 날리는 어린 누이"는 가장 보편적인 조선의 미인도이다. 하지만 넓은 벌 동쪽 끝으로 옛이야기 지줄대며 휘돌아나가는 "실개천"은 필시 집앞을 흐르는 이 실개천이 상상의 원천이 되었을 것이다.

이런 대목에 이르면 무릎을 치는 것이 독서의 예의일 터인데, 이 책 『시인을 찾아서』에는 도처에 그런 뛰어난 시분석들이 널려 있다. 특히 백석의 시들은 서북 사투리가 심하고 지나간 시대의 풍물이 많이 등장하기 때문에만이 아니라 대담한 축약적·비(非)설명적 표현법의 구사 때문에도 결코 쉽지 않은 작품들인데, 신경림 시인의 혜안과 필력은 백석 시의 장면들을 눈앞에 벌어지는 일처럼 생생하게 재현하고 있다.

"지금도 서슴없이 내 시의 스승으로 먼저 백석 시인을 댄다"는 그 백석이 아니라 실제로 신경림을 시인으로 추천한 사람은 이한직(李漢稷)이었다. 나에게는 『문학예술』지의 추천위원이었다는 막연한 기억 이외에 작품 한편 제대로 생각나지 않는 희미한 시인이 이한직인데, 이번 책을 통해서 나는 이한직이라는 분의 인간과 문학을 처음으로 알게 되었다. 자신을 시인으로 추천해주었기 때문이 아니라, 또 젊은날 자신의 객기와 실수를 말없이 포용해주었기 때문만이 아니라 알 수 없는 인간적 매력에 끌려 저자는 거물급 친일파의 아들이자 고독과 우수의 시인인 이한직을 성의 껏 묘사한다.

김종삼(金宗三)과 박봉우(朴鳳宇)는 전혀 개성을 달리하는, 말하자면 정 반대 체질의 시인이었다. 나는 김종삼 시인을 조선일보 뒤쪽 아리스다방 에서 먼발치로 몇번 보았을 뿐이고, 박봉우 시인과는 자주 만나지는 못했 어도 깊은 친밀감 속에 사귀었다. 얼핏 느끼기에 김종삼은 삶과 현실에 대해 극히 냉소적이었고, 반대로 박봉우는 민족현실에 대한 울분와 열정 으로 늘 격해 있었다. 그런데 두 사람 다 극심한 가난으로 가족들을 고생 시킨다. 그리하여 두 사람에 대한 신경림 시인의 서술은 아주 흡사한 가 락으로 끝을 맺는다. "그러나 그의 아내와 딸들은 그리움만으로 그를 기 억하지는 않는다. 지겹도록 고생만 시킨 남편이요 아버지이기 때문이다. (…) 딸들은 학비 한푼 도움 안 주면서도 대학에 간다니까 그까짓 데는 무 엇하러 가느냐며 시큰둥해하던 아버지의 이미지가 머리에서 떠나지 않는 단다."(김종삼) 그러나 박봉우 시인의 아들은 아버지의 묘소를 함께 찾은 저자에게 말한다. "살아계실 때는 매일 술에 젖어 사시는 무능하신 아버 님이 싫었지만, 지금 생각하면 이해가 됩니다. 아버님같이 예민하신 분이 그렇게 사시지 않고 어떻게 이 어지러운 세상을 사실 수 있었겠어요!"

저자가 힘을 기울여 묘사한 또 한사람의 시인은 임화일 것이다. 그 임 화의 이름 앞에 저자는 "역사의 격랑 속에 침몰한 혁명시인"이라는 헌사 를 붙이고 있다. 아주 적절한 표현이라고 생각되는데, 그러나 역사의 격랑 속에서 상처입고 표류하거나 침몰한 사람이 임화 혼자만은 아니다. 이육 사와 윤동주의 죽음은 차라리 명확하게 정의된 순국(殉國)으로서 논란의 여지가 없지만, 임화·정지용의 혼령은 오랫동안 남과 북 어디에서도 오 갈 길을 찾지 못한 채 구천을 헤매고 있었다. 원래 고향이 북쪽이어서 그 대로 북에 주저앉은 백석은 어떤 대접을 받았던가. 이 책은 이렇게 쓰고 있다. "남한의 정보당국은 그를 월북작가로 분류, 시집을 금서 속에 포함시켰다. 눈앞에 보이지 않으니까 월북한 불순시인으로 치부해버리는 것이 손쉬워서였다. 그가 본디 프롤레타리아시와는 거리가 먼 시인이었던 만큼 숙청당했을 가능성이 있다고 의심해보거나 판단할 만한 지혜도 성실성도 없는 것이 남한의 정보기관이었던 것이다."이 문장의 밑바닥에 깔린 분노를 이 책의 여러 곳에서 느끼게 되는 것도『시인을 찾아서』의 심상치 않은 미덕이다.

그러나 이 책은 이러저러한 문제의식에 의해서가 아니라 바로 시 자체를 온전하게 맛보게 한다는 점으로 이 시대에 대하여 말하고 있다. 왜냐하면 이 시대는 바로 시의 원천을 말살하고자 하는 시대이므로.

『녹색평론』 1999년 3-4월호

자유정신으로 이슬로 벼려진 칼빛 언어

■

조태일 시인을 추모하며

1

이 글을 쓰기 위해 조태일(趙泰一)의 시집들을 꺼내놓고 차례로 읽어나가는 동안 그의 정다운 얼굴과 쟁쟁한 목소리가 자꾸 앞을 가려 활자가 제대로 눈에 들어오지 않았다. 살아생전의 그와의 사귐이 여전히 계속되고 있는 것 같고, 그가 이승에 없다는 것이 오히려 꿈속의 일처럼 비현실로 느껴진다. 문단의 친구들 모두가 마찬가지겠지만, 그 건장한 사나이 조태일이 이처럼 황급히 세상을 버릴 줄은 차마 짐작조차 못했다. 큼지막한 덩치에 어울리게 매사에 느긋한 성품인 그가 어째서 자신의 마지막 가는 길만은 이렇게 서둘렀단 말인가.

고인에 대해서는 미담을 말하는 것이 우리네의 오랜 관습이지만, 그런 관습을 떠나서 생각해보더라도 조태일은 실로 진국이었다. 그와 나는 같은 해 같은 신문의 신춘문예 당선자라는 인연으로 맺어져 있고, 따라서 나는 환갑을 다 못 채운 그의 길지 않은 생애의 거의 3분의 2를 그와 동행한 셈인데, 그동안 내가 그에게서 본 것은 그의 완고하다 할 만큼의 시종일관한 자세였고 답답하다 할 만큼의 언행일치한 태도였다. 그는 잔꾀라든가 잔재주 따위를 몰랐을 뿐만 아니라 그런 것들을 앞장서서 미워했다. 그가 늘 의아해하고 이해하기 어려워한 것은 인간의 표리부동성이었다. 그런 점에서 그의 사람됨은 저 동리산 태안사에서, 그 때묻지 않은 자연 속에서, 온갖 산짐승들과 어울려 지낸 유년의 체험 속에서 결정적으로 주조되었는지 모른다. 한 시집의 후기에서 그는 "짧은 유년생활에 일생의 거의 모든 체험을 다 해버린" 듯하다고까지 고백하는데(『산속에서 꽃속에서』) 그의 문학은 그러한 유년적·동심적 유토피아의 언어적 재구성을 성취하기 위한 거듭된 시도인 것으로 보인다.

조태일의 삶과 문학에 대한 이러한 이해방식은 그에 관한 그동안의 일반적 평가와 얼마간 배치되는 것이다. 왜냐하면 흔히 그는 대단히 남성적이고 씩씩한 어조를 구사하는 저항적인 시인으로 알려져왔기 때문이다. 물론 그가 '저항시인'이 아닌 것은 아니다. 특히 시집 『국토』(1975)는 삼선개헌과 유신선포로 이어지던 그 시대의 정치적 암흑에 대하여 누구보다 선명하고 단호한 비판의 목소리를 발함으로써 청년시인 조태일의 드높은 기개를 보여준 바 있다. 자연관조적이고 동심회귀적인 시풍이 전면화된 90년대에 있어서도 정치현실에 대한 그의 비판적 의식은 아주 사라지지 않는다. 그런 점에서 조태일은 자기부정을 통해서 점층적으로 변화하고 발전하는 시인이 아니라, 외적 관심과 내적 관조가 처음부터 공존하는 가운데 후자가 전자를 압도하고 좀더 근본적인 충동으로 표면화되어간 시인이다.

2

조태일이 시인으로서 처음 문단에 선을 보인 것은 1964년 『경향신문』

신춘문예에 「아침 선박」이 당선됨으로써이다. 이 당선작을 표제로 하여 30여 편의 시들을 묶은 첫시집이 1965년 6월에 간행되었으니, 그는 아주 이른 나이에 자신의 저서를 가지게 된 셈이다. 그런데 시집 『아침 선박』을 읽어보면 후일의 조태일 문학의 씨앗이라고 느껴지는 요소들이 산재해 있음에도 불구하고 아직 습작기를 벗어나지 못한 듯한 생경한 표현과 설익은 관념들이 안개처럼 덮여 있음을 확인할 수 있다. 가령 「아침 선박」의 첫부분을 음미해보자.

> 아침 바다는 叡智에 번뜩이는 눈을 뜨고
> 끈기의 저쪽을 달리면서
>
> 時代에 지치지 않고, 처절했던 同伴의 때에,
> 쓰러진 時間들을 하나씩 깨워 일으키고,
> 저, 넘쳐나는 地平의 햇살을 보면
> 淸明한 날에 잠 깨는 出港.
>
> 洗手를 일찍 끝낸 女人들은
> 탄생을 되풀이한 오랜 陣痛에
> 땀 배인 內衣를 벗어 바다에 던지고,
> 파이프에 男子들은, 두고온 年代를 열심히 피워 문다.

어떤 싱싱하고 힘찬 분위기가 조형되고 있음을 어렵지 않게 간취할 수 있다. 예지에 번뜩이는 아침 바다와 햇살이 눈부신 항구의 이미지가 한 시인의 출범을 산뜻하게 예고하는 듯하다. 그러나 그와 동시에 그러한 시적 활력의 구체적 근거가 매우 불투명하다는 사실 또한 부인할 수 없다. "쓰러진 시간들을 하나씩 깨워 일으키고"라든가 "탄생을 되풀이한 오랜 진통" 같은 구절들이 단지 논리적 선명성을 결하고 있다는 점을 지적하는 것이 아님은 물론이다. 내 생각에 그러한 구절들은 시인의 독특한 감각 내지 특이한 경험에 관련되어 있다기보다(그래서 독자들이 알아듣기 어려운 것이 아니라) 오히려 젊은 날의 조태일조차도 1960년대 '난해시'의 상투적 수사법에 얼마나 깊이 침윤되어 있는가를 보여주는 예라 할 것이다. 시인 자신도 자기 시에 관하여 "내가 가야 할 길을 발견도 못하고 그저 남들이 한번씩 건드려봤던 무의미한 세계에서 괜히 용쓴 것이 아닌가 하는" 불만을 느낀다고 '후기'에서 고백하고 있다.

그러나 앞서 언급했듯이 『아침 선박』은 전반적으로 관념의 상투성과 육체의 미망에 사로잡혀 습작의 수준을 뛰어넘지 못한 가운데서도 그러한 전반적 흐름에 가려질 수 없는 씩씩한 기백을 또한 포함하고 있다. 「아침 선박」 자체 안에도 그런 기운이 꿈틀거리고 있다고 지적했지만, 가령

四月은 젊음 안에서 눈떴다.
가던 時間은 문득 그들에게 指揮棒을 넘겼다.
골목에서 움츠리던 自由,
가장 靜的인 곳에서 그들은 오늘을 잡았다.
　　　　　　　　　　　　　　　　　　　—「四月의 메모」 부분

아아, 내 작은 한줌의 自由여, 民主여.
나의 상한 처녀막 근처에 웅성이는
고달픈 아우성을, 쫓기던 음성을 듣는가.
　　　　　　　　　　　　　　　　　　　—「나의 처녀막은」 부분

이와 같은 시에서는 단순한 청년적 활력 이상의 정치비판적 발언이 비유적으로 또는 직접적으로 드러나고 있다. 이 「나의 처녀막은」은 제2시집

『식칼론』(1970)에서 「나의 처녀막 1」로 재수록된다. 그리고 이제 연작시 「나의 처녀막」과 「식칼론」이 진행되면서 그의 저항적 정치의식은 점점 더 강화되고 시적 호흡은 더 급박하고 거칠어진다.

피문은 피문은 처녀막을 나부끼며
아프고 피비린 냄새를 풍기며
광화문 네거리 한복판에
내가 섰다 내가 섰어.

삼천만 개의 쌍눈을 번뜩이며
삼천만 개의 쌍귀를 세우고
삼천만 개의 가슴을 비벼 불꽃 튀는
불꽃 튀는 단일화된 외침을 가지고
삼천만의 기념비처럼
내가 섰다 내가 섰어.

— 「나의 처녀막 3」 부분

아마 이처럼 격렬하고 거침없는 야생의 목소리를 1960년대의 우리 시단에서 찾기는 어려울 것이다. 이 연작시에서 처녀막의 파열은 4·19적 순결성의 훼손을 뜻하는 비유로 되고 있는데, 시의 화자는 순결의 침탈에 위축되기는커녕 오히려 거꾸로 포효하듯 자기를 주장하며 깃발처럼 네거리 한복판에 자신을 세운다. 이 드높은 자아의식을 가능케 하는 힘은 대체 어디에서 발원한 것인가. 「식칼론 3」 전문을 읽어보자.

내 가슴속의 뜬 눈의 그 날카로움의 칼빛은
어진 피로 날을 갈고 갈더니만

드디어 내 가슴살을 뚫고 나와서

한반도의 내 땅을 두루두루 날아서는
대창 앞에서 먼저 가신 아버님의 무덤 속 빛도 만나뵙고
반장집 바로 옆집에서 홀로 계신 남도의 어머님 빛과도 만나뵙고
흩어진 엄청난 빛을 다 만나뵙고 모시고 와서
심지어 내 男根 속의 미지의 아들딸의 빛도 만나뵙고
더욱 뚜렷해진 無敵의 빛인데도, 지혜의 빛인데도
눈이 멀어서, 동물원의 누룩돼지는 눈이 멀어서
흉물스럽게 엉뎅이에 뿔돋친 황소는 눈이 멀어서
동물원의 짐승은 다 눈이 멀어서 이 칼빛을 못 보냐.

생각 같아서는 먼눈 썩은 가슴을 도려 파버리겠다마는,
당장에 우리나라 국어대사전 속의 '改憲'이란
글자까지도 도려 파버리겠다마는

눈 뜨고 가슴 열리게
먼눈 썩은 가슴들 앞에서
번뜩임으로 있겠다! 그 고요함으로 있겠다!
이 칼빛은 워낙 총명해서 관용스러워서.

1969년 동인지 『신춘시』에 발표된 이 작품의 부제는 '헌법을 위하여'
이다. 바로 그해 박정희 정권에 의해 강행된 삼선개헌을 이처럼 강력하게
규탄한 문건을 찾기는 쉽지 않을 것이다. 그러나 그럼에도 불구하고 이
작품에서 정치적 발언만 읽는다면 그것은 이 작품의 의미를 축소하는 것
이고 따라서 왜곡하는 것이다. 이 시의 서정적 주인공은 '칼빛'이다. 그것

은 칼이자 동시에 빛이다. 즉, 그것은 무적의 힘과 번뜩임으로 표상되기도 하지만, 동시에 지혜와 고요함과 관용을 속성으로 가진다. 그런데 그 칼빛이 원래 있던 곳은 '내 가슴속의 뜬 눈'이다. 그러니까 힘의 근원은 주체 내부의 각성된 의지이다. 이「식칼론 3」에서 '동물원의 누룩돼지' '엉덩이에 뿔돋친 황소' 즉 부정적 현실권력에 맞서는 대항적 주체가 단독적 자아의 결연한 의지라면, 같은 해 같은 지면에 발표된 조태일의 또다른 걸작 「참외」는 군중적 저항의 영상을 힘차면서도 흥겨운 가락에 실어 표현한다.

누우런 주먹들이 운다.
불끈 쥐고 불끈 쥐고 사랑을 불끈 쥐고
어느 놈들은 벌판에 홀로 홀로 남아
어느 놈들은 청과물시장 멍석 위에서
불붙는 살빛 불붙는 서러운 마음씨 부비며
누우렇게 허옇게 운다

누우런 뙤약볕을
오드득 오드득 3·4조 4·4조 가락으로
잡아 씹어먹고 씹어먹고
뒤집혀서 배꼽으로 허옇게 저항하는,

저것들은 하느님이다. 얼굴 고운 악마님이다.
때 찌든 삼베치마 앞에서 털 앞에서
땀나는 가슴 앞에서 콩크리트 앞에서
저것들은 하느님이다. 얼굴 고운 악마님이다.

자유가 있느냐, 숨죽여 눈으로 물으면
민주가 돼 있냐, 숨죽여 뺨따귀로 물으면
없다, 안돼 있다, 뚜렷하게 대답하고
엎어졌다 뒤집혔다 등으로 배꼽으로 뚜렷하게 저항하며
누우렇게 허옇게 운다.

굶주린 이빨 안에서
침들도 그 말 좀 들어보자고
불끈 쥐고 불끈 쥐고 주먹을 불끈 쥐고
왼쪽 오른쪽 귀 앞세우고 솟아난다 솟아난다.

　박정희 파쇼체제의 혹독한 탄압을 겪었던 사람들에게 이 시는 지금 읽
어도 30년의 시차를 단숨에 뛰어넘는 현재적 감동으로 다가온다. 조태일
은 1978년 자신의 문학을 말하는 한 강연에서 "정치적·권력적 집단이 민
중을 억압하는 사회에서는 (…) 민중은 진실과 생명을 옹호하고 치키기
위해 그 생명을 바치면서 저항합니다. 즉 개개인의 개인의식은 공동의식
을 형성하여 거대한 민중의식을 낳습니다"라고 갈파한 다음 이 시를 낭독
하고 나서 "참외를 민중의 모습으로 쓴 시"라는 주석을 덧붙이고 있다.(조
태일문학선 『연가』, 나남 1985, 414면) 시인 스스로 자기 시대의 현실과 자신의
문학적 목표에 관해 명확한 인식에 도달해 있음을 알게 되는데, 여기서
우리가 간과하지 말아야 할 것은 그가 말하는 '거대한 민중의식'이 『아침
선박』 시절의 그것과 같은 추상적인 관념이나 설익은 주장으로서가 아니
라 생동하는 미적 형상으로 제시되고 있다는 사실이다. 다시 말해 이 시
에서 참외는 '민중'을 가리키기 위한 단순한 알레고리에 불과한 것이 아
니다. 그것은 들판에서 또 시장의 멍석 위에서 허옇게 누렇게 배를 드러
내고 나뒹구는 참외들의 구체적인 모습을 떠올리게 하면서 그와 더불어

258

조선 농민의 강건한 이미지를 겹쳐 제시한다. 어떻든 이에 이르러 마침내 조태일은 '참여시' '민중시'라는 명칭으로 흔히 불리는 우리 시의 한 흐름에 진정한 내용을 부여하고 조태일의 이름으로 각인된 하나의 독자적인 전형을 창조한다.

「참외」 같은 작품에 의해 독특한 틀을 획득한 조태일 민중시는 1971년부터 75년까지 발표된 연작시 「국토」 48편에서 활짝 꽃을 피운다. 박 정권의 유신선포와 긴급조치, 이에 맞선 민주회복운동과 문인들의 자유실천운동이 민주 대 반민주의 전선을 이루면서 대치한 각박한 시대에 조태일의 「국토」는 민중적 대의와 자유의 정신을 선포한 탁월한 작품으로서 높은 역사적 의의를 성취한다. 이제 한두 편 읽어보기로 하자.

아내와의 모든 접선도 끊어버리고
말 배우는 어린 새끼들과의 대화도 끊어버리고
나를 가르친 모든 책으로부터도
中古가 돼버린 철없는 장난감으로부터도
멍청한 家具들로부터도 떠나버리자.

아이고 무서워
아이고 무서워

그림자를 고요히 고요히만 밝혀주는
달빛 별빛으로부터도,
무수히 발바닥을 포개보던
광화문이며 종로며 태평로로부터도
자유다 평등이다 인권이다 민주다 의무다 국민이다
어쩌고 하는 한국적 표준말로부터도 떠나버리자.

아이고 무서워
아이고 무서워

망우리 근처 푸른 하늘 밑의 풀잎들은
그렇게 푸르기만 하며
푸른 하늘 밑의 황토들은
그렇게 붉기만 하며
푸른 하늘 밑의 무덤들은
그렇게 고요히만 누웠냐

아이고 무서워
아이고 무서워

바람 자고 소리 끊겨 고요하기는 해도
끝간 데 없는 푸른 하늘은 저리 답답하단다.
푸른 풀들이 흔들리긴 해도
하늘 밑에 깔린 황토들은 저리 답답하단다.

—「푸른 하늘과 붉은 황토」(국토 34) 전문

이 시에는 두 개의 목소리가 존재한다. 무대 위에서 객석(독자)을 향해 독백하는 소리가 하나이고, 무대 뒤쪽 관객이 안 보이는 곳에서 비명 지르듯 후렴처럼 되풀이되는 목소리가 다른 하나이다. 말하자면 이 시에서 독자는 소규모의 1인극적 상황이 전개되는 것을 보는데, 극의 주도적 분위기는 물론 공포이다. 왜 그렇게 무서운가. 무대 위의 주인공 즉 시적 화자의 독백을 통해 우리는 공포감의 실체를 짐작해볼 수밖에 없다. 한마디로 그것은 일상적 삶마저 통제되는, 산천초목조차 숨죽인 듯한 극도의 억

압적 현실이다. 배경으로 되어 있는 푸른 하늘, 저 유유창천(悠悠蒼天)이
야말로 땅위의 질곡을 더없이 선명하게 부각시킨다.

꿈과 현실은 항상 가깝게 있다.
손등에 없으면 손바닥에 있다.
그러므로 손등에 없거든 손등을 뒤집으라.
그러므로 손바닥에 없거든 손바닥을 뒤집으라.

번개는 꿈속에서만 치는 것이 아니다,
천둥은 꿈속에서만 우는 것이 아니다,
벼락은 꿈속에서만 치는 것이 아니다,
우박은 꿈속에서만 쏟아지는 것이 아니다.

번개가 친다, 아내야 바싹 다가오렴
흐린 눈빛이지만 부딪쳐보자.
천둥이 운다, 아내야 바싹 다가오렴
쉰 목소리지만 합쳐서 목청을 뽑자.
벼락이 친다, 아내야 바싹 다가오렴
四足을 동원해서 맨바닥이라도 치자.
우박이 쏟아진다, 아내야 바싹 다가오렴
메마른 눈물이라도 곧게 떨쿠어보자.

아내야 흐린 날은 서러운 살결이나
축축하게 부비다가
전류가 잘 통하는 피뢰침을
당나귀 귀처럼 머리 위에 꽂고

의좋은 꼭둑각시처럼 춤을 추자
높은 데 아니면 벌판이라도 좋다.
피뢰침을 꽂고 춤을 추자.

— 「흐린 날은」(국토 20) 전문

이 작품에서 시인이 최종적으로 말하고자 하는 전언은 침묵과 순응주의의 거부일 것이다. 그런데 그 결말에 이르는 과정이 그렇게 선명한 것은 아니다. 우선 제1연은 '꿈'과 '현실'의 근접성 또는 치환 가능성을 말하는 것인가. 흔히 현실이 비현실적으로 느껴질 때 꿈속 같다고 하거니와, 시의 화자는 어쩌면 여기서 그러한 악몽적 현실의 전복을 선언적으로 촉구하고 있는지도 모른다. 제2, 3연에서 '번개'나 '천둥'이 정치현실에 대한 비유적 표현임은 어렵지 않게 알아볼 수 있다. 그런데 이 시의 화자는 두려움에 떨며 움츠리는 것이 아니라 오히려 반역을 준비한다. 그리하여 마지막 연에서 우리는 '해방춤'의 환각을 경험할 수도 있다.

3

1977년 여름 조태일은 오랜 친구 박석무를 대동하고 30년 만에 고향을 찾는다. 동리산 태안사의 스님이었던 그의 부친은 여순사건 때 가족들을 데리고 광주로 나왔고, 6·25가 끝난 직후 "고향을 떠난 지 30년이 되거든 고향땅을 밟아라"는 유언을 남기고 세상을 떠났던 것이다. 평소 행동이 느리고 굼뜨던 조태일이 이제 폐허로 변한 태안사 앞 뜨락에 이르자 "신들린 사람처럼, 넋잃은 사람처럼 이리 번쩍 저리 번쩍 뛰면서" 제정신이 아니었다고 박석무는 증언하고 있다(『자유가 시인더러』 발문). 여러 사람들이 지적하듯이 이 30년 만의 고향행을 계기로 조태일의 시세계에는 점진적인 변화가 일어난다. 시인 자신도 "나의 시는 유년시절 고향에서 출발하여 전국토의 사물들과 어울리다가 마침내 고향으로 돌아오리라는 신념에서 씌어진 시들이다"(『산속에서 꽃속에서』 후기)라고 언명하고 있다.

그러나 시적 변화는 극히 완만하게 진행된다. 시집 『가거도』(1983)를 훑어보면 「원달리의 아버지」 「친구들」 등 유년시절의 기억을 더듬는 두세 편의 작품이 눈에 띌 뿐이고 본질적으로 새로운 세계가 드러나지는 않는다. 어쨌든 이 시집은 『국토』의 폭발적인 힘과 대담한 상상력에 비할 때 어딘가 무기력하고 풀어진 듯한 느낌을 감출 수 없다.

『자유가 시인더러』(1987) 『산속에서 꽃속에서』(1991) 『풀꽃은 꺾이지 않는다』(1995) 그리고 『혼자 타오르고 있었네』(1999)—이렇게 4년마다 한 권씩 새 시집이 나오면서 조태일의 시들은 예술적으로 점점 원숙하고 노련해지면서, 그와 더불어 직접적인 정치비판 내지 현실참여적 경향이 감소하는 대신 사색과 관조의 시간이 늘어난다. 1970년대의 그의 시에서 날씨나 자연풍경이 흔히 정치적 비유였다면, 이제 그것들은 오히려 정치를 포함한 인간세태 전체를 머금어 품에 안는 좀더 근원적이고 모성적인 존재로 나타난다. 그리하여 개인의 자아의식 같은 것은 대자연의 거대한 섭리 안에 포섭되어야 할 미미하고 겸손한 소품으로 변모하는 것이다.

나는 언제나 무릎꿇고
받았느니라 두 손으로
남도평야를.

잊을 수가 있겠느냐
홍릉에서도,
길음동에서도, 홍은동에서도
안양에서도, 신길동에서도

언제나 무릎꿇고
받았느니라,
오늘 아침도 그렇게 받았느니라.

습관처럼 무릎꿇고 받았느니라.
솟아나는 태양을 받았느니라.
중천에 뜬 태양을 받았느니라.
피어오르는 저녁놀을 받았느니라.

──「밥상 앞에서」 전문

지난날의 거칠고 야성적인 말투를 기억하는 독자들에게 이 시의 '…받았느니라' 같은 의고전적인 화법은 듣기에 민망하기조차 할 것이다. 비슷한 모티프를 다룬 「뙤약볕이 참여하는 밥상 앞에서」와 비교해보면 두 작품이 각각 수록된 『식칼론』과 『자유가 시인더러』 사이에 실로 격세의 차이가 있음을 깨닫게 된다.

폭우도 멀리 떠나버렸고
습기까지 죽어 말라붙은 여름 근처
끼니마다 알몸으로 내외는 마주 앉네.

무릎 꿇고 온몸으로 앉는 밥상 위
지난 몇해 굶주린 남도평야
그릇마다 뜨겁게 넘쳐나고.

──「뙤약볕이 참여하는 밥상 앞에서」 부분

무릎을 꿇고 근엄하게 밥상을 받는 시적 화자는 아마 동일인일 것이다.

264

밥상에서 남도평야를 연상하는 방식도 흡사하다. 그러나 앞의 작품에서는 남도평야가 '솟아나는 태양' '피어오르는 저녁놀'과 마찬가지로 거의 종교적인 절대성을 지니는 데 비하여 뒤의 작품에서는 그것이 폭우와 기근에 매개됨으로써 사회화한다. 따라서 뒤의 작품에서는 농민적 생활현실이 핵심적인 문제로 떠오르는 데 비하여 앞의 작품에서는 대자연의 은혜로운 소산으로서의 음식을 대하는 화자의 윤리적 태도가 중요해진다.

그러나 1980년대 후반부터 조태일의 시는 사회적 차원과의 연결이 느슨해지는 대신 어떤 근원적 존재감각이라고 할 만한 심오한 정신성을 획득하기 시작한다. 이제 그는 강제로 떠났던 고향의 산천을 내면 속에 재구성하며 유년시절의 원초적 체험이 제공했던 자연과의 합일을 시 속에 천천히 복원한다.

나름대로의 길
가을엔 나름대로 돌아가게 하라.
곱게 물든 단풍잎 사이로
가을바람 물들며 지나가듯
지상의 모든 것들 돌아가게 하라.

지난여름엔 유난히도 슬펐어라
폭우와 태풍이 우리들에게 시련을 안겼어도
저 높푸른 하늘을 우러러보라.
누가 저처럼 영롱한 구슬을 뿌렸는가.
누가 마음들을 모조리 쏟아 펼쳤는가.

가을엔 헤어지지 말고 포옹하라.
열매들이 낙엽들이 나뭇가지를 떠남은

이별이 아니라 대지와의 만남이어라.
겨울과의 만남이어라.
봄을 잉태하기 위한 만남이어라.

—「가을엔」 부분

조태일의 것이라고 믿어지지 않을 만큼 아름다운 시이다. 그러나 다시
보면 여름날의 폭우와 태풍을 겪고 맑은 가을하늘이 나타나듯 젊은날의
시련을 올곧게 이겨낸 시인만이 쓸 수 있는 아름답고 지혜로운 시이다.
물론 우리는 이 작품에서 어떤 종류의 교훈을 읽을 수도 있다. 그러나 틀
에 박힌 교훈시는 아니다. 따지고 보면 우리는 삼라만상으로부터 교훈을
얻을 수 있다. 또 기쁨을 얻기도 하고 슬픔을 느낄 수도 있다. 그러나 인간
들의 슬픔이나 기쁨과는 상관없이 "곱게 물든 단풍잎 사이로/가을바람
물들며 지나가듯" 지상의 모든 것들은 다만 제 길을 갈 뿐이다. 마치,

사타구니를 간지르는 햇빛은
그 누구의 것도 아니듯
우리들이 노니는 일 또한
그 누구를 위해서도 아니다.

—「영일만 토끼꼬리에서」 부분

이런 구절이 말해주는 것처럼 세상의 모든 사물들은 일체의 인간적 의
미연관에서 벗어날 때 자신의 참모습을 드러내는 것인지도 모른다. 1980
년대 후반부터 십여년 동안의 시에서 조태일은 바로 그런 순수한 눈으로,
의심과 욕심을 벗어던진 순정한 마음으로 보고 느끼고 기록한다. 내 생각
에 시집 『풀꽃은 꺾이지 않는다』는 우리나라 서정시의 역사에서도 가장
뛰어난 절창들의 모음이다.

266

4

많은 사람들이 지적하듯이 조태일 문학의 뿌리는 유년시절에 겪은 고향체험이다. 고향에서 쫓겨나듯 떠나 객지에서 학교를 다니고 사회생활을 하는 동안 그 원형은 훼손되고 오염되었다고 시인에게는 여겨진다. 오랜 방황 끝에 마침내 그는 고향적 세계로 귀환하는 데 성공한다. 그러나 그것은 마지막 시집 『혼자 타오르고 있었네』에 실린 「소멸」 「가을 앞에서」 같은 작품들이 보여주듯 거대한 자연의 그림자 안에서 서정적 주체 자신이 사라지고 잊혀지는 것을 의미하기도 한다.

이젠 그만 푸르러야겠다.
이젠 그만 서 있어야겠다.
마른 풀들이 각각의 색깔로
눕고 사라지는 순간인데

나는 쓰러지는 법을 잊어버렸다.
나는 사라지는 법을 잊어버렸다.

높푸른 하늘 속으로 빨려가는 새
물가에 어른거리는 꿈

나는 모든 것을 잊어버렸다.

——「가을 앞에서」 전문

이 바로 해탈의 경지 아닌가. 온갖 신산고초로 점철된 자신의 일생 전체를 문득 "높푸른 하늘 속으로 빨려가는 새"를 보듯 바라보고, "마른 풀들이 각각의 색깔로/눕고 사라지는" 종말의 시간이 마침내 자기에게 다가왔음을 깨달으면서 기화요초 난무했던 여름날의 번성을 한낱 "물가에 어른거리는 꿈"처럼 여길 수 있게 되었다면, 분명 이 시는 임박한 죽음의 예감 속에서 씌어졌을 것이다. "소리도 없이/함성으로/터졌던/꽃들 (…) 이젠/깨끗한/침묵으로/아문다"고 저가는 꽃을 노래하고 나서 시인은 그 뒤에 "어머니의/임종처럼"(「꽃들이 아문다」)이라고 덧붙이고 있는데, 이제 나는 거기에 "그리고 시인의 임종처럼"이라고 또 덧붙일 수밖에 없게 되었다. 오, 그대와의 이승의 인연이 이렇게 허무하게 다할 줄은 참 몰랐다. 깨끗하고 아름다운 조태일의 혼령이여, 부디 왕생극락하라. 나무아미타불!

『창작과비평』 1999년 겨울호

원초적 유년체험과 자유의 꿈

■

조태일의 시가 돌아간 곳

1

작년 9월 5일 전남 곡성의 태안사 초입에 있는 '조태일시문학기념관'에서는 시인의 10주기 기념식을 겸하여 갓 출간된 『조태일 전집』 증정식이 열렸다. 그날따라 초가을 햇볕이 유난히 따갑고 눈부셨던 것은 도시에서 멀리 떨어진 이곳 산사의 공기가 더할 나위 없이 청정하기 때문이기도 했지만, 세상을 떠나고서 벌써 10년이란 세월이 흘렀다는 사실이 도저히 믿어지지 않을 만큼 그의 인간적 현존성이 여전히 생생하기 때문이었다. 아무도 못 당하는 완강한 황소고집, 무심한 듯 던지는 통렬한 농담, 끝장을 보고야 마는 질긴 술버릇, 어린 아이 같은 순수함과 철석 같은 정의감들로 뭉쳐진 그의 독특한 개성은 그가 떠난 뒤의 10년 공백이 대체 불능의 결손이었음을 새삼 깨닫게 한다. 전국 각지에서 모여든 선후배 문인과 친구·유족들 모두 나름대로 그에 관해 추억할 일을 간직하고 있겠지만, 나 역시도 조태일과 함께했던 수많은 장면들을 떠올린다.

그와 나는 같은 해 같은 신문의 신춘문예로 등단한 인연을 가지고 있다

(1964년 『경향신문』). 그러니 나는 조태일의 문단생활 35년을 완전히 동행한 셈이다. 하지만 그것은 표면적인 인연일 뿐이고, 나에게 좀더 본질적이라고 생각되는 것은 말하자면 '사상과 감정'의 일체성을 그와 공유하면서 살았다는 사실이다. 그가 군에서 소대장으로 제대하고 나서 힘들게 『시인』지를 주재할 때부터 얼마후 창제인쇄공사를 인수·경영하는 동안에 이르기까지 나는 생활적으로나 정신적으로 그에게 깊이 밀착되어 있었다. 특히 1969년 박정희 정권의 삼선개헌부터 71년의 대선, 72년의 유신선포, 74년의 긴급조치와 자실(자유실천문인협의회) 출범을 거쳐 박 정권의 종말에 이르기까지 나는 누구보다도 자주 그를 만나면서 그와 정치적·문학적 호흡을 같이했다. 그것은 바로 시집 『식칼론』(1970)과 『국토』(1975) 연작들의 치열한 문학세계가 산출되던 시기이기도 했다.

그러나 이번에 전집을 통독하고 나서 느낀 것은 내가 1970년대에 조태일과 공유했다고 여겼던 이념과 감정이 그의 문학생애 전체에서 겉으로 보이는 것처럼 그렇게 근원적인 자리를 차지하고 있지 못한 것 아닌가 하는 의문이었다. 이렇게 말함으로써 나는 조태일 시의 특징으로 널리 알려져 있는 그의 남성주의적인 요소들, 가령 저항적인 정치적 성향이라든가 거칠고 격정적인 언어사용 같은 것들의 중요성을 부정하고자 하는 것이 아니다. 분명히 『국토』는 인권이 유린되고 자유가 억압되던 시대를 증언하는 탁월한 시적 형상으로서 영구히 기억될 것이다. 그러나 그 눈부신 문학사적 광채에도 불구하고 '저항적 참여시'는 조태일 정신세계의 일부일 뿐이라는 확신이 더해진다. 그렇다면 그의 문학의 원천, 그의 인간됨의 심층은 어디에 있는가.

2

조태일의 타계 직후 나는 그를 추모하는 논문(「자유정신으로 이슬로 벼려진 칼빛 언어」, 『창작과비평』 1999년 겨울호)에서 1977년을 계기로 그의 시세계에 점진적인 변화가 일어나기 시작했다고 지적한 바 있다. 그해에 그는 부친의 유언에 따라 가슴속 깊이 묻어두었던 고향을 찾았다. 태안사 스님이었던 부친이 1948년 여순사건으로 생사의 위기에 처하자 가족들을 이끌고 광주로 피난을 나왔고, 얼마후 둘째아들(태일)만 지키는 자리에서 "30년이 지나거든 고향을 찾아라"는 말씀을 남기고 숨을 거두었던 것이다. 그러나 유년의 꿈이 묻혀 있는 태안사를 다녀온 뒤에도 그의 시적 귀향은 아주 완만하게 진행되었다. 1980년의 광주운동과 1987년의 6월항쟁 같은 급박한 현실적 사건들이 그의 발걸음을 놓아주지 않았던 탓이다. 하지만 그의 영혼은 이미 오래전부터 고향을 갈구하고 있었고, 태안사를 다녀온 다음에는 결정적으로 고향을 향해 기울고 있었다. 시집 『산속에서 꽃속에서』(1991)에 이르면 그는 그러한 문학적 전환에 수반된 갈등을 어느정도 극복하고 일정한 확신에 도달했음을 자각적으로 드러내고 있다. 시집 후기에서 그는 이렇게 말하고 있다.

그동안 썼던 시편들을 한편 한편 읽으면서 정리를 하는 동안에는 그저 무덤덤한 마음뿐이었다. 그만큼 내 시는 예전의 예컨대 『국토』에서 발산했던 소위 그 '힘'이란 것이 상당량 빠져버린 탓이리라. (…) 유년생활의 동리산 태안사에서 자연스럽고도 원없이 체험했던 원초적인 생명력을 바탕으로 시를 쓰는 한 겉으로 행사하는 '힘'을 느끼지 못할지라도 시의 내부로 흐르는 '힘'은, 현명한 독자라면 느낄 수 있으리라. 나의 시는 유년시절의 고향에서 출발하여 전국토의 사물들과 어울리다가 마침내 고향으로 돌아오리라는 신념에서 씌어진 시들이다.

이 글에서 조태일은 1970년대 그의 시의 특징으로 알려진 치열한 저항
성과 전투적 열정이 상당 부분 퇴조했음을 스스로 담담하게 인정하고 있
다. 그 점을 그는 '힘'이라는 개념으로 설명하고 있는데, 그러나 주목할 점
은 그가 겉으로 드러난 외면적 힘과 시의 내부로 흐르는 내면적 힘을 구
별하고, 그럼으로써 자신이 추구하는 원초적 생명력에 더 근원적인 가치
를 부여하고자 한다는 사실이다. 시집『풀꽃은 꺾이지 않는다』에 실린 작
품「힘없는 시」는 그의 이런 생각이 확신에 가까운 하나의 시론으로 개진
되고 있음을 보여준다.

> 지난날의 내 시를 읽었던 사람들
> 아니, 내 시의 소문만 챙기던 사람들
> 아니, 내게서 더러 시를 배우는 학생들
> 우리나라 사람들.
>
> 걱정도 많아라.
> 왜 너의 시에는 힘이 없냐고
> 왜 너의 시는 물컹해졌냐고
> 왜 너의 시는 세상을 사로잡지 못하냐고.
>
> 걱정도 많아라.
> 최대의 힘은 최선?
> 중동에 가서 백인병사에게나 물어라.
> 힘이 넘치는 군인
> 깡깡한 전쟁

세상을 사로잡는 죄악의 천국.

지난날 나의 시는 힘을 뺀 시였는데
지난날 나의 시는 물컹한 시였는데
지난날 나의 시는 사로잡는 시가 아니었는데,

돌아오는 주말에도 가벼운 차림으로
산을 오르리.

이 작품을 읽어보면 『국토』시절의 시들에 근거한 고정관념, 어쩌면 그 시절의 시들 자체와 관계없이 형성된 세인들의 일방적 선입견 때문에 그가 적잖이 시달렸음을 짐작할 수 있다. 이 작품은 그러한 속류 참여주의에 대한 시인의 항변이다. 그가 보기에 시인이 시에서 행사하는 힘은 군인이 전장에서 발휘하는 힘과는 근본적으로 다른 차원의 것이다. 그것은 폭력과 죄악을 낳는 힘이 아니라 생명과 평화를 부르는 힘이다. 그것은 세상을 사로잡는 힘이 아니라 세상을 자유롭게 하는 힘이다. 힘이 단지 중동 전쟁터의 백인병사에게 나타나는 것과 같은 폭력일 뿐이라면 지난날 자신의 시는 오히려 '힘을 뺀 시'였다고 그는 주장한다.

과연 초기시집 『식칼론』과 『국토』를 읽어보면, 거기에는 청년 조태일 특유의 강렬한 발성과 힘찬 이미지들이 거침없이 전개되어, 그에 관한 일반적 평가가 오해나 과장 때문만은 아니었음을 알게 한다. 그러나 찬찬히 다시 읽어보면 텍스트의 표면을 요동치는 거친 물살 아래 그 거칠음과는 상반되는 고요와 지혜로움이 보석처럼 번뜩이고 있음을 발견한다.

생각 같아서는 먼눈 썩은 가슴을 도려 파버리겠다마는,
당장에 우리나라 국어대사전 속의 '改憲'이란

글자까지도 도려 파버리겠다마는

눈뜨고 가슴 열리게
먼눈 썩은 가슴들 앞에서
번뜩임으로 있겠다! 그 고요함으로 있겠다!
이 칼빛은 워낙 총명해서 관용스러워서.

―「식칼론 3」 마지막 두 연

1969년 발표된 이 작품에는 '헌법을 위하여'라는 부제가 붙어 있다. 바로 그해 박정희는 온갖 악랄한 수단을 동원하여 대통령의 삼선을 허용하는 개헌안을 밀어붙였던 것인데, 이 작품은 독재권력의 그러한 반민주적 폭거를 강력하게 규탄하고 있다. 그런 점에서 이 시는 정치시지만, 그러나 단순한 정치시에 머물고 있는 것은 아니다. 이 시의 서정적 주체는 표제에 이미 나타나 있듯이 '식칼'이다. 그 식칼은 한편으로는 맹목과 타락, 부정과 불의를 제거하기 위해 당장이라도 떨쳐 일어나고 싶은 투지에 불타지만, 다른 한편 자신의 내부에 깃들 수 있는 또다른 폭력의 맹목성을 경계하고 제어한다. 외부현실의 "먼눈 썩은 가슴들"이 "눈뜨고 가슴 열리"기를 촉구하면서 관용을 견지한다는 것은 성숙과 책임을 본질로 하는 계몽적 비폭력의 자세이며, 현실권력에 대한 즉자적 대응 이상의 성찰적 지혜와 개방을 요구한다. 이렇게 본다면 식칼은 자체 안에 '힘'을 내장한 존재로서 외부의 불의에 굴복하거나 타협하지 않는 강인함을 특징으로 하지만, 동시에 그 힘의 헛된 발산을 억제하고 섣부른 오용을 방임하지 않는 깨달음의 경지를 또다른 특징으로 한다. 이러한 양면성은 1970년대 조태일의 성가를 드높인 연작시 『국토』의 일관된 정서적 구조이다. 수많은 예들 중에서 한 편을 골라본다.

우리들의 숨결이 그러하듯이
바람은 우리들이 보는 데서나 안 보는 데서나
四通伍達한다.

햇빛이 그리워 목이 타면
아무 데서나 부드럽게 솟았다간
아무런 敵意 없이 서로 만나
어디 양지바른 지붕 위거나
산짐승들의 윤나는 털 위에서 同寢도 하다간

움직이는 것이 그리워 몸살나면
철새들의 날갯죽지에 붙기도 하고
韓國의 風向計에 와닿기도 하고

아무 데나 세워진 깃발을
원없이 원없이 흔들기도 한다.
우리들의 숨결이 그러하듯이
바람은 상냥함을 자랑하지만
난폭함을 자랑하기도 한다.

——「바람」(국토 5) 전문

    바람은 막힘도 거리낌도 없는 자유자재를 본질로 한다. 바람은 햇빛 따뜻한 날 양지바른 지붕 위로 부드럽게 지나가기도 하고 산짐승들의 윤기 나는 털 위에 잠시 머물기도 하지만, 철새들의 날개에 붙어 속도를 내기도 하고 깃발을 흔들어대기도 한다. 요컨대 바람은 어디에 구속되거나 무엇에 집착하지 않는 사통오달의 자유로움 자체이다. 그런데 이 시의 무심

한 듯한 자연묘사가 심상치 않은 의미의 광망을 발하는 것은 바람의 자유
로운 행보 앞에 "우리들의 숨결이 그러하듯이"라는 비유가 전제되기 때
문이다. 사실 시인이 말하고 싶은 것은 억압적 시대를 살아가는 우리 인
간들의 해방의 꿈인 것이다. 우리의 숨결이 그렇고 바람이 그렇듯이 꿈의
실현은 상냥함과 난폭함이라는 상반된 힘의 동시적 작동을 요구한다.

3

　남자들이 또는 여자들이 일상생활에서 무의식적으로 자신과 반대되는
성적 특징을 표출하는 것은 흔히 경험할 수 있는 일에 속한다. 어떤 정신
분석학자들은 이처럼 남성적 자아 안에 잠재되어 있는 여성성을 아니마,
그 반대의 경우를 아니무스라고 부른다. 이 아니마-아니무스 개념에 의
한 심리학적 분석틀을 조태일의 시이해에 활용하는 것이 적절한지는 의
문이다. 그러나 어떻든 『식칼론』과 『국토』로 대표되는 초기시의 세계가
억압적 정치현실에 대한 비판과 저항의 의지를 선이 굵은 남성적 언어로
표현해왔다는 그동안의 평가는 조태일 문학의 일면일 뿐이고, 그 남성적
표층 아래 깊은 곳에 고요함이라든가 부드러움 같은 자연친화적이고 여
성주의적인 요소가 처음부터 깔려 있었음을 확인하는 것은 어렵지 않은
일이다. 시집 『산속에서 꽃속에서』의 후기에서 고백했던 대로 그의 시는
야성적 목소리를 발하던 초기부터 "유년시절의 고향에서 출발하여 전국
토의 사물들과 어울리다가 마침내 고향으로 돌아오리라는 신념"에서 씌
어진 것인지도 모른다. 『조태일 전집』 산문편에 수습된 에쎄이들에서 그
는 동리산 기슭에서 보낸 유년시절의 체험과 부모님에 대한 간절한 추억
들을 되풀이하여 반추하고 있는데, 그 중의 한두 대목을 읽어보기로 하자.

동리산 기슭에서의 유년생활은 모든 것이 원초적인 삶 바로 그것이었다. 하루종일 동리 기슭을 누비며 멧돼지·노루·늑대·여우·이리·사슴·산토끼 등과 어울려 지냈고, 감·밤·똘배·머루·다래·칡 등으로 배를 채우며 유년을 보냈다. 어떤 때는 동무들과 어울렸고 어떤 때는 그 깊은 산골짜기를 헤매다 길을 잃은 적이 한두 번이 아니었다. (「나의 삶 나의 예술」 1991, 『전집: 시론·산문 2』, 120면)

눈을 감으면 내 유년의 온갖 것들이 지금도 생생하게 떠오른다. 허기진 배도 잊은 채 오르내리던 동리산, 풀꽃 같기도 하고 어린 산짐승 같기도 하던 동무들, 토끼·노루·사슴·멧돼지들과 함께 이리 뛰고 저리 뛰며 해지는 줄 몰랐던 그 유년의 모든 움직임들이, 그 빛깔들이, 그 소리들이 싱싱한 생명력으로 지금껏 내 안에 살고 있음을 확인한다. 순수하고 원초적인 대자연의 기운이 내 살과 뼈를 키웠고 내 시심의 밑바닥을 지금까지 적시며 흐르고 있는 것이다. (「고향」 1996, 『전집: 시론·산문 2』, 318면)

그러나 조태일에게 있어 특징적인 것은 산과 들에서 보낸 원초적 유년 체험이 청년기·장년기에 이르도록 '싱싱한 생명력'으로 살아있다는 데만 있는 것이 아니다. 근대문명에 오염되기 이전의 원시적 자연 속에서 성장한 많은 시인·예술가들에게서 볼 수 있듯이 그러한 원초적 체험의 강렬성은 몰역사적 원시주의 또는 현실도피적 자연주의로의 지향으로 나타날 수도 있고, 심하면 근대 이전을 과도하게 미화하는 반동적 회고주의로 귀착할 수도 있는 것이다. 그러나 조태일에게 결정적으로 중요한 사실은 유년체험의 원시성 자체가 그로 하여금 민족과 역사 앞에 나아가게 하는 동력이 되었다는 점이다. 말하자면 그의 내면의 아니마 자체가 그의 아니무스를 추동하는 원천이 되었다고 할 수 있다. 다시 그 자신의 설명을 들어보자.

내가 하는 모든 일의 시작과 끝은 고향에서 비롯되어 고향으로 귀결된다. 그만큼 고향은 내 시의 원동력이 되는 것이다. 그러므로 나의 시는 내가 태어난 태안사에서 발원하여 전국토를 온몸으로 내달려서 민족과 역사 앞에 올바르게 서고자 하는 몸부림인 것이다. 전국토를 껴안고 민족과 역사 앞에서의 몸부림인 것이다. (「유년시절의 체험으로 국토를 껴안고」1990,『전집: 시론·산문 2』, 115면)

그의 경우 원초적 유년체험이 그를 역사 바깥으로 벗어나게 하기보다 도리어 "민족과 역사 앞에" 서서 몸부림치도록 몰아간 동력이 된 비밀은 어디에 있는가. 그것은 그의 행복한 유년이 역사의 폭력에 의해 차압되고, 그리하여 유토피아가 외적 강제에 의해 파괴되었기 때문이다. 그의 가족은 여순사건의 와중에 죽을 고비를 넘기며 광주로 피난을 해야 했고, 이 낯선 도시에서 그들은 온갖 힘든 노동으로 고난을 겪었으며, 6·25전쟁 직후 부친은 아내와 7남매를 남긴 채 세상을 떠났던 것이다. 따라서 그가 고향의 원시자연을 떠올리고 유년의 낙원을 그리워한다는 것은 자동적으로 민족사적 비극과의 대면을 뜻하는 것이 아닐 수 없었다.

4

조태일의 문학적 귀향은 두 차례의 계기를 통해 이루어졌던 것 같다. 첫번째 계기는 앞에서도 언급했듯이 1977년 부친의 유언에 따라 30년 만에 태안사를 찾은 것이고, 두번째 계기는 1989년 그가 광주대 문창과 교수가 되어 절반쯤 광주에 정착하게 된 것이다. 앞에서도 지적한 바와 같이, 태안사행을 계기로 그의 마음은 결정적으로 고향을 향하게 되었으나, 그것이 시적 변화로 표면화되는 데는 적잖은 시일이 소요되었다. 특히 1987

년 6월항쟁 전후한 우리 사회의 격동은 그의 현실의식을 자극하여 여러 편의 정치적 풍자시를 낳게 하였다. 그러나 그처럼 고조된 정치의식에도 불구하고 6월항쟁 얼마후에 씌어진 다음 시는 조태일의 질풍노도 시대가 이제 지나갔음을 분명하게 보여주고 있다.

나름대로의 길
가을엔 나름대로 돌아가게 하라.
곱게 물든 단풍잎 사이로
가을바람 물들며 지나가듯
지상의 모든 것들 돌아가게 하라.

지난여름엔 유난히도 슬펐어라
폭우와 태풍이 우리들에게 시련을 안겼어도
저 높푸른 하늘을 우러러보라.
누가 저처럼 영롱한 구슬을 뿌렸는가.
누가 마음들을 모조리 쏟아 펼쳤는가.

가을엔 헤어지지 말고 포옹하라.
열매들이 낙엽들이 나뭇가지를 떠남은
이별이 아니라 대지와의 만남이어라.
겨울과의 만남이어라.
봄을 잉태하기 위한 만남이어라.

—「가을엔」1~3연

봄·여름·가을·겨울 그리고 바람·하늘·폭우·태풍·낙엽·열매 등 계절과 자연현상에 연관된 비유와 이미지들이 동원되고 있지만, 그것이 활용되는 방식과 그것들을 대하는 시인의 태도는 이전과 확연히 달라져 있음을 알 수 있다. 마치 청년기의 격정을 벗어난 고전주의자 괴테가 질서와 조화, 체념과 순명(順命)을 설파하듯 이 시는 지난여름의 쓰라린 희생에도 불구하고, 그리고 폭우와 태풍이 부과한 시련에도 불구하고 그 너머에 있는 유구한 '하늘'을 우러러보라고 권유한다. 1987년 가을, 모두들 민주화의 전망이 활짝 열린 듯 흥분하고 있던 시점임에도 조태일의 음성은 이상할 만큼 차분하게 가라앉아 있는 것이다.

칠흑의 어둠이다.
깃발을 높이 들고
별 하나 깜박여주지 않는 밤하늘 이고
시인은 터벅터벅 밤길을 간다.

생포하자
생포하자
종일 귀청을 때리던
아우성 아우성을 따라간다.

자식들 주렁주렁 달고
캄캄 산마루를 넘던 어머니를 떠올리며
두렵지 않은 가슴은 간다.
내가 썼던 시들을 모조리 앞세우며,
어둠을 더욱 무섭게 하던
짐승을 잡으러
시인은 간다.

— 「어둠 속을 거닐며」 전문

단도직입적으로 '칠흑의 어둠'을 앞세운 이 시의 분위기는 무겁고 침통하다. 서정적 주체는 시인 자신인데, 그는 '깃발을 높이 들고' 칠흑의 어둠 속에서 무거운 발걸음을 옮긴다. 제1연에서 이처럼 시적 상황이 간결하게 제시되면서 시인은 고독과 결의를 암시한다. 하지만 '별 하나 깜박여주지 않는 밤하늘'의 실체는 밝혀지지 않는다. 제2연은 그날 낮에 있었던 사태를 재현한다. '생포하자'는 아우성은 물론 이 시가 씌어진 1988년의 시점에서 광주의 학살자를 체포하자는 데모군중들의 함성을 가리키는 것이다. 그런데 시의 화자는 아우성의 주체가 아니다. "귀청을 때리던" "아우성을 따라간다"는 표현에는 데모군중과 시인 사이의 거리가 반영되어 있다. 이제 어둠 속에서의 암중모색을 통해서 그는 어디로 가는가. 평생의 시업(詩業) 전체를 걸고 그가 가려는 곳은 유년의 꿈과 고난이 녹아 있는 자신의 영원한 모태, 출발지이자 귀착지로서의 어머니 대지 아니겠는가.

그러나 조태일이 실제로 돌아간 곳은 유년의 동심이 뛰놀던 원초적 자연 속으로가 아니라 문학소년의 꿈을 키우던 도시 광주였다. 그는 벅찬 감개에 젖어 다짐한다.

시를 쓰는 더운 가슴으로
시를 외쳐대는 꼿꼿한 몸으로
광주에 와서 먼저
무등산에 큰절을 올렸다.
망월동에 홀로 찾아가서 큰절을 올렸다.
금남로도 충장로도 유동도 계림동도
그 이름도 반짝이는 광천동에도
큰절을 한없이 한없이 올렸다.
당분간 술을 줄이며
큰절로써 나의 떠돌이를 청산하리라.

어린애 마음으로 꽃들을 사랑하고
청년의 마음으로 광주의 흙내음을 맡고
중년의 마음으로 국토를 껴안고
쉬지 않는 노래로 모든 것을 사랑하리라.

　　　　　　　　　　　　—「光州에 와서」부분

이 시가 수록되어 있는 『산속에서 꽃속에서』(1991)는 조태일의 문학적 역정에 있어 과도기의 긴장과 어수선함이 공존하는 시집이다. 이 시집에서 그는 한동안 중단했던 '국토' 연작 30여 편을 다시 시도함으로써 젊은 시절의 활기와 역동성을 회복하고자 하는가 하면, 「탁과 억 사이에서」「모조리 望月洞」「턱을 괴고 앉아」같이 시국관련 발언을 시의 형식으로 나타내기도 하고, 또 「가을엔」「지평선」「꽃 속에서」「無等에 올라」처럼 화해적·관조적 시선으로 자연풍경을 소묘하기도 한다. 이러한 관심의 분산을 극복하고 뛰어난 시적 아름다움의 경지를 이룩하는 데 성공한 것이 마지막 두 시집 『풀꽃은 꺾이지 않는다』(1995)와 『혼자 타오르고 있었네』(1999) 이다. 각 시집에서 한 편씩만 감상하는 것으로 이 미흡한 글을 끝내자.

어렸을 적,
발바닥을 포개며 뛰놀던
원달리 동리산 태안사에
봄이 딛는 발자국 소리
여기까지 들려오네.

살얼음 밑에서 은빛 비늘 희살대며
봄기운에 흐물거리던 피래미떼들도
광주의 내 눈에 가득 넘치네.

복순이라는 이름으로부터
은정이라는 이름으로부터
자유롭자고 자유롭자고 자유롭자고
저 하염없이 내리는 창밖의
흰 눈처럼 깔깔대며
찬 생맥주를 마신다.

봄으로부터 겨울에 이르는 동안에도
한번도 누워보지 못한
저 들판의 풀꽃처럼
가끔은 눈물을 보이면서……

— 「풀꽃들의 웃음」 전문

  문화교실 같은 데서 시창작 수업을 마치고 시인은 아주머니 학생들을 따라 뒤풀이 자리에 간다. 때마침 밖에서는 눈이 내리는데, 맥주잔을 앞에 놓고 재잘거리는 아주머니들은 어느덧 반지르르 얼굴 빛나는 소녀시절로 돌아가 있다. 아니, 단순히 옛날로 돌아가는 것이 아니라 남편도 가정도 잊어버리고 자신의 이름으로부터도 벗어난다. 아주머니 학생들의 이름이 차례로 호명됨으로써 그들은 규율과 제도의 현실세계로부터 한 명씩 탈주하는 것이다. 그리고 그들은 '깔깔대는 흰 눈'과 '재잘거리는 풀꽃들'이 공생하는 천상적 세계의 주민이 된다. 단순하고 평면적인 듯이 보이는 이 시에서 결정적인 대목은 마지막 연, 그 중에서도 마지막 줄 "가끔은 눈물을 보이면서……"일 것이다. 그것은 웃고 떠드는 자리 특유의 경박성과 과장된 명랑함을 순화시킬 뿐 아니라 거기 모인 아주머니들의 삶의 그늘조차 지워버린다. 그것은 인생의 깊이에 대한 시인의 부드러운 투시이다.

5

마지막 시집 『혼자 타오르고 있었네』를 다시 읽으ᆞ서 나는 시인 조태일이 자신의 마지막을 예감하고 쓴 듯한 작품들을 여러ᆞᆞ발견하고 새삼가슴이 쓰라렸다. 생각해보면 그는 태어난 고향 태안사를ᆞ생 가슴에 품고 살았고, 그가 돌아가고자 한 곳도 태안사의 원시적 자연ᄋᆞᆞ다. 그 자연 속에서 벌거숭이 그대로의 인간과 짐승과 풀과 나무와 벌레들ᆞ어울려 차별 없는 우애의 이상향을 이루는 것이 그의 비원이었다. 그러나 ᆞᆞ ᆞᆞ 내에서 뒤에 ᆞ 기의 산문을 보면 그는 태안사의 골목과 마을들이 옛모습 그대로 남아 있지 않은 데에 실망과 개탄을 금하지 못하고 있다. 어쩌면 당연한 일이지만, 현실 속에 실재하는 태안사는 그가 수십년 가슴속에 품고 있던 태안사가 아니었던 것이다. 시집 후기의 마지막 문장에서 그는 "나에게 들킨 이 시집 속의 모든 사물들, 모든 상황들, 모든 사연들에게 감사드린다"라고 적고 있다. 파괴되고 훼손되어갈망정 자신이 목격한 자기 시대의 사물과 상황을 정직하게 시로 기록하는 것을 임무로 삼았다는 점에서 그는 시종일관 치열한 시인이었다.

『시와시학』 2010년 봄호

제3부

3

스스로의 힘으로 살아있는 풍경

■

이시영 시집『사이』를 중심으로

첫시집『만월(滿月)』(1976)을 내고 나서 꼭 10년 만에 두번째 시집『바람
속으로』(1986)를 묶어낼 때 나는 책 뒤에 발문이라는 이름으로 약간의 논
평을 덧붙인 적이 있다. 가까운 사람에게일수록 더 엄격해야 한다는 쓸데
없는 객기가 동하여, 그리고 무엇보다 시를 보는 눈이 밝지 못하여 나는
그때 이시영(李時英)의 문학적 지향과 시적 성취를 제대로 알아보고 충분
하게 평가하지 못하였다. 그로부터 다시 꼭 10년이 지났는데, 그동안 그는
여섯번째 시집까지 낼 만큼 뚜벅뚜벅 정진을 거듭하고 있는 반면 시의 속
내를 꿰뚫는 나의 안광은 여전히 무디고 편협하다. 흔히 아는 만큼 보인
다고 말하는데, 글을 읽고 쓰는 일도 각자의 인생이 터득한 깨달음의 한
도를 넘지 못하는 것 같다. 이런저런 생각에 잠겨 이시영의 창작여정을
찬찬히 뒤쫓아간다. 머지않아 그의 시력 30년에 이른다는 사실이 새삼 놀
라움을 준다.

한 뛰어난 시인의 탄생을 강호 제현에게 고지해준 시집『만월』을 20년
세월의 격차 너머로 바라보니, 시간의 파괴력을 이기기에 역부족인 듯이

288

보이는 습작 같은 작품도 눈에 띄는 반면, 여전히 날카로운 광망을 발하는 것도 적지 않다. 그런가 하면 이시영 시의 최근 경향이 실은 처음부터 그의 문학에 잠복해 있었음을 알려주어 새삼 괄목하게 되는 작품도 있다. 한마디로 『만월』은 지금도 힘차게 살아있는 시집이다. 「후꾸도」 「정님이」 「머슴 고타관씨」 등 오직 이시영의 이름으로만 각인된 '이야기시'의 고전들은 작자인 이시영 본인은 오래전에 그 세계를 떠났음에도 여전히 퇴색되지 않은 감동을 유지하고 있지만, 「후회」 「찬비 속에서」 「면회」 「반짝이는 것은 무엇인가」 같은 생소한 작품들은 20여년의 세월을 건너뛰어 새로운 독해를 요구한다. 이들 가운데 마지막 작품 「반짝이는 것은 무엇인가」 (1973)를 다시 읽어보기로 하자.

어떤 별들과 인간의 꿈은 깊이 상통한다.
밤이 오면 쓰라린 땅을 매맞아 버림받은 사람들이 지키고
그 위의 하늘을 별이 지킨다.
인간의 눈이 되고 싶은 어떤 별들은 지상에 내려와
어둠 속에서 더욱 빛나는 사람들의 상처에 살아 뛰며
자기 피를 주고 오래 말없는 상처를
자기처럼 껴안고 자기 눈이 껌뻑일 때까지 반짝이다가
새벽이 동터오면 또 불꺼진 영혼들을 찾아
아무도 없는 길로 내뺀다.

이시영 시의 정제된 언어와 다듬어진 형식미에 길들여진 독자가 보기에 이 작품은 어딘가 매끄럽지 못하다. 가령, "매맞아 버림받은 사람들" "어둠 속에서 더욱 빛나는 사람들" 같은 표현들은 지나치게 구체적이거나 상식적이어서 시적 함축이 허약하다. "자기 피를 주고 오래 말없는 상처를/자기처럼 껴안고 자기 눈이 껌뻑일 때까지 반짝이다가"라는 시행

도, '자기'라는 단어의 반복이 언어의 화음(和音)을 저해한다는 점을 차치하더라도, '어떤 별들'이 지상에 내려와 상처받은 사람들에게 베푸는 사랑의 행위에 대한 묘사로서는 범속하고 평면적이다. 그러나 이 작품은 사회현실에 대한 비판적 의식과 구별되는 일종의 존재론적 관심과 어떤 근원적인 고독감이 1970년대의 이시영 문학 속에서 이미 작동하고 있었음을 느끼게 한다. 생각건대 별과 인간의 꿈, 즉 천의무봉한 자연의 표상과 인간적 이상이나 열망 간의 깊은 상통성에 대한 주목이 이 시의 핵심일 것이다. 물론 매맞아 버림받은 사람들이 지키는 쓰라린 땅과 불꺼진 영혼을 찾아 내빼는 별은 동일한 과녁을 겨냥한다. 버림받은 사람, 쓰라린 땅, 불꺼진 영혼은 본질적으로 사회적 약자의 이미지에 닿아 있으며, 그런 점에서 이시영의 이 시는 일종의 사회학적 연관을 처음부터 내포한다고 할 수 있다. 그러나 그러면서도 그것을 별과 꿈의 내밀한 상통성이라는 초월적 구도를 통해 제시하는 발상법은 무심히 넘길 수 없다. 요컨대 그의 상상력은 사물의 섬세한 움직임과 인간 삶의 숨결 사이의 근원적 교통에 근거하고 있는 것이다.

그런데 잘 살펴보면 이시영의 시는 두번째 시집 이후, 그러니까 1980년대 중반부터 점점 더 사물 자체, 자연 자체를 향해가는 것 같다. 말하자면 그의 시들은 존재의 자기충만성을 탐구하는 중립적 수단으로 변해가는 듯이 보이는 것이다. 이 말은 그의 시에 사람들의 삶의 모습이 제거된다는 뜻이 아니다. 어떤 점에서 이시영만큼 철저하게 집중된 자기응시를 수행하는 시인은 드물다고도 말할 수 있으며, 가족과 고향친구와 이웃들의 삶 또한 제한된 시야 안에서이긴 하나 여전히 냉철하게 관찰된다. 그러나 그의 시에 특징적인 것은 그 어느 경우든 시인 개인의 사적 주석(註釋) 또는 감상적 개입에 의해 사물과 인생 자체의 본래적 역동성이 훼손되는 것을 시인이 극력 피하고 있다는 사실이다. 그런 면에서 이시영의 시적 실천은 엘리엇의 비개성 시론 내지 객관상관물 이론을 연상케 한다. 그러나 이시영의 경우 그것은 한편으로 동양적인 자기수련의 엄격성과 관련되는 면이 있는 듯하고, 다른 한편 정치적 발언의 차원을 배제하지 않는 '삶의 문학'으로서의 개방성을 지닌다. 다만 그는 미학적 매개과정이 배제된 거칠고 투박한 직설어법을 용납하지 못할 뿐이다. 이제 근작들을 중심으로 좀더 구체적인 검토를 해보자.

> 파도가 머리를 꼿꼿이 세우고 달려와
> 단 한차례 방파제를 들이받곤
> 거대한 물보라를 남기며 스러져간다
>
> 수평선 쪽에서 갈매기 한마리가 문득 머리를 들고
> 잔잔하게 하늘을 가른다

시집 『사이』(1996)에 실린 작품으로서, 이시영의 다수 작품이 그렇듯이 짧고 또 이시영의 대부분 작품이 그렇듯이 자기해설적 요소가 전혀 없다. 다만 축약되고 묘사될 뿐이다. 따라서 범상한 독자들로서는 당연히 시의 텍스트 바깥에 시인이 무엇을 감추고 있는지 궁금해진다. 즉, 바닷가 경치의 단순한 소묘 배후에 어떤 비유나 상징이 함축되어 있지 않겠는가 따져보게 된다. 이런 점과 관련하여 이시영은 시의 바람직한 존재방식을 다음과 같이 설명하고 있다. "좋은 시는 그 자체가 생물과도 같아서 스스로의 힘으로 존재하며 빛을 뿜고 수런대고 교감하고 우리에게 말을 걸기도 한다. 스스로의 힘만으로 존재하는 시, 시인의 별다른 의미부여 없이도 거기 그대로 그냥 피어 찬연히 자기활동을 전개하는 시. (⋯) 온갖 의미를 이루려는 충동 혹은 욕망을 탈각한 채 참된 무의미의 경계에 도달하고자 하는 시인의 마음의 소용돌이가 피워낸 한 송이 꽃, 혹은 그런 세계. 그러므로 우리는 이 시에서 무슨 의미를 읽어내려고 해서는 안된다."(「의미와 무의미」) 정현종(鄭玄宗)의 시「좋은 풍경」을 논평하는 문맥에서 나온 이 언급은 바로 자신이 지향하는 시적 방법에 대한 해설, 즉 이시영 시론으로도 읽힌다. 나는 이 시론의 근본취지에는 물론 이의 없이 공감한다. 그러나 공감하기 때문에 그 시론을 뒤집어 읽어볼 권리를 가진다고 믿는다. 그것은 가령 이런 것이다. 시든 산문이든 텍스트에 억지로 덧붙여진 의미는 언어의 손상을 결과할 뿐이다. 그런데 작품에 덧씌워지는 외재적 의미는 다른 누구에 의해서가 아니라 일차적으로는 바로 작자의 손에 의해 그렇게 되는 것이다. 그러나 더 들여다보면 그 작자의 손을 움직이는 것이 단순히 작가 개인의 섣부른 표현욕만이 아니라 넓은 뜻에서 사회 전체를 밀고가는 시대의 강제력임을 알 수 있다. 그렇기 때문에 시인은 스스로의 힘만으로 존재하는 사물의 자기완결적 독립성을 드러내기 위해 시대를 지배하는 수많은 강제력과 싸우지 않으면 안되는 것이다. 그런 투쟁의 결과로서 참된 무의미의 경지에 도달하는 데 성공한 시는 다른 면에서는 시인 자신조차 개입할 여지를 찾을 수 없는 완전히 가득 찬 의미의 경지에 이르러 있기도 하다. 내 생각에 김춘수(金春洙)의 무의미시론이 갖는 문제점은 시가 의미로부터의 해방의 노력인 동시에 의미의 최대치를 이루려는 시도라는 변증법을 인식하지 못하고 있다는 것이다.

　이제 작품으로 돌아가보자. 앞 연은 근경이고 뒤 연은 원경인데, 거대한 물보라를 남기며 스러지는 파도와 잔잔하게 하늘을 가르는 갈매기 한 마리는 과연 절묘한 대조를 이룬다. 여기에는 하늘과 바다, 동역학(動力學)과 정역학(靜力學), 고요와 요란, 나아가 폭발적인 격정과 내적인 관조 사이의 서로 침범할 수 없는 분리와 긴장이 있다. 이것은 바닷가의 한 풍경인 동시에 그 풍경을 바라보는 자의 내면의 그림이기도 하다. 시의 제목이「아름다운 분할」이라고 붙여진 것을 보면 시인의 내면세계는 자연풍경의 원근(遠近)이 만들어내는 시각적 대립을 통해 갈등을 겪는 것이 아니라 반대로 조화와 균형을 경험한다. 즉, 서정적 주체와 객체로서의 자연은 깊은 교감 속에서 아름다운 일치를 달성하는 것이다.

> 밤새도록 파도는 몸부림치면서 일어서면서 신음하면서
> 아침이 오면
> 거기 달랑
> 젊은 섬 하나를 낳는다
> 뜨거운 은빛 등을 보이며 떠올랐다 난바다에 떨어지는
> 아침 수평선의 서늘함이여

『길은 멀다 친구여』(1988)에 실린 「수평선」이라는 작품이다. 언뜻 보기에도 앞의 「아름다운 분할」과 비슷한 소재를 다루고 있다. 우리는 끊임없이 물결치며 다가와 부서지는 파도를 본다. 늘 경험하듯이 바닷가에 서서 파도를 바라보는 일은 단조롭기 짝이 없으면서도 결코 지루하지 않다. 다가왔다가 멀어지기를 한없이 되풀이하는 파도의 운동은 흔히 설명되듯이 계절의 순환이나 맥박의 고동처럼 우주적 생명감으로 가득 차 있기 때문이다. 그러니까 파도는 스스로의 힘으로 살아있는 풍경을 연출한다. 그렇다면 「수평선」은 「아름다운 분할」과 어디가 다른가. 「아름다운 분할」은 제목이 시사하듯이 자연의 한 장면이 그려내는 질서 그 자체를 조형할 뿐이다. 잔잔하게 하늘을 가르는 갈매기 한 마리에서 시인의 자화상을 보고 그의 내면풍경을 읽는 것이 독자에게 허락된 의미부여의 권리이기는 하지만, 권리를 행사하지 않는다 하더라도 탓할 바 아니다. 그런데 「수평선」에는 밤에서 새벽에 이르는 좀더 분명한 시간진행의 차원이 있다. 동이 터서 환해짐으로써 어둠에 잠겼던 섬 하나가 눈에 띄게 된 것인데, 그런 즉물적 해석이 물론 가능하다. 그러나 좀더 살펴보면 시인은 밤을 새운 파도의 몸부림과 신음, 그리고 그런 힘든 진통 끝에 태어난 섬 하나를 발견한다. 나로서는 여기서 강력한 의미지향을 읽는다. 다시 말해 이 시에

서의 풍경묘사는 다른 어떤 본질적인 과정을 감싸고 있는 외피 또는 가면인 것이다. 그 과정이란 다름아닌 시의 창작과정, 즉 잉태와 분만, 고통과 해방의 과정이라고 여겨지는 것이다.

다들 지적하는 바와 같이 이시영의 시는 점점 더 짧아지고 있고 그와 더불어 자연풍경에 더 자주 눈을 돌리고 있다. 앞의 시 「반짝이는 것은 무엇인가」가 1973년작임을 상기해보면 그의 이런 경향은 처음부터 그의 문학에 내재해 있었음을 알 수 있다. 그리고 나는 두어 편 작품의 분석을 통해 자연이 그의 문학에 있어 단지 외재적인 것이 아니고 그의 사유와 세계관의 근저에 근본적 동력으로 작용함을 지적하고자 하였다. 그러나 생각해보면 동서고금을 막론하고 자연을 노래하지 않은 시인이 어디 있으며 자연에서 안식과 평정을 구하지 않은 묵객이 어디 있겠는가. 다만 이시영은 세속의 풍파를 피하기 위해 자연을 찾은 것이 아니라는 점이 무엇보다 주목되어야 한다. 그에게 있어 자연은 치열한 대결의 현장이다. 그 대결은 정치·사회적 현실과의 사이에서도 또 자아의 내적 정체성과의 사이에서도 벌어진다. 물론 때때로 한유한 풍경이 묘사될 수도 있지만, 이 의미과잉의 시대(이것은 이시영 자신의 언명이다)에 그 한유함은 고도의 정신집중을 통해서만 지탱되는 긴장의 또다른 이름이다. 그런 점에서 그의 자연시는 동시에 저항의 사회시이다. 무엇에 대한 저항인가. 수많은 예들 가운데 『무늬』(1994)에서 두 편을 읽어보자.

> 저물녘 벼랑에 선 나무들은 외롭지 않다
> 능선의 보이지 않는 힘들이 팔을 뻗어
> 바람 불어오는 쪽으로
> 그들을 강력하게 끌어안고 있기 때문이다
>
> ─「引力」전문

까치 한 마리가 어젯밤 제 집에 돌아오지 않았나보다
밤새도록 늙은 까치는 캄캄한 허공을 쪼면서 울부짖는다.
저 멀리 인가에 하나둘 불이 밝는다.

—「交感」전문

근년의 이시영 시의 발상법을 전형적으로 보여주고 있는데, 이 작품들은 누구나 실감하겠지만 어떠한 산문적 설명의 틈입도 용납하지 않는 일종의 절대적 풍경을 이루어내고 있다. 독자로서는 우선 그 아름다움을 체감하는 것이 중요하다. 그러나 다음에는 아름다움의 근거를 물어볼 수 있다. 등산을 갔다가 자주 보는 경치 중에, 금방 무너져내릴 것 같은 가파른 벼랑이나 아슬아슬한 바위틈에 용케 버티고 선 나무들이 있다. 끈질긴 생명력이라고 말하는 바로 그 모습이다. 그런데 시「인력」에서 시인은 나무들의 생명력을 언급하는 대신 능선의 보이지 않는 힘을 지적하고 있다. 마치 어미가 새끼에게 그렇게 하듯 능선의 보이지 않는 힘이 팔을 뻗어 나무들을 끌어안고 있다. 능선과 나무들 사이에는 필경 거룩하고 신령스런 우주적 힘이 작용하고 있을 것이다. 시멘트와 아스팔트와 인공소음과 인공조명으로 들어찬 물질문명의 공허가 생태계를 숨막히게 압박할수록 시인은 이 시에서 보는 바와 같은 애니미즘적 사유에서 한 줄기 구원을 찾는다.

능선과 나무 사이에 작용하는 인력은 까치와 사람 사이에서는 교감의 원천이 된다. 귀가하지 않은 자식 때문에 부모가 노심초사하듯 늙은 까치는 밤새도록 울부짖는다. 까치들의 세계에 무슨 심상치 않은 일이 벌어졌음인가. 까치에게든 사람에게든 무릇 목숨붙이들에게는 으레 가끔씩 뜻밖의 험상궂은 일이 일어나게 마련이다. 얼마전 강원도 고성에서 일어난 큰 산불로 인해, 1980년 5월 광주에서 자행된 엄청난 학살만행으로 인해 지상에는 한숨과 통곡이 끊이지 않았다. 그런데 오늘밤엔 집에 돌아오지 않은 까치 한 마리 때문에 늙은 까치가 울부짖고, 그 늙은 까치의 애절함이 사람들에게 전해져 그들의 잠을 깨운다. 시인은 뒤척이던 잠자리에서 일어나 하나둘 불을 밝히는 인가의 모습을 원경으로 바라본다. 그는 생령들 간에 교신되는 고통의 교감에 동참하는 것이다.

그런 점에서 다음 작품은 횔덜린적 의미의 시인의 사명에 대한 순결한 선언이며 동시에 준엄한 자기비판이다.

> 시인이란, 그가 진정한 시인이라면
> 우주의 사업에 동참할 수 있어야 한다
>
> 그러나 내가 언제 나의 입김으로
> 더운 꽃 한 송이 피워낸 적 있는가
> 내가 언제 나의 눈물로
> 이슬 한 방울 지상에 내린 적 있는가
> 내가 언제 나의 손길로
> 曠原을 거쳐서 내게 달려온 고독한 바람의 잔등을
> 잠재운 적 있는가 쓰다듬은 적 있는가
>
> ──「내가 언제」 전문

자신에게 거듭 들이대는 이시영의 이 질문은 아마 우리 시문학사상 가장 깊은 곳으로부터 시인 자신들에게 발해지는 가장 치열한 존재증명 요구일 것이다. 그러고 보면 그의 시는 새와 벌레와 바람과 파도를 노래하든 고향 친구의 망가진 인생을 이야기하든 언제나 시 쓰는 자 바로 자기 존재의 근원과 그 정당성에 대한 탐색의 뜻을 지닌다. 이시영의 문학세계에 시 자체에 대한, 그리고 시의 출산과정에 연관된 작품이 많은 것은 그 때문일 것이다.

고독을 모르는 문학이 있다면

그건 사기리

밤새도록 앞뜰에 폭풍우 쓸고 지나간 뒤

뿌리가 허옇게 드러난 잔바람 속에서 나무 한 그루가

위태로이 위태로이 자신의 전존재를 다해 사운거리고 있다

──「그대의 시 앞에」(『무늬』) 전문

아픔 없이 자라는 나무를 본 적이 있는가

파란 머리를 땅바닥에 박고 곤히 잠든 어린 나무 곁에서

헐벗고 주린 아기나무의 아버지가 터진 무릎을 감싸안은 채

흐느끼고 있다.

밤새워 아픔 속에 또 다른 자기 자신을 낳은 모양이다

──「시월」(『사이』) 전문

아마 이보다 훨씬 더 많은 작품들을 예시할 수 있을 터인데, 여기서 고독·아픔·고통은 참된 문학의 생성에 필연적으로 수반되는 삶의 심연적 체험을 지칭할 것이다. 왜 이 시대는 문학의 진정성을 담보하기 위해서 이처럼 고통과 희생을 요구하는 것인가. 그것은 지금이 폭풍우의 계절이기 때문이다. 잔바람 속에 허옇게 뿌리를 드러낸 나무 한 그루는 어쩌면 시인의 남루한 자화상일지 모른다. 그러므로 그의 숨결은 전존재를 다한 사운거림으로 되며, 그럼에도 불구하고 언제 허물어질지 모르는 위태로움 속에서만 겨우 아슬아슬하게 지속된다. 이 위험천만한 모험의 고행이 말하자면 문학하는 일이다. 그것은 때때로 시인에게 한없는 자기연민의 감정을, 또 때로는 세속적 잡답(雜沓)으로부터의 상상적 초월의 유혹을 환기한다. 어떤 작품(「시인 나귀」)에서는 시인이 자기보다 무거운 짐을 지고 산비탈을 오르는 등짐장수로 비유되고 있기도 하지만, 「밤」에서 그

는 터진 무릎을 감싸안은 채 흐느끼는 모습으로 부조(浮彫)된다. 아마 그
는 '깊은 산 골짜기에 얼어붙은 폭포'처럼 고독한 인고의 시간을 견딘 끝
에 '강철 새 잎'을 피워내리라.

  짐작건대 금년의 시집 『사이』로써 이시영의 한 시대는 마감될 것이다.
여기 실린 「임종」과 「마음의 고향 6」에서 나는 그런 예감을 받았다. 돌이
켜보면 이시영 시의 뿌리는 그의 고향 구례의 산과 들이고 또 그를 낳고
길러준 어머니들이다. 그의 수많은 자연시들은 육안적(肉眼的) 관찰의 소
산이라기보다 본질적으로 유년기 체험의 되새김, 즉 끝없는 기억으로부
터의 소환이다. 그러므로 그의 시에 묘사되는 새와 꽃과 경치들은 진경산
수(眞景山水)에서처럼 세부적 정밀성 자체가 목표인 것은 아니다. 그런 점
에서 그의 자연시는 추억의 형식으로 반추되는 내면의 시이기도 하다. 그
런데 이제 그는 고향으로 향하던 반복적 회상여행이 드디어 마감될 시점
에 이르렀음을 깨달은 것 같다.

  내 마음의 고향은 이제
  아늑한 상큼한 짚벼늘에 파묻혀
  나를 부르는 소리도 잊어버린 채
  까닭 모를 굵은 눈물 흘리던 그 어린 저녁 무렵에도 있지 아니하고
  내 마음의 마음의 고향은
  싸락눈 홀로 이마에 받으며
  내가 그 어둑한 신작로 길로 나섰을 때 끝났다
  눈 위로 막 얼어붙기 시작한
  작디작은 수레바퀴 자국을 뒤에 남기며
                              ─「마음의 고향 6」 후반부

객지생활에 지친 몸을 이끌고 패잔병처럼 고향에 돌아왔다가 다시 새로운 꿈에 부풀어 상경하는 젊은 영혼의 찢어진 자아, 그것은 『만월』 시대(가령 「사람들의 마을」 「서울길」 「귀향」 등)의 이시영 시의 중요한 모티브일 뿐만 아니라 농촌붕괴를 특징으로 하는 1970년대 우리 문학의 핵심적 주제이기도 하였다. 시집 『무늬』의 맨뒤에 실린 연작시 「마음의 고향」 다섯 편은 그의 유·소년기를 풍요롭게 수놓은 농촌공동체적 기억의 세목들에 의해 언뜻 이시영 이야기시의 부활을 기대하게 하였다. 그러나 유감스럽게도 시인은 '참새떼 와자히 내려앉은 대숲마을' '토란 잎에 후두둑 빗방울 스치고 가는 여름날의 고요' '추수 끝난 빈 들판을 쿵쿵쿵 울리며 가는 서늘한 뜨거운 기적소리' 따위들이 아무리 간절한 울림을 주더라도 이제는 자신의 손아귀에서 벗어났음을 인정하지 않을 수 없다고 고백한다. 그 점에서 시집 『사이』에 다른 연작들과 따로 떨어져 수록된 「마음의 고향 6」은 고향을 향해 띄우는 뼈저린 석별의 비가(悲歌)이다. 우리말의 가락을 타면서도 정형률에 얽매이지 않은 리듬, 유년시절의 향토체험에 밀착된 정확한 세부묘사, 넘칠 듯 넘치지 않는 절제된 감정 등 여러 면에서 「마음의 고향 6」은 정지용의 「향수」에 비견될 만한 우리 시문학사상 최고 걸작의 하나이다.

그런데 기이하게도 그가 마음의 고향에 석별의 비가를 부른 시점은 그의 육신을 세상에 낳아준 어머니가 이승을 떠나는 시점이기도 하다. 그의 노래들의 원천이고 그의 기억의 한 꼭지점이었던 어머니의 죽음은 이시영 문학의 한 시대에 검은 휘장을 두를 것이다. "어머니가 하도 안 돌아가시길래/마누라하고 유덕희씨하고 인천 송도에 가서/이경림씨까지 불러내어 회를 실컷 먹고 돌아와 보니 여전하시기에"로 시작하는 길지 않은 작품 「임종」은 그 말투에서부터 김수영(金洙暎)을 연상케 하는 도발적이고 대담한 파격성을 보인다. 어머니의 임종을 눈앞에 둔 자의 의례적인 췌언과 둔사를 가차없이 생략할뿐더러 마누라와 마누라 친구들을 불러내어 '회를 실컷' 먹은 일까지 거침없이 기술함으로써 범인들의 일상생활을 감싸고 있는 세속적 예절의 가면들을 무자비하게 벗겨낸다. 그러고 나서, 다시 말해 가장 가까운 육친의 죽음에 연결될 법한 모든 종류의 감상적 착색을 제거하고 나서, 시는 주검의 순간적 형상을 냉정하게 기록한다. "항상 먼곳을 응시하던 두 눈은 단정히 감으시고/따뜻한 입은 새벽을 향해 약간 벌이신 채"라고. 드디어 이시영은 오랜 과거로부터 석방된 것이다. 의지가지 없어진 그가 이제 어느 허공을 향해 고된 발걸음을 옮길 것인가. 그것은 오로지 자유의 이름으로 단죄받은 그 자신의 몫이다. 그의 앞날에 평화 있으라!

『시와 시학』 1996년 여름호

정서적 감응과 일치의 세계

■

이동순 시집 『꿈에 오신 그대』를 중심으로

객   오늘은 이동순(李東洵) 시인의 새 시집 『꿈에 오신 그대』를 중심으로 그의 시세계에 관해 얘기를 나눠보았으면 합니다. 그런데 금년 5월에 여섯번째 시집 『봄의 설법』이 나왔으니, 이번 일곱번째 시집은 너무 빨리 나오는 게 아닌가요?

주   그렇군요. 알다시피 이동순은 1973년 『동아일보』에 연작시 「마왕의 잠」이 당선되어 시인으로 등장했고, 1970년대의 업적들을 시집 『개밥풀』(1980)로 묶어, 재능있고 촉망받는 신진시인의 반열에 올랐습니다. 그리고 대체로 3년에 한 권씩 시집을 내왔는데, 이번 『꿈에 오신 그대』는 그런 터울을 깨고 금방 연달아 나왔습니다. 그러니까 그동안의 관행으로 본다면 이번 시집을 위한 축적의 기간이 너무 짧지 않은가 의문을 가질 수 있습니다. 그러나 시집을 읽어보면 의문이 풀립니다. 이 시집의 시들은 어떤 면에서 전체가 한 편의 시와도 같아서, 그런 점에서는 시집으로 묶어 출판했다기보다 전작시 한 편을 발표했다는 측면이 강하고, 또다른 면에서 보면 이 시집은 『봄의 설법』의 자매편 비슷해서 두 시집이 거의 동시에 출간되는 것이 자연스럽기조차 합니다.

객 자매편이라는 게 무슨 얘깁니까?

주 서두르지 말고 천천히 얘기해갑시다. 그동안의 이동순 시들은 다 읽어보셨지요?

객 네, 그런데 이동순 시에 대한 평론도 읽으라 해서 찾아보았지만 눈에 많이 띄는 편이 아니더군요. 시집 뒤에 붙은 발문이나 해설 그리고 짤막한 서평 같은 글 말고는 본격적인 이동순론은 구해보지 못했습니다. 말썽스러운 작품, 흔히 하는 말로 문제적이고 도전적인 작품을 별로 내놓지 않아서인지 역량에 비해 평단의 주목을 덜 받는 것 같았습니다.

주 그가 자신의 시적 능력이나 업적에 상응하는 비평적 조명을 받지 못했다는 것은 중요한 지적입니다. 그것은 그의 시의 어떤 특징과도 연관되는 사실이니까요. 아무튼 등단 이후 다섯번째 시집『그 바보들은 더욱 바보가 되어간다』(1992)까지 거의 20년에 걸친 그의 시의 행적을 훑어보면, 그에 대해 우리가 가진 막연한 선입견과 달리 그는 결코 단조로운 창작방식을 고수해온 틀에 박힌 민중시인이 아니라 다방면에 걸쳐 그 나름의 형식실험과 서정적 모색을 시도해온 시인임을 알 수 있습니다. 다만 그의 실험과 시도는 형식파괴적 내지 언어파괴적인 것이 아니라 반대로 오히려 기존의 낡은 형식을 새롭게 살려내고 피폐해진 모국어를 갈고 다듬어 쓰는, 뭐랄까, 일종의 보수적인 방향을 취하고 있기 때문에 비평적 호사가들의 구미를 만족시키지 못한 면이 있었지요. 하기는 젊은 20대 시절부터 이동순 시인이 시적으로 너무 의젓했던 것은 사실입니다.

객 그런데 왜 방금 다섯번째 시집까지만 언급했습니까?

주 날카로운 지적입니다. 그때까지의 시집들은 우리 시단의 일반적인 관례대로 기왕에 발표한 작품들을 모은 것이었지요. 따라서 그 시집들은 어떤 한 가지 주제나 관심을 축으로 내적 통일을 이루고 있다기보다 시인의 다양한 모색과 시도들이 혼재해 있었지요. 물론 네번째 시집인『철조망 조국』(1991)에서는 표제로도 짐작되듯이 조국의 분단현실을 아파하고 통일을 갈망하는 마음이 시집에서 가장 큰 무게를 차지합니다. 하지만 그런 중심적 주제와 직결되지 않는 작품도 여럿 포함되어 있어요. 또, 세번째 시집인 『지금 그리운 사람은』(1986)은 「따비」「종다래끼」「오줌장군」 등 26편의 농구(農具)노래 연작을 비롯하여 농촌현실의 황량함을 세심하게 관찰한 작품들이 많습니다. 그러나 이 시집 역시 처음부터 일정한 계획에 따라 창작된 것이 아님은 분명합니다. 반면에 『봄의 설법』에서 우리는 시집 전체를 관통하는 강력한 단일성을 느끼게 됩니다. 여기서 잠시 이동순 시인의 개인사를 떠올려봅시다. 1980년대의 대부분을 그는 고향을 떠나 청주에서 충북대 교수로 지냈습니다. 그러다가 1990년대와 더불어 대구로 직장을 옮깁니다. 그가 태어난 곳은 경북 금릉군 상좌원이지만 어려서부터 대구에서 자라고 여기서 학교를 다녔습니다. 그러니까 대구가 고향이나 다름없지요. 다시 말하면 불혹의 나이가 되어 드디어 일종의 귀향에 성공한 겁니다. 대구로 직장을 옮긴 지 얼마 안되어 그는 경산군 용성면 고죽리라는 조그만 농촌마을에다 터를 잡았습니다. 「고죽리의 밤」이라는 작품에 보면,

> 이따금 안동구씨네 집 개 짖는 소리만 들려올 뿐
> 고죽 마을은 삽시에 조용하다
> 등불을 켜고 나는 책상 앞에 가 앉는다
> 어느 멀고 먼 길을 걷고 걸어서
> 나는 지금 여기에 와 있는가
> 이곳은 이승의 내가 잠시 머무는 쉼터
> 얼마만큼의 길을 나는 앞으로 또 걸어가게 될 것인가

라는 대목이 있습니다. 여기서 우리가 제기해볼 수 있는 질문은 시인이 고죽리에 자리를 잡음으로써 마침내 안착할 땅에 돌아온 것인가 아니면

여전히 낯선 땅을 떠도는 것인가 하는 것입니다. 내 생각에는 위의 시에 양면이 공존한다는 것입니다. 다시 말해 고전적인 귀향의 의식과 낭만적인 방랑의 감정이 이 시에 착종되어 있습니다. 그러니까 고죽리는 "멀고 먼 길을 걷고 걸어서" 드디어 도착한 곳인 동시에 언젠가는 다시 어디론가 떠나야 할지 모르는 불안의 장소입니다. 생각해보면 우리는 모두 고향 상실의 시대, 본질훼손의 상황을 살고 있습니다. 그 누구도 진정한 의미에서 고향을 확보할 수는 없습니다. 삶의 뿌리를 온전하게 지켜 가진다는 것은 불가능합니다. 이동순이라고 예외일 수는 없지요. 그래도 그는 상대적으로 행복한 편입니다. 왜냐하면 그는 고향 근처, 뿌리 가까이에 삶의 터를 마련했으니까요. 그러나 그는 이 안착의 땅이 영원한 안주의 거점이 아닌 "잠시 머무는 쉼터"에 불과함을 깨닫습니다. 이 지점에서 그의 시적 의식은 자신의 개인적 삶으로부터 인간생존의 보편적인 조건이라는 문제성에 이르게 되는 듯합니다. 다시 말해 이런 시대에 인간은 본질적인 귀향을 결코 성취할 수 없다는 것을 그의 예민한 의식은 깨닫는 것입니다. 모든 인간은 근본적으로 추방된 존재일 수밖에 없다는 인식이 그의 문학에 깔려 있는 것이지요.「고죽리의 밤」보다 훨씬 전에 씌어진「가경 마을의 첫눈」이라는 시에 이런 구절이 있습니다.

  눈이 나린다
  가경 들판에 하염없이 첫눈이 쌓인다
  지금 내가 걸어가는 이 길도
  기나긴 시간의 실타래 속으로 이어져 있겠지

『철조망 조국』에 실린 작품의 한 구절입니다. 아직 청주에 살고 있을 때 쓴 시인데, 타향 청주에서든 고향 대구에서든 그는 끊임없이 자기 삶을 규정하고 제약해오는 외적 조건으로서의 삶의 환경에 대하여 '시간이 실타래' 즉 무궁한 변화의 연쇄를 구성하는 한 매듭으로 그것을 인식합니다. 얘기가 길어졌습니다만, 요컨대 이동순 시인이 고죽리에 정착한 것은 그의 방랑의식 내지 방황감정이 종결되지 않았음에도 불구하고 그의 생애에 처음으로 일시적이나마(어쩌면 자못 영구적으로) 정서적 안정감의 현실적 토대가 마련되었음을 의미합니다. 시집 『봄의 설법』과 『꿈에 오신 그대』는 바로 고죽리에 터잡은 40대 시인 이동순의 첫번째 생산물입니다. 그리고 그런 만큼 과거의 시집들과 다른 안정감, 통일성, 그리고 뭐랄까요, 일종의 칩거상태에서 양성되는 자기만족 같은 요소도 있게 마련이지요.

객   듣고보니 그럴듯합니다. 그렇다면 불혹의 나이에 접어들면서 이동순 시에 어떤 근본적인 전환이 일어난 것인가요?

주   아니, 그렇게 말하기는 어렵습니다. 물론 외형적으로 상당한 변화가 있음을 인지할 수는 있습니다. 1980년대까지의 이동순 시는 현실문제에 좀더 적극적인 관심을 표명한 것이 사실입니다. 앞에서 시집 『철조망 조국』이 민족분단의 고통에 대하여, 그리고 『지금 그리운 사람은』이 피폐한 농촌현실에 대하여 주로 노래했다는 점을 지적했지만, 시인의 그와 같은 문제의식은 『물의 노래』(1983)나 『그 바보들은 더욱 바보가 되어간다』 같은 시집에서도 창작의 중요한 동력으로 되어 있습니다. 그런데 『봄의 설법』과 『꿈에 오신 그대』에서는 사회적 · 역사적 현실문제에 대해 명시적으로 또 직접적으로 언급하는 작품이 잘 보이지 않습니다. 그렇다면 그는 관조적인 전원시인으로 전향한 것인가? 시에서 사회문제에 대한 발언을 기대하는 독자들이 보기에는 분명히 이동순의 시에 커다란 변화가 일어났습니다. 그러나 내 생각에 변화는 표면적인 것일 뿐이고, 근본적인 면에서 그의 시는 일관성을 유지하고 있고 어떤 점에서는 자신의 시적 본질에 한걸음 더 다가서고 있는 듯합니다.

객   이동순 시의 본질이 무엇입니까? 불변의 본질이 있다고 가정하는 사고방식 자체가 관념적인 것은 아닌가요? 왜냐하면 현실과의 긴장된 교섭이 지속되는 곳에서만 훌륭한 문학작품이 산출되는 것이라고 믿으니까요.

　주　관념적 실체로서의 본질개념을 말한 것은 아닙니다. 그러나 작가나 시인들의 일생에 걸친 업적들을 살펴보면 그 나름으로 일관된 독특한 성향이랄까 체질 같은 게 있는 것은 사실입니다. 비근한 말로 개성이라고 할 수도 있지요. 물론 역사와 사회현실에 관심은 당연합니다. 그러나 그것이 작품에 나타나는 방식은 똑같을 수 없어요. 민중이란 낱말을 쓰지 않고서도 민중의 아픔에 깊이 동참하는 시가 나올 수 있다는 것을 인정하자는 얘기입니다. 시인이 무엇을 노래하든 거기에 그의 절실한 목소리, 그 자신만의 고유한 눈, 그의 인생이 포착한 진실의 떨림이 있어야 합니다. 그런 점에서『봄의 설법』은 확실히 이동순만의 독창적 세계입니다. 비록 규모가 큰 세계는 아닐지 모르지만, 그리고 현실비판의 강도에 아쉬움을 느낄 수도 있겠지만.

　객　작품 자체 안으로 좀더 들어가서 얘기해야 실감이 나겠는데요……

　주　그럽시다. 이번에 이동순의 시를 통독하고 나서 느낀 가장 중요한 사실은 이 시인이 놀라운 감응력의 소유자라는 것이었습니다. 감응력이라는 낱말이 적절한지는 모르겠는데, 요컨대 시적 대상에 몰입하여 대상과 서정적 주체와의 사이에 일종을 감성적 일체화를 이루어내는 시인의 능력을 가리킨 단어입니다. 이렇게 말하고보니 생각나는 일화가 있는데, 첫시집『개밥풀』에 보면「내 눈을 당신에게」라는 작품이 있습니다. 시의 화자는 월남한 실향민으로 설정되어 있습니다. 그런데 그가 불치의 병인 암에 걸려 죽게 되자 자신의 눈을 누군가에게 기증합니다. 시는 이런 화자의 유서형식으로 되어 있는데, 그럼에도 작품의 음조는 절망의 탄식이 아니라 기쁨의 신앙고백처럼 밝은 긍정의 빛에 싸여 있습니다.

　　　이제 내가 죽은 후에도 살아 있을 나의 눈은
　　　오랜 어둠을 헤매온 당신의 몸 속에서

누구보다도 가장 떳떳한 밝음이 될 것입니다.
일백 번 죽어도 죽지 않는 긴 삶이 될 것입니다.

죽음을 극복하는 생명의 힘, 죽음의 부정성을 넘어서는 생명체들의 적극적 연대가 여기 이룩되고 있습니다. 이 시를 읽은 어느 독자가 너무 감동해서 죽기 전에(왜냐하면 시인 이동순이 실제로 죽음에 임박하여 눈을 기증하는 줄 알았으므로) 시인을 만나야겠다고 찾아왔더라는 얘기를 들은 적이 있습니다. 그만큼 시인이 대상을 철저히 자기화했음을 보여주는 일화입니다. 이동순 초기의 명작 「瑞興金氏內簡」이 깊은 감동을 줄 수 있었던 이유도 자식을 낳은 지 열 달 만에 세상을 떠나는 어머니의 마음에 시인이 절절하게 동화되었던 데에 있을 것입니다. 그러고 보면 이동순에게는 댐공사로 고향에서 쫓겨난 농민, 사할린 동포, 광산 근로자, 형평운동에 나선 백정 노인, 산판하는 일꾼 등 제3자의 목소리에 의탁하여 그들 자신으로 하여금 자신의 삶을 노래하게 한 작품이 꽤 있습니다. 그러나 물론 중요한 것은 그가 사람이든 짐승이든 또 자연현상이든 사회현상이든 그것을 단순한 객체로 대상화하는 것이 아니라 깊이 아파하는 마음으로, 공생하는 피붙이로 느껴 그것들과 속삭이고 어루만지고 껴안아들여 마침내 그들과 하나로 된다는 사실입니다. 그리고 이런 특징이 시집 전체의 내적 질서를 이루는 것이 『봄의 설법』의 시적 핵심이라고 생각합니다. 이 시집에는 아름답다고 말할 수밖에 없는 작품들이 여럿 있지만, 그중에서도 내가 좋아하는 두세 편만 감상해봅시다.

　최정산을 오르려고
　길도 없는 산길을 가랑잎만 밟고
　허위허위 올라가노라니
　묵은 싸리나무 밑동의 껍질이 하얗게 벗겨져 있고

바싹 마른 토끼똥이 거기에 소복하였다
나는 싸리나무 앞에 앉아
바싹 마른 토끼똥을 주워들고 중얼거린다
모질게도 추웠던 지난겨울
그 눈구덩이 속에서
산토끼란 놈들은 이렇게 지냈구나
조금만 쌀쌀해져도
우리는 호들갑 떨며 보일러의 온도를 더욱 높이고
늘 먹던 음식에 지쳐 별미만 찾아다닐 적에
이놈들은 싸리나무 껍질을 이빨로 갉아
주린 배를 채우면 지냈구나

「토끼똥」이라는 시의 전문입니다. 어떻습니까?

객 무슨 소리를 썼는지 쉽게 알아들을 수 있어서 우선 좋군요. 하지만 문학전문가들 입장에서는 너무 평면적인 서술에 머물러 있고 또 일종의 교훈적인 요소가 밖으로 드러나 있다고 꼬집지 않을까요?

주 그런 지적도 가능하겠지요. 그러나 그것은 이 시의 표면일 뿐입니다. 이 시의 진정한 성취는 결코 교훈이 아닙니다. 물론 문학에 있어서 교훈적인 요소는 그 자체로서는 나쁜 것이 아닙니다. 그러나 쉽게 눈에 띄도록 겉으로 드러난 교훈성은 대체로 하나의 위장일 가능성이 높습니다. 통속소설치고 교훈적인 체하지 않는 작품이 드뭅니다. 통속소설에 있어서의 교훈적 요소는 바로 위선입니다. 훌륭한 문학은 어떤 경우에나 결코 거짓이나 억지와 양립할 수 없습니다. 이 작품에서도 우리는 먼저 어떤 목적의식적인 것을 보려고 해서는 안됩니다. 우리는 우선 모질게 추운 겨울날 눈구덩이 속에서 싸리나무 껍질을 이빨로 갉아먹는 토끼의 모습을 구체적으로 그려보아야 합니다. 무슨 뜻을 붙이기 전에 토끼들이 싸리나무 껍질을 갉아대는 소리를 들을 수 있어야 합니다. 살아 움직이는 짐승들, 피어나는 꽃, 벌레와 새와 풀들의 생명활동 자체에 깊이 감응해야 합니다. 이 시의 진정성은 그런 일을 한 데에 있습니다. 그것이 이 시의 핵심이고, 서정적 화자가 "조금만 쌀쌀해져도/우리는 호들갑 떨며…"라고 스스로를 반성하는 교훈적 부분은 그 핵심을 전달하기 위한 부차적 요소에 불과합니다.

객 서술의 평면성에 대해서는 어떻게 생각하십니까? 초기의 「마왕의 잠」 같은 작품에 비할 때 1980년대 이후의 이동순 시는 대체로 독특한 시적 장치랄까 난삽한 시적 화법을 배제한, 매우 청명하고 단순한 서술형식에 의존하고 있어서 저 같은 비전문 독자들에게는 접근하기 용이한 세계이지만 전문가들로서는 아쉽기도 할 텐데요.

주 그 문제를 얘기하기 전에 『봄의 설법』에서 한 편 더 감상해보기로 합시다. 「허경행씨의 노래 반주」라는 작품입니다. 전문을 다 여기 옮기기는 좀 긴데, 주인공 허경행씨는 지난날 군예대 출신으로서 일찍이 기타와 손풍금까지 만진 경력이 있으나 지금은 환갑줄에 든 평범한 농민입니다. 평범하다고는 하지만 그의 가슴에는 슬픔이 많습니다. 아버지는 평생 불구로 살았고 아들은 어려서 못에 빠져 죽었습니다. 그 경행씨와 '나'는 눈 오는 밤에 둘이 앉아 한잔 합니다. '나'는 그가 잠시나마 시름을 잊도록 노래를 부르자고 합니다. 몇차례 사양 끝에 경행씨는 줄 끊어진 낡은 기타를 집어듭니다. 그의 기타반주에 맞추어 '나'는 흘러간 유행가들을 부릅니다. 이 대목에서 시를 직접 읽어봅시다.

차츰 허경행씨는 신바람이 오른다 그의 이마가 흘러내린 땀으로 번들거릴 무렵이면 내 노래를 따라 경행씨도 그의 약간 쉰 듯한 목소리로 함께 부른다 야속한 지난날들의 후회 설움까지 잔뜩 실어서 경행씨의 노래는 한껏 달아오른다 이쯤에서 나는 슬그머니 비켜서서 경행씨의

노래를 듣는다 미간을 찡그리고 혼신의 힘으로 노래하는 그의 얼굴은
온통 땀범벅이다 비록 줄 끊어진 기타이긴 하지만 이처럼 멋진 반주와
노래를 여기 말고 어데 가서 들어보기나 하리

이렇게 작품이 끝납니다. 그야말로 평이한 산문적 서술입니다. 그러나
그럼에도 불구하고 나는 이 장면에서 시의 눈부신 성취를 경험할 수 있다
고 생각합니다. 예순 가까운 나이의 농부와 40대의 시인이 늦은 겨울밤에
벌이는 이 술판 겸 노래판은 어찌 보면 괴기스러운 광기마저 내뿜지만 달
리 보면 따스하기 그지없는 온기를 또한 품고 있습니다. 광기스러운 장면
안에 감추어진 온기, 바로 이것이 이 평명한 줄글을 강력한 시로 격상시키
는 것입니다. 따라서 압축·비약·전도·생략·왜곡 같은 현대시의 기교들
이 여기 동원되었다면 도리어 이 시를 망쳤을 겁니다.『봄의 설법』발문에
서 고은 선생이 "어떤 수사(修辭)의 난만함 따위를 사절하고 있다" "이 시
집의 시 전반에 걸쳐 노래하기보다 말하기에 더 기울어지고 있다"고 한 것
은 이동순 시의 이런 서술적 특징에 관한 예리한 지적이라고 생각됩니다.

객   사실 이 자리는 이번 시집『꿈에 오신 그대』를 얘기하는 자리인데,
서론이 너무 길어진 것 같군요. 언뜻 읽기에 연애시들 같은데, 그렇습니
까? 그리고 만약 그렇다면 민중들의 생활현실에 깊은 관심을 가지고 또
민족분단의 고통에 대해 노래하던 지금까지의 이동순 시에 비추어 확실
히 전향이라고도 할 수 있을 텐데요……

주   허허허… 시인이 연애시 쓰면 안됩니까? 시인치고 자기 나름의 연
애시를 안 쓴 시인은 없을 겁니다. 애틋한 사랑의 감정이 없다면 아예 시
인이 되지 않았을지도 모르지요. 물론 드러내놓고 사랑의 노래를 읊기가
민망한 각박한 시대가 있기는 합니다. 살벌한 군사독재 시절에 우리는 연
애시를 잊고 살았다고도 할 수 있겠지요. 그러나 그게 정상은 아닙니다.
사실 서정시의 출발, 그 뿌리는 연애감정에 있어요. 연애감정이란 무엇

310

입니까? 어떤 대상에 대한 극진한 그리움, 주체와 타자 사이에 이루어지는 온몸을 다한 일치의 감정, 그런 것 아닌가요? 이동순 시인은 1980년대 중반 백석(白石)의 시를 수집하고 연구하여 전집(全集)을 펴내면서 책 뒤에 해설논문을 붙였는데, 거기서 그는 '합일'이라는 개념으로 백석의 시를 설명하고 있습니다. 그가 '합일'이라는 개념으로 말하고자 했던 정신적 태도는 『봄의 설법』과 『꿈에 오신 그대』라는 그 자신의 문학을 설명하는 데에도 매우 유효한 수단이 될 수 있다고 생각됩니다. 주체와 객체, 계급과 계층 간의 구별을 허물어뜨리고 모든 살아 있는 것들끼리 하나가 되게 하는, 심지어 삶과 죽음의 구별조차 허물어뜨리는 통합과 일치의 작용으로서의 '합일'의 바탕은 다름아닌 사랑인 것입니다.

객 『꿈에 오신 그대』가 그런 심오한 사랑의 형이상학을 노래한 시집이라고 할 수 있을까요? 어떤 시들에 보면 청주니 조치원이니 하는 구체적인 지명도 있어서 시인 자신의 어떤 경험을 반영한 것 같기도 하던데요.

주 물론 이 시집이 어떤 형이상학적인 주제를 다루었다든가 철학적 깊이를 달성했다고 말하기는 어려울 것입니다. 생각건대 이 시집은 연애시의 외형적 일관성을 지니고 있기는 하지만, 작품들을 쓰게 된 구체적 계기는 다양한 듯합니다. 앞에서 내가 이 시집이 『봄의 설법』과 자매편 같다는 말을 했는데, 『봄의 설법』이 고죽리에서의 생활일기적 측면을 가진다면 『꿈에 오신 그대』는 말하자면 고죽리에서의 내면일기인 셈이고, 그 점에서 두 시집이 쌍생아적 성격을 지니고 있다고 말한 것입니다. 어떻든 『꿈에 오신 그대』 중에는 말씀하신 대로 단순한 소품에 그친 작품들도 적지 않습니다. 그러나 가령 「첫눈」 같은 시는 이동순 득의의 명품입니다. 한번 읽어볼까요?

객 이번엔 제가 읽지요.

　산정에 올라서서

방금 떠나온 세상을 봅니다.

세상은 여전히 희뿌연 먼지 속에 덮여 있습니다.

산정까지 다소곳이 따라와 안내를 해주고

길은 이윽고 풀숲 사이로 모습을 감추어버렸습니다.

그대여

저는 지난 밤 그대가 이곳에 오셨다는 소식을 라디오로 들었지요.

그래서 날이 밝자마자

허겁지겁 산정으로 달려왔는데

야속한 그대는 잠시도 기다려주시질 않고

어느 틈에 흔적도 없이

떠나버리셨군요.

제가 읽기에도 좋은 작품 같습니다. "방금 떠나온 세상"이 "여전히 희뿌연 먼지 속에 덮여" 있다는 묘사도 단순한 서경(敍景) 이상의 현실비판을 함축하고 있는 듯하고, 그 세상과 대비된 산정의 장면도 시인이 추구하는 순결이랄까 이상을 암시하는 듯하여 깨끗한 감명을 주는군요. 그러니까 이 시에서 '그대'는 바로 첫눈이지요?

주 그렇지요. 라디오에서 산에 첫눈이 내렸다는 소식을 듣고 새벽같이 달려왔으나 눈은 벌써 다 녹아버린 겁니다. 얘기인즉 간단한데, 그것을 간단치 않은 시적 상황으로 옮겨놓았습니다. 놀라운 솜씨입니다. 아니, 단순한 솜씨의 문제가 아니지요. 첫눈의 표상 속에 들어 있는 깨끗함, 순결, 고귀한 이상, 지순한 사랑… 이런 것들에 대한 간절한 그리움과 그런 귀중한 가치들의 이 세속 안에서의 존재방식에 대한 깊은 통찰이 절묘하게 표현되어 있습니다.

객 「얼음」「얼음에게」 같은 작품들도 비슷한 감명을 주던데요.

주 그렇습니다. 다만 첫눈이 자신의 부재(不在)를 통해 이 세상에 있어야 할 것의 없음을 알려준다면 얼음은 자신의 견고하고 완강한 실재(實在)를 통해 "모든 것이 속절없이 무너져가는 계절에" 대하여 저항하고 있습니다. 등산을 다니다보면 깊은 산골짝에 삼사월 따뜻한 봄철이 되어도 결빙을 풀지 않고 버티고 있는 얼음들이 가끔 눈에 띕니다. 시인은 거기서 세태의 타락과 혼돈에 맞서는 지사적 정신, 즉 오연한 기개와 서슬 푸른 지조를 읽은 거지요. 「기왓장」도 아주 재미난 착상에 의한 훌륭한 작품입니다. 이 작품에서 시인은 기왓장이 되어 그의 귀로 한 집안의 몰락과정을 듣고 증언해줍니다. 이 작품은 명백히 구별되는 세 부분으로 이루어져 있습니다. "기왓장은 지붕 위에서/눈이 오나 비가 오나 기왓장 밑의 소리를/귀를 대고 가만히 엿들었다"부터 "눈보라 치는 밤 추운 등을 오그리면서도/결코 제 몸을 함부로 깨트리거나/포기하지 않았다"까지가 첫 부분입니다. 이 부분에서 기왓장은 밑에서 들려오는 온갖 사람 사는 소리를 듣습니다. 밥상 차리는 소리와 설거지 소리를 들을 뿐 아니라 혼자된 여인이 방바닥에 엎디어 흐느끼는 소리도 듣습니다. 적어도 그런 소리가 들려오는 동안에는 기왓장은 굳건히 자신을 지켜나갑니다. 그러던 어느 날 갑자기 사람 소리가 뚝 끊어집니다. 마침내 기왓장은 모든 걸 단념하고 자신을 깨뜨려버립니다. 이게 둘째 부분이지요. 마지막 부분에서는 시점 자체가 달라집니다. 예전의 이 집을 기억하는 사람들이 찾아와 마당의 기왓조각을 들고 "어쩌다가 이 꼴이 되었누" 하고 탄식한다는 거니까요. 그리 길지는 않으나 그런 대로 서사적 틀을 구비한 이야기시입니다. 물론 중요한 것은 그런 서사성 자체라기보다 사람의 삶에 대한 극진한 관심 즉 사랑의 강도입니다.

객 「청진동 집」「화로」「팔베개」 등 이 시집의 제4부에 실린 작품들은 딴 부분의 시들과 어딘지 아주 다르던데요? 청진동이란 지명이 왜 난데없이 튀어나온 겁니까? 청주 조치원 신탄진 같은 지명들은 이 시인이 청주에서 교직생활을 했던 사실과 연관되어 이해가 갔습니다만.

주 아까 이동순 시인이 『백석시전집』의 편자라는 걸 얘기했었지요? 그 책이 출판되고 나서 아주 흥미로운 일이 시인한테 일어났습니다 1930년대에 백석과 3년 가까이 동거생활을 했던 '자야(子夜)'라는 별칭의 할머니 한 분이 나타난 겁니다. 시인은 자야 여사를 여러번 만나 그의 구술을 토대로 간략한 백석 회고담을 『창작과비평』(1988년 봄호)에 발표했고 최근에는 자야 여사의 자서전을 책으로 내기까지 했습니다. 이동순이 아니었더라면 망각의 늪에 파묻힐 우리 문학사의 뒷얘기들이지요. 청진동은 바로 백석 시인과 자야 여사가 젊은 시절 잠시 함께 살았던 곳입니다. 그러니까 이 시집 제4부의 시들은 자야 여사를 화자로 하여 그의 백석에 대한 그리움과 아쉬움을 노래한 작품들입니다.

객 듣고보니 의문이 풀립니다. 어쩐지 이상했어요. 그럼 신탄진과 청주 사이의 붐비는 고속도로라든지 바람 부는 조치원역 광장, 이브 몽땅이나 줄리에뜨 그레꼬의 상송을 듣던 저녁 혹은 창틀에 담쟁이가 올라가는 이바둠이라는 이름의 식당 따위들도 누군가의 경험에 근거한 것인가요?

주 글쎄요. 그건 나도 모르겠습니다. 그리고 시의 이해에 있어 그런 것은 본질적으로 중요한 사항이 아니기도 합니다. 그런 사적(私的) 사실을 아는 것과 문학작품의 진정한 성취를 이해하는 것은 별개의 사안입니다. 어느 작가의 절친한 친구라고 해서 그의 문학세계를 가장 잘 아는 건 아니잖습니까? 작품을 쓰는 계기는 아주 사소하고 개인적인 정황 속에서 주어지지만, 창작의 고통과 창조의 변용과정을 거쳐 태어난 문학작품은 그런 계기의 사적 성격을 벗어난 공적이고 보편적인 영역 속에서 자기의 존재성을 획득하게 됩니다. 아무튼 이번 시집은 전체적으로 연애시 내지 연가(戀歌)의 형식을 통해 시인의 고독한 내면세계에로 침잠하는 모습을 보여주는 것 같습니다. 주로 자연관찰과 지난날에 대한 회상이라는 방식을 통해서 그렇게 합니다. 방금 신탄진과 청주 사이의 붐비는 고속도로라든가 바람 부는 조치원역 광장 따위에 대해 물으셨지요? 그것은 물론 과거를 구성하는 기억의 조각들이지만, 본질적으로는 과거의 재구성에 목적이 있는 것이 아니라 현재의 시인의 내면풍경을 드러내기 위한 소도구입니다. 다시 말하면 시인은 그 과거로부터 지금 떠나와 있는 것입니다. 그 상실과 격절의 감정, 그것을 우리는 느껴야 합니다. 자연관찰의 방법적 기능도 마찬가지입니다. 가령 「새」라는 시를 읽어봅시다.

해도
거의 다 넘어가는
텅 빈 들판을
새 한 마리 끼룩끼룩 울며
이쪽 하늘에서
저쪽 하늘 끝으로 날아가고 있습니다.
초저녁 달이
애처로운 얼굴로
그것을 보고 있습니다.

맑고 싸늘하고 그리고 쓸쓸합니다. 그러나 이것은 단순한 자연풍경은 아닙니다. 텅 빈 들판을 끼룩끼룩 울며 날아가는 새, 그것을 애처롭게 바라보는 초저녁 달— 이것은 말하자면 시인의 외로운 영혼의 영상적 조형물입니다. 즉, 시인 스스로 자신의 하염없는 날갯짓을 타자화하여 보고 있는 것입니다. 그 새의 모습은 「산정에 올라서」 같은 작품에서는 세태의 역풍을 이겨내는 강인한 의지의 존재로 묘사됩니다.

그때였습니다.
어디선가 깃털이 까아만 새 한 마리가 날아와
바람을 거꾸로 타고 날았습니다.

거센 강풍에 떠밀려갔다가는
다시 바람을 뚫고 앞으로 나아갔습니다.
그러기를 여러 차례
새는 드디어 바람을 가르고
눈이 부시도록 하얀 구름 속을 유유히 날아갔습니다.

산이나 바다에서 이렇게 힘차게 날아오르는 새를 우리는 가끔씩 봅니다. 그럴 듯하구나 하고 감탄하면서 보기는 하지만 그저 그뿐이지요. 그러나 이 시에서 시인은 그것을 자신의 정신의 비상으로 탁월하게 형상화했습니다. 이제 이것은 오직 이동순만의 새로 된 것입니다. 나는 이 작품에서 고독과 상실감을 이겨내고 다시 높이 날아오를 이 시인의 드높은 기상을 봅니다.

객 그 말씀엔 공감이 됩니다. 그렇지만 전체적으로는 이번 시집이 아무래도 그전 시집들에 비해 어딘지 밀도가 떨어지는 듯한데요.

주 전적으로 부인하지는 않겠습니다. 그러나 시인과 작가들의 일생에 걸친 문학적 역정을 살펴보면 누구나 일직선적인 발전을 하지 않는다는 것을 알 수 있습니다. 전반적으로 창작의 고조기를 맞이하는 가운데서도 실패의 부분이 섞여들게 되고, 반대로 커다란 침체의 시기 내지 위축의 기간 중에도 다음 단계의 도약을 위한 준비가 이루어지는 부분이 있게 마련입니다. 시인이든 작가든 또 누구든 사람은 강철로 만들어진 존재가 아닙니다. 몸이 약해질 때도 있고 마음이 약해질 때도 있습니다. 몸이 약해진 결과 마음의 눈이 맑아질 수도 있고 마음이 약해진 결과 몸의 눈이 전에 못 보던 걸 보게 되기도 합니다. 그 모든 다양한 가능성이 생생하게 살아나도록 우리는 도와야 합니다. 그런 점에서 나는 일찍이 독일의 문인 레싱이 했던 다음과 같은 언명이 여전히 우리의 원칙이 될 수 있다고 믿습니다. "예술은 강제로는 아무것도 하지 못한다. 예술은 자발적으로는 무슨 일이든 한다"(Die Kunst muß nichts. Die Kunst darf alles). 물론 이 말이 잘못된 방향으로 확대해석되어서는 안되겠지만요.

이동순『꿈에 오신 그대』(문학동네 1995) 해설

동심적 순수와 변혁의 이상

■

김용락 시집『푸른 별』과『기차소리를 듣고 싶다』

「고백」이란 작품에 따르면 김용락(金龍洛)의 문학관에 변화가 일어난 것은 1970년대 말이라고 한다. 랭보의 시를 외우고 다니던 문학청년 김용락은 그 무렵부터 민중의 현실을 시적 사유의 중심에 놓고 고민하기 시작했으며, 결국 그는 대학졸업 후 취직했던 교단에서 쫓겨나 한동안 수배자의 몸으로 숨어다니는 신세가 되기도 했다. 내가 그를 실제로 만난 것은 그가 대학 졸업반이던 1982년쯤이었다. 그때부터 지금까지 변함없는 친교를 이어오면서 공석·사석 가리지 않고 수없이 많은 의견을 나누었다. 그 자신은 나에게서 영향을 받았다고 말하지만, 그러나 인간들 사이의 관계에 일방통행이란 있을 수 없다. 어느 글에서인가 그는 무슨 중요한 결정을 할 때면 나를 머리에 떠올린다고 쓴 적이 있는데, 사실 그것은 나도 마찬가지다. 나에게도 행동의 지표가 되는 선배들이 있고, 또 두려운 후배들도 있다. 그들의 초롱초롱한 눈길에 비추어 부끄럽지 않은 삶을 살아야겠다고 다짐하곤 하는데, 그중 한 사람이 김용락이다.

적어도 내가 만나본 한에서 그는 들꽃처럼 순결하고 별빛처럼 진지한 사람이다. 1980년대 말경 변혁적 열정이 천지간에 드높을 때, 그 역시 예외가 아니어서 급진적 논리에 강력하게 지펴 있었으며 노동자문학운동을 위해 숨가쁘게 뛰어다니고 있었다. 그러나 그때에도 그는 부드러운 마음과 인간적 겸손을 결코 잃지 않았다. 당시 어쩌다 만나는 자리에서 내가 젊은 이론가들의 주장이 공허한 관념론으로 흘러 현실의 엄중함에서 벗어날 우려가 있다고 지적할 경우, 그는 내심 내 말에 불복임이 분명해 보임에도 얼굴에 난색을 짓는 것 이상의 노골적인 대거리를 하지 않았다. 물론 그런 태도가 늘 옳은 것은 아닐지 모른다. 역사의 어떤 결정적인 고비에서 싸움은 때로 무자비한 양상을 띠기도 할 것이며, 따라서 선배에게든 선생에게든 단호히 할 말을 해야 하는 수도 있다. 그러나 돌이켜보면 지난날 이른바 '무자비한 투쟁'의 이름으로 세상을 풍미했던 언행들 중에는, 그야말로 무자비하기만 한 독선도 있었고 단순한 권력에의 의지 또는 비열한 복수심의 발로에 불과한 것도 없지 않았다. 그런 점에서 나는 김용락의 시와 인간을 감싸고 있는 따뜻함과 순수성이야말로 혁명적 열정의 고조기에 있어서나 퇴조기에 있어서나 변함없이 그를 바른길 위에 서 있도록 담보하는 그의 타고난 자질이라고 생각한다.

이제 돌이켜 그의 첫시집 『푸른 별』(1987)을 다시 읽어보니, 20대 청년 김용락의 풋풋한 감성과 고단한 삶이 고스란히 아로새겨져 있다. 물론 그의 시에 가끔씩 김남주·이시영 같은 선배 시인들의 흔적이 배어 있음도 느껴지기는 한다. 그런데 사실 어떤 점에서 그것은 불가피한 노릇이기도 하다. 왜냐하면 우리의 1970, 80년대는 농촌붕괴의 시대, 농민공동체 해체의 시대였고, 따라서 이 무렵에 청소년기를 보낸 수많은 농민의 아들딸들은 가족이 흩어지고 고향이 망가지는 상실과 박탈의 쓰라린 경험을 어떤 방식으로든 공유할 수밖에 없었기 때문이다. 1960년대의 김승옥 소설로부터 시작하여 1970년대의 신경림·이문구·황석영·김남주·이시영의 문학을 관통하는 핵심적 주제는 이 시대 남한사회의 총체적 변화로서의 산업화에 직결되어 있었던 것이다.

물론 현실변화에 대한 반응은 각기 다르다. 혁명적 전망 속에서 일거에 모순의 극복을 꿈꾸기도 하였고, 반대로 봉건공동체의 부서진 질서에 끝내 미련을 못 버리는 수도 있었다. 이 다양한 스펙트럼 안에서 볼 때 김용락의 시집 『푸른 별』은 그의 고향 단촌(안동과 의성 사이의 농촌)이 대도시에서 멀리 떨어진 산업화의 후진지역임을 반영하듯 농민분해의 충격의 강도가 낮고 그런 만큼 그의 시에는 자기분열적 감정이 덜하다. 다시 말하면 김용락의 시는 아직도 도시화의 갈등에 덜 침윤되어 있고, 따라서 농민공동체의 생활과 정서에 더 자연스럽게 연결되어 있다. 그의 작품에서 우리는 할머니·아버지·어머니 그리고 형제와 친구·이웃들의 형상을 자주 마주치게 되지만, 그들과 시인 사이에는 근본적으로 공감과 연대의 감정이 여전히 지배적이다. 예외적으로 서울에 돈벌러 갔던 막내누이의 모습이 잠깐 비친다. 그러나 그 누이도 파국적이지 않은 결말 즉 귀향과 결혼이라는 농촌적 질서에의 재편입으로 포용된다.

오히려 그가 농촌몰락의 열악한 실상을 좀더 통렬하게 목격하는 것은 교직생활의 경험을 통해서였다. "등록금 미납으로 등교정지 끝에 제적이 되어/또 한 아이가 학교를 떠났다"로 시작되는 시 「공업고등학교의 시」의 '토목과 2학년 3반의 배용준'을 비롯하여

형님은 영주의 중국집에서 우동을 빼는 종업원인데 월급이 25만원이고
누나는 구미 전자공단에서 월급 17만원을 받는데
형님은 하나도 집에 안 보태주고
그동안 저의 학비를 대던 누나가 시집을 가게 돼서
이제 학교를 다닐 수 없다는

편지를 남기고 떠난 정혁이, 그밖의 많은 어린 제자들이 임해공단의 막노동자가 되기도 하고 쌀가게 배달원이 되기도 했던 것이다. 그런데 여기서 김용락의 시는 그런 몰락하는 농민의 아들딸들의 사회적 형상을 제시하는 것 자체를 목표로 한다기보다 그 현실 앞에서 무력할 수밖에 없는 소시민적 지식인 즉 교사인 자기 자신에의 자책과 양심의 갈등을 주로 문제 삼는다. 그리하여 그는 교사운동에 참여하게 되고, 마침내 총체적 현실변혁을 통해 내면의 고통을 사회적으로 극복하는 길을 모색하기에 이른다.

그러나 김용락의 시에서 이상과 같은 사회사적 연관만을 읽는 것은 일면적인 독법임을 면치 못한다. 물론 당면한 현실문제에 대한 진지한 고민과 사회적 모순을 넘어서려는 의지는 그의 문학의 뼈대이다. 그러나 그러한 노력에 진정한 힘과 문학적 생동성을 부여하는 것은 자연과 사물에 대한 김용락의 때묻지 않은 시선, 그의 순수한 마음이다.

> 뒷울타리의 산수유꽃
> 흙담장 아래 코딱지꽃
> 부황든 들판의 보리꽃
> 수채구멍의 지렁이꽃
> 누이 얼굴의 버짐꽃
> 빚 독촉 아버지의 시름꽃
> 피는 봄밤에 몰래 짐 나왔었는데
> 이젠 다시 살구꽃 피는
> 고향 그리워

—「고향」전문

마지막 처리가 좀 안이하고 상투적이기는 하다. 그러나 청순한 동요의 가락에 실려 시골 앞마당에서 고무줄이라도 돌리면서 뛰노는 어린이들의 합창이 귀에 들리는 듯하다. 그러면서 갖가지 꽃들이 무리지어 피어난 풍경화 안에 농민현실의 핵심이 간결하게 농축되어 있다. 그런 점에서 이 작품은 시각적 이미지와 청각적 이미지의 절묘한 통일을 이룩한다.

『푸른 별』을 내고 나서 꼭 9년 만에 출간된 이번 시집 『기차소리를 듣고 싶다』는 그동안의 김용락의 정신적 궤적을 그대로 보여주는 것 같다. 앞에서도 잠깐 언급했듯이 그는 1980년대 후반 교사운동과 민족문학운동에 적극 동참하는 과정에서 변혁적 이념의 소유자로 발전하였다. 이 시집의 제4부에 운동가 김용락의 그런 강고한 목소리가 들어 있는 듯하다. 그러나 그런 작품들에도 관념적 주장이 날것 그대로 제시되지는 않는다. 물론 「대구 남선물산」 같은 작품은 선열하고 단호한 언어로 노동해방의 대의를 선포한 뛰어난 노동시라 할 만하다. 하지만 그 방면에서 김남주나 박노해의 업적을 뛰어넘을 자기 '시'를 성취하는 일은 김용락에게 쉽지 않아 보인다. 그러나 「제자여」(『푸른 별』 수록)에 잠깐 모습을 보인 한 제자의 삶을 노래한 「애국 군인」이나, 막노동판에서 몸을 일으켜 민중화가로 우뚝 선 정하수에 대한 시 「정하수의 손」은 김용락 득의의 수작이다.

> 국졸인 그는 우동배달과 도배공
> 그리고 막노동판의 삽자루처럼 굴러다녔다
> 마침내 그는 눈을 떴다
> 월사금 미납으로 교실에서 쫓겨나
> 운동장 한귀퉁이에서
> 나무꼬챙이로 땅그림을 그리며 울던
> 아프고도 아련한 기억은
> 이제 더이상 추억이 아니다
> 그는 그린다 조각도로 파고

먹으로 찍고 붓으로 칠하기도 하면서 밤을 새운다
거친 손과 강철 같은 근육질의 정서로
노동자계급의 영혼을

—「정하수의 손」 부분

정하수의 그림(판화)이 노동자계급의 영혼을 얼마나 예술적으로 형상
화했느냐 하는 것은 여기서 별개의 사안일 것이다. 그러나 화가의 삶의
역정을 보고 거기서 인간승리의 드라마를 읽어낸 김용락의 눈길은 감동
적이다. 무엇보다 이 작품에서 주목되는 것은 교사시절의 김용락 시의 특
징이었던 소심하고 자기분열적인 감정의 동요가 사라진 점이다. 그것은
이 시를 힘있게 만들어 독자에게 드문 선동성으로 전달된다.
　그러나 열정과 흥분의 시대는 신기루처럼 어디론가 사라지고, 시인은
소시민적 일상의 바다에서 자맥질하는 자신을 또다시 발견한다. 물론 그
가 이전의 상태로 단순히 회귀하는 것은 아니다. 여전히 거리에는 최루탄
가스가 흩날리고 계급적 분단은 부동의 현실로 남아 있는 것이다. 그러나
이제 객관적 조건과 주체적 결의, 현실운동과 개인적 실존 간에는 숨길
수 없는 균열이 드러난다.

양복을 벗고 청바지를 입으면서 생각해보았다
곧 사십을 바라보는 나이에
딸까지 둔 애 아비가
그렇다고 열렬한 투사도 못 되면서
그 독한 최루탄 가스를 마시러 연일 거리로 나가는
자신이 다소 겸연쩍기도 하다
하지만 나는 나간다

—「신 끈을 졸라매면서」 부분

이 겸연쩍음은 시간이 지나면서 때로는 '이미 떠난 기차처럼' 가버린 청춘의 날들에 대한 아픈 그리움과 회한의 감정으로 재생되기도 하고, 때로는 현재의 무기력한 삶에 대한 연민으로 나타나기도 한다.

> 방문을 열면 바로 눈앞에 있던
> 단풍이 비에 젖은 채로 이마에 달라붙는
> 시골 역전 싸구려 여인숙에서
> 낡은 카시밀론 이불 밑에 발을 파묻고
> 밤새 안주도 없이 깡소주를 마시던
> 20대의 어느날 바로 그날 밤
> 양철 지붕을 쉬지 않고 두들기던 바람
> 아, 그 바람소리와 빗줄기를 다시 안아보고 싶다
>
> ──「기차소리를 듣고 싶다」부분

> 바뀐 것은 정녕 아무것도 없다
> 있다면 어느새 넥타이로 갈아 매고
> 혁명에 대한 뜨거운 열정 대신
> 상사의 눈치나 슬금슬금 곁눈질하는
> 반쯤 소시민이 된 우리들의 모습만 있을 뿐
>
> ──「망월동에 다시 와서」부분

이런 작품들은 아마 '후일담소설'이라 지칭되는 어떤 문학적 경향의 시적 상관물이라 할 수 있을 것이다. 소설을 평하는 다른 자리에서도 그런 말을 한 적이 있지만, 나는 이 경우 '후일담'이란 말을 좋아할 수 없을 뿐더러 그런 말을 들음직한 작품도 좋아하기 어렵다. 물론 과거는 언제나 냉철한 반성의 대상이자 때로는 미화된 추억의 표상이다. 그러나 언제나 중요한 것은 바로 현재적 관점이다. 현재의 시점에서 해야 할 일을 치열하게 고민하는 자에게 있어 후일담이란 한갓 감상주의의 소도구일 수밖에 없지 않겠는가. 그리고 진정으로 혁명적인 이상의 소유자라면 그는 혁명적 분위기가 소진된 궁핍한 토양에서조차 가장 강인한 혁명의 불씨를 찾아내고자 하지 않겠는가. 물론 이때의 '혁명'이 오늘과 같은 전지구적 자본주의의 시대에 있어 진정 무엇일지에 대해 심각하고도 심층적인 연구와 숙고가 뒤따라야 할 것이고, 기왕의 혁명적 기획들이 저질렀던 오류와 겪었던 좌절들에 대해 사실 그대로 철저하게 반성되어야 할 것이며, 이와 더불어 여러 현실적 역량들에 대한 가감없는 실체적 검증이 있어야 할 것이다. 이러한 일은 반드시 해야 할 또는 있어야 할 일이지만, 김용락에게도 나에게도 그것은 힘에 부치는 것이 분명하다.

반면에, 최근 들어 김용락의 시는 한결 넓어지고 깊어지는 것 같다. 「인동초」 「겨울산에서」 「봄」 「사기를 읽다」 「그날」 「가을산」 「단촌 숲」 같은 작품들을 읽으며 나는 이제 드디어 김용락이 젊은 방황의 한 시대를 마감하고 절실한 자기 목소리를 내기 시작했다는 것을 느낀다. 비슷한 소재를 다룬 지난번 시집의 「푸른 별」과 이번 시집의 「단촌 숲」을 비교해보더라도, 전자가 소박하고 동심적인 순수함을 단조로운 틀 안에서 보여주는 데 그친다면 후자는 연륜의 무게가 실린 만만치 않은 통찰과 단순치 않은 시적 의장을 결합시키고 있어, 잔잔한 애수 속에 시대적 변화의 의미를 반추하게 한다. 마지막으로 짧지만 아름다운 시 한 편을 인용하면서 김용락의 새로운 분발을 촉구하기로 한다.

퍼붓는 진눈깨비 속에서
산수유나무가 등 같은 노란 꽃을 달았다.
그것도 가시덤불 틈바구니에서
사람이 헛된 집착에 매달리면

눈이 멀어지는가보다

나는 피투성이 짐승처럼 꽃 주위를 서성인다

—「봄」 전문

김용락 『기차소리를 듣고 싶다』(창작과비평사 1996) 해설

순정한 마음과 혼탁한 세상

정대호 시집『어둠의 축복』

1

시인이 범인들과 구별되는 것은 무엇보다도 사물을 바라보는 그들의 독특한 시선에 의해서이다. 되풀이되는 일상의 관습으로 인해 우리의 감각은 점차 무디어지고 우리의 시선은 흐려지게 마련이다. 그러나 미몽과 상투형들의 세계에서 대다수 범인들은 갈등과 불편을 겪는 것이 아니라 도리어 안식을 얻고 편안한 나날을 영위하는 것이 보통이다. 하지만 이 틀에 박힌 질서에 매몰될 수 없는 이단적 존재들이 있는데, 그들이 말하자면 시인이라고 할 수 있다. 따라서 그들은 어쩌면 숙명적으로 기존체제에 대한 도전 또는 기성질서로부터의 이탈을 감행하는 예외자들이고, 때로는 세속적 행복의 영토 바깥에서 헤매야 하는 낙원으로부터의 추방자들이다. 그런 점에서 "모든 전위문학은 불온하다"라는 김수영의 언명은 시인의 저주받은 운명에 관한 명예선언이다.

그런데 살아있는 문화로서의 시의 불온성이 구현되는 방식은 그야말로 천차만별이다. 깨달음이 학교성적에 따른 수료증처럼 정해진 절차에 따라 주어지는 것이 아니듯이 어떤 텍스트의 불온성, 즉 시의 창조성이 단순한 포즈나 전시용 제스처에 불과한 것인지, 아니면 시인적 진정성의 피할 수 없는 발로에 해당되는지 하는 것은 일정한 외부적 잣대에 의해 기계적으로 재단되는 것이 아니라 그 텍스트가 생산되고 유통되는 구체적 맥락 안에서 매번 새롭게 검증될 수 있을 뿐이다. 진정한 시의 행로는 이미 닦여진 길을 성심껏 밟아나간다고 해서 저절로 이룩되는 것이 아니라 길도 없고 목적지도 불확실한 막막한 광야에서 암중모색하듯 스스로 만들어나가는 것이기 때문이다.

이런 전제를 가지고 정대호 시의 출발점, 그의 문학적 상상력의 원천이 어디인지 물어보기로 하자. 우선 소박한 작품 한 편을 읽어보자.

> 손길을 멀리 뻗어
> 손 위에 작은 새를 올려놓고
> 두 눈을 쳐다보고 싶다
> 이슬에 젖은 검은 눈을
> 조금씩 조금씩 빛나기 시작하는 눈을
> 마침내 수하천의 가을 물 같은 눈을
>
> 머릿속에 잔뜩 쌓인 도시의 먼지들을 털어내고
> 어깨를 누르고 있는 밥줄도 끊고
> 내가 책임져야 하는 집도 잊고
>
> 가을 하늘처럼 맑아가는
> 네 눈 속으로 빨려가고 싶다
>
> 거기서 한 잠 실컷 자고 싶다

시의 화자는 생계의 부담과 가족에 대한 책임으로부터 벗어나고 싶다고 말한다. 다시 말하면 그는 자신을 둘러싼 상황과 우호적인 관계에 있지 못하다. 무엇보다도 그의 생존조건인 도시적 환경은 그를 끊임없는 정신적 압박감 속에 몰아넣는다. 머릿속에 가득 쌓인 도시의 먼지들, 어깨를 짓누르는 생계의 압력, 가족에 대한 책임 같은 것들과 대척적인 자리에 있는 상징적 존재가 '작은 새'이다. 시의 화자는 새의 두 눈을 바라보면서 '수하천의 가을 물' 같은 맑음을 발견하고 그 속에서 자신의 찌든 영혼이 가을 하늘처럼 정화된다고 느낀다. 이러한 순수에 대한 갈망, 순정한 마음의 상태에 대한 욕구야말로 정대호의 근본적인 시적 지향이 아닌가 생각된다. 그런데 시인이 처한 현실적 상황은 그의 갈망을 배반한다.

아침 일찍 가방 하나 들고
오늘도 만나야 할 사람들을 챙긴다.

사람 앞에 서서
말을 잃어버렸다.
가슴의 말을 잃어버렸다.
눈웃음치는 탈 하나 얼굴에 얹고
그의 머릿속을 열심히 읽으며
그의 표정 따라 내 말도 흘러가고

늦은 밤, 소주 한 잔 걸치고
대문 앞에 서면
전등불 속 환히 드러난

텅 빈 껍데기 허수아비 하나

――「도시의 허수아비」 전문

이 작품의 첫 연은 아침에 밥벌이를 위해 무거운 발걸음으로 집을 나서
는 모습이고, 마지막 셋째 연은 저녁의 귀가 풍경이다. 그러니까 하루의
고단한 일정이 세 토막의 장면으로 분할되어 묘사되고 있다. 시의 화자는
수레바퀴 돌듯 반복되는 일상의 포로가 되어 있다. 그는 정말 하고 싶은
가슴의 말도 잃어버리고 원래의 표정도 짓지 못한 채, 즉 본연의 자아를
잃어버린 채 허수아비처럼 살아가는 자신을 연민의 감정으로 바라본다.
'도시의 허수아비'란 위선과 기만에 가득 찬 모습으로 시대를 살아가는
시적 화자의 슬픈 자화상이다. 따라서 본연의 자기를 찾고자 하는 열망이
강할수록, 가슴 깊숙한 자리해 있다고 믿어지는 순정(純正)의 마음으로
돌아가고자 하는 욕구가 치열할수록 시인의 자기소외는 더욱 고통스럽게
그를 포박한다. 비루한 세속의 일상과 그 일상 속에서의 무력한 자아상실
은 다음 작품에서 실감있게 반추되는데, 그것은 시인의 괴로운 자의식으
로 부각된다.

늘 다니던 길이 문득 낯설다.
십 년 넘게 다닌 일터가 낯설고
십 년 넘게 산 집이 낯설다.
십 년 넘게 산 사람이 낯설다.
살아온 것들이
문득
낯선 간이역에 비 맞으며 서성이는
낯선 사내의 등 뒤를 보는 것 같고
싸구려 시장에서

사가길 기다리는 보따리전의 외투 같다.

거울 속을 들여다보면 낯선 사내가 서 있다.
껍데기를 보면 익숙한 것도 같은데
알맹이는 보이지 않는다.
알맹이는 누가 모두 파먹고 없는가보다.
구더기가 먹었을까
모기들이 빨아갔을까
비 맞아 질퍽거리는 시장의 시궁창에서
썩은 쓰레기통을 뒤지는 생쥐들이 먹었을까
알맹이가 없는 껍데기는
물에 젖은 휴지 같다.

내 낯선 삶은 방향이 보이지 않는다.
끝없이 막힌 길 앞에 이렇게 서서
그 절벽을 두드리며 섰을 뿐이다.

—「이방인의 거리」 전문

십 년 넘게 산 집과 일터, 늘 다니던 거리, 요컨대 너무나 친숙한 생활공간임에도 불구하고 시의 화자는 문득 자신이 그곳에 낯선 사내로 돌변해 있음을 발견한다. "싸구려 시장에서/사가길 기다리는 보따리전의 외투" "알맹이가 없는 껍데기" "물에 젖은 휴지"와 같이 자신을 가리키는 이미지뿐만 아니라 그를 둘러싸고 있는 상황, 즉 "낯선 간이역에 비 맞으며 서성이는" "구더기가 먹었을까/모기들이 빨아갔을까" "비 맞아 질퍽거리는 시장의 시궁창에서/썩은 쓰레기통을 뒤지는 생쥐들" 등도 암울하고 부정적이다. 정대호 시의 출발점에는 이처럼 현실의 부정적 측면에 대한 견디기 힘든 불화가 있다고 생각되는데, 이 현실인식의 부정성을 뒤집으면 그 것은 순정한 마음에의 동경이고 잃어버린 알맹이, 자아의 주체성을 되찾고 싶다는 모천회귀적(母川回歸的) 갈망일 것이다.

그러나 유감스럽게도 그러한 동경과 갈망은 많은 경우 구체적인 현실전략을 결하고 있고, 따라서 뚜렷한 미래전망과도 연결되어 있지 못하다. 「하늘이 맑은 날은」에서 시의 화자는 세속의 혼탁과 허위를 벗어나 가을 하늘처럼 맑은 투명성 속으로 비상하기를 소망한다. 그러나 그 투명한 세계에서 그가 하고 싶은 일이 "한 잠 실컷 자고 싶다"는 데 불과하다면, 애초에 혼탁과 허위로부터 벗어나고자 하는 갈망이 동력을 얻기 어렵다. 「도시의 허수아비」에서 주인공이 자신의 껍데기뿐인 삶에 반성적 자의식을 토로하는 것은 당연한 출발점이다. 그러나 "소주 한 잔 걸치고/대문 앞에 서"는 것만으로는 소극적인 몸짓일 뿐이지 참된 저항이 아니다. 물론 쟈조(自嘲)나 체념 같은 정서적 반응도 특정한 문학사적 맥락에서 중요한 의미를 가질 수 있으며, 그 자체로서 반드시 거부되어야 하는 것은 아니다. 그러나 작중인물의 자조적·회의적 태도는 미학적·비판적 거리의 세심한 설정을 통해 텍스트 안에서 적절하게 객관화되어야 하며, 그런 예술적 장치들의 활용을 매개로 현실극복의 전망이 암시되어야 한다. 적어도, 전망의 획득을 위한 고뇌의 몸부림이 작품의 바탕에 깔려 있어야 한다. 그럴 때에야 "내 낯선 삶은 방향이 보이지 않는다"는 고백은 진실한 울림으로 독자를 사로잡을 것이다.

2

주지하듯이 유럽에서 계몽주의는 중세를 암흑의 시대로 규정하고 이성의 빛으로 어둠을 밝히려는 기획을 통해 역사적 근대를 개막하였다. 그들은 종교의 지배를 청산하고 우주와 인간으로부터 모든 신비적 요소를 추방함으로써 이성적 법칙에 맞는 합리적 세계를 건설하고자 하였다. 그러나 낭만주의는 계몽주의의 편협한 오성만능이 도리어 인간감정의 풍요성을 제약하고 사회를 무미건조한 사막으로 만들고 있다고 비판하였다. 18세기에서 19세기로의 전환기에 시인 노발리스가 『밤의 찬가』를 노래한 것은 이러한 문맥에서였다. 물론 정대호의 이번 시집에 묘사된 빛과 어둠, 낮과 밤의 대립적 이미지가 그와 같은 문명사적 차원에서 구상된 것은 아니다. 하지만 정대호에게 있어서도 빛은 광명과 질서 같은 긍정적 가치를 표상하는 것이 아니라 반대로 개인의 내면적 자유와 평화를 억압하는 세속권력을 대변하는 것 같다. 시인은 빛-낮-도시의 연쇄가 만들어내는 현실세계의 물리적 지배력에 굴복하여 거기에 포박될 수밖에 없는데, 그 일방통행적 빛의 감옥 안에서 그는 독립적 인격체로서의 위엄을 박탈당한 채 기계의 한낱 부속품처럼, 조직의 단순한 구성분자처럼 점수로만 처리되는 자신의 초라한 몰골을 무력하게 지켜볼 뿐이다.

이 어둠 속에 있는 동안
빛은 증오의 대상입니다.
빛은 내게 일상으로 돌아가기를 강요합니다.
밝은 불빛 아래 사람들이 점수판을 들고 서 있습니다.
밝은 불빛 아래 초라한 한 사내가 제 점수를 보고 있습니다.
밝은 태양 아래 초라한 한 사내가 서성이고 있습니다.
그 사내의 뒷모습이 나를 닮았습니다.

—「밤바다」 부분

그러므로 이 시의 화자에게는 빛이 아닌 어둠이야말로 안식을 제공하는 구원의 가능성이다. 어둠 속에 앉아 있는 동안은 그의 마음은 평화이며, 어둠 속에 묻혀 있는 동안은 자유인 것이다. 빛과 어둠의 역학에 관한 정대호 특유의 논리는 시집의 표제작이기도 한 다음의 작품에 간결하고 아름답게 요약되어 있다.

어둠 속에 몸을 맡기고 서보라.
모든 눈으로부터 자유를 누릴 것이다.
빤질거리는 얼굴도 보이지 않고
번쩍이는 옷깃도 보이지 않는다.
밤하늘 멀리서
깜박이는 작은 별빛이 따스하게 느껴지고
그 손길이 그리워진다.
비로소 세속의 허물을 벗고
사람으로 느껴지는 시간이 된다.

— 「어둠의 축복」 전문

어둠은 타인의 시선으로부터, 세상의 가식(假飾)과 허위로부터, 즉 모든 억압과 속박으로부터 시인을 은폐하여준다. 어둠이 만들어내는 자유와 해방의 공간에서야 비로소 별빛은 본래의 따스함을 회복하고 가면의 허수아비는 진정한 인간으로 돌아가는 듯하다. 그러므로 어둠은 시인에게 축복의 시간을 허락하는 찬미의 대상인 것이다.

그런데 어둠이 제공하는 자유와 안식의 시간은 유감스럽지만 영속적인 것이 아니다. 허위의 가면을 벗고 진정한 자아를 되찾았다고 느끼는 순간 벌써 새로운 구속에 얽매이게 되는 것이다. 그리하여 시인은 허위와 혼탁의 악순환에 발을 들여놓기 이전의 세계, 즉 천진무구했던 어린 시절로 돌아가기를 희구한다. 과거를 기억하는 일, 회상작용을 통해 흘러간 과거의 장면 속으로 진입하는 일은 따라서 이 경우 현재의 고통에서 탈출하는 초월의 행위이다.

> 화사한 햇살 아래
> 맑은 웅덩이의 개구리 알을 찾아다니며
> 막대기로 굴참나무 잎을 뒤집다가
> 서로 먼저 보았다고 떠들던
>
> 그 화사한 웃음으로
> 꽃을 흘린다
> 무릎 떨어진 바지에는 덧방을 대고
> 찢어진 검둥 고무신을 신은 채
> 논둑을 태운다고 얼굴에는 꺼멍이 묻고
> 매캐한 연기에 눈을 비벼 두 눈만 말끔한 친구들이
> 우르르 우르르 몰려온다.
>
> ─「벚꽃 아래 서서」 부분

경쟁도 없고 이해타산도 모르던 시절의 그 때묻지 않은 과거가 아무런 시적 기교의 굴절에 매개되지 않은 채 거의 자연발생적으로 제시되고 있다. 그럼으로써 이미 상실과 소멸의 영역에 속해 있던 유토피아의 장면들은 새롭게 소생하여 살아있는 모습으로 눈앞에 현재화한다. 오직 기억력의 공간 안에서만 작동하는 이 아름다운 그림이야말로 아마 정대호 문학의 가장 깊은 곳에 자리한 시적 원천일 것이다. 그것은 세계의 혼탁에 갇혀 우울하게 생존을 영위해가는 시인에게는 목숨을 이어가게 하는 영혼의 감로수와도 같은 존재이다. 그 생명적 존재들의 핵심에는, 모든 시인들이 각자의 사모곡(思母曲)을 가지고 있는 데서 알 수 있듯이, 당연히 어머니가 있다.

동쪽으로 걷는데
산 위에서 환히 웃으며 솟는 얼굴
내 어린 날 벼 베고 돌아오는 어머니의 얼굴
머릿수건을 벗어 치마의 먼지를 털며
골목으로 들어서는 환한 얼굴
온 들의 벼가 넘실대는 얼굴
한 해의 노동이 익어서 돌아오는 얼굴

——「보름달」전문

　동산에 떠오르는 달의 이미지와 하루의 노동을 끝내고 귀가하는 어머니의 이미지가 절묘하게 겹치면서 이 짧은 시는 정대호의 시집 전체에서도 드물게 밝고 낙천적인 울림으로 독자를 감동시킨다. 이 작품은 단순히 한 개인의 뇌리에 박힌 그리운 과거장면의 회상이 아니라 그것을 넘어서는 어떤 사회적인 메씨지를 형상화한다. 보기에 따라서 이 시는 생산과 분배의 조화, 자유와 평화의 균형이 지상의 삶의 구체적 현실로 구현되었다고 믿어지는 순간의 낙원의 영상을 얼핏 제시한다.

　세상의 혼탁에 물들기 이전으로 기억의 시간여행을 떠나야 경험할 수 있는 것이 유년의 천진무구함이고 영원(永遠)의 이름으로 호칭되는 모성의 품이다. 어쩌면 그 불가능에 대한 억제할 길 없는 갈증을 지닌 사람들이 결국 시인으로 될 터인데, 그런 점에서 시인은 체질적으로 낭만주의적 성향을 가진다고 말할 수 있다. 그런데 과거로 회귀하지 않고서도 때로는 현재의 현실 안에서 감정의 절대순수라는 불가능에 이르는 기적이 일어나기도 한다. 그것은 오직 사랑을 통해서, 현실적 연관성이 배제된 진공 속에서의 사랑을 통해서이다. 두 편의 작품 「꿈에 네가」와 「첫눈」은 잃어진 사랑의 감정을 안타깝게 되짚은 간절한 연애시인 동시에 정대호의 순정한 마음이 가장 높은 경지에서 육화된 뛰어난 서정시이다. 이 가운데

336

「첫눈」의 간절한 아름다움을 맛보는 것으로 이 소홀한 해설문을 접는다.

오래 보고 싶던 그가
조용한 목소리로 찾아왔나보다.

잔잔한 미소를 지으며
문 밖에 서 있는 것 같더라.
문을 열고 찾아보면
그는 없더라.

함박눈이 펑펑 쏟아지고 있더라.
뜰에는 적막이 내리고 있더라.
강아지는 반갑다고 뛰고 있더라.
하늘에는 어둠이 점점이 흩어지고
땅에는 하얀 평화가 내렸더라.

나만 홀로 점점의 어둠 사이를
두리번거린다.
눈길은 멀리 멀리
머물 곳을 찾지 못하고
가슴만 자꾸 비어가더라.

정대호 『어둠의 축제』(시와에세이 2008) 해설

공동체적 정서의 복원을 위하여

■

이경재 시집 『원기마을 이야기』

주말마다 서울과 대구를 오르내리는 생활을 6년쯤 하고 나니 더이상 버틸 수 없어 다시 대구로 이사를 왔다. 그러고는 동료 몇사람과 함께 정기적인 등산을 시작했다. 어쩌다가 설악산 공룡능선이나 지리산 천왕봉에도 오르지만, 대체로 대구에서 한두 시간 이내의 거리에 있는 곳을 택한다. 팔공산 못지않게 우리가 자주 찾은 산은 운문산·가지산·재약산·문복산이다. 근자에는 거창 쪽으로 자주 가는데, 남덕유산을 비롯하여 기백산·황석산·금원산·단지봉 등을 모두 몇차례씩 올랐다.

거창 쪽으로 산행을 떠날 때면 우리는 늘 그곳의 젊은 시인 이경재(李慶宰)를 만난다. 그가 운영하는 전통찻집에 들러 우선 한숨 돌리고 나서 산으로 떠나는 것이다. 그를 우리에게 처음 소개한 사람은 소설가 배평모 씨였다. 그런데 배평모 씨 자신은 겨우 두어 번 동행했을 뿐이고, 대신 이경재가 짬을 내어 산을 안내하거나 저녁 뒤풀이에 자리를 함께했다. 이렇게 어울리다보니 우리 일행은 누구라 할 것 없이 모두 이경재와 친해지고 그를 좋아하게 되었다. 그리고 우리는 점점 그가 보통 젊은이가 아님을 깨달았다. 무엇보다 그는 주위에 있는 사람들을 아주 편하게 하는 재주를 가지고 있다. 사람이란 누구나 제 나름의 개성이 있어서 그것이 매력이 되기도 하지만, 오래 지내다보면 그 개성이 마찰의 원인이 되기도 한다. 그런데 이경재와 같이 있을 때는 누구나 마음이 놓이게 되어 저절로 자연스런 분위기가 이루어지는 것이다. 이경재는 실로 개방적이고 양보적인 인격의 소유자이다.

그렇다면 이경재가 유복한 가정에서 구김살 없이 자라 성격에 옹이가 박히지 않았는가. 나는 그의 가정적 배경이라든가 성장과정에 대해 잘 알지 못한다. 단지 함께 걷는 동안 한두 마디씩 주위들은 말과 특히 이번 시집을 통해 알게 된 것이 전부인데, 그것에 의하면 그는 오히려 매우 불우한 여건에서 자랐고 지금도 상당히 어려운 형편이다. 「도재 어머니」라는 시를 통해 나도 처음 안 사실이지만, 그의 아버지는 일찌감치 아내와 어린 두 아들을 버리고 딴 살림을 차렸고, 그래서 그의 어머니는 부잣집 둘째딸로 남부러울 것 없이 자랐음에도 삼십 년 넘도록 과부 아닌 과부가 되어 자식들을 키워야 했다. 「들성리 1」이라는 시에 묘사되어 있듯이 어린 시절 어쩌다가 아버지가 집에 들어오는 날이면 집안에는 온통 세간살이 부서지는 소리가 요란했고, 먼동이 틀 때까지 어머니의 울음이 이어졌다. 그러나 다행히도 이것이 어린 이경재의 마음에 큰 상처를 주지는 않았던 것 같다. 왜냐하면 그는 그 어렵던 시절을 그래도 다음과 같이 따뜻하게 추억하는 것이다.

소요령 달아 딸랑하던 대문 멀리
덕유산 지는 햇살 둥구나무 스며들면
두레박 호박돌 가지런히 씻어놓고
솔가지 밑불 돋아 삭다리 따스운 군불 놓던
엄니, 형, 나랑
소골소골 얘기하던 행복도 있었구나

——「들성리 1」부분

뿐만 아니라 그는 「재봉틀」 「어머니의 몸빼」 같은 시에 보이듯, 어머니에게 온갖 고생을 시켰고 어린 자기 형제들을 가난 속에 팽개친 아버지에 대해서조차 한마디 증오나 원망의 말이 없이 오히려,

석양 붉게 묻어난 파장의 선술집
막걸리 몇잔 얼근하게 취하시던
아버지 구수한 술주정도 만날 수 있을까

——「시골길」부분

라고 그리움에 젖어 회상하는 것이다. 이것은 확실히 오늘의 현실에서 예외적인 사례에 속한다. 왜냐하면 오늘의 자본주의 산업사회에서 공동체는 파괴되고 가족은 해체의 위기를 맞고 있으며 개인들은 각자의 이익에 눈이 멀어 파편화되어 있기 때문이다. 그렇다면 이경재의 시집 전편에 깔려 있는 강인하고 질펀한 공동체적 정서는 어떻게 해석되어야 할 것인가. 그것은 시인 이경재의 전근대적 낙후성을 증명하는 것인가, 아니면 이 자본주의 경쟁체제의 비인간성에 대해 그가 완강하게 저항하는 것인가. 「시골길」이나 「위천장」 같은 작품을 통해 우리는 이경재에게 있어 농촌공동체가 무엇을 의미하는지 짐작해볼 수 있다.

이 길 따라가면 만날 수 있을까
아직도 비포장 읍내 가는 길
젖 터져 내 젖 터져 소리치던 할머니
결국 새우젓만 터져
한바탕 웃음 자지러지던

콩나물시루같이 빼곡한 장날의 완행버스
이리 쓸리고 저리 쏠려도
악을 쓰며 따라가던 장구경
파김치 되어 돌아와도
넉넉한 볼거리 피곤함도 잊었었네

—「시골길」첫 연

　여기 묘사된 농촌의 모습은 양면적이다. 한편으로 그것은 콩나물시루처럼 빼곡 들어찬 만원버스가 표상하는 빈궁과 불편함이다. 그것은 이 나라 농민들의 삶을 오랫동안 규정해온 객관적 조건으로서의 가난이다. 그러나 다른 한편, 농촌은 물질적 빈곤에도 불구하고 그 빈곤에 찌들지 않는 해학과 여유의 장소이다. 예컨대, "젖 터져 내 젖 터져"라는 할머니의 고함소리는 만원버스 안의 모든 불편과 짜증을 일시에 해소하고 그곳을 자지러진 웃음의 공간으로 역전시키는 것이다. 그런데 중요한 것은 이 시가 그러한 농민적 해학과 농촌적 풍요를 과거시제로 말하고 있다는 사실이다. 다시 말해 오늘의 시골에는 그러한 기쁨과 넉넉함이 사라졌다는 것이 이 시인의 현실인식인 것이다. 작품 「위천장」에서 우리는 그것을 다시 한번 확인한다.

돌아오는 장날이면
모동 강남불 상천 사람
어나리 서마리 황산 남산동 사람
멀리 덕유산 첫 자락
황점 빙기실 소정 사람 죄다.
끄덕끄덕 구루마 타고 모여들던 곳
다리목 기름집 지나 삼거리 마늘전

어물전 채소전 신전 옷전
뭉실뭉실 김나던 국밥집 열무김치 막국수
사돈에 팔촌까지
있어야 할 건 다 있고 없을 건 없던
왁자지껄 위천장 옛날 이야기였네

외할머니 따라 장구경 가면
아이구 불쌍한 우리 새끼
다리밑 어메 보러 나왔나
눈깔사탕 몇개쯤 공짜로 주던 곰보아줌마
동네사람 노놔먹는 밥 한 술
넉넉히 어린 시장기 덤으로 채우던 누룽지
지금에사 미치도록 그리운
왁자지껄 위천장 옛날 이야기였네

—「위천장」 전문

거창에서 무주를 향해 조금 가다보면 위천이 나온다. 거기 '수승대'란
이름의 절경이 있어 국민관광지로도 지정되어 있다. 황점과 빙기실은 덕
유산 자락에 바짝 붙은 오지마을이다. 나는 등산을 위해 여러번 그곳에
가보았거니와, 우리를 안내한 이경재에게는 그곳이 관광지거나 산행의
출발지가 아니라 유소년 시절 팍팍한 삶의 터전이었다. 그러나 이제 그
이경재에게도 위천장의 풍성함은 현존하는 현실이 아니라 과거의 추억
즉 '옛날 이야기'로 되었다. 우리가 늘 경험하듯이 대체로 시간은 사물을
미화한다. 그렇다면 이경재의 시들은 다만 미화된 과거의 영상에 매달려
있을 뿐인가.
　지금까지 살펴보았듯이 이경재는 가정적으로 불우한 소년시절을 보

냈음에도 크게 상처받거나 불행의 자의식에 괴로워하지 않는다. 과거와의 관계에 있어서뿐만 아니라 현재에 대해서도 그는 긍정적이고 낙천적이다. 요컨대 그는 건강한 생명력의 시인이다. 물론 「신혼 단상」에 보이는 힘든 신혼살림, 「차를 달이며」 「참깨 밭에서」 「신문 배달」에 묘사된 고된 생계를 그가 외면하는 것은 아니다(실제로 그는 한겨레를 비롯한 몇개 신문의 거창지국을 운영한다. 매일 새벽 3시에 일어나 신문을 받으러 간다고 한다). 그러나 그는 신문배달의 신체적 고달픔 속에서도 신체적 차원을 넘어서는 대지의 호흡 속에 자신을 풀어놓는다.

봄이 어느새 왔는가 싶다
오토바이 시동도 가벼워지고
언 땅 흔들거림으로 빠져나가던 골목길
부드럽게 녹아 길 열어주고
무거운 외투에 덮여
무심코 지나치던 얼굴들
이제는 살맛난다고 인사를 한다
누구보다도 먼저 봄이 왔음을 확인하는
새벽배달 일꾼 웅크렸던 어깨가
봄 허리 깊숙한 곳으로
한결 가볍게 내달리고 있다.

—「봄마중」 전문

참으로 소박한 작품이다. 현대사회의 복잡성과 현대시의 까다로움을 경험한 독자에게는 이 시의 단순한 감정세계는 거의 비현실적이라고 느껴질지도 모른다. 그러나 거창군 시골길을 안 가는 데 없이 다니며 신문을 돌리던 이경재의 모습을 직접 보았던 나에게는 이 시의 생명예찬이 결코 위선적인 꾸밈으로 읽히지 않는다.

이 시집에서 이경재가 가장 힘을 들였고 또 그런 만큼 상당한 서사시적 성취가 이루어진 것은 연작시 「원기마을 이야기」일 것이다 모두 14편으로 이루어진 이 연작에는 강건한 정신과 체력을 지닌 세 젊은이가 새로운 농촌공동체를 건설해가는 과정이 때로는 군가처럼 씩씩한 가락으로, 때로는 민요처럼 구성진 음률로 서술되어 있다. 나는 이경재를 따라 이 작품의 무대인 "삼봉산 아래" "충청도 전라도 경상도 사람/꾸역꾸역 바람타고 넘는 곳"에 가보았다. 그리고 그곳에서 「원기마을 이야기」의 실제 주인공인 새로운 시대의 건강한 농민들을 만나보기도 하였다. 거기에는 희망의 싹이 트고 있음이 분명했다. 그러나 내 생각에 그것은 아직 허약하기 짝이 없는 가능성의 하나일 뿐이고, 자본주의 산업체제의 진정한 대안이 되자면 가야 할 길이 멀고 넘어야 할 산이 아득하다는 사실을 부인할 수 없다. 대안적 공동체의 역사적 복원이 오직 원기마을이라는 제한된 공간 안에서 힘든 실험의 형식으로만 이루어질 수 있을 뿐일까. 이것은 이경재의 시집이 저자 자신에게, 그리고 독자인 우리들 모두에게 숙제처럼 던진 질문이다.

이경재 『원기마을 이야기』(살림터 1997) 해설

코뚜레에 꿰인 거미의 노래

■

박성우 시집 『가뜬한 잠』

1

　새 시집 원고를 읽기 전에 먼저 그의 첫시집 『거미』를 펼쳐든다. 허공을 짚고 내려오는 거미의 위태로운 생존곡예 형상을 배경으로 삶의 막장에 내몰려 끝내 자살을 결행한 한 사내의 막막한 인생을 묘사한 데뷔작 「거미」는 젊은 시인 박성우(朴城佑)의 이름을 날카롭게 각인시킨 명품이었다. 그런데 주목할 것은 사내의 절망적 인생과 거미의 위태로운 모험을 바라보는 화자의 시선이다. 작품이 진행되는 동안에는 거미와 사내는 주변부적 조건을 힘들게 견뎌나가는 시인 자신의 객관적 투사물로 보인다. 그러나 마지막에 "거미는 스스로 제 목에 줄을 감지 않는다"는 잠언적 구절로 작품이 종결됨으로써 시의 화자는 거미와 사내를 분리하고 사내에 대한 비판적 거리를 드러낸다. 마지막 구절에 표명된 일종의 도덕주의는 무력한 개인으로서의 시인에게 있어 압도적인 실존적 위기에 대항하는 유일한 관념적 무기였는지도 모른다.

　「새」 같은 작품에서 우리가 보는 것도 시인의 상상적 비전 안에서 이루어지는 현실의 각박한 시련과 자기구원의 시도이다.

> 공중에 발자국을 찍으며 나는 새가 있다
> 제 존재를 끊임없이 확인하기 위해
> 지나온 흔적을 뒤돌아보며 나는 새가 있다
>
> 그 새는 하늘에 발자국이 찍혀지지 않을 땐
> 부리로 깃털을 하나씩 뽑아 던지며 난다
> 마지막 솜털까지 뽑아낸 뒤엔
> 사람의 눈으로 추락하여 생을 마감한다
>
> 오늘은 내가 그 새의 장례식을 치른다
> 저 하늘의 새털구름,
> 그 새의 흔적이다

공중에 발자국을 찍으며 나는 새의 이미지는 허공을 짚고 내려오는 거미의 그것에 비할 때 시적 자아의 강력한 확장을 뜻한다고 할 수 있다. 줄을 타고 길을 열어가는 거미의 행로는 아무리 모험에 가득 차 보여도 결국 피동적이고 존재구속적이다. 반면에 새는 거리낌 없는 비상을 통해 온몸으로 자유를 실현한다. 그러나 이 시에서 화자가 발견하는 것은 자유의 실현 자체가 아니라 자유의 실현에 따르는 존재확인의 요구, 즉 또다른 구속이다. 이 요구는 내면적 절실함에서 나온 것이기 때문에 새는 부리로 깃털을 하나씩 뽑으며 날다가 마침내 추락하여 생을 마감한다. 그러니까 깃털은 새에게 하늘을 날게 하는 비상의 동력을 제공하기도 하지만, 동시에 비상의 알리바이로 뽑혀져 새를 떨어져 죽게 만드는 원인이 되기도 한다. 이렇게 본다면 거미와 마찬가지로 새 역시 광막한 허공에 잡을 끈도

346

디딜 발판도 없이 내던져진 모순적 존재의 표상으로서, 생각건대 시인 박성우의 자기인식이 투영된 서정적 상관물일 것이다.

이런 작품들에 보이는 일종의 나르시즘적 요소는 다음의 「길」 같은 시에서는 더욱 애잔한 모습으로 그려진다.

　　이파리 무성한 등나무 아래로
　　초록 애벌레가 떨어지네
　　사각사각사각,
　　제가 걸어야 할 길까지 갉아먹어서
　　초록길을 뱃속에 넣고 걸어가네

　　초록 애벌레가 맨땅을 걷는 동안
　　뱃속으로 들어간 초록길이 출렁출렁,
　　길을 따라가네
　　먹힌 길이 길을 헤매네
　　등나무로 오르는 길은 멀기만 하네

　　길을 버린 사내가 길 위에 앉아 있네

잎사귀 위에 떨어진 애벌레에게 그 잎사귀는 먹이이자 길이다. 벌레는 잎을 갉아먹어야 살지만, 먹고 나면 갈 길이 사라지고 만다. 그러므로 맨땅을 걷는 애벌레의 걸음걸음은 '뱃속으로 들어간 초록길'의 방향 잃은 헤맴, 즉 미지의 세계를 더듬는 불안한 방황일 수밖에 없다. 그것은 길을 버리고 길 위에 앉아 있다는 자의식에 사로잡힌 시인 자신의 분열적 자화상에 다름아니다.

그러나 이러한 내성적 자세와 그 저변에 깔린 자기연민의 감정은 시집

『거미』의 일면일 뿐이다. 그것은 무엇보다도 박성우가 살아있는 농촌공
동체에 뿌리내리고 있다는 사실에 관련되는데, 이것은 오늘의 젊은 시인
으로서는 흔치 않은 일이다. 「생솔」 「감꽃」 「친전」 「취나물」을 차례로 읽
어보면 그의 아버지는 "빚 때문에 그해 겨울도 돌아오지" 못하고 객지를
떠돌다가 병원신세 끝에 세상을 떠났음을 알 수 있다. 그러나 아버지의
부재와 결손에도 불구하고 가족적 유대는 공고하게 유지되며, 가족 주위
에 고향과 이웃들이 적절히 배치됨으로써 전통적 사회안전망은 여전히
튼튼하게 작동한다. 다시 말해 박성우의 삶은 그의 생활을 지배하는 가난
과 아버지의 죽음이라는 외적 충격에 치명상을 입지 않은 것으로 보이며,
그런 면이 그를 농촌정서에 뿌리박은 전통적 서정시인으로 태어나게 했
을 것이다.

2

이번 시집은 많은 부분에서 『거미』의 연속이다. 그러나 그와 동시에 시
집의 전체적인 정조(情調)에 중요한 변화가 일어나는 것도 사실이다. 내
생각에 시집 『가뜬한 잠』의 새로운 면모를 이해하는 데 열쇠가 되는 작품
은 「코뚜레」일 것 같다. 다음에 전문을 읽어보기로 하자.

벼르고 벼르다가
집안에 우거진 잡목들을 캐냈다

잡나무를 마당에 던져 말리다가
버드나무 껍질 벗겨 코뚜레 만들었다
매끈매끈 벗겨진 버드나무 가지

안쪽으로 힘주어 밀면, 둥글게 휘어졌다

칡덩굴과 구리줄 칭칭 감아
코뚜레 모양을 둥글둥글 잡았다
노간주나무 코뚜레도
물푸레나무 코뚜레도 아닌
버드나무 코뚜레를 세 개나 만들어
일터 사무실 입구에 걸어두었다

그러고는 까마득히 잊었으나,
첫번째 만든 코뚜레에 걸려든
서울처녀한테 장가를 들고
두번째 만든 코뚜레에 걸려든
강변 빈집을 거저 얻었다

그리고 마지막 코뚜레에
스스로 걸려든 내가,
고분고분 얌전해져 있었다

이 시는 제4연의 첫행을 경계로 성격이 아주 다른 두 부분으로 나누어
진다. 전반부에는 버드나무 껍질을 벗겨 코뚜레를 만드는 과정이 평면적
으로 서술된다. 이것은 박성우의 농촌시에 흔히 보이는 광경이라고 할 수
있다. 그런데 "그러고는 까마득히 잊었으나"를 계기로, 즉 망각의 시간을
건너면서 시의 흐름은 일변한다. 마치 음악에서 장조가 단조로 바뀌듯 사
실적 서술은 비유적 표현으로 전환되는 것이다.

후반부에 그려진 코뚜레 비유의 의미는 단순하고도 명백하다. 앞서 살

펴보았듯이 시집 『거미』에서 거미와 새와 애벌레는 방황과 모색, 시련과 좌절을 표상하며, 끊임없이 시인의 삶을 압박하는 실존의 위기를 반영한다. 그러나 잊지 말아야 할 사실은 그런 존재의 불안정이 박성우의 시에 오히려 창조적 긴장을 부여하고 농촌시의 평면성을 뛰어넘는 상상적 초월의 원천으로 기능하고 있었다는 점이다. 그런데 이제 그와 같은 방황과 불안정은 청산되고, 시의 화자는 자발적으로 구속을 선택한다. '고분고분 얌전'해지는 것이 체념인가, 자기만족인가, 또는 세계와의 화해인가.

어떻든 이제 시인은 좀더 편안한 마음으로 농촌의 인심과 풍물을 바라본다. 고무장화 신고 못자리에 들어가 황톳물 이는 모판을 떼거나(「모내기」) 한바탕 감자를 캐고 나서 둘러앉아 새참을 먹는(「감자 캐기」) 광경, 또는 무명천에 거른 소금물을 독에 가득 채운 다음 떠오른 메주에 소금 한 줌 더 얹고 참숯과 고추를 띄우는 장면(「장 담그기」)은 요즘 시인들에게는 찾아보기 어려워진 농촌 세시(歲時)에 해당되지만,

머구실 할머니는 참깨를 넣고
아이는 자전거를 타고 놀았다

끝물 고추 따는 날이어서
새참거리를 고추밭으로 실어다주었다
돼지고기에 호박 넣고 지진 찌개와
수수 넣어 지은 뜨끈한 밥을
감나무 밑으로 내고 홍시를 따먹었다
———「한로(寒露)」 전반부

와 같은 대목에 묘사된 풍경은 오늘의 농촌에서조차 이미 일상적으로 목격되는 것이 아니기 때문에 그 상실감에 의해 도리어 강한 현실성을 발휘

한다.

물론 박성우의 농촌이 추억 속에 남아 있는 과거의 미화된 그림만을 보여주는 것은 아니다. 가령, 다음 작품에는 읍내 시장과 주변 농촌을 무대로 꽉꽉하게 한세상 살아가는 농민의 체념과 무기력, 그리고 농촌사회의 몰락을 방관할 수밖에 없는 시인의 자의식이 압축적으로 제시되어 있다.

> 쌀 됫박이나 팔러 싸전에 왔다가 쌀은 못 팔고 그냥저냥 깨나 팔러 가는 게 한세상 건너는 법이라고, 오가는 이 없는 싸전다리 아래로 쌀 뜨물같이 허연 달빛만 하냥 흐른다
>
> 야 이놈아, 뭣이 그리 허망터냐?
>
> ──「싸전다리」 전문

슈퍼에서 kg단위로 포장된 브랜드쌀의 판매가 일반화된 오늘날 이 텍스트에서 '쌀됫박' '싸전다리' 같은 낱말이 호출하는 것은 지난 시대가 남겨놓은 인류학적 유물이다. 대체 이 작품의 시대적 배경은 언제인가. 시인은 거기에 대해 아무런 물증도 제공하지 않지만, "하냥 흐른다" "뭣이 그리 허망터냐"는 말투들에는 얼핏 지난 시대의 유행가 가락이 어른거리기도 한다.

3

문학이 역사를 증거하고 현실에 관여하는 방식은 결코 단순한 것이 아니다. 어떤 시대에는 삶의 심연으로 잠수하기 위해 현실의 표층을 떠나야 할 수도 있으며, 때로는 예술적 집중을 달성하기 위해 방랑길에 오르거나

반대로 은둔을 택할 수도 있다. 이국취향조차 풍기는 짙은 서북방언과 독특한 서술양식의 창안으로 자신만의 독자적인 문학세계를 건설하는 데 성공한 백석 시인의 경우에도 식민지시대 현실과의 사이에 맺어진 그의 관계는 명약관화하게 요약되지 않는다. 그러나 「여우난골족(族)」「가즈랑집」「황일(黃日)」 같은 작품에는 비록 시대를 가리키는 한마디 단어가 없더라도, 아니 오히려 시대를 초월한 토속성만 낭자하기 때문에 백석의 문학이 시대의 압박감으로 못 견딜듯 충만해 있음을 우리는 본능적으로 감지하는 것이다. 그런데 오랜 세월을 건너뛰어 박성우의 시에 백석의 화법이 부분적으로 살아나는 것을 본다. 시집 『거미』에서 예를 든다면 「띠쟁이고모네 점방」이 백석의 체취를 물씬 풍긴다. 이번 시집 『가뜬한 잠』에서는 더 많은 예를 고를 수 있는데, 우선 한 편 읽어보자.

남은 보리밥과 누룩이 자박자박 눌려진 독이 부뚜막에 올려져 있었다 하루 이틀 사흘, 밥풀이 녹아내려 식은밥단술 되었다

하릴없이 얼굴 그을리다 몰려온 아이들은 식은밥단술에 사카린을 탔다 한 모금만 마셔도 밍밍한 여름방학이 달콤해져왔다

니 뺨이 더 뻘겋다 니 뺨이 더 뻘겋다 뒷마당 장독대에는 분홍 주홍 빨강 봉숭아꽃들이 시끌벅적하니 피어올랐다

—「식은밥단술」 전문

율격에 대한 배려를 무시한 듯한 줄글의 연속, 향토적 소도구들과 과거형 시제의 기복 없는 나열, 단선적으로 진행되는 서사의 이면에 잠복한 소년시절의 정감 어린 추억 등등 이 작품은 백석 시의 방법론을 유감없이 재생하고 있다. 아주 짧은 작품이지만, 그 안에서 서사는 삼단계로 전개된

다. 첫 단계에서는 먹다 남은 보리밥과 누룩을 섞어 단술을 만든다. 오래 전 화자의 어머니가 한 일로 짐작되나, 그런 배경적 사실은 일절 생략된다. 둘째 단계에서는, 여름방학이 되어 들판을 쏘다니느라 얼굴이 그을린 친구들이 몰려와 단술을 마신다. 셋째 단계에서는, 단술로 뺨이 달아오른 아이들이 봉숭아꽃 핀 뒷마당 장독대 곁으로 몰려가 시끌벅적 떠들어댄다. 「옥정분교」 「새모리댁」 「오두막 이야기」 들도 그 나름으로 '단형서사시'라 부를 만한 구조를 가지고 있다.

알다시피 백석은 일본 유학시절 영문학을 공부했고, 그후 제임스 조이스에 관한 에쎄이를 썼으며 토마스 하디의 장편 『테스』를 번역하기도 하였다. 걸작 「흰 바람벽이 있어」에서 그는 가난과 고독을 감내하도록 자신을 단련시킨 정신의 사표로서 프랑시스 잼과 도연명(陶淵明)과 릴케에게 최대의 찬사를 헌납하고 있다. 요컨대 모더니즘의 세례를 받은 백석이 작품에서 모더니즘의 대척점에 위치한 것으로 간주되는 향토성과 지방언어를 완강하게 고수한 것은 복고주의나 지방주의로 전향했기 때문이 아니다. 그것은 식민지적 근대의 침식작용에 대한 면밀하게 계산된 저항이고 자기방어였다. 그렇다면 이제 박성우에게 토속주의와 전원문학은 어떻게 적극적으로 의미화될 수 있는가.

지난 40년 동안 한국 농촌이 가차없는 몰락의 나락으로 떨어져왔음은 바로 박성우 자신의 가족사가 증언하는 사실이다. 오늘 우리 농촌은 산업 자본의 손아귀에 완전히 장악되어, 농업 자체가 자본의 하위산업으로 편입되어 있다. 때때로 농촌은 평택 대추리가 비극적으로 입증하듯이 새로운 탄압과 추방의 공간이 되기도 한다. 물론 당연한 얘기지만 이 시대의 시인과 소설가들이 누구나 자본과 외세에 관한 발언을 해야 할 의무를 지닌 것은 아니다. 죽음과 같은 불행 속에서도 사람은 음식을 먹고 사랑을 나누며 일상생활을 이어가게 마련인데, 그 모든 일상으로부터 문학은 태어날 수 있다. 다만 진정한 문학에는 시대의 고통을 살아가는 자의 벅찬 숨결이 불가결하게 스며들어 있어야 한다. 그런 관점에서 시인 박성우가 지금 안주(安住)와 자족(自足)에 머물고 있는 것은 아닌지 아프게 자문해 볼 일이다.

마지막으로 아름다운 연애시 한 편을 감상하는 것으로 어설픈 글을 끝내고자 한다.

> 뒤척이는 밤, 돌아눕다가 우는 소릴 들었다
> 처음엔 그냥 귓밥 구르는 소리인 줄 알았다
> 고추씨 같은 귀울음소리,
>
> 누군가 내 몸 안에서 울고 있었다
>
> 부질없는 일이야, 잘래잘래
> 고개 저을 때마다 고추씨 같은 귀울음소리,
> 마르면서 젖어가는 울음소리가 명명하게 들려왔다
> 고추는 매운 물을 죄 빼내어도 맵듯
> 마른 눈물로 얼룩진 그녀도 나도 맵게 우는 밤이었다
>
> ──「고추씨 같은 귀울음소리 들리다」 전문

'고추씨 같은 귀울음소리'라는 독특한 비유의 발명만으로도 이 시는 오래 기억될 것이다. 처음 이 시의 울음 이미지는 청각에서 시작하여 시각으로 전화되고 다시 미각과 촉각까지 건드리면서 온몸의 울음으로 확대된다. 연인과의 작별은 헤어진 두 사람 모두에게 모처럼 이런 감각의 축제를 제공한다. 그러나 진정한 사랑은 당사자들만의 일은 아니다. 순수한 슬픔은 그 자체가 지상의 오탁(汚濁)을 정화하는 고귀한 감정으로서, 문학이 하는 일 중의 하나는 슬픔의 기회를 얻지 못하는 불운한 사람들로

하여금 잠시나마 슬픔의 시간을 갖도록 은혜를 베푸는 것이다. 그 점에서
만도 이 시집의 출간은 축하받을 일이다.

박성우『가뜬한 잠』(창비 2007) 해설

눈보라를 견디고 초록 잎을 피워내는 일

김명수 동시집 『산속 어린 새』

1

이 시집을 읽을 어린이 여러분에게 지은이 김명수(金明秀) 선생을 소개하려고 생각해보니, 실상 나는 그의 사람됨에 관하여 아는 것이 아주 조금밖에 없다는 사실을 깨달았습니다. 서로 인사를 나눈 지는 오래 되었지만, 일터가 다르고 사는 곳이 멀리 떨어져 있어서 만날 기회가 많지 않았던 탓입니다. 그런데도 나는 김명수 선생에 대해서 잘 알고 있는 듯한 친근감을 가지고 있습니다. 물론 자주 만나야 그 사람에 대해 온전히 알게 된다고 말할 수 있는 것은 아니지요. 예전에 살았던 역사적 인물이나 먼 외국에서 살고 있는 유명한 인물에 대해서도 우리는 책이나 뉴스 등을 통해 어쩌면 이웃집 아저씨에 대해서보다 더 잘 알 수 있습니다. 아마 내가 김명수 선생에 대해서 알고 있는 것도 책을 통한 간접적 지식이 더 많을 것입니다.

김명수 선생은 1977년 신문사에서 모집하는 신춘문예에 시가 당선되어 문단에 등장한 시인입니다. '오늘의 작가상'을 수상한 첫시집 『월식』

(1980) 이후 여러 권의 시집을 간행하였고, 1992년에는 『침엽수지대』라는 시집으로 권위있는 만해문학상을 받기도 했습니다. 작년 12월에는 일곱 번째 시집 『가오리의 심해』를 세상에 내놓아, 너무 빠르지도 너무 느리지도 않은 걸음걸이로 착실하게 시인의 길을 걸어오고 있습니다. 올해 회갑을 맞았으니, 문단경력 30년이 가까운 중진이라 하겠습니다.

지금까지 김명수 선생이 써온 시의 세계에 대하여 평론가들이 한 이야기를 요약하면, 대체로 다음과 같을 것입니다. 첫째, 그는 아주 절제된 언어를 사용한다는 점입니다. 말을 함부로 헤프게 쓰지 않는다는 거지요. 우리말의 아름다움에 민감할뿐더러 단어와 문장을 곱게 깎고 다듬어서, 꼭 필요한 말이 알맞은 자리에 놓이도록 한다는 뜻입니다. 둘째로, 앞의 지적과 관련이 있는데, 그의 시적 언어는 형상력이 뛰어나다는 평을 자주 듣습니다. 이건 좀 어려운 이야기입니다만, 간단히 말하면 사물을 묘사하거나 느낌을 나타낼 때 그의 언어가 대상의 특징을 적확하게 짚어내어 살아 있는 표현이 되게 한다는 것입니다. 셋째, 그의 시들은 흔히 농촌의 자연을 노래하고 순박한 서민들의 쪼들리는 생활을 노래하되, 거기에 깊은 애정과 날카로운 비판정신이 숨쉬고 있다는 점이 지적됩니다. 마지막으로 많은 사람들이 그의 문학에서 공통적으로 느끼는 것은 그의 작품세계의 바탕에 어린이의 마음이라고 말할 수 있는 어떤 순수한 정신이 깔려 있다는 점입니다. '동심'이라는 것을 오늘날 어린이들이 실제로 어떻게 받아들일지, 또 '어린이'라는 한마디 말로 묶일 수 있는 단일한 실체가 과연 이 세상에 있는지 의문이긴 합니다. 그러나 문명에 의해 더럽혀지기 이전의 원시적 자연을 상상하는 것이 뜻없는 일이 아니듯이, 복잡다단한 현실을 살아가는 인간이 어른으로 성장하기 이전의 미숙하지만 순수했던 상태를 되돌아보고 그 시절을 그리워하는 것은 우리의 삶을 좀더 진실되게 하는 데 틀림없이 도움이 될 것입니다. 그러니까 김명수 선생의 문학에는 무엇보다도 그런 진실에 대한 염원이 바탕에 놓여 있다고 하겠습니다.

2

이런 예비지식을 가지고 동시집 『산속 어린 새』를 펼치면, 「봄비」라는 제목의 짤막한 작품이 먼저 눈에 들어옵니다. 한번 읽어볼까요.

보슬보슬 보슬비
도란도란 우산속
자박자박 발자국
봉긋봉긋 새싹들
아른아른 창유리
토닥토닥 엄마손
새근새근 아기잠
꿈속같은 보슬비

나는 두어 차례 눈으로 읽고 나서 이번엔 소리 내어 다시 읽어보았습니다. '보슬보슬' '도란도란'처럼 모양이나 소리를 흉내내는 낱말들이 반복적으로 사용되고 있는데도, 전혀 틀에 박힌 표현이라는 느낌을 주지 않습니다. 아니, 오히려 그런 흔한 의성어·의태어들이 아주 적절한 곳에 자리해 있어서, 간결하고도 선명한 시·청각적 영상을 만들어내고 있습니다.

잘 살펴보면, 이 작품은 앞뒤 두 부분으로 나뉘어 있습니다. 앞부분 네 행은 바깥 풍경의 묘사입니다. 보슬비가 내리고, 우산을 받은 사람들이 정답게 속삭이며 지나갑니다. 그들의 발자국 소리가 자박자박 들리는 듯합니다. 길가 풀밭에서는 새싹들이 봉긋봉긋 솟아오릅니다. 새봄의 희망과 평화가 그림처럼 아름답게 펼쳐져 있습니다. 뒷부분 네 행은 방안의 광경입니다. 유리창에는 비가 뿌려서 물방울이 아른아른 흘러내립니다. 엄마는 토닥토닥 아기를 재우고, 아기는 그만 잠이 듭니다. 그러면 아기의 꿈속에서도 엄마 손길처럼 부드럽게 보슬비가 내릴지 모릅니다.

이 작품은 동시라기보다 동요입니다. 동시와 동요를 엄밀하게 구별하기는 어렵겠지만, 동요는 동시에 비하여 시의 특징보다 노래의 특징을 더 많이 가진 형식이라 하겠고, 따라서 리듬의 요소를 더 중요시한다고 하겠습니다. 과연 이 「봄비」는 얼른 보기에도 고정된 틀을 가진 일종의 정형시입니다. 즉, 한 행이 넉 자 석 자씩 기계적 되풀이의 형식으로 구성되어 있습니다. 그래서 마치 칭얼거리는 아기를 재우려고 토닥이며 부르는 엄마의 자장가 같은 단순한 율동감을 느끼게 됩니다. 그런데도 이 작품은 지루하기는커녕 오히려 아주 신선하고, 그런 신선함에 의해 우리 마음의 때를 깨끗이 씻어주는 듯합니다.

「소금쟁이」「박꽃 핀 마을에」 같은 작품들도 동요적이라 하겠습니다. 이때 동요적이란 동시의 경우보다 더 어린 독자를 예상하고 그런 독자들의 마음으로 사물을 본다는 뜻입니다. 앞의 「봄비」에서도 아기의 마음이 되어 봄날 풍경을 바라보는 아빠의 시선이 작품 밑바닥에 깔려 있음을 알 수 있지요. 그럼 이제 「박꽃 핀 마을에」를 읽어볼까요. 작품의 무대는 농촌 마을입니다. 박꽃, 달맞이꽃이 핀 이 마을에 어둠이 찾아옵니다. 밤이 된 거지요, 그러면 하늘에는 별들이 반짝이고 마당에는 모깃불이 피워집니다. 또, 반딧불이가 깜박이고 풀벌레소리가 들립니다. 그야말로 목가적인 장면입니다. 그런데 시인은 이 장면에 등장하는 아기별, 별똥별, 반딧불이, 풀벌레 들이 마치 장난꾸러기 어린이라도 된 듯 서로 찾고 숨바꼭질하는 것으로 묘사합니다. 별과 벌레와 사람이 이 시에서는 차별 없는 동무입니다. 어쩌면 그런 것을 동요적 환상이라 불러도 좋을지 모르겠습니다.

생각해보면, 여기 묘사된 것과 같은 목가적 장면을 오늘의 농촌에서 경험하는 것은 쉬운 일이 아닙니다. 시골 구석구석까지 전기가 들어오고 텔레비전이 놓이고 농약이 뿌려져서, 밤하늘을 쳐다볼 기회도 줄어들고 더구나 반딧불이는 찾아보기 어렵게 되었습니다. 따라서 내 생각에는 「박꽃 핀 마을에」의 배경이 된 마을은 오늘의 농촌이라기보다 시인 김명수 선생이 어린이였던 시절의 농촌이 아닌가 합니다. 이 작품뿐만 아니라 동시집 『산속 어린 새』에 실린 다수의 작품들이 그런 성격을 지니고 있다고 여겨집니다. 이 점은 시집 전체를 이해하는 데에도 도움이 될 듯하므로 좀더 설명해보기로 하겠습니다.

몇해 전 세상을 떠난 이문구 선생은 좋은 소설을 많이 쓴 훌륭한 소설가입니다. 그런데 그는 생전에 두 권의 뛰어난 동시집을 남겼습니다. 첫시집 『개구장이 산복이』(1998)는 이문구 선생이 아들딸을 키우면서 그들 읽으라고 쓴 것이고, 두번째 시집 『산에는 산새 물에는 물새』(2003)는 아직 태어나지 않은 손자들을 위해 미리 써둔 것이었습니다. 어떤 계기로 또는 어떤 목적에서 썼느냐 하는 것이 작품의 문학적 가치와 별 상관이 없을 듯하지만, 사실은 작품의 됨됨이에 큰 영향을 끼칩니다. 비유를 들자면, 자기 아이에게 먹이려고 만든 음식은 남들에게 팔아 이익을 남기려고 만든 음식에 비해 아무래도 맛과 영양분이 다를 것입니다. 그러니까 이문구 동시의 소재, 화법, 어조 등은 작자가 아버지나 할아버지의 입장에서 독자인 아들딸 또는 손자에게 들려주기 위해 지었다는 창작의 구체적 조건에 의해 결정적인 영향을 받았을 것입니다.

그런 관점으로 『산속 어린 새』를 살펴보면 이 동시집에는, 이문구 선생의 경우와 달리, 시인인 김명수 선생 자신이 어린 시절로 돌아가서, 이제는 사라져 찾아볼 수 없게 된 지난날의 풍경과 사물을 간절한 그리움의 감정으로 그려내고 있는 작품들이 자주 눈에 뜨입니다. 다시 말하면 김명수 선생의 많은 동시들에는 그 자신의 잃어버린 과거의 그림자가 짙게 투영되어 있는 것 같습니다. 예를 들어 「살구꽃 피는 마을」이란 작품을 다음에 인용해보겠습니다.

아빠가 태어나신 강변 마을은
봄이 오면 집집마다 살구꽃 피어
초가집 기와집도 살구꽃에 묻혀
온 동네가 모두 다 살구꽃 같고

엄마가 태어나신 산골 마을은
봄이 오면 산등성이 복사꽃 피어
마을길 돌담길도 복사꽃에 묻혀
온 동네가 모두 다 복사꽃 같고

지금 당장 기차 타고 달려가 보면
살구꽃 복사꽃이 반겨 주겠지
내 얼굴도 발그레 꽃물 들겠지
복사꽃 살구꽃 꽃물 들겠지.

이 작품 역시 말하자면 정형시입니다. 소리내어 읽으면 행마다 흥겨운 가락이 느껴지고, 그렇게 네 행들이 모여 한 연을 이루며, 다시 그렇게 모인 세 연들이 작품 전체를 이루도록 짜여 있습니다. 아빠의 고향 마을을 그린 제1연과 엄마의 고향 마을을 그린 제2연은 정확하게 대칭이 되는데, 제3연에서 현재의 나에게로 시선이 옮겨지면서 작품의 흐름은 커다란 전환을 맞게 됩니다.

이 시에서 엄마 아빠가 태어난 마을은 평화와 행복이 깃든 낙원의 이미지로 묘사됩니다. 봄이 오면 복사꽃 살구꽃이 만발하여 산도 동네도 온통 꽃밭입니다. 그런데 그 꽃밭마을은 지금 나의 현실이 아닙니다. 사실 아빠의 고향, 엄마의 고향은 나의 고향이기도 한데, 지금 나는 그 고향을 떠나 있습니다. 그러므로 이 시의 기본감정은 고향으로부터, 부모님들의 땅으로부터 멀리 떨어져나와 있다는 상실감입니다. '복사꽃 살구꽃 꽃물'의 화사한 아름다움은 그 상실의 아픔을 감싸기 위해 마련된 문학적 장치입니다. 이런 점을 염두에 두고서 가령 「기차에서 내리면」「입춘 날」「발자국」「아빠의 봄날」「꽈리」「겨울날」 같은 작품들을 읽어보고 여러분 스스로 찬찬히 따져보시기 바랍니다.

「시월 시사」란 작품은 이 동시집 전체에서 아마 유일하게 예외적인, 요즈음 어린이들에게는 좀 낯설고 어려운 작품일 것입니다. 뒤에 붙은 주석에도 설명되어 있듯이, 음력 10월에 조상들의 산소에 가서 지내는 제사를 '시사' 또는 '시제'라고 하는데, 작품의 화자는 어린 시절 아버지를 따라 산소에 가서 문중 어른들 발치에 서서 조상들에게 제사를 드립니다. 작품은 이 과정을 자못 어려운 용어를 섞어가며 장중하게 서술하고 있습니다. 오래전 왕조시대에 높은 벼슬을 했던 조상에 대한 자랑스러움도 은근히 작품에 배어 있습니다. 김명수 선생의 문학과 인생 저 깊은 근원에는 어쩌면 그런 자랑스러움이 숨어 있는지도 모르지요. 다만 그것은 우리나라 현대사의 파란 많은 굴곡 속에서 파괴되고 훼손되는 비극을 겪었을 것입니다.

3

시에서 가장 중요한 것은 시인 자신의 내면에서 솟구치는 절실한 감정입니다. 그 감정이 절실할수록 시는 독자의 가슴에 깊은 울림을 일으킬 것입니다. 자연의 세계에서 그러하듯 인간 사이에서도 시를 매개로 한 공명현상이 생깁니다. 그것을 우리는 감동이라고 불러도 좋을 것입니다. 동시가 주로 어린이를 독자로 예상하기 때문에 너무 어렵고 복잡한 세계를 다루지 않는 것은 사실이지만, 그러나 동시도 본질적으로 일반 시와 다를

362

바가 없습니다. 물론 시가 감동의 창조에 이르는 데에는 결코 외길만 있는 것은 아닙니다. 시인 개인의 내면을 파고드는 탐구의 치열함에 의해서도, 또는 그와 달리 세상의 불의와 비리를 비판하는 용기에 의해서도 시는 인간의 영혼을 흔들 수 있습니다. 동시집 『산속 어린 새』에서도 우리는 김명수 선생 자신의 그리움, 아픔, 희망 같은 것 말고 그가 이 사회의 힘없고 가난한 사람들에게 보내는 따뜻한 눈길을 곳곳에서 발견합니다. 「몽당연필」 한 편만 읽어보기로 합시다.

밤이 되면 몽당연필 세 개가
필통 속에 나란히 누워 잠들고,

밤이 되면 순이와 철호와 기영이 삼 남매가
슬레이트집 단칸방에 누워 잠들고.

몽당연필 세 자루는
필통 속에서
순이와 철호와 기영이의 꿈이 되고,

순이와 철호와 기영이 삼 남매는
밤에도 큰길에서 과일 파는

아버지 어머니의
먼 꿈이 되고.

「봄비」나 「살구꽃 피는 마을」 같은 작품에 비해 이 작품은 줄글(산문)로 되어 있습니다. 여기 그려진 현실 자체가 시인에게는 노래의 형식에 담겨지기 적합하지 않다고 판단되었을지 모릅니다. 그러나 필통 속에 들어 있는 몽당연필 세 자루와 슬레이트집 단칸방에 누워 잠든 가난한 삼 남매를 대조하여 묘사하는 것과 같은 대비법은 김명수 선생의 동시에 두루 애용되고 있음을 알 수 있습니다. 많이 써서 짧게 닳아버린 연필을 '몽당연필'이라고 하는데, 요즘 어린이들에게는 그 낱말도 그런 연필도 낯설 것입니다. 옛날 힘들던 시절 어린이들은 손에 쥐기 어려울 만큼 닳도록 연필을 썼습니다. 그 몽당연필이 이 작품에서는 순이 삼 남매가 쓰는 학용품인 동시에 그들을 가리키는 비유가 되고 있습니다. 슬레이트집이 어떤 집인지 여러분은 아십니까. 슬레이트란 판자집처럼 허름한 집에 얹도록 만들어진 얄팍한 지붕재료입니다. 그래서 슬레이트집은 겨울이면 몹시 춥고 여름에는 아주 덥습니다. 그런 집 단칸방이 딸랑거리는 필통에 비유됨으로써 우리에게 여러 가지 연상을 불러일으킵니다. 그것은 반드시 궁색함만이 아닌 삼 남매 간의 다정한 우애를 떠올리게 합니다. 그런 삼남매를 단칸방에 뉘어놓은 채 아버지 어머니는 밤에도 쉬지 못하고 큰길에 나가 장사를 합니다. 그들은 비록 지금 고생스러워도 자식들이 탈없이 자라는 모습을 보는 것만으로도 기운이 납니다. 그들에게는 그 삼 남매가 미래의 희망이요 먼 꿈인 것입니다.

시가 힘들게 살아가는 사람들에게 희망의 소식을 전할 수 있다면 그것은 참으로 바람직한 일입니다. 문학이란 근본적으로 외롭고 가난한 사람들의 삶을 외면하지 못하는, 함께 아파하고 안타까워하는 마음으로부터 태어난다고 말할 수 있습니다. 바로 「몽당연필」 같은 작품이 가난함 속에 내재한 희망의 씨앗을 암시하는 것은 시인의 그런 마음을 알려줍니다. 그러나 모든 문학이 꼭 그렇게 밝은 미래를 제시해야 되는 것은 아닙니다. 실제의 현실이 그렇지 않은데도 억지로 행복한 결말을 꾸며낸다면, 그것은 도리어 독자를 속이는 셈입니다. 그런 점에서, 가령 「구멍가게」 「전철안」 같은 작품은 단순한 스케치(소묘)에 불과하지만, 그래도 시인의 따뜻한 시선을 잘 드러내고 있습니다.

그러면 이제 「나무들의 약속」을 살펴봅시다. 이 작품은 단조로운 반복의 구조 안에 단순치 않은 깊은 지혜를 담고 있습니다. 여기 그대로 옮겨 보겠습니다.

숲 속 나무들의 봄날 약속은
다 같이 초록 잎을 피워 내는 것

숲 속 나무들의 여름 약속은
다 같이 우쭐우쭐 키가 크는 것

숲 속 나무들의 가을 약속은
다 같이 곱게곱게 단풍드는 것

숲 속 나무들의 겨울 약속은
다 같이 눈보라를 견뎌 내는 것.

이 시의 네 연은 각각 봄-여름-가을-겨울 사계절에 대응을 이루고 있습니다. 연마다 같은 위치에 되풀이되는 낱말 또는 구절이 있어, 작품이 정형시의 틀을 따르고 있음을 알 수 있습니다. 나무들의 생태와 연관된 계절적 특징을 아주 간단하게 스치듯 건드리는 데 불과하지만, 그래도 우리는 그 간단한 터치(건드림)를 통해 나무의 한해살이를 경험합니다. 눈보라의 시련을 견디고 이겨내야 봄에 초록 잎을 피울 수 있고, 여름에 열심히 키가 커야 가을 단풍을 맞을 수 있다는 것, 그것은 어찌 보면 너무 뻔한 가르침 같기도 합니다. 그러나 앞에서 읽은 「몽당연필」을 상기하면서 이 가르침을 되새겨보면, 눈보라를 견디고 초록 잎을 피워내는 일의 영원히 반복되는 진리에 우리는 저절로 옷깃을 여미게 됩니다.

4

   김명수 선생이 여러 권의 시집을 발간한 훌륭한 시인이라는 사실은 앞에서 이미 지적하였습니다. 이 글을 쓰기 위해 그의 연보를 훑어보고서야 나는 그가 벌써 오래전부터 동화를 써온 동화작가임을 알았습니다. 그러고 보면 그의 문학은 처음부터 동심적인 것과의 친연성을 바탕에 가지고 있었던 것 같습니다. 동심적인 것 즉 때묻지 않은 세계의 순수에 대한 동경은 그로 하여금 현실의 더러움에 비타협적으로 맞서도록 만들었던 것입니다. 그의 몸에 흐르는 선비의 정신이 혼탁한 시대를 맞아 더욱 꼿꼿한 모습으로 발동된 것이라고도 하겠지요. 하지만 그는 본질적으로 정치적 저항의 시인이 아니라 정치 이전의 근원적 순결성을 지향하는 맑고 고운 서정시인입니다. 『아기는 성이 없고』(2000)라는 시집에 실린 「새야, 나무야」를 읽어보십시오.

   새야, 아이와 놀아 주렴
   나무야, 아이를 안아 주렴
   바다야, 수평선아
   아이와 놀아 주렴
   솔방울아, 물고기야, 물결나비들아
   아이의 방에 쇠창살을 걷어 주렴
   쇠창살 속에 아이가 있단다
   폭풍우 속에 아이가 있단다

또,『가오리의 심해』(2004)라는 시집에 실린 「구름 사다리」를 읽어보십시오.

구름 사다리, 구름 사다리
구름 위로 솟아 있고
누가 부축하나 구름 사다리
염소와 강아지가 부축해 주고
누가 짜 올리나 구름 사다리
가랑잎과 풀벌레가 짜서 올리고
맑은 노래 숨결은 타고 올라라
고운 노래 숨결은 타고 올라라

두 편 모두 겉보기와 달리 만만한 작품이 아닙니다. 앞으로 여러분들이 더 많은 시들을 읽고 더 풍부한 세상 경험을 쌓아 문학적 안목이 더 날카로워졌을 때에야 이런 시의 맛을 제대로 터득하게 될지도 모릅니다. 그렇지만 막연한 대로 어떤 강한 느낌이 전해지는 것은 감지될 것입니다. 그것은 동시집『산속 어린 새』에 들어 있는 김명수 선생의 문학적 지향과 그리 멀리 떨어져 있는 것이 아니라고 생각됩니다. 되풀이가 되겠지만, 그것은 몰아치는 눈보라 속에서도 새봄이 다가옴을 믿고 희망의 초록 잎을 피우기 위해 올곧게 살려는 마음을 끝내 잃지 않는 것이겠지요.

김명수『산속 어린 새』(창비 2005) 해설

전통을 살리는 일

■

구중서 시조집 『불면의 좋은 시간』을 화두로

우리 가족이 해방 직후 이남으로 내려와 처음 정착한 곳은 강원도 접경에 가까운 경북 봉화군의 춘양이라는 산촌이었다. 춘양목으로 유명한 곳이고, 요즘은 겨울에 춥기로 이름난 곳이다. 이곳에서 나는 초등학교에 다녔고 6·25전쟁을 겪었다.

그런데 내 기억 속에 아련히 남아 있는 60년 전의 춘양은 반쯤은 봉건시대의 유풍으로 물들어 있다. 농경사회의 세시풍속이 여전히 살아있었음은 물론이고, 상투 틀고 갓 쓴 노인들끼리 '권진사' '강참봉' 하고 서로 호칭하는 것을 예사로 볼 수 있었다. 웬만큼 크게 농사를 짓는 집에서는 으레 행랑채에 머슴을 두고 있어서, 초겨울 새벽 그들이 손바닥에 침을 뱉으며 탕탕 장작 뻐개는 소리는 나 같은 잠꾸러기도 더이상 누워 있지 못하게 했다. 할아버지의 명에 따라 몇해 동안 서당에 다니며 한문을 배우기도 했는데, 그것은 일제 식민지교육의 전면적 공세에도 불구하고 춘양이 속한 안동문화권의 유교적 권위가 아직 완전히 폐기되지 않았음을 말해주는 것이다.

초등학교를 졸업하던 1954년 봄에 우리 집은 춘양을 떠나 멀리 충남 공주로 이사를 했다. 춘양이나 공주나 다 아무런 연고가 없는 땅이지만, 짐작건대 춘양은 고향 속초를 떠나 동해안을 따라 내려오다가 태백산 아래 잠시 몸을 숨기기 위해 멈춘 곳이고, 공주는 그렇게 한숨 돌린 다음에 자식들 가르칠 데를 찾아 계룡산 쪽으로 눈을 돌려 고른 곳인 듯싶다. 태백산 아래든 계룡산 아래든 피난의 땅이라는 공통성을 갖고 있다.

그러나 공주는 춘양과는 아주 다른 곳이었다. 우리 집 바로 문앞에는 공동수도가 있어 사시장철 물이 나왔고, 도로와 주택 사이에는 잘 정비된 하수도 시설이 있었다. 길 건너편에는 치과병원이 있었는데, 그 병원집 아들과는 고등학교에서 동창이 되었다. 병원에서 1,2백 미터 떨어진 곳에 붉은색 벽돌로 우람하게(?) 지은 읍사무소 건물이 있었고, 거기서 모퉁이를 돌면 경찰서가 있었다. 다른쪽 방향으로 10분쯤 걸어가면 대학이 있었는데, 당시 서울대 사대·경북대 사대와 더불어 우리나라 3대 사범대학으로 일컬어지던 공주사대였다. 고등학교도 다섯 개나 있어서, 충남 각지에서 중학교 졸업생들이 유학을 왔다. 이 무렵 공주읍의 인구는 3만을 넘지 않았는데, 그중 학생수가 1만명 가깝다는 설이 있었다. 이 학생들을 겨냥해서 책방도 서너 개나 되고, 상설극장도 하나 있었다. 요컨대 춘양이 아직 봉건잔재를 털어내지 못한 경상도 변방의 산촌이었다면, 공주는 일찍이 백제의 수도였고 한때 충남도청 소재지였던 곳답게 근대적인 문화도시였다. 따라서 춘양에서 공주로의 이사는 나에게는 단순한 공간적 이동이 아니라 전통적 봉건사회로부터 근대사회로의 문화적 상승인 셈이었다. 특히 1950년대 후반 '홍문당'이란 대본서점은 나를 『동몽선습(童蒙先習)』 『명심보감(明心寶鑑)』 따위에 기초한 동양적 유교윤리의 세계로부터 이광수·김내성과 손창섭·선우휘를 거쳐 싸르트르·까뮈 등으로 이루어진 서구적 미학체계에로 인도한 밀교의 아지트였다.

며칠전 구중서(具仲書) 형의 시조집 『불면의 좋은 시간』을 받고 책장을 넘기면서 끊임없이 떠오른 것은 방금 진술한 바와 같은 내 개인사의 굴곡이었다. 혹은 그 굴곡을 극복하기 위해 치렀던 의식의 경직성과 그로부터 양성된 감정의 자기분열이었다. 하지만 개체발생은 계통발생을 되풀이한다는 생물학의 명제가 문학사적 현상에도 어느정도 적용될 수 있다고 할 때 구중서 시조, 나아가 시조문학 일반을 바라보는 하나의 관점이 어쩌면 역설적으로 나와 같은 고향상실자의 시선을 통해 제시될 수 있을지도 모르는 일 아닌가, 이런 기대를 가져보기도 한다.

　문학평론가로서 구중서의 행로는 이미 잘 알려져 있는 터이다. 그런데 중년에 이르러 그는, 그에 관한 사람들의 선입견을 깨고, 선이 굵으면서도 소박하고 힘이 있는 글씨를 선보여, 완강한 이론가의 외관 안에 의외로 단아한 선비의 붓솜씨가 들어 있음을 과시하였다. 그러나 그의 붓은 글씨에 멈추지 않고 그림에까지 나아갔다. 그의 묵화들은 산과 물과 정자와 누각 등 동양화의 전통적 소재와 구도를 따르되, 때로는 담백하고 때로는 대담하여 저절로 탈속(脫俗)의 경지를 맛보게 하였다. 그런데 나와 같은 문외한의 눈에 띄는 것 한 가지는, 그의 글씨는 그의 산문에서 독립된 일정한 자기충족성을 가지는 데 비하여, 그의 그림들은 대체로 글이나 글씨에 곁들여져 시도된다는 사실이다. 다시 말하면 그의 그림들은 늘 삽화적인 성격을 벗어나지 못한 듯하고, 그런 만큼 소인성(素人性)을 본질로 한다고 말할 수 있다.
　그러나 놀랍게도 그는 여기서 그치지도 않았다. 근년에 들어 시험삼아 써내듯 간간이 발표하던 시조창작을 모아 시집 한 권으로 묶어내었으니, 다름아닌『불면의 좋은 시간』이다. 이렇게 문필로부터 시작된 선비의 길이 점점 더 넓은 영역으로 확장되는 것의 자연스러움을 그는「붓」이란 작품에서 다음처럼 무심한 듯 토로하고 있다.

　한 자루 붓으로 세상의 길을 냈지

먼 곳에 사람 보내 소식을 전하는 법
한지에 붓으로 적은 편지를 보냈었지

붓으로 글을 지어 묶으면 책이 되고
시 짓고 글씨 쓰고 그림도 그렸거니
시서화 함께 하는 일 으레껏 다 하던 일

이 시조를 읽고 생각나는 분이 있다. 바로 시조시인 김상옥(金相沃) 선생인데, 다들 아는 바와 같이 그는 단순한 시조시인이 아니라 그야말로 시·서·화를 아우르는 최고 경지 예술가의 한 사람이었고, 한때 스스로 골동품상을 운영하면서 옛 서화와 골동의 가치를 널리 알리고자 노력했다. 그런 그가 회갑기념으로 시집 『묵(墨)을 갈다가』를 낼 무렵 창비 사무실에 가끔 들러, 붓과 먹과 벼루와 한지에 대해 무지한 우리 후배들을 두고 개탄했다. "글 쓴다는 사람들이 학용품을 몰라서야 되겠어요!"

그러나 시·서·화를 함께 하는 일은 우리 세대는 물론이고 김상옥 세대에서도 흔한 것은 아니었다. 고은 선생 같은 분이 세 가지에 다 능하다 하겠지만, 그러나 그에게 있어 시와 서·화는 근본적으로 위상이 다르다. 봉건시대에 있어 시·서·화가 양반선비의 필수교양이었다고 한다면, 고은의 경우 시는 목숨을 걸고 하는 업(業)이고 서·화는 말하자면 여기(餘技)로 하는 것이다.

세대를 더 거슬러 올라가면 어떠할까. 조선왕조의 몰락이 피할 수 없는 현실로 다가오고 서양 제국주의의 문물이 계몽주의의 이름으로 전통적인 것을 대체해가던 서세동점의 시대에 옛 선비의 이상형 또한 온존될 수 없었음은 어쩌면 당연한 추세였다. 따라서 이제 다산(茶山)이나 추사(秋史)와 같은 전인격적이고 전방위적인 지식인은 영원히 존재할 수 없게 되었다고 말해야 옳을 것이다. 아니, 오히려 식민지적 근대의 왜곡된 경험 속에서 전문문인인 시인·소설가가 한가로이 예능에 손을 뻗친다는 것은 전 근대로의 퇴행의 증거일 수도 있었다. 따라서 20세기의 전형적인 문학- 예술은 극도로 예민한 신경과 고도로 훈련된 감각이 동원된 거의 병리적 인 집중의 산물로 되었다.

구중서의 시조는 어조와 율격이 너무나 태연하고 작자 나름의 개성적 인 숨결이 너무도 자연스럽게 형식 속에 무르녹아 있어서, 이근배 형이 지적했듯이, 나이가 들어 뒤늦게 창작에 손댔다고는 믿어지지 않는다. 그 러나 언제부터 그가 시조 쓸 생각을 품었는지, 그리고 시상을 시조형식에 맞게 실제로 문자화하기 시작한 것이 언제인지 하는 것은 사실 중요한 것 이 아니다. 문제는 그의 텍스트에 형상화된 시적 주인공의 일상생활과 감 정, 자연과 사회를 대하는 태도, 세계관이 그 자체로서 전성기 시조의 정 형성에 아무런 갈등 없이 일치하고 있다는 점이다.

머리맡의 자명종이 다섯시를 알려주니
약속처럼 새벽이 다시 밝아오는구나
눈뜨고 일어나기 전 오늘을 궁리한다

하루를 일생처럼 살라는 말이 있다
하루를 열흘만큼 살기도 어려운 일
그 모두 아까운 시간 되새기는 뜻이렷다

하루에 이틀 치를 사는 것도 벅차겠지
하는 일은 얼마만큼 사랑은 얼마만큼
알뜰히 살아보려는 마음만도 갸륵하다

——「하루」 전문

사람에 따라서는 여기서 지나치게 교과서적인 도덕주의를 읽을지도 모르겠다. 타락과 퇴폐, 이기주의와 물질주의가 압도하는 시대에 구도자의 일지에나 나옴직한 이 가르침은 심지어 비현실적인 공허감조차 풍길 수 있다. 그러나 근신·절제·겸손·궁행으로 점철된 나날의 수행은 이 시조의 작가에게 결코 외재적인 것이 아님이 분명하다. 이 작품의 형태적 안정성과 율격적 정형성은 시조장르의 역사적 기반이라 할 선비계급의 성리학적 세계관에 분리될 수 없이 통합되어 있다고 믿어지는 것이다. 한 편만 더 읽어보기로 하자.

유리 벽 밖으로 산천에 비가 온다
수직으로 내리는 비 바람에 날릴 때
유리에 흐르는 물이 눈물 같다 냇물 같다

비 오는 날씨를 좋아하는 사람 있어
오늘같이 비 오는 날 저절로 만나거든
물길이 서로 합치듯 편하게 함께 가리

—「비 오는 날」 전문

자연과 인사(人事)를 함께 노래한 작품으로 이만한 깊이와 격조를 달성한 예를 나는 쉽게 기억하지 못한다. 앞 연의 자연묘사는 물론 뒤 연의 '비 오는 날씨를 좋아하는 사람'을 구체화하기 위한 동양적 시법(詩法)의 전형이다. 하지만 "눈물 같다 냇물 같다"는 구절에는 이미 시적 화자의 감정이입이 개입하고 있다. 그러나 시인은 만남을 예감하는 그 사람이 남자인지 여자인지, 그저 무관한 벗인지 아니면 마음속에 묻어둔 연인인지 드러내지 않으며, 그렇게 드러내지 않고 무심한 듯 지나감으로써 극단주의의 위험과 허무주의의 함정을 넘어서고 있다. 이와 결부되어 구중서 문학

의 고유한 묘미를 잘 표현한 낱말은 '저절로'와 '편하게'일 것이다. 이 낱
말들은 다른 작품에도 여러번 등장하는데, 그것은 「물처럼」「천하」 같은
시조에서 알 수 있는 그의 또다른 사상적 관심 즉 도가적(道家的) 관심을
반영한다.

　이렇게 살피다보니 결국 우리는 하나의 근본적인 질문에 이르게 되었
다. 시조집의 머리말에 해당되는 곳에서 구중서는 「정형성의 리듬에 생동
하는 언어를 담아」라는 제목으로 짤막한 시조론을 개진하고 있다. 이 소
론에서 그는, 평소의 지론에 걸맞게, 시조가 일상의 구체성과 사회현실의
역사성을 진취적인 정신으로 다루어야 한다고 주장한다. 다만 그는, 진취
적인 정신과의 관계가 분명치 않은 또다른 주장, 즉 시조 본래의 정형성
을 충실히 살려가면서 그렇게 해야지, 정형성을 허물어서 시조인지 자유
시인지 구별할 수 없게 되는 것은 혼란을 자초할 뿐이라는 주장을 편다.
과연 창작의 실제에서도 그는 내용과 형식 양면에서 자신의 주장을 고수
하고 있다.

　그러나 문제는 시조의 그러한 엄격한 정형성 안에 일상생활의 다양한
구체성과 생동하는 사회현실을 진취적으로 담아낼 수 있겠는가 하는 것
이다. 이것이야말로 근대시의 탄생의 시기인 1920년대에 시조부흥론을
둘러싸고 전개되었던 쟁점의 핵심일 것이고, 거의 1세기 가까운 세월이
흐른 오늘에도 여전히 완벽한 해답을 얻지 못한 문제의 요점일 것이다.
젊은 시절 내가 개인적으로 커다란 감명을 받았던 조그만 책『고장시조선
주(古長時調選註)』(정음사 1949)에서 저자 고정옥(高晶玉)은 장시조와 관련
하여 이렇게 서술하고 있다: "요컨대 장시조란 서민계급이 양반계급의 율
문문학을 상속받아, 그것을 자기네들의 문학으로 만들려고 발버둥친 고
민의 문학이며 실패의 문학이다." 고정옥의 이 언급도 근본적으로 시조
의 역사적 운명에 연관되어 있을 것이며, 현대시조에서 가장 뛰어난 언어

374

예술가라 할 수 있는 김상옥이 정형시조에 끝내 안주하지 못하고 '삼행시(三行詩)'라는 이름의 파격을 시도했던 것도 봉건시대의 장르인 시조를 현대적 감각에 맞게 개조하는 것이 가능한가를 탐구하기 위해 몸부림친 것이었다고 해석할 수 있다. 아마 우리는 시조의 현대적 재생을 달성하기 위해 투쟁하다가 성공한 또는 실패한 수많은 사례를 적시할 수 있을 것이다. 이런 경우 어쩌면 우리 문학사는 성공을 통해서보다 실패를 통해서 더 의미있는 교훈을 얻을 수 있을지 모른다.

『실천문학』 2009년 여름호

근대시의 탄생을 보는 하나의 시선[*]

■

서구문학의 수용과 우리의 대응

1

언제나 그렇듯이 오늘 우리 문학은 많은 도전에 직면해 있다. 가장 기본적인 도전은 흔한 말로 상업주의라고 부르는 것에서 온다고 할 수 있다. 그것은 더 엄밀하게 말하면 우리의 삶이 온통 전지구적 자본의 지배 아래 들어가게 된 현실이다. 물론 자본주의가 인류의 운명을 좌우하게 된 지는 여러 세기가 지났고, 한반도에서만도 식민지-분단시대를 지나는 동안 자본주의는 변형된(또는 왜곡된) 것일망정 결정적인 지배력을 갖게되었다. 하지만 지난날 우리 일상의 수준에서는 자본의 힘이 닿지 않는 미침탈 영역이 산재해 있었고, 자본이 지배하는 곳에서도 지배는 미온적

---

[*] 이 글의 아이디어는 육당의 신체시 「海에게서 少年에게」 발표 100주년을 맞아 그 문학사적 의의를 음미하자는 데서 출발한다. 『시와 시학』 2008년 가을호에 실린 권두칼럼 「근대시의 탄생을 보는 하나의 시선」이 그를 위한 첫 시도였고, 이후 서구문학의 수용과 이에 대한 우리의 대응이라는 문맥에서 한두 차례 보충 확대했고, 마지막으로 이 평론집에 수록하면서 조금 더 다듬은 것이 지금 이 글이다.

이었다.

　그러나 이제 자본은 물질의 세계뿐만 아니라 감정과 영혼의 세계까지 장악하기에 이른 것 같다. 자본은 그렇게 할 수 있는 허다한 기술적 수단들을 가지고 있다. 인공지능과 디지털기술이 산업생산에서 일으키는 혁명은 거의 초현실적이랄 만한 것이고, 그와 연관된 생활문화의 혁신도 가히 폭발적이다. 그것들은 때로는 생활의 편의를 해결해주는 전자제품의 모습으로, 때로는 매혹적인 연예오락의 모습으로, 또 때로는 혹세무민에 성공하는 정치모리배의 모습으로 우리의 일상을 파고든다. 어떤 점에서 자본이 하는 일은 이제 우리 몸의 기능의 일부로 되었다. 따라서 이제 자본의 활동은 문학에 대한 도전으로서 문학 외부에 존재한다기보다 문학의 내용 자체에 용해되어 있다고 말할 수 있다. 자본에 대한 후천성 면역 결핍증의 대중화라고나 할까.

　일찍이 괴테는 국가간에 무역이 증대되고 지적 교류가 활발해지는 시대적 변화에 임하여 이제 문학도 한 민족의 좁은 울타리에 갇혀서는 '인류의 보편적 자산'이 되기에 미흡하다고 지적한 바 있다. 그의 '세계문학' 개념은 독일 특유의 지역적 분열과 봉건적 낙후성을 넘어서기 위해 그가 제시한 고전주의 휴머니즘의 새로운 이상이었다. 그러나 그의 통찰의 배경이 된 당시 유럽의 사회경제적 변화들이 분열과 낙후성의 극복이라는 적극적 측면뿐만 아니라 (지구 전체의 범위에서 볼 때) 지역적 고유성과 민족적 독자성의 파괴라는 부정적 측면도 아울러 동반하고 있음을 괴테가 충분히 인식했다고 말하기는 어렵다. 사실 그가 '세계문학'의 도래를 예언한 시점부터 100년 동안은 유럽의 백인세력이 비유럽에 대해 침략과 약탈을 자행한 제국주의의 전성기인 것이다.

　물론 우리 시대는 괴테의 시대와 그냥 달라졌다는 표현만으로는 부족할 만큼 달라졌다. 그러나 괴테가 속했던 세계의 직선적 연장 또는 본질적 확장이 오늘의 세계임도 부인하기는 어렵다. 반면에 시선을 한반도로 돌리면 사태는 아주 복잡해진다. 생각해보면 괴테(1749~1832)와 다산 (1762~1836)은 거의 완전한 동시대인인데, 다산이 속했던 세계와 오늘 우리의 세계 사이에는 괴테의 경우와 달리 커다란 낙차와 심각한 굴절이 개재해 있다. 청년기에 괴테 자신이 선배인 헤르더의 자극에 힘입어 함께 몸담았던 민족문학운동은 노년의 괴테에게는 '세계문학' 발언이 증명하듯이 극복의 대상으로 간주되었다. 반면에 다산은 민족운동이 도착하기 훨씬 이전의 시대를 살았고, 다산 사후 1세기 만에야 봉화가 오른 민족문학운동은 지금도 완전히 '꺼진 불'이 아니다. 이것은 유럽과 한국 간의 발전의 비동시성만을 의미하는 것이 아니다. 말하자면 한반도에는 여러 개의 시간대가 공존하는 셈인데, 우리는 어느 하나에도 소홀히 대처할 수 없는 현실적 이유가 있다.

이런 문제의식은 이미 문민정부 시절에 백낙청(白樂晴) 교수가 「지구시대의 민족문학」(1993) 「지구화시대의 민족과 문학」(1994, 1997) 같은 논문에서 검토한 바 있다. 다만 지구화시대의 도래가 무엇을 뜻하는지 일반인들에게는 거의 실감되지 못했고, 1990년대 중반부터 지구화가 '세계화'라는 말로 퍼지기 시작한 후에도 사정은 크게 나아지지 않았다. 그로부터 적잖은 세월이 흘렀는데, 그동안 달라진 점이 있다면 IMF구제금융 사태를 계기로 한 신자유주의적 세계화의 본격적 진행 및 이에 연관된 사회적 양극화의 심화일 것이다(민주정부 10년 동안 이룩된 남북관계의 발전을 물론 빼놓을 수 없다). 민족문학론의 전면적 퇴조에 따른 작가회의의 명칭 변경도 사소한 일화에 그치는 것은 아니다.

어떻든 지식세계에서 국제적 동조화 현상은 날이 갈수록 더 심화되고 있고, 특히 일부 서구의 최신이론과 일본 인기소설은 거의 실시간으로 한국에 상륙하여 아무런 이물감 없이 국내의 저자·독자들에게 유통되고 있는 것 같다. 그 결과 우리의 의식은 문학에 대해 그의 출생지를 묻지 않고 그것이 어느 나라의 현실문제를 반영하고 있는지에 대해 따지지 않게 된 것 같다. 그렇다면 이제 우리는 모태로부터, 대지로부터 해방되었는가. 서구문학의 잣대로 우리 문학을 재단하지 말라고 소리치던 문단 일각의 항변은 이제 사라진 과거의 공허한 메아리가 되었는가. 멀리 근대문학이 탄생하던 시절로 돌아가 민족문학론의 전사(前史) 부분을 더듬어보는 것은 오늘 우리 문학의 정체성에 대해 묻는 것이 무엇을 뜻하는지 역사적으로 살펴보기 위해서이다.

2

근대문학의 출발점을 언제로 잡느냐 하는 소위 근대문학 기점론은 문학사연구의 오랜 쟁점 중의 하나이다. 문학이 실재하는 현실에서 태어난 것이므로 근대문학 기점론은 당연히 근대기점론, 즉 한국사의 근대전환이 어떤 변화를 출발점으로 삼느냐는 논의와 연동되어 있다. 물론 그것은 근대(성)의 내용을 어떻게 정의하느냐, 근대변혁의 주체를 누구로 보느냐, 그리고 민족 내부의 시선으로 보느냐 외부적 시선으로 보느냐 등에 따라 다양한 입론이 가능하다. 가령, 일제 식민지체제가 우리의 근대화에 촉진적인 성격의 것이었는가 저해적인 성격의 것이었는가를 따지는 논점만 하더라도 단순히 애국적 감정에 맡겨 판단할 사안이 아닌 것이다.

가장 핵심적인 문제는 근대화의 내용일 것이다. 예컨대, 대한제국 시기의 역사를 들여다보면 전기·전화·수도·철도 같은 근대문명의 산물들뿐만 아니라 언론·교육·의료·사법 등 수많은 근대적 제도들이 이 시기에 주로 일본을 통해 도입되었음을 알 수 있다. 그러나 표면상 활발한 근대화를 특징으로 하는 이 시기는 동시에 대한제국이 독립국가로서의 기능을 침탈당하여 결국 나라의 간판을 내리게 되는 망국의 기간이기도 하다. 다시 말해 서양 근대의 문화유입과 일본 제국주의의 무력침입은 이 나라에서 각각 다른 얼굴을 하고 다른 역할을 했지만, 양자는 근본적으로 같은 뿌리에서 생장한 것이다. 한마디로 그것은 서구 자본주의의 세계적 확장사업에 복무하는 과정의 일부였다. 따라서 이 시기의 역사는 봉건과 반봉건, 근대와 반근대, 애국과 매국, 진보와 반동 등 갖가지 상반된 계기들이 얽히고 충돌하는 복합성을 특징으로 한다. 그렇기 때문에 이 시기에 활동했던 인물들은 ─ 김옥균(물론 그는 대한제국 이전에 죽었지만) 같은 전형적인 진보주의자뿐만 아니라 이완용 같은 매국노조차도 ─ 그러한 공인된 개념 안에 일목요연하게 정리될 수 없는 복잡한 내적 균열을 감추고 있는 것이다.

그런데 이 문제를 문학의 영역으로 가져오면 근대문학의 탄생을 논하는 것이 일반사적 관점 이외의 다른 독립적인 변수, 어쩌면 더 중요한 변수를 고려해야 하는 난점에 부딪힘을 알 수 있다. 그것은 문학에 대한 역사적 사유가 본질적으로 안고 있는 난점이라고 할 수 있다. 알다시피 문학작품은 한편으로 역사(현실)의 소산으로서 역사(현실)에 귀속되는 존재이지만, 다른 한편 역사와 분리된 영역에서 자신의 고유한 원리에 따라 구성되는, 상대적으로 독립적인 존재이기 때문이다. 그러나 넓은 범위에서 살펴보면 역사의 일반법칙은 문학을 예외로 남겨두지 않았다. 가령, 우리의 경우 왕조시대의 중세문학이 주체적인 자기극복을 통해 새로운 문학을 형성하고, 그것이 스스로의 힘으로 근대문학의 높이에 도달한 것이 아님은 쉽게 인정되는 사실인 것이다. 일본과 중국 등 동아시아의 다른 나라들도 근대화 과정에서 정도의 차이는 있을망정 서구의 충격이라는 경험을 공유하고 있다는 것이 우리의 인식이다. 그러므로 한국 근대시의 탄생을 살펴보기 위해서도 19~20세기 동아시아에서 일어난 거대한 문명적 전환의 문맥을 늘 의식할 필요가 있다. 어떻든 1890년대쯤 되면 실제 현실의 층위에서는 근대화의 현상들이 다양하게 나타나기 시작하였으나, 그것이 문학이라는 심층지대에 도달하는 데는 적어도 한 세대의 시간경과를 필요로 했다. 문학의 상대적 독립성이야말로 그 시간차를 설명하는 핵심개념일 것이다.

되풀이하자면 근대문학의 탄생은 한국사회 전체의 근대적 전환이라는 큰 윤곽 안에서, 동시에 문학이라는 독특한 제도의 형식적 제약과 가능성을 통해서 때로는 점진적으로 때로는 돌발적으로 진행되는 과정이었다. 그리고 이 과정은 모방과 습작의 단계를 지나 제대로 된 문학으로 무르익기까지 상당한 준비기간을 불가피하게 요구했을 것이다. 당연히 거기에는 허다한 시행착오도 포함되고 뜻밖의 비약도 발견된다. 여기서 우리는 이 세기전환기가 다름아닌 서세동점의 시대였음을 다시 상기한다. 문화의 변동에 번역이 핵심적인 자리에 있었다는 것은 그 점을 입증하는 사태이다. 주지하듯 서양책의 우리말 번역에 앞장선 것은 기독교였다. 신·구 기독교가 한국사회의 근대화 과정에 중요한 동력으로 작용하게 됨에 따라 성경번역과 우리말 찬송가의 보급은 한국인의 언어적·정서적 재구조화에 있어 선도적인 역할을 했다. 여기서 결정적인 것은 19세기 후반부터 오늘에 이르는 길지 않은 동안에 한국문화의 우월적 파트너로서 서양문화가 중국문화를 대체하게 되었다는 역사적 사실이다. 그 서양문화가 오랫동안 일본을 경유하여, 그리고 일본적 굴절을 통해서 유입된 것이었음은 두말할 나위가 없다.

문학의 영역에서도 서세동점 현상은 점점 더 대세를 이루게 된다. 19세기말부터 1950년까지의 번역문학사를 실증적으로 정리한 김병철(金秉喆) 교수의 역저 『한국근대번역문학사연구』(1975)에 따르면 서양문학이 우리나라에 처음 번역된 것은 1895년이다. 캐나다 선교사인 제임스 게일 부부 번역의 『천로역정』과 『유옥역전』이란 이름의 아라비안 나이트 초역본이 바로 이 해에 출판되었던 것이다. 이후 역사·전기·소설·동화·시 등 여러 분야의 번역이 뒤를 이었고, 특히 1907~1908년경 애국계몽운동의 고조기에는 더욱 많은 번역서들이 출판되었다. 이 번역문학의 역사를 여기서 일

일이 추적할 필요는 없겠지만, 오늘의 문제의식과 관련하여 한두 장면 되새겨보는 것은 유용한 시사를 던져줄 것이다.

1918년 8월 26일 순문예 주간지로 창간된『태서문예신보』는 문학번역에 대한 분명한 자의식을 표방한 역사상 최초의 시도였다. 그 창간호의 권두언에서 윤치호(尹致昊)는 다음과 같이 언명했다. "본보는 저 태서의 유명한 소설·시조·산문·가곡·음악·미술·각본 등 일반문예에 관한 기사를 문학대가의 붓으로 직접 본문으로부터 충실하게 번역하여 발행할 목적이온바, 다년 계획해오던 바이 오늘에 제1호 발간을 보게 되었습니다." 그런데 김병철 교수는 제1호와 제2호를 면밀하게 검토한 결과 권두언의 약속이 실제로는 거의 지켜지지 않았고, 다만 주요 필자였던 안서(岸曙) 김억(金億)만이 당시로서는 놀랄 만큼 충실한 번역을 내놓았다고 지적하고 있다. 알다시피 김억은 시인으로서도 선구적 존재였지만, 후일 본격적인 논문「역시론(譯詩論)」(『동광』 1931. 5~6)을 집필한 데서도 알 수 있듯이 문단생활 내내 외국시의 번역에 특별한 공력을 기울였다. 그러한 노력의 첫 결과물이 잘 알려진『오뇌의 무도』(광익서관 1921)로서, 이 책은 근대문학사상 최초의 시집이기도 하다. 그러나 번역시집이 최초라는 것은 어떤 의미에서는 오늘날까지 지속되는 우리 문학의(나아가 우리 현실의) 구조적 문제점을 드러내는지도 모를 일이다.

3

지난 2008년에는 '근대시 100년'을 기리는 학술행사도 있었고 '근대문학 100년'을 기념하는 출판물도 간행되었다. 100년이라는 기산의 근거는 1908년 11월『소년』창간호에 육당 최남선(崔南善)의 신체시「해(海)에게서 소년에게」가 발표된 것인데, 그러나 이를 근대시의 출발로 규정짓는 데는 검토해야 할 문제점이 한두 가지가 아니다. 연구자들의 고증에 따르면 육당은 「해에게서 소년에게」 이전에도 일본 유학중 자신이 편집하던 잡지에 두세 편의 신(체)시를 발표한 적이 있었다. 가령, 그는 1908년 2~4월 『대한학회월보』에 '大夢崔'라는 필명으로 「모르네 나는」 「그의 손」 「백성의 소리」 등 신체시를 발표했고, 이후에도 『소년』 『청춘』지에 여러 편의 창가와 신체시들을 발표하였다. 그러나 더 결정적인 사실은 『태서문예신보』보다 10년이나 앞선 「해에게서 소년에게」 발표가 한국문학의 근대적 전환과정에서 번역의 단계를 넘어 창작의 시대로 진입했음을 알리는 지표로 평가될 수 없다는 점이다. 실은 육당이 주재한 『소년』 『청춘』 자체도 번역위주의 잡지였다.

물론 육당이 『소년』지를 창간하면서 창간호의 기상을 과시하기 위해 새로운 시의 창작에 특별히 공력을 기울인 것은 사실이다. 「해에게서 소년에게」라는 제목에 이미 그런 의욕이 나타나 있다. 그러나 많은 이들이 주장하고 있듯이 그 작품이 동시대의 다른 시들에 비해 획기적인 성취를 이루었다고 보기는 어렵다. 무엇보다 의아스러운 것은 육당이 유학시절 일본문단의 동향을 예의 주시했으리라 추측됨에도 불구하고 근대시 형식에 관한 장르상의 자의식을 자신의 시에서 보여주지 않고 있다는 사실이다. 당시 일본 문단은 1880년대의 '신체시' 단계를 벗어나 바야흐로 낭만주의·상징주의 등 근대적인 시운동이 본격화되는 시대에 접어들고 있었다. 육당의 신체시에는 이 새로운 움직임에 대한 관심의 흔적이 나타나지 않는 것이다. 결국 오래지 않아 그는 문학창작의 중심에서 벗어나 시조부흥운동으로 후퇴했고, 이후 복고주의적인 입장에서 국학연구에 몰두함으로써 식민지 사학자의 길을 걷게 된다. 이렇게 살펴본다면 「해에게서 소년에게」의 출현이 근대시의 탄생을 예고하는 징후적 사건임은 부정할 수 없지만, 그 자체가 근대시의 출발을 알리는 역사성을 획득했다고 보기는 어렵다.

알다시피 우리나라에서 어느정도 꼴을 갖춘 자유시가 처음 시도된 것은 3·1운동 직전 김억·주요한 등에 의해서였다. 김억은 1918년 11월부터 1919년 1월 사이에 『태서문예신보』에 「믿으라」 「봄은 간다」 「무덤」 「겨울의 황혼」 등의 작품을, 주요한은 1919년 1월 『학우(學友)』에 「에튜우드」라는 큰 제목 아래 다섯 편을, 2월 동인지 『창조』에 「불놀이」 「새벽꿈」 등을 발표했다. 이 작품들이 근대시로서의 자격을 주장할 만한 수준에 이르렀는지는 사실상 의문이다. 가령 오랫동안 한국 최초의 자유시라는 명예를 누려온 「불놀이」의 경우, 명성에 걸맞은 미학적 성취가 감지되기도 하지만, 그러나 그 의의는 매우 제한적이다. 그것은 「불놀이」보다 먼저 발표된 자유시가 있어서 최초라는 명예가 박탈될 수밖에 없기 때문이 아니라 「불놀이」를 포함한 3·1운동 이전 김억과 주요한의 작품들이 근대시로서의 역사적 성숙단계에 이르지 못했다고 생각되기 때문이다. 단순히 문학사적으로 첫걸음을 떼어놓았다는 기록갱신의 의미를 넘어, 오늘날까지 독자에게 생동하는 시적 감응력을 행사하는 작품이 산출된 것은 김소월의 『진달래꽃』(1925), 한용운의 『님의 침묵』(1926), 김동환의 『국경의 밤』(1926) 같은 시집들 및 이상화의 「나의 침실로」(1923)와 「빼앗긴 들에도 봄은 오는가」(1926), 정지용의 「카페프란스」(1926)와 「향수」(1927) 같은 시들이 우후죽순처럼 활자화됨으로써이다. 이렇게 본다면 1919년의 3·1운동은 식민지적 근대화의 외재성에 대한 내적·주체적 대응이 비등점에 이르렀음을 표시한 역사적 사건으로서, 한국 근대문학의 탄생에서도 결정적인 계기였다.

그런데 최남선·이광수부터 프로문학운동이 본격화되어 문단이 양분되기까지의 기간에 즉 근대시의 잉태와 출생의 시기에 활동한 시인들, 즉 한용운·오상순·황석우·김억·변영로·이장희·홍사용·주요한·노자영·이상화·김동환·박종화·박영희·김소월·정지용·양주동 등(이상 출생연도 순으로 나열) 가운데 한용운은 나이와 경력도 남다를뿐더러 시적 업적도 돌출적이기 때문에 예외이고, 정지용 또한 동년배의 딴 시인들과 달리 그 시기에 이미 근대를 넘어선 현대시인의 면모를 보이고 있어 그 나름으로 예외에 해당한다. 이런 점들을 포괄적으로 고려하면서 근대시의 탄생을 바라볼 때 그것은 우리 문학사에 발생한 어떤 현상을 가리키는 것인가.

4

당시 문인들이 자기 시대의 문학적 상황에 대해 어떤 역사의식을 가지고 있었는지 살펴보자. 최남선과 함께 근대적 전환기의 한국문단에서 또 한사람의 주역이었던 이광수(李光洙)는 「문학이란 하(何)오」(1916)라는 잘 알려진 논문에서 이렇게 주장하고 있다: "무심한 선인들은 어리석게도 중국사상의 노예가 되어 자기의 문화를 절멸하였도다. 오늘날 조선인은 모두 중국도덕과 중국문화 아래 생육한 것이라. (…) 곧, 서양 신문화가 점점 몰려오는지라, 조선인은 마땅히 낡은 옷을 벗고 오래된 때를 씻은 후에 이 신문명 중에 전신을 목욕하고 자유롭게 된 정신으로 새 정신적 문명의 창작에 착수할지어다." 이 문장에 보이듯이 이광수에게는 중국 한문화(한문학)의 잔재를 청산하고 서양의 신문명을 적극 받아들이는 것만이 신문학(근대문학) 건설의 선결과제였다.

물론 이 발언에 나타난 문제의식은 문학의 분야에만 국한된, 그리고 이광수 한 사람에게만 고유한 것은 아니었다. 중국 중심의 동아시아체제가 서양 제국주의의 거대한 진군 앞에 풍전등화의 위기를 느끼는 것은 당연한 노릇이었으므로, 사실상 위기극복의 모색은 시대의 요구였다고 할 수 있다. 동도서기, 중체서용, 화혼양재 등의 구호들은 그 요구에 대한 동양 삼국의 공통된 방법적 사유를 보여준다. 그런데 이광수의 경우 문제는 중국의 것이든 서양의 것이든 외래문명 수용의 주체에 대한 고민의 흔적을 찾아볼 수 없다는 점이다. 다시 말하면 민족문화 전통의 주체적 계승이라는 문제의식이 이광수의 시야에는 들어오지 않았던 것이다. 그에게는 서양의 신문명으로 온몸을 씻어 중국문화의 때를 벗겨내는 것만이 정신의 자유를 획득하는 것이었다.

그러나 어떻든 서구문학으로부터의 이식현상 자체는 초창기 한국 근대시의 부정할 수 없는 특징이다. 따라서 육당의 신체시와 1920년대의 자유시 사이에 근대시 탄생의 중간단계로서 김억의 번역시가 자리잡고 있는 것은 부득이한 일이었다. 앞서 언급한 『오뇌의 무도』에는 베를렌·구르몽·보들레르·예이츠 등 주로 프랑스 상징주의 시인들 작품 77편이 번역되어 있는바, 시집 앞에는 염상섭·변영로 등 낯익은 분들의 서문과 함께 사학자 장도빈(張道斌, 1888~1963)의 「서(序)」가 장식되어 있다. 생각건대 장도빈의 이 서문은, 앞에서 잠깐 검토한 이광수의 글의 논지와 기본적으로 상통하는 것이면서도 좀더 온건하고 합리적으로 20세기 초 한국시의 문제점과 과제를 갈파하고 있어, 비평사적 주목을 받아 마땅하다. 현대식 문체로 고쳐 그 일부를 다음에 인용한다.

근래 우리 시는 한시(漢詩)와 국시(國詩: 國語·國文 등에 대응되는 개념. 張道斌은 時調를 예시한다——인용자)를 막론하고 자연스럽고 자아적(自我的)이 아니라 억지스럽고 타인적(他人的)이니, 곧 억지로 중국의 자료로 시의 자료를 삼고 중국의 형식으로 시의 형식을 삼는다. 조선인은 조선인의 자연스러운 감정과 소리와 언어문자가 있으니, 이제 억지로 남의 감정과 소리와 언어문자를 가져다 시를 지으려면 그 어찌 잘될 수 있겠는가.

지금 우리는 많이 국시를 요구할 때이다. 이로써 우리의 모든 것을 표현할 수 있으며 흥분할 수 있으며 도야(陶冶)할 수 있으니, 그 어찌 깊이 생각할 바 아니겠는가. 그 하나의 방법은 서양시인의 작품을 많이 참고하여 시작법을 알고 겸하여 그네들의 사상작용을 알아서, 이로써 우리 조선시를 지음에 응용함이 매우 필요할 것이다.

인용문의 앞부분은 중국 한문학에 대한 의존을 벗어나 조선인의 감정과 조선의 언어문자로 창작에 임해야 한다는 당위론이다. 17세기 김만중의 시대라면 이 발언이 매우 선진적인 것이었겠지만, 중국의 국력과 한문학의 영향력이 아울러 쇠퇴하고 서구와 일본의 위세가 욱일승천하는 전환기적 상황에서 이 발언은 당시 지식인사회의 일반론이었을 것이다. 뒷부분은 이 새로운 사태에 대한 장도빈 나름의 대응책이라고 할 수 있다. 그가 보기에 시대의 요구에 걸맞은 국민문학을 건설하자면 한편으로는 중국 한문학의 지배에서 벗어나야 하고, 다른 한편으로는 서양문학의 방법과 사상을 참고하여 응용할 필요가 있다. 1921년이라는 시점에 장도빈의 이러한 제안이 나왔다는 것을 염두에 두고 그때부터 오늘까지에 이르는 한국시의 역사를 훑어볼 때, 서양시를 적절히 참고하고 창의적으로 응용함으로써 내실 있는 근대문학을 건설하는 것과 서양시를 추종하기에 급급하여 넋빠진 상태에 이르는 것 사이에는 간단명료하게 변별되지 않는 복합적 연관이 있음을 깨달을 수 있다.

5

「해에게서 소년에게」가 발표되고 나서 불과 십수년 만에 「님의 침묵」 「진달래꽃」 「빼앗긴 들에도 봄은 오는가」 「향수」 같은 모국어 걸작들이 태어난 것은 생각할수록 기적 같은 사건이다. 물론 그 사이에 『창조』 『폐허』 『백조』 같은 동인지들 및 각 신문과 잡지의 지면을 무대로 다수 시인들의 허다한 작품이 발표된 것을 우리는 기억한다. 어쩌면 그것은 진정한 근대시의 탄생을 위해 필요한 시행착오의 과정, 즉 한국시의 근대적 전환을 달성하기 위해 치러야 했던 필수적인 수련과정이라고 할 수 있을 것이다. 그러나 「해에게서 소년에게」 같은 어설픈 모방시로부터 「진달래꽃」 「님의 침묵」 같은 무르익은 자유시에 이르는 도상에서 한국시의 내부에—즉, 작품의 밀도를 발생케 하는 언어의 민감성과 이미지의 생동성을 뒷받침하는 시적 구성력과 독자의 심금에 공명을 일으키는 독창적인 율격 등에서—어떤 문학적 축적과 재생산이 일어났는지, 그리고 그럴 수 있었던 역사적·미학적·언어적 기반은 무엇인지 하는 것은 과문한 탓인지 모르나 아직 제대로 규명되었다고 보기 힘들지 않은가 생각한다. 이와 관련하여 수년 전에도 나는 어느 글에서 다음과 같은 암시적인 언급을 한 적이 있다.

시인의 언어적 모험은 아무 기댈 것 없는 진공 속에서 이루어지는 것이 아니다. 우리가 일상생활에서 말을 할 때 민족의 공동재산인 언어의 창고에서 낱말을 꺼내다 쓰듯이 시인도 정해진 문학적 관습에 의존하여 창작의 에너지를 배분한다. 따라서 문학적 전통이 빈약한 곳에서는 풍요로운 업적이 태어나기 어려운 것이 당연하다. 가령, 우리가 시선을 20세기 초로 옮겨볼 때 그 시점에서 시인들은 따라야 할 모범이자 극복해야 할 제약으로서의 장르적 규범을 제대로 갖지 못하였다. 그리고 조선시대의 옛 문학으로부터 근대적 문학형식에로의 이행은 형식적 완결성의 요구가 상대적으로 덜한 서사장르에서보다 서정시인들에게 더 심한 압박을 가했을 것이다. 그런 점에서 한용운의 『님의 침묵』과 김소월의 『진달래꽃』은 아직 충분히 해명되지 않은 역사적 경이라고 할 수 있다.(졸고 「민중성의 시적 구현」, 『신경림 시전집 1』, 창비 2004)

이 글에서도 지적했듯이 창작이란 무(無)에서 유(有)를 만들어내는 것이라 하지만, 이것은 비유적 표현일 뿐이고 실제로는 결코 무에서 유가 나올 수 없다. 오직 기존(既存)의 유에 새털만한 신(新)이 추가됨으로써 창조의 찬사를 듣는다. 그렇다면 이광수가 주장했고 장도빈이 권고한 대로 한용운·김소월·이상화·정지용과 그 후계자들은 짧은 시간 안에 서양시를 연구하여 각자 나름대로 독창적인 활용에 성공한 것인가. 다시 말하면 한국 근대문학사는 서구문학 이식의 성공사례인가.

내 생각에 우리 근대문학의 탄생과 전개과정 안에서 작동하는 역사적 원리를 처음으로 문제화하여 이를 이론적 사유의 대상으로 삼은 인물은 임화(林和)이다. 알다시피 그는 1920년대 후반 약관의 나이에 시인으로 등장하여 한동안 습작기를 거친 다음 카프에 가입하여 맹렬한 기세로 프롤레타리아 문학운동을 전개하였다. 그러다가 일제의 탄압이 강화되어 카프가 해체된 뒤에는 문학사연구에 눈을 돌려, 1935년경부터 일련의 학구적인 업적들을 발표하기 시작하였다. 이때 그가 주로 연구한 것이 신소설·신체시부터 이광수를 거쳐 1920년대 신문학의 정착에 이르는 과정, 즉 근대문학의 탄생의 과정이었음은 잘 알려진 사실이다.

그러나 임화의 문학사적 사고의 맹아가 나타난 것은 이미 1933년경부터이다. 특히 「33년을 통하여 본 현대 조선의 시문학」(『조선중앙일보』 1934. 1. 1~12)은 임화의 비평적 사유에 있어 전환점의 의미를 갖는 중요한 논문이다. 그때까지의 평론들에서 그가 거칠고 과격한 언어로 소화되지 않은 좌파이론을 주장하는 데 급급했다면, 이 글은 여전히 그런 좌파 도식주의의 잔재를 지니고 있으면서도 임화의 이론적 사고에 중대한 진전이 이루어지고 있음을 보여준다. 이 점을 요약하면, 첫째, 그는 우리 근대문학 탄생의 물질적 토대에 대하여 사유하기 시작한다. 그는 자기 자신의 문학적 모태라고 할 수 있는 『백조』 세대의 감상적 낭만주의에 대해 이제 단순히 비판만 하는 것이 아니라 그러한 경향이 생성될 수밖에 없었던 '황량한 토양'을 논리적으로 해명하고자 한다. 그런 점에서 그의 문학적 사유에는 유물론의 그림자가 짙게 드리워지는 것이다. 둘째, 그는 조선 프롤레타리아계급의 역사적 위치와 그 특수한 사명에 대해 발언하기 시작한다. 서구에서는 근대 자본주의와 국민국가의 완성이 시민계급의 고유한 임무였으나, 우리의 경우에는 시민계급의 미발달로 인해 근대의 완성뿐만 아니라 근대 이후를 상상하는 것도 노동계급의 과제로 되었다고 그는 말한다. 문학사의 현단계를 파악함에 있어서도 이와 같은 역사적 특수성을 중요하게 고려해야 한다고 그는 인식했다.

셋째, 그는 신문학의 등장과 더불어 시작된 문학적 변화과정에 대해 역사적 의미화를 시도한다. 그는 우리 근대시가 육당의 신체시로부터 안서·요한의 정형적인 신시, 『백조』의 낭만주의적 자유시를 거쳐 프롤레타리아 신흥시로 나아가는 과정을 밟고 있다고 보았다. 초기 근대시사의 이 구도 속에는 임화 자신을 포함한 카프시인들의 위치와 역할에 대한 자부심이 표명되어 있다고 할 터인데, 이러한 문학사적 구도는 이론적 진화를 거듭한 끝에 「개설 신문학사」(『조선일보』 1939~40; 『인문평론』 1940~41)와 「신문학사의 방법」(『동아일보』 1940) 속에 정리된다. 그가 신문학사 연구를 통해 정식화한 이론이 '이식문학론'임은 널리 알려져 있다. 그의 글 가운데 두 대목만 읽어보자.

(A) 신문학이란 새 현실을 새 사상의 견지에서 엄숙하게 순예술적으로 언문일치의 조선어로 쓴, 바꾸어 말하면 내용·형식 함께 서구적 형태를 갖춘 문학이다. (…) 따라서 신문학사는 조선에 있어서의 서구적 문학의 이식으로부터 시작되는 것이다. (「개설 신문학사」)

(B) 문화의 이식, 외국문학의 수입은 이미 일정 한도로 축적된 자기 문화의 유산을 토대로 하지 않고는 불가능하다. (…) 동양 제국과 서양의 문화교섭은 일견 그것이 순연한 이식문화사를 형성함으로 종결하는 것 같으나, 내재적으로는 또한 이식문화사 자체를 해체하려는 과정이

진행되는 것이다. (「신문학사의 방법」)

(A)는 임화에게 이식문학론자의 악명을 선사한 문장이다. 그러나 (B)에서 그의 이식을 바라보는 시야는 확대되고 논리는 발전한다. 그는 문학적 현상을 더 넓은 문화사적 문맥 안에서 파악하고자 하며, 그리하여 서구문학의 이식을 조선만의 특수현실이 아니라 서구문명 앞에 선 동아시아 전체의 공동운명으로 인식한다. 물론 근대적 전환의 과정을 파악함에 있어서 일본과 조선의 공통성뿐만 아니라 차별성에 대한 인식 또한 매우 중요한데, 이에 대한 임화의 논의는 피상적임을 면치 못하였다. 가령, 일본 근대문화의 형성에 있어 서구 텍스트의 번역은 창조 못지않은 고뇌와 사색을 요하는 지난한 작업이었다. 이에 비하여 우리나라 근대문화의 탄생은 이런 일본의 노고에 절대적으로 힘입는 동시에 일본적 변형에 종속되는 댓가를 치러야 되었다. 다시 말해 우리의 근대문화는 항시 서구와 일본이라는 이중구속을 돌파하지 않으면 안되었다. 서구문화를 받아들임에 있어 중국과 한국 간에도 중대한 차이가 있을 것이다.

이러한 섬세한 분별의 미비에도 불구하고 그러나 중요한 것은 임화가 질적으로 상이한 두 문화, 두 문학 사이에 작용하는 상호교섭의 변증법을 예리하게 간파한 데 있다.* 따라서 근대문학 탄생의 산고(産苦)를 추적하여 그 비밀에 다가가려 할 때, 우리가 해결해야 할 핵심적 과제의 하나는 임화가 지적한 '축적된 자기문화의 유산'의 실질적 내용을 구체적으로 밝혀내는 일이 아닐 수 없다. 따라서 위의 인용문 가운데 좀더 주목해야 할 부분은 문화이식의 과정 자체 안에 이미 이식문화를 해체하려는 주체적

---

* 임화가 단순한 이식론자가 아니라 '수입된 외국문학'과 '자기문화' 간의 상호관계를 입체적으로 파악한 변증법적 사고의 소유자임을 처음 논증한 것은 신승엽 「이식과 창조의 변증법」(『창작과비평』 1991년 가을호)이다. 필자는 그 논문을 발표 당시에 읽었으나 오래 잊고 있다가, 이 글을 쓰고 난 뒤에 다시 그 점을 확인했다.

동력이 작용하고 있다는 사실에 대한 언급일 것이다. '수입된 외국문화'와 자기 '고유문화' 간의 치열한 상호작용을 지금까지의 임화의 용어를 답습하여 그냥 '이식'이라고 부르기보다, 서구문학에 대해서 행하는 우리 민족문학의 역사적 전유(專有, appropriation)작업이라고 부르는 것이 옳다고 나는 생각한다. 21세기의 10년대에 접어든 오늘도 여전히——어쩌면 오늘날이야말로 더욱 본격적으로——전유작업은 계속되는 중이라고 여겨지는데, 다만 이 자리에서는 1920년대의 시점에서 생산된 시 한 편을 검토함으로써 근대시의 정착과정에서 행해진 전유의 실례를 찾아보고 오늘을 위한 교훈을 얻으려 한다.

6

정지용(鄭芝溶)의 「향수」는 만인이 좋아하는 국민서정시이다. 그 점은 지용이 월북시인으로 잘못 알려져 금기의 족쇄에 묶여 있던 시절에도 실은 마찬가지였다. 이제는 이 작품을 자기 애송시의 목록에 넣는 것조차 쑥스럽게 되었다. 「향수」에 대한 평문들도 당연히 엄청나게 많다. 그런데 「향수」의 주제가 이백·백낙천 등 동양고전의 전통에 닿아 있음은 이미 유종호 교수도 언급한 바였지만(유종호 「말의 힘」, 『시란 무엇인가』, 민음사 1995), 최근의 어느 평론은 여기서 더 나아가 「향수」가 동양의 고전작품들을 교묘하게 차용하고 있음을 지적한 대목이 있어 적이 놀랐다. 그 대목을 조금 인용해보겠다. "이 시 속에는 『시경』·당시·송사 등 동양의 고전에서 차용한 구절들이 전혀 표나지 않게 들어 있다. 구체적 예를 하나만 든다면 '하늘에는 성근 별/알 수도 없는 모래성으로 발을 옮기고/서리 까마귀 우지짖고 지나가는 초라한 지붕'이란 구절의 경우 조조의 「단가행(短歌行)」에 나오는 '달이 밝으니 별이 드물고 까마귀와 까치는 남쪽으로 날아가니 숲을 세 바퀴 돌아도 의지할 가지가 없네' 라는 구절을 절묘하게 변용시키고 있는 것이다."(홍정선 「공허한 언어와 의미있는 언어」, 『인문학으로서의 문학』, 문학과지성사 2008, 35면) 그러나 이 지적은 동양의 문학전통에 대한 정지용의 교양을 설명하는 문맥에서 이루어질 뿐이어서, 차용의 한계와 독창의 본질에 관한 논의에서는 한걸음 비켜서고 있다.

근자에 나는 「향수」의 문제점을 상세히 분석한 조재훈 교수의 논문을 뒤늦게 구해 읽고 더욱 놀랐다. 꽤 오래전 『충남문학』(1997)에 발표된 「모방과 창조」가 그 논문인데, 아마 읽은 분들이 많지 않으리라 믿고 여기 간단히 소개하려고 한다. 조 교수가 이 시를 처음 접한 것은 중학생 때였는데(1949년에 그는 중1이었다), 농촌경험밖에 없는 소년으로서는 납득하기 어려운 구절들이 많았다. 가령, 얼룩배기 황소가 금빛 게으른 울음을 운다는 것이 그러했다. 그는 시골에서 얼룩배기 황소를 본 적이 없었던 것이다. 나중에 농업학교에 들어가서 외국종 젖소 '홀스타인'이 얼룩배기라는 것을 알게 되었다. 뿐만 아니라 농업의 비중이 압도적이었던 지난 시절 소는 한시도 쉴틈 없이 노역에 쫓기는 존재였으므로 '금빛 게으른 울음'이란 표현이 그에게는 실감할 수 있는 것이 아니었다. 또, 되는 대로 쏜 화살을 찾으러 풀섶을 휘젓다가 이슬에 적신다는 것도 그의 고향경험에는 없는 장면이었다. 그의 경우 활을 만들어 쏘는 것은 나무에 앉은 새를 잡기 위한 실용적 목적에서였으므로, 함부로 쏜 적도 없거니와 이슬 내리는 밤중이나 새벽도 아니었던 것이다. 조재훈 교수는 그밖에도 이와 같은 의문을 두세 가지 더 제시하는데, 요컨대 「향수」에 묘사된 고향은 당대에 실재하는 농촌과는 거리가 먼 서구적 풍경화 속의 농촌이라는 것이었다.

이와 같은 그의 의문에 실마리가 풀린 것은 후일 그가 『미국의 현대시』(Louise Bogan, *Achievement in American Poetry*. 金容權 옮김, 1957)란 번역시집을 읽고 나서였다고 한다. 이 책에 역재된 스티크니(Trumbull Stickney,

1874~1904)의 「추억」(Mnemosyne)이라는 작품이 기본적인 발상법과 모티브, 되풀이되는 후렴구, 연(stanza)과 행(line)의 수, 이미지와 표현 등에서 정지용의 「향수」와 너무나 많은 유사점을 보여주고 있음을 발견했던 것이다. 이에 관한 조재훈 교수의 논의를 일일이 소개하는 것은 번거로우나, 어쨌든 「추억」이라는 선행작이 없었다면 「향수」가 태어나기 어려웠으리라고 그는 암시한다. (스티크니는 스위스 태생의 미국 시인으로 한때 시단에서 재능을 떨쳤으나 요절했고, 사후에 그의 대학친구인 동료시인들이 엮은 유고집을 포함해 두 권의 시집을 남겼다고 한다.) 부분적으로는 유명한 롱펠로우의 시 「화살과 노래」(The Arrow and the Song)에서 받은 영향도 확인된다고 한다.

「향수」에 관한 이런 논의가 나에게 주는 첫 감상은 우선 아끼던 보물에 대해 모작 의혹이 제기된 데서 오는 실망감이다. 조재훈 교수의 문학적 진정성에 오랜 신뢰를 가지고 있는 나로서는 그의 견해가 무단히 우상파괴를 겨냥했을 리 없다고 믿고 있다. 이런 문학사적 사태 앞에서 나는 두 개의 '그럼에도 불구하고'를 역방향에서 교차 사용할 필요가 있다고 생각한다. 하나는, 「향수」든 그밖의 어떤 다른 작품이든 그동안 우리에게 아무리 절실한 감동을 주고 심미적 완성의 모범으로 각인되어왔다 하더라도, 어쩌면 그러면 그럴수록, 신비의 후광이 벗겨지는 아픔과 아쉬움에도 불구하고 창작의 원천추적을 그만둘 수 없다는 것이다. 작품의 경우에만이 아니라 사람의 경우에도 마찬가지다. 가령, 만해(韓龍雲)와 요산(金廷漢)의 경우 일제말 식민지당국의 국책에 협조하는 듯한 논설과 희곡 한두 편이 그들의 이름으로 활자화된 사실이 제기되었다. 이는 묵살될 것이 아니라 공개적 논의에 붙여지는 것이 마땅하다.

그러나 다른 한편, 동서고금의 선행업적에서 따온 차용과 모방의 흔적들에도 불구하고 「향수」에는 그러한 습작기적 잔재와 함께 정지용의 발군의 재능과 언어감각을 입증하는 고유한 창조도 있다고 보는 것이 온당하다. 나는 한시의 멋과 영시의 맛에 대해 문외한이므로 더이상 논의할 자격이 없지만, 그런 사실을 전제로 하고 말한다면, 「향수」는 「추억」이라는 선행작의 형식과 전원 이미지를 참고한 일종의 모방작임에 틀림없으나, 원작의 평범한 추억담을 미묘한 울림의 한국어 안에 담아 탁월한 예술적 형상으로 가공해내는 데 성공한 작품이라고 생각한다.

아마 무엇보다 잊지 말아야 할 사실은 「향수」가 근대문학 초기의 과도기적 산물이라는 점일 것이다. 『조선지광』 1927년 3월호에 발표된 이 작품의 말미에는 '1923년 3월'이라는 창작연대가 적혀 있는바, 연보에 따르면 지용은 바로 이때 휘문고보를 졸업하고서 (같은 때 배재고보를 졸업한 김소월과 마찬가지로) 일본유학을 준비하고 있었다. 그 시점에서 정지용이 배우고 기댈 만한 시적 모범으로서는 김억의 번역시집 『오뇌의 무도』, 그리고 『창조』 『폐허』 『백조』 등 동인지와 신문·잡지에 발표된 작품들이 있었다. 개중에는 세월의 풍화작용을 견딜 만한 수준작도 있었지만, 따지고보면 그 작자들은 생물적 연령이나 문학적 이력에서 정지용 자신과 크게 다를 바 없는 문학청년들이었다. 지용과 여러 모로 대조적인 인물이 소월인데, 그는 중학 때의 은사인 김억의 소개로 「그리워」 「먼 후일」 「봄밤」 「꿈」 「하늘」 「금잔디」 「엄마야 누나야」 「진달래꽃」 등 상당수 걸작들을 이미 1922년 이전에 발표하는 행운을 누릴 수 있었다. 우리 근대문학이 이런 단계에 있었음을 염두에 둔다면 「향수」에 교묘히 잠복해 있는 모방과 차용의 흔적들, 즉 정지용 초기시에서의 습작의 잔재들은 오히려 너무나 당연한 것일지 모르며, 『님의 침묵』과 『진달래꽃』 같은 시집에 이룩된 불후의 업적이야말로 그 시적 근원에 대해 더 심층적인 탐구가 필요한 불가사의일 것이다. 어떤 의미에서 한국시는 이 불가사의를 아직 제대로 해명하지도 극복하지도 못한 것 아닌가, 나는 이런 생각을 가진다. 그러한 작업은 여전히 우리 연구자들 모두의 과제로 남아 있을 터인데, 이 자리에서는 짤막한 일화를 통해 암시적인 언급을 하는 것으로 면책하고자 한다.

근자에 나는 김동환(金東煥)의 시집 『해당화』(1942, 재판 1959)를 뒤적이다가, 1940년 10월 25일이란 날짜까지 박아서 쓴 후기에서 다음과 같은 감상적인 문장을 읽고, 김동환 시의 뿌리만이 아니라 한국 근대시의 중요한 원류의 하나를 스쳐본 듯한 새삼스런 느낌을 받았다.

서북에 고향을 둔 몸이며 어릴 적부터 '수심가' 정조(情調)에 마음과 귀가 젖어왔다. 그 두만강 가 더디게도 녹는 눈발 속으로 철쭉꽃이 반조고레 피기 시작하는 이른 봄철이 되어, 등짐 나무꾼들이 산등성이로부터 내려오면서 북소리에 장단 맞춰서 "산고곡심 무인지경(山高谷深 無人之境)에 나 누굴 찾아 왜 왔는고"하고 구슬픈 목청으로 두세 마디 선소리 길게 뽑는 것을 들으면, 어린 마음에도 알 수 없는 인생의 애절에 가슴이 눌려져, 앉았지도 섰지도 못하게 서성거려짐을 깨닫는다.

그래서 몸은 성(城)돌 밑 황철나무 기둥에 기대선 채로 있으나 소년의 영혼은 그 멜로디를 좇아 산으로 구름 위로 어떻게도 허구프게 방랑을 하였던고.

김동환은 한때 신경향파로 분류되던 시인이었고 『국경의 밤』 『승천하는 청춘』 등의 장르실험을 통해 민족현실의 서사시적 형상화를 시험한 바 있었다. 그런데 이제 그는 젊은 날 그가 추구했던 모든 것으로부터 분리되어, 어느덧 친일문학의 선두에 서 있는 자신을 발견한 것이다. 앞의 인용문에서의 흘러넘치는 감상주의는 이 쓰라린 격절감(隔絶感)의 전도된 투사이다. 그러나 이런 시대적 외피를 벗기고 나서 남는 것, 즉 외국시의 모방도 아니고 전통시의 답습과도 구별되는, 김동환 문학의 시원(始源)에 놓여 있는 깊은 애절함을 여기서 간취할 필요도 있다. 그것은 다름아니라 생활하는 민중의 살아있는 노래를 모태로 하여 만인의 가슴에 닿는 진정한 근대시를 창작하고자 했던 열렬한 소망이다. 그러나 그 소망성취의 영광은 이런 구슬픈 고백의 당사자인 김동환 자신보다 그의 동년배로서 그와는 반대로 외롭고 숨겨진 삶을 살았던, 그러나 모든 간난을 넘어 처음으로 의미있는 민족문학 유산의 창조자가 되었던, 말의 진정한 의미에서 최초의 근대시인인 김소월에게 헌정되어야 한다. 왜냐하면 김동환의 시적 업적은 의욕에 비해 빈곤하고 산발적인 것이었음이 확실한 반면에, 김소월은 창작기간이 짧고 문단현장에서 외롭게 떨어져 있었음에도 불구하고 살아생전에 이미 고전의 반열에 올랐고 모든 후대시인들에게 계승·극복의 대상이 된 작품을 완성했기 때문이다.

7

돌이켜보면 우리 문학은 지난 한 세기 동안 첩첩한 난관을 뚫고 지난한 행군을 해왔다. 그리고 그 간고한 역정을 통과하면서 자신의 독특한 정체성을 이룩해내는 데 성공하지 않았는가 생각한다. 가령, 서정시로 한정해서 보더라도 김소월·한용운·이상화 이후 정지용·임화·김기림·백석·이용악·서정주·박목월을 거쳐 김수영·신동엽·고은·신경림 등 기라성 같은 존재들이 출현하였다. 오늘 한국시단에는 20대 신예부터 70대 노장까지 한데 어우러져 유례없는 성세를 이루고 있다. 이들의 문학은 이제 더이상 전통의 계승이나 외국시의 수용 같은 외재적 연관에 의해서가 아니라 그 자체의 내재적 성취를 통해 자신의 미학적 존재를 입증할 수 있게 되었다. 적어도 20세기의 역사에 국한해서 살펴본다면 우리 문학의 이러한 독특한 정체성을 정의하는 개념으로서 '민족문학'이라는 용어보다 더 적절한 다른 대안을 찾기는 어렵다.

그러나 언제부터인가 상황은 점차 변하고 있는 것 같다. 이와 관련된 몇가지 징후적 사실들을 지적할 수 있을 텐데, 우선 서구문학 영향력의 물질적 기반인 서구현실의 압도적 우위가 점차 소진되고 있다는 점이다. 반면에, 흔히 얘기하는 것처럼 동아시아는 풍부한 전통문화의 자산을 간직하고 있을 뿐만 아니라 근년에는 정치·경제적으로도 유럽과 미국의 상대가 될 만큼 성장하였다. 이제 동아시아에서 흰 피부는 과거의 우월적 지위를 잃고 점차 상대화되기 시작하였다. 또한, 세계 자본주의의 진화에 따라 자본과 재화만이 아니라 노동력도 점점 더 대규모로 이동하고 있으며, 이런 추세에 따라 모더니티의 객관적 토대 중의 하나인 국민국가 내부에도 질적인 변화가 일어나고 있다. 이와 아울러 정보통신 산업과 전자매체의 비약적 발전이 활자문학의 사회적 위상에 타격을 가하는 현실도 간과하기 어렵다. 이러한 상황은 필연적으로 우리의 미적 취향과 문학적 감수성에 큰 변화를 가져올 것이다. 그것은 문학의 생산과 소비 즉 창작환경과 문학시장에 생존을 위한 변신을 강제할 것임을 시사한다.

생각해보면, 우리의 삶의 길이 모험이고 암중모색이며 수많은 요인들의 예측할 수 없는 착종 가운데를 통과하는 것이듯이, 문학은 그러한 뒤얽힌 인간운명의 등신대의 초상이다. 문학적 근대의 성취를 위해 지불된 한 세대의 노고와 상처가 있었다면, 그 다음세대는 앞세대의 것과 구별되는 또다른 고통과 좌절의 역정 위에 자기 고유의 이름표를 달고자 미지(未知)를 향해 새로운 발걸음을 내디딜 것이다. 왜냐하면 역사에는—따라서 시의 역사에는—결론도 종착점도 없기 때문이다.

한국언어문학교육학회,『한어문교육』21집, 2009

제4부

농민소설의 민중문학적 위치

■

김정한과 송기숙을 중심으로

1

　최근 십여년 동안 민족문학운동의 거듭된 후퇴 속에서 민중문학에 대한 논의는 더욱 영락하는 양상을 보이고 있다. 그러니 농민소설이 비평의 조명 속에 떠오르는 일이란 아예 없어졌다고 해도 과언이 아니다. 그렇다면 이러한 현상을 우리는 어떻게 해석할 것인가. 일찍이 인류학자 에릭 울프(Eric R. Wolf)는 그의 자그마한 저서 『농민』(朴賢洙 옮김, 청년사 1978)에서 농민이란 신석기 농업혁명기에 형성되어 18세기 이후 산업혁명에 의해 해체될 역사적 계급으로 정의하고 있다. 이 에릭 울프의 정의에 따라 이제 우리나라는 장구한 농업시대를 거의 마감하고 바야흐로 산업사회로 진입하고 있다고 보아야 하는가. 다시 말하여 전국 각지에서 모여든 농민들이 채소를 길에 버리고 쌀가마니에 불을 지르면서 농촌을 살리라고 아우성치는 것은 단지 사멸하는 계급의 단말마적 몸부림일 뿐인가.

　물론 농민의 비중이 급속하게 저하하고 이와 더불어 국민경제에서 차지하는 농업의 중요성이 엄청나게 약화된 것은 부정할 수 없는 객관적 사실이다. 일제시대의 글에서 우리는 흔히 조선인의 8할이 농민이라는 구절을 접한다. '조선노동공제회'의 선언문(『동아일보』1922. 8. 2)에 따르면 당시 조선의 소작인이 1,300만명이고 공장노동자가 56만명이라고 한다. 선언문에 나온 수치를 어느 정도 믿을 수 있을지 의문이기는 하나, 당시의 산업발전 정도로 미루어 농촌인구의 비중이 압도적이었다는 데에는 이론의 여지가 없다. 따라서 농민 즉 소작농에 대한 수탈이야말로 식민지 경제체제의 근간이었다고 이해할 수 있으며, 그런 점에서 우리 민족운동의 중심 역량은 다름아닌 농민계급이었다고 말하지 않을 수 없다. 해방과 전쟁이라는 사회적 격변을 치르고 난 1950년대에도 전체 인구의 70%는 농촌에서 살았고, 농촌의 과잉인구야말로 당시에 항시 중요한 사회문제로 거론되었다. 이러한 상태에 결정적인 변화가 일어난 것은 모두가 경험했던 바 박정희 정권에 의해 강압적으로 추진된 1960년대 중반부터의 산업화, 즉 박 정권의 공식용어로 '조국근대화'를 통해서였다. 이 과정에서 급격한 도시화가 진행되고 특히 서울의 과밀화가 이루어지는 동안 농촌은 절대인구마저 감소하여 1970년경 대략 50%, 80년대 초에는 25%, 그리고 90년대 중반엔 15% 정도의 인구비중을 지니게 되었다.

이런 추세가 더 지속된다면 우리는 소위 선진국처럼 5% 정도의 농민을 가진, 그리고 농업 자체가 공업적 생산체제에 완전히 흡수된 그런 상태에 이르게 될지도 모른다. 지금 이 나라의 지배계급이 추구하는 국가목표도 아마 그런 것이라고 짐작된다. 그때가 되면 농민소설 내지 농민문학은 현대적 의의를 지닌 존재로서는 더이상 생명력을 갖지 못하고 단지 역사적 관심의 대상으로서만 도서관의 한귀퉁이를 차지할 뿐일 것이다.

그러나 나는 이 나라 지배계급의 달콤한 꿈처럼 사태가 진전되지 않을 것이라고 생각한다. 그 까닭은 간단히 말해서 한국의 완전한 산업화를 가로막는 안팎의 조건들이 완강하게 버티고 있기 때문이다. 무엇보다 중요한 것은 민중운동의 축적된 역량이 만만치 않다는 점을 지적해야겠다. 물론 오늘 우리의 민중역량이 국가권력의 장악을 넘보거나 사회 전체의 헤게모니를 잡으려고 시도할 만큼 강고한 것은 결코 아니다. 오랜 시련과 투쟁의 경험 속에서 획득된 우리 민중의 역량들이 그나마 적절하게 조직화되어 있는 것도 아니다. 그러나 그럼에도 불구하고 일제강점기나 군사독재 시절처럼 민중의 입과 손발을 단순한 폭력으로 제압할 수는 없게 되었다. 더욱이 우리나라와 같은 분단상태에서는 분단된 어느 한쪽도 다른 쪽에 영향을 주거나 받음이 없이 독립적이고 자율적으로 사회발전을 도모할 수 없게 되어 있다.

이와 더불어 심각하게 고려해야 할 것은 세계적 패권세력이 국제적 지배블럭 안으로 우리가 진입하는 것을 방지하거나 용납하지 않으리라는 사실이다. 과거 아르헨티나 같은 남미 국가들이 선진국 문턱에서 주저앉은 현상이나 1997년 멕시코와 한국 등이 IMF구제금융에 침탈당했던 사태는 이들 중간지대 국가들의 독자적 선진화를 저지하고 이들을 선후진국 사이의 매판적 위치에 묶어두려는 초강대국의 저의를 떠나서 설명하기 어렵다. 지난날 냉전이 한창이었을 때 그 틈새를 뚫고 제3세계운동이 활기를 띠었었고 이에 따라 후진 약소국을 향한 강대국들의 선심경쟁 또한 치열했음을 우리가 기억한다. 그러나 소련의 몰락 이후 세계적 범위에서 민중범주가 더욱 확대되고 또 더욱 열악한 상태로 추락하고 있듯이, 국내적 범위에서도 민중범주는 지배언론이 만들어내는 이미지의 지형도에서와 반대로 더욱 광범해지고 있다고 보아야 한다.

2

21세기를 맞은 오늘 초강대국인 미국의 행태를 지난 시대의 제국주의론으로 설명하는 것은 적확성을 잃어버린 느낌을 준다. 19세기와 20세기 전반기에 있어서는 여러 제국주의 국가들간의 경쟁이 전쟁으로까지 폭발하면서도 경쟁관계 자체가 어느정도 견제요인이 되었고, 20세기 후반에는 냉전이 그와 비슷한 역할을 했다. 소련은 이런저런 정치적·도덕적 화장을 하고 있었지만 화장을 지우고 안을 들여다보면 압축적 공업화(즉 국가적 계획경제)와 제국주의라는 두 개의 축으로 굴러가던 나라였다고 믿어진다. 그런데 이제 냉전이라는 견제장치가 철거됨으로써 미국의 지배계급은 자신들의 행동을 변명할 필요도 없고 합리화해야 할 대상도 갖고 있지 못하다.

그러나 미국의 지배계급—그리고 세계의 지배계급이 제멋대로 남의 나라 땅을 유린하고 그곳 민중을 착취·학살하는 것은 단순한 가학취미의 발로도 아니고 무력의 과시 자체가 목적인 것도 아니다. 그렇다면 왜인가? 간단히 대답하면 지구가 유한한 행성이기 때문이다. 자원·식량·에너지·물·기술 등 모든 분야에서 21세기는 종말론적 쟁탈전의 세기가 될지 모른다. 이미 많은 사람들이 20:80 사회라는 말을 하고 있거니와 아마 10:90이 더 사실에 가까울 것이다. 그러니까 그 10% 또는 20%에 속하는 선진국 중산층은 테러와 전쟁, 음모와 학살, 기아와 질병, 기타 수많은 고통과 비참함을 끊임없이 생산하여 나머지 80% 또는 90%의 인류에게 뒤집어씌움으로써만 현재의 범죄적 풍요를 계속 누릴 수 있다. 적어도 세계 중산층들의 무의식을 지배하는 것은 공포와 살인충동임에 틀림없는 듯하다.

지난날의 민중문학과 생태주의 및 각종 평화운동과 동서양의 고전적 지혜들이 만나 구동존이(求同存異)의 기틀을 마련하고 나아가 인류의 공생을 추구하는 범지구적 연대를 구상해야 한다면, 그 계기는 이런 문제의식에서 주어지지 않겠는가 나는 생각한다. 우리 농민소설의 흐름을 통해 한국 문학사의 한 맥락을 짚어보려는 취지도 그런 구상에 조그만 보탬이 되고 싶은 충정이 있기 때문이다.

3

우리나라에서 농민문학이 하나의 모토로서 처음 제기된 것은 1923년 시인 황석우에 의해서였다. 그리고 작품으로 구체화된 것은 1925년 이익상의 단편 「흙의 세례」와 최서해의 「큰물 진 뒤」가 시초이다. 이후 적잖은 우여곡절을 거치면서도 상당히 많은 창작품이 발표되고 또한 이론적 논의가 이루어졌다. 그런데도 이를 종합적으로 개관하는 저서와 논문을 찾아보기 어려웠는데, 신경림 편 『농민문학론』(1983)은 더러 빠진 데가 있으면서도 그런대로 고루 갖춘 자료집으로서 획기적인 의의가 있고, 최원식의 논문 「농민문학론을 위하여」(『한국문학의 현단계 3』, 창작과비평사 1984)는 순수한 이론적 고찰임을 처음부터 전제하고 씌어지기는 했으나 우리나라 농민문학론의 큰 흐름을 최초로 체계화한 업적으로서 뜻깊다. 다만 공교롭게도 신경림·최원식의 문제제기에 뒤이어 그것들을 뒷받침하는 이론적 심화가 후속되지 못하고 도리어 농민문학에 관한 비평적 침묵이 20년 가까이 지속되는 것이 아쉽고도 안타깝다.

알려져 있듯이 1920년대는 농민운동이 극히 활발했던 시대이고 이를 반영하여 농민문학론도 상당한 수준에 이르게 된다. 포석 조명희의 유명한 「낙동강」(1927)뿐만 아니라 현진건의 「고향」(1926)과 이기영의 「농부의 집」(1927)도 이 연대의 소산이다. 유감스러운 것은 당시 카프라는 조직의 지도노선에 따라 이 계열의 이론가들이 농민문제에 대하여 함구무언으로 일관한 사실이다(최원식, 앞의 글 참조).

1930년대에 이르러 카프는 전기 최원식의 논문에 이미 서술되어 있듯이 우크라이나의 수도 하리코프에서 열린 사회주의권 작가들의 세계대회 내용이 국내에 소개된 것을 계기로 농민문학의 문제를 적극 수용하고 활발한 이론활동을 벌여나간다. 그러나 농민계급에 대한 노동자계급(프롤레타리아트)의 지도라는 원칙은 농민문학론의 진정한 활성화를 가로 막는 이념적 장벽으로 여전히 남아 있었던 것 같다. 그나마 30년대 중반 쯤 되면 카프조직은 일제의 탄압으로 붕괴되고 조직원들은 각자도생의 길을 나서게 된다. 그러나 작품 자체의 성과는 카프조직의 외곽에서 또는 조직이 와해된 다음에 본격적으로 산출되는데, 이것이야말로 모든 조직운동이 깊은 교훈을 얻어야 할 아이러니한 사례이다. 이기영의 「고향」 (1934), 한설야의 「탑」(1940), 김남천 「대하」(1940) 같은 작품들은 그래도 카프 주류의 생산물이지만, 이태준의 「고향」(1930), 강경애의 「숲속의 농부」 (1933), 최인준의 「황소」(1934), 박영준의 「모범경작생」(1934), 박화성의 「홍수 전후」(1934), 심훈의 「상록수」(1935), 채만식의 「보리방아」(1936), 이무영의 「제1과 제1장」(1939) 등은 이미 카프의 지휘영역 바깥에 놓여 있었다. 당시 신진 소설가였던 김정한의 「사하촌」(1936), 김동리의 「산화」(1936), 현덕의 「경칩」(1937) 등도 운동조직으로서의 카프체제 바깥에서, 그러나 문학적 지향에 있어서는 카프의 문제의식을 잠재적으로 계승하면서 산출된 업적들이다.

1930년대 후반에 등장한 가장 재능있는 작가 세 사람 중에서 현덕은 해방 직후까지 뛰어난 작품을 발표했으나 월북하는 바람에 맥이 끊겼고, 김동리는 「찔레꽃」「동구 앞길」(1939) 같은 농민소설 범주의 작품들과 더불어 이미 일제말에 농민문학과는 상당히 방향을 달리하는 「무녀도」「황토기」의 세계로 전향하고 해방후에는 우경화함으로써 검토의 대상에서 사라졌다. 물론 이들보다 먼저 문단에 진출한 채만식·이무영·박영준·엄흥섭 등도 활동을 계속하였다. 이 가운데 해방후 「논 이야기」를 발표한 채만식과 「황소들」의 황순원을 제외한다면 문학사적으로 의미있는 농민소설을 내놓은 경우를 찾기는 어렵다. 이런 점에서 우리의 주목은 자연히 김정한 한 사람에게 쏠린다.

4

김정한(金廷漢)은 전기한 「사하촌」으로 문단에 등장하여 촉망받는 신진작가들 대열에 끼였고 꽤 활발한 작품발표를 하였다(이 작품들은 1956년에 『落日紅』이라는 단편집으로 묶였다). 그러나 일제말부터 창작 일선에서 후퇴하여 오랫동안 활동이 뜸해짐으로써 완전히 잊혀진 작가로 되었다. 다만 부산지역에서만 대학교수로 또 신문사 논설위원으로 성명을 유지하고 있을 뿐이었다. 그러다가 돌연히 1966년 10월 『문학』지에 단편 「모래톱 이야기」를 발표함으로써 중앙문단에 복귀하였고 이후 십년 가까운 동안 적지 않은(물론 많지도 않은) 작품을 써냄으로써 자신의 문학적 경력에 있어서뿐만 아니라 이 나라 민족문학의 전개에 있어서도 하나의 새로운 경지를 개척하였다. 김정한의 후기 작품이 이루어지던 기간은 1960년대에 등장한 신세대 비평가들에 의해 민족문학론의 새로운 구성이 진행된 기간이기도 한데, 이 과정에서 김정한의 창작활동은 중대한 작품적 기반이 되었다고 생각한다.

「사하촌」「추산당과 곁사람들」「낙일홍」 등 초기작은 좁은 의미의 또 전통적 의미의 농민소설이다. 이 시절의 김정한이 카프문학의 이념적 자장(조직의 테두리 아닌) 안에 있었음은 명백하다. 그런데 4반세기의 침묵 끝에 발표한 「모래톱 이야기」는 한편으로 그런 의미의 농민소설인 동시에 다른 한편 그것을 넘어서는 새로운 차원을 열어 보이고 있어 문학사적 주목에 값한다. 그것은 인간 본연의 심성에 대한 좀더 심오한 통찰이라고 부름직한 차원이다. 그후의 작품들——「수라도」「인간단지」「지옥변」「사밧재」 등의 걸작들도 심각한 사회소설의 측면을 강인하게 견지하면서 동시에 그 새로운 차원을 더욱 심화·발전시킨다. 가령, 「수라도」의 가야부인이나 「인간단지」의 우중신 노인의 형상을 통해 작가는 봉건적 전통사회에 있어서의 여성의 위치에 대하여, 양반가문의 유교적 예법에 대비되는 불교적 신앙에 대하여, 그리고 이 사회의 가장 소외된 집단인 문둥병 환자와 그 가족들의 고통에 관하여 열렬한 공감과 강력한 연대를 표현하는 것이다.

생각건대 김정한은 1930년대의 고조된 문제의식을 분단 20여년 동안 깊이 간직하고 있다가 스스로 터득하고 소화하여 자기화한 형태의 것으로(다시 말해 경직되고 교조적이 아닌 것으로) 1960년대 중반에 새삼 펼쳐 보인 작가이다. 그런 점에서 그는 1930년대와 1960년대를 잇는 교량적 역할을 훌륭하게 해내었다. 그것은 한 작가 내부에서 이루어진 전통의 계승이고 문제의식의 발전인데, 우리의 경우 그와 같은 예를 다시 찾기 어려울 것이다.

5

박정희에 의해 경제계획이 수립되고 이를 바탕으로 강압적 근대화가 추진되기까지 농촌현실과 농민생활은 우리 문학의 변함없는 주제였다. 오영수·오유권·이범선·하근찬·박경수 같은 작가들의 문학은 5,60년대 우리 농민의 삶을 다양한 화폭 속에서 묘사하고 있다. 필자에게는 1952년 피난수도 부산에서 간행된 협동문고의 한 권으로 『농민소설선 1』이란 책이 있다. 1946년부터 나오기 시작한 이 문고의 발행주체는 '대한금융조합연합회'이다. 금융조합은 알다시피 농협의 전신인데, 따라서 결코 좌파적인 조직이 아니었다. 그럼에도 불구하고 협동문고는 특권층의 문화독점을 해체한다는 목적 밑에 발간되기 시작했던 것이다. 어떻든 이 『농민소설선』에는 염상섭의 「새 설계」, 이무영의 「기우제」, 김송의 「상흔」, 박영준의 「어둠을 헤치고」, 김동리의 「한내마을의 전설」, 최정희의 「수탉」, 황순원의「솔메마을 사람들」등 적지 않은 단편들이 수록되어 있다. 당시 문단의 대표적 소설가들이 망라되어 있는 셈이다. 6·25전쟁을 겪으면서 손창섭·장용학·김성한·오상원 같은 전혀 새로운 문학이 등장하기는 했지만, 방금 언급했듯이 농민현실은 우리 문학의 변함없이 중요한 주제였음이 확인된다. 그런데 1960년대 후반 이후 거대한 변화가 몰아치게 되었고, 이에 대한 최초의 의미있는 문화적 응전이 김정한의 작업이었던 것이다.

물론 김정한 자신은 겨우 한 권의 책에 묶일 만한 분량의 작품을 썼을 뿐이다. 그러나 그의 투철한 역사의식, 완강한 민중적 입장, 모순과 불의에 대한 비타협적 저항정신은 많은 후배 작가들에게 뚜렷한 모범이 되었다. 송기숙의「자랏골의 비가」와「암태도」, 김춘복의「쌈짓골」, 천승세의「낙월도」, 문순태의「징소리」, 그리고 이문구의「암소」「관촌수필」「우리 동네」같은 농민소설들은 1970,80년대 산업화·도시화에 의해 몰락이 강요되는 우리 농촌현실의 증언이며 사회적 억압과 역사적 소외를 뚫고 일어서는 농민적 주체의 선언이었다.

이 가운데서도 송기숙(宋基淑)의 민중문학적 업적은 두드러져 보인다. 일찍이 그가「백의민족」(1966) 같은 단편으로 분단문제를 소설화하기는 했지만, 초기의 그는 관심이 다양하게 흩어져 있었고 뚜렷한 문제의식을 보이지도 않았었다. 장편「자랏골의 비가」(1975)야말로 송기숙 문학의 진정한 출발로 생각되는데, 이 소설에서 그는 자신의 벽촌 고향을 배경으로 하여 강인한 민중적 인간상을 조형하면서 풍부하고 다채로운 농민적 생활상을 펼쳐 보인다. 무엇보다도 그는 사투리·곁말·비유·속담 등 토속언어의 자유자재한 구사를 통해 소설문장의 획기적인 확장을 실현한다. 그의 이런 놀라운 언어구사 능력은 근년의 단편「고향사람들」(1996)에서도 유례없이 생동하는 농민적 정서로 표현되고 있다. 단편집『도깨비 잔치』(1978)도 농민소설로서 뛰어난 성과이다. 김정한의 경우에도 그렇지만, 송기숙의 문학에서도 우리는 일제 식민지지배의 모순과 해방후 왜곡된 현실 사이에 중대한 역사적 연속성이 내재함을 끊임없이 환기받는데, 이 탁월한 역사적 상상력이야말로 민중문학으로서의 우리 농민소설의 저력이고 자랑이다. 그런 토대 위에서 장편『암태도』(1981), 대하소설『녹두장군』(1994)이 산출되고, 또 동일한 문제의식이 현대사의 비극과 부딪힐 때 장편『은내골 기행』(1996)『오월의 미소』(2000)가 태어나는 것이다.

6

송기숙 같은 작가의 꾸준한 활동에도 불구하고 1980년대 이후 농민소설은 우리 문학에서 점점 더 중심적 위치를 상실하고 불가피하게 주변화된다. 월남패망과 석유파동 등의 위기적 국면을 거치면서도 한국 자본주의는 고속성장을 거듭하였고, 이에 따라 한국사회는 독점자본을 축으로 하는 새로운 계급적 구성을 갖게 된 것이다. 따라서 농촌현실과 농민문제는 독자적인 자기규정력을 잃어버리고, 산업사회의 보조적·배경적 역할로 위축될 수밖에 없게 되었다. 농민소설의 퇴조와 농민문학론의 침체는 이러한 객관적 현실의 불가피한 반영이다.

물론 60년대 이후에도 농민들의 생활은 소설의 주요한 제재로 되어왔다. 그러나 방영웅의『분례기』(1967)에서 보듯이 그것은 당대적 현실과의 정면대결의 형식은 아니었고, 이문구의 걸작『관촌수필』(1976)과『우리 동네』(1980) 연작들에서도 농촌공동체의 붕괴와 전통적 농민정서의 해체를 안타까워하는 복고주의적 관점이 좀더 지배적이다. 그런 점에서는 김정한·송기숙의 저항문학적 작업은 오히려 이단적이라고 말해야 할지 모른다.

근년에도 방영웅·이문구를 연상케 하는 농촌소설은 끊이지 않고 씌어지며, 개중에는 뛰어난 문학적 향취를 발하는 작품도 적지 않다. 가령, 박정요의『어른도 길을 잃는다』(1998)가 방영웅적 분위기를 오늘의 시점에

서 되살리는 데 성공하고 있다면, 우애령의 『당진 김씨』(2001)와 한창훈·
전성태의 단편들은 이문구의 입담과 토착성을 계승하고 있다. 그러나 오
늘의 삶의 심각성을 생동하는 화폭 안에 담아내는 민중문학의 핵심적 현
장에서 농민소설을 만나는 일은 이제 사실상 불가능해진 것이 아닌가 생
각되기도 한다.

7

이 글의 모두에서 언급했듯이 1960년대 후반부터 본궤도에 오른 한국
사회의 강압적·의존적 산업화는 농촌의 몰락과 농민의 분해를 강제하였
고, 이 과정은 지금 이 순간에도 끝난 것이 아니다. 서구에서처럼 식민지
개척을 통한 폭력의 외부적 전가가 어느정도 가능했던 경우에조차도 산
업화는 본질적으로 소외의 확대를 동반하게 마련인데, 따라서 우리의 경
우 끊임없는 내부 식민지화 없이 산업화가 가능할 수는 없었다. 농촌의
기억을 의식·무의식 속에 감추고 갖가지 생업의 현장에서 삶의 에너지를
수탈당하는 이 시대의 절대다수 국민들──그들이 바로 역사의 주권을 차
압당한 오늘의 민중이고 시간을 거슬러 올라가보면 다름아닌 어제의 농
민이다.

그러나 되풀이되는 얘기지만 1990년대에 접어들어 현실은 국제적으로
나 국내적으로 새로운 조건에 규정받아 질적인 변화를 겪고 있는 것 같
다. 그것이 이른바 세계화(=지구화)의 이름으로 자행되고 있는 자본주
의의 전면적 공세이고 그 집행자가 단일 패권국가인 미국이다. 우리의 경
우 냉전체제의 해소는 약간의 긍정적 효과를 가져오기도 하였는데, 왜냐
하면 그것은 남한 국가권력의 강압성의 외적 기반을 허물었기 때문이다.
따라서 국가독점자본의 한 축인 국가권력이 약화되고 민간정권에 의해

절차적 민주화가 가능해진 것이다. 그러나 이 과정에서 민중권력은 강화되었는가. 전혀 그렇지 못했다는 것이 정확한 판단일 것이다. 근년의 각종 사태와 파동에서 보듯이 남한 독점자본은 남한 국가권력의 직접적·물리적 보호에서 벗어나는 대신 좀더 강력한 초국적자본(즉 세계화 세력)의 지배에 종속되어가고 있다고 해야 할 것이다. 이런 점에서 우리의 민중현실은——전세계의 민중현실이 그러하듯이——지난날의 구식민지·신식민지와 단계적으로 구분되는 새로운 억압상태에 처하게 된 것이 아닌지 의심해볼 만하다.

만약 그렇다면 이제 우리는 해방적 삶을 지향하는 운동의 가장 적절한 이념적 지표를 민족개념 안에서 구하기 어렵게 되었음을 인정하지 않을 수 없다. 민족문학론 역시 이런 변화에의 적응을 강요받고 있다. 당면한 문제들의 세계적 성격에 비추어 일국적 연원을 가진 민족문학론은 그 시대정합성을 상당부분 탕진했다고 보는 것이 옳을 것이다. 민중문학은 어떤 점에서는 민족문학보다 더 협애하고 낙후한 개념일 수도 있지만, 국가적·민족적 귀속성을 처음부터 염두에 두지 않을 수 있다는 점에서 변혁운동의 새로운 지평을 내다보게 할 수도 있다. 자본과 금융의 세계화에 짓밟히는 전세계 민중의 저항과 해방의 연대를 머릿속에 그려볼 때 21세기는 진정한 의미에서 민중의 시대가 되어야 할 것이다. 사멸하는 계급 농민 속에 새롭게 움트는 희망의 빛이 있다면 그것은 민중문학적 기획을 통해 자본주의와는 다른 역사적 대안이 구체화되는 정도만큼 우리의 눈앞에 밝아올 것이다.

문예미학회·대구작가회의 공동학술대회 발제문(2001. 12. 14)

김정한 소설의 문학사적 맥락

1

요산(樂山) 김정한 선생이 세상을 떠난 지 어느덧 8년이 되어간다. 다들 아는 바와 같이 그는 1966년 10월 단편소설 「모래톱 이야기」로 문단에 복귀한 이후 30여년 동안 민족문학운동의 정신적 사표로서 많은 후배작가들의 존경을 받아왔다. 1970년대 중반 교수직을 정년으로 퇴임하고 난 뒤에는 작품발표가 뜸해지게 되지만, 그러나 그는 고령임에도 불구하고 자유실천문인협의회·민족문학작가회의·민주회복국민회의·엠네스티 한국본부 등 인권과 민주주의를 지향하는 문인-사회단체에 회장 또는 고문으로 관여하면서 의연히 어른 노릇을 하였다. 말년 20년 동안 그의 이름은 민족문학의 살아있는 상징이었고 그의 존재는 문단적 범위를 넘어서는 사회적 권위의 표상이었다.

내가 개인적으로 요산 선생과 인연을 맺은 것은 바로 「모래톱 이야기」가 발표된 문예지 『문학』을 통해서였다. 이 월간지의 주간을 맡은 분은 황순원 선생의 친구인 번역가 원응서(元應瑞) 선생으로서, 그는 일찍이 1950

년대 후반에 조연현의 『현대문학』과 쌍벽을 이루었던 문예지 『문학예술』의 편집자였다. 어쩌면 원응서 선생으로서는 두 문예지의 편집을 맡음으로써 김동리·서정주·조연현으로 대표되는 문협의 독주체제를 견제하고자 하는 의욕이 있었는지 모른다. 어쨌든 지난날 『문학예술』이 오영진·박남수 같은 서북 출신 월남문인들이 주축이었음에 비하여, 이번 『문학』의 발간에는 김승옥·김춘섭 같은 호남 출신 젊은이의 활약이 컸다. 김승옥은 당시 한창 떠오르는 신예작가로서 편집과 장정의 일을 거들었고, 현재 전남대 국문과 교수인 김춘섭은 당시 젊은 국문학도로서 재정적 후원자를 끌어들이는 역할을 맡았던 것으로 기억한다. 김현·김치수 등과 함께 이 두 사람의 친구였던 나도 자연히 관훈동에 있던 잡지사 사무실에 가끔 드나들었고, 그런 연고로 1966년 11월부터 석 달 동안 소설월평을 맡았다. 그리하여 처음 마주친 작품들 중의 하나가 「모래톱 이야기」였다.

이 작품이 발표되기 이전 내가 요산 선생에 대해 알고 있는 것은 아주 빈약하기 짝이 없었다. 백철(白鐵)의 『신문예사조사』를 통해 그가 1930년대 후반 김동리·박영준·정비석·최명익 등과 함께 등장한 유망한 신진작가군의 일원으로 거명된 사실을 기억할 뿐이었다. 읽어본 작품이라곤 단한 편, 1950년대말 백수사(白水社)에서 3권으로 간행한 『한국단편문학전집』 수록의 「추산당과 곁사람들」밖에 없었다. 게다가 서구문학 지향성이 강하던 당시의 내 들뜬 허영심을 충족시키기에는 「추산당과 곁사람들」은 그렇게 매력적인 작품이 아니었다. 일제시대 발표한 소설들을 묶은 창작집 『낙일홍』이 1956년에 간행된 사실도 물론 모르고 있었다. 그러니까 나에게 있어서 김정한은 다만 '사라진 작가들' 중의 한 사람이었다.

이러한 나에게 「모래톱 이야기」는 하나의 문화적 충격이자 강력한 이론적 도전이었다. 아마 나의 경우는 1960년대 이 나라의 젊은 문학평론가가 지닌 평균적인 의식상황을 점검하는 데 있어 하나의 시금석이 될지도 모른다. 물론 나보다 더 서구적인 가치관에 침윤된 사람도 있고, 또 반대로 민족문화의 주체성을 일찌감치 깨달은 선각자도 있을 수 있다. 그러나 어쨌든 중요한 것은 식민지시대 이후 1960년대에 이르기까지—어쩌면 오늘에 이르기까지 우리 문화가 외래문화의 압도적인 영향 밑에서 전개 되어왔다는 사실, 그리고 그 결과 우리가 우리 자신의 눈으로 현실과 역 사를 보는 데 충분한 시각을 확보하고 있지 못하다는 사실이다. 6·25전쟁 에 의한 공동체적 전통의 파괴와 양키문화의 무분별한 대량유입은 이런 왜곡을 더욱 악화시켰을 것이다. 요컨대 분단고착과 냉전적 반공독재 하 의 살벌한 1950년대 우리 문학에 있어서 지배적 문학담론은 그러한 억압 적 현실제약에 철저히 순응하는 것이었다고 여겨지며, 4·19를 겪은 1960 년대 이후에야 차츰 이에 대한 반성과 자기극복의 움직임이 태동하게 되 는 것이다. 내 생각에 김정한의 「모래톱 이야기」는 이러한 각성운동의 과 정에서 산출된 최량의 업적들 중의 하나이다. 그것은 외래문화와 서구사 조에 마취된 우리 문예의식의 지향점을 민중의 현실로 돌리게 만든 날카 로운 방향타의 하나였다. 그것은 분단 후 남한 민족문학운동의 시동을 알 리는 신호탄과도 같은 것이었다.

2

　김정한의 이름을 문단에 등재하게 만든 것은 1936년의 신춘문예 당선 작인 단편 「사하촌」이다. 그러나 일본 유학시절에 이미 그는 잡지편집에 도 관여하고 시와 단편을 발표하기도 하였다. 나는 조갑상 교수의 노고로 발굴된 단편소설 「그물」(1932)을 뒤늦게 읽어보았다. 그리고 이번 기회에 「옥심이」(1936) 「항진기」(1937) 「기로」(1938) 등 일제강점기 작품들을 다시 읽고 김정한의 문학적 출발점이 농민문제에 있음을 새삼 확인하였다. 그 렇다면 우리 근대문학사에 있어서 농민문학의 위상은 어떻게 평가될 수 있는가.

최근 십수년 동안 민족문학운동의 거듭된 후퇴 속에서 민중문학과 농민소설이 비평적 조명을 받는 일은 아주 드물어졌다. 일찍이 에릭 울프는 그의 자그마한 저서 『농민』에서 농민이란 신석기 농민혁명기에 형성되어 18세기 이후 산업혁명에 의해 해체될 역사적 계급으로 정의하고 있다. 이에릭 울프의 설명에 따라 이제 우리나라는 장구한 농업시대를 점차 마감하고 바야흐로 산업사회로 진입하는 과정에 있다고 보아야 하는가. 다시 말하면 농민문학은 이제 수명이 다해가는 문학범주인가.

물론 사회구성의 변화추이가 직접적으로 문학에 반영되는 것은 아니다. 농업적 봉건체제하에서도 문학의 주된 담당자는 지배계급인 양반선비들이었고, 따라서 조선시대 문학에서 주로 우리가 읽는 것은 농민적 현실이 아니라 양반선비적 관점에서 파악된 도학자적 현실 또는 낭만적 자연이었다. 요컨대 농민의 구체적 삶이 문학적 주제의 영역으로 진입하게 된 것은 봉건주의의 해체에 의해 농민의 생존조건이 자본주의의 지배에 포섭되기 시작하면서부터이다. 우리나라의 경우 자본주의적 근대화는 동시에 식민지화에 겹쳐지는 과정이었기 때문에 사회적 진보와 식민지적 수탈, 계급적 분화와 민족적 모순의 심화라는 상호 역방향의 동력은 하나의 문제영역 안에서 언제나 길항적으로 교차되었다.

우리 근대문학사에서 농촌현실을 다룬 작품이 발표된 것은 이른바 신경향파의 대두라는 흐름 속에서였다. 알려져 있듯이 1920대는 농민운동이 극히 활발했던 시대였으므로, 이를 반영하여 농촌현실에서 취재한 다수의 작품들이 발표된 것은 당연한 현상이다. 그런데 이 작품들이 발표되던 시대는 프롤레타리아 계급운동이 카프라는 조직을 통해 문단을 풍미하기 시작했다. 카프는 농민문학에 어떻게 이론적으로 대응했던가. 카프 조직의 지도노선에 따라 이 계열의 평론가들은 농민문제에 대해 함구무언 언급을 회피하였다(최원식 「농민문학론을 위하여」, 1984 참조). 자본주의체제의 모순을 해결하고 새로운 사회를 건설할 혁명의 담당자는 노동자계급인바, 농민은 땅에 대한 집착 때문에 노동자계급과 달리 역사의 발전에 역행할 수도 있다는 것이 그 이유였다. 그러니까 농민은 혁명의 주력부대인 노동자계급의 지도하에 혁명의 동반자로 규정되었다.

그러나 농민이 체제의 변혁을 지향하는가 보수안정을 희구하는가 하는 것은 해당사회의 구체적인 계급관계에 의해 결정되는 것이지 선험적으로 주어지는 것이 아니다. 맑스의 기대와 달리 선진산업 국가가 아닌 러시아에서 사회주의 혁명이 승리했다는 사실, 그리고 중국혁명에서 농민이 주도적 역할을 했다는 사실은 농민과 노동자의 역사적 임무에 관한 교조적 파악이 오류일 수도 있음을 현실적으로 입증한다. 어떻든 1930년대 들어 사회주의권 작가들의 세계대회 내용이 국내에 소개되는 것을 계기로 카프 비평가들은 농민문학 문제를 적극 수용하고 활발한 이론활동을 벌여나간다(최원식 「90년대에 다시 읽는 요산」, 『작가연구』 제4호, 1997 참조). 그러나 1930년대에 접어들어 일제 파시즘의 진군 앞에 카프는 해산되고 운동은 탄압을 받는다. 아이러니한 사실은 카프조직의 외곽에서 또는 조직의 와해 이후에 본격적으로 농민문학 작품들이 다수 산출되었다는 점이다. 이기영·한설야·김남천 등 카프를 대표하는 작가들뿐만 아니라 채만식·강경애·이무영·박영준 등 카프의 지휘영역 바깥에 놓인 작가들도 농촌에 눈을 돌렸던 것이다. 그렇다면 김정한의 초기 작품들은 이와 같은 소설사적 맥락의 어느 지점에 위치하는가.

사실상의 처녀작 「그물」은 김정한 농민소설의 기본골격을 원형적으로 제시한다. 소작인 또쭐이가 주인공이고, 지주 박양산과 마름 김주사가 상대역이다. 고율의 소작료를 포함하여 제반 계약관계는 소작인에게 일방적으로 불리하게 적용되며, 여기에 마름의 부정한 농간이 개입되어 또쭐이는 더욱 궁핍한 처지에 몰린다. 불가피하게 갈등이 발생하는데, 식민지 말단군력인 순사는 당연히 농민의 불만과 반항을 억누르는 억압자의 역할을 맡는다.

「그물」의 간명하고도 단선적인 갈등구조는 김정한의 출세작 「사하촌」에서 좀더 복합적인 양상으로 발전한다. 「그물」에서는 또쭐이라는 주인공 한 사람의 어려운 처지에 초점을 맞추어 그의 감정적 반항이 묘사될 뿐임에 비하여, 「사하촌」에는 극심한 가뭄을 계기로 농민들 내부의 분열적 양상도 잠시 표출되며 이를 극복하는 과정을 통해 농민들의 집단적 궐기가 이루어진다. 차압취소와 소작료면제라는 명백한 투쟁목표를 설정하고 행렬을 지어 마을을 떠나는 농민군중의 형상화는 이 작품에 간간이 보이는 자연주의적 암흑묘사를 뛰어넘어 일종의 영웅적 전망을 갖게 한다.

그런데 내가 읽어본 글들 중에서 가장 뛰어난 작가론인 「90년대에 다시 읽는 요산」에서 최원식 교수는 김정한의 문학사적 위치를 "카프의 퇴조와 모더니즘의 풍미로 특징지어지는 30년대 문단"에서 "드물게도 카프의 상속자적인 위치에서 자기 문학을 밀어나갔다"고 보며, 그의 문단복귀도 "단절된 카프 전통을 60년대 한국문학에 이어주는 교량 역할을" 해낸 것으로 평가한다. 이것은 매우 중요한 지적이다. 나는 최 교수의 이 판단에 대체로 동의하지만, 개개의 작품분석에는 적지 않은 이견이 있다. 그리고 무엇보다 '카프'라는 역사적 개념의 재규정이 필요하다고 생각한다. 김정한의 초기 단편들을 재검토하면서 그 점을 생각해보자.

가령, 「사하촌」은 카프의 적통을 이은 전형적 농민소설이라고 말할 수 있다. 그러나 「옥심이」는 어떤가. 이 작품의 바탕에도 카프적인 요소가 분명히 깔려 있지만, 동시에 그것과 화합하기 어려운 치정(痴情)의 요소와 통속소설적 구성에 의해 작품은 이도저도 아닌 불균형적 결과에 이르고 있다(치정극 장면들은 「옥심이」 외에도 「기로」(1938) 「뒷기미 나루」(1969) 등에 변주되어 나타난다. 이것은 인간을 본능적 존재로 보는 자연주의적 인간관이 김정한에게 잔존해 있음을 반영하는 것인지 모른다).

일제강점기에 발표된 작품들 가운데 「항진기」는 「사하촌」과 비견될 만한 수작이다. 「사하촌」에서 모든 디테일들은 하나의 초점을 향해 집중되어 있다. 그런데 다시 생각해보면 소설의 재미는 삶의 풍성한 곁가지들에 이리저리 한눈을 파는 데서 온다고 할 수도 있다. 목표를 향한 외곬의 질주가 아니라 수많은 부수적 일화들로 점철되는 것이 우리 인생인데, 그 인생의 다양성에 가장 적절히 대응되는 문학양식이 소설이다. 이런 점에서 「사하촌」의 재단된 듯한 앙상한 갈등구조는 오히려 연극형식에 근접한 것이다. 반면에 「항진기」는 성격이 아주 대조적인 두 형제와 한 아가씨 간의 은밀한 삼각관계를 깔고 있다는 설정부터가 김정한 문학에서는 자못 이색적이고 흥미롭다. 그러나 형제간의 대립은, 미묘한 심리적 갈등 속에서 전개되고 있어 소설적 실감을 높이는 측면도 있지만, 실은 그보다 관념적 사회주의를 비판하기 위한 문학적 장치로서 동원된 측면이 더 강하다.

그런 점에서 「항진기」는 카프와 김정한의 관계를 살피는 데 있어서 대단히 의미심장한 작품일 것이다. 고등교육을 받은 사회주의자 형은 농사 짓는 아우를 이렇게 탓한다. "농민이란 건 원래 짬도 없이 고집통이만 세거든!" 그러나 아우는 형에게 지지 않고 대든다. "레닌인가 하는 사람의 조직론만 읽으면 만사가 해결되는 줄 아오? 조직 없이는 아무 일도 못한다고 노상 한탄만 했지, 이 고장을 위해서 무슨 조직체 하나 만들어나봤어요?" 작가는 아우의 편에 서서, 즉 일하는 농민의 편에 서서 입만 살아있는 이념가의 공허성을 비판하는 것이다. 실제로 김정한은 조직에 대한 불신 때문에 카프에 가입하는 것을 끝내 유보하였다. 그러나 그가 사회주의적 이상 자체를 거부한 것은 아니었다. 말을 바꾸면 그가 선택한 것은 사회주의에 이르는 극히 사적(私的)인 통로, 즉 문학의 길이었던 것이다. 요컨대 그는 카프작가가 아니라 카프의 동반자작가였다.

3

「모래톱 이야기」가 수록된 『문학』 1966년 10월호는 목차와 편집후기에서 '20년의 침묵을 깬 회심의 역작'이라는 점을 거듭 강조하여 이 작품의 상품성을 높이고자 애쓰고 있다. 그런데 '20년의 침묵'이란 구절은 소설 첫머리에 "이십년이 넘도록 내처 붓을 꺾어오던 내가 새삼…" 운운하는 작가 자신의 언급에 근거했을 것이다. 다시 말하면 김정한은 「모래톱 이야기」를 집필하면서 20년 이상 꺾었던 붓을 든다고 스스로 의식하고 있었다. 그렇다면 그는 자신의 붓꺾은 시점을 언제로 보고 있는가. 강진호 편 『김정한』(새미 2002)의 연보에는 1950년대에도 그가 주로 부산지역 신문과 잡지에 꽁뜨 같은 소품들을 드문드문 발표했음을 기록하고 있다. 아마 작가는 이것들을 제대로 된 창작으로 간주하고 싶지 않았을 것이다.

그러면 「옥중회갑」(1946)을 절필작품으로 본 것인가. 이 작품은 소설적 형상화의 미비에도 불구하고 해방공간의 정치적 단면도를 예각적으로 포착한 주목할 만한 업적이다. 이 작품을 통해 우리는 해방 직후 김정한의 현실파악이 어떠했고 그의 정치노선이 어디를 향하고 있었는지 짐작할 수 있다. 그것은 건준(건국준비위원회)과 인민위원회 노선으로서, 이승만-박정희 독재정권에 의해 좌익으로 몰려 음해와 탄압을 받은 정치적 입장이다. 그러나 건준 노선은 해방공간에서 우익의 백색테러에 시달리고 정부수립 후에는 용공의 낙인이 찍혀 지하로 잠적할 수밖에 없기는 했으나, 결코 좌익 계급주의가 아니다. 굳이 명명하지만 자주적 민족통합 노선으로서, 여운형뿐만 아니라 말년의 김구·김규식도 여기에 포괄될 수 있을 것이다. 이렇게 볼 때 일제강점기와 해방 직후 김정한의 정치적 입장은 중간좌파적 민족주의라는 일관성 위에 서 있었다고 말할 수 있다.

그런데 최근 한 국문학도가 「김정한 희곡 '인가지(隣家誌)' 연구」에서

1943년 9월호 『춘추』에 실린 김정한의 단막극 희곡 「인가지」가 친일적인 작품(소위 附倭作品)이라고 주장하여 커다란 충격을 주고 있다(박태일 『경남·부산 지역문학 연구 1』, 2004). 만약 그 주장이 사실이라면 김정한의 문학과 인생이 그동안 지녀온 명예는 커다란 타격을 받을 것이고, 따라서 우리는 몇 남지 않은 일제말의 문학적 지사들 중 한 분을 잃게 될지도 모를 일이었다. 조마조마한 마음으로 그 책에 부록으로 실린 희곡 「인가지」를 읽고서 나는 우선 한숨을 돌렸다. 친일적인(저자의 용어로 부왜적인) 작품이라는 것은 터무니없는 과잉해석이고 일종의 중상모략이라고도 할 수 있음이 분명했기 때문이다. 그러나 한두 가지 아쉬운 점이 남는 것은 사실이다. 1943년의 시점에서 공적인 잡지에 작품을 발표했다는 사실 자체 속에 내포된 일종의 현실타협을 부인할 수는 없지 않은가. 그리고 주인공 개동(開東, 개똥이)이 지원병 나갈 처지에 면사무소로부터 근로봉사대 나오라는 통지를 거듭 받는다는 설정의 문제점이다. 여기서 길게 논의할 여유가 없지만, 결론만 말한다면 「인가지」 발표는 김정한의 변절 또는 식민지체제에의 투항으로 보기 어렵다는 것이 내 생각이다. 그의 문학생애 전체를 통관해볼 때 그가 현실체제 바깥에 있었던 적이 없다는 점을 나는 지적하고자 한다. 알다시피 그는 여러 차례 감옥을 들락거렸고 때로는 목숨이 위태로웠던 적도 있었다. 그러나 따지고보면 그가 때때로 형법의 제재를 받고 치안당국의 손에 걸려들었던 것은 그가 현존체제 외부에 있었기 때문이 아니라 체제내적 존재이기를 일관되게 선택했기 때문이다. 이런 논리에 의해 모든 부역활동이 면죄부를 받는 것 아닌가 하는 의혹을 당연히 제기할 수 있다. 하지만 그의 경우 체제 안에 있기 때문에 도리어 체제에 저항할 도덕적 자격을 부여받는다고 그는 느꼈던 것 같다.

4

우리가 잘 아는 바와 같이 김정한의 문학적 전성기는 그의 육신의 나이가 60 가까울 때부터 5,6년간이다. 1966년 11월호『문학』지 소설월평으로 김정한 선생과 개인적 인연을 맺은 나는 1960년대 말경부터 계간『창작과비평』의 편집실무를 맡고 있어서 자주 청탁할 기회를 가질 수 있었다. 그것은 나에게 아주 행복한 기억이다.

이 무렵의 작품들을 어떻게 개념화할 수 있을까.「모래톱 이야기」는「사하촌」「항진기」의 단순한 계승이 아니라 그것으로부터의 실질적인 발전이다.「사하촌」과「항진기」는 1930년대의 농민현실에 대한 예리한 접근에도 불구하고 그 시대 문학의 일반적 한계 즉 도식성과 관념성 및 일정한 통속성의 폐해를 벗어나지 못하고 있다. 반면에「모래톱 이야기」는 일제시대 작품들과 문제의식을 공유하면서도 참된 생활적 실감 즉 리얼리즘의 성취를 향해 나아가고 있다.

「수라도」는 최원식 교수의 적절한 분석대로 김정한의 대표작일뿐더러 1960년대 최고의 민족문학적 업적이다. 거의 중편 분량의 이 소설에서 그는「옥심이」「추산당과 곁사람들」등 지난날의 작품들에서 섣부르게 손대다가 어설프게 끝낸 모티브를 다시 불러내어 중후한 서사시적 위엄 속에 형상화하고 있다. 그러나 유감스럽게도「수라도」와 같은 깊이와 원숙성을 갖춘 진정한 걸작은 그의 소설세계에서 예외적으로 우뚝 솟아 있을 뿐이다.

이제 다시 농민문학의 주제로 돌아가보자. 앞서 지적한 바 있듯이 1960년대 후반 이후 급격한 농민분해와 농촌몰락 및 자본주의 경제의 폭력적 성장에 의해 농민문학은 실체를 잃어가기 시작하고 있었다. 다시 말하면 이제 농민문학은 당대적 현실성의 소실지점을 향해 걸어가고 있었다. 그리하여 김정한은 때때로 작가적 시선을 과거 식민지시대의 농촌으로 돌린다. 「어둠 속에서」(1970) 「사밧재」(1971) 「산서동 뒷이야기」(1971) 등이 그러한 작품들이다.

1970년의 현실에서 그가 발견한 농민존재의 새로운 전이형태는 「인간단지」(1970) 「산거족」(1971) 「회나뭇골 사람들」(1973) 등의 작품에 절실하게 다루어진 사회적 약자들이다. 어떤 점에서 나병환자·도시빈민·백정 등 그 작품들에 다루어진 인물들은 정상적인 사회구성으로부터의 탈락자들이고 농민계급의 병든 낙오자들, 인생의 막장에 다다른 극단의 저항자이다. 그런데 회갑을 넘긴 노년의 작가 김정한의 시선은 정규적인 농민계급을 떠나 이들 최악의 소외자에게로 간다. 휴머니즘이라는 서양어로밖에 명명되지 않는 그의 완강한 저항정신이 마지막에 도달한 문학적 서식처가 결국 이와 같은 특수지대였다는 것은 당대 한국현실의 숨막히는 경직성을 침통하게 증거한다.

이 시점에서 그의 문학사적 역할은 후배들에게 인계될 수밖에 없었다. 여전히 문제적인 현실 즉 농민현실은 송기숙·이문구·김춘복·문순태 같은 작가들에 의해 좀더 풍요로운 디테일을 통해 그려지게 될 것이었다. 그의 본질적인 문제의식 즉 정의와 평등이 숨쉬는 화해적 대동세상의 실현은 1970년대 이후 오늘까지 우렁차게 지속되는 민족문학운동의 생동하는 목표로서 지금도 힘차게 살아있다. 이렇게 생각해볼 때 김정한은 살육과 전쟁과 독재, 수탈과 억압과 기아의 수많은 고난의 물결을 헤치고 살아남아 우리에게 가치있는 삶의 희망을 알려준 위대한 전달자의 삶을 살았던 것이 확실하다. 그리고 우리 후배 문학도들로서는 그 전달의 방식이 문학의 형태로 이루어졌다는 데에 큰 자부심을 가진다.

제7회 요산문학제(2004. 10. 23) 발제문; 『작가와사회』 2004년 겨울호

민중의 현실과 소설가의 운명

■

황석영의 단편소설들

1

한때 '70년대 작가'라는 말이 언론에 자주 오르내린 적이 있었다. 격세지감이 있지만, 지금은 그 말을 기억하는 사람조차 드물어졌다. 생각해보면 당연한 노릇이다. 문학에 대한 세대론적 접근은 저널리즘의 상업주의와 관련이 있거나 혹은 문단의 주도권을 겨냥하는 신세대의 전술에 결부되어 있기 십상이다. 1920년대의 이광수에 대한 김동인의 비판, 1930년대 말의 기성작가들에 대한 김동리의 도전이 그런 것이었고 오늘의 '신세대 문학론' 역시 그런 문단전략의 혐의를 벗어나기 어렵다.

그러나 작가들의 생물학적 연령이나 등장연도에 따른 '70년대 작가'론이 불순한 저의를 품을 수 있다 하여 1970년대라는 특정한 시대의 현실과 그 시대의 문학을 연관시키는 사고 자체가 무의미해지는 것은 아니다. 가령, 김정한·이호철·송기숙·이문구·조세희 들이 1970년대에 이룩한 문학은 그 시대 남한의 사회현실을 떠나 설명될 수 없으며, 그런 점에서 그들이 1970년대에 발표한 작품은 그야말로 '70년대 문학'이라 불리어 마땅하다. 그리고 내 생각에는 황석영(黃晳暎)이야말로 1970년대의 전형적인 현실을 그 예민한 시대적 감각에 의해 가장 탁월하게 형상화한 대표적인 '70년대 작가'이다.

그렇다고 해서 황석영의 소설작업이 1970년대에 국한되어 있는 것이 아님은 물론이다. 그는 이미 1962년 약관 19세 나이에 단편소설 「입석 부근」을 발표했다는 점에서 '60년대 작가'이고, 1980년대에는 대하소설 『장길산』을 완성하고 장편 『무기의 그늘』을 발표했다는 점에서는 '80년대 작가'이다. 비록 그가 1980년대 말부터 문학 바깥에서의 활동 때문에 지금 작품을 발표할 처지에 있지 못하기는 하지만,* 그는 1990년대에 있어서뿐만 아니라 21세기에 가서도 가장 중요한 작가의 한 사람으로 남아 있을 것이다. 그러나 지금까지의 업적을 갖고서만 살펴본다면 그의 문학에 들어 있는 핵심은 1970년대의 정신과 1970년대의 현실임이 확실하다.

그렇다면 황석영의 문학을 규정짓는 시대적 배경이자 객관적 토대로서의 1970년대적 현실이란 어떤 것인가. 그 현실과의 치열한 대결을 통해 형성된 황석영의 '70년대 문학'이란 문학사적으로 어떤 의의를 갖는 것인가. 이 점을 이 책에 수록된 작품들을 중심으로 검증하는 것이 이 글의 목적이다.

---

* 이 글은 『한국소설문학대계 68: 황석영』(동아출판사 1995. 7. 30)에 수록된 해설이다. 알다시피 황석영은 1989년 북한방문, 독일과 미국에서의 망명 생활, 그리고 1993년 귀국과 동시에 국가보안법 위반으로 7년형을 선고받고 수감되어 있었다. 당시 민예총 이사장으로 있던 나는 '황석영 석방대책위원회' 활동에 관여하면서, 그의 석방을 촉구하는 캠페인의 일환으로 이 해설을 작성했다.

2

앞에서 잠깐 언급했듯이 황석영은 1962년 「입석 부근」이 『사상계』에 입선되면서 문단에 이름을 등록하였다. 지금 읽어보더라도 이 단편소설은 만 스무살이 채 안된 젊은이의 것이라고는 도저히 믿을 수 없는, 그러나 동시에 그런 젊음만이 쓸 수 있는 싱싱한 힘과 뜨거운 열정, 순수한 고뇌와 건강한 낙관에 가득 차 있다. 나는 20여년 만에 다시 이 작품을 읽으면서 황석영이라는 작가의 천재성에 대해 새삼 경탄해 마지않았다. 물론 이 작품은 그후 1970년대에 씌어진 그의 대표작들에 비하면 내용이 빈약하고 기술적으로도 미숙한 것이 인정된다. 그러나 놀라운 점은 이 작품이 그러한 빈약성과 미숙성 안에서는 그 나름의 최선을 실현하고 있다는 사실이다. 이것이야말로 실은 우리가 훌륭한 작품에서 늘 기대하고 경험하는 것인데, 「입석부근」은 비교적 단순한 소설적 구도 안에 소년작가 황석영의 풋풋한 감성이 팽팽하게 집약되어 그 수준에서의 완벽한 문학으로 농축되어 있는 것이다. 무엇보다 이 작품에서 우리의 관심을 끄는 것은 감상의 제어와 객관적 묘사의 정신이다. 이것은 황석영 문학의 일관된 특징이라 할 수 있는 것으로서, 그의 작품은 1인칭화자에 의해 서술되는 경우에도 묘사의 객관성이 최대한 유지되며, 그리하여 사물과 행동은 결코 주관화되지 않고 일종의 리얼리즘이라 불리어질 수 있는 엄정한 기율에 의해 견고하게 형상화된다. 「입석 부근」의 대부분 장면은 주인공＝화자와 다른 세 사람이 암벽등반을 하는 과정의 묘사로 일관하고 있어, 자칫 지루하고 단조롭다는 느낌을 줄 수도 있다. 그러나 작은 동작 하나하나가 생생하게 살아있는 구체적 묘사를 통해 제시됨으로써 소설적 긴장을 잃지 않는다. 한 대목 읽어보기로 하자.

"앵커 바짝!"

밑에서 신호가 올라왔다. 주위를 둘러보았다. 자일이 밑으로 축 늘어져 있었다. 양쪽 어깨에 걸쳐 감고 있던 자일이 어느 틈에 허리 뒤까지 흘러내려와 있었다. 택은 옆에 있지 않았다. 밑에서 세컨드 영훈이가 홀드를 긁어쥐고 애를 쓰는 소리가 들렸다. 자일이 팽팽해질 때까지 부지런히 당겨 올렸다. 어깨에서 자일을 내리고 두 손으로 끌어올렸다. 세컨드의 손가락이 서투르게 위로 뻗쳐졌다. 나는 이 가냘픈 살덩어리들을 내려다보았다. 손가락들은 몹시 예민했다. 밑에서 보이지 않는 부분의 오목한 바위조각을 쉽게 더듬어 잡는 것이었다. 힘을 주어서 바짝 끌어올렸다. 영훈은 끄응 하는 낮은 신음소리를 내며 바위 위에 간신히 한쪽 무릎을 올려놓았다. 그는 하얗게 질린 얼굴을 들어 나를 수줍은 듯이 올려다보았다. 나는 고개을 끄떡했다. 그리고 웃었다.

여기 보이는 바와 같이 암벽등반 순간의 긴박한 행동이 세밀하고 냉정하게 그려질 뿐이며 일체의 감상적인 군소리가 배제되어 있다.「입석 부근」에 들어 있는 황석영 문학의 맹아적 요소는 그러나 이러한 세부묘사의 객관성뿐만이 아니다. 위기의 상황에 대처하는 주체적 결단과 인간적 유대의식, 흔히 휴머니즘이라고 통칭되는 인간긍정의 정신이 소박하나마 강렬하게 이 작품의 뼈대를 이루고 있으며, 소년기 황석영이 겪었던 자전적 경험(퇴학·가출 따위)도 작품의 밑그림으로 희미하게 깔려 있다. 이 자전적 요소들은 후일「잡초」「열애」같은 작품들에서 좀더 상세하게 다루어지게 된다.

황석영이 본격적으로 작품활동을 개시하는 것은 1970년에 단편「탑」이『조선일보』에 당선되고 이듬해 중편「객지」가『창작과비평』에 발표되면서부터이다. 그 사이 그는 대학을 다녔고 월남전에 참가했으며 막노동도 해보았다.「탑」은 월남전 경험을 극화한 초기적인 작품인데, 후일 그는

「낙타 누깔」「몰개월의 새」「돛」 같은 단편들, 특히 장편소설 『무기의 그늘』에서 좀더 치열한 역사의식을 가지고 월남전 경험을 돌아본다. 제국주의가 지배하는 냉엄한 국제관계, 민족해방전쟁의 본질과 그것의 세계사적 의미, 월남군의 부패와 월남사회의 타락, 왜 싸워야 하는지도 모르면서 전쟁에 징발된 한국군의 어정쩡한 위치 그리고 전쟁이라는 것 자체의 본질적인 파괴성과 야만성을 그의 월남전 문학은 심층적으로 사유하는 것이다.

그러나 역시 작가 황석영의 문학사적 등장을 천하에 알리고 그의 문명을 일거에 드높인 작품은 「객지」였다. 이 작품의 발표는 시에서의 신경림의 「농무」 발표와 더불어 '70년대 문학'의 역사적 출현을 눈부시게 선포한 일대 사건이었다. 이제 이 점을 구체적으로 살펴보자.

알려진 바와 같이 한국의 1970년대는 '개발독재' 또는 '군사독재'로 지칭되는 박정희 정권의 강제력에 의해 자본주의적 산업화가 압축적으로 추진된 기간이다. 축적된 자본과 부존자원이 빈약한 그리고 6·25전쟁에 의해 피폐해진 낙후한 농업국가를 일거에 공업화시키기 위해 박 정권이 채택한 정책은 요컨대 대외의존의 심화, 농민과 노동자의 희생, 재벌중심의 고도성장이었으며 이에 따른 사회적 모순과 정치적 갈등을 물리적 폭력으로 억압하는 것이었다. 이에 대한 역사적 평가는 물론 단순하게 찬반(贊反)으로만 내려지기 어렵다. 강압적이고 종속적인 형태로나마 산업화가 진행되어 급속한 경제적 발전이 이루어진 것은 사실이며, 그 물질적 토대 위에서 시민적 민주주의의 가능성이 성장한 것도 사실이기 때문이다. 그러나 이와 더불어 분명한 것은 산업화 과정에서 전통적인 농민공동체가 전면적으로 붕괴되고 농촌에서 쫓겨난 수많은 이농민들이 산업노동자 내지 도시빈민으로 전락했으며, 그리하여 대부분의 국민이 전래의 안정성을 잃고 각자의 방식으로 뿌리뽑힌 존재가 되었다는 사실이다. 황석영을 비롯한 1970년대 작가들이 주목한 것은 바로 이와 같은 박탈과 소외의 현실이었다. 그리고 그들이 묘사한 것은 현실의 악조건에 굴하지 않고 인간다운 삶의 가능성을 실현시키기 위해 일어선 민중적 투쟁의 현장이었다.

「객지」에 다루어진 것은 서해안 간척지에서 일하는 일급(日給)노동자들의 삶이다. 그들은 조직된 산업노동자가 아니라 말하자면 뜨내기들이다. 그렇기 때문에 그들이 처한 노동조건은 더욱 열악하다. 임금은 터무니없이 적고 그나마 현금으로 지불되지도 않으며, 서기·감독 같은 중간관리층은 야비하고 착취적이다. 노동시간은 제대로 지켜지지 않고, 이에 대한 노동자들의 항의는 먹혀들지 않는다. 이처럼 열악한 노동조건임에도 노동자의 단체교섭권은 인정되지 않는다. 노동자들 자신이 어떤 단결된 행동이나 의식을 보여주지 못하는, 저급하고 분열적인 존재들이다.

이러한 상황에서 작가가 불가피하게 선택한 소설전략은 현실의 저급성과 분열성을 뛰어넘는 영웅적 주인공의 설정이다. 노동자의 계급의식이 충분히 성숙되지 못한 역사적 단계에서 작가가 현실을 뛰어넘는 선진노동자를 주인공으로 선택하는 전략은 때로는 과도한 영웅주의라는 비판을 받기도 했다. 과연 그런 측면이 없는 것은 아니다. 선취된 이념의 거울에 반사된 현실의 묘사는 객관성을 잃고 낭만적 허위로 전락할 위험이 얼마든지 있기 때문이다. 그러나 「객지」의 경우 작가는 세부묘사의 엄밀성과 냉정함을 최대한 견지함으로써 그러한 위험을 벗어나고 있을 뿐만 아니라, 다음의 마지막 장면에서 보는 바와 같이 노동자계급의 성장이라는 역사의 대세를 정확히 간취함으로써 리얼리즘의 달성에 힘차게 다가서고 있다.

그는 자기의 결의가 헛되지 않으리라는 것을 믿었으며, 거의 텅 비어버린 듯한 마음에 대하여 스스로 놀랐다. 알 수 없는 강렬한 희망이 어디선가 솟아올라 그를 가득 채우는 것 같았다. 동혁은 상대편 사람들과 동료 인부들 모두에게 알려주고 싶었다.

"꼭 내일이 아니라도 좋다."

그는 혼자서 다짐했다.

이 장면에서의 주인공 동혁의 결의와 다짐 그리고 강렬한 희망은 그러나 객관적 현실 자체에서 솟아오른 것은 아니다. 이 작품이 씌어진 1970년대 초만 하더라도 아직 한국 자본주의는 축적의 초기단계에 있었으며 계급적 노동운동 역시 제대로 된 조직을 갖기 이전이었다. 1970년 평화시장 노동자 전태일의 분신이야말로 이 시대 한국 노동현실의 열악성과 노동운동의 미성숙을 입증한다. 그런 점에서 1970년대 전반기의 전형적 민중상은 농민 또는 노동자로서의 계급적 기반을 잃어버린(또는 획득하지 못한) 무정형적 소외자·탈락자들이다. 황석영의 「객지」「이웃 사람」「돼지꿈」「삼포 가는 길」「섬섬옥수」「장사의 꿈」 같은 걸작들은 바로 이런 인물들의 생활과 감정을 뛰어난 소설적 화폭 안에 담아냄으로써 이 시대 현실의 심층을 드러낸 것이다.

생각건대 「돼지꿈」은 황석영의 초기 단편들 중에서도 소외된 민중의 다양한 형상을 넘치는 민중적 활기로써 묘사하는 데 성공한 가장 탁월한 업적일 것이다. 이 소설에는 이런저런 내력을 지닌 여러 종류의 인물들이 등장한다. 작가는 세심하고 예리한 필력으로 그들의 하루일과를 추적한다. 변두리 빈민가로 모여든 그들의 삶은 실로 고달프고 막막한 것이다. 그러나 작품이 진행되는 동안 독자들은 그 고달픔과 막막함의 외관 안에 잠복한 인간적 풍요와 활력이 그들 삶의 진정한 내용임을 드디어 깨닫게 된다. 여기서 굳이 민중문학이라는 말을 꺼낼 필요도 없을 것이다. 그러나 가난하고 억눌리고 비뚤어진 사람들의 평범한 일상에 대한 묘사가 이처럼 풍성하고 활기있는 생명활동으로 살아남을 보는 것은 황홀한 감동이고 놀라움이다. 훌륭한 문학이 행하는 일의 하나는, 마치 종교적 신비체험에서 앉은뱅이가 벌떡 일어서 건강체로 되듯이, 이처럼 비속하고 곤핍한 인생으로 하여금 그것 스스로 높은 도덕적 기품과 인간적 생명력의 담지자가 되게 하는 것이다.

「섬섬옥수」는 외관상 연애소설이다. 작품의 화자인 주인공 박미리는 스물세살의 여대생이고 실업가의 외동딸이며 드물게 미모를 갖춘 유복한 아가씨다. 황석영의 소설세계에서는 말하자면 예외적인 인물인 셈이다. 이 젊은 여성을 중심으로 세 사람의 남자가 등장한다. 미리의 약혼자인 장만오는 공과대학을 졸업하고 외국에 유학가서 석사가 되어 돌아온 넉넉한 집안의 아들이다. 그러니까 미리의 짝이 되기에 알맞은 인물로서, 미리와 더불어 이 사회의 상층부를 이루고 있다. 이들 둘만의 관계가 다루어졌다면 설혹 그들 사이에 성격차이에서 오는 갈등이 생겨났다 하더라도, 또 미묘한 감정의 기복이 섬세하게 포착되었다 하더라도 결국 상류계층의 내부적 사안(事案)에 머물렀을 것이다. 여기에 두번째 사나이 김장환이 등장한다. 그는 시골 출신의 가난한 고학생이다. 신문배달·행상 같은 일로 고생스레 야간학교를 졸업하고 간신히 사범대학에 진학하였다. 그는 계층상승의 발판이자 사회적 좌절감을 보상해줄 먹이로서 미리를 끈덕지게 따라다닌다. 이 사실을 알게 된 장만오는 친구 건축사무소의 현장 사람들을 시켜 장환을 구타하며, 이 사건을 계기로 미리는 장만오에게 실망하여 파혼을 선언한다. 한편 김장환은 무자비한 생존경쟁의 그물을 뚫고 이 대도시에서 성공한다는 것이 결국 남을 짓밟고 자기를 파괴하는 길밖에 없음을 깨닫고 새 삶을 꿈꾸며 낙향한다. 이 장환이라는 인물에게 주어지는 작가의 깊은 공감과 동정심은 이 대목에서 커다란 감동을 자아낸다. 세번째 사나이는 미리가 파혼 후에 심심풀이로 흥미를 느껴 가까이하게 된 아파트 관리실의 공인 상수이다. 미리는 "끈에 매어진 개의 코밑에 닿을까말까 하는 거리에다 먹이를 던져주고 즐기던 놀이"를 하는 기분으로 상수에게 말을 붙이고 그를 유혹하여 시외의 강가로 나간다. 그러나 막상 상수가 자신의 몸을 건드리려는 순간 미리는 그 모든 일의 허위를, 또 자기가 "정말로 볼품없는 여자"라는 것을 깨닫는다.

우리는 박미리라는 프리즘을 통해 이 나라의 도시사회를 구성하는 세 개의 단층이 제시되고 있음을 본다. 맨위에는 지배계층으로서의 장만오가 있고, 맨아래에 공인계층인 상수가 있으며, 가운데에 허약한 지식인 김장환이 있다. 본질적으로 미리는 만오와 똑같은 상층사회의 일원이다. 그런데 그들 사이에 장환이 개입할 여지는 어떻게 생겨날 수 있었을까? 또, 장환의 개입에 의해 감정적 균열이 일어난다 하더라도 그것이 어떻게 파혼, 즉 지배계층 내부의 결속의 파괴로까지 이어질 수 있었을까? 어떻든 미리는 세 남자 중 어느 누구와의 사이에서도 진정한 사랑을 이룩하지 못한다. 즉, 이 작품은 가장 사적(私的) 행위라 할 사랑도 철저히 사회적 관계에 매개되고 있으며, 그러면서도 미리와 만오의 관계에서 보듯이 계급적 논리만으로 설명 안되는 측면도 아울러 가지고 있음을 보여준다. 동시에 이 작품은 네 주인공이 각각 지닌 인간적 결함과 그 결함의 사회적 기초 즉 우리 현실의 모순과 허위의식을 폭로한다. 이 점에서 작품 「섬섬옥수」는 연애소설의 형식을 빌린 하나의 사회소설이라 할 것이다.

단편 「삼포 가는 길」은 「섬섬옥수」의 표층세계에 가려져 있는 우리 사회의 심층세계를 완벽하고 아름다운 형식 안에 도려낸 뛰어난 소설이다. 크지 않은 규모의 작품 안에 이처럼 시작과 중간과 끝을 보태지도 빼지도 못하게 충만된 일치를 이루도록 빈틈없이 짜넣은 단편소설을 찾기는 어렵다. 절제되고 다듬어진 언어, 서정적인 영화의 장면들을 연상케 하는 탁월한 영상적 처리, 감정교류의 민감한 포착, 그러면서도 당대 민중현실과의 핵심적 연관제시 등 이 작품의 소설적 성취는 그야말로 고전의 반열에 우뚝 서 있다.

「삼포 가는 길」에 나오는 인물들은 일거리를 찾아 공사판을 떠돌며 생존을 이어나가는 뜨내기 노동자와 시골 술집의 작부이다. 우리 사회의 최하층을 이룬다고 할 수 있는 이들은 「섬섬옥수」의 만오나 미리 같은 사람들에게 가까워질 수도 이해될 수도 없는 존재이며, 가난한 대학생 장환이나 아파트 관리실의 기능공 상수조차도 이들보다는 안정적인 삶을 누리고 있다. 「삼포 가는 길」의 노영달이나 정씨, 백화 같은 인물들에게는 만오나 미리의 부르주아적 도덕관념과 섬세한 연애감정 따위가 결코 알려져 있지 않다. 장환의 고뇌 같은 것은 이들에게는 사치스러워 보일지 모르며, 상수의 생활감정조차 이들에게는 소시민적인 것에 불과하다. 요컨대 「삼포 가는 길」의 주인공들은 모든 사회적 혜택과 보호에서 추방되어 오직 자신의 육신만을 밑천으로 살아가야 하는 밑바닥 인생들이다.

이러한 세 사람이 각자 나름의 곡절을 지닌 채 우연히 몇시간 동안 춥고 황량한 시골의 눈길을 함께 걷게 된다. 일터를 찾아가는 막노동자, 돌아갈 고향을 잃어버린 뜨내기, 돈을 훔쳐 달아나는 작부 같은 사회적 탈락자들, 더이상 빼앗길 것도 없고 아무런 미래의 희망도 보장된 바 없는 산업사회의 최심층에 해당하는 이 인물들 속에서 작가는 무엇을 보았던가. 동행하는 동안 이들은 서로 본질적으로 동류임을 깨달았고, 그리하여 이들은 가장 고귀한 인간적 애정과 가장 순수한 연대감을 공유하게 된다. 즉, 이들은 고향상실과 사회적 불평등, 무자비한 경쟁과 가혹한 노동 수탈로 특징지어진 이 시대에 있어서 그 시대적 모순에 맞선 동지적 결합을 이룩하는 것이다. 그리하여 거칠고 헐벗은 막벌이 노동자는 인간회복의 전선에 나선 투사의 모습으로, 아무에게나 몸을 팔던 술집 작부는 모든 여성적 가치를 한몸에 구현한 성처녀의 모습으로 우뚝 부각된다. 바로 이것이 가장 소외되고 황폐해진 사회적 침전물 안에서 작가 황석영이 길어올린 값진 인간상의 영웅적 표상이다.

3

황석영이 뜨내기 노동자를 비롯한 사회적 소외자들의 형상을 통해 1970년대 문학의 한 전형을 창조했음은 방금 지적한 바이지만, 그러나 그의 소설적 관심이 한곳에만 제약되어 있었던 것은 아니다. 당선작「탑」부터 장편『무기의 그늘』까지의 일련의 작품들에서 그는 월남전의 실상과 현대세계의 제국주의적 본질을 묘파했고, 그밖에도 다양한 방면에서 중요한 문제제기적 작품들을 발표하였다. 이미 1972년에 그는 중편「한씨 연대기」에서 남북분단의 현실 속에서 참담하게 좌절해가는 한 인간의 비극을 정면으로 다룬 바 있었다. 주지하는 바와 같이 분단은 우리 민족의 삶을 규정짓는 가장 핵심적인 모순이지만, 그것을 제대로 다루는 작업은 4·19혁명 이후에야 겨우 가능성이 열렸다. 최인훈의『광장』은 본질적으로 비정치적 지향을 함축한 작품임에도 냉전시대의 반공주의적 편향을 벗어나고 있다는 점에서 분단문학의 출발점이 될 수 있었다. 어떤 점에서「한씨 연대기」는『광장』의 연장선상에 있는 작품이다. 주인공 한영덕은 의사이자 의대 교수로서 체제나 이념 같은 것과는 상관없이 그저 가족을 사랑하고 의사의 직분에 충실하려 했던 인물이다. 그럼에도 그는 고향인 북한에서나 월남한 뒤의 남한에서나 당국에 잡혀가 심한 고문을 당하고 죄인의 몸이 되어 결국 폐인으로 전락한다. 한 선량한 소시민을 파멸로 몰아간 것은 무엇이었던가.「한씨연대기」의 문학적 의의는 이 질문을 통해 우리 민족사의 비극을 정면에서 바라보도록 한 데 있을 것이다.

「북망, 멀고도 고적한 곳」은 서정적인 아름다움을 느끼게 하는 단편이다. 이야기는 아주 단순하다. 어머니가 죽은 직후 어머니의 화장한 유골을 가지고 난생 처음 부모의 고향에 내려온 청년이 아버지 묘를 이장하면서 부모를 합장하는 과정이 담담하게 서술되어 있을 뿐이다. 아버지의 친구였던 노인의 입을 통해 아버지의 죽음에 얽힌 사연이 어렴풋이 암시되지만 구체적으로 밝혀지지는 않는다.

「산국(山菊)」과 「종노(種奴)」는 전혀 다른 시대를 다루고 있지만 근본적으로 동일한 문제의식에 입각해 있는 작품들이다. 전자는 19세기말 동학군과 일본군이 접전하는 와중에 피난 가는 양반 고부간의 이야기고, 후자는 그로부터 70여년이 지나 새마을운동이 벌어지는 농촌의 이야기이다. 여기서 작가가 문제삼는 것은 그 엄청난 사회적 변화에도 불구하고 뿌리 깊이 온존하는 봉건적 계급관계이며, 그것이 사람의 자연스럽고 독립적인 삶을 어떻게 제약하고 유린하는가이다. 이러한 역사의식이 작가로 하여금 대하소설 『장길산』에서 조선후기 민중운동의 기대한 흐름을 본격적으로 탐색하도록 이끌었을 것이다.

단편 「아우를 위하여」와 「가객」은 소설가의 임무와 예술가의 운명에 관한 성찰을 담은 작품들이다. 견고한 문체와 객관적인 시점에 의해 사건을 묘사하고, 그러는 가운데 민중현실의 핵심적 장면을 포착하는 황석영 소설의 일반적 경향에 비추어 이 작품들은 얼마간 예외적이라 할 수 있다.

「아우를 위하여」는 주인공＝화자가 군대에 나간 아우에게 "뭔가 유익하고 힘이 될 말을 써 보내고" 싶어서 자기의 소년시절에 있었던 일을 회상하는 편지의 형식으로 되어 있다. 그러니까 이 작품은 처음부터 뚜렷한 윤리적 동기 아래 씌어진다는 것을 내세우고 있는 셈이다. '내'가 열한 살 나던 소년시절의 국민학교는 6·25전쟁 직후의 혼란기라 질서가 없었다. '메뚜기'란 별명을 가진 담임선생은 아이들 가르치는 데 아무런 열성이 없어 툭하면 자습을 시키고 자기 볼일이나 보러 다닌다. 힘깨나 쓰는 아이들이 학급을 주름잡고 횡포를 부린다. 특히 영래라는 아이가 우두머리로서, 그는 청소도구를 산다고 돈을 거두어 찐빵을 사먹는가 하면 멋대로 자습시간에 씨름대회를 열고 말을 듣지 않는다고 주먹을 휘두르기도 한다. 여기에 교생실습을 나온 여선생이 등장한다. 그는 열의를 다해 가르치려 하며 학급을 따뜻한 분위기로 만들기 위해 애쓴다. 이렇게 해서 이 학급은 영래의 주먹을 믿고 함부로 으스대는 몇몇 아이들과 여선생을 좋아하고 영래를 미워하면서도 주먹이 무서워 묵묵히 지내는 다수의 아이들로 은연중 갈라진다. 어느날 수업시간에 여선생을 모욕하는 종이쪽지가 나돈다. 이를 계기로 '나'는 "드디어 더이상 두려워해서는 안된다는 결심"을 하고 분연히 영래네 패거리에게 도전하며, 그러자 다수의 아이들도 여기에 동조한다. 그리하여 그때까지 학급을 지배하던 강자는 순식간에 풀죽은 약자로 전락하는 것이다. 여기서 '내'가 아우에게 말하고자 하는 것, 다시 말해 작가가 독자에게 말하려는 것은 분명하게 드러난다. 정의로운 다수의 힘은 불의보다 강하다는 것, 폭력이 때때로 강해 보이나 그 까닭은 다수의 윤리적 무관심 때문이라는 것, 비겁하다는 것은 결국 악의 존재를 승인하고 악에 협력하는 것이라는 진실을 이 작품은 말한다. 이것은 실로 높은 도덕적 요구로서, 그것은 "걸인 한 사람이 이 겨울에 얼어죽어도 그것은 우리의 탓이어야 한다"는 명언으로 작품 속에 박혀 있다.

「가객」은 일종의 우화소설이다. 문체도 객관적이기보다 암시적이며 서사적이기보다 서정적이다. 주인공 수추(壽醜)는 떠돌이 가객이다. 그는 신묘한 가락을 찾기 위해 온갖 노력을 기울이는데, 가락을 완성하는 순간 자기 얼굴을 잃고 흉한 모습으로 변한다. 사람들은 그의 노래에 깊이 매혹되었다가 추한 얼굴을 보고는 그를 증오하며 돌을 던진다. 그리하여 그는 강 건너 빈 절터에서 혼자 노래를 부르며 살아간다. 마침내 그는 증오와 자만심을 극복하고 '환희의 얼굴'을 만난다. 이제 수추는 다시 강을 건너 저자로 돌아와 동냥을 하면서 노래를 부른다. 그래서 사람들은 함께 끌어안고 기뻐하며 그의 노래를 따라 부른다. 이 과정을 통해 작가는 자기 예술의 완성에만 집착하는 개인예술가가 어떻게 만인과 결합된 민중예술가로 거듭나는가를 암시하고자 하는데, 이것은 바로 억압과 모순의 시대에 소설가의 사명이 무엇이고 예술가의 운명이 어떠해야 하는가에

대한 작가 황석영의 신앙고백이라 할 것이다. 1970~80년대의 많은 문인
들이 수난을 겪었듯이 「가객」의 주인공을 기다리는 것도 압제와 고문과
죽음이다. 마을의 지배자인 장자는 많은 사람들이 수추를 따르는 데에 위
험을 느끼고 그를 잡아들여 노래를 부르지 말라고 명령한다. "저는 살아
있는 한 노래를 불러야만 합니다." "저는 제 노래를 원하는 사람들 곁을
떠날 수가 없습니다." 이것이 수추의 대답인데, 그는 혀가 잘리고 목이 잘
려 죽임을 당한다. 그러나 그가 남긴 노래들은 사람들에게 더욱 널리 퍼
져나간다.

우리는 이 작품에서 예술적 완성에 이르는 길은 무엇인가, 진정한 예술
은 어떻게 인민을 결합시키고 사람들을 기쁘게 하는가, 그리고 독재권력
은 왜 참된 예술에 적대적일 수밖에 없는가에 관한 깊은 성찰을 얻는다.
이것은 어쩌면 작가 황석영이 자기 시대와 십여년 후에 다가올 자신의 문
학적 행로에 대해 예감한 운명적 발언일지도 모른다. 그러나 그가 비록
지금 그의 주인공 수추처럼 감옥에 갇혀 있기는 하나, 수추의 경우와 달
리 이 땅의 민족현실은 반드시 그를 넓은 광명천지로 끌어낼 것이다. 작
가로서 그의 남다른 사명과 탁월한 필력이 그것을 요구하기 때문이다. 황
석영은 다시 저자 속으로, 우리의 곁으로 돌아와야 한다. 그가 풀어내는
끝없는 이야기들은 그를 사랑하는 사람들의 귀에 들려지고 그들의 입에
오르내려야 한다. 그의 문학은 정권보다, 체제보다, 이념보다 더 영원할
것이다.

『한국소설문학대계 68: 황석영』(동아출판사 1995) 해설

선비정신과 민중의식의 길항

■

손춘익의 삶과 문학을 추억하며

지난해 6월 하순 며칠 동안 서울에서 지낼 일이 생겼다. 20년 넘게 산 곳이고 지금도 친한 사람들이 제일 많이 모여 있는 곳이 서울인데도, 어쩌다가 서울에만 오면 떠날 궁리부터 한다. 그런데 서울에 온 다음날 창작과비평사의 이시영 씨에게 전화를 하자, 그가 대뜸 "포항 손춘익(孫春翼) 선생이 어제 쓰러졌답니다. 지금 응급실에 있나봐요"라고 말한다. 순간 나는 가슴이 쿵 하고 내려앉는 듯했다. 기어코 이런 일이 벌어졌구나! 놀라기는 했지만 뜻밖은 아니었다. 벌써 여러 해째 거의 매주일 전화를 주고받으면서 손춘익 형과 나는 서로의 건강을 염려해온 터였던 것이다. 그는 꽤 오래전부터 혈압이 높았다. 그런데도 그는 평생 그가 가장 좋아하는 일, 즉 글쓰기와 술 마시기를 줄이지 않았다. 그러니 건강이 점점 더 나빠질 수밖에 없었다. 아마 3,4년 전이었을 것이다. 그가 아침 일찍 포항에서 달려와 대구의 정지창·김창우·이동순 교수들과 함께 비슬산 등산을 하게 되었다. 걷다보니 저절로 손형이 제일 뒤로 처지고 바로 그 앞에서 내가 걷게 되었다. 그런데 얼마 걷지 않아서 나는 이 등산을 그만둬야되겠다고 결심했다. 왜냐하면 손형이 자꾸 쉬자는 말을 꺼낼뿐더러 쉬고 나서 걷기 시작하면 5분도 안되어 벌써 그에게서 거친 숨소리가 풀무질 소리처럼 들려왔던 것이다. 그때 나는 그의 건강에 심각한 문제가 있다는 것을 실감했다.

그러고보니 1980년대 초에 그에게 이끌려 포항 근처 내연산을 오르던 기억이 난다. 유명한 보경사를 지나 길게 뻗은 아름다운 계곡을 오르는 길이었다. 그때 손춘익 형은 얼마나 잘 걷는지 나로서는 따라가기가 여간 벅차지 않았다. 내가 숨이 차서 좀 쉬어가자고 조르면 한심하다는 얼굴로 나를 돌아보며 한참씩 기다려주곤 했다. "사람이 그래 허약해갖고 우애 무슨 일을 하겠노!" 이렇게 서너 시간 걷고 다시 보경사 아래 주막촌으로 내려오자, 이미 약속이 되어 있었던 듯 손형을 따르는 젊은 문인들 대여섯 명이 자리를 잡고 기다리고 있다. 사실은 이때부터 손형의 진짜 실력이 발휘되는데, 내가 목격한 한에서 술자리에서의 그의 다방면적인 활약은 타의 추종을 불허한다. 첫째, 그는 술을 좋아하기는 하지만 아무하고나 마시는 사람이 아니다. 털털한 겉보기와는 달리 그는 사람을 몹시 가린다. 아첨꾼이나 살살이 같은 소인배와는 한자리에 같이 있는 것조차 견디지 못한다. 그러니 그는 술자리의 멤버를 스스로 꾸리는 조직의 명수가 될 수밖에 없다. 둘째, 그는 대단한 속음가(速飲家)다. 술집에 들어가 앉으면 그는 대뜸 맥주를 서너 잔 들이켜고 나서 "한잔 들어가니 대번에 기분이 좋아진다. 이러니 우애 안 마시겠노!" 한다. 그러고는 자기 자신 부지런히 잔을 비울뿐더러 몸을 사리는 동료들에게 연방 잔을 돌린다. 셋째, 그는 술자리의 화제를 선도해나간다. 그의 힘찬 목소리와 순치되지 않은 사투리는 말 내용의 중요성과 무관하게 좌중을 압도하는 것이다.

하지만 술자리에서 그가 휘두르는 주도권이 끝내 지속되는 것은 아니다. 자리가 길어지면 그는 결국 그가 원하는 상태, 즉 숙취의 황홀경에 도달하는데, 그 시점에 이르면 그는 단연코 술을 거절한다. 나는 손형과 적어도 백 번쯤은 술자리를 함께 했을 터인데, 그가 자기 체력에 맞지 않게 과음하는 것은 더러 보았으되 술에 휘둘려 주정하는 것은 한번도 보지 못했다. 취중에도 그의 정신 속에는 절제와 근신의 기율이 살아있는 듯했다. 이런 점은 그의 삶과 문학을 이해하는 데에도 아주 중요하다. 사실 그가 드러내놓고 자랑한 적은 별로 없지만, 그의 가슴속 깊은 곳에는 자신이 월성(=경주) 손씨의 자손이라는 데 대한 자부심이 늘 잠재해 있었다. 뼈대 있는 집안의 자손으로서 체통에 어긋나는 짓은 결코 해서는 안된다는 자의식이 그를 늘 지배하고 있었던 것이다.

90년대 중반쯤에 있었던 일이다. 그 무렵 극작가 안종관 씨가 엉뚱하게도 중국 칭따오(靑鳥) 근교에 있는 한국인 출자회사의 총경리(=사장)를 3년 동안 맡아본 적이 있다. 그래서 그의 초청으로 신경림 선생, 손춘익 형, 정지창 교수 등과 함께 며칠 칭따오에 놀러간 적이 있다. 와글거리는 재래시장도 구경하고 관광지 아닌 농촌마을의 식당에서 낯선 음식을 사먹기도 하고 또 노산(嶗山) 등산도 하면서 사나흘 보낸 다음, 마지막 날 저녁에는 그곳에 진출한 한국기업인 몇분들과 어울려 한잔하러 가게 되었다. 우리에게는 아주 호화판 술자리였다. 그런데 한창 무르익을 무렵 문득 정신을 차려보니 손형과 정교수가 자리에 없다. 혹시나 싶어 밖으로 나온 즉 어둑신한 길에서 두 사람이 뭐라고 말을 주고받는데, 정 교수가 변명에 급급하다. 가까이 다가가 들어보니 손형이 정교수에게 한참 따지는 중이었다. "다른 사람은 몰라도 평소에 점잖은 정 교수 같은 선비가 춤추고 노래하는 분위기에 휩쓸리면 우째요? 누굴 믿으란 말이요?" 정교수는 웃으면서 "손선생님이 겉만 보고 지레짐작을 해서 그렇지 제가 원래 놀량패로서……" 하고 손형의 농담 섞인 질책에 짐짓 맞춰주고 있었다. 그러나 농중진(弄中眞)이라고, 손형의 우스개 속에는 선비가 지켜야 할 처신과 절도에 대한 집념이 들어 있었다.

요컨대 손춘익 정신의 밑바탕에 깔려 있는 것은 전통적 유교사상이 아닌가 생각한다. 그러나 그가 어려서부터 교육을 통해 유교를 학습한 것은 아니었다. 그가 공자의 가르침을 접한 것은 나이가 들어서였다. 손형의 어느 수필에 다음과 같은 대목이 있다.

『논어』를 읽기 시작한 것은 사십대가 되어서였다. 스승 없이 독학으로 틈틈이 읽곤 한 터라 제대로 공부를 한 것도 아닐 터이지만, 어쨌든 그것은 경이로운 세계였다. 내가 미처 깨닫지 못해서 그렇지, 생득적으로 나를 형성하고 있는 가치관 혹은 도덕관의 뿌리가 어디 있는가를 그때 비로소 찾아낸 듯했다. (「나를 키운 팔할」)

또다른 수필에서도 그는 『논어』에 담긴 가르침의 깊이에 거듭 찬탄하면서 마치 자신의 내면을 들여다보는 듯한 느낌을 깨닫게 된다고 고백하고 있다. 그리고 항상 머리맡에 두고 수시로 읽어야 할 책이라고 강조하면서 이렇게 쓰기도 했다.

"어찌할까? 어찌할까? 하고 깊이 생각하지 않는 사람은 나도 어찌할 수가 없다." 공자의 이 말씀이 어찌 공자 당대만의 진리일 수가 있으랴. (「내가 읽은 명저들」)

공자와 같은 위대한 성인도 진리에 이르기 위해 끊임없이 아집을 떨어내고 겸허하게 질문하는 자세를 견지했다는 이 글을 최근에 읽으면서 나는 손춘익 형이 꽤 오래전에 '하정(何丁)'이라는 자호를 쓰겠다고 했던 말이 떠올랐다. 십여년 전에 그가 나에게 물은 적이 있다. "자넨 호가 없나? 나이 드니까 이름 부르기가 거북하구만." 그래서 나는 호가 없는데 군이 하나 있어야 한다면 산을 좋아하니까 항산(恒山)이나 여산(如山)이 어떨까 한다고 했더니, 그 뒤부터 그는 언제나 경상도식 단음으로 "항산!" 하고 부른다. 그러고는 자신의 호에 관하여, 이름을 한글로 푼 '봄나래'로 했는데 어쩐지 부르기가 마땅찮아 '하정'이라 할까 한다고 했다. "너는 어떤 사람이냐?"는 물음이 담긴 호라고 덧붙였다. 말하자면 공자가 자신에게 던진 물음을 자기도 스스로에게 묻겠다는 뜻이다.

그러고보면 손춘익 형은 참으로 부지런하고 매사에 각고의 노력을 거듭하는 사람이다. 평소 집에 있을 때면 그는 저녁 아홉시쯤 자고 새벽 세시쯤 일어난다고 했다. 그러고는 두세 시간 집필에 몰두하고 나서 동네 뒷산으로 한 시간 남짓 산책을 한다고 했다. 어쩌다가 객지에 나가 며칠 지내는 때를 제하고는 그는 마치 농군이 삽자루를 들고 논밭으로 향하듯이 매일 새벽 원고지 앞에 앉는 것이다.

내가 손춘익 형을 처음 만난 것은 1970년대 중반쯤이었다. 그 무렵 창작과비평사는 처음 출판사로 독립을 해서 지금의 연합통신 자리에 있는 어느 자그마한 건물에 세들어 있었다. 당시 포항의 동지상고 국어교사로 있던 손형은 여름방학을 이용하여 소설가 이문구를 앞세우고 창비로 찾아온 것이었다. 그 뒤부터 손형은 이문구 자신보다 훨씬 자주 창비로 찾아왔고, 오면 으레 나를 끌고 한잔하러 가자고 졸랐다. 물론 그가 술 마시기 위해 상경한 것은 아니었다. 당시 그는 짐작건대 일종의 문학적 전환을 꿈꾸고 있었다.

손형이 문단에 나온 것은 1966년 동화 「선생님을 찾아온 아이」의 『조선일보』 신춘문예 당선을 통해서였다. 심사를 맡았던 마해송 선생에게 앞으로 좋은 동화를 쓰게 되리라는 호평을 받았다고 한다. 같은 해 『대구매일신문』에도 동화가 입선되었으니, 그는 말하자면 아동문학계에 화려하게 데뷔한 셈이었다. 그리고 그는 마해송 선생의 기대에 어긋나지 않게 1970년 첫 창작동화집 『천사와 꼽추』를, 이듬해에는 동화집 『동전 한 닢』을 출판했으며 1972년에는 동화 「이상한 사람들」로 한국일보사가 제정한 제5회 세종아동문학상을 수상하였다. 이렇게 그는 1970년대 중엽에 이미 주목받는 동화작가로 성장해 있었다.

돌이켜보면 이 무렵 우리 아동문학계는 윤석중·마해송·이원수·강소천 같은 제1세대 작가들이 활동을 멈추거나 이미 세상을 떠난 반면에 그들을 이을 뚜렷한 재목이 눈에 잘 띄지 않는 상황이었다. 그런 점에서 손춘익이 단시일 안에 촉망받는 동화작가로 떠오른 것은 새로운 재능의 출현에 대한 문단의 갈증이 크다는 것을 반영하는 사실이었다. 그러나 손춘익 본인은 동화 쓰는 것만으로는 자신의 문학적 욕구가 충족되지 못하여 불만을 느끼고 있었던 것 같다. 동화로는 표현할 수 없는 무엇인가가 그에게 있었고, 그는 그것을 소설의 형식을 통해 구체화했던 것이다. 그리하여 1974년 첫 단편소설 「죽음의 길」을 『현대문학』에 발표했다. 활동영역을 소설로 넓히는 데 일단 성공한 셈인데, 그가 나를 찾아온 것은 바로 이 무렵이었다. 그러니까 창비 지면에 소설을 싣고 싶다는 것이 그의 목적이었을 것이다. 그런데도 그는 원고를 들고 나를 만날 때마다 제대로 소설로 되어 있는지 엄격하게 검토해달라는 부탁만 했다. 내가 창비 편집의 실무에서 손을 떼고 대구로 직장을 옮긴 다음에도 이런 관행은 계속되었다. 따라서 나는 손춘익 소설의 대부분을 발표 이전의 원고 상태에서 읽은 아마 유일한 독자일 것이다. 그가 하도 진지하고 엄숙하게 부탁하는지라 거절할 수가 없었다.

그렇다면 이미 여러 권의 동화집을 출판했고 수상경력도 쌓은 중견 동화작가가 왜 힘들게 다시 소설이라는 새로운 장르에 도전했는가. 그가 동화창작을 그만둔 것은 아니다. 뇌경색으로 쓰러져 중환자실로 실려가기 직전까지 그는 어린이를 위한 글쓰기를 멈추지 않았다. 동화창작뿐만 아니라 고대설화나 전래동화의 현대화에도 열의를 보였다. 또 그는 수필과 여행기들도 적잖이 써서 『꽁보리밥과 찬 우물물』(1991) 『코끼리 코』(1994) 『깊은 밤 램프에 불을 켜고』(1996) 등의 산문집으로 엮어내기도 했다. 이와 더불어 그가 힘을 기울인 일은 1980년대 초부터 연간으로 『포항문학』

을 발간하는 것이었다. 지역을 기반으로 한 문예지가 이만한 수준으로 이렇게 꾸준히 발행된 선례가 거의 없을 터인데, 속사정을 내가 잘 모르기는 하지만, 손춘익 형의 열의와 집념이 없었다면『포항문학』은 계속되기 어려웠을 것이다. 세월이 지나 후배들이 성장할수록 손형의 역할이 너무 절대적이었던 것이 오히려 최근에는 약간의 부작용도 낳지 않았나 짐작된다. 아무튼 내가 보기에 1980년대 이후 손형이 가장 정력을 기울여 고심한 것은 소설쓰기였다. 어쩌다가 만날 때면 그는 소설이 마음먹은 대로 써지지 않는다고 자신에 대한 불만을 토로하기 일쑤였다. 동화 쓰던 버릇이 소설에도 그대로 나타난다는 얘기도 했다. 그렇다면 손춘익은 동화와 소설을 어떻게 구별하고 있었던가. 첫 소설집『작은 톱니바퀴의 戀歌』서문에서 그는 다음과 같이 적고 있다.

20여년이 지나도록 줄곧 동화를 써오며 이따금 한두 편씩 발표해온 단편소설들이 이제 비로소 책으로 묶여져 나온다.

동화와 소설은 워낙 그릇이 다르다. 동화가 환상을 추구하는 동심의 문학이라면, 소설은 팍팍한 현장의 문학이 아닐까. 따라서 동화가 아니고서는 도저히 담을 수가 없는 것이 있듯이, 또 소설이 아니면 결코 생생한 증언으로 남겨둘 수가 없는 사연들이 늘 내 머릿속을 떠나지 않는다.

여기에는 손춘익 소설관의 일단이 나타나 있는 셈이다. 말하자면 그는 팍팍한 현장의 생생한 증언을 담을 수 있는 그릇으로 소설형식을 택했던 것이다. 물론 이런 문학관에 대해 이의를 제기할 수도 있다. 왜냐하면 소설들 중에도 수채화 같은 서정과 아름다운 동심의 세계를 지향하는 작품이 있는가 하면, 동화들 가운데도 비록 어린이의 삶을 소재로 어린 독자가 주로 읽을 것을 예상하며 씌어졌을망정 강한 현장성과 냉정한 현실주의가 구현된 작품이 있을 수 있기 때문이다. 많이 읽지는 못했으나『어린 떠돌이』『달과 꼽추』 같은 손춘익 자신의 동화가 환상적인 동심의 세계를 추구하고 있다기보다 가난하고 힘들었던 자신의 어린 시절, 즉 서민적 삶의 현실을 배경으로 하고 있다는 사실이 그 반증이다.

그러나 어쨌든 동화가 현실을 정면에서 총체적으로 다루기에는 부족한 장르임이 분명하며, 삶의 문제와 본격적으로 대결하자면 소설이라는 좀 더 본격적인 무대가 필요한 것이 사실이다. 생각건대 소설이야말로 우리 인생 안에서 제기될 수 있는 모든 개인적·사회적·심리적·역사적 문제들을 제한 없이 끌어안을 수 있는 총체적 장르다(오늘날 그 역할을 소설 대신에 점점 더 영화가 맡아가고 있는 듯하다). 그런 점에서 손춘익이 한 발을 여전히 동화 쪽에 걸쳐둔 채 다른 한 발을 소설 쪽으로 내디딘 것은 충분히 이해할 만한 일이다.

그렇다면 손춘익을 동화의 세계로 몰고갔고 이제 다시 그를 소설로 끌고가는 힘의 원천은 무엇인가. 요컨대 손춘익 문학의 뿌리는 무엇인가. 내 생각에 결정적인 것은 가난의 체험이다. 십여년 전 어느 여름날 나는 손형에게 끌려 영덕에서 울진으로 가는 해안길을 걷고 있었다. 간선도로는 7번국도인데, 그 길은 바닷가로 나왔다가 내륙으로 들어갔다가 한다. 그런데 손형은 국도를 벗어나 해안으로만 나 있는 작은 길을 샅샅이 알고 있었다. 가슴이 답답하거나 마음이 허전할 때면 그는 혼자서 이 길을 몇 시간이고 걷는다고 했다. 바로 그런 길을 걷다가 후포던가 하는 자그마한 어촌에 이르렀을 때였다. 그는 문득 걸음을 멈추더니 나를 툭 건드리며 허름한 초등학교 건물을 가리켰다. "내가 저기서 처음 교단에 섰다 아이가!" 그의 목소리는 사뭇 감개무량했다. 나도 그의 사투리를 흉내내어 "그전에는 뭐 했노?" 하고 물었다. "고생 많이 했대이. 배도 좀 타고. 검정고시해서 자격시험 안 봤나!" 아마 이것은 그가 아무에게도 하지 않은 고백이었을지 모른다.

그의 집안은 아버지가 빚보증으로 가산을 날리면서 몰락했고, 그래서 고향인 농촌을 떠나 포항 변두리 빈민촌에 셋방을 얻어 살기 시작했던 것 같다. 일제말 그가 서너살 되던 때였다. "나는 하루라도 허기를 느껴보지 않은 날이 없었다. 멀건 시래기죽이나 밀기울 수제비라도 배불리 먹을 수만 있다면 그만한 축복도 드문 세상이었다." 함께 놀아줄 동무도 없었으므로 그는 일쑤 손가락이나 나무꼬챙이 같은 것으로 땅바닥이나 흙벽에 열심히 그림을 그렸다. "그런 호작질에 골똘해 있으면 나는 비록 잠깐 동안이나마 배고픔을 잊어버리고 심심한 줄도 몰랐다." 이 무렵의 기억을 조금만 더 옮겨보자.

어머니는 워낙 솜씨를 타고나신 듯 바느질이나 빨래품도 파시고 또 부잣집 큰일에도 곧잘 불려가서 음식도 장만하셨다. 우리가 그나마 배를 곯지 않은 것은 그 덕분이었다. 아버지는 시장에서 채소 행상을 하셨는데, 하고한 날 고주망태가 되어 고래고래 고함을 지르며 돌아오시던 기억밖에 나지 않는다.

이것은 「어두운 시절의 벽화」라는 자전적 수필의 한 대목이다. 이런 지독한 가난에도 불구하고 그의 어머니는 "장차 사람 구실을 하려면 어떻게 하든 학교에 다녀야 한다"며 여덟살의 그를 초등학교에 입학시켰다. 그러나 학교에만 가면 사친회비 미납으로 노상 선생님한테 닦달을 당했다. 좋아하던 그림 그리기도 연필화 단계를 지나 수채화를 그리게 되자 물감을 살 수가 없어 시들해진다. 6·25전쟁 중에는 조그만 자루를 들고 낯선 산골 동네를 찾아들어가 동냥질을 하기까지 했다. 그때 경험한 것은 각박한 인심뿐이었다고 후일 고백하고 있다. "한여름 대낮, 눈물자국이 말라붙은 얼굴로 빈 자루를 손에 들고 뙤약볕이 내리쬐는 하얗게 바랜 시골길을 타박타박 걸어가던 굶주린 아이⋯⋯." 손춘익의 작품세계 바닥에는 이 시절 자신이 겪은 굶주림과 외로움이 언제나 밑그림처럼 깔려 있거니와, 그의 가족이 포항 변두리 서산 밑 동네에 자리잡을 때부터 8·15를 거쳐 전쟁 직전까지의 이야기는 중편 「벽화」(1996)와 장편 『추억 가까이』(1997)에 자세하게 그려져 있다. 똑같은 일화가 동화·수필·소설에 되풀이 등장하는 것으로 미루어 그것은 어린 시절의 자전적 실화에 바탕을 둔 것이라 믿어지며, 장편 『추억 가까이』는 중편 「벽화」의 확대 개작인 것으로 보인다. 이 장편도 나는 원고로 읽었는데, 다음과 같은 촌평을 책 앞에 붙인 바 있다.

이번의 장편소설에서 그는 해방 직후 지방도시 변두리의 빈촌을 무대로 전개되는 서민들의 다양한 삶을 파노라마적으로 탐사한다. 여기에는 고향에서 뿌리뽑힌 자들의 암울하고 절망적인 생활이 있고 좌우대립의 핏발선 눈길이 있으며, 말단권력의 횡포와 그것에 의해 좌절하는 삶도 있다. 또한 신체적 불구와 정신적 황폐화로 인해 몰락하는 처절한 통곡의 인생도 있다. 그러나 이 작품의 진정한 미덕은 그 모든 암담한 현실 속에서도 꿈을 잃지 않고 향상에의 의욕을 견지하는 적극적 인간상을 창조한 데 있다. 그 점에서 이 작품은 해방 직후의 남한 현실을 그 밑바닥에서부터 묘사한 뛰어난 사회소설인 동시에 한 인간의 내면적 성장을 추구한 훌륭한 교양소설이다.

앞에서 나는 손춘익의 인품 속에 각인된 양반 선비적 요소를 누누이 지적하였다. 어쩌면 생득적인 것일지도 모르는 그러한 정신은 사십대 이후 『논어』 같은 동양고전의 독서를 통해 재발견되고 강화되었을 것이다. 그러나 그러한 선비정신과 상반된 계기, 즉 그의 유·소년기를 강력하게 압박했던 가난의 체험이야말로 그를 문학의 세계로 이끌었다. 동화 아닌 소설에서 그가 가장 자주 다룬 것은 바닷가 어촌의 현실이고 어민들의 삶이다. 첫 소설집 『작은 톱니의 연가』에 수록된 작품들로는 「머구리」 「번드기 앞바다」 「송포리 우화」 「들포 이야기」 「거북이」 등이 있고, 두번째 소설집

446

『이런 세상』(1993)에 수록된 작품들로는 「송포리 근황」 「이런 세상」이 있으며, 그 이후의 작품들로는 중편 「회유어」(1996)가 있다. 여기에는 권력과 금력의 횡포에 빼앗기고 짓밟히는 농어민들의 가혹한 현실, 그리고 권력자들로부터 생존권을 지키기 위해 과감하게 싸우는 서민들의 투쟁과정이 다양하게 묘사되는데, 내 생각에 이들 작품이야말로 우리 문학사가 기억해야 할 손춘익의 독보적인 업적이다.

그러나 그가 이른바 민중문학의 작가인 것은 아니다. 그가 도시빈민과 바닷가 어민들의 삶에 끊임없는 애정을 보낸 것은 사실이지만, 그러나 그는 결코 계급적 관점에 서지 않는다. 손춘익 문학의 핵심을 이루는 이 문제를 세심하게 들여다보면 그의 빈곤체험을 견인하는 것은 민중의식이라기보다 선비적인 정의감이다. 때때로 이 양면은 소설 속에서 갈등하고 길항하며, 결과적으로 문학적 불균형을 초래하기도 한다. 소시민생활을 소재로 다룬 그의 소설들이 대체로 그러한데, 그 자신 20년간 재직했던 학교교사의 삶이야말로 그의 작품에서는 그러한 소시민성이 집중적으로 관철되는 어중간한 사회적 존재였다. 「미끼」 「그의 출발」 같은 단편들이 그러하거니와, 「구토」(1999) 「먼길」(2001) 같은 작품 주인공들의 분열된 자아와 끊임없는 망설임도 선비정신과 민중의식 사이에서의 무기력한 방황을 드러내는 것이다(「구토」와 「먼길」은 유고로 발표되었다). 결국 이 작품들의 주인공 앞에는 다시 먼길이 놓여 있어, 새로운 고통을 감수하거나 창자까지 다 쏟아져나올 듯이 심하게 구토를 하고서야 속이 후련해진다. 그러나 그렇게 하고 나서도 사실상 해결된 것은 아무것도 없는데, 안타깝구나, 소설 주인공들을 버려둔 채 작가는 홀연 세상을 하직하고 말았다.

지난해 7월 정지창·김창우 교수와 함께 경주 동국대병원 중환자실에 들어섰을 때 그는 여러 가지 의료장비를 몸에 꽂은 채 의식불명 상태에 있었다. 8월이 되어 다시 찾았을 때엔 일반병실로 옮겨져 있었고, 의식도 약간 돌아온 듯했다. 눈을 뜨고 사람을 바라보는데, 부인은 마치 갓난아기 다루듯 남편을 어루만지면서 이것저것 가리키기도 하고 달래기도 한다. 그 장면은 결혼 31년째를 넘긴 손춘익 형 내외가 아주 화목한 사이였음을 한폭의 그림처럼 보여주었다. 문병하고 나서 일주일도 안되어 홍상화 형으로부터 손춘익의 운명 소식이 전해져왔다. 불과 반년 전인 지난 봄날, 서울에서는 신경림·홍상화·안종관 등이, 대구에서는 손춘익·정지창·김창우·염무웅 등이 수안보에 모여 즐거운 점심을 먹고 홍상화 형이 세계에서 가장 아름다운 산책길이라고 찬양한 새재를 걸었었다. 손형의 가방에는 커다란 양주가 한 병 들어 있어서 그걸 여럿이 순서대로 한모금씩 마시다가 걷다가 했었는데, 불과 반년 만에 그는 자신의 회갑을 겨우 석 달 앞두고 저 세상 사람이 되고 말았다. 내가 술 좀 그만 마시라고, 그러다가 큰일 난다고 야단치면 그는 탄식하듯 말했다. "우야노, 가게 되면 가는 거 아이가!" 그 목소리가 지금도 귀에 쟁쟁 울린다. 그렇다. 친구여 잘 가라.

『한국문학』 2001년 봄호

변화된 현실과 객관세계의 준엄성

■

1995년 소설풍경 1

1

어떤 의미에서든 문학이 현실과의 연관을 떠날 수 없음은 이제 우리의 상식이 되었다. 그러나 그 연관의 방식이 단일하고 명료한 것은 아니다. 한번 익힌 기술을 되풀이 써먹을 수 있는 상품생산과 달리 문학작품의 창작은 언제나 새로운 모험을 동반하는 현실과의 대결이다. 작품에 대한 비평적 논의 역시 기존의 개념들을 부단히 재점검하는 동시에 새로운 상황을 설명하고 돌파할 힘이 남아 있는지에 대해 늘 자기반성을 해야 한다.

물론 나는 이렇게 말함으로써 '리얼리즘'이라든가 '민족문학'이라는 개념들이 이제 용도폐기될 단계에 왔다고 암시하려는 것은 아니다. 오히려 그 이름에 값하는 진정한 성취는 아직 미완의 과제로 우리 앞에 놓여 있다는 것이 나의 변함없는 판단이다. 그러나 '국제화'에 뒤이은 '세계화'가 담론적 수준에서만이 아니라 물질적 힘으로서 압도적인 위력을 발휘하는 오늘, 민족문학 개념의 동공화 내지 주변화는 피할 수 없는 대세라고 인정되는 것이다. 두말할 나위 없이 본질적으로 중요한 것은 어떤 낱말을 지켜내느냐 못하느냐에 달려 있는 것이 아니다. 그러나 깃발을 내리면 결국 문도 닫게 되는 것이 사실이다. 여기에 전지구적 자본주의의 승리의 시대에 민족문학론이 넘어서야 할 심각한 딜레마가 있다.

그런 점에서 나는 현기영의 『마지막 테우리』와 김향숙의 『그림자 도시』를 분석한 신승엽의 최근 논문(『창작과비평』 1994년 겨울호)이 하나의 적절한 타개책을 시험했다고 생각한다. 1990년대의 변화된 현실에 대해 이 두 작가가 누구보다 강건하고 집요한 탐색을 진행시킴으로써 장편에 버금가는 뛰어난 성취를 이룩했다는 점, 그러나 바로 장편까지 못 갔다는 데서 드러나듯이 그들의 작품은 현재적 현실과의 단절 또는 민중적 활기의 결여라는 한계를 보인다는 점 등이 예리하게 지적되어 있는 것이다. 그런데 내 생각에 신승엽의 논문이 설득력을 얻은 것은 그가 1980년대 후반의 문학토론을 통해 닳아버린 개념들의 사용을—굳이 회피하지는 않았으나—되도록 억제한 사실과 관련이 있을 것이다. 즉, 그는 작가가 작품 안에서 이룩해낸 것과 실패한 것, 그리고 양자간의 내적 연관을 구체적으로 적발하여 일관된 논리 속에 담는 데 성공하고 있다. '민중적 활기'라든가 '서사를 통한 발전'처럼 공허하고 상투적일 수도 있는 개념들에 참된 내실을 부여하고 생기있게 되살려낸 것이야말로 신승엽 논문의 업적이고 문학비평이 마땅히 해야 할 일이다.

그러나 다른 한편, 현기영의 작품에 대한 논의에서 현재의 현실로부터 거리를 취할 때 훌륭한 성취가 이루어지는 반면 현재에 밀착하려는 순간 「야만의 시간」 같은 범속화 내지 낭만화의 함정이 기다리고 있다는 사실에 대한 좀더 심층적인 분석이 있어야 하지 않을까 생각한다. 다시 말해 오늘의 이 막강한 자본주의 현실 자체가 현기영의 형상화 방법—종래의 관용어로는 아마 리얼리즘이라 부를 수 있는 것—에 적대적인 것은 아닐까 따져봄직하다. 오늘 수많은 '가벼운' 작품들이 범람하고 있고 그 작품들이 현기영이나 김향숙의 진지한 방법으로 포착 안되는 명백히 중요한 현실을 그 나름으로 의미있는 문학적 형상 안에 반영하고 있다면 그것은 우리의 비평적 사고가 다시 근본으로 돌아가야 함을 뜻한다. 어떻든 중요한 것은 객관적 현실의 변화된 의미를 제대로 읽어내는 일이고 또 다양하고 다방면적으로 이루어지는 문학적 모색 속에 그 현실이 얼마나 제 모습대로 그려지는가를 밝히는 일이다. 내 생각에 그것은 작가와 비평가 모두에게 혼신의 집중과 악전고투를 요구하는 힘든 작업이다.

2-1

최근 누구보다 커다란 주목의 대상으로 떠오른 작가는 아마 윤대녕(尹大寧)일 것이다. 이 시평의 대상이 되는 1994년 겨울호만 하더라도 그는 장편 『옛날 영화를 보러 갔다』(『문예중앙』)와 단편 「배암에 물린 자국」(『창작과비평』)을 발표하여 역량을 과시하고 있다. 나는 이 작가를 알기 위해서 작년 간행된 단편집 『은어낚시통신』에서도 서너 편 읽어보았다. 솔직히 말한다면 나로서는 더이상 읽고 싶은 흥미가 일어나지 않았다. 작품을 보는 내 눈이 낡아버린 건가, 아니면 윤대녕의 작품에 대한 세간의 평판이 문제인가. 그런데 이번 발표된 작품들을 읽고 나서 나는 바로 작가 자신이 문제의 근원이라는 것을 깨달았다.

장편 『옛날 영화를 보러 갔다』는 이 작가가 단편들에서 해오던 시도들의 총화이며 그 심화이다. 그런 점에서 이 장편은 윤대녕 문학의 첫번째 중간결산에 해당될 것이다. 나는 이 작품을 읽으면서 30여년 전에 발표된 최인훈의 중편소설 「가면고(假面考)」와 「구운몽」을 떠올렸다. 소외되고 분열된 청춘의 방황과 고뇌, 훼손된 자아의 회복을 위한 과거 내지 심층심리에로의 내면여행, 추리소설을 연상케 하는 복합적 구성, 현란한 지적 취향, 그리고 인격적 정체성의 복원을 이룩해가는 도정에서의 필수적인 매개자인 구원의 여인상, 무엇보다 연애소설의 형태를 빌린 성장소설이라는 점 등등 윤대녕과 최인훈의 작품 사이에는 상통하는 바가 많다. 아마 더 중요한 공통점은 현실과 환상을 끊임없이 교차시킴으로써 메마르고 빈곤해진 일상성의 표면 내부에 실로 복잡하고 풍부한 인간실존의 문제가 깊숙이 매장되어 있음을 드러낸 것이라 할 것이다.

그러나 중대한 차이점이 있다는 사실 또한 간과될 수 없을 것 같다. 최인훈의 경우—하도 오래전에 읽어 기억이 뚜렷하지는 않으나—주인공의 과거상실은 전쟁과 폭격이라는 역사적 사건과 관련되어 있으며, 따라서 그의 무의식 탐색은 역사의 추체험 또는 현재시점에 의한 과거의 재해석이라는 차원을 가지고 있다. 반면에 윤대녕의 경우 주인공 남형섭의 과거상실은 그와 같은 역사적 차원을 결여한, 매우 독특하고 미묘한 사적 체험의 형태로 신비화되어 있다. 열일곱살 소년소녀들이 건물의 옥상에 앉아 여름밤 하늘을 쳐다보며 "우리는 먼 시간 속을 여행해 와서는 어느 별의 한 모퉁이에 말없이 앉아 있는 외계인들이었다. 불과 얼마전까지 우리가 존재하던 세상으로 다시 돌아갈 수 없을지도 모른다는 미지의 불안감을 붙안고 앉아 있는 사춘기의 외계인들"이라고 느끼는 것은 능히 그럴 수 있는 일이다. 그러나 소녀 유진은 단지 감수성이 예민하다는 정도를 넘어 시간과 공간을 꿰뚫는 초인적 투시력을 가지고 있다고 묘사된다. 이런저런 곡절 끝에 그녀는 잠사건물 안으로 들어가 온몸에 하얗게 명주실을 감고 커다란 고치 모양이 되어 죽고, '나'는 "은하수로 유유히 날아가는 백조 한 마리"의 환각을 보면서 정신을 잃고, 그러고 나서 모든 과거의 기억으로부터 단절된다. 작가가 온갖 신비주의적 관념의 언어로 미화시켜놓은 작품의 포장을 제거하고 났을 때 남은 이 사건의 핵심은 소녀의 죽음이 소년의 연애감점에 가한 충격과 상처이다. 기억상실증을 유발할 만큼 충격이 크고 상처가 깊었다는 얘기인데, 그러나 실체적 사건 자체는 극히 단순하고 아련하다.

그런데 그로부터 십수 년의 세월이 지난 현재 '나'는 대기업체 기획실 사원과 신문사 출판부 직원을 거쳐 번역일로 생계를 유지하며, 1년째 아내와 별거하면서 조그만 아파트에서 독신생활을 하고 있다. (독신생활을 하는 전문직 남녀 주인공이 등장하는 것도 1990년대 소설의 한 유행이다.) 그런 그가 겨울로 접어드는 어느날 아침 시베리아산 철새인 되새떼가 지리산 근처 마을로 날아와 하늘을 까맣게 덮었다는 기사를 보게 되고, 이날부터 연속적으로 벌어지는 '기이한 일'에 휘말려 마침내 상실했던 자신의 과거를 복구하며—그 복구의 과정은 동시에 유진과 하나이면서 둘이고 환생한 유진이라고도 할 수 있는 여자 최선주와 사랑을 이룩해가는 과정이기도 하다—마지막으로 되새떼가 시베리아로 돌아감과 더불어 겨울이 끝나고 '나'는 어떤 완전한 상태에 도달하게 된다.

여기서 '기이한 일'이라고 했지만, 주인공 서술자에게는 그럴지 몰라도 독자에게까지 그런 것은 아니다. 가령, '나'의 일거수일투족을 훤히 알면서 가끔 '나'에게 팩시밀리로 전언을 보내는 E라는 존재에 대해 따져보자. E는 소년시절의 친구 희배라고 암시된다. 그는 고급술집 '산수유'의 주인이기도 하고 '나'에게 번역을 의뢰하게 한 배후인물이기도 하다. 그런가 하면 "내 마음 깊은 곳에 숨어 나를 지배하고 있던 또 하나의 나"라는 생각도 들게 한다. 이렇게 보면 E는 현재와 과거, 현실과 환상의 경계가 지워진 공간에 존재하는, 아니 존재와 비존재의 분별이 파기된 영역에 부유하는 하나의 심리적 기호에 지나지 않는다. 따라서 '나'에게 연속적으로 일어난 '기이한 일'이라는 것도 주인공의 심리세계에만 일어난 것이지, 독자들이 돈을 주고 책을 사서 읽는 객관적 현실세계에서는 다분하고 지루한 일상사의 반복일 뿐이다. 과연 '내'가 하는 일이란 따지고 보면 술마시고 음악 듣고 공상에 잠기고 잠을 자는 것의 되풀이다. 사족삼아 덧붙이자면, 나로서 잘 이해가 되지 않는 것은 왜 이 소설에 그처럼 많은 음악 곡명이 등장하는가이다. 나에게는 그것이 참기 힘든 악취미이자 작가의 미성숙으로밖에 여겨지지 않는데, 반대로 어쩌면 이것은 1990년대적 시청각문화에 대한 나의 부적응을 증명하는 것인지도 모르겠다.

그러나 어쨌든 이 『옛날 영화를 보러 갔다』는 극히 빈약한 서사내용에도 불구하고 독자의 흥미를 끝까지 사로잡는 독특한 매력을 가지고 있다. 젊은 작가 특유의 화사한 감성적 문체(그러나 다른 단편소설들에서도 그렇듯이 그의 직유법 과다사용은 문장을 약간 천박하게 만든다), 미묘한 감정의 결을 포착하는 민감성 이외에도 일종의 영화적 수법이 동원된 사실을 지적할 수 있을 것이다. 오늘날 영화에서 컴퓨터그래픽을 포함한 첨단적 촬영(어쩌면 촬영 아닌 조작)기술은 실물과 모사, 현실과 비현실의 구분을 덧없는 것으로 만들어놓았다. 관객을 자극하고 유혹하여 이윤의 극대화를 이룰 수 있다면 영화는 우주에도 가고 죽음의 나라에도 가며 복제인간도 만들어낸다. 그런데 문제는 엄청난 물량과 놀라운 현대기술의 투입에 의해 눈부신 볼거리를 만들어내는 데 성공한 영화산업이 그러나 많은 경우 본질적으로는 인간정신의 저능화·단선화에 기여하고 있다는 사실이다. 재능있는 작가 윤대녕의 심사숙고를 촉구한다.

2-2

두 권의 단편집과 한 권의 장편소설을 내놓은 신경숙(申京淑)의 작가적 역량은 이미 널리 공인된 바이다. 거칠고 위압적인 민중문학·노동소설이 생동성을 잃고 상투화해가는 시점에서 나타난 그의 소설은 문학의 문학성을 새삼 일깨운 신선한 자극제였다. 어떤 점에서 신경숙의 등장과 그의 대중적 관심의 중심부에로의 진입은 1980년대 문학의 퇴장과 맞물린 문학사적 이벤트이기도 하다. 그런데 벌써 작가생활 10년이 가까워오는 오늘 그의 문학도 이제 어떤 고비에 다다른 것 같다. 단편 「전설」(『문학과사회』)과 중편 「깊은 숨을 쉴 때마다」(『문예중앙』)에서 나는 그 점을 느꼈다.

단편 「전설」을 읽고 나서 나는 한동안 멍한 기분에 사로잡혀 마루를 서성거렸다. 내 소설읽기의 관습에 비추어 너무나도 낯선 작품이었기에 당혹스러웠던 것이다. 잘 가꾸어진 공원에 정답게 마주선 귀공자와 미녀의 모습이 아름다워 가까이 다가갔다가 그것이 사람 아닌 인형이라는 사실을 발현했을 때 느끼는 허망함과도 같았다. 대체 나는 이렇게 텅빈 소설을 처음 본다. 소설이라는 것이 어찌됐든 목숨 붙어 살아가는 사람 이야기인데, 이 작품에는 산 사람의 숨결이 없다. 화병에 꽂힌 한 다발의 조화 바로 그것이다. 그런데 그 조화에 예쁜 리본이 달려 있는 것이 아니라 가시철사가 둘러쳐져 있다. 그것이 액자소설 형식인 이 작품 앞뒤에 덧붙여진 6·25전쟁에 관한 언급인데, 허무함에 더하여 괴기스럽기까지 하다. 어떻게 신경숙에게서 이런 작품이 태어났을까 하는 의문을 간직한 채 나는 「깊은 숨을 쉴 때마다」를 읽었고, 읽으면서 하나의 대답을 찾은 듯하였다. 다음 대목을 읽어보자.

불면 속으로 봄과 여름 동안 내 머릿속에 불던 모랫바람이 다시 불었다. 이렇게는 더 글을 못 쓸 것같이 몰려오는 피로. 봄과 여름 동안 내 머릿속은 하얬다. 아무것도 떠오르지 않고, 아무 흔적도 잡히지 않고. 글을 쓰기 위해 앉아야 하는 의자가 형틀처럼 느껴져서가 아니었다. 글쓰기가 아니라 무엇을 하고 산들 그에 따르는 어려움이 형틀처럼 느껴지는 순간이 없겠는가. 빵집에서 빵을 만들며 사는 여자에겐 빵틀이 형틀 같을 것이고, 세탁소집 남자에겐 드라이크리닝 기계가 형틀처럼 느껴지는 때가 있을 것이다. 새삼 내가 앉아야 하는 의자의 고독이 나를 피로하게 했다고 생각하진 않는다. 오히려 그 고독 속에 놓여 있을 때 내가 하찮은 인간이 아니라는 생각이 들어 생기로워지곤 했으니까. 뭔가가 내게서 빠져나가버린 느낌. 그러나 상실감만 있을 뿐 빠져나간 게 무엇인지는 떠올라주지 않았다. 아침에 눈뜰 때나 한밤중에 깨어났을 때, 나를 긴장시키던 그것, 마음을 돌이켜보게 하고, 가족을 생각하게 하고, 때로 막연한 슬픔에 젖게 하며 나를 응시하던 그것, 그것이 내게서 빠져나간 느낌.

이 서술 속에는 진실한 고백이 들어 있고 지혜로운 자기성찰이 들어 있다. 글쓰기의 어려움을 다른 사는 일의 어려움에 병치시킬 줄 아는 성숙된 균형감각이 있음으로 하여 글쓰는 직업에 대한 자부심조차 헛된 자만이 아닌 생존활동 일반에 대한 존중으로 이어질 수 있다. 그러나 겸손한 말투에도 불구하고 '글을 쓰기 위해 앉아야 하는 의자가 형틀처럼' 느껴진다는 진술은 역으로 신경숙 글쓰기의 극진한 공력을 입증한다. 다시 말해 그의 글은 혼신의 사투가 낳은 그때그때 최선의 결과인 것이다. 그런데 갑자기 그에게 알맹이가 빠져나간 듯한 무중력상태가 찾아왔고, 아마도 그래서 「깊은 숨을 쉴 때마다」의 주인공 서술자는 제주도에 내려갔을 것이다. 이 작품은 '내'가 친구와 동행하여 제주도에 내려가 성산포 호텔에 숙소를 잡고 이틀 후 친구가 돌아간 다음부터 20여일 지내다가 다시 서울로 돌아오기까지의 이야기이다. 사건다운 사건이란 아예 없고, 추석 무렵이라 호텔도 한산하다. 여기서 '내'가 하는 일은 잡화점에서 산 운동화를 신고 여기저기 걸어다니거나 호텔 로비에서 커피를 마시거나 방안에서 라디오를 듣거나 회상에 잠기는 것이다. 그러다가 그는 두 사람과 천천히 가까워지게 된다. 한 사람은 바다가 보이는 목초지에서 절름발이 오빠에게 자전거 타기를 배우던 말라깽이 소녀이고, 다른 한 사람은 같은 호텔 옆방에 묵으면서 정해진 시간이면 베란다에 앉아 누군가를 기다리는 연약한 얼굴의 처녀이다. 그러나 그들과의 사이에도 무슨 대단한 사건이 벌어지는 것은 아니다. 극히 자질구레한 일상적 사건과 사물들이 세밀화의 붓끝처럼 여린 필치로 잔잔하게 묘사될 뿐이다. 그러나 읽어나가는 동안 독자들은 실로 만만치 않은 정신의 긴장이 한치의 흐트러짐도 용납치 않는 완강함 속에 지속되고 있음을 어느덧 깨닫게 되고, 그리하여 저도 모르게 주인공의 감정의 움직임과 회상을 따라가게 된다. 그리고 곧

터질 듯한, 자칫 무너져 앉을 듯한 아슬아슬한 함정들을 끝내 넘어 드디어 주인공이 상경을 결행하기로 결심할 때 우리는 어떤 감격어린 승리감조차 느끼게 된다. 그러나 그것은 너무나 힘겨운 승리, 형틀의 고통을 통한 승리이며 미래가 보장 안된 승리이다. 높은 밀도로 충만된 드물게 뛰어난 소설과 터무니없이 공허한 소설을 거의 동시에 집필하고 있었다는 사실은 신경숙의 문학적 행로가 바야흐로 위태로운 갈림길 앞에 이르렀음을 알려준다고 하겠다.

3-1

유능한 문화부 기자 고종석(高宗錫)이 『기자들』이라는 장편소설을 출간했다는 말을 듣고 또 신문에 책광고까지 난 것을 보고도 나는 그것을 구해다 읽으려는 정성이 뻗치지 않았다. 그런데 단편이라기엔 길고 중편이라기엔 짧은 소설 「제망매(祭亡妹)」(『문학과사회』)를 읽고서 나는 그가 자못 괜찮은 한 사람의 작가로 변신하는 데 성공했음을 확인했다. 문화부 문학담당 기자의 경력 때문에 얻을 수 있는 가점 또는 감점을 당연히 제거하고 남는 텍스트 자체의 성취에 의하면 그는 1990년대적 징후의 또 하나의 담지자이다.

제목에서도 드러나듯이 이 소설은 죽은 누이(이종사촌)에 대한 작중화자의 회상기이다. 그러나 화자는 단지 누이의 생애를 전달해주는 역할만 하는 것이 아니고 누이의 상대역이자 한 사람의 주인공이다. 그는 "만 10년이 돼가는 월급쟁이 생활의 그 지루한 일상성"에 넌더리가 나서 무작정 사표를 던지고 가족과 함께 프랑스 빠리로 날아갔다. 뚜렷한 돈벌이가 있는 것도 아니고 저축도 없었지만 새로운 삶을 선택하기로 결정한 것이다. 그리고 비행기 안에서 그는 "앞으로 오로지 생존을 꾸려나가기 위해서 글을 쓰게 될 것이라는" 자신의 운명을 예감한다. 이런 형편에 있을 때 마침

빠리에 들른 매제로부터 사촌누이 혜원이가 얼마전 세상을 떠났다는 말을 듣는데, 이 작품은 이 대목부터 시작한다.

잘 살펴보면 이 소설은 세 개의 층위로 이루어져 있음을 알 수 있다. 핵심에는 누이 혜원이의 삶과 죽음이 놓여 있다. 혜원이는 "주위 사람들의 사소한 슬픔과 기쁨에 세심히 반응하는", 그리고 "세상과 삶에 대한 낙관"을 지닌 인물이었다. 그는 자신이 골수암이라는 진단을 받아 입원한 뒤에도 얼굴에 그늘을 짓지 않고 주위사람들을 편하게 해주려고 애를 쓴다. 그러나 그는 혁명적 열정이라든가 종교가의 몸짓 같은 것을 가진 사람은 아니었다. 의예과에 다니면서 야학활동에 열심인 것을 보고 '내'가 잘못된 사회제도를 뜯어고치는 게 문제 아니냐는 취지의 질문을 했을 때 그는 그것을 정면으로 반박하지 않으면서도 조리있게 자신의 생각을 개진한다: "어떤 정책이 정말 옳고 그걸 시행해서 많은 사람들을 구원할 수 있다면, 그건 정말 좋은 일이겠지. 그렇지만 그 정책이 정말 옳았는지가 판별되기 위해서도 사실 많은 세월이 필요하잖아. 세월이 지나 그 정책이 틀린 것이었다고 판명났을 때, 그걸 누가 책임지지? 그렇지만 아픈 사람을 치료하는 건 달라." 사회개혁 또는 역사발전을 겨냥하는 대규모적 계획 즉 거대이념에 대해 부정적이지는 않으나 유보적인 이런 태도를 아마 개량주의적이라 불러도 무방할 것이다. '나'의 짓궂은 추궁에 대한 혜원의 대답은 그 개량주의가 1980년대 운동권의 행태와 이념에 대한, 그리고 나아가 현실사회주의의 역사적 실험 전체에 대한 반성의 문맥 위에 서 있을 것이다. 그런 주인공의 적극적 등장이야말로 시대의 변화를 실감케 한다.

그러나 이 작품은 주인공의 사회적 태도를 형상화하는 것을 목표로 하지는 않는다. 어떤 사회적 태도나 이념으로 환원될 수 없는 주인공 혜원의 따뜻하고 발랄하며 개방적인 인간됨, 그리고 그것에 대한 '나'의 깊은 공감과 애정이 바로 이 작품의 몸체인 것이다. 그런 점에서 '나'와 가족들의 이야기가 이 소설의 두번째 층위이다.

마지막 층위는 작품의 진행을 수렴하는 현재적 시제이다. '나'와 매제, 그리고 취재차 빠리에 들른 옛 동료 정경희 — 세 사람은 까페에서 만나 맥주를 마시고 거리를 걷다가 노트르담 성당을 둘러보고 벤치에서 잠시 쉰 다음 과학박물관에서 열리는 인권 심포지엄을 구경하다가 뻬르-라셰즈 묘지를 찾는다. 이 과정에 대한 묘사도 작품의 주제와 무관한 것은 아니다. 가령, 운동권의 열렬한 동조자였던 것으로 짐작되는 옛 동료 정경희 기자는 "자기 자신이나 사회에 대한 어떤 투철한 책임감 같은 게, 흔히, 정말 무책임한 결과를, 그러니까 커다란 악을 만들어낼 수가 있다는 얘기였어요. 그러니까 제가 말하는 그 체념이라는 게 자잘한 선의 같은 걸 배제하는 건 아니구…"라고 말한다. 이것은 실상 앞에 인용했던 혜원의 말을 자기 말투로 되풀이한 것이며, 또한 근본적으로 이 작품이 함축한 메씨지이기도 하다. 그러나 '나'는 여기에 대해 짐짓 이렇게 토를 단다. "그렇게 제 뜻대로 안되는 운명의 틀 속에서도 장엄하게 살아가는 사람들이 있는 것 같아요." 이렇게 이야기를 주고받으면서 그들은 변혁을 위한 영웅적 시도가 참담하게 좌절했던 역사의 현장 즉 빠리꼬뮌 전사들이 학살되었던 비극의 벽 앞에 이른다. 그리고 그곳에서 '장엄한 삶을 살아낸 인물의 묘비명'이라는 하나의 초점에 세 층위의 서술이 모아지는데, 이 장면에서 작가는 투철한 책임과 자잘한 선의, 장엄한 삶과 체념적 태도 간의 심정적 동요와 선택이 작품 문면으로 노출되는 것을 피하고 있다. 아마 이것은 1990년대 작가로서는 너무 나이가 들어 문단에 나온 신인소설가 고종석의 노회함일 것이다.

3-2

김소진(金昭晋)은 아주 재기에 넘치는 작가이다. 그런데 그 재기가 예리한 현실감각과 적절히 결합할 때 「열린 사회와 그 적들」 같은 뛰어난 단편으로 결실되는 반면, 적지 않은 경우 작품 전체의 문학적 성취에 유기적으로 통합되지 못함으로써 불균형을 노정하기도 했다. 이번에 발표한 「아버지의 자리」(『리뷰』)와 「첫눈」(『작가세계』)은 다행히도 그런 '튀는 부분'이 제어되고 이 작가가 가끔 애용하는 악동적 시점이 알맞게 활용되어 짜임새있는 단편으로 되고 있다. 그러나 내 생각에 「아버지의 자리」는 「첫눈」에 비할 때 어딘가 허술하고 어설프다. 어린 시절 '나'의 아버지는 술집 여자에게 빠져 어렵게 모은 아들의 중학교 입학금마저 날려버리고, 그래서 '나'는 일찍이 돈맛·술맛을 배우고 악동의 세계에 빠져든다. 그런데 그로부터 수십년이 지난 이제 '나' 자신이 무능한 아버지가 되어 가족들 기를 못 펴게 하고 늙은 어머니로 하여금 이런 탄식을 하게 만든다. "애비 노릇을 그렇게 하는 게 아니다. 애비라는 게 돈벌이를 고정적으로 해서 처자식을 벌어먹일 국량이 제대로 서야 온전한 애비지." 애비노릇 즉 작품제목 그대로 '아버지의 자리'라는 저울추 양쪽에 지난날의 아버지와 지금 '나'를 올려놓은 이 대비는 그러나 좀 평면적이다. 그 아버지의 삶도 오늘 '나'의 삶도 그 자체로서는 매우 흥미로운 것이다. 그러나 이 작품은 그들 삶의 심층을 철저히 파헤치기보다 무난한 수준에서 대비시키는 데 그치고 있다.

「첫눈」은 봉학이라는 특색있는 한 인물에 초점을 맞춤으로써, 그리고 여러 등장인물들의 얼룩진 인생의 빛과 그늘을 예리하게 들추어 따뜻하게 감싸안음으로써 단편소설로서 뛰어난 성취에 이르고 있다. 결국 훌륭한 문학작품은 디테일의 진실성과 상황의 전형성이 통일될 때 달성되는 것임을 거듭 확인한다. 가령, 작중화자인 '나'의 아버지는 이북 출신으로 거제도 포로수용소에 갇혀 있던 중 철망 밖에서 앙꼬빵 장사를 하던 여자를 만나 결혼하였다. 그는 지금도 툭하면 그때 얘기를 한다. "기때만 해도 내레 저그 북쪽으로 도로 넘어갈 생각이 굴뚝 같았었지. 그런데 그거이 앙꼬빵 맛을 못 이기더구만. 기럼, 먹구사는 건 어딜 가나 다 마찬가지니간 말이지." 현실적응에 빠르고 속물적인 아버지의 사람됨이 한눈에 부각된다. 그런데 봉학이는 이런 아버지와 달리 거칠고 우직하면서 부당한 일을 못 참는 성미다. 그래서 말썽을 일으키기도 하고 감옥에까지 갔다온다. 이 작품은 그 봉학이가 출감하는 날 하루의 이야기인데, 실감있는 세부묘사의 축적을 통해 거칠고 우직한 듯이 보이는 한 인간의 내부에 그지없이 여리고 착한 심성이 자리해 있음을 훈훈하게 보여주고 있다.

3-3

돈과 물질, 유능함과 뻔뻔스러움이 지배하는 이 막강한 자본주의 현실사회를 피해서 고종석의 주인공이 빠리로 가고 김소진의 주인공이 시골로 가고 신경숙의 주인공이 제주도로 가고 윤대녕의 주인공이 환상적 초월의 세계로 갔다면, 이청해(李靑海)의 주인공은 '누군가와 소통하고 실은 욕구'의 간절함에도 불구하고 갈데없이 거리를 배회하며 오랜만에 만난 옛 동창들의 너무나도 달라진 모습에 숨이 막힌다. 그런데 그의 「거지 타령」(『실천문학』)은 주인공의 등에 있는 점 때문에 갖가지 괴이한 소문이 나돌게 되었다는 기본설정이 나로서는 설득력이 없어 보인다. 이에 비하여 「숭어」(『동서문학』)는 훌륭한 세태소설이다. 물론 두 작품의 주인공은 본질적으로 상통하는 인물들이다. 그들은 돈의 위력, 대중매체의 영향력이 대단한 줄 알지만 거기에 굴하지 않고 정신적으로 독립적인 삶을 추구하며 대화가 통하는 상대를 갈망한다. 그러나 이 인물들을 형상화함에 있어 「거지 타령」은 어딘가 작위적인 구성에 의거함으로써 일종의 목적소설 같은 도식성을 띤다. 반면에 「숭어」는 생활에 밀착된 구체적 묘사를 통해 세태의 속물성을 드러나게 한 점에서 실감을 확보한다.

「숭어」의 주인공 화자는 동창회에 참석하라는 끈질긴 전화공세에 밀려 결국 어느날 서울에서 멀지 않은 지방도시로 내려온다. 그리고 수십년 만에 고향친구들을 만나게 된다. 형제가 많은 가난한 집 아들 이달식은 축구선수로 뛰다가 지금은 4층건물 학원의 원장이 되어 있다. 읍내 식당에서 심부름하던 미순이는 주방장을 만나 음식점을 차리고 거기서 몇 걸음 더 뛰어 이제는 커다란 호텔 주인이 되어 있다. 동창들 중 유일한 박사라는 인물, 사업가가 된 인물, 대학교 수위, 남편이 건설회사 간부인 여자, 농사꾼 등 천차만별의 모습으로 변한 이들이 동창이라는 이유로 한자리에 모여 식사를 하고 술을 마시며 마이크에 대고 노래를 부른다. 고등학교 교사를 그만두고 소설가가 된 '나'에게 옆에 앉은 친구가 묻는다. "넌 참 소설가가 되었다지? 그게 교사보다 수입이 나아?" 말없이 술잔을 기울이고 있던 한 동창이 호명을 받아 뜻밖에도 열렬히 노래를 부르고, 그러자 그에 대해 곁에서 이런 속삭임이 들린다. "쟤는 남편이 죽었어. 채소장사며 옷장사를 해서 돈을 조금 벌었는데… 애들이랑 그냥 살았으면 좋았지. 그런데, 외로우니까… 남자를 사귀었는데 남편처럼 드나들면서 얼마간 살더니… 사업자금을 대주었대나? 그런데 사업은 망하고, 또 그 인간이 경리랑 놀아났대. 돈도 못 받고 배신당하고…" 이런 장면이 계속되는 동안 이 작품은 이 시대 우리사회의 숨막힐 듯한 현실을 생동하는 구체성 속에서 보여준다. 그러나 유감스러운 것은 이런 실감있는 묘사에 덧붙여진 관념적인 논평들이다. 문제는 그 논평의 옳고 그름이 아니라 소설 내부에서의 적절성과 절실함이다. 앞에서 나는 신경숙의 「깊은 숨을 쉴 때마다」가 자질구레한 일상적 사물과 사건의 면밀한 재현에 몰두하고 그것으로부터의 감상적 일탈을 최대한 억제함으로써, 즉 몇마디의 개념적 요약으로 대체하고 싶은 유혹에 굴복하기를 끝내 거부함으로써 우리의 삶을 구성하는 실물세계의 준엄성을 보여주고 있고 이것이 신경숙 나름의 리얼리즘적 성취에 해당한다는 점을 시사한 바 있는데, 이청해의 소설 군데군데에 있는 우국충정의 탄식들은 더 밀고나갈 수도 있었을 객관현실과의 싸움을 중도에 그만둔 듯한, 자신과의 타협의 산물로 보인다. 이런 점에서도 문제는 여전히 리얼리즘이라고 생각한다.

4

지난 1987년 여름의 이른바 '노동자 대투쟁'이 우리 민족문학계에 노동자계급 당파성이라는 강렬한 화두를 제출했음은 기억에 새롭다. 사회주의의 역사적 실현을 현실변혁의 목표로 함축했던 논의들이 바로 현실사회주의의 붕괴를 목전에 둔 시점에서 달아올랐던 것도 아이러니한 일이려니와, 극복의 대상이었던 자본주의체제의 점점 더 압도적인 힘에 의해 사회주의 자신이 극복되고 만 듯한 오늘의 상황도 심각한 역설이다. 당시의 논의를 침묵으로 지나쳤던 나 같은 사람으로서는 지금 무슨 그럴듯한 말을 하더라도 사후약방문 이상의 것이 될 수 없는 노릇이지만, 그러나 변혁적 이상의 근본핵심이 견지되어야 한다고 믿는 입장에 여전히 서고자 할 때 뒤늦은 한마디가 전혀 무용하지는 않으리라고 생각한다. 다들 아는 얘기지만 모든 이론적·실천적 활동의 토대는 실재하는 객관적 현실이며 노동자계급 당파성이 관철되어야 할 곳도 당위적 이념의 공간 아닌 바로 현실이다. 그런데 그 당파적 관점에서 바라볼 때 남한 자본주의 사회는 어떤 성격의 사회인가. 현실에 대해 고민하고 미래에 대해 염려하는 사람들이 어느 수준에서건 결국 부딪히지 않을 수 없는 문제는 이것이다. 여기서 한마디 내 생각을 말한다면 한국 자본주의의 발전은 외세와 권력에 대한 그 본질적 예속성과 적나라한 천민성에도 불구하고 '역사의 진보'의 요소를 내포한 것이었으며 이렇게 보는 것이 당파적 관점에도 배치되지 않으리라는 것이다. 자본주의의 발전에 동반되는 시민사회적 분자의 성장이—그리고 물론 그와 더불어 노동자계급의 성장이—바로 6·29선언을 강제하고 '문민화'를 가능하게 한 개량화의 물적 기반이라 할 것인데, 중요한 것은 이 개량화를 변혁과 양립할 수 없는 적대관계로 파악할 것인가 아니면 변혁을 위해 거쳐야 할 필요한 중간단계로 설정할 것인가이다. 내 생각에 이것 역시 순수한 이론적 문제라기보다 해당사회의 역사적 경험과 독특한 상황에 따라 판단되고 선택될 전략적인 문제이다. 그리고 아마 더 중요한 것은 1987년 이후의 개량화 국면이 이제 선택의 여지 없는 현실로서의 광범위한 물적 규정력을 가지게 되었다는 사실이다. 다시 말해 우리가 역사 안에서 실현되기를 기대하고 추구하는 이상은 이제 군사독재의 야만적 폭력보다 훨씬 더 근원적인 압박과 난관에 둘러싸이게 되었지만, 다른 한편 우리 사회가 자본주의적 '근대'에 좀더 근접함으로써 전근대적 반동세력과의 싸움에 그나마 모자란 힘을 덜 쪼갤 수 있게 되었다는 점이다. 김영삼정부의 '세계화' 구호는 두말할 나위 없이 전지구적 자본주의체제의 공세적 슬로건이기는 하나, 그렇다고 해서 거기에 봉건적·냉전적 즉 전근대적·반근대적 사회구조를 분해하는 적극적 측면이 내재해 있음을 부인할 필요는 없을 것이다. 요컨대 우리는 '자본주의적 근대'의 완성을 따라가면서 그 안에서 그것을 넘어서는 꿈을 구상할 수밖에 없는 것이다.

철지난 군소리를 길게 늘어놓은 것은 어떤 이론투쟁의 불씨를 되살리기 위해서가 아니라 방현석의 소설을 더 잘 이해하고 설명하기 위해서이다. 1988년 단편 「내딛는 첫발은」으로 등장하여 이듬해부터 3년간 네 편의 중편을 발표하여 엮은 소설집 『내일을 여는 집』(1991)은 방현석이야말로 1987년의 노동운동이 낳은 작가, 그 시대적 각인을 온몸에 찍은 작가라는 점을 실감케 하였다. 그러나 견고한 구성과 냉정 침착한 문장, 노동현장에 시선을 집중하면서도 바깥의 상황을 면밀하게 배려한 뛰어난 현실감각, 무엇보다도 설익은 구호주의의 틈입을 최대한 방어하면서 인물과 사건 자체에 충실하고자 했던 완강한 사실주의적 기법 등은 그를 노동소설의 중심에 세우면서도 노동소설의 유행에서 떼어놓았다.

방현석에 대한 이런 예비적 기대를 가지고 나는 작년 1년간 『실천문학』

에 연재된 그의 첫장편『어디 핀들 꽃이 아니랴』라는 약간 낡은 제목의 소설을 읽었다. 그리고 나는 역시 방혁석이로구나 하는 감동을 맛보았으며 아울러 얼마간 아쉬움도 느꼈다. 편집자의 말에 따르면 작가가 현재 "이 연재분을 개고하는 한편 후반부 집필에 몰두하고" 있고 작품이 완성되는 대로 곧 단행본으로 출간될 것이라 하니, 그 단행본을 가지고 평하는 것이 옳을 것이다(이 작품은 1995년 말『십년간』으로 제목이 바뀌어 실천문학사에서 간행되었다). 그러나 연재된 부분만 읽어보더라도 이 작품은 근래 드문 역작임이 분명하고, 또 개고한다고 해서 아쉬움을 아주 없앨 수는 없으리라 믿는다.

『내일을 여는 집』의 작품들이 1990년 전후의 노동현장에 시선을 집중시키고 있다면, 장편『어디 핀들 꽃이 아니랴』는 거기에 후속되는 현실 즉 오늘의 현실을 다루는 것이 아니라 도리어 그로부터 20년을 거슬러 올라간 1970년의 현실을 배경으로 삼는다. 1970년은 어떤 해인가. 자본주의적 산업화가 궤도에 진입하기 시작하고 3선개헌 강행으로 정치적 갈등이 격화되기 시작했으며 전태일의 분신을 계기로 노동운동과 학생운동이 결합의 고리를 찾은 해이다. 남한 자본주의의 발전에 있어서나 변혁적 사회운동의 역사에 있어서나 '야망의 세월'이자 '고난의 세월'인 한 시대가 이제 막 출발의 신호를 울린 상징적 연대가 1970년이다. 그러니까 이 한해를 시간적 배경으로 삼음으로써 작가는 '문민화' 이후의 변화된 현실과 직접 대결하는 정면승부를 보류하고 대신 이 현실의 틀이 주조되기 시작한 시점으로 눈을 돌려 일종의 역사적 고찰을 시도하려 한 것 같다.

작품의 시야도 크게 넓어진다. 지난날의 중·단편이 현재의 노동현장에만 초점을 맞추었음에 비하여, 이 장편은 1970년 이후 4반세기 동안──그리고 앞으로도 상당기간──우리 사회변화의 역학의 주역이 될 여러 인물들을 번갈아 등장시켜 총체적 현실인식을 시도하며, 나아가 그들의 아버지·할아버지 세대의 삶도 가끔씩 부각시켜 총체성의 보강을 꾀하고 있다. 그리하여 우리는 이 작품에서 노동현장뿐만 아니라, 또 학생운동과 현실정치의 현장뿐만 아니라 부르주아 가정 내부의 다채로운 화폭, 여지없이 몰락해가면서도 아직 공동체적 따뜻함을 간직한 농촌과 도시 변두리에 생성되기 시작한 빈민가의 모습, 그리고 종교활동의 외피 안에 들어 있는 진정한 인간애와 기만적인 가식들이 분별있고 실감있게 재현되어 있음을 목격한다. 특히 나에게 깊은 인상을 주고 감동을 일으킨 것은 어린 시절 함께 자란 어려운 친구들간의 동지적 우정과 조선(祖孫)간 또는 모자·형제간의 혈연적 애정에 대한 묘사들이다. 오늘날 절대다수의 문학작품들이 그와 같은 공동체적 연대감의 해체를 증언하기에 바쁘고 가족의 존재 자체가 자아실현의 질곡으로 변한 듯이 그려지기 일쑤인 현상을 감안한다면, 이 점에서도 방현석은 신승엽적 의미에서 '보수적인' 작가이다. 물론 현재의 우리나라 가정이 성차별을 포함한 온갖 봉건적 정서의 가장 튼튼한 저장소인 것은 사실일 것이다. 그러나 사회적 해방을 통해 획득하고자 하는 인간다운 삶이 개인 단위로 파편화된 삭막하고 고립된 삶이 아닐진대, 가족의 역할과 의미는 재조정되어야 할지언정 파괴되어야 할 것은 아닐 것이다. 개별노동자와 자본가를 묘사함에 있어서도 이 작가는 도식적 양분법 안에 포괄될 수 없는 다양하고 다채로운 인간적 특징들을 세심하게 포착하고자 애쓴다(그러나 성격의 도식성을 넘어선 전형성의 달성이라고 확신하기에는 미흡하다). 무엇보다 이 작품에 실감과 신뢰성을 부여하는 것은 1970년대 초의 현실을 구성하는 세부적 사실들이 아주 구체적으로 제시된 점이다. 가령, "허리우드극장의 대형간판에는 윤정희와 정상을 다투고 있는 문희의 얼굴이 가득 들어차 있었다. 단발머리를 바람에 날리고 있는 쓸쓸한 그녀의 얼굴 옆으로 '더러운 청춘이라고 침을 뱉어라! 그러나 청춘, 우리는 간다. 길을 비켜라'라는 고딕체의 선전문구가 눈길을 끌었다." "영화「쉘부루의 우산」의 한 장면을 그려놓은 벽 귀퉁이에는 커피 50원, 생맥주 130원, 경식사 170원이라고 궁서체로 씌어 있었다.""작업장은 벌써 여기저기 기계소리들로 요란했다. 수요일로 시제품이 끝나고 어제 공임이 매겨졌다. 쪽당 3원 7전이었다" 같은 서술들은 작품의 전개에 본질적 연관을 갖지 않는 '소도구적' 장치에 불과한 듯이 보이나, 실은 이런 디테일의 사실적 정확성 위에서만 주인공들의 사고와 행동은 진정한 현실성을 획득할 수 있다.

어떻든 방현석은 이 소설에서 한국 자본주의 초기의 원시적 축적과정에 내재한 무자비성과 비인간성을 그것 자체로서뿐만 아니라 그것과 결부된 정치사회운동과의 유기적 관련 속에서 생생하게 드러내고 있다. 또한 그는 친구·동료·가족들 간에 작동하는 인간감정의 공감적 교류와 연대의 형성에 현실극복의 가능성이 잠재해 있음을 투시하고 있다. 그러나 내 생각에 노동세계와 지식인세계를 매개하는 관건적 인물인 정준호의 성격이 딴 주요인물들에 비해 불투명하다. 고향 친구들이나 할아버지와 함께 있을 때의 준호가 지닌 생동하는 개성이 대학 캠퍼스 안으로 들어오면 웬일인지 흐려진다. 이것은 1970년대 초의 대학사회에 대한 묘사가 전반적으로 겉도는 듯한 점과 더불어 그 시대 학생운동과 지식인운동에 대한 파악이 1980년대의 상투적 시각에 주로 의존하고 있다는 사실을 입증하는 것이 아닌가 한다. 무엇보다도 아쉬운 것은 이 작품의 이런 성과가 1990년대 중반의 변화된 현실 즉 사회주의 운동의 역사적 실패를 괄호 속에 넣음으로써 가능했던 것은 아닐까 여겨지는 점이다. 물론 작가는 목전의 현실만을 그려야 하는 것은 아니며 20년 전 아니 200년 전으로 돌아가서도 현재의 의미에 대해 심층적 질문을 제기할 수 있다. 그러나 간단히 말해서 『어디 핀들 꽃이 아니랴』에 묘사된 자본주의는 도식주의를 극복하려는 작가의 세심한 배려에도 불구하고 1980년대 남한 운동권의 고정관념에 의해 이론적으로 축조된 자본주의이지 1990년대의 현실을 역동적으로 지배하게 될 객관적 실체로서의 자본주의는 못되는 것 같다. 이 작품이 어딘지 꽤 오래전에 씌어진 듯한 느낌을 주는 것, 그리고 마치 텔레

비전 드라마에서처럼 계급과 신분을 달리하는 여러 인물들에 기계적으로 조명을 분산함으로써 시야의 확대를 이룩할 수밖에 없었던 것은 한편으로 그 불가피성이 인정되면서도 다른 한편 변화에 대한 개방의 능동성이 결여된 사실을 반영한 것으로 생각되는 것이다. 지킬 것을 굳게 지키는 일과 열 것을 대담하게 여는 일은 본질적으로 하나의 일이다. 그렇다면 방현석에게는 자본주의적 현실과의 대결이라는 과제가 여전히 기다리고 있는 셈이다.

『창작과비평』 1995년 봄호

억압적 세계와 자유의 삶

■

1995년의 소설풍경 2

1

적잖은 분량의 소설을 읽고 난 지금도 여전히 내 책상 위에는 읽어주기를 기다리는 책들이 위협적인 높이로 쌓여 있다. 욕심을 더 내다가는 글을 못 쓰게 되거나 건강을 상할 것 같아 이쯤에서 그만 단념하기로 한다.

그러나 기왕에 읽은 작품들만으로도 내 머릿속은 충분히 뒤숭숭하고 혼란스럽다. 평론가가 글을 쓸 때엔 으레 대상이 되는 작품들의 독서를 바탕으로 어떤 지형도 내지 개념도를 그려보게 마련인데, 그게 잘 되지 않는 것이다. 우선 의문점으로 떠오르는 현상의 하나는 인접예술이나 다른 지적 활동분야의 침체에 대비된 문학적 글쓰기의 폭발적인 활력이다. 적어도 양적인 면에서 우리 문학은 역사상 유례없는 전성기를 구가하는 있는 듯이 보이며, 내가 알기론 현재 지구상의 어느 딴 나라에서도 문학의 이와 같은 호황은 찾기 어려울 것이다. 정치적 억압의 완화와 이념적 경색의 이완에 따른 일종의 '밀물'현상인가. 아마 그런 면도 없지 않을 것이다. 해방 직후와 4·19혁명 이후에도 우리는 다양한 지적·이념적 욕구들이 일시에 터져나오는 양상을 목격하였다. 그러나 그런 면에서 해방 직후

억압적 세계와 자유의 삶　469

나 4·19 이후와의 유추적 상동성이 찾아지는 것은 6월항쟁 이후인 80년대 말경이라 할 것이며, 현실사회주의의 몰락을 경험하고 난 90년대 중반은 오히려 그와 같은 열광의 수축기에 해당한다고 보는 것이 옳을 것이다.

어떻든 긴 안목에서 볼 때 적어도 정신활동의 분야에서 지금처럼 자유로왔던 적은 일찍이 없었던 것 같다. 물론 나는 시민적 자유가 이제 우리 사회에 안정적으로 뿌리내렸다고 주장하는 것이 아니다. 그러나 카프카의 책을 체코 출신 작가의 것이라 하여 공안기관에 빼앗기고 이용악의 시집을 복사했다는 이유로 일주일간 남산 지하실에서 잠을 자본 일이 있는 사람에게 있어서—아마 그보다 더 어처구니없는 카프카적 경험의 소유자도 있을 것이다—자유의 절대성에 대한 논의는 배부른 자의 투정 같아 보인다. 도대체 그런 자유는 이 세상 어디에도 없는 것이다. 미국이나 유럽에 그런 자유가 있는가. 소위 부르주아적 자유와 인권은 서구 국가체제의 존속에 아무런 실질적 유해성이 없을 뿐만 아니라 도리어 그들 자본주의 사회의 역동성의 기반이 되기 때문에 보호받고 찬양된다는 것이 내 생각이다. 어느 사회에서나 지배계급은 종이 위에 씌어진 법조문에 따라 판단하는 것이 아니라 자신에게 정말 위협이 되고 도전이 되는지에 따라 판단한다. 그런 점에서 우리가 지금 누리는 이만한 정도의 자유는 수십년, 어쩌면 수백년에 걸친 끈덕진 민중적 투쟁의 산물이기도 하지만, 다른 한편 그만한 자유의 허용에 본질적인 위기를 느끼지 않아도 될 만큼 지배계급의 헤게모니가 확립되었음을 반증하는 것이기도 하다. 어떻든 지금 우리 문학이 누리는 활황국면은 남한 자본주의의 발전이라는 객관적 조건을 떠나서 설명될 수는 없을 것이다.

그러나 이것은 설명을 위한 조건을 찾아본 것이지 설명 자체는 아니다. 물질적 발전이 언제 어디서나 문학의 융성을 가져온 것은 아니기 때문이다. 문학 이외의 다른 예술장르나 학문분야들은 똑같은 조건임에도 불구하고 왜 위축되어 있는가를 해명해야 한다. 더욱이 문학의 양적 팽창이 진정한 창조성의 발현 자체인 것도 아니다. 정치경제적 조건, 말하자면 물질적 토대에 대한 고려를 배제하고서 예술현상을 설명하는 것이 공허한 관념론으로 되기 쉽듯이 거꾸로 사회현실의 이런저런 형편을 나열하는 것으로 문학현상의 설명을 대신하는 것은 기계적 유물론일 뿐이다. 분명한 것은 지금 우리 문단에서 벌어지는 일이 일부 철없는 사람들의 주장처럼 그 무슨 국운상승의 조짐일 수는 결코 없다는 사실이다. 국운상승이라니! 민중을 학살하고 권력을 찬탈했던 자들이 한때 그런 말을 입에 올린 적이 있었거니와, 나라의 운세라는 용어 자체가 전근대적 발상에서 나온 미신적인 것일뿐더러 '국운'이라고 할 때의 그 국가가 남한만 지칭하는가 아니면 남북한 동포가 함께 이루어야 할 통일조국을 가리키는가도 분명치 않은 터이다. 이렇게 생각해보면 때로 오용되고 더러 남용되어 빛을 잃기는 했으나 '민족문학'은 오늘의 변화된 상황에 맞게 그 비판적 설득력을 되살려야 할 여전히 유효한 개념이다.

2-1

'후일담 소설'이란 말이 있다. 누가 처음 쓰기 시작했는지는 모르나, 1980년대 사회운동에 참여했던 인물들이 90년대 들어 겪는 번뇌와 좌절, 실의와 변신을 다룬 소설들을 일컫는 용어인 것 같다. 그러나 나 자신으로 말하면 이 용어를 좋아하기 어렵다. 물론 나는 과거의 활동가들 중 다수가 오늘날 심각한 고민에 빠져 있다는 것을 알고 있고, 거기에는 지난날의 운동과 이론 자체에도 상당한 책임이 있다고 생각한다. 그러나 그 점에 대한 우리의 비판적 문제의식은 말 그대로의 뜻에서 현재적인 것이어야지 회고나 추억의 대상일 수 없다. 요컨대 내가 지적하려는 것은 모순에 가득 찬 이 시대의 현실에—군사독재시대의 현실뿐만 아니라 식민지시대와 분단시대의 현실 전체에—맞서 그것을 넘어서려는 노력을 과

거화하고 희화화하려는 무의식적 저의가 '후일담'이란 낱말 안에 스며들어 있을 수 있다는 점이다.

그러나 따지고보면 모든 서사양식은, 따라서 소설은 본질적으로 후일담적 구조를 갖는다. 다시 말해 소설은 이미 어느정도 종결된 사건을 그 사건의 당사자 또는 목격자가 독자에게 전달하는 문학형식인 것이다. 어쨌든 1980년대 변혁운동이 동시대인들의 깊은 내면까지 뒤흔들 만큼 격렬한 것이었고 그것의 퇴조가 너무나도 급격하고 전면적이어서 또다른 내면의 위기를 조성할 만한 것이었던만큼, '후일담 소설'이란 호칭이 특정한 현상을 다룬 소설에 적용되는 것이 그런 점에서는 일리가 없는 것은 아니다. 그러고보면 1930년대의 이른바 '전향의 축'과 관련하여 채만식의 일부 소설들, 예컨대 한 몰락한 사회주의자의 망가진 삶을 풍자적 화법 안에 담은 「치숙(痴叔)」이나 시대현실의 압박과 양심의 갈등을 견디지 못해 자살한 한 지식인의 좌절을 그린 「패자들의 무덤」이야말로 전형적인 '후일담 소설'이라 할 만하다. 이번에 내가 읽은 작품들 중에서는 유시춘(柳時春)의 「아우의 인상화」(『창작과비평』)와 김인숙(金仁淑)의 「먼 길」(『실천문학』)이 그런 범주에 든다고 할 수 있다.

「아우의 인상화」는 3인칭 소설이지만, 시종일관 형인 동욱의 시점으로 서술되기 때문에 사실상 1인칭 소설과 다름이 없다. 남편을 일찍 여읜 어머니는 행상·연탄배달 등 온갖 고초를 겪으면서 동욱과 현욱 형제를 키운다. 그러나 어머니가 허리를 못 쓰게 된 탓에 동욱은 간신히 입학한 대학을 1년도 채우지 못하고 군에 입대한다. 그런데 열살 터울의 동생 현욱은 대학에서 데모를 주동하다가 감옥에 가고 어머니는 "애비도 없는 놈이 남들처럼 착실하게 공부해갖고 버젓한 직장 잡고 색시 얻어 알밤 같은 새끼 낳고 보란 듯이 살아야지…. 고마 천지간에 젤로 큰집에서 호강하다가 그 안에서 뒈져라" 하고 푸념 겸 악담을 퍼붓다가 세상을 떠난다. 현욱은 2년 동안 복역하고 나서도 학교로 돌아가지 않고 노동운동에 뛰어들었다가 다시 감옥행을 하며 그 뒤에도 여전히 운동권에 머문다. 한편 동욱의 아내는 "지하가게의 양품점 점원에서 동업을 거쳐 위탁판매의 월급사장을 하더니" 십년 만에 "비록 서울 변두리이긴 하지만" 어엿한 양품점 주인이 되었다. 그러는 사이 동욱은 가까스로 회사 과장으로 진급했을 뿐이다. 서른 평 아파트의 소유주가 된 것도 아내의 알뜰한 살림살이와 장사 수완 덕이다. 「아우의 인상화」는 주사파 소동이 요란하던 어느날 동욱이 오래 소식이 끊겼던 아우 현욱과 만났다가 헤어지기까지의 이야기이다.

이 소설을 통해 작가가 전하려는 메씨지는 분명하다. 그것은 작품의 마지막 장면에서 형제간의 대화에 실려 제시된다. 선량한 소시민이라 할 형 동욱이 아우에게 바라는 것은 "노동자 운운하는 데서 아주 몸을 빼서 제대로 된 직장을 가졌으면" 하는 것이다. "어떠냐? 사회를 몽땅 새로 고치려는 꿈만 꿈이냐? 내 꿈이 시답잖으냐?"라고 동욱은 묻는다. 또, "같이 학생운동 하고 노동판에 뛰어들었던 네 동지들 학교로 회사로 고시촌으로 외국유학으로 다들 옮겨갔는데 널 여기다 굳세게 붙들어 매두고 있는 그 약속이란 게 대체 뭐냐?"고 다그치기도 한다. 이에 대해 현욱은 고개를 숙이고 "그렇게 되도록 노력"하겠다고 대답함으로써 타협적인 태도를 보인다. 그리고 이렇게 말한다. "그렇지만 형님, 제가 이제 와서 재벌회사에 입사하겠습니까, 그렇다고 운동권 출신들이 우르르 몰려든다는 고시를 준비하겠습니까. 그럴 만한 재주도 능력도 못 미치지만 설령 그렇다 하더라도 저는 그냥 이 길로 살랍니다. 왜냐하면요, 형님… 형님처럼 저한테도 꿈이 있거든요. 꿈이기도 하고 약속이기도 한 건데… 아까 사회주의가 몽땅 거덜나버린 마당에 노동운동이 아직도 유효하냐고 했지요. 분명히 말씀드리지만 그것과 관련 없이 늘 필요합니다. 누군가 해야 할 일입니다."

이것은 분명 요즘 소설에서 찾아보기 힘들어진 강력한 도덕적 발언이다. 그러나 어쩐지 나에게는 그 말이 소설 속의 살아있는 인간으로부터 나온다기보다 소설 바깥에 있는 작가에 의해 주장되고 있다는 느낌을 지울 수 없다. 그러고보면 현욱이라는 인물은 동욱의 시선에 의해 '인상화'만 보여질 뿐이지, 그 자신의 내적 구체성을 통해 형상화되어 있지 못하다. 이에 비하여 아파트 상가를 분양받기 위해, 소형차를 중형차로 바꾸기 위해, 아들 성적을 올리기 위해 동분서주하는 동욱 아내의 모습은 훨씬 생기와 실감에 가득 차 있다. 그리하여 책을 덮고 났을 때 나에게는 '세속적 행복'을 추구하는 동욱 아내의 현실주의가 모범답안처럼 제시된 현욱의 이상주의를 압도하는 것으로 남는 것이다.

「먼 길」에는 현욱과 전혀 상반된 길을 가는 인물들이 그려져 있다. 현욱과 비슷한 세대인 명우는 대학 2학년 때 점거농성 투쟁에 가담했다가 1년 반 감옥을 살고 나와서 몇해 뒤 형이 이민 와 있는 호주에 왔다가 난민비자를 신청하여 영주권을 받았다. 그런데 이런 경위가 일직선적으로 서술되는 것이 아니라 여러 사람들의 시점으로 암시되기도 하고 그 자신의 고백을 통해 밝혀지기도 한다. 실상 이 작품에서는 명우 한 사람에게만 서술의 초점이 집중되어 있는 것이 아니다. 1970년대의 통기타가수였던 한림은 그가 부른 노래 「먼 길」의 작사·작곡자가 반정부조직에 관련된 사람이라는 이유로 납치되듯 잡혀가 심한 고문을 당했다. 그러고는 대마초 가수라는 불명예를 뒤집어쓴 채 가수생활을 집어치우고 호주로 이민을 왔다. 벌써 15년 전의 일이다. 한림의 동생 한영도 8년 전 기술이민을 와서 괜찮은 직장의 건축사로 근무했으나 무력감에 시달리다가 결국 집어치우고 지금은 교민잡지사에서 기자라는 신분을 가지고 있다. 작품은 이 한영을 시점인물로 하여 그가 명우와 함께 형 한림의 낚싯배를 타고 비가 쏟아지고 풍랑이 심한 바다로 낚시를 나갔다가 돌아오기까지의 이야기를 서술하고 있다.

나는 이 소설을 읽어나가는 동안 여러 가지 의문과 곤혹을 느꼈다. 무엇보다 내가 충분히 따라가기 어려웠던 것은 인물들 간에 주고받는 복잡한 심리적 반응들이었다. 요동치는 배 안에서 한림·한영·명우 세 사람은 웃기도 하고 악을 쓰기도 하고 적개심을 나타내기도 하는데, 그러한 심리적 변화의 추이가 때때로 분명하지 않았다. 한영이 기자로서 이민생활의 경험을 회고록으로 써보고 싶다는 생각을 갖는 것은 그럴 수 있는 일이다. 그런 그가 "내가 왜… 이 나라엘 오게 되었는지, 그걸 말해야 할 것 같았는데…"라는 명우의 말에 대해 왜 갑자기 화를 내면서 듣고 싶지 않다고 쏘아붙이는지 얼른 납득이 되지 않는다. 그리고 곧이어 그는 "한 패배한 운동권 청년의 종말과 같은 모습을 명우라는 사내에게서 발견하고 싶었다"고 하는데, 나에게는 그것이 더욱 의문을 자아낸다. 사실 명우는 이 장면에 조금 앞서 자신에 관한 결정적인 고백을 한 바 있다. "나와 함께 감옥에 있던 사람들이 없는 곳에, 내 구호를 쫓아 시위대열로 스며들었던 사람들이 결코 없는 곳에, 내가 물고 뜯고 재단까지 했던 내 나라의 역사가 없는 곳에, 나보다 먼저 달려나가 마치 담장 위의 생쥐처럼 나를 내려다보는 그 진보라는 것이 없는 곳에… 나는 숨고 싶었던 겁니다." 이것이 진심의 고백이라면 그것은 순수와 열정으로 표현되었던 젊은날 자기 삶의 철저한 부정이다. 그렇다면 명우의 호주행은 그 부정을 행동으로 옮긴 것일 뿐이다. 그런데 그가 처음 호주에 온 것은 잠시의 여행을 위해서였으며 다시 돌아가 고시준비를 할 작정이었다고 변명한다. 명우의 이런 불투명한 선택에 대하여 그의 영주권 업무를 맡았던 박변호사는 "그놈이 아무래도 정신병적 징후가 있어"라고 말하며, 한림은 "고문 후유증이야"라고 단정한다. 마지막으로 한영은 감정에 복받쳐 "돌아가요, 명우씨" 하고 부르짖는데, 그는 곧 그 말이 자기 입에서 나온 것조차 믿을 수가 없으며 그것이 자기 자신을 향해 던져졌던 것이 아닐까 생각한다. 이쯤 되면 인물들 간의 감정의 착종이 거의 혼란상태에 이른 듯한 느낌을 준다. 한림·한영·명우 세 사람의 갈망의 밑바닥에 공통적으로 들어 있는 것이 삶다운 삶, 여유있는 삶, 자유로운 삶이고 그것의 구체적 현실화가 이민으로 결과되었음은 분명히 밝혀졌지만, 그러나 그것은 진정한 자아실현과는 거리가 먼 일종의 도피임도 역시 여지없이 드러나는 것이다.

나는 명우와 같은 존재의 개연성을 부인하지 않는다. 여리고 섬세한 명우 같은 인물을 정신질환적 상태로까지 몰아넣었던 시대적 상황에 대해 당연히 작가와 함께 분노한다. 그러나 앞의 「아우의 인상화」에서 현욱이 견지하는 의연한 자세가 좀더 실감있는 삶의 구체성에 의해 뒷받침되어야 하듯이, 명우의 방황과 자기부정도 그럴 만한 상황적 진실에 의해 객관적 설득력을 얻어야 한다. 그러자면 '담장 위의 생쥐처럼 내려다보는 진보'라는 것이 진보도 뭣도 아니라는 사실, 참된 삶을 향한 실천적 동력을 진보라는 이름으로 부른다고 할 때 그것은 결코 외부적 강제가 아니라 내면의 필연성으로 다가와야 한다는 사실이 명우와 한영 같은 등장인물들에게만이 아니라 작가 자신들에게도 이해되어야 할 것 같다.

2-2

홍상화(洪尚和)의 「세월 속에 갇힌 사람들」(『소설과사상』)은 그가 자주 다루어온 6·25전쟁세대의 후일담이다. "지난 40여년 동안 마지못해 인생을 살아온, 이미 일년 전 환갑을 보낸 남자"인 '나'는 팔순 어머니로부터 큰고모가 아침에 고혈압으로 쓰러졌다는 전화를 받고 과거를 떠올린다. 이 작품은 큰고모의 죽음을 전후한 하루 남짓한 동안의 주인공의 행적과 고모·고모부에 대한 회상으로 이루어져 있다. 주인공은 "지금 와서 생각하니 고모부는 무책임한 이기주의자" "치유할 수 없는 낭만주의자"였다고 생각하면서 차를 몰아 병원으로 간다. 대학병원 내로 들어서자 정치집회를 마치고 나오는 한 떼의 대학생들과 마주친다. "순간, 나는 45년 전의 내 모습을 보는 듯한 착각을 했다." 그러면서 자연히 열정과 패기에 가득 찼던 지난날을 떠올리고 지금의 학생들과 자신을 비교해본다. "젊었을 때 우리들은 지금의 건방진 젊은이들과는 달리 겸손하였다. 그리고 또다른 점이 있었다. 우리는 불쌍하고 약한 사람들을 사랑하였기 때문에 희생을 기꺼이 감수하려고 했다. 지금처럼 강한 사람들을 미워하기 때문에 반항하는 것이 아니었다." 그러나 40여년 전의 젊은이들을 당시의 기성세대는 건방지다고 느꼈을지 모르며, 또 오늘의 건방진 젊은이들에게서 불굴의 용기와 자유분방한 개방성을 보고 부러워하는 노인도 있을 수 있다. 약자에 대한 사랑과 강자에 대한 증오가 어떻게 다른 것인지도 분명치 않다.

그런데 이렇게 생각하는 주인공은 일찍이 6·25 때 전세가 불리해지자 부모 몰래 고모부의 말에 따라 빨치산 공작부에 지원해 지리산으로 입산한 경력을 가지고 있다. 그때 지리산 골짜기에서 '내'가 우연히 고모부를 만났을 때 고모부는 동상으로 두 다리가 썩어가는 고통 속에서 신음하고 있었으며, 고모부의 소원에 따라 '나'는 고모부의 숨을 거두게 한다. 이런 말 못할 비밀을 간직한 채 '나'는 자신을 '그 잘난 이데올로기의 희생자'라고 여기며 회한과 고뇌 속에서 살아왔고, 고모는 남편의 죽음도 모른 채 40여년 정지된 세월을 인고의 기다림 속에 살아왔던 것이다. 그 고모가 이제 고혈압으로 쓰러졌고, '나'는 마침내 고모의 병상으로 다가가 의식을 잃은 고모의 손을 잡고 뺨을 갖다대며 오래 숨겨왔던 비밀을 털어놓는다. 고모의 표정이 "복잡하게 얽히더니 점차 편안함으로 바뀌었다"고 확신하며 '내'가 중환자실을 나온 직후 고모는 숨을 거둔다.

분단과 전쟁으로 인한 고통과 불행이 여전히 많은 사람들에게 깊은 상처로 남아 있다는 것은 놀라운 일이 아니다. 어쩌면 그 때문에 수많은 사람들이 이 소설의 제목처럼 '세월 속에 갇힌' 삶을 살아야 했는지도 모른다. 그러나 그것이 젊은날 한때의 판단착오 때문이었다거나 어떤 낭만적인 이데올로기의 선택 때문이었다고 보는 것은 안일한 발상이다. 이 작품에서는 화자인 주인공이 빨치산으로 입산한 것부터가 실은 치열한 실존적 결단의 결과가 아닌 것으로 묘사되며, 전쟁이 끝난 후에도 제대로 직업을 가진 적 없이 아버지의 후원으로 그럭저럭 살아왔다고 서술된다. 현

실에 대한 주체적 의지를 결여한 인물의 눈에 역사가 온전하게 보일 수는
없다. 문제는 이런 인물이 있을 수 없다는 것이 아니다. 그에 대한 작가의
균형있는 시각이 냉정하게 확보되었더라면 실패한 인생들의 비극이 좀더
객관적으로 형상화될 수 있었으리라는 점이 중요하다.

3

단편 「어두운 기억의 저편」으로 이상문학상을 받았던 이균영(李均永)
이 오랜 침묵 끝에 장편소설 『노자와 장자의 나라』(『문예중앙』)를 발표하였
다. 작품의 규모에는 큰 차이가 있지만, 현재시점의 사건진행과 과거의 사
건들을 끊임없이 교차시키는 복합적 구조라는 점에서 이 작품은 앞의 세
작품과 공통된다. 특히 이 『노자와 장자의 나라』는 시간적 층위를 달리하
는 수많은 장면들이 묘사되기 때문에 독자들로서는 순서에 따른 사건의
재구성에 상당한 수고를 들여야 한다. 아주 거칠게 줄거리를 요약해보자.

주인공 시목의 아버지 김문도는 자유당 때부터 야망과 기개를 겸비한
시골의 야당 정객이었다. 그러나 그의 꿈은 현실정치의 비정한 이해타산
에 꺾여 실현되지 못한다. 4·19혁명 직후의 선거에서 당연히 그가 민주당
공천을 받을 것으로 예상되었으나, 엉뚱하게 행정부 고위직 출신인 딴 사
람에게 낙점이 떨어지고 그후에도 낙선을 거듭한다. 아버지의 기대에 따
라 시목은 일류대학 법대에 진학한다. 그러나 법대 합격소식을 전하는 자
리에서 어머니가 세상을 뜨고, 그는 군복무 이후 법관의 길과 평범한 생
활인의 길 사이에서 갈등한다. 한편, 그에게는 어려서부터 무심중에 정을
나눈 유희라는 여자가 있다. 그녀는 집안형편 때문에 전화국 교환원으로
취직했다가 어떤 인연으로 서울의 장관 집에 1년간 지낸다. 그리고 좋은
집안의 순진한 대학생에게 열렬한 구애를 받으나, 결국 다른 남자의 아이
를 임신한 채 귀향하여 그 아이를 키운다. 여러 차례의 도전에도 불구하

고 고시합격에 실패한 시목은 사십 나이의 총각인 몸으로 마침내 법관이 되는 것을 포기한다. 반년쯤 변호사 사무실 일을 보다가 다른 직장에 취직을 결정하고 오랜만에 시골에 내려가 아버지와 유희를 만난다. "이삿짐은 간단했다"로 시작된 이 작품은 이사를 마친 시목이 며칠 후 고향에 내려가 이틀을 보낸 다음 "내일 아침 첫차를 타기 위해 버스터미널 근처의 여관을 찾아 발길을 돌렸다"로 끝나는 것이다.

나는 이 작품을 읽어나가는 동안 몇몇 대목에서 매우 진지한 소설적 흥미를 맛보았다. 가령, 법률사무소에 근무하는 시목이 일을 처리하기 위해 검찰청 이곳저곳을 쫓아다니는 대목이 그렇다. 우리나라 관료조직의 부패와 권위주의는 익히 아는 터이지만, 이 대목에서 다시 한번 그것을 실감한다. 또 하나는 1950,60년대의 야당 정치풍토이다. 가족이야 먹든 굶든 상관없이 큰소리 탕탕 치며 애국이니 민족이니를 입에 달고 사는 사람, 사랑방에 그들먹하니 모여앉아서 열을 올려 시국을 논하는 사람은 이제는 지나간 시대의 정치인상이다. 물론 김문도는 그런 부류보다는 격조가 높고 경륜이 깊은 인물이지만, 어떻든 그를 둘러싼 한 시대의 야당정치의 저변을 나는 이 소설에서 오랜만에 실감있게 보았다. 서울에서 공부하던 시목이 병상의 어머니와 하룻밤 보내는 장면도 깨끗한 감동을 준다. 스무살 꽃다운 나이에 서른여섯인 바람 같은 사나이의 재취로 들어와 겨우 아들 하나를 낳고 온갖 고생을 겪은 여인, 남편이 바람을 피워 낳은 딸을 고스란히 키울 수밖에 없었던 여인이 시목의 어머니인데, 아들의 대학합격에 즈음하여 다 탄 양초처럼 목숨이 진해가는 어머니의 모습은 뛰어난 문학적 형상으로 아픔을 전해준다.

그러나 이런 실감있고 감동적인 부분들에도 불구하고 나는 주인공 시목에 대한 통일적인 인상을 얻기 어려우며 작품 전체가 근본적으로 무엇을 지향하고 있는지 파악하기 힘들었다. 작가의 의도를 모르겠다는 것은 아니다. 가령, 시목은 경찰청에 서류를 제출하고 기다리는 동안에도 노자

(老子)를 읽는다. 변호사 사무실을 그만두던 날 밤의 질탕한 술자리에서도 그는 이런 말을 입에 담는다. "나는 내가 있던 처음의 자리로 가야 합니다. 나와 갈라져 나온 후 내가 겪은 일을 뒤로 하고 나는 처음의 나에게로 가야 해요. 거기서 나는 자유로울 것입니다." 오랜만에 만난 배다른 누이 옥자가 자신의 비참한 지난날을 애기하며 눈물을 흘리자 시목은 이렇게 생각한다. "눈물은 다행이다. 고통과 절망은 오히려 초월인 곳, 알 수 없는 나라가 부처와 노자와 장자의 나라이다. 그곳에만 자유가 있다고 말들 한단다." 역시 오랜만에(15년 동안 세 번 고향에 내려갔을 뿐이다) 만난 아버지와의 대화도 거의 선문답 같다. 고시공부를 포기하고 무엇인가 다시 시작하겠다는 아들에 대해 아버지는 "그럼 이 기회에 너는 너를 만나볼 수도 있겠구나"라든가 "해 뜨면 밖에 나와 일하고, 해 지면 휴식하고, 우물 파서 물먹고 밭갈아 먹고 산다면 정말 임금의 덕이 무슨 소용인가, 권력이 무슨 소용이며 보고 배워 아는 것은 또 무엇이란 말이냐"라고 말한다. 살아있는 현실의 감각으로부터의 이와 같은 몽상적 초월은 시목과 유희의 만남에서 절정에 이른다. 억새풀이 부서지는 소리를 들으며 실패한 법학도 시목은 그의 오랜 연인에게 말한다. "즐거움이 없는 곳에서도 굳이 즐거움을 찾지 않고, 명예와 돈이 없을 때에도 그것을 견디며 고통을 미루지 않고 무심히 자기의 길을 갈 수 있는 것은 지난날의 성공 때문이 아니라 그 사라져버린 것들이 남기고 간 희미한 빛, 어둠, 고통 때문이 아닐까." 세속적 욕망과 집착에서 해방된 무애자연의 삶은 아마 우리 모두의 목표일 것이다. 비록 현세에서 이룰 수 없는 꿈이라 하더라도 꿈을 간직하는 것은 아름다운 일이다. 그러나 우리의 삶에서도 그렇듯이 소설에서도 나날의 일상적 수련과 공덕이 모이고 쌓여서만 깨달음의 경지는 이룩되는 것 아닌가. 세부의 정확성과 진실성을 건너뛴 문학적 진리란 필경 믿을 수 없는 허상에 불과하다.

4-1

지금까지의 작품들에서 김향숙(金香淑)은 집요하고 치밀한 심리분석을 통해 숨막힐 듯한 현실의 내적 구조를 보여주었고 최근의 연작소설『스무살이 되기 전의 날들』에서도 평범한 여고생이 참된 자기인식에 이르는 과정을 면밀하게 추구했었거니와, 이번에 발표한 중편 「추운 봄날」(『문예중앙』)에서는 더욱 끈덕지게 철저한 심리분석을 수행하고 있다. 외면적 행동이나 사건의 묘사는 최소한으로 줄고 주인공의 심리적 움직임에 대한 정밀하고도 무자비한 추적이 온 지면을 빽빽하게 채우고 있어 거의 실험소설 같은 과격성조차 느끼게 한다. 분석의 대상은 예의 가족관계인데, 주인공 화자는 말썽꾸러기 막내아들이다. 그 '나'는 밤늦게 유흥가에서 의식불명이 될 만큼 얻어맞고 병원에 누워 치료를 받고 있다. 작품의 분위기와 윤곽을 소개하는 뜻에서 군데군데 얼마쯤 인용해보겠다.

나는 눈을 감는다. 어머니를 바라보지 않으면 어머니가 외계인처럼 여겨지는 마음이 물러갈지도 모른다고 생각하며. (…) 아버지 어머니나, 우리 셋은 서로를 그림자처럼 여기며 살아온 것은 아니었을까. 셋 중에서는 그래도 아버지가 가장 살아있는 사람에 가까웠다고 할 수 있을 것 같다. 어머니와 나한테 그나마 말을 건네려는 노력을 하곤 했었으니까. (…) 어머니와 아버지의 관계는 사실 큰형이 죽기 전에 이미 금이 가 있었다. 어머니 몰래 몇해 동안 아버지가 다른 여자를 만난 사건 때문이었다. 아버지가 어머니에게 가한 타격은 그것만이 아니었다. 큰형이 죽은 지 2년 후에 닥쳐온 아버지의 수뢰사건은 얼마나 큰 충격이었겠는가. (…) 그때의 문영누나의 눈빛은 참으로 복잡해 보였었다. 창우야, 넌 이제 겨우 열넷인데 이처럼 네 멋대로 산대서야… 문영누나는 그 말을 하는 것조차 몹시 힘드는 듯한 기색이었다. 이미 그 무렵엔 나의 귀가시간에 대해 식구들 중의 누구도 더는 뭐라고 하지 않게 되었던 터였다. (…) 몇날째 병원에 와 있는 것인지는 아직 헤아려지지 않는다. 어디선가에서 누군가 흐느껴 우는 울음소리가 들려오는 것도 같다. 울음소리는 점점 커진다… 누군가 날 위해서 저렇게 울어줄 사람이 있을까. 눈물이 주루룩 흘러내린다. 울음이 터져나올 것만 같다. 얼굴 근육이 제멋대로 실룩거리는 것을 내버려둘 수 없어 개같은 인생이라고 중얼거려본다. 개같은… 개같은…

'문제아동' '비행소년' 심지어 '패륜아'라고 불리는 가정적·사회적 탈락자의 내적 시선에 의거함으로써 이 작품은 그런 탈락자·소외자의 내면 안에 깊은 상처와 실존적 고뇌와 진실을 향한 갈증이 잠재해 있음을 증언한다. 김향숙의 냉혹하고 집요한 필력이 특히 빛을 발하는 것은 겨우 네댓 명으로 이루어진 작은 사회인 가족 구성원들 간에도 실로 난마와 같이 얽히고설킨 심리적 복합이 작용한다는 것을 드러내는 작업인데, 그러나 작가 자신은 감상이나 위선 같은 심리적 편향을 완강하게 제어함으로써 거의 자연과학도 같은 자세를 견지한다. 이것은 냉담성과는 전혀 다른 무엇이다. 오히려 나는 이 작품에서 "짐승처럼 고함지르기. 문이 부서져라 쾅당 닫기. 오토바이를 타고 강릉까지 달려가기. 어머니 지갑에서 돈을 가져오기. 날 무시하는 여자애의 뺨을 갈겨주기. 폭음과 폭언. 패싸움에 끼어들어 나오는 전혀 알지 못하는 애들을 흠씬 패주기 등등"으로 지난 6년을 보낸, 소년도 청년도 아닌 스무살짜리의 한 인간을 막연한 정상참작 아닌 면밀한 증거조사에 의해 변호하고자 하는 열렬한 작가정신을 목격한다. 바로 이것이 이 작품의 감동의 원천이다. 관용 같은 낱말을 입에 올림으로써 어떤 타협적 자세를 보이기도 했던 『스무살이 되기 전의 날들』에 비할 때 「추운 봄날」은 훨씬 본격적인 작업이다. 내 생각에 김향숙은 이런 일련의 작품들에 의해 그 누구도 흉내낼 수 없는 독자적인 문학세계를 이루어가고 있는 듯하다.

4-2

정찬(鄭贊)의 「아늑한 길」(『상상』)과 주인석(朱仁錫)의 「지옥의 복수가 내 마음을 불타게 한다」(『문학동네』)는 똑같이 12·12사태 고소고발 사건에 대한 검찰의 처리결과를 화두로 삼은 흥미로운 작품들이다. 두 작품이 독자에게 묻고 있는 것도 본질적으로는 상통한다. 역사의 물줄기를 거꾸로 돌려놓았고 수많은 사람들에게 고통과 죽음을 안겼던 그 사건을 오늘 우리들이 잊고 있지 않은가. 그러나 묻는 방식은 각기 다르다.

「아늑한 길」에서 '나'는 신문을 보고 김인철이라는 한 남자를 떠올린다. 그에 대한 두 장면의 기억이 있다. 선택과목 시간에 교수의 지명을 받고 일어선 그가 몹시 더듬으며 책을 읽던 장면이 하나이고, 그날 밤 한강 다리가 막혀 서성거리다가 우연히 만나 여관에서 하룻밤 같이 지내게 된 일이 다른 하나이다. 그런데 김인철은 그후 광주학살이 자행되던 와중에 광주 집으로 내려갔다가 실종된다. 비슷한 소재를 다룬 「완전한 영혼」에 비할 때 소품에 가깝지만 더 잔잔한 감동을 준다. 다만 나는 이 작가의 정신주의적 경향이 객관현실의 충실한 형상화에 늘 어떤 제약으로 작용하고 있다는 점을 지적하고 싶다.

「지옥의 복수가…」는 이른바 '소설가 구보씨' 연작의 하나이다. 이 형식의 창시자인 1930년대의 박태원에게나 후계자인 1970년대의 최인훈에게나 '구보씨' 연작은 작가 자신을 주인공＝화자로 삼은 시정순례의 틀 안에 자유로운 관찰과 사색을 담는 소설적 전략이었다. 그것은 요컨대 현실과의 정면대결을 통해 서사적 총체성을 획득하는 것이 어려워진 상황에서 현실을 '비스듬하게' 바라보고 수필형식으로 기술하는 임시방편적 대응방식이라고 할 수 있을 터인데, 나로서는 주인석이 오늘의 시점에서 왜 이런 형식에 의탁하는지 이해하기 어렵다. 어떻든 「지옥의 복수가…」 자체는 재치있는 대화와 기발한 착상으로 독서의 즐거움을 준다.

4-3

이윤기(李潤基)라는 작가는 이름은 낯이 익지만 작품으로는 뚜렷이 기억되는 것이 없는데, 이번에 발표된 「나비 넥타이」(『세계의문학』)를 읽어보고 나는 그가 자기 나름의 독특한 문체와 인생에 대한 투시력을 갖춘 만만찮은 역량의 소유자임을 알았다. 언뜻 그의 소설문체는 서정인을 연상케 하는 바가 있다. 한마디로 지적 능력이라고 할 만한 것의 작용을 가리키는데, 한편으로 그것은 사태를 적절히 요약하기도 하고 감상적 허위를 깨트림으로써 비판적 거리를 조성하기도 하지만, 다른 한편 등장인물이 작가의 손에서 벗어나 그 자신의 생동성을 갖는 데 지장을 초래하기도 한다. 그러나 「나비 넥타이」의 경우 문장은 작품의 주제를 살리는 효과적인 힘으로 기능한다. 예를 들어 살펴보자. '나'와 노수는 어려서부터 한 학교를 다닌 가까운 친구인데, 노수에게는 한 살 아래인 여동생(노민)이 있다. 교제의 범위가 넓지 못한 시골에서 친구의 여동생은 사춘기 시절 호기심의 대상이게 마련인데도 '나'는 자주 만나지 못했다. 그것이 작품에는 이렇게 서술된다. "중학교 시절에는 내 쪽에서 관심이 없어서 그랬고, 고등학교 시절에는 내 쪽에서 관심을 보였기 때문에 그렇게 된 것이 아닌가 싶다." 단 한 문장으로 성장기 소년소녀의 감정의 기복이 선명하게 부각되어 있다. 고등학교 시절 노수네 집을 찾아갔다가 노민이를 만나는 장면의 묘사도 독자로 하여금 자신의 사춘기를 되돌아보게 한다. "남성은 이성의 몸을 교묘하게 훑어보는 기술을 익히게 될 때가 사춘기가 아닌가 싶다." 그 노민이가 '나'의 주선으로 서울에 취직해서 하루하루 달라져가는 과정의 묘사도 간결하고 적확하다. "반년 사이에 생머리가 잘리고, 잘린 생머리가 둘둘 말리고, 둘둘 말린 머리가 볶이고, 볶은 머리가 '커트'를 당하고, 급기야는 여럿의 손에 사정없이 쥐어뜯긴 듯한, 가장자리가 들쑥날쑥한 상고머리가 되었으니, 나는 그것을 일일이 기억하지 못한다. 노민이 머리에 가발이 올라가기까지는 실로 한 해가 너무 길었다." 이런 문장의 재미에 이끌려가는 동안 우리는 심한 정서적 억압과 망상을 극복하고 자유의 삶을 획득하는 한 인간을 만나게 된다. 누이동생인 줄 알았던 노민이 노수의 정혼한 여자였음이 밝혀지는 작품의 결말은 지나치게 극적인 반전 같은데, 다시 작품을 훑어보면 작가가 곳곳에 은밀한 사전포석을 묻어놓았음을 뒤늦게 깨닫게 된다. 아주 유쾌한 소설이다.

5

앞에서 나는 이 평을 쓰기 위해 적잖은 소설을 읽고 머리가 뒤숭숭해졌다는 말을 했다. 그런데 생각해보면 사람은 누구나 당연히 억압상태에서 벗어나고자 한다. 그 억압의 근원은 「먼 길」이나 「세월 속에 갇힌 사람들」에 시사되어 있듯이 한 시대의 어떤 이데올로기일 수도 있고 「아늑한 길」이나 「지옥의 복수가…」에 묘사된 정치적 폭력일 수도 있다. 또, 억압은 「아우의 인상화」에서처럼 사회적 형태로 다가올 수도 있으며 「추운 봄날」이나 「나비 넥타이」에서처럼 심리적 복합구조를 통해 표현될 수도 있다. 「노자와 장자의 나라」가 보여주는 것은 지난날의 삶 전체의 농축으로서 스스로도 벗어던지지 못하는 영혼의 굴레가 자기 내부에 들어 있다는 것일지 모른다. 따라서 해방은 고도의 정치성과 심오한 내면성의 통일이 구현되는, 가장 치열하되 동시에 가장 고요한 실천을 통해 가능성이 열릴 것이다. 훌륭한 문학작품이 인간다운 삶을 위해 하는 일의 하나는 억압적 세계의 타락과 궁핍에도 불구하고 왜소하게 숨죽이고 살아가는 범인들에게 때때로 해방의 환각과 자유의 기쁨을 제것인 양 누리게 한다는 점이다. 나는 다음의 두 중편소설에서 그런 축복의 시간을 가졌다.

5-1

「새」(『동서문학』)는 지난해의 「옛우물」과 대조를 이루는, 「유년의 뜰」「중국인 거리」에 연결되는 전형적인 오정희(吳貞姬) 소설이다. 작품의 화자는 열두살짜리 여자아이(우미)인데, 두 살 아래 남동생(우일)과 더불어 주인공이다. 어머니가 집을 나간 뒤 외갓집과 큰집에 천덕꾸러기로 맡겨졌던 그들은 댐공사장 기술자로 험한 생활을 하는 아버지가 새 여자를 얻어와 살림을 차리고 함께 살기 시작한다. 그러나 아버지가 없는 사이 그 여자는 나가버리고 아버지도 어디론가 가서 돌아오지 않는다. 그래서 단둘이 살아가게 되는데, 우일이는 차츰 기운을 잃고 죽음에 이른다.

이런 줄거리의 요약이 이 작품 안에 성취된 아름다움과 아픔에 대해 거의 아무것도 전달하지 못함을 나는 절감한다. 실로 꼼꼼하게 다듬어진 문장과 알맞은 자리에 적절히 배치된 상징적 소도구들, 조역에 해당하는 여러 인물들의 간결하면서도 인상적인 형상 등이 빈틈없이 어우러져 충만된 세계를 이루고 있다. 점차 목숨이 빠져나가는 우일이의 묘사는 특히 가슴을 저리게 한다. 그러나 작품의 처음 부분("문득 훅 스쳐가는 친숙한 냄새, 희미하게 떨리는 가녀린 부름을 들은 것 같아 뒤돌아보면 햇빛, 바람, 엷어진 그림자 같은 것이 있다.")과 마지막 부분("우미야, 우일아. 누군가 부르는 듯한 소리에 뒤돌아보았다. 철길 둑의 마른 풀들이 바람에 서걱거리는 소리, 어둠 속에 낮게낮게 가라앉으며 흐르는 개천의 물소리에 섞여 그 소리는 들려오고 있었다.")에 암시된 어머니의 아련한 영상 안에 우일이의 승천하는 영혼이 합일됨으로써 죽음을 통한 삶의 정화, 죽음의 초라함을 넘어선 재생의 화사함이 우리의 정신과 감각을 압도한다.

5-2

박완서(朴婉緒)의 「환각의 나비」(『문학동네』)는 전설적 아름다움 이상의 거의 신화적인 광채에 둘러싸인 뛰어난 소설이다. 이 작품에 대해서 내가 독자에게 하고 싶은 최선의 말은 직접 읽어보라는 것이다.

이 작가의 능숙한 말심(필력)은 널리 알려진 것이어서 내가 덧붙일 게 없지만, 그것이 지나쳐서 때로는 수다처럼 느껴지는 때도 없지 않았다. 그러나 이 작품에서는 마지막 한 장면을 향해 모든 언어들이 팽팽하게 긴장하고 있어 독자들에게 틈을 주지 않으며, 요즘 젊은이들이 잘 쓰지 않는 예스러운 우리말들("어머니의 과천 상성을""산나물 하는 데도 선수여서""마금네가 발기만 써주면""지금도 구메구메 어머니 생각을" 등)도 천연스럽게 살아 숨쉰다.

과부 몸으로 부지런히 일해서 자식들을 키워 자리잡도록 했으나 이제 늙어 기억력이 혼미해진 할머니, 어느날 집을 나간다. 식구건 식구 아닌 남들이건 재물 욕심밖에 없는 사람들 틈에서 살아온 점치는 처녀 스님, 그 스님의 포교원에 할머니가 우연히 흘러와 둘은 꿈결처럼 편안하게 살아간다. 반년 가까이 집나간 어머니를 찾아 헤매던 주인공이 마침내 포교원 근처에 온다. 빨랫줄에 나부끼는 어머니의 스웨터를 발견하고 그는 멎을 것 같은 숨을 헐떡이며 그 집 앞으로 빨려들어간다. 거기서 그는 무엇을 보았던가.

부처님 앞, 연등 아래 널찍한 마루에서 회색 승복을 입은 두 여자가 도란도란 도란거리면서 더덕 껍질을 벗기고 있었다. 더할 나위 없이 화해로운 분위기가 아지랑이처럼 두 여인 둘레에서 피어오르고 있었다. 몸집에 비해 큰 승복 때문에 그런지 어머니의 조그만 몸은 날개를 접고 쉬고 있는 큰 나비처럼 보였다. 아니 아니 헐렁한 승복 때문만이 아니었다. 살아온 무게나 잔재를 완전히 털어버린 그 가벼움, 그 자유로움 때문이었다. 여지껏 누가 어머니를 그렇게 자유롭고 행복하게 해드린 적이 있었을까. 칠십을 훨씬 넘긴 노인이 저렇게 삶의 때가 안 낀 천진덩어리일 수가 있다니.

『창작과비평』1995년 여름호

역사의 멍에, 해방의 빛

■

1995년의 소설풍경 3

1

지난 여름호『실천문학』이 기획한 지상토론('90년대 문학계의 신쟁점을 논한다')을 훑어보다가 '민족문학의 범주와 작품적 성과'를 묻는 항목에서 봄호에 썼던 내 계간평의 한 대목이 어느 후배비평가에 의해 그의 새로운 문학적 입장을 정당화하기 위한 논거로 징발당한 것을 발견하고 몹시 곤혹스러웠다. 나 자신 남의 글을 수없이 인용해왔고 그러는 동안 부지불식간에 원저자의 의도를 손상한 경우가 적지 않았을 터이므로, 내 글의 문맥을 떠난 그 인용부분이 딴 문맥에서 겪게 될 의미의 굴절에 대해 굳이 탓하자는 것은 아니다. 그러나 이번 경우 인용자는 내 글의 논지에 기대어 극히 중대한 결단 즉 '민족문학'과의 결별을 선언하고 있으므로 나로서는 무심히 넘길 수 없는 일말의 책임을 느낀다. 그런데 우리 문학사의 순탄치 않은 굴곡을 돌아보면 이런 일종의 전향선언이 낯설거나 새삼스러운 것은 아님을 알 수 있다. 일찍이 유명한 "잃은 것은 예술이요 얻은 것은 이데올로기"라는 언명이 발해진 이후 현실의 압박이 운동의 퇴조를 강요하는 고비마다에서 비슷한 일들이 되풀이되어왔고, 1990년대에 들어와서도 그와 같은 사례들이 다수 있었던 것으로 기억한다. 다행인 것은 1930년대 초 박영희(朴英熙)의 선언이 커다란 파문과 파장을 몰아왔던 데 비하면 이번 경우 상업적 저널리즘의 주목조차 받지 못한 단순한 개인적 사안으로 파묻혀버렸다는 사실이다. 그것은 오늘의 한국 문단사회가 한두 사람의 거취에 동요될 만큼 취약하지 않다는 성숙의 지표로 해석될 수도 있고, 다른 면에서는 이념적 선택의 문제가 더이상 사람들의 관심을 끌지 못하게 된 시대의 분위기를 반영한다고 볼 수도 있다. 그렇기는 하지만 나로서는——농담삼아 말한다면 전선이탈죄의 방조혐의를 벗기 위해서라도——한때 민족문학론의 민중적 재편을 기도했던 한 진보적 비평가가 홀연 "이제 민족문학은 끝이다"라고 단언하게 된 데에 내 글의 논지가 어떤 빌미를 제공했는지 따져보는 것이 도리일 것 같다. 그렇게 함으로써 오늘 우리 문학이 처한 이념적·현실적 지형을 점검하는 동시에 최근 우리 소설의 일부 경향을 비판적으로 반성하는 기회를 얻는다면 망외의 소득이 될 것이다.

생각건대 논자인 김명인(金明仁)의 문제의식은 "이 거대한 괴물 같은 근대세계" "세계화되어 있으면서 동시에 내면화되어 있는 이 자본주의적 질서"를 돌파하기에는 민족문학 개념의 유효성이 소진됐다는 것, "오늘날 우리 삶의 총체성을 다 끌어안기에는" 민족문학이 이제 너무 낡았다는 것이다. 그렇다고 자신에게 뚜렷한 대안이 준비되어 있는 것은 아니고 "적과 주체의 범주가 다시금 밑바닥부터 재구성되는 일"을 기대할 뿐인데, 이때 민족적 내지 민중적 범주에 의한 주체의 재구성은 더이상 신뢰할 수 없는 것으로 되었다는 것이다.

김명인의 주장이 엄밀한 이론적 논증의 귀결로 내려진 결론인 것은 아니다. 국제적으로 현실사회주의가 붕괴하고 국내적으로도 민족민주운동이 활기를 잃어버린 상황에서 자신의 고뇌하는 심정을 토로한 것인데, 거기에 공감이 가지 않는 것은 아니다. 그러나 문단에 이름을 내건 평론가라면 개인적 고뇌 이전에 먼저 공인의 도리를 무겁게 의식하는 것이 옳지 않을까. 그런 점에서 나는 우선 그가 민족문학론의 전개과정에서 발표된 글들을 충실히 읽어왔는지 의심하지 않을 수 없다. 민족문학의 종말 같은 중대한 선언을 하려면 그만한 수고를 지불하는 것이 최소한의 의무일 것이기 때문이다. 가령 백낙청 교수는 벌써 2년 전에, 근대의 극복을 자처했던 사회주의 국가체제가 '근대 이후'이기는커녕 근대로 가기 위한 결과적으로 실패한 경로였음을 논의하고 자본주의의 전지구적 승리가 오늘의 삶에 압도적 규정력을 발휘하게 된 현실을 검토한 다음, 이에 근거하여 '민족문학 이념의 재점검'에 의한 새로운 대응이 필요하다고 주장한 바 있었다(백낙청 「지구시대의 민족문학」, 『창작과비평』 1993 가을호). 그러므로 '재점검에 의한 새로운 대응'을 제대로 펼치기도 전에 폐기하자고 주장한다면, 폐기되는 것은 김명인의 주관 속에 들어 있던 '민족문학'의 관념일 뿐이다. 물론 그의 상황인식 중에는 공감되는 바가 적지 않다. 그러나 그것은 민족문학의 폐기 아닌 민족문학의 자기쇄신을 위한 근거일 수도 있다.

돌이켜보면 지난 150년간 우리의 변함없는 역사적 과제는 근대적 민족국가의 건설이었으며 지금도 여전히 그렇다고 나는 믿는다. 때로는 봉건체제를 극복하고 나라의 틀을 근대적으로 개혁하는 것이 더 절박한 과업일 수도 있었고, 때로는 외세의 침략과 식민지지배를 물리치고 독립적 주권을 회복하는 것이 더 긴급한 목표일 수도 있었음은 물론이다. 해방 50년이자 분단 50년을 맞은 오늘 우리는 이 모든 과업들이 미해결의 숙제로 잠복·착종된 상태에서 통일운동 50년을 또 헤아리게 되었다. 따라서 자주·민주·통일을 최고 가치로 하는 민주민족운동의 대의는 여전히 우리에게 중심적으로 살아있다. 그런 점에서 나는 해방 직후 임화(林和)에 의해 제출된 '민주주의 민족문학론'의 테제가 그 근본에 있어서는 현재적 정당성을 잃지 않았다고 생각한다.

2

1987년 6월항쟁을 절정으로 뜨겁게 달아올랐던 변혁운동의 대중적 열기가 1990년대 들어 급격히 퇴조하면서 많은 사람들을 방향상실의 혼돈 속에 빠뜨렸다는 것은 비평에서뿐만 아니라 작품에서도 널리 확인되는 사실이다. 1980년대적 열정이 설 자리를 찾을 수 없게 된 물질만능의 현실 속에서 어떻게 살아갈 것인가, 이상을 지키고자 하는 사람에게는 새로운 대응방안의 모색이 문제이고 다른 사람에게는 기성사회에 재적응하는 것이 문제인 이 난제가 말하자면 소위 '후일담 소설'의 주제인 셈인데, 이번에도 여러 작품들에서 그런 고민과 방황을 읽을 수 있었다.

김남일(金南一)의 「영혼과 형식」(『창작과비평』)과 박호재의 「야간주행」(『창작과비평』)은 공교롭게도 비슷한 구조로 되어 있다. 두 작품에서 모두 주인공 화자는 글쓰는 직업을 가지고 있는데, 앞의 작품에서 '나'는 한창 슬럼프에 빠져 글이 잘 써지지 않는 상태이고 뒤의 작품에서 '나'는 "어제 아내와 다투었고 오늘 아침 순전히 돈 때문에 쓴 소설 하나를" 출판사에 넘긴 뒤이다. 그래서 그들은 답답하고 우울한 일상을 벗어나기 위해 여행을 떠난다. 「영혼과 형식」에서 '나'는 선후배들과 어울려 중국의 사막지대를 기차로 달리며, 「야간주행」에서 '나'는 후배 소설가의 채근에 따라 그가 대학시절을 보냈던 도시로 간다.

물론 이들 작품이 여행기 자체를 목표로 한 것은 아니다. (자동차 등록 대수가 800만을 넘어선 오늘 서울에서 전주까지 달리는 것쯤은 여행 축에도 끼지 못한다. 한편, 해외여행이 자유로워지면서 작품의 무대가 그야말로 세계화되는 것도 부쩍 눈에 띄는 현상이다.) 이들 작품에서 등장인물들은 여행의 형식을 통해 과거를 반추하고 현재의 의미에 대하여 묻는다. 그런 점에서 여행은 그들에게 일상을 떠남으로써 일상의 껍질 안에 갇혀 있는 현실의 본질을 다시 점검하는 기회로 된다. 그렇다면 그들이 여행을 통해 만난 것은 무엇이었던가.

「영혼과 형식」에서 주인공들은 인간의 상상력을 초월하는 광막한 자연을 만난다. 자연은 속세의 아귀다툼을 통째로 무화시킬 듯이 그들을 압도한다. 그러나 여행중 듣게 된 북한 김주석의 사망소식은 그들을 낯익은 이념논쟁으로 몰아넣고 그들 사이에 손찌검까지 벌어진다. 실상 그들의 쟁점 자체는 그다지 중요한 것이 아닐 것이다. 황량하고 광활한 사막 한가운데로 떠나왔음에도 불구하고 난마처럼 얽힌 현실문제에서 한치도 벗어나지 못했음을 드러낸 사실이야말로 그들 여행의 쓰디쓴 역설이다. 그리하여 '나'는 "하얀 칠이 벗겨져서 더욱 횅뎅그렁하던 이정표. 흙벽돌로 지은 초라한 역사. 그 앞에 서거나 혹은 쭈그리고 앉아서 서지도 않고 지나가는 서역행 기차를 바라보던 촌로들"에게서 한없는 기다림의 정체를 본다. 그리고 '나'는 생각한다. "무엇을 기다리고 있었을까. 떠나간 모든 것들. 한때 사랑했던 모든 것들. 땀과 열을 다 바쳐가며 일구고자 했던 것들. 희망과 행복. 벗과 자식들. 그러나 무엇보다 이제는 자기들 곁에서 저만큼 홀쩍 사라져버린 세월!" 이 허무와 상실의 감정이야말로 한때의 열정적 운동가들 가슴에 남은 시간의 침전물인데, 새로 시작하고 싶다며 중국 유학을 떠났던 한 인물은 정신발작에까지 이르기도 한다.

나는 김남일의 이 소설을 읽으면서 비애와 공감을 동시에 느꼈다. 작가가 여행자 네 사람을 자기 나름의 상처와 회한을 지닌 존재들로 묘사함으로써 어느 한 사람에게 과도한 이념의 짐을 지우지 않은 것은 현명한 처사라고 생각되었다. 그러나 읽고 나니 역시 허전하다. 그렇다면 이 작품에, 아니 작가의 소설적 구상에 결정적으로 빠져 있는 것은 무엇인가. "땀과 열을 다 바쳐가며 일구고자 했던 것들"을 기억하고 간직하는 것은 물론 좋은 일이다. 그러나 일구고자 하는 사업의 대상인 객관적 현실을 얼마나 냉엄하게 바라보았던가도 작가는 물어야 한다. 역사의 극히 작은 진전도 얼마나 힘겨운 싸움을 통해 겨우 얻어지는 것인가에 대한 반성도 작품에는 없다. 그렇기 때문에 "한때 사랑했던 모든 것들"의 미화된 영상만이 주인공의 감정을 사로잡으며, 그것의 사라짐 앞에서 탄식하는 감상주의만 작품 도처에 낭자하다.

「야간주행」의 주인공들도 한밤의 고속도로를 달리면서 떠올리는 것은 뜨거웠던 시절의 기억들이다. 무작정 떠났다가 뒤늦게 목적지로 잡은 전주는 '나'의 동행인 후배작가 유상이 대학을 다니다가 징역을 갔고 그러고 나서 문학청년 시절을 보낸 도시이다. 거기에는 지금 오정미라는 시 쓰던 후배가 살고 있다. 그 정미를 통해 알게 된 여학생 승희는 강경대 사건으로 정국이 들끓던 가운데 시위중 분신하여 죽는다. 정미와 승희에 대한 이런저런 사연들을 회상하는 가운데 화가 최문주의 모습이 떠오른다. 원래 산수화를 그리던 그가 언제부턴가 초췌한 청소부, 늙은 짐꾼, 시장바닥의 아낙들 같은 대상에 빠져든다. 화풍이 바뀌면서 그림이 팔리지 않아 어렵게 살림을 꾸려간다. 어느날 그의 화실에 들른 '나'는 세죽을 그리다 말고 잠든 그를 발견하고 놀란다. 생활에 지친 최문주가 옛날로 돌아가는가 해서였다. 잠에서 깨어난 그는 "여동생이 결혼을 하는데 뭐 해줄 게 있어야지. 제기랄 돈은 없고"라고 말하며 어색하게 웃는다. '나'는 최문주의 그 어색한 웃음을 잊을 수 없다. "도대체 그가 어색해할 이유가 무엇이었던가 하는 오리무중의 의문까지도" '나'는 떨쳐버릴 수 없다. 마침내 그들은 정미의 자취방에 도착하여 늦은 저녁 밥상을 받는다.

이 과정을 작가는 시종 차분하고 단정한 문체로 묘사해나간다. 때로는 약간의 감상에, 때로는 얼마간의 울분과 막막함에 사로잡히기도 하지만 폭발적인 격정의 상태로까지 나아가지는 않는다. 이런 일종의 정서적 안정감이 작품에 균형을 부여하고 마지막 장면의 따뜻한 화해를 설득력있게 만드는 것 같다. 그러나 내 생각에 이 작품 역시 어떤 근본적인 한계 안에 갇혀 있다. 여러 인물들에게 고통과 희열, 심지어 죽음조차 부과했던 역사의 멍에가 '어둠 저 먼곳 사람 사는 마을'의 아늑하고 포근한 불빛만으로는 제대로 벗겨질 수도 밝혀질 수도 없기 때문이다. 이 작품이 그 나름의 잔잔한 감동을 준다는 데는 이의없이 동의하지만, 그러나 이 시대 민족문학이 요구하는 진정한 타개의 경지를 보여주는 작품으로서는 턱없이 모자란다는 것 또한 너무나 분명하다고 하겠다.

「틈입자」(『문학동네』)와 「나비의 꿈, 1995」(『소설과사상』)을 발표한 차현숙은 나로서는 처음 읽어보는 작가인데, 이 두 편에 의하면 그 역시 우리 시대의 갈등하는 현실 안에서 제대로 된 삶의 가능성을 찾아 고뇌하는 작가이다. 「틈입자」의 주인공 화자인 하영은 부잣집 딸이면서도 운동에 뛰어들어 데모에 참가하고 빈민아동을 대상으로 놀이방을 운영하기도 하였다. 거기서 만난 남자와 결혼하여 함께 일에 매달렸다. 그러나 세상이 달라지고 하영도 변하여 '잘 지어진 24평 신형 아파트'에서의 삶에 집착한다. "현장을 떠나 학교에 복학을 한 남편은 처음엔 자신이 보낸 20대의 열정과 희망, 그리고 지난날의 사람들을 그리워하기도 했지만" 차츰 안정된 생활에 익숙해지면서 대학 전임을 눈앞에 두고 있다. 이 집안에 춘계임투를 준비하다가 경찰의 수배를 받은 두 사나이가 피신해 들어오면서 하영의 소시민적 안정은 여지없이 깨진다. 이 작품은 바로 이처럼 주인공이 떠났던 세계와 다시 부딪히면서 생기는 심리적 갈등과 자기분열을 다루고 있다.

하영에게는 물론 시원한 해결책이 있을 리 없다. 옛날의 동료 정인을 찾아가 옛날처럼 사는 모습을 볼수록 "모든 것이 엉망진창으로 갈피를 잡을 수" 없을 뿐이다. 그리고 다만 수없이 많은 갈라진 목소리들이 그의 내부에서 소용돌이치고 있음을 느낄 뿐이다. "뒤늦게 계층상승을 하기 위해 조금이라도 틈이 있으면 쥐처럼 몸을 재빠르게 움직이고 있구나, 너는." "그럼 어쩌란 말인가. (…) 이미 신념도, 열정도 사라져버린 지금을 어쩌란 말인가. (…) 이제 예전의 모습으로 다시는 돌아갈 수 없어." 오늘의 세태 속에서 이렇게 갈등하는 인간이 실재한다는 것은 틀림없는 사실일 것이다. 그리고 지난날의 어떤 도덕원칙에 입각해서 그를 비난할 수도 없을 것이다. 그렇다면 이 약육강식의 자본주의 경쟁체제에 순응할 수밖에 없다는 말인가.

개인의 자유로운 삶과 사회적 압력 사이의 타협할 길 없는 불화는 「나비의 꿈, 1995」에서는 얼마간 여성주의적 시각에서 제시된다. 프랑스에 유학을 가서 불문학 교수가 되는 것이 꿈이었던 '나'는 돈을 모으기 위해 서점에 점원으로 취직했다가 거기서 만난 남자와 결혼하여 '평범한 일상을 사는 아줌마'가 되었다. 그런데 지금 남편은 지긋지긋한 일상에서 도망치고 싶어한다. 친구인 은희는 '데모꾼인 학교 선배'와 결혼하여 어렵게 살아간다. 은희 남편은 여전히 노동운동에 매달려 있다. '나'는 생각한다. "남편이 모든 것에서 자유로워지고 싶어한다면 나 역시 모든 것에서 벗어나 혼자 있고 싶다." 은희는 말한다. "남들한테는 좋은 사람인데 자기 처자식한테는 이기적이야. 민족, 사회 운운하면서 처자식 고생시키는 놈들은 모조리 두들겨 팼으면 시원하겠어." 그래서 그들은 어느날 집을 나와 하루종일 거리를 헤매고 맥주를 마시는 일탈을 저지른다. 그들에게 있어 미래에 대한 모든 희망적 전망은 차단되고 어찌할 길 없는 암담함만이 앞을 가로막는다. 영혼과 육신이 갈가리 찢겨 어디에서도 위로와 안식을 찾을 수 없게 된 절벽과 같이 막힌 삶, 이것이 자본주의가 승리하고 문민 정부가 들어섰다는 1990년대 중반의 현실이라고 작가들은 증언하고 있다.

3

격렬한 개인적·집단적 갈등의 존재에도 불구하고 그 갈등을 사회적으로 쟁점화하고 그것을 이념적으로 또 현실적으로 토론하게 하는 공적(公的) 기구가 제대로 작동하지 않는다면 갈등은 왜곡된 방식으로 해소되거나 광적으로 폭발할 수밖에 없다. 향락 퇴폐산업의 엄청난 번창의 물적 기반은 거기에 있을 것이다. 이와 아울러 갈등해소의 항상적인 기본단위로서의 가정은 점점 더 질곡화할 것이다. 「나비의 꿈, 1995」가 보여주는 문제점의 하나도 그런 것이라고 하겠는데, 계급적·이념적 사회운동이 퇴조할수록 가정 내지 가족관계를 갈등의 매개로 하는 소설은 더 증가할 것이다. 물론 나는 가족의 신성한 가치를 주장하는 보수주의자는 아니다. 내 생각에 우리의 가족제도야말로 그 외형적 핵가족화에도 불구하고 봉건적·가부장적 억압구조를 가장 튼튼하게 보존하는 온실이다. 그러나 가족의 해체가 그 대안은 아니다. 그것은 제도적 억압으로부터의 개인적 탈출만을 허용하며, 그나마 돈과 재능이 있는 소수(가령 전문직업인)에게만 열린 가능성이다. 얼마전에 읽은 이진선의 장편소설 『여자의 첫 생일』(문학동네)에서도 나는 그런 한계를 보았다. 작가 자신은 "당당하고 합리적으로 사회의 모순에 대처해나가는 강한 독신여성의 전형을 창조하고 싶었다"고 말하고 있고 실제로 작품의 전반부에서 섬세한 감성과 당당한 자존심을 지닌 독립적 여성이 묘사되고 있음을 보게 되지만, 뒤로 갈수록 여성주의적 편향이 강화되고 그런 만큼 사회의 모순은 관념적인 형태로 제시된다.

이번에 발표된 이혜경(李惠敬)의 장편 『길 위의 집』(『세계의문학』)은 어떤 이념적 축을 중심으로 구성된 소설은 아니다. 가출했던 어머니 윤씨를 간신히 찾아내어 병원에 입원시킨 첫장면은 소설의 전개에 있어서는 맨 끝 장면에 이어지는데, 그러니까 이 작품은 입원에 이르기까지 아버지(길중씨)와 어머니(윤씨), 그리고 효기·윤기·정기·은용·인기 등 5남매의 20여년에 걸친 생활사 즉 가족사이다. 작품은 시점인물을 이리저리 옮겨가면서 담담하게 그들의 인생역정을 추적해나간다. 고등학교를 졸업하고 집안 살림을 도맡아온 딸 은용이 그래도 작품의 심리적 중심이라 해야겠지만, 그러나 그의 시점으로만 서술되지는 않는다. 이렇게 한 결과는 시야의 다양성을 확보해주는 이점도 생겨나지만 사건의 흐름을 피상적으로 개관하고 마는 듯한 결함도 가져온다.

　과연 이 작품은 길지 않은 장편임에도 거의 대하소설적인 구조를 취하고 있으며, 이런 구성상의 불균형 때문에 번다하기 이를 데 없는 빈번한 장면이동이 불가피해진다. 또한 모든 사태가 근본적으로는 은용에 의해 관찰되고 있음에도 불구하고 형식적으로는 여러 인물의 시점을 차용하는 데서 오는 부조화도 감출 수 없다. 가령 이 집안의 가장인 길중씨에 대해 살펴보자. 그는 어려서 집을 나와 고생 끝에 자수성가한 인물이며, 그런 인물답게 집안에서 절대적 권위를 행사한다. "부엌에서 뭐가 떨어지는 소리가 났다. 윤기는 멈칫했다. 어머니⋯ 가슴이 아렸다. 형제들이 자랄수록 횟수가 뜸해졌지만, 두들겨 맞던 어머니의 모습은 각인처럼 머릿속에서 지워지지 않았다. 밥이 질다고, 국이 짜다고, 아이들 교육을 잘못 시켰다고⋯ 술만 들어가면 그랬다. 이유는 붙이기 나름이었다. 대학에 가서 윤기는 알았다. 가족이라는 단어의 어원이 라틴어 파밀리아이며, 파밀리아는 한 사람에게 속한 노예 전체를 뜻한다는 걸. 길중씨야말로 이 어원에 충실한 가장이었고, 윤기는 유일하게 반기를 든 노예였다." 길중씨 부부 사이가 어떤지 짐작케 하는 대목이다. 그런데 이 장면에서 윤기는 가출하기 위해 돈을 훔치려다가 부엌에서 물건 떨어지는 소리를 들었고, 그 소리를 매개로 해서 부모에 대한 회상에 잠긴 것이다. 그러나 여기서 어머니를 위해 가슴이 아린 것이 정말 윤기인지, 아니면 윤기가 그렇게 느낀다고 은용이 생각하는지 따져봄직하다. 그런가 하면 뒷날 집안에서만 맴돌던 윤씨가 이미 남의 땅이 되어버린 빈터에 씨를 뿌리겠다고 하자 길중씨는 이런 감회에 사로잡힌다. "노망이구나, 윤씨를 바라보는 길중씨의 속을 차디찬 손이 훑어내렸다. 이렇게 저무는구나, 한평생 부대끼다가, 다시 아이로 돌아가는구나⋯" 또한, 늦도록 결혼을 않고 떠도는 막내아들 인기에게 길중씨는 이렇게 말한다. "너도 네 자유대로 살고 싶어하는 줄 안다만, 세상을 벗어나 자유롭게 살려는 마음이야말로 사람을 자유롭지 못하게 하는 덫인 게야." 그러나 이런 서술은 작품 속에서 결코 설득력을 가질 수 없다. 왜냐하면, 노망든 아내를 보고 다시 아이로 돌아감을 느낄 줄 아는 민감성의 소유자, 자유에 대한 갈망 자체가 구속으로의 회귀임을 간파하는 혜안의 소유자가 동시에 오랫동안 아내를 때리고 가족들을 억눌러온 바로 그 가부장이라는 사실을 믿을 수 없기 때문이다. 그러나 이런 문제점에도 불구하고 이 작품은 평균적인 한국 가정의 다양한 풍경을 세심한 눈길로 그려내고 있다.

이혜경의 『길 위의 집』에서의 집이 많은 가족구성원들 간의 대립과 갈등, 붕괴와 해체의 위험에 끊임없이 시달리면서도 끈질긴 응집력을 발휘하는 구심적 공간임에 비하여, 양순석(梁順錫)의 「집을 찾아가는 길」(『문학동네』)에서 집은 그 누구와도 진정한 결합을 이룩하지 못하는 실존적 고립의 확인장소이다. 나는 지난해 간행된 소설집 『지워지지 않을 그 연둣빛』에서도 한두 편 찾아 읽어보았는데, 그는 대단히 예민한 감각과 고통의 경험을 지닌 작가로 보였다. 그 고통이 가족과 연관되어 있는 것으로 느껴졌고, 어쩌면 그런 상처 때문에 세상을 더 날카롭게 바라보게 되었을지 모르겠다. 어떻든 「집을 찾아가는 길」의 주인공은 시골학교 교사인 아버지와 단둘이서만 어린 시절을 보낸다. 집이라곤 썰렁한 관사일 뿐이었고, 때로는 숙직실 같은 데서 지내기도 하였다. 어렴풋이 기억 속의 아버지 목소리("애는 두고 가.")가 꿈결처럼 남아 있는데, 그때부터 온전한 의미에서 집은 없어진 것이었다. 마침내 그는 아버지를 떠나 남자를 받아들임으로써 남들처럼 따뜻한 가정 안에 들어갈 것으로 기대한다. 그러나 그가 발견한 것은 무엇이었던가. "실내의 불빛이 모두 꺼져 퀭한 집은 가로등 불빛을 받아 흡사 연극의 쎄트처럼 현실감이 결여된 모습으로 거기에 서 있었다. 그리고 그 순간 그 퀭한 모습의 집은 너무도 낯익은 느낌으로 섬뜩하게 그녀에게 다가왔다." 남들처럼 살기 위한 통로라고 생각하고 받아들인 남자와 함께 보낸 집을 보면서 이렇게 '연극의 쎄트' 같다고 느낀다.

이보다 더 참담한 장면이 있다. 큰길 가에서 택시를 기다리며 서 있는 한 가족을 멀리 창 너머로 내려다본다. 그야말로 행복한 가족의 모습으로서, 그가 오래도록 가지고 싶었던 따뜻함이 거기 있다. 그런데 느닷없이 사내가 여자를 후려치고 여자는 땅바닥에 쓰러진다. 여자 품에 안겼던 아이는 울면서 찻길로 걸어간다. "유리창을 두드려대던 그녀는 미친 듯이 바깥으로 뛰쳐나간다. …그녀는 그들이 섰던 자리에 멍하니 서 있다. 마치 낯선 그들 가족이, 아니 가족으로 분장한 배우들이 그녀만을 유일한 관객으로 팬터마임을 공연하고 떠난 자리에 와 있는 그런 기분이 든다." 집과 가족이 연극적 이미지로 묘사되고 있다는 것이야말로 상징적이다. 왜냐하면 그가 획득했다고 믿었던 가족적 행복이란 하나의 가공적 환상이고 허상이며, 그는 여전히 자기 한 몸만 겨우 용납되는 좁은 공간에 갇혀 있었던 것이다. 가족이라고 하는, 가장 작지만 가장 단단하고 오래된 인간공동체의 가능성이 원천적으로 부정되는 것은 이 소설 주인공의 특수한 성장환경 때문인가 아니면 인간이 원래 고독한 존재이기 때문인가. 이런 질문조차 새삼스러워진 이 시대는 정녕 사람다운 삶의 존립기반이 훼손된 황폐한 시대이다.

4

「長洞里 싸리나무」(『한국문학』)는 오랜만에 이문구(李文求)의 무르익은 필력을 맛보게 해주는 품격높은 작품이다. 나는 이 소설을 천천히 읽으면서 이제 그가 한 경지에 이르렀구나 하는 것을 실감할 수 있었다. 아마 이런 소설을 쓸 수 있는 마지막 작가가 이문구일 것이며, 이문구 이후 다시는 이런 고전적 향취의 문장이 씌어지지 않을 것이다.

생각건대 이 작품에는 지난날 이문구 문학의 여러 요소들이 흘러 들어와 있는 것 같다.

그는 부윙산 중턱에 있었던 애장(兒葬)터를 떠올렸다. 양력 사월 중
순께 진달래꽃을 꺾으러 올라가면 떨기마다 유난히도 짙고 흐드러지던
곳이었다.

"너, 애장터 진달래꽃 숭어리는 왜 더 빨갛구 무덕져서 피는지 물르
지?"

사내꼭지가 계집애와 동무하여 논다고 신작로께에 사는 아이들이 저
만치에서 '지지배총 머스매총 다리 밑에 x지총' 하고 가락을 붙여가며
큰소리로 놀리는 것도 안 쳐다보고, 무슨 일가붙이나 되는 것처럼 친절
하게 대하는 맛에 졸래졸래 따라다녔던 끝예가 하던 말도 귀꿈맞게 떠
올랐다.

간단한 장면이지만 지금은 찾아보기 어려워진 풍경이다. 바로 『관촌수
필』의 세계인데, 여기서의 끝예는 거기서의 옹점이다.

"그런 가든집 간판음식은 대개 뭣인가요?"
"주로 갈비랑 등심입니다. 갈비가 먹기 간단허다는 말이 가-든인지,
갈비와 등심을 줄여서 허는 말이 가-든인지 물라두, 요새는 죄다 먹으
러 갔다 허면 으레 가-든 아니던감유."

부박해진 농촌세태를 입심좋게 풍자해나가는 이 사설엮음은 『우리 동
네』 연작에서 선보였고 장편 『산너머 남촌』에서 푸지게 읊어진 바 있다.
한 대목을 더 들어보자.

저수지에서 겨울을 나는 물새들은, 물녘에 물억새·메자기·골풀·
말즘·마름과 같은 물풀이 말라서 겹겹이 바자를 두른 듯하고, 자랄수
록 늘어지는 갯버들과 자라봤자 가로 퍼져서 모양이 그 모양인 자귀나

무·돌뽕나무·닥나무·진달래며, 이름은 나무지만 나무 축에도 못 들고 풀 축에도 못 드는 개암나무·산딸기나무·찔레나무·국수나무·싸리나무처럼 잔가시가 있거나, 어느 가닥이 줄기이고 어느 가닥이 가지인지 대중을 못하게 자라기도 지질하게 자라고 퍼져도 다다분하게 퍼져서 베어다 말린대도 불땀이 없어 물거리밖에 되지 않아 아무도 낫을 대지 않는 나무들이 그루마다 덤불을 이루며 뒤엉켜서 웬만한 사냥꾼은 발도 들이밀 수가 없는 형편인데도, 물녘으로 올라와서 푸서리나무에 의지하여 자는 놈이 없었다.

그야말로 '어느 가닥이 줄기이고 어느 가닥이 가지인지' 언뜻 종잡을 수 없는 이 문장인즉, 겨울 물새들은 물녘으로 올라오지 않고 밤에도 물 가운데를 떠나지 않는다는 것인데, 물론 이것은 작가의 박물학적 지식의 공연한 과시가 아니라 조국산천의 풀과 나무와 새와 짐승들 틈에 어울려 자란 토종문사 이문구의 곰살궂은 자연관찰과 생명사랑이 저절로 흘러나온 것이다. 이런 기막힌 문장을 누가 있어 다시 쓸 것인가. 「장동리 싸리나무」라는 일제강점기 때 지은 것 같은 낡은 작품제목만 하더라도 온갖 요사스러운 말장난들 가운데서 그 낡음으로 하여 새롭다.

그러나 이 작품에는 지난날의 이문구 문학이 자랑했던 향취만 모여들어 있는 것은 아니다. 무슨 새로움이 여기 있는가. 나는 이 소설을 읽으면서 중년을 넘어 중늙은이에 이른 이 작가의 미묘하고 은은한 자기관조를 보았다. 야심한 밤중 홀로 깨어나 환한 달빛을 보고 달빛에 비친 난초 그림자를 보고 자욱하게 피어오르는 물김을 보고 그리고 "세상에 조용히 있는 물보다 더 생각이 깊은 것은 아무것도 있을 것 같지가 않다"는 생각을 떠올리는 것이 수다한 파란곡절 끝에 고향 언저리로 돌아온 이문구 자신이 아니면 누구이겠는가. 비록 작품 주인공이 퇴직하고 낙백한 공무원으로 설정되어 있지만, 그것은 한갓 가탁이다. 나는 이 작품을 뛰어난 신변

소설로 본다.

5

최인석(崔仁碩)의 중편소설 「노래에 관하여」(『실천문학』)는 근년에 내가 읽은 가장 걸출한 작품이다. 첫장면에서 끝장면에 이르기까지 차오르는 긴장과 감동으로 온몸이 떨려왔다. 대체 최인석이 어떤 작가인가 싶어 책장을 뒤져보니, 최근 간행된 소설집 『내 영혼의 우물』(고려원)이 있다. 우선 두세 편 읽어보았는데, 대단히 재능있고 날카로운 현실감각을 지닌 작가의 것임에 틀림없었지만 「노래에 관하여」를 넘어선 것은 아니었다.

이 작품의 소재는 5공정권 출범 초기의 저 악명높은 삼청교육대이다. 5·18 학살자들에 대한 검찰의 '공소권 없음'이라는 기막힌 직무포기 결정이 나오기는 했지만, 광주항쟁은 그래도 광범하고 다양한 방식으로 그 실체적 진실이 어느정도 밝혀진 셈이다. 그러나 어떤 점에서 더 계획적이고 더 잔혹했던 삼청교육대 사건은 희생자들의 신분적 특성과 지역적 분산성 때문에 충분한 주목을 받지도 못했고 그 실상도 제대로 밝혀지지 못하였다. 내가 알기에 이 작품은 잔인무도한 그 사건을 일부나마 본격적으로 형상화한 최초의 소설이다. (5·16 초기에도 국토건설단이란 것이 있었다. 정을병의 장편소설 『개새끼들』에 그것이 다루어져 있다. 잘 모르는 얘기이긴 하나, 삼청교육대는 더 단기간에 더 잔학한 만행을 저질렀던 것 같다. 나는 거기 끌려갔던 부산의 시인 이적으로부터 「노래에 관하여」에서보다 더 지독한 인간학대가 있었다는 얘기를 직접 들은 적이 있다. 이 천인공노할 만행의 입안자·집행자들이 공소권 바깥에서 활보한다는 것은 문명사회의 일이 아니다.)

물론 이 작품은 그 소재의 치열성 때문에 뛰어난 소설인 것은 아니다. 우선 등장인물 개개인에 대한 면밀하고도 적절한 배려가 이 소설에 놀라운 생동성을 부여한다. 작품전개를 끌고나가는 시점인물은 영우인데, 그는 도금공장의 노동조합 결성을 주도한 혐의로 여기 끌려왔음이 슬쩍 비쳐진다. 그러나 생사가 왔다갔다하는 이 엄혹한 장소에서는 노조니 뭐니 하는 것을 머리에 떠올린다는 것 자체가 차라리 한가한 일이었다. 서적 외판원으로 일하다 끌려온 사람, 길거리에서 고함을 질렀다고 끌려온 사람, 술 마시다 유리잔을 깨뜨렸다고 끌려온 사람, 쓰레기통 옆에서 소변을 보다가 끌려온 사람. 몇달째 밀린 개런티를 주지 않는다고 술집 주인과 다투다가 끌려온 밤무대 가수 등등 사연은 각각 다르지만, 이곳에서는 모두 무자비한 가학적 폭력의 객체일 뿐이다. 그러나 그러면서도 사건이 영우에 의해 관찰된다는 것은 중요하다. 왜냐하면 그만이 문제적 상황의 본질을 투시하고 인간의 껍질 안에 있는 짐승 같은 본성과 짐승의 외관 속에 깃든 인간의 마음을 읽어낼 수 있는 능력과 품성의 소유자이기 때문이다. 영우라는 인물이야말로 이 절망적 상황 한가운데서 희망과 해방의 빛이 처음에는 미미하게, 그러나 차츰 더 강하게 자라남을 감지할 수 있는 지렛대 같은 존재이다. 그러나 작가는 이 인물의 영웅화를 끝내 자제한다. 뿐만 아니라 작가는 포악한 내무반장 김중사의 악마화를 또한 자제한다. 그렇게 함으로써 작가는 김중사를 포함한 이 수용소 안의 모든 사람들이 자기 스스로도 알지 못하는 추악하고 저열한 파괴적 세력에—때로는 거기에 사로잡혀 그 앞잡이 노릇까지 해가면서—어떻게 감연히 맞서고 있는가, 그리고 마침내 그것을 조금씩 이겨내고 있는가를 감동적으로 증언한다. "아하, 내가 저 들판에 풀잎이면 좋겠네/아하, 내가 시냇가 돌멩이면 좋겠네…" 신음처럼 울음처럼 숨죽여 퍼져나가던 이 노래가 수용자들의 입에서 차츰 외침으로 되어가는 것을 묘사한 다음, 작가는 "그들은 아직 사람이 아니었다. 그곳은 아직 세상이 아니었다"라고 작품을 끝맺고 있다. 그러나 이런 작품이 씌어지는 한, 이곳은 절망의 땅이 아니다. 비록 꾸며낸 이야기 속에서이긴 하지만 구원은 그 안에서 성취되었고, 사람의 생각 속에서 구상된 것은 반드시 사람들 사이에서, 즉 이 현실 안에서 실현될 것이기 때문이다.

『창작과비평』 1995년 가을호

글쓰기의 정체성을 찾아서

■

1995년의 소설풍경 4

1

언제부터인지 글쓰는 사람 자신이 점점 더 자주 소설의 주인공으로 등장하고 있다. 물론 등장방식은 작품마다 다르고, 노리는 문학적 목표도 한결같은 것은 아니다. 지난호 이 계간평에서 다룬 작품을 예로 든다면 김남일의 「영혼과 형식」과 박호재의 「야간주행」의 주인공들은 작가 본인들의 분신적 존재였으며, 이문구의 「장동리 싸리나무」 주인공도 비록 퇴직한 공무원으로 설정되어 있긴 하지만 앞의 두 작품보다 오히려 더 짙게 작가의 사적 체취를 풍기는 인물이었다. 김영현의 「그리고 아무 말도 하지 않았다」와 송기원의 「인도로 간 예수」에서도 주인공 화가들이 이 시대의 혼돈을 넘어서기 위해 고뇌하는 작가 자신들의 분장(扮裝)임을 알아보는 것은 어렵지 않은 일이다. 신경숙의 『외딴 방』은 그런 면에서 가장 철저하여 거의 실험소설 같은 전위성마저 지닌다. 그는 이 작품에서 자발적으로 자신의 미학적 위장을 폭로하고 소설적 가면을 제거함으로써 소설과 비소설(작가 자신의 말로는 '픽션'과 '사실')의 경계를 무너뜨린다. 윤대녕의 소설에서도 언제나 내게 읽혀지는 것은 집요한 자기탐구이거니와, 그밖에도 얼마든지 더 예를 제시할 수 있을 것이다.

잘 알다시피 전통적 서사양식 즉 서구의 서사시나 우리의 판소리계 소설에서는 작가의 존재란 중요한 것이 아니었다. 호메로스의 실존 자체에 의문을 가지는 것은 지나친 과학주의겠지만, 그가 오늘날과 같은 의미의 창작자가 아니고 희랍 서사시 말기에 단순히 '끝마무리를 지은 사람'이라는 주장은 설득력이 있다. 중세 서사문학이 대부분 작자미상이라는 것은 이 문학형식의 본질에 대해 아주 중요한 것을 말해주는 핵심적 사항이다. 어쩌면 여기에 중세문학과 근대문학, 전통사회와 근대사회를 가르는 근본적 변별점이 내재해 있는지 모른다. 이야기의 내용이 아니라 이야기의 전달자가 중시되고 서사의 매개자인 화자의 존재가 서사이론의 중심주제로 떠오른 것은 근대 시민사회의 성립과 결부된 근대적 소설형식의 발전 속에서였다. 근대소설의 주인공인 '문제적 개인'의 그림자 속에는 언제나 사회로부터의 고립을 경험하는 작가 자신의 이미지가 어른거리고 있었다고 여겨지는 것이다.

물론 최근의 우리 '소설가 소설'이 이런 일반론으로 해명되는 것은 아니다. 1930년대에 박태원의 '구보씨' 연작이 씌어진 바 있었고 일본 사소설의 흔적을 느끼게 하는 신변소설도 오래전부터 우리에게 익숙한 바 있기 때문이다. 다시 말하면 1990년대 우리 사회의 독특한 징후로서 왜 소설 속에서 소설가의 존재증명이 요구받게 되었는지 하는 점이 특수하게 설명되어야 하는 것이다.

2

지난 1년간 『문학동네』에 연재된 신경숙의 장편 『외딴 방』은 여러 가지 의미에서 문제작일뿐더러 이 허황한 시대에 산출된 진지하기 짝이 없는 문학적 업적이다. 이 작품을 읽어나가는 동안 나는 가끔씩 드러나는 감상적 취향이 좀 역겹기도 했고 "참을 수 없어져서 나, 일어선다." "나, 그녀의 얼굴을 모른다."와 같이 고의적으로 토씨를 생략한 짧은 문장에 독서의 호흡이 끊어지기도 했다. 신경숙에게만 해당되는 얘기는 아니지만, 나로서는 요즘 들어 점점 더 심해지는 쉼표의 오용과 남용이 우리말 문장의 고유한 호흡을 망가뜨리고 있다고 지적하지 않을 수 없다. 무엇보다도 나에게는 이 작품이 가장 중요한 인물이라고 거듭 강조한 희재 언니의 객관화에 충분히 성공한 것으로 보이지 않는다. 노조 지부장 유채옥이라든가 그를 돕는 미스리, 상습적으로 성희롱을 일삼는 이계장, 왼손잡이 안향숙, 늘 한 시간씩 지각하는 하계숙, YH에 다니던 김삼옥과 헤겔을 읽는 미서 등등 생생하게 살아있는 인물들에 비하여 희재 언니는 수많은 삽화들을 통해 묘사되고 있음에도 불구하고 뚜렷하게 통일적인 인상으로 부각되지 않는다. 그러나 이 작품은 결함이라고 여겨지는 이런 부분들조차 끌어안고 뛰어넘는 깊은 감동과 뛰어난 성취를 이룩하고 있다. 아마도 이 작품에 의해 신경숙은 한 단계 더 높은 문학적 경지에 올라선 것으로 생각된다.

이 작품에서 무엇보다 주목되어야 할 것은 이중적인 시간구조일 것이다. 현재의 시간을 담당하는 것은 바로 작가 신경숙으로서, 그는 제주도에서 이 글을 쓰기 시작한다. "느닷없이, 한번도 와본 적이 없는 이곳에 와서, 나는 열여섯의 나를 생각한다." 그리고 한달쯤 뒤에 상경하여 자신의 작품 『외딴 방』 제1부가 발표된 뒤의 반응에 접한다. 오빠나 선배의 전화, 독자의 편지 따위들이 작품에 그대로 인용되기도 한다. 이런 부분들을 읽으면서 우리는 우리 자신이 작품의 진행에 개입하고 있다는 것을 어렴풋이 자각하며, 연극에서의 '열린 구성'과 흡사한 이 방식이 삶의 진실에 도달하기 위해 선택된 미학적 필요임을 작가 자신도 뒤늦게 의식한다. 그는 이렇게 쓰고 있다. "이 글이 마무리되었을 때 이 글이 과연 어떤 형태를 띠고 있을지 나도 모르겠다. 이렇게 마주앉아 있지만 나는 글을 쓰면서도 계속 도망칠 것 같다. 틈만 나면 다른 이야기 속으로 건너가려고 할 것 같다. 벌써 기승전결의 이야기 형식을 내 손에서 놓아버리고 있질 않나. 가장 접근하기 쉬운 그 형식을 놓아버리고 어쩌자는 것일까." 서사형식의 자기완결성에 의존하는 것이 반드시 쉬운 일인 것만은 물론 아니다. 예술의 형식은 삶의 불가해한 심연을 덮는 장막이 될 수도 있지만 삶의 본질적인 국면을 드러내는 수단이 될 수도 있기 때문이다. 다시 말해 '기승전결의 이야기 형식'을 따르는 것도 잘 닦여진 길을 가는 것과 같이 편한 일인 것만이 아니라, 인생의 복잡다단한 내용과 소설형식의 적확한 일치에 도달하기 위한 혼신의 투쟁을 요구한다. 어떻든 여기서 신경숙은 소설양식의 기성품적 틀에 안주하는 대신, 스스로 느끼기에 전인미답의 암중모색을 선택한다. 그것은 피를 말리는 고통으로서, 하루하루의 생존을 위한 싸움인 동시에 생존의 내용인 글쓰기를 위한 싸움이기도 하다. 그런 점에서 신경숙 문장의 감성적 아름다움은 단순히 어떤 심미적 세공의 산물이 아니라 감각의 진실에 이르고자 하는 그 나름의 치열한 사실적 정신의 소산이다. 그의 목표는 어떤 점에서 사진과도 같은 정확성이다. 그는 쓰고 있다. "나는 끊임없이 어떤 순간들을 언어로 채집해서 한 장의 사진처럼 가둬놓으려고 하지만, 그럴수록 문학으로선 도저히 가까이 가볼 수 없는 삶이 언어 바깥에서 흐르고 있음을 절망스럽게 느끼곤 한다." 그러나 이 절망은 신경숙 글쓰기의 진정성의 담보이다. 언어의 무력에도 불구하고 끝내 언어를 틀어쥐고 삶과 사물의 진상에 육박하려는 시도를 되풀이해온 것이 다름아닌 문학 아닌가.

이 작품은 한편으로 이렇게 현재 시점에서 작가의 일상사와 문학적 사색을 끌고가면서, 다른 한편 그의 열여섯부터 스물까지, 즉 어머니의 손에 끌려 외사촌언니와 함께 고향을 떠나면서부터 희재 언니의 죽음으로 가리봉동의 외딴 방을 떠나기까지의 시간들을 점묘하고 있다. 소설집『겨울 우화』에 실린 같은 제목의 단편소설이 다루고 있는 것도 바로 이 이야기인데(때로는 문장이나 묘사조차 같은 것이 있어, 단편「외딴 방」은 장편『외딴 방』을 위한 습작 내지 초고 같기도 하다), 그러나 물론 동일한 소재임에도 문학적 결과물은 전혀 딴판이라고 느껴진다. 왜 그럴까. 그동안 작가의 솜씨가 더 능숙해졌기 때문인가. 그런 점도 없지는 않겠지만, 그러나 같은 제목의 두 작품 간에 있는 질적 차이는 단순한 기량의 차이를 반영하는 것이 아니다. 우선 지적할 수 있는 것은 장편『외딴 방』이 단편과는 달리 1978년부터 1981년까지 우리나라의 정치적·사회적 역사를 담고 있다는 점이다. 이 작품은 나이가 어려 남의 주민등록증으로 산업체에 입사한 한 순진무구한 어린 소녀의 눈에 비친 그 시대의 노동현실과 정치적 격변을 유례없이 생생하게 증언하고 있으며, 누추하고 열악한 환경의 폭력에 굴하지 않고 내면의 독립과 정신의 성숙을 추구하는 한 외로운 영혼의 진지한 행로를 따뜻하게 포용하고 있다. 그 점에서 '감동적인 노동소설'이자 '뛰어난 성장소설'이라고 지적한 남진우의 평가는 적절하다고 생각된다. 그런 면에서 나는 이 소설을 읽는 동안 오래전에 출간된 장남수의 자전적 수기『빼앗긴 일터』를 연상하였다. 초등학교밖에 졸업하지 못한 가난한 시골 소녀가 서울에 올라와 노동자로 취직하고 의식에 눈떠 가는 과정을 서술한 그 수기에서도 감명 깊었던 것은 단지 노동현장의 증언이라는 점만이 아니라 억누를 수 없는 향학열로 표상되는 인간적 성숙에의 열망이었던 것으로 기억되는데, 그런 측면을 나는『외딴 방』에서도 볼 수 있고 또 보아야 한다고 생각한다. 그러나 물론 이 작품은『빼앗긴 일터』뿐만 아니라 단편「외딴 방」과의 비교조차 무색하게 만드는 탁월한 문학적 성취이다.

누구의 눈에나 분명하게 드러나듯이 이 작품은 글을 쓰고 있는 현재의 시점과 산업체 특별학급 학생이었던 과거시점의 반복적 교체로 이루어져 있다. 그런데 특이한 점은 현재의 일이 과거형으로 서술되는 반면 과거가 현재형으로 묘사된다는 사실이다. 과거의 사실들은 마치 지금 눈앞에 벌어지듯 현재형으로 기술됨으로써 그 과거성(過去性)을 상실하고 현

510

재화한다. '백 투 더 퓨처'와는 반대로 우리는 서술문장의 현재형에 의하여 '과거 속으로 밀치고 들어가기'를 한다. 그러다가 다시 과거형으로 서술되는 현재의 시점으로 쫓겨난다. 그런 점에서 현재의 시점은 극장의 객석과도 같으며, 우리는—작가인 신경숙도 독자인 나도—객석에 앉아서 시간이라는 휘장의 수없이 찢긴 틈을 통해 지난날의 일들이 무대 위에 재생되는 것을 동작화면을 보듯이 본다. 그리하여 현재는 과거를 비추는 거울이 되고, 과거는 현재를 반사하는 조명이 된다. 그러나 과거들 자체는 시간적 순서에 따라 일직선적으로 배치되는 것이 아니라, 현재에 의해 끊임없이 차단되고 때로는 재구성될 것을 요구받기도 한다. 가령 이런 경우이다. 어느날 나는 오빠와 외사촌이랑 「금지된 장난」이란 영화를 보는 것으로 묘사된다. 그런데 이 부분을 다룬 연재가 발표된 다음 선배로부터 "그때 본 영화가 정말로 「금지된 장난」이냐?"는 전화를 받는다. 왜냐하면 그 영화는 작가가 태어나기 전에 딱 한번 상영되었을 뿐이고 따라서 소설 주인공들이 그때 본 영화일 수 없기 때문이다. "그건 소설이에요!"라고 항의하면서도 작가는 곧이어 "소설을 이루는 문장으로는 아무리 해도 삶에서 발생했다 사라지는 섬광들을 앞설 수가 없다"는 통찰을 피력하고 있다. 다시 말하여 문학은 신경숙에게 있어 픽션과도 사실과도 등치될 수 없는, 양자를 포괄하면서 초월하는 미완의 영역이다. 그는 딴 곳에서 이렇게도 말하고 있다. "글쓰기는 결국 뒤돌아보기 아닌가. 적어도 문학 속에서는 지금 이 순간 이전의 모든 기억들은 성찰의 대상이 되는 거 아닌가. 오늘 속에 흐르는 어제 캐내기 아닌가. 왜 내가 지금 여기에 있는지를 알기 위해서, 지금 내가 여기에서 무얼 하려고 하는지 알기 위해서."

신경숙이 캐낸 어제의 일들, 그의 문장들에 사로잡힌 과거의 섬광들은 이제 이 작품 도처에서 불멸의 빛으로 살아나고 있다. 가령, "서울에 처음 왔을 때를 말씀하실 적이면 엄마는 언제나 세상엔 좋은 사람들이 많다고 한다"는 문장과 더불어 소개되는 청년. 그는 서울역에 내린 어머니를 야

밤에 택시 운전사도 모르겠다는 길을 묻고물어 용문동 동사무소까지 데려다주고는 인사도 안 받고 사라졌다. 얼굴에 칼자국이 있는 가겟집 남자. 그는 석고를 이겨서 성모 마리아를 만들기도 하고 야간학교에서 돌아온 고단한 소녀들에게 불붙은 연탄을 먼저 꺼내주기도 한다. 후일 그가 한밤중에 갑자기 들이닥친 사람들에게 잡혀 삼청교육대로 끌려가고 혼자 남은 가겟집 할머니가 가락지를 빼내 큰오빠에게 건네며 아들의 소식이라도 알아달라고 애원하는데, 이 일화는 실로 가슴 아프다. 윤순임 언니. 어쩌다가 그의 돈을 집어온 나에게 그는 책망은커녕 자기도 무심코 짝의 필통에서 천원짜리 두 장을 훔친 탓에 결국 학교를 그만두고 가출하여 지금에 이르렀다고 웃으며 고백한다. 각박한 환경의 소녀들에게 인간적인 자부심을 불어넣으려고 애썼을 뿐만 아니라 '나'에게 소설가의 길을 맨처음 일러주신 최홍이 선생. 아버지와 어머니. 온갖 역경을 굳건하게 견디며 바르게 살아가는 큰오빠. "나는 자연을 내 피부 바로 밑에서 배웠다. 감자를 캐려고 땅을 파면 지렁이가 나왔고 밤나무에 기어 올라가려다 보면 쐐기가 쏘았다. 잡목은 팔을 찔렀고 계곡물 골짜기는 내 발바닥을 미끄러뜨렸다." 험난한 공장일과 황폐한 도시의 거리 속에서도 작가는 건강한 대지의 기억에 튼튼히 뿌리내리고 있었으며, 그리하여 마침내 마주뚫는 터널공사가 개통에 성공하듯 열다섯부터 스물한살로 건너뛴 시간의 단절을 연결하는 데 성공한다.

　그러나 이 작품은 그지없이 치열한 작가정신의 산물이고 혼신의 글쓰기가 이룩한 감동적인 업적임에도 불구하고 본질적으로 불확실하고도 미완성인 그 무엇이다. 물론 그것은 거듭되는 얘기지만, 자신의 삶에 대한 또 이 시대의 현실에 대한 작가의 문학적 대응이 안이하기 때문이 아니다. 반대로 『외딴 방』의 단편성(斷片性)과 불안정성은 신경숙 글쓰기가 이 바닥모를 허무의 시대에 있어 자기정체성의 획득을 위한 악전고투의 행보였음을 작품 자체로써 증명하는 것이다. 『외딴 방』은 한 편의 소설인 동시에 일종의 메타소설이다. 다리를 놓으면서 다리를 건너야 하는 것이 이 시대 예술가의 운명이라면, 우리는 정녕 '모든 고정된 것이 연기처럼 날 아가버린' 두려운 시대를 살고 있는지도 모른다.

3

송기원(宋基元)은 지난호(『창작과비평』 1995년 가을호)에 중편 「인도로 간 예수」를 발표한 데 이어 동명의 소설집을 발간하였다. 책을 펼쳐보니 1984년에 『월문리』 연작을 두 편 발표하고 나서 10년 가까운 공백 끝에 1993년에 「아름다운 얼굴」 「늙은 창녀의 노래」 「수선화를 찾아서」 등 3편, 1994년에 「사람의 향기」, 그리고 금년에는 장편 『여자에 관한 명상』을 연 재하면서 이번의 중편을 발표하였다. 예수가 열두살부터 스물아홉살까지 인도에 가 있었다는 속설을 이 작품의 제목이 화두로 삼고 있음에 빗대어 물어본다면, 송기원은 서른여덟살부터 마흔일곱살까지 한창 일할 나이에 어디에 가 있었던가. 소설집 『인도로 간 예수』는 그가 어디 먼 딴곳으로 갔던 것이 아니라 자기 자신 안으로 들어가 자신과 싸우고 있었음을 알려 준다. 나는 이 소설집과 장편연재를 함께 읽으면서 소설가 송기원의 영상 이 좀체 잡히지 않고 이십수 년간 함께 부대껴온 친구 송기원이 자꾸 눈 에 밟히는 것을 어찌할 수 없었다. 마치 참회록을 읽은 듯, 그의 문학은 보 이지 않고 그의 사람됨이 다가서는 것이었다. 그의 글 곳곳에 널려 있는 지나칠 정도의 자기비하와 가차없는 자기폭로, 위악과 퇴폐의 먹구름 사 이로 간간이 비치는 이를 데 없이 맑은 순수의 햇살, 출생부터 성장까지 그의 생의 이력을 악몽처럼 따라다니는 피붙이들의 인연 등등 어느 하나 무심코 넘길 수 없는 아픔으로 전해져왔다. 이제 돌이켜보니 그의 자기 자신을 향한 질문은 이미 오래전에 시작되었음을 알겠다. 『월문리』 연작 세번째 편인 「새로 온 사람들」을 잠시 살펴보자.

서울과 시골마을에 양다리를 걸치고 어정쩡하게 살아가는 '나'는 감옥살이를 하고 나오면서 이상한 도착증세에 시달린다. 거리의 풍경들이 갑자기 현실감을 잃어버리고 휘황한 불빛들이 총알로 바뀌는가 하면 젊은이들의 재잘거림이 단말마의 비명으로 들리기도 한다. 그러던 어느 봄날 버스에서 내려 마을로 들어섰을 때 비로소 '나'는 자신의 모든 감각에 와 닿는 대지의 생동감을 느낀다. 거기서 '나'는 조종현이라는 사나이와 마주치게 된다. 그는 '나'보다 늦게 마을로 흘러들어온 뜨내기였다. 작년 여름 마을 청년들의 놀이판에서 그는 내 귀에 대고 "나, 사북에서 도망쳤드랬수. 그땐 …씨팔 …굉장했었수. 이래 봬두 내가 …내가 …한몫 단단히 했었수" 하고 가쁜 숨결로 속삭이더니 살기를 띠고 포악을 떨었던 적이 있다. 그때를 떠올리며 '나'는 조에게 지금도 술 잘하느냐고 묻는다. 그러나 조는 "나 같은 하루살이 신세에 여기서까지 터를 못 잡으면 끝장 아니우? 올 데까지 왔는데 여기서나 정신차리고 한번 살아봐야지요."라고 대답한다.

조의 말을 듣는 순간 나는 불현듯 자신의 도착증세를 생각했다. 문득 조는 나보다도 한걸음 앞서 어떤 상처를 치유해가고 있는 듯한 느낌이었다. 터를 잡는다. 올 데까지 온 데서 정신을 차리고 (…) 돌이켜보면, 조가 보여주었던 단 한번의 살기와 포악은 어쩌면 그가 스스로 상처를 치유하는 과정의 하나였는지도 몰랐다.

이런 생각 끝에 상념은 결국 자신의 문제로 돌아온다. "나는 과연 터를 잡을 수 있을까? 터를 잡는다면 나에게는 현실에서 어떤 형태로 나타날까?" 그러자 봄의 설레는 입김과 생동감이 내 감각의 구멍을 열고 속삭인다. "마을에서는 못자리를 시초로 드디어 한해 농사를 시작했다. 너도 이제는 뭔가 시작하지 않으면 안된다." 그러나 '나'는 반문한다. "도대체 무얼 시작하란 말이냐, 지금 내가 무엇을 시작할 수 있단 말이냐." 송기원이 십년 가까이 문학을 접었던 것은 이 질문에 답을 찾아서였을 터인데, 그 침묵을 견딘 끝에 작가는 드디어 붓을 든다. 「늙은 창녀의 노래」와 「수선화를 찾아서」가 자매편이라면, 「아름다운 얼굴」과 「사람의 향기」는 형제편이라고 말할 수 있다. 이 작품들에서 그는 '혐오감' '상처' '치부' '위악' 같은 낱말들과 얽혀 있게 마련이었던 자신의 삶을 있는 그대로 바라보고 거기서 긍정적 가능성을 찾기 시작한다. "당시의 나에게, 자신이 태어나서 자라온 장터와 거기에 얽힌 기억들은, 나로서는 도저히 빠져나갈 수 없는 일종의 늪처럼 여겨졌다. 굶주림에 대한 동물적인 공포감, 피투성이가 되어서야 끝나는 사생결단의 부부싸움, 개똥처럼 버려진 채 아무렇게나 자라는 아이들, 하루도 쉬는 날이 없이 이 장 저 장을 돌아다니는 장돌뱅이 아낙네들과 거기에 빌붙어 기둥서방 노릇을 하는 건달패들, 술집 작부들의 간드러진 웃음소리와 술취한 사내들의 고성방가, 노름꾼, 소매치기…" "저 많은 이들, 내가 단순히 상처로만 치부하여, 그 이상은 더 애증에 얽매여들기를 단호히 거부했던 이들, 어머니, 생부, 의부, 호적상의 어머니, 큰아버지, 이모, 이모부…" 자신의 과거를 구성하는 이 모든 헐벗은 존재들 속에서 작가는 문득 향기를 맡으며 아름다움을 느끼게 되었다고 말한다. 그리고 그 가능성을 처음 열어준 것은 바로 문학이었다고 말한다. 글쓰기는 곧 세상으로 들어가는 문 같은 것이었다.

이와 같은 송기원의 정신적 행로를 따라온 사람이 읽기에 「인도로 간 예수」는 분명히 자기발견 내지 자기극복의 또 하나의 형식이다. 개인적으로 나는 이 소설을 실로 흥미진진하게 읽었다. 내 동료교수 한 분은 지리산 골짜기로 수정암을 한번 찾아가보자고까지 말했다. 확실히 이 작품은 이념도 가치도 모두 사라진 듯이 보이는 이 공허한 시대에 의표를 찌르는 문제제기를 하고 있다. 그러나 이 세상 사람 모두가 산중처사의 길을 갈 수는 없으며 간다고 해서 득도할 리도 없다. 약 중에 비상(砒霜)이 있듯이 산중에서 청도 같은 도사를 만날 수 없는 것은 아닐 것이다. 그러나 도사를 만난다 하더라도 범인의 눈에 도사가 들어올 리 없으며 도사 또한 범인에게 말을 걸어오지 않을 것이다. 어떻든 문제는 범인들의 세계에서, 범속한 삶의 방식 안에서 이루어지는 구원의 가능성 아닌가. 그러므로 수정암을 떠나 '다시 세상에 돌아온' 이 작품의 주인공이 어떻게 살아가느냐가 정말 중요하며, 그런 점에서 송기원 글쓰기는 이제야말로 본격적인 시험대에 올랐다고 할 것이다.

4-1

가정과 학교 어디에서도 자기실현의 안정적 통로를 찾지 못하는 일탈 청소년들의 내면세계를 바로 그들 자신의 시점으로 파헤치는 작업을 김향숙(金香淑)은 이번의 두 작품 「서서 잠드는 아이들」(『실천문학』)과 「난 아직 바다 저 깊은 곳의 침묵 속으로 가라앉고 싶지 않다」(『문학동네』)에서도 지칠 줄 모르는 끈기로써 수행하고 있다. 나는 실험실의 연구보고서처럼 숨막힐 듯이 단조롭게 지속되는 이 작가의 최근 작업이 단순히 가정문제나 청소년문제에만 연관되어 있는 것이 아니라 이 시대의 현실 전체의 심층을 향하고 있다고 믿으며, 그 점에서 그의 비타협적 글쓰기는 송기원이나 신경숙과 전혀 다른 영역에서 행하는 자기와의 싸움이라고 생각한다. 그러나 한편으로 그가 지금 어떤 악무한의 순환궤도를 달리고 있는 것 아닌가 하는 걱정이 들기도 한다. 그의 소설에서의 존재증명이 언제나 한결같이 타자를 통해서만 이루어지고 있다는 것, 다시 말해 자기의 모습을 결코 드러내지 않으면서 자신의 심리적·사회적 정체성을 정직하게 추구하고자 하는 것은 이런 불모의 시대에는 더욱이나 지난한 사업일 수밖에 없다. 나는 그의 힘겨운 작업이 우리 문학의 독특한 수확으로 결실되리라는 희망을 여전히 간직하면서도 좀더 밝고 넓은 새로운 지평을 모색할 것을 권하고 싶다.

4-2

지난번에 중편 「나비 넥타이」를 흥미롭게 읽었던 나로서는 큰 기대를 가지고 이윤기의 새 장편 「사랑의 종자」(『문예중앙』)를 펼쳐들었다. 그러나 결론부터 말한다면 적잖이 실망했다는 것이 솔직한 고백이다. 물론 이 작품에는 작가 특유의 박학다식이 과시되어 있으며(가령, 메모형식으로 개진된 과학소설의 역사에 대한 지식은 나에게는 오직 경탄의 대상이다) 능숙한 문장과 재치있는 대화를 통해 미묘한 심리적 추이가 날카롭게 포착되어 있다. 그것만으로도 독자는 즐거운 독서의 시간을 가지게 되는 것이 사실이다.

그러나 가령 오랜만에 만난 친구간·남매간의 대화는 지나치게 번뜩이는 위트와 역설로 인해 등장인물들의 개성과 생동감을 앗아가는 대신 작가의 지적 유희만을 압도적으로 전경화한다. 이 작품의 표층인 지문과 대화가 이와 같이 가시처럼 날카로운 지성의 분출임에 비하여 그 내부구조는 낡고 감상적인 것이다. 나는 이 작품을 읽고 나서 이균영의 장편 『노자와 장자의 나라』를 떠올리지 않을 수 없었다. 두 작품 모두 주인공이 젊은 날의 사랑의 상처에 멍이 들어 오랫동안 객지를 떠돌다가 중년 노총각의 몸으로 옛 여자를 만난다는 낭만주의적 정조(情操)를 바탕에 깔고 있다. 그런데 나는 이 방면에 무디고 메말라서 그런지 딴 남자의 아이까지 낳은 여자를 십년 이십년 잊지 않고 마음에 간직하는 일을 상상하기 힘들며, "옛 여자의 냄새는 20년 세월을 간단히 뛰어넘어 그를 에워쌌으므로 (…) 그는 온몸으로 그 냄새를 맡았다"는 묘사에 도무지 공감을 느낄 수 없다. 물론 두 작품의 지향점은 상반된다. 이균영의 소설이 깊은 체념과 관념적 초월을 겨냥하고 있다면, 이윤기의 소설은 옛 여자와의 만남을 통한 정체성의 회복을 목표로 하고 있다. 문제는 이윤기의 이 작품이 인정의 기미에 대한 예리한 묘사와 문학에 대한 진지한 통찰을 다수 포함하고 있음에도 불구하고 근본적으로 세련된 통속소설의 한계를 벗어나지 못한 데 있다. 주인공 한욱은 강연 메모에 이렇게 쓰고 있다. "내 친구 말로는, 절집의 스님들은 중노릇 법답게 제대로 못한다는 생각이 들 때마다, 과연 시주밥값은 제대로 하고 있느냐고 자문하더라는군요. 그래서 내 친구도 이따금씩, 도대체 문인이라는 이름으로 자기가 맡아 해내는 일몫이 과연 다른 분야 사람들이 맡아 해내는 일몫만큼 사람들의 삶을 기름지게 하는 데 도움을 주고 있느냐…" 이 주인공은 오래전에 미국으로 건너가 거기서 과학소설 공동집필자의 한 사람으로 일하고 있다. 어느정도 일에 자리가 잡힌 다음 그에게는 "시간을 쏟아넣은 만큼의 돈이 들어오는 일보다는, 열정을 기울인 만큼 두고두고 애정을 기울일 수 있는 일이 필요했다. 그는 자기 피를 말림으로써, 그 피로써 살아나는, 그 피가 통하는 일을 넘보았다." 사람의 삶을 기름지게 하는 고귀한 임무와 피를 말리는 고통을 문학으로부터 기대하는 일에 대해 이 부박한 시대는 조소를 보낼지 모른다. 그러나 나는 이 소설의 주인공과 더불어 그런 문학의 가능성을 내심 깊이 믿고 있다. 하지만 유감스럽게도 이와 같은 성찰이 들어 있는 소설 「사랑의 종자」는 기대에 미치지 못하고 있음이 분명해 보인다.

4-3

한동안 잠잠하던 오정희의 글쓰기가 작년 「옛우물」로 재개된 이래 놀라운 용암분출을 거듭하고 있다. 이번에 읽은 중편 「구부러진 길 저쪽」(『문학과사회』) 역시 이 작가의 신들린 듯한 필치를 유감없이 과시하고 있다. 원천이라는 중소도시에서 식당을 하는 인자는 양배추를 썰면서 창을 통해 밖을 내다본다. 학교 운동장에서는 교관의 명령에 따라 훈련이 진행중이다. 동작이 제대로 되지 않는 한 아이는 수업이 끝난 뒤에도 뜀뛰기 기합을 받는다. 그 아이의 '절망적인 자포자기'는 그 광경을 내다보는 인자에게로 감염되는 듯하다. 이 첫번째 일화에 이어서 인자의 딸 은영(전문학교를 마치고 서울에 올라온 그녀는 골프장 캐디로 취직해 있다), 은영의 시선에 잡힌 청년 현우(고아 출신으로 영화 엑스트라로 입에 풀칠을 하고 있다)… 이렇게 인물과 장면의 교체에 따른 인간운명의 캄캄한 파노라마가 거역할 수 없는 톱니바퀴의 굉음을 울리면서 여자와 남자, 노인과 아이의 삶을 가로질러 침통한 비극의 광채를 발하고 있다.

에피쏘드 하나만 읽어보자. 은영과 현우가 탄 주말의 원천행 기차는 만원이다. 3호차 중간통로 왼편의 좌석에는 용케도 자리를 잡은 젊은 여자가 앉아 있고 그의 팔에는 아이가 안겨 있다. "아이구 애젊어라, 애기가 애기를 낳았네. 고추구랴. 첫아들 낳기가 정승 하기보다도 어렵다는데… 친정 가는 길이우?" 기저귀 갈아채우는 것을 지켜보던 늙은 여자의 말이다. 말씨로 보아 서울 근처가 고향일 듯한 붙임성있는 노파의 인상이 그 말에서 똑똑 듣듯 묻어난다. 아기가 울자 젊은 여자는 우유병을 아기에게 물린다. 그러는 동안 아기의 아빠를 찾아 원천으로 가고 있음이 밝혀진다. 아기는 놀고 젊은 여자는 잠에 빠지고, 그래서 노파가 아기를 안는다. 어느 중간역에서 기차가 잠시 정차하겠다는 방송이 나오자 젊은 여자는 아기를 받아 안으려다 말고 화장실에 다녀오겠다고 나간다. 그런데 시간이 한참 지난 후에도 아기 엄마는 돌아오지 않는다. 늙은 여자는 말한다. "늬에미가 필시 변소간에 빠졌는갑다. 왜 이렇게 안 오는 거냐?" 그러나 이 광경을 내내 지켜보던 중년 여자는 '음산하고 나지막하게' 말한다. "큰 짐을 맡았구랴. 더 시간 끌 것 없이 역무원을 불러요. 애 엄마는 진작 기차에서 내렸을 것이오…" 신문의 사회면 기사에서도 이제는 거의 취급을 않게 된 상투적인 일화를 작가는 마귀할멈처럼 냉혹하고 능숙한 솜씨로 저주받은 인생의 필연성의 그물 안에 포획하고 있다. 작가는 쓰고 있다. "버려진 아이는 이 도시의 어디선가 자라게 되리라. 누군가, 무엇인가가 거두리라. 바람에 불려 흩어진 풀씨가 그 떨어진 곳에서 싹을 틔우듯 이제껏 없었던 새로운 종으로, 미래라는 이름으로, 거역할 수 없는 힘으로 자라나리라." 잠언과도 같고 예언과도 같은 이 말의 울림 속에는 그러나 아무런 희망의 조짐도 남아 있지 않다. "얘야, 인생이란 한번 발을 잘못 내디디면 그대로 수렁인 거야. 넌 사내랑 도망치려는 거지? 어떤 사내가 순진한 널 꾀였겠지. 사랑한다고, 행복하게 해주겠다고, 너랑 둘이서 모두가 행복하고 정의롭게 사는 좋은 세상을 이루자고…" 모처럼 집에 돌아온 딸 은영에게 하는 어머니 인자의 이 말은 실은 지금의 그가 20년 전의 자기 자신에게 하는 말이다. 그것은 '미래라는 이름'으로 끝없이 유예되어온 악마의 속삭임이며, 공포와 환멸과 배신의 경험이 던지는 절망적인 전언이다. 그 전언을 스산한 영상들 안에 조형하는 작가의 손길은 섬뜩한 살기를 뿜으며 그의 언어가 내쏘는 빛은 어둠을 뚫고 사방으로 퍼진다.

5

더위에 시달리며 간신히 지난호 계간평을 써보낸 다음에야 나는 최윤의 중편소설 「열세 가지 이름의 꽃향기」(『문학과사회』 1995년 여름호)를 읽었다. 읽고 나서 나는 매우 뛰어나고 중요한 업적 하나를 빠뜨렸음을 즉각 알아차렸다. 물론 나는 최윤의 작품을 남김없이 통독한 것은 아니지만, 데뷔작 「저기 소리없이 한 점 꽃잎이 지고」부터 「회색 눈사람」 「하나코는 없다」 등 주요작품은 대강 읽어온 셈이다. 그리고 읽을 때마다 세간의 평판에 쉽게 동조할 수 없는 자신의 문학적 안목 때문에 곤혹감을 느껴야 되었다. 그런데 이번에는 반대로 아주 탁월한 작품이 발표되었다고 생각되는데도 가을호 계간지들이 한결같이 적극적 관심을 보이지 않고 있어 나로서는 거듭 곤혹스럽다.

지금까지의 작품들에서 최윤은 광주항쟁의 참혹성이라든가 남북분단의 비극성 또는 현대사회의 인간소외 등 굵직한 문제들을 다루어왔다. 그러나 내가 보기에는 그런 문제들이 독특한 심리적 내지 정서적 형상으로 각색되는 과정에서 작품은 객관적인 역사적 문맥을 떠나 애매한 관념의 도식으로 전화되기 일쑤였다. 현실의 추구라는 목표가 거꾸로 현실의 왜곡 또는 현실의 추방을 결과했다고 판단되는 것이다. 그런데 「열세 가지 이름의 꽃향기」는 처음부터 현실주의 원칙을 포기하고 이 시대의 근원적 불모성 자체를 알레고리적으로 비극화하고 있다. 내 생각에 이 작품의 구성원리는 바로 동화(童話)의 그것이다. 즉, 주인공의 설정과 사건의 진행에 있어서 아예 현실적 계산과 합리주의적 배려를 넘어서고 있으며, 이 소설 안에서만 통용되는 고유한 질서를 구축함으로써 최고의 예술성과 최대의 현실성의 상상적 결합을 시도하는 것이다. 이 작품을 읽고서 비로소 나는 최윤의 문학 앞에 머리 숙인다.

『창작과비평』 1995년 겨울호

부정의 치열성과 구원의 가능성

최인석 소설집 『혼돈을 향하여 한걸음』

언제부턴가 시집·소설집 뒤에 '해설'이라는 이름의 글을 붙이는 것이 출판계의 관습으로 되었다. 과거에도 책을 낼 때는 선배나 동학에게서 서(序)나 발(跋)을 받는 일이 드물지 않았다. 숨어 있는 문인·학자의 업적을 강호에 내놓으면서 진가를 소개하고 출간을 함께 즐거워하는 것이 대체로 그 내용이었다. 따라서 성가가 공인된 문인이나 학자의 경우 저자 본인의 심경을 토로하는 글 외에 따로 '해설'을 붙이는 것은 군더더기일 수밖에 없었다. 더욱이 작품으로만 말하기를 선택한 작가에게 서문이건 후기건 군소리를 다는 것은 작품 자체에 자신의 모든 것을 쏟아넣지 못한 데 대한 변명 아닌가 하는 의혹을 불러일으킬 수도 있었다.

그런데 왜 작가 본인의 것도 아닌 제삼자의 '해설'을 작품집에 붙이는 것이 관행화되었는가. 아마 그것은 작가의 의사에 따른 것이라기보다 우리나라의 상업주의적 출판풍토에 기인한 일종의 유행일 것이다. 옥석을 가릴 수 없을 만큼 많은 책들이 쏟아져나와 경쟁을 벌이는 독서시장에서 평론가라는 이름의 전문감정사로 하여금 품질인증서 같은 것을 달게 함으로써 구매자인 독자의 신뢰를 얻어보자는 것은 아닐는지. 그런 점 말고도, 오늘날 문학이 지나치게 전문화되어 있는 사정을 반영한 것은 아닐지 반성해봄직하다. 옛날부터 우리가 어떤 물건을 살 때에는 그 물건의 용도와 용법에 대해 상당한 선지식을 갖고 있게 마련이었다. 따라서 중요한 것은 그것의 단순한 용법이 아니라 그것의 능란한 활용 즉 숙련의 정도였다. 그런데 오늘날 전자제품을 비롯한 각종 공산품들은 그것의 숙달된 사용 이전에 먼저 그것이 무엇에 쓰이는 물건인지, 그렇게 쓰기 위해 어디를 어떻게 조작할 것인지를 배워야 한다. 그러니 물건마다 사용설명서가 붙어서 팔리게 마련이다. 그렇다면 이제 문학작품도 그런 차원의 '어려운' 물건으로 되었단 말인가.

서두가 쓸데없이 길어졌는데, 나의 이 글이 최인석의 최신 소설집에 대한 독자들의 자유롭고 다양한 읽기를 고무할지언정 제약하지 않기를 바란다.

최인석의 이름을 내 머리에 강력하게 각인시킨 작품은 재작년(1995년) 『실천문학』 여름호에 발표된 중편 「노래에 관하여」이다. 당시 『창작과비평』에 계간평을 집필하고 있던 나는 그 작품에 깊은 감명을 받고 최인석이란 어떤 작가인지 알기 위해 그의 소설집 『내 영혼의 우물』(고려원 1995)을 꺼내어 두세 편 읽었고 그후 나머지 작품들도 마저 통독하였다. 그리고 이번 기회에 여기 실린 다섯 편과 함께 지난번 소설집도 대강 다시 훑어보았다. 「노래에 관하여」는 여전히 감동적이었지만, 그 감동의 원천이 계간평을 쓸 때 느꼈던 것보다 훨씬 더 복잡한 맥락에 근거한 것임을 깨달았으며, 그 복잡한 맥락이 때로는 최인석의 문학에 어떤 맹렬한 힘으로 나타나기도 하지만 때로는 반대로 어떤 미적 균형의 파괴로도, 즉 문학적 결함으로도 나타날 수 있는 것임을 알게 되었다.

「노래에 관하여」는 광주학살의 유혈참극에 버금가는 비극인 삼청교육대 사건을 다루고 있다. 과문한 탓인지 모르나 이 사건을 이처럼 정면에서 이토록 치열하게 다룬 작품을 나는 아직 읽어보지 못했다. 뿐만 아니라 이 작품은 5공정권의 잔인한 인권유린 실상을 비할 바 없는 생동감 속에 묘사하는 데 그치지 않고 그런 암흑적 상황을 뚫고 일어서는 인간군중의 자생적 생명력을 힘차게 보여주고 있다. 그리고 내 생각에 이 작품의 경우 중요한 것은 그러한 작업이 작가의 주장으로서가 아니라 성격과 출신을 달리하는 각 등장인물들에게 적절하게 살아있는 배역이 주어짐으로써 이루어졌다는 사실이다.

그런데 다시 읽어보면 「노래에 관하여」에서 작가가 진정으로 의도한 것은 어떤 역사적 사건의 실체적 진실을 객관적으로 증언하는 것이 아니다. 물론 삼청교육대 사건이 유례없는 집단적 폭력이고 인간광기의 발동이었지만, 그리고 그런 점에서 그 사건이 최인석의 작가적 상상력을 자극했지만, 그러나 그가 근본적으로 관심을 가진 것은 어떤 사건의 역사적 재구성—그리고 재구성을 통한 역사적 해석—이 아니라 사건을 통해 관철되는 인간심성의 폭력성과 야만적 광기 그 자체라고 말할 수 있다. 「노래에 관하여」에 묘사된 폭력은 물론 극단적인 예에 속할지 모르지만, 그에 못지않은 폭력장면이 이번 소설집의 「평화의 집」이나 이전 소설집의 「세상의 다리 밑」에서도 적나라한 모습으로 등장하는 것이다. 따지고보면 이 세상의 질서란 근본적으로 폭력 위에 세워져 있으며 그 최고의 형태는 국가권력일 것이다. 그런데 최인석의 문학세계에서 폭력은 이런 사회적 연관을 고려할 여유가 없을 만큼 노골적이고 가학적이며 파괴적이다. 최인석의 문학에서 폭력은 인간생존의 피할 수 없는 원초적 조건인 것처럼 보인다.

그러나 이 작가가 보기에 우리 인간의 삶을 절망적으로 만드는 것은 고통스런 운명의 사슬에 인간이 갇혀 있다는 점이다. 그의 여러 작품에서 주인공들은 암울한 현재상태로부터 벗어나기 위해 되풀이 탈출을 시도하지만, 그들에게 되돌아오는 것은 「노래에 관하여」의 순식이가 맞이한 것과 같은 죽음, 또는 「숨은 길」의 순우가 당한 것과 같은 참담한 배신이었다. 이 점을 집중적으로 탐구한 작품은 아마 「심해에서」일 것이다. 이 작품의 무대는 매음굴이다. "동신장이라는 간판을 붙인 더러운 이층짜리 콘크리트 건물"의 "좁고 어두운 복도 끝에 달린 작은 방" 하나를 차지하고 있는 중3짜리 여학생 선영이 주인공인데, 그는 바로 그 건물주이자 포주의 딸이다. 단 하루도 싸움 없이 지나는 날이 없는 그 악의 소굴에 살면서도 선영은 "조금이나마 인간다운 곳에서 살고자 하는" 열망을 포기하지 않는다. 그러기 위해서 그가 궁리해낸 첫번째 방법은 가출이었다. 그러나 그것은 그 동네의 가출한 아이들이 한결같이 입증하듯이 타락에서 벗어나는 길이 아니라 더욱 깊은 타락과 범죄에 빠지는 길이었다. 그래서 선영이 생각해낸 두번째 방법은 가족과 함께 딴 동네로 이사가는 것이었다. 다른 장사를 해서 돈을 좀 적게 벌더라도 깨끗한 동네에서 살고 싶다는 것이 선영의 소원이다.

이 대목에서 소설은 얼마간의 혼란과 파탄을 노정하는 것 같다. 타락한 성장환경에도 불구하고 거기서 자란 한 소녀가 자신의 환경에 물들지 않고 인간다운 삶이 가능한 조건을 찾아 노력하는 것은 말하자면 바람직한 일이다. 포주인 아내에게 기생하며 허랑방탕하게 살던 한 사나이가 어느날 딸을 앉혀놓고 자신들이 살아온 내력을 이야기하며 이사가지 못하는 이유("장사 아무나 하는 거 아니다. 이 동네에서 돈벌어서 다른 장사 한다고 나갔다가 알거지 돼서 돌아온 사람 내가 여럿 봤다" 운운)를 설명하는 것도 그동안의 행태에 비추어 의외이긴 하나 이해할 수 없는 것은 아니다. 그런데 그처럼 자신의 삶에 대해 거의 사회학적 고찰에 가까운 발언을 하면서 눈물조차 얼핏 보였던 인물이 곧이어 이사를 핑계로 돈을 갖고 잠적해버린 것은 납득하기 어렵다. 선영의 아버지 한씨는 「혼돈을 향하여 한걸음」의 주인공 아버지 황영준, 「평화의 집」의 미영이 아버지 김헌구처럼 어떠한 합리적인 척도로도 측량할 수 없는 암흑적 충동에 의해 지배되는 인간인데, 그러나 그의 광증의 발현은 인간심성의 악마적 본질을 보여줄 수는 있을지 몰라도, 이층짜리 건물(비록 더러운 동네의 싸구려 건물이라 해도)의 소유자가 딴 동네로 이사가는 것을 무산시킬 만큼 폭발력을 가진다는 것이 얼른 납득되지 않는다. 여기에서 나는 작가 최인석이 인간 생존의 불가항력성을 증명하기 위해 인물의 생동성을 희생시킬 것인가 아니면 인간본질의 모순성을 드러내기 위해 현실논리의 인과성을 위반할 것인가 사이에서 분열되어 있음을 본다.

착한 소녀 선영에게 절망적 좌절을 강요했던 심해적(深海的) 조건은 감옥(「내 영혼의 우물」)이나 군대(「세상의 다리 밑」) 또는 수용소(「노래에 관하여」) 같은 특수공간으로 변형되어 나타나는데, 「평화의 집」에서는 그 제목이 시사하듯 극히 반어적인 이름으로 그러나 훨씬 더 악랄한 모습으로 재생된다. '복지원' '형제원' 따위의 간판들 뒤에서 복지나 형제애와 정반대되는 참혹한 인간유린이 자행되고 있음이 때때로 현실로 드러나고 있지만, 고아원 '평화의 집'에 처음 들어온 어린이는 우선 끔찍한 욕설과 잔인한 매질에 시달린다. 일곱살짜리 어린 소녀 미영이가 고아원에 맡겨지면서 당한 첫 경험도 그런 잔혹성이었다. 그런데 미영이는 아버지가 있는데도 고아원에 오게 되었다. 소설 「평화의 집」은 미영이 아버지 헌구의 막무가내 술버릇 때문에 어머니가 가출하고 그 때문에 헌구는 또 몇달씩 집을 비우고 그래서 동네 사람들이 미영이를 고아원에 맡기는 과정을 서술한다. 이렇게 딸이 고아원에 간 것을 알자 헌구는 술을 끊고 딸을 집에 데려와 새 생활을 시작한다. 그러나 그는 술에 빠지듯 일에만 몰두하여 딸을 돌보지 않는다. 또다른 광기가 그를 사로잡은 것이다. 미영이는 고아원에서 겪은 악몽 같은 공포에 시달리며 학교에 다닌다. 이때 처음으로 그들 부녀에게 예상치 못한 평화와 안식이 찾아온다. 미영의 노래 소질을 발견한 담임선생이 미영이를 따뜻하게 지도하고, 또 헌구는 헌구대로 농장에서 일하다 만난 동이이모라는 착하고 부지런한 홀어미와 새살림을 차리게 되는 것이다. 이렇게 "그들에게는 영영 인연이 없는 것처럼 보이던 가정을 마침내 이루어내는 듯" 보였다.

그러나 작가는 이 가정의 꿈결같은 평화와 행복을 결코 좌시하지 않는다. 남편의 술버릇을 견디지 못해 달아났던 아내가 어느날 문득 나타나 이 가정의 위태로운 평화를 단숨에 박살내버리는 것이다. 작품의 마지막 장면은 참으로 충격적이다. 그것은 첫 장면의 되풀이인데, 다만 폭력과 광기의 주인공이 바로 미영이 자신이고 첫 장면에서 미영이가 당하던 자리에는 또다른 어린 소녀가 학대와 구타에 비 맞은 새처럼 퍼득이고 있다. 운명의 악랄한 미소만이 이 되풀이되는 광란의 풍경을 내려다보고 있는 듯하다. 선영이가 여전히 심해에 남아서 "캄캄한 어둠속에서 스스로 빛을 내어 붉은빛의 궤도를 뚫고 그 속으로 유영해들어가는" 한 마리 물고기의 이미지로 자신을 의식했다면, 미영이는 그러한 자의식조차 없이 고아원의 폭력구조에 그 일부로 편입된다.

그렇다면 최인석은 이 세계를 불의와 폭력, 공포와 광기가 지배하는 절망적 공간으로만 인식하고 구원의 가능성을 원천적으로 부인하는가. 이 소설집을 읽어본 나의 판단에 의하면 그는 그의 부정적 세계관의 강도에 상응하는 열의를 가지고 희망의 가능성을 모색하는 것 같다. 가령, 그의 소설에는 광증과 자기분열의 존재들에 뚜렷이 대조되는 또 하나의 인물군이 등장한다. 그들이 바로 미영의 담임선생 김태호(「평화의 집」)와 군종하사 권성진(「노래에 관하여」)이며, 그들과 외관상 유사하되 결국 작가에 의해 다시 의문의 눈길을 받는 인물들이 선영의 담임교사 한동환(「深海에서」)과 군종목사 장대위(「세상의 다리 밑」)이다. 위장취업자로서 주인공 형제들에게 한때 희망의 빛이고 노동운동의 동지였던 김정자(=이수정)와 박진구(=서영진) 같은 사람들은 후자의 극단적 형태일 것이다(「숨은 길」).

이 인물들에 대해 일일이 분석적 검토를 하기에는 지면이 모자라지만,

한마디로 말해 작가 최인석은 자신의 부정적 인간관과 절망적 세계인식을 넘어설 대안적 전망에 대하여 아직 어떤 결정적 확신을 가지고 있지 못한 것 같다. 「숨은 길」의 마지막 대목에서 화자는 지식인들·이념가들·직업혁명가들에 대한 깊은 배신감과 불신을 토로하면서 맑스가 '룸펜 프롤레타리아'라고 불렀던 사회적 침전물들, 말하자면 「심해에서」의 선영이나 「평화의 집」의 미영이가 자리해 있는 사회적·도덕적 최심층으로부터 진정하고도 유일한 혁명의 가능성이 싹틀 수 있으며 그 범죄자와 일탈자들이야말로 "스스로 파괴되고 실패하고 병들고 죽어가면서 체제를 붕괴시킬" 것이라고 주장한다. 상식적으로 볼 때 물론 이것은 역설이지만, 최인석의 문학을 관통하는 부정적 인간관과 비판적 현실인식에 근거하여 볼 때 그것은 작가의 뼈아픈 진심인 것으로 보인다. 대체로 최인석의 붓끝은 희망에 대해 언급할 때보다 희망의 파산을 묘사할 때 더 열정적이고 확신에 넘친다. 그런 점에서 지금까지의 이 작가의 문학적 행로에 비추어 「노래에 관하여」는 그 소설형식의 균형적 성취에 있어서나 실감있는 인물묘사에 있어서나 탁월하고 예외적이다. 물론 내무반장 김중사는 최인석의 다른 많은 주인공들이 그러하듯이 자기파괴적이고 분열적인 야만적 충동의 노예이다. 그러나 김중사는 5공정권 초기의 현실상황 자체가 바로 그런 것이었으므로 단순한 성격파탄자가 아니라 객관적 전형성을 담지한 인물로 드러난다. 한편, 시점인물인 영우는 노동운동에 잠시 관여하기는 했으되 어떤 추상적 이념의 실천을 위해서가 아니라 생존의 절박성 때문에 그렇게 했으므로 작가의 부정적 시각을 모면할 수 있었다. 뿐만 아니라 영우는 선영이나 미영과 달리 자신의 출신계급을 초월하는 자의식적 주체이며 또한 지식계급이 아니면서도 상황에 대한 지적 투시력을 가진 인물이다. 그 점에서 영우는 최인석의 문학세계에 처음 등장하는 새로운 인간형이라 할 수 있는데, 그러나 그는 이제 「노래에 관하여」에서 악마적 현실과의 1회전을 겨우 끝냈을 뿐이다. 그런 점에서 영우 같은 인물이

이 험난한 세상에서 어떤 삶을 살게 될지 하는 것은 최인석의 문학행보에 결정적인 중요성을 가질 것이다.

내가 읽은 두 권의 작품집에 의하면 최인석의 소설들은 대체로 중편의 형태를 띤다. 중편이라는 장르는 단편소설의 단일적인 짜임새 안에 농축될 수 없는 확산적인 이야기를 가지면서도 장편소설의 총체적인 부피에는 이르지 못한 어중간하고 불안정한 형식이다. 생각건대 중편은 그 형식의 특징 자체가 삶에 대한 과도기적 인식과 연관되어 있는 듯하다. 내가 최인석의 문학에서 본 것의 핵심은 예술적 균형과 미적 통제를 파열시키지 않고는 못 배기는 강도높은 도덕적 열망이었는데, 어쩌면 그런 내면적 갈등이 중편형식의 선택으로 귀결된 것아닐까 생각한다. 어떻든 나는 불의와 폭력이 구조화된 우리 시대의 삶의 조건에 치열하게 맞선 최인석의 부정적 작가정신이 그 정신의 치열성에 걸맞은 살아있는 예술적 형상으로 결실되기를 기원한다.

최인석 『혼돈을 향하여 한걸음』(창작과비평 1997) 해설

환멸의 체험과 잡종적 상상력

■

성석제 소설집 『황만근은 이렇게 말했다』

한번 책을 펼치면 좀체 손에서 떼기 어려운 마력을 행사한다는 점에서 성석제(成碩濟)의 소설은 엉뚱한 비교지만 중국 무협지와 흡사한 데가 있다. 대본소에서 빌린 여러 권짜리 무협소설에 정신없이 빠졌던 경험을 통해 나는 그것이 정상적인 생활리듬을 어지럽힐뿐더러 건강에도 해롭다는 것을 알았는데, 성석제 소설이 오랜만에 그 젊은날을 다시 떠올려주었다. 다행히 성석제의 책은 중·단편들로 이루어져 있어, 독자의 일상에 미치는 피해가 크지 않은 점이 자랑이다.

한동안 빠졌던 대상에 대해 험담을 하는 것이 점잖지 못한 일이지만, 무협소설의 재미는 요컨대 그 황당무계한 사건진행이다. 황당무계하다는 것은 우리의 실제현실에서 작동하는 여러 가지 제약과 한계를 마음껏 무시하고 일탈한다는 뜻이다. 뛰어난 자질과 무공을 갖춘 인물들의 기상천외한 활극은 그것의 비현실성 때문에 도리어 현실의 제약에 포박되어 살아가는 왜소한 장삼이사들에게 쾌감을 주는 것이다.

성석제 소설이 발휘하는 마술적인 흡인력에는 어딘가 무협소설을 연상케 하는 요소가 있다. 등장인물들의 비범성에 관한 그의 묘사는 범인들의 초라한 현실과 대조를 이루지만, 그러나 독자들은 그 때문에 자신의 초라함을 직시하고 우울해하기보다 처음부터 경쟁상대가 안되는 우월한 존재의 초인적 능력에 도리어 만강(滿腔)의 경탄을 보낸다. 가령 「천하제일 남가이」는 주인공의 설화적인 출생담, 수난으로 점철된 성장과정, 초능력의 실현, 그리고 몰락과 죽음이라는 기승전결의 네 단계로 구성된 전형적인 영웅소설이다. 그런데 이 영웅은 힘겨운 노력 끝에 막강한 무공을 쌓는다든가 고결한 품성을 닦아서 사람들을 압도하는 것이 아니다. 그는 스스로의 주체적인 결단 또는 불굴의 의지에 의해 탁월한 경지에 도달한 것이 아니라 태어나기를 그렇게 태어난 천생의 초능력자인 것이다. 씨앗처럼 품고 있던 그의 어떤 성적(性的) 아름다움은 때가 되면 저절로 개화한다. "자연은 그에게 놀라운 잠재능력을 주었고 그는 그걸 자신이 알든 모르든 간에 조용히, 그러나 올바르고 효과적인 방식으로 전력을 다해 계발하고 있었다." 위대한 인물이 어느 나이에 이르러 필생의 사명을 자각하듯이 남가이도 사춘기에 이르자 때가 이르렀음을 깨닫는다. 그러나 남가이는 자신에게 놀라운 능력이 잠재되어 있음을 의식하지만, 그렇게 의식하는 만큼 자신의 인생을 자각적으로 운용하지는 못한다. 전체적으로 그는 아주 수동적인 존재이다. 이 인격적 수동성과 태생적 초능력이라는 극단적 대립항 사이의 모순이 바로 남가이의 몰락의 원인이다.

「황만근은 이렇게 말했다」와 「책」의 주인공을 초인이라든가 영웅이라고 부를 수는 없을 것이다. 그러나 그들이 남가이와 동일한 모순적 존재임은 분명하다. 황만근은 한 인격 안에 바보와 성인을 동시에 구비한, 문학사에서 가끔 만나게 되는 흥미로운 인물이다. 그가 하는 짓이 바보스러울수록 세속의 영악함이라는 역광(逆光) 속에서 그는 더욱 거룩하게 빛난다. 그의 유일한 '비극적 결함'은 과도한 음주인데, 그리스 고전비극의 주인공들이 그 결함 때문에 파멸에 이르듯이 황만근도 술 때문에 죽는다. 어떤 점에서 황만근은 작가가 이 세계의 부조리에 대항하기 위해, 또 인간

심성의 보편적 사악함을 폭로하기 위해 만들어낸 패러독스의 의인화이다.

그러고보면 「천하제일 남가이」나 「황만근은 이렇게 말했다」나 일종의 전기소설이라는 점이 눈에 뜨인다. 전기류는 과거 봉건시대의 가장 정형화된 소설형식으로서, 근대산문의 세계에서는 주류적 지위를 잃었다고 볼 수 있다. 그러나 근년의 우리 문단에서만 하더라도 송기숙의 「가남약전(略傳)」, 이문구의 「유자소전(兪子小傳)」, 윤영수의 「착한 사람 문성현」 같은 전기형식의 소설들이 주목받았음을 기억할 필요가 있다. 그런데 이 작품들에서 주인공의 긍정성에 대한 작가들의 태도는 고지식해 보일 만큼 직설적이고 순정적이었다. 그러나 성석제는 전기소설의 형식임에도 불구하고 서술의 어조에서 역설과 아이러니를 감추지 않는다. 즉, 주인공들에 대한 작가의 태도는 송기숙이나 이문구와 달리 분열적이고 모순적이다.

「책」의 주인공인 '당숙'은 책을 사서 모으고 읽는 일에 넋이 나간 인물이고 「꽃의 피, 피의 꽃」의 주인공은 내기와 노름에 빠진 인물이다. 그런데 그들이 단순히 책과 도박을 좋아한다고 말할 수는 없다. 그들은 스스로도 억제할 수 없는 욕구에 따라, 불가항력의 힘에 굴복하듯이, 마치 감염된 병균이 잠복기를 지나 마침내 병의 증세를 일으키듯이 대상에 탐닉하는 것이다. 그러니까 그것은 상식적인 차원에서 좋아하는 것이 아니다. "책을 읽기보다는 느끼려고 한다. 글자 하나하나의 생김과 책에 있는 낙서며 흠, 색깔을 기억한다. 마치 야생의 동물 수컷이 암컷에게 다가가 냄새맡고 살펴보고 노려보고 툭툭 건드리며 시험을 하는 것 같다." "그러는 동안 수십년이 흘렀고 드디어 그는 도박으로 도를 터득하는 경지에 들어섰다. 인생의 허무를 알았고 모든 욕심을 버렸다. 그는 별볼일없는 화투장을 통해 천하를 내다본다." 무엇이 이 인물들을 어떤 대상에 대한 극단의 집착으로, 다시 말해 그 대상 이외의 다른 모든 것에 대한 철저한 맹목으로 끌고가는가. 이 질문은 필경 왜 성석제가 그런 인간적 광기에 주목하게 되었는가 하는 물음을 유발한다. 이 물음에 제대로 대답하는 일은 어쩌면 이 작가의 문학세계 전체에 대한 검토를 요구할지 모른다.

앞에서 성석제 소설의 기막힌 재미에 무협지적 측면이 한몫 하고 있음을 지적한 바 있는데, 물론 그것은 그의 소설의 일면이다. 그의 글을 읽는 즐거움은 무엇보다 그가 구사하는 문장에서 발원한다. 번뜩이는 익살과 쏟아지는 재치가 기발한 상상력의 행진을 따라 때로는 요란하게 때로는 차분하게, 마치 요술쟁이의 손놀림처럼, 전개되어 숨돌릴 겨를을 주지 않는다. 자기만의 독특한 소설적 화법을 개척한 점에서 그는 가령 이문구 같은 선배작가와 비견될 만한데, 그러나 다양한 지적 수단들을 활용하는 문장의 구사에서 그는 오히려 서정인(徐廷仁)과 비교될 수 있다. 서정인의 소설에서 그러하듯 성석제의 소설에서도 문장은 독자를 서사 안으로 끌어들이는 통로의 역할만 하는 것이 아니라 거꾸로 독자가 서사의 진행에 몰입하는 것을 차단하는 방법도 된다. 그들의 문장은 비유·역설·반어 등 각종 수사적 기법을 통해 사물과 관념을 뒤집고 해체하여 독자의 감정이입을 방어하고자 한다. 그런데 서정인의 경우 그러한 지적 수단들은 판소리를 연상케 하는 문장의 호흡과 결합되어 어떤 고전적 견고함을 구축하는 반면에, 성석제의 문학은 근본적으로 인식의 통합과 표현의 견고성에 대한 불신의 심리학 위에 세워져 있다. 그런 점에서 그의 소설은 1990년대 소설계를 풍미한 감상주의로부터의 결별을 의미할 뿐만 아니라, 1970~80년대 문학의 도덕적 엄숙주의에 대한 은밀한 야유를 함축한다고도 말할 수 있다.

짐작건대 성석제의 문학적 무의식은 세계에 대한 환멸과 체념의 경험에서 양성된 것이 아닌가 한다. 알다시피 환멸은 심각한 대결과 처절한 패배의 산물은 아니다. 그러므로 그의 소설은 희망과 낙관에서 멀리 떨어져 있음에도 불구하고 암담한 절망 또는 분노의 격정에 휩싸이지 않는다. 그런 점에서 성석제의 상상력은 그와 동년배의 과학사학자 홍성욱이 말한 잡종적인 상상력이라 할 수 있을 터인데(「잡종, 그 창조적 존재학」, 『창작과비평』 1997년 가을호 참조), 소설의 장르적 성격 또한 바로 그 잡종성에 있는 것 아닌가. 그가 즐겨 다루는 인물들이 주변적 존재라는 사실도 그런 점에서 우연은 아니다. 왜냐하면 깡패·노름꾼·건달·책벌레 등 예외적 인물 내지 사회적 탈락자들, 보헤미안과 아웃싸이더들, 조선시대의 개념으로 방외인(方外人)들에 대한 작가의 줄기찬 관심은 그 자체가 이미 규범적 질서와 도덕적 관행에 대한 의문의 표시이며 해학과 풍자를 쉴새없이 쏟아내는 그의 '입심' 또한 문법적 언어의 단아함에 대한 미학적 교란, 하나의 신성모독이기 때문이다.

소설집 『황만근은 이렇게 말했다』에서 가장 중요한 두 작품은 지금까지의 언급에서 유보했던 「쾌활냇가의 명랑한 겟날」과 「욕탕의 여인들」이다. 전자는 해학과 풍자가 적절히 배합된 능란한 화술로 냇가에 소풍나온 소도시 친목계원들의 모임을 서술해나간다. 가족들까지 데리고 푸짐하게 음식을 장만하여 떠들썩하게 모여든 이들은 표면상 친목계라고 하지만 실은 건달집단임이 차츰 드러난다. 작품은 이 전과자들의 특색있는 이력을 하나씩 실감나게 소개하여 놀랍도록 다채롭고 생동하는 하나의 인생 파노라마를 연출한다. 이 점에서 이 작품은 일종의 연극적 구조로 이루어져 있다. 「욕탕의 여인들」은 일인칭 서술에 적합한 자전적 요소를 많이 지닌 작품이다. 이십대 젊은이의 방황과 고뇌, 간난과 시행착오가 네 여성들을 거치는 순례의 틀 안에 응축됨으로써, 또다시 비유를 들자면 옴니버스 영화 같은 형식을 취하고 있다. 작품의 저변을 흐르는 자조와 자기연민의 감성적 혼합은 작가 성석제의 개인적 상처를 미화되지 않은 날것 상태로 드러내는지도 모른다. 그러나 동시에 그런 측면이 작품의 긴장을 그만큼 이완시키는 것 또한 사실이다.

마지막으로 서술시점의 문제를 간단히 살펴보겠다. 「쾌활냇가의 명랑한 겟날」은 삼인칭 서술이다. 그러니까 화자는 은폐되어 있고 그 점에서도 연극적 구조에 근접한다. 「욕탕의 여인들」은 주인공이 곧 화자이므로 시점의 일관성이 저절로 보장된다. 그런데 「황만근은 이렇게 말했다」나 「천하제일 남가이」 같은 작품은 결코 일인칭으로 서술될 수 없다. 왜냐하면 그 주인공들 자신이 앞에서 지적한 것과 같은 자기모순을 통찰하여 그것을 복잡한 수사적 기법을 통해 표현할 수는 없기 때문이다. 그렇다면 삼인칭 서술로 해야 하는데, 그것은 작품의 문학적 효과 전체를 처음부터 재구성하는 새로운 전략을 요구한다. 이 난관을 해결하기 위한 고육책이 서술자에 해당하는 인물을 작품 끝부분에 뒤늦게 등장시켜 그에게 책임을 전가하는 것이었다. 이제 이러한 형식적 고충뿐만 아니라 더 커다란 문학적 과제가 성석제의 뛰어난 재능을 기다리고 있다 하겠다.

『창작과비평』 2003년 봄호

제 5 부

5

만해의 시대인식과 오늘의 민족현실

1

주지하는 바와 같이 만해 한용운(韓龍雲) 선생(1879~1944)은 근대 불교사에 우뚝 솟은 큰스님이자 3·1독립선언을 주도한 민족대표의 한 분이었고 또한 『님의 침묵』을 노래한 위대한 시인이었다. 우리 민족문학작가회의의 명칭 속에 명기되어 있는 '민족문학'은 이 개념의 이론화가 본격적으로 진행된 1970년대 이후의 문학현실만을 반영하는 것이 아니라 외세의 식민지지배에 굴하지 않고 모국어를 가다듬어 민족정신을 지키고자 했던, 만해를 비롯한 선배문인들의 고뇌와 지향을 포괄하는 것이며 또한 그들의 문제의식을 오늘의 현실 속에서 창의적으로 계승하겠다는 뜻을 함축하는 것이다. 그런 점에서 작년에 만해 서거 60주년을 맞아 작가회의가 만해사상실천선양회와 공동으로 학술대회를 열어 만해연구의 현황을 점검하고 만해의 불교사상과 문학적 업적을 다방면에서 재평가하고자 시도했던 것은 당연한 일이었다. 그리고 우리는 작년 행사가 흡족하지는 않았으나 그런대로 적지 않은 성과를 거두었다고 자평하고 있다.

이에 고무되어 작가회의와 만해사상선양회는 앞으로도 종교와 문학이 민족의 이름으로 만나 이 시대의 문제들에 관해 깊이있게 토론하고 올바른 방향을 모색하는 일에 서로 협력해나가기로 대체적인 합의를 보았다. 마침 올해는 해방 60주년이 되는 뜻깊은 해로서, 이를 계기로 민족문제, 특히 민족문학의 문제를 다시 생각해보고 새로운 출발의 각오를 다짐하는 학술대회를 갖기로 하였다.

오랜 역사에 걸쳐 문학은 종교와 더불어 민족공동체의 감정생활에 구체적으로 관여해온 심층적 영역이다. 이성의 통제에서 해방된 감정의 자의성 자체가 때로는 인간의식의 심오함을 매개하는 수단이듯이 문학은 감정과 무의식의 세계를 표현함으로써 도리어 현실의 총체성에 다가갈 수 있었다. 오늘날 우리가 한편으로 '세계화'의 공세에 포위되어 심각한 정체성의 위기를 겪고 있으면서도, 다른 한편 여전히 '분단극복'이라는 전형적으로 민족주의적인 목표를 포기할 수 없는 입장이라면, 이 시점에서 우리가 해야 할 일은 이 모순된 현실의 복합적 구조를 정확하게 인식하는 것이다. 그런데 현실의 복합성 내지 심층을 투시하기 위해서는 정치가들의 공식적 언어를 넘어서야 할뿐더러 경우에 따라서는 사회과학자의 제도적 언어를 돌파하는 것이 요구될 수도 있다. 바로 이러한 작업이야말로 다름아닌 문학적 언어가 목표로 하는 것인데, 「다시 민족문학을 생각한다」는 주제로 오늘 우리가 착수하려는 것은 만해시대로부터 오늘에 이르는 민족문학의 전개과정을 깊이 염두에 두면서도 1990년대 이후 변화된 현실조건들 및 변화된 대중정서에 정면승부의 자세로 부딪쳐 생동하는 민족문학론을 재구성하는 일이 어떻게 가능할 것인가, 이를 위한 발파장소로 어느 지점이 적당할 것인가를 탐색하는 일이다. 이 어려운 과제에 대응하려는 우리의 이론적 노력이 한국문단의 실천운동 속에 뿌리를 내리고 대중으로부터 동력을 얻을 수 있다면 그것은 감히 말하건대 세계사의 물줄기를 바꾸는 큰 기적의 단초가 될 수도 있을 것이다.

2

"자유는 만물의 생명이요 평화는 인생의 행복이다. 그러므로 자유가 없는 사람은 죽은 시체와 같고 평화가 없는 자는 가장 큰 고통을 겪는 자이다. 압박을 당하는 자의 둘레의 공기는 무덤으로 변하고 쟁탈을 일삼는 자의 주위는 지옥이 되는 것이니, 우주의 가장 이상적인 행복의 실재는 자유와 평화이다. 그러므로 자유를 얻기 위해서는 생명을 터럭처럼 여기고 평화를 지키기 위해서는 희생을 달게 받는 것이다. 이것은 인생의 권리인 동시에 또한 의무이다."

너무나도 유명한 이 문장은 「조선독립의 서」「조선독립이유서」 또는 「조선독립에 대한 감상의 개요」라고 알려진 만해의 글 맨 앞부분이다. 주지하는 바와 같이 만해는 3·1독립선언에 민족대표의 한 분으로 참가하여 투옥된 후 그해 7월 10일 형무소 안에서 일본인 검사의 신문에 대한 답변으로 이 논문을 써서 제출하였다고 한다. 따라서 그가 이 글에서 강조한 자유와 평화의 개념 속에는 청년시절 만해의 사상적 모색과 독서체험뿐만 아니라 그 시대의 절실한 역사적 상황, 즉 일제의 식민지통치 아래 억압받는 민족의 현실과 제1차 세계대전이라는 유례없는 참화를 겪은 인류의 비극이 그대로 녹아들어 있다고 말할 수 있다. 특히 자유는 만해를 비롯한 근대 계몽사상가들이 공통적으로 추구한 핵심적인 가치였다.

그런데 만해는 3년간의 옥고를 치르고 난 다음 본격적으로 시에 몰두하여 시집 『님의 침묵』(1926)을 간행하였다. 앞에 인용한 「조선독립의 서」의 문장과 대비하여 내가 이 시집에서 주목한 작품은 「복종(服從)」이라는 시이다. 그런대로 널리 알려진 작품이지만, 여기서 다시 한 대목 읽어보자.

남들은 자유를 사랑한다지만은 나는 복종을 좋아하여요

자유를 모르는 것은 아니지만 당신에게는 복종만 하고 싶어요

복종하고 싶은데 복종하는 것은 아름다운 자유보다도 달콤합니다 그것이 나의 행복입니다

이 시에서 말하는 자유가 "자유는 만물의 생명이요"라고 말할 때의 자유와 같은 것인가, 다른 것인가. 만물의 생명으로서의 자유는 다른 모든 것에 우선하는 가치이며, 그런 점에서 말하자면 절대적인 것이다. 이 자유가 부정되는 상태란 죽음 또는 죽음에 준하는 상태이다. 그렇기 때문에 자유를 얻기 위해서는 "생명을 터럭처럼" 여기고 필사적으로 싸움에 나설 수밖에 없다고 그는 말한다. 압제의 시대에 비굴하지 않게 살고자 했던 분들의 가슴 속에는 늘 그런 초월의 정신이 숨쉬고 있었을 것이다. 그런데 왜 만해는 이 시에서 거꾸로 "복종을 좋아"한다고 말하는 것인가. 내 생각에 이 의문을 푸는 열쇠는 시집 『님의 침묵』의 머리말에서 찾을 수 있을 것 같다. 거기에서 만해는 이렇게 설파한다. "연애가 자유라면 님도 자유일 것이다. 그러나 너희는 이름좋은 자유에 알뜰한 구속을 받지 않느냐. 너에게도 님이 있느냐. 있다면 님이 아니라 너의 그림자니라."

위대한 시집 『님의 침묵』의 핵심어가 님이라는 것은 너무나도 잘 알려진 사실이다. 그리고 이 개념이 불교적 사유의 심오성과 시적 표현의 상징성을 아우르고 있어 단순 명쾌한 해석을 용납하지 않는다는 것도 널리 지적되는 바이다. 어떻든 "아름다운 자유" "이름좋은 자유"라는 표현에서 우리는 자유가 남용되고 자유가 비자유의 명분으로까지 전도된 자기 시대에 대해 만해가 통렬한 비판적 시각을 지니고 있었음을 확인한다. 두 말할 것 없이 자유는 거스를 수 없는 시대의 대세였다. 특히 18세기 프랑스 대혁명과 미국 독립혁명을 고비로 세계사는 자유의 확장의 역사임을 명백히 입증하고 있다. 그러나 우리가 놓치지 말아야 할 사실은 전지구적 차원에서 볼 때 유럽세계 내부의 자유의 확장과 더불어 유럽세계 외부에

대한 유럽의 억압적 지배와 착취관계의 확대 즉 제국주의화가 동시에 진행되고 있다는 인류역사의 모순이다. 그러니까 유럽에 있어서의 자유와 민주주의의 신장은 그런 가치들과 대립적 균형자를 이루었던 상반된 요소들 즉 억압과 착취를 유럽 바깥으로 유출하는 과정이기도 하였다. 우리나라의 경우 주지하는 바와 같이 봉건적 왕조체제의 몰락은 제국주의 외세의 침략을 동반하는 자기배반적 역설의 실현이었다. 다시 말하면 근대는 우리에게 해방과 식민지화라는 두 얼굴을 가지고 다가왔던 것이다.

역사의 이 양면성, 그리고 그 양면간의 복합적 연관성을 예리하게 꿰뚫어보지 못할 때 현실에 올바르게 대응하지 못하는 것은 당연한 결과이다. 가령, 1920년 전후의 시기에 우리나라 문화계에는 자유연애 풍조가 커다란 유행을 이루어 수많은 청춘남녀들을 사로잡았다. 유명한 작가 춘원 이광수의 소설들은 이 풍조의 한가운데 서서, 중세적 억압과 봉건적 족쇄에 저항하는 개화세대의 화려한 전위가 되었다. 그런 면에서 본다면 분명히 이 시기의 그의 문학은 진보의 일면을 가지고 있으며, 그것조차 부정될 수는 없다. 다시 말하면 이광수 초기소설의 이러한 적극적 측면이 그의 3·1운동 이후의 변절과 1930년대 후반 이후의 친일행위 때문에 전면적으로 부정 매도되는 것은 지나치다 할 것이다. 그러나 계몽주의적 자유사상의 선봉장으로 활동하던 시기에조차도 그가 그 자유의 양면성을 충분히 파악하고 있었다고 보기는 어렵다. 사실 이광수는 일생 동안 한번도 제국주의의 침략적 본질에 대한 깨달음을 보여준 적이 없었다. 그런 점에서 동시대의 만해가 "너희는 이름좋은 자유에 알뜰한 구속을 받지 않느냐"고 질문한 것은 소위 문화정책의 단맛에 미혹되어 일제 식민지체제에 점차 동화되어가던 1920년대 지식인사회의 자기기만적 자유주의에 부드러운 비유적 어법으로일망정 분명하게 비판의 의사를 나타낸 것이다.

물론 만해의 시대인식이 시종일관 동일한 수준을 유지했던 것은 아니다. 나는 이미 오래전에 「만해 한용운론」(『창작과비평』 1972년 겨울호)을 쓰면서, 그의『조선불교유신론』(1910년 탈고, 1913년 출간)이 개혁불교-민중불교-근대불교를 지향하는 탁월한 문제의식의 소산임을 높이 평가하면서도 그러한 문제의식이 아직 민족현실에 대한 정당한 인식 안에 올바르게 용해되어 있지 못함을 지적한 바 있다. 그것이 바로 당시(지금도 마찬가지겠지만) 불교계에 큰 말썽을 불러일으켰던 만해의 승려 결혼금지 해제 주장으로서, 그는 그런 주장이 담긴 건의서를 만들어 1910년 3월에는 '중추원의장 김윤식 각하' 앞으로, 같은 해 9월에는 '통감 자작(子爵) 사내정의(寺內正毅) 전(殿)'에게 제출했던 것이다. 그리고 그는 그 건의서들을 『조선불교유신론』에도 태연하게 재수록하고 있다. 승려에게 결혼의 자유를 허용하는 것이 옳은지 그른지 판단하는 것은 단순한 일이 아니겠지만, 어떻든 1910년의 시점에 정치권력의 힘을 빌려(그것이 어떤 성격의 권력인지에 대한 아무런 자각 없이) 승려 결혼문제를 해결하려고 했던 발상법은『조선불교유신론』에 거론된 모든 개혁적 주장들의 진정성 자체에 타격을 주는 것이라 아니할 수 없다.

1930년대 이후 입적하기까지 만해는 3·1운동 세대의 수많은 동료들이 일제의 강압과 회유에 굴복하여 하나둘씩 변절하는 것을 목도하면서 끝내 지조를 잃지 않았다. 그의 추상 같은 기개를 알려주는 허다한 일화들이 그의 제자들 입을 통해 우리에게 전해지고 있다. 그런 점으로 미루어 그의 의연한 존재 자체가 당시의 청년 불교도들에게는 위안이고 등불이었다. 그러나 이 무렵 만해가 민족운동의 일선에 있었다고 말하기는 어렵다. 1931년 잡지『삼천리』에서 기자의 질문에 답변하는 가운데 '불교사회주의'의 개념을 제시하고 장차 이에 관해 저술할 계획이 있음을 토로하기도 하였다. 인터뷰 기사를 통해 짐작해볼 수 있는 사실은 그의 불교사회주의가 기독교사회주의에 대한 대항적 용어로 만들어졌고 그것이 석가의 평등사상을 현대화한 내용일 것이라는 점이다. 하지만 결국 그의 저술계획은 실현되지 못하였다. 그런데 작년 바로 이 만해축전 행사의 일환으로 개최된 만해 60주기기념 학술대회에서 구모룡(具謀龍) 교수는 만해가 남긴 만년의 문필에 관해 주목할 만한 발표를 하였다. 어쩐 일인지『2004 만해축전』에는 그의 논문이 수록되어 있지 않아, 지금 나로서는 구체적 자료 없이 희미한 기억에 의존할 수밖에 없는데, 한마디로 구 교수의 발표는 만해의 어떤 글이 일제 식민지체제에 대한 협력적 자세를 보이고 있다는 것이었다. 아마 그 글은 1937년 10월 1일자로 발간된『불교』지 권두언「지나(支那)사변과 불교도」(『한용운전집』제2권, 1973, 359면)가 아닌가 한다. 과연 이 글은 중일전쟁 발발에 즈음하여 중국 국민당정부의 어리석음을 비난하고 일본제국의 정당성을 옹호하면서 불교도의 각오를 다짐하는 내용으로 되어 있다. 만해가 1931년부터『불교』지를 인수하여 발행한 것은 사실이고, 따라서 짤막짤막한 권두언들이 대체로 그의 손으로 집필되었음 또한 사실일 것이다. 그러나「지나사변과 불교도」라는 이 글도 그가 쓴 것일까. 나는 그가 잡지 발행인으로서의 책임을 면할 수는 없다고 생각하지만 글의 필자라는 데에는 강력한 의문을 가진다. 1917년 이후 작고하기까지 그가 말과 글과 행동에서 일관되게 보여준 일정한 경향성에 비추어 이 글은 지나치게 예외적이고 돌출적이다. 물론 확실한 증거가 나타날 때까지 어느 쪽으로든 단정을 유보하는 것이 합리적이겠지만, 어떻든 역사적 인물에 대한 일방적 우상화와 그 반작용으로서의 무절제한 우상파괴는 모두 위험을 내포한다는 것이 내 생각이다.

앞에서 '3·1운동 세대'라는 말을 썼지만, 만해야말로 대표적인 3·1운동 세대의 한 사람이다. 그는 1908년 5월부터 약 반년간 일본에 머물며 각지의 사찰과 새로운 문물을 구경하고 돌아와 백담사에 머물며 예의『조선불교유신론』을 집필하였다. 그런데 당시 해인사 주지이던 승려 이회광(李晦光)은 1908년 3월 전국의 사찰대표 52명이 모여 교육과 포교를 목적으로 설립한 원종(圓宗) 종무원의 대종정으로 선출된 바 있었는데, 1910년 8월 대종정의 자격으로 일본으로 건너가 두 달 뒤에는 불교확장이라는 명분하에 일본 불교인 조동종(曹洞宗)과 조선 불교의 연합조약을 체결하고 돌아왔다. 한마디로 이 조약은 우리 불교를 일본 불교에 예속시키는 내용으로서, 일제의 조선 식민지침탈을 불교의 영역에까지 확대한 것에 불과했다. 경술국치 이후 만주로 건너가 독립군 훈련장을 둘러보는 등 민족현실에 새로운 눈을 뜨고 돌아온 만해는 1911년 1월부터 뜻을 함께하는 동료승려들과 더불어 송광사-선암사-범어사 등 전국의 주요 사찰에서 이회광 일파의 연합조약을 규탄하는 승려대회를 개최하여 마침내 친일음모를 분쇄하였다. 불교계 내부분쟁의 형식으로 전개된 이 투쟁을 통해 짐작건대 만해의 사고는 불교의 테두리를 넘어 당대의 민족현실과 불교적 진리의 결합의 지평에 이르게 되었던 것 아닐까. 그 자신의 기록에 의하면 만해는 그후 백담사 근처 오세암에서 안거하던 중 1917년 12월 3일 밤 10시경 좌선을 하다가 바람에 물건이 떨어져 깨어지는 소리를 듣고 홀연 의심하던 마음이 씻은 듯 풀렸다고 한다. 그 의심과 깨달음의 내용을 산문적 언어로 풀이하는 것은 불가능할지도 모른다. 그러나 1918년의 『유심(惟心)』지 발간을 시발로 한 그의 적극적인 사회참여활동과 『님의 침묵』을 비롯한 그의 문학적 업적은 그의 깨달음이 단순히 형이상학적 관념의 차원에만 관계된 것이 아니었음을 웅변한다. 특히 옥중문건인 「조선독립의 서」는 제1차 세계대전이 끝난 시점에서의 역사현실에 대한 그의 인식과 3·1운동의 중심에 섰던 사람으로서의 자신의 세계관을 유감없이 보여준다. 이 글에서 그는 18세기부터 본격화한 제국주의 식민지침략이 세계대전에서의 독일의 패배를 계기로 끝장나게 될 것이고 그것이 세계사의 필연적 대세라고 주장한다. 그리고 그와 같은 낙관적 전망 속에서 그는 침략국가들의 기만성을 폭로하고 규탄한다. 그는 말한다. "이른바 강대국 즉 침략국은 군함과 총포만 많으면 스스로의 야심과 욕망을 충족시키기 위하여 도의를 무시하고 정의를 짓밟는 쟁탈을 행한다. 그러면서도 그 이유를 설명할 때는 세계 또는 어떤 지역의 평화를 위한다거나 쟁탈의 목적물 즉 침략받는 자의 행복을 위한다거나 하는 기만적인 헛소리로써 정의의 천사국(天使國)을 자처한다." 만해의 이러한 지적은 85년의 세월을 넘어 오늘의 세계현실에도 (약간의 필요한 수정을 가하면) 그대로 해당된다고 해야 할 것이다.

3

그러나 만해시대와 우리시대 사이의 본질적 연속성에도 불구하고 우리는 지금 전혀 새로운 현실을 살고 있다고 말하는 것이 옳을 것이다. 그렇다면 연속성의 측면은 어떤 것이고 새로움의 요소는 무엇인가. 이를 제대로 분석하는 일은 이 작은 글의 목표를 넘어설뿐더러 일개 문학도의 역량이 감당할 수 있는 범위를 벗어나는 것이기도 하다. 그러나 만해의 역사의식을 오늘의 현실 속에서 창의적으로 계승하겠다는 뜻을 품은 사람이라면 비록 엄밀한 논증의 뒷받침은 그 방면의 전문가에게 미루더라도 현실에 대한 일정한 윤곽적 이해는 필수적으로 요구된다고 하지 않을 수 없다.

내 생각에는, 흔히 19세기를 제국주의 시대라 말하고 20세기 전반기의 두 차례 세계대전을 제국주의 전쟁이라 칭하지만, 오늘 미국 단일패권하의 지구상황이야말로 제국주의의 가장 완성된 형태를 연출하고 있는 것 같다. 제2차 세계대전 이전까지는 제국주의를 향해 질주하는 선진열강들 간의 무제한적 경쟁이 때로는 제국주의의 총량적 과잉을 낳고 그것이 수시로 크고작은 전쟁의 폭발을 결과했지만, 그러나 지구 전체로 볼 때에는 도처에 '제국주의의 외부'가 존재했던 것으로 믿어진다. 가령, 우리나라의 경우 일제에 의한 식민지침탈의 시기에도 농촌 구석구석에는, 또 사회의 저변계층에는 광대한 '식민지의 외부'가 잔존해 있었다고 생각된다.

세계대전 이후 50년 가까운 냉전기간에는 미·소 양대세력의 상호견제가 제국주의의 작동범위를 자기세력권 안에 어느정도 묶어두는 효과를 발휘했을 것이다. 따지고보면 지난날 영국이 스페인-네델란드-프랑스의 도전을 차례로 물리치고 세계제국의 지위에 올랐듯이 20세기 동안 미국은 독일과 러시아의 추격을 뿌리치고 새로운 패권국가로 등장하는 데 성공한 셈이다. 그런데 현실사회주의의 몰락과 소련의 해체는 미국 단일제국주의로부터 일방주의에 대한 견제장치를 제거한 반면, 정보통신기술과 첨단무기의 비약적 발전은 제국주의에 힘찬 날개를 달아주었다. '세계화(지구화)'의 가면을 뒤집어쓴 미국식 제국주의는 오늘날 전세계 모든 나라와 지역에서 사회의 표층 즉 권력을 장악하고 있을 뿐만 아니라 사회의 심층 즉 대중들의 일상생활과 문화적·심리적 영역까지 지배해가고 있는 듯하다. 이 세계화의 그물에 포획되기를 거부하면 '악의 축'으로 몰리는 것 아니겠는가. 그러나 물론 이 유아독존적 절대우위 자체가 기울기 시작하는 만월의 모습, 다시 말해 '미국 패권의 몰락'(이매뉴얼 월러스틴)의 징후인지도 모를 일이다.

오랜 세월 중국 중심의 동아시아적 질서 안에서 안온하게 지내오던 한반도는 19세기 후반부터 이러한 세계사의 격변 한가운데로 진입하게 되었다. 만해의 일생이 식민지시기와 그대로 겹친다는 것을 우리는 알고 있지만, 그의 사후 겨우 1년여 만에 찾아온 해방도 진정한 해방은 되지 못하였다. 흔히 우리가 '외세에 의한 분단'이라는 말을 입에 올리지만, 그리고 외세 즉 미·소 양군의 한반도 분할점령을 떠나서는 분단을 상상할 수도 없지만, 그러나 지난 60년간 한반도의 운명을 결정지은 남북분단이 분할점령의 자동적 결과인 것만은 아니다. 분단체제의 성립에는 국내 다종다양한 정치세력들의 이상과 야심, 그들과 외세와의 복잡한 연계, 국내 민중역량의 수준과 한계, 국제 정치역학의 새로운 요인들, 기타 드러나지 않은 여러 힘들의 작용이 복합적으로 가세하고 있다. 어쨌든 한반도의 남북에 전혀 성격을 달리하는 별개의 단독정부가 수립되고, 양자간에 치열한 전쟁을 겪은 다음, 분단현실은 하나의 '체제'(백낙청)로 굳어져 오늘까지 우리의 삶을 지배하고 있다.

외형상 매우 강고해 보이는 이 분단체제가 실은 외형과 달리 극히 취약한 체제라는 것을 지난 분단역사는 입증하고 있다. 분단을 엄호하는 외세의 지원이 틈을 보일 때마다 통일지향적 민족세력의 움직임이 활발해지곤 했던 과거의 사례들을 보아도 그렇거니와, 체포와 고문, 감금과 학살 등 온갖 합법적·불법적 인권유린과 물리적 강제력을 동원해서야 남북의 분단정부가 자신들의 정치적 일관성을 유지해올 수 있었던 데서도 우리는 분단체제의 본질적 불안정성(Zerbrechlichkeit)을 깨달을 수 있다. 따라서 분단체제에는 체제 안팎의 이런저런 조건들이 조성되는 데 따라 여러 차례 금이 가는 사건들이 잇따를 수밖에 없었다. 가령, 휴전선 이남에 한해서 살펴보더라도 1960년 4·19 직후와 1980년대 말경의 민중적 통일운동은 분단정권의 위기로 느껴질 만큼 고조기를 맞았고, 1972년의 7·4남북공동선언 발표나 1990년대 초의 남북당국간 대화도 그 나름으로는 민족사적 당위에 대한 권력의 순응이라 할 수 있다. 1990년대 말 '분단체제론'의 주창자인 백낙청 교수는 한반도가 냉전종식 이후의 상황에 대처해가는 가운데 남한의 외환위기와 북한의 경제위기를 거의 동시에 맞음으로써 마침내 "체제가 몹시 흔들리는 중"이라고 진단한 바 있다(『흔들리는 분단체제』, 1998, 머리말). 나는 최근 어느 글에서 백 교수의 이론에 기대어 2000년 6월 15일 남북정상의 평양상봉과 공동선언 발표를 계기로 분단체제가 이미 동요를 넘어 해체단계에 들어선 것 아닌가 하는 의문을 제기하였다(「분단시대 너머를 상상한다」, 『문학수첩』 2005년 가을호). 동요인가 해체인가를 판가름하자면 현상황이 자체수습을 통해 안정적 분단으로 회귀할 수 있는 성질의 것인가 아닌가를 근거있게 분석할 수밖에 없다. 역사진행에 수구적 반동의 위험은 언제나 있는 것이고 그렇기 때문에 역사주체들의 능동적 현실개입이 절실히 요구되는 터이지만, 21세기를 맞은 오늘의 객관적 조건 자체는 분단체제의 지속에 더이상 유리하지만은 않은 것이 사실이다. 지난 7월 말경부터 열흘 넘도록 계속되고 있는 제4차 6자회담에서 남북한과 미국-중국이 상호간 보이는 태도와 맡고 있는 역할을 바라볼 때 회담의 성공 여부를 떠나 우리는 적지 않은 위안을 느낀다. 왜냐하면 한반도에서 이제 누가 자기 운명의 결정권자이고 누가 딴맘 먹고 참견하는 자인지 점점 더 분명해지고 있고 양 당사자인 남과 북이 주인들답게 불신과 적대를 씻고 협조의 자세로 상대를 대하고 있는 것 같기 때문이다.

그러나 그럼에도 불구하고 통일은 요원하고 지난한 과제라고 나는 생각한다. 앞에서 나는 분단극복이 전형적으로 민족주의적인 목표라고 언급했지만, 다시 곰곰이 따져보면 단지 민족이라는 추상적 구호만으로는 분단극복이 가능하지도 않으려니와 설사 요행히 가능하다 하더라도 그렇게 이룩된 통일사회는 내부적으로 거의 재앙에 가까운 모순과 갈등을 분단사회로부터 물려받을 것이다. 분단 이후 오늘까지 남북 분단국가의 탄생과 유지에서 민족주의가 참된 민족적 통합의 원리로서보다 각자 내부에서 강권적 통치의 수단 내지 국수주의적 배제의 도구로 기능해왔다면, 그러한 구시대적 민족주의를 해체하려는 치열한 투쟁을 포함하여 자유·평등·정의·우애 등 인류보편적 가치들에 대한 발본적 재검토와 우리들 자신의 일상생활에 있어서의 일대 도덕적 앙양의 과정을 거치지 않은 통일국가의 출현은 어쩌면 오히려 불행을 증폭시킬 뿐일 것이다. 그런 점에서 생각할 때 만해의 시대가 담당했던 역사적 과제와 우리 시대의 그것 사이에는 일정한 연속성과 그보다 더 큰 차별성이 공존한다고 해야 할 것이다.

끝으로 얼마전 민족작가대회에 참석하여 잠시 돌아본 목격담으로 두서없는 이야기를 마무리하겠다. 우리 백여 명의 작가들은 5박 6일 일정으로 평양과 백두산-묘향산을 둘러보았다. 자동차를 타고 지나가면서 원경으로 본 것이라 자신있게 말하기는 어렵지만, 그래도 한 가지 확인한 사실이 있다. 평양은 6·25전쟁 때 미군의 폭격으로 철저히 파괴되었기 때문에 전쟁 전의 모습이 남아 있으리라고 아예 기대하지도 않았지만, 농촌에는 그래도 전통적인 시골의 정취가 조금쯤 남아 있지 않을까 예상했었는데, 내가 그리던 옛농촌은 북녘땅에서 완벽하게 청산된 것 같았다. 물론 남한에서도 새마을운동으로 초가집을 몽땅 없애고 농로를 시멘트로 포장하여 시골풍경이 예전과 크게 달라져버렸다. 그러나 남쪽에서는 농촌개조가 철저하지 못했던 탓에, 무엇보다도 경제성장에 따른 농민분해의 결과, 농촌이 자립성을 잃고 도시의 주변부로 예속화되었다. 그런데 북한에서 내가 본 농촌은 농촌이라는 표현에 적합하지 않은, 뭐랄까 러시아의 집단농장을 연상케 하는, 농업노동자들의 소규모 아파트단지 같은 삭막한 모습이었다. 내가 느낀 이런 이질감은 어쩌면 나의 낡은 관습적 시각을 반영하는 것인지도 모르겠다. 여하튼 남에서나 북에서나 (다소간 정도의 차이는 있겠지만) 전통적 농촌공동체는 외형도 또 그 외형 안에서 숨쉬는 정서도 이제는 영원히 잃어버렸다고 보여진다. 이것은 남북의 주민들이 복구해서 원형을 되찾고 싶어하는 것으로서의 공동의 기억을 생활현실 속에서 더이상 갖고 있지 않다는 것을 의미한다. 그렇다면 평범한 생활인들로서는 분단극복의 감정적 출발점을 어디에서 찾을 수 있을 것인가. 한 개인의 삶 안에서 통일에 대한 이성적 염원이 절실한 감성적 공명을 얻자면 그 통일은 그에게 삶의 질적 향상을 약속하는 내용을 가져야 한다. 그것이 구체적으로 어떤 내용일지 미리 주어진 해답은 없을 것이다. 다만 확실한 것은 기본생활의 보장을 포함하기는 하되 단순한 물질적인 것 이상의 어떤 인간적 품위와 고귀함이 존중되는 사회적 내용을 담아야 할 것 같다. 과연 그런 세상이 이 땅에 도래할 수 있을까. 오히려 석유가 고갈되고 생태계가 파괴되고 경쟁은 살인적으로 격화되어 약자들의 삶은 더욱 절망의 나락으로 떨어지는 것 아닐까. 그럴 수도 있을 것이다. 그러나 그렇기 때문에 우리는 각자 자기가 서 있는 자리에서 자신에게 맡겨진 역사적 책무를 다하기 위해 목숨을 걸어야 한다. 그런 혼신의 노력과 간절한 정성의 결집으로서 언젠가 '지상에 평화가' 찾아오듯 이 땅에 문득 통일은 실현될지 모른다.

민족문학작가회의 주관 '다시 민족문학을 생각한다' 발제문(2005. 8. 19)

한국문학, 경계선 너머로 한걸음 내딛다[*]

■

모국어공동체의 재구성을 위하여

한반도 문제에 관심을 가진 사람이라면 2005년 7월 남북의 문인 2백여 명이 평양과 백두산에 모여 '6·15선언 실천을 위한 민족작가대회'를 개최한 사실을 기억할 것이다. 과거 냉전시대의 한반도 현실에 대해 조금이라도 아는 사람이라면 그 대회의 성사가 그 자체로서 얼마나 놀랍고 획기적인 일인지 이해할 것이다.

오랫동안 한반도에서는 남북 주민들간의 자발적인 접촉과 자유로운 왕래가 꿈에도 바랄 수 없는 금기였다. 심지어 상대방의 실체를 사실 그대로 알려고 하는 것조차 때로는 처벌의 대상이었다. 오늘날에도 남한에는 북쪽 주민과의 허가받지 않은 접촉을 처벌하는 국가보안법이 살아있고, 북한에도 아마 이에 상응하는 형법이 있을 것이다.

한반도 사회에 끼친 분단의 부정적 영향은 너무나 광범하고 심층적이어서 일일이 거론하기도 어렵지만, 무엇보다 치명적인 것은 그것이 사람

---

[*] 2007년 11월 27일 베를린자유대학에서 코레아협회(Korea Verband) 주최로 "Koreanische Literatur macht einen Schritt über die Grenze"라는 제목의 강연을 했다. 이 글은 그 강연을 위한 초고를 정리한 것이다.

의 생각의 자유를 구속했다는 점이다. 사상과 언론의 자유에 제약이 가해진다면 문화의 존립기반 자체가 위협받을 수밖에 없는데, 그런 뜻에서 분단체제는 본질적으로 반(反)문화적인 것이다. 문학도 당연히 이러한 반문화적 환경의 희생자이다.

나는 1950년대 후반에 중고등학교를 다녔고 1960년대 초에 대학을 다녔다. 가장 왕성하게 작품읽기에 몰두하던 그 시절에 나는 유감스럽게도 북한에서 씌어진 단 한편의 작품도 읽지 못했다. 나와 같은 세대의 문학도들은 아마 누구도 감히 북한 출판물을 읽으려는 엄두를 내지 못했을 것이다. 혹시 읽고 싶은 호기심이 생겼다 하더라도 주위에는 북한 책이 단한권도 없었다. 만약 어디선가 북한 책이 발견되었다면 그것은 틀림없이 심각한 공안사건으로 연결되었을 것이다.

돌이켜보면 그 시절 나는 먼 유럽 작가들의 책을 탐독하는 데 많은 시간을 보냈다. 당시에는 실존주의가 세계적으로 유행하고 있어서, 싸르트르나 까뮈 같은 프랑스 문인들이 우리 또래의 관심의 초점이었다. 반면에 내가 살고 있는 한반도의 나머지 반쪽이 나의 시야로부터 차단되어 있다는 사실을 나는 거의 의식조차 못하는 수가 많았다. 이것은 설명할 필요도 없는 비정상(非正常)이다.

문제는 내가 북한작품을 읽지 않았다는 사실 자체가 아니다. 어차피 사람은 엄청난 서적들의 더미 중에서 자신의 취향에 맞는 소량의 책을 골라서 읽을 수밖에 없다. 그러나 과거의 한국처럼 이념적 금기가 일상화된 억압적 사회에서 개인적 취향을 주장하는 것은 자기기만이다. 요컨대 한국인들은 남에서든 북에서든 오랫동안 타율적 강제가 지배하는 힘들고 불완전한 삶을 살아온 것이다.

이렇게 지난 시절을 조금만 돌아보더라도 남쪽 작가 1백여 명이 한꺼번에 북으로 올라가 그곳 작가들과 한자리에 앉아 공개적인 대회를 가진 것은 기적과도 같은 사건임을 알 수 있다. 그것은 금단의 경계선을 넘는 일이고 악마의 주술에서 풀려나는 일이었다. 이번에 북한에 함께 간 남쪽 문인들 중에는 유명한 소설가 황석영이 있었는데, 그는 잘 알다시피 16년 전 북한을 방문했던 일 때문에 5년간의 해외망명과 5년간의 감옥살이를 겪어야만 되었다. 똑같은 사람의 똑같은 행동이 어떻게 이처럼 다른 역사적 맥락 속에 놓이게 되었는가. 이 사실이 뜻하는 바를 살펴보는 것이 오늘 내 강연의 내용이다.

제2차 세계대전 이후의 대표적 분단국가들인 독일과 베트남이 결국 통일을 이룬 데 비하여 한반도가 여전히 분단국가로 남아 있는 것은 무엇보다도 분단의 성격이 다르기 때문이다. 한마디로 한반도의 분단은 현실적으로뿐만 아니라 이론적으로도 난해하고 복잡하며 현재적인 쟁점이다. 한반도 분단에 대한 논의는 나 같은 비전문가가 개입하기에는 너무나 크고 무거운 주제이다. 그러나 문학의 전개과정을 사회현실과의 긴밀한 연관 속에서 바라보아야 정당한 인식에 도달할 수 있다고 생각하는 나의 입장에서는 분단문제는 피할 수 없는 이론적 과제이다.

다들 아는 바와 같이 한반도의 분단은 제2차 세계대전의 종결단계에서 미·소 양군이 한반도를 분할 점령함으로써 이루어졌다. 38선 분할안을 결정한 것은 미국이었지만, 소련은 미군이 일본과의 마지막 전투에 매달려 시간을 끄는 동안 한국땅 전체를 차지할 수 있었음에도 미국의 그 분할안에 동의하고 이를 수용했다. 그것은 한마디로 일본에 대한 세계대전에서의 미국과 소련의 공동승리를 반영한 것이었다. 어쨌든 1945년 12월 모스끄바에서 열린 3개국(미·영·소) 외상회의는 일정한 기간의 신탁통치를 거쳐 한반도에 하나의 통일정부를 세우겠다는 방침을 결정했다. 역사에 가정은 없는 법이지만, 만약 이때 남북한의 정치지도자와 국민들이 내부적 타협에 성공하여 이 결정을 받아들였다면 한국은 제2차 세계대전 후의 오스트리아처럼 중립적 통일국가로 출범하게 되었을지 모른다.

그러나 실제의 역사는 그와 다르게 전개되었다. 남한에서는 2,3년 동안의 극심한 이념적 분열과 내부투쟁을 거친 끝에 친미주의자 이승만과 친일파 지주세력의 연합에 의한 단독정부가 수립되었고, 이어서 북한에서도 항일유격대 출신의 김일성이 소련의 절대적 지원하에 각급 좌파세력을 규합하여 또다른 단독정부를 구성했다. 이처럼 분단이 기정사실로 굳어져가게 된 데에는 국내 각 정치세력들의 분열과 대립 이외에, 냉전체제의 성립이라는 당시의 국제정치적 상황이 결정적 요인으로 작용했을 것이다. 미국의 냉전전략이 한반도에 관철되는 과정에서 김구(金九)를 비롯한 민족주의자들의 반(反)분단 노력은 많은 국민들의 지지에도 불구하고 결국 실패하고 말았다. 그리고 뒤를 이은 6·25전쟁은 분단을 더욱 결정적으로 강화하고 고착화시키는 계기로 되었다.

현실에서의 분단과정은 문학의 장(場)에서도 재현되었다. 일제강점기의 한국문학은 아주 거칠게 요약하면 계급투쟁의 이념을 추구했던 카프(조선프롤레타리아예술가동맹, 1925~35)의 사회주의적 경향과 정치문제로부터 거리를 두고자 하는 예술주의적 경향으로 크게 나누어지는데, 이 경향들은 해방후 다시 분화를 일으켜 여러 문인단체들의 난립으로 표현되었다. 이 가운데 가장 많은 문인들을 포용하고 영향력이 컸던 단체는 '민주주의적 민족문학'을 표방한 조선문학가동맹이었다. 이에 대립하여 계급주의적 입장을 좀더 분명히 내세운 단체도 있었고, 반대로 보수적 민족주의를 선호하는 단체, 비(非)정치적 순수문학을 지향하는 젊은 작가들의 단체 등이 다양하게 결성되었다.

그런데 주목되는 것은 38선 이북의 소련군 점령지역이 이남지역으로부터 군사적으로 분리되었을뿐더러 정치·문화적으로도 점차 독립하기 시작했다는 사실이다. 특히 저명한 작가들인 이기영(李箕永)과 한설야(韓雪野)가 1945년 11월 북한지역의 정치적 중심인 평양에 올라온 것을 계기로 북한문단은 서울의 중앙문단에서 떨어져나와 독자적인 응집력을 갖게 되었다. 다시 말하면 문학에서의 남북분리가 시작된 것이었다.

물론 초기에는 이를 저지해보려는 움직임이 없지 않았다. 한설야를 비롯한 북한의 문화예술인들 18명이 서울로 내려와 남쪽 문인들과 회합, 1945년 12월 13일에 '전국문학자대회'를 개최하기로 결정했다고 한다. 그러나 이 대회는 불발로 끝나고 말았다. 어떤 의미에서 2005년 7월의 '민족작가대회'는 이때 유산된 대회가 60년 동안의 오랜 기다림 끝에 마침내 성사된 것이라고도 평가할 수 있다.

어떻든 1946년 3월 25일 '북조선예술인총연맹'이 결성됨으로써 문학과 예술에서도 분단은 명백하게 가시화되기 시작했다. 이무렵 남쪽에서는 좌파들의 활동에 대한 미군정의 탄압이 강화되어 많은 진보적 문인과 지식인들이 월북을 감행했고, 반대로 6·25전쟁 시기에는 북한체제에 적응하지 못한 문인들이 대거 남하하였다. 이로써 남한과 북한에는 전혀 성격을 달리하는 두 개의 독립적인 문학이 존재하게 되었다.

자신있게 말하기는 어렵지만, 북한문학의 가장 두드러진 특징은 정치체제와 문학의 유례없는 밀착이 아닌가 한다. 한마디로 문학이 철저히 정치논리에 종속되어 있다는 점이다. 특히 1967년 전후 김일성을 정점으로 하는 유일체제가 확립됨으로써 체제의 단일성에 어긋나는 이질적인 문학은 설 자리를 잃은 것으로 보인다.

다른 한편, 북한문학에서는 민족적 전통의 우월성이 강조되고 인간의 순박한 심성이 찬양의 대상이 되었다. 그런 점에서 북한문학은 북한사회가 그러하듯이 본질적으로 이념적 다양성이 공존할 수 있는 자유를 결하고 있고, 따라서 현대예술의 여러 긍정적 요소들이 꽃필 수 있는 개방성을 지니지 못한 것으로 여겨진다.

반면에 남한에서는 미국의 압도적인 영향하에 미국식 자유주의와 반동적 복고주의의 온갖 혼란과 병폐들이 무질서하게 나타났다. 아마 이런 상황에 경종을 울린 사건은 이승만 정권을 퇴진시키는 데 성공한 1960년의 4·19혁명일 것이다. 이 사건을 계기로 남한의 지식인사회는 근본적인 자기반성을 시작하게 된다.

대학에 입학한 지 얼마 안되어 겪은 4·19혁명의 경험은 나 개인에게도 참된 각성의 출발점이 되었다. 물론 당시의 나는 순진한 문학도에 불과했지만, 그럼에도 4·19의 경험은 나에게 문학이란 정치사회적 현실문제와 분리된 존재일 수 없다는 점을 깨닫는 계기가 되었다. 그후 한 사람의 평론가로서 나는 서구의 현대사조를 맹목적으로 추종하는 주체성 없는 태도와 현실을 외면하는 도피주의적 자세를 일관되게 비판해왔다.

돌이켜보면 한국에서 1970년대는 경제적으로 고도성장을 달성한 시기인 동시에 그 그늘에서 농민과 노동자 등 일반민중이 커다란 희생을 치른 시기이다. 당시의 박정희 정권은 희생에 항의하는 민중들의 분노를 폭력으로 억누르는 동시에 제반 민주주의적 절차와 시민적 권리를 유보하는 조치를 취했다. 지난 11월 13일은 젊은 노동자 전태일이 노동조건의 개선을 외치며 분신한 지 37주년 되는 날인데, 김지하의 「오적」, 신경림의 「농무」, 조태일의 「국토」, 황석영의 「객지」 같은 비판적인 작품들이 전태일의 분신과 비슷한 시기에 잇따라 발표되었다는 것은 결코 우연이 아니다. 그것은 억압적 현실에 대한 미학적 저항으로서의 새로운 문학의 출현이었던 것이다.

이러한 작품들의 생산과 함께 이제 한국문학은 민중의 편에 서서 군사독재에 저항하는 조직적인 활동을 개시하였다. 1974년은 기념비적인 해로서, 그해 1월 7일에는 62명의 문인들 이름으로 민주적 헌법개정을 청원하는 성명을 발표했고, 11월 18일에는 101명 작가들의 공동서명으로 '자유실천문인협의회'(약칭 자실)의 결성을 선언하고 시인 김지하의 석방을 요구하는 시위를 벌였다.

그후 광주의 참극을 겪고 난 다음 1987년 6월항쟁의 열기 속에서 '자실'이 새롭게 조직을 확대 개편한 것이 오늘의 '민족문학작가회의'이다. (이 단체는 그로부터 꼭 20년 만인 금년 5월 자기 이름에서 '민족문학'이란 낱말을 빼기로 합의하고, 새 이름을 짓기 위해 현재 회원들의 의견을 수렴하고 있다.)

문학은 자유로운 정신의 산물이며 시인 김수영의 말대로 '자유의 이행(履行)' 그 자체이다. 문학적 창조의 과정은 언제나 의식의 확대, 상상력의 확장을 동반하게 마련이다. 그러므로 작가는 정치적 관점에서가 아닌 문학적 본능에서 민주주의를 지지하고 통일을 지향한다. 작가회의가 출범 직후 북한의 조선작가동맹에 남북작가회담을 제의했던 것은 그런 점에서 본래적인 문학행위의 일부이다.

남쪽 작가회의의 제의는 즉각 북쪽 작가동맹의 호응을 받았다. 남북 간에 몇차례 연락이 오간 끝에 1989년 3월 27일 작가회의 대표단은 북한 문인들과의 회담을 위해 판문점으로 출발하였다. 그러나 대표들이 도중에 경찰에 연행됨으로써 회담은 좌절되었다. 판문점에서 남쪽 대표들을 기다리다 헛되이 돌아간 북쪽 시인 오영재는 그때의 아쉬움을 감동적인 시로 읊어, 후일 남쪽 독자들에게까지 널리 읽히게 되었다.

남북관계의 발전에 획기적인 전환이 마련된 것은 두말할 것 없이 2000년 6월 15일 남북 정상의 평양상봉과 그들에 의한 공동선언 발표이다. 오랜 단절과 적대의 세월을 보낸 끝에 드디어 남과 북은 교류와 왕래, 화해와 공존의 시대를 맞이하기로 합의한 것이다. 이것은 지구상에 남아 있는 마지막 냉전체제의 해체를 알리는 신호였다.

2005년 7월의 남북작가대회는 새로운 단계에 접어든 남북관계를 문학의 차원에서 반영한 행사였다. 이 대회에서 남북의 문인들은 6·15공동선언 정신의 실천을 결의하고, 이를 위해, 첫째 남북의 작가들이 함께 참가하는 단일한 조직을 결성한다, 둘째 공동의 편집회의를 통해 남북 작가들의 작품을 함께 싣는 문학잡지를 정기적으로 발행한다, 셋째 통일운동에 기여하는 작품을 선정하여 문학상을 수여한다는 등의 세 항목을 박수로 채택하였다.

이 합의 중에서 지금까지 실현된 것은 2006년 10월 29일 금강산에서 남북 문인들의 참석하에 이루어진 '6·15민족문학인협회'의 결성이다. 당시는 북한의 핵실험이 있고 난 직후라 분위기가 살벌했지만, 남쪽 문인들은 한반도 평화를 위해 위험을 무릅쓴다는 각오로 북행에 나섰던 것이다.

남북 작가들의 잇딴 교류와 단일한 문인단체의 결성은 과거 냉전시대의 눈으로 본다면 과연 놀라운 사건이다. 그것은 분단체제의 질곡을 극복하기 위한 힘든 장정(長征)에서 명백히 한걸음 앞으로 내딛는 일이다. 그러나 냉정하게 판단할 때 진정한 문학적 교류는 아직 걸음마 단계임을 부인하기 어렵다.

남북의 문인들이 여러 차례 만나 모임을 가진 것은 사실이고 그것만으로도 의의가 있는 일이기는 하다. 그러나 공식적이고 외면적인 접촉 이상의 자발적이고 내면적인 교류는 사실상 이루어지지 못했다. 지나친 신경과민인지 모르지만, 나는 북측 작가들과 동석할 때마다 문학과 관련없는 북측 요원들의 보이지 않는 눈길을 의식해야만 되었다. 물론 그렇다고 민족현실에 무심한 듯한 남쪽 작가들의 자유분방한 언행에 공감하는 것도 아니다.

오늘날 남북의 작가들이 서로에 대해 관심과 호의를 가졌다는 것은 만나는 첫 순간부터 직감적으로 느낄 수 있다. 그러나 동시에 반세기가 넘도록 다른 정치체제, 다른 사회문화 속에서 살아왔고 다른 종류의 감정세계 속에서 생활해온 데서 생겨난 이질감이 서로의 사이를 가로막고 있음을 또한 느끼지 않을 수 없다.

60년이 넘는 남북단절의 상처가 가장 심각하게 나타나는 것은 언어일 것이다. 모국어를 생명으로 하는 작가들에게 남북 언어의 이질화는 예상 못한 것이 아님에도 큰 충격으로 다가왔다. 문학에 있어서의 분단과 분열의 극복, 즉 남과 북과 해외의 모든 동포들이 창작의 능동적 주체로 참가하는 모국어공동체의 회복은 가능할 것인가. 이것은 내 생각에 정치적인 통일보다 더 근본적이고 장기적인 민족통합의 과업이다. 왜냐하면 진정한 통합은 정치적 차원을 훨씬 뛰어넘는 복잡하고 다차원적인 문제점들을 내포하기 때문이다.

길게 논의할 여유가 없지만, 제대로 된 남북통합이 이루어지려면 남북 간에 다방면적인 교류와 접근이 적극 진행되어야 함은 물론이고, 그와 병행하여 남북사회 내부에서 각 사회의 성격에 상응하는 전면적인 자기쇄신과 민주적 개혁이 뒤따라야 한다. 통일은 남북으로 따로 존재하던 두 개의 현재상태를 단순결합하는 것이 아니고 그것들의 화학적 결합을 통해 제3의 더 높은 상태로 질적인 비약을 하는 것이다.

지난 10월 초 제2차 남북정상회담이 열렸고, 여기서 '남북관계 발전과 평화번영을 위한 공동선언'이 채택되었다. 이 선언은 정치·경제·군사 등 핵심적인 분야 이외에도 역사·언어·교육·예술·체육 등 여러 사회문화 분야의 교류를 확대함으로써 민족동질성의 회복에 기여하는 사업을 적극 추진하겠다고 다짐하였다. 이것은 분명 희망의 약속이다.

이 소식을 먼 독일땅 베를린에서 듣는 우리들의 가슴은 너나 가릴것없이 기쁨에 두근거린다. 그러나 희망이 현실로 되기 위해서는 남북한 사회가 각자의 특색에 맞게 더 나은 방향으로 달라져야 하고 사회를 구성하는 사람들의 일상적 삶이 더 건실하게 변해야 한다. 그러한 변화를 현실의 가장 섬세한 층위에서 그리고 가장 민감한 언어적 형상을 통해 추구하는 것이 문학이다. 그런 점에서 오늘 한국문학의 어깨 위에는 고난의 짐과 영광의 꽃다발이 함께 얹혀져 있다고 할 것이다.

베를린자유대학 강연문(2007. 11. 27)

하나의 문학사를 향하여

■

남북 공동논문집 『강경애, 시대와 문학』

며칠전 대산문화재단에 들렀다가 갓 출간된 책 한 권을 받아들고 돌아와, 약간 흥분된 마음으로 대강 훑어보았다. '강경애 탄생 100주년 기념 남북 공동논문집'이라는 표제가 붙은『강경애, 시대와 문학』(랜덤하우스 2006)은 여러 가지 점에서 우리나라 근대문학사 연구의 역사에 하나의 새로운 이정표로 기록될 만하다. 나 개인에게 강경애(姜敬愛)는 문학소년 시절이었던 1950년대 말경 백수사(白水社)판『한국단편문학전집』에서 백신애의 「적빈(赤貧)」과 나란히 수록된 그의 「지하촌」을 읽고, 거기 묘사된 너무도 처절한 궁핍의 기억으로 아련하게 남아 있다. (1958년 염상섭의 서문을 머리에 얹고 3권으로 출간된 이 선집은 아마 6·25전쟁 이후 이 방면 최초의 기획출판일 것이다. 대상작가의 선정에서뿐 아니라 활자체와 지질, 장정 등 체재 면에서도 아주 공들인 책이었다. 곧이어 나온 민중서관의 36권짜리『한국문학전집』과 신구문화사의 10권짜리『전후세계문학전집』에 대응하여 전후세대 작가들을 추가한 5권짜리 증보판이 1965년에 간행되었는데, 오늘날 각급 도서관에 소장된 것은 모두 이 증보판이다.) 그러니까 이상경 교수의 수고로 장편『인간문제』(창작과비평사 1992)가 손에 들어오기까지 강경애는 나에게 거의 잊혀진 작가였고, 그후에도 그의 문학사적 중요성에 각별한 주목을 돌리지 못했다.

이번에 출간된 논문집 『강경애, 시대와 문학』은 무엇보다도 한 작가의 문학세계를 논의하기 위해 남북의 연구자들이 함께 논문을 집필했다는 사실, 즉 남과 북의 문학연구자들이 공동으로 참여하는 단일한 연구공간이 형성되기 시작했다는 사실을 실증했다는 데에 획기적인 의의가 있다. 6·15공동선언 발표 이후 남·북·해외의 다수 문인들이 평양과 백두산 등지에서 민족작가대회를 개최하고(2005. 7. 20~25) 이어서 그 작가대회의 결의에 따라 '6·15민족문학인협회'를 결성했음(2006. 10. 29~30)은 얼마간 알려진 사실이지만, 그런 공개적인 행사와 별도로 남측 민족문학작가회의 민족문학연구소(소장: 김재용)와 북측 사회과학원 문학연구소(소장: 고철훈)가 2004년부터 합동으로 중국 뻬이징에서 비공개 학술세미나를 진행한 것은 잘 알려지지 않은 사실이다. 첫해에는 김소월, 다음해에는 현진건, 이렇게 남북이 공유할 수 있는 문인을 주제로 발표와 토론이 있었고, 2006년에는 강경애 탄생 100주년을 기념하는 학술대회를 가질 예정이었으나, 부득이한 사정으로 이처럼 공동논문집을 발간하는 것으로 대신하게 되었다고 한다. 아쉽기는 하지만, 첫술에 배부를 수도 없고 초장부터 순풍에 돛단 듯 되지 않으리라는 것도 각오해야 한다. 이제 겨우 걸음마를 떼기 시작한 것 아닌가. 이 작은 출발점까지 오는 데만도 얼마나 많은 시간과 희생이 지불되었는지, 그리고 그동안의 여정이 얼마나 지난했는지를 떠올리면 우선 축하부터 하고 볼 일이다.

돌이켜보면 해방과 더불어 강제된 미·소의 남북 분할점령은 그대로 남북의 정치적 분단으로 귀결되었고, 이 과정에서 문단 또한 분열의 길을 밟았다. 문단의 분열이 곧 문학 자체의 분단으로 되어야 하는 것은 아니지만, 그럼에도 불구하고 반세기에 걸친 냉전기간 동안 남북의 문학은 분단현실의 벽을 넘지 못하고 각각 반쪽짜리 문학사의 틀 안에 유폐되어왔다. 그 결과 남북의 문학은 민족의 전통을 창의적으로 계승하는 데서나 세계문학과 활달하게 소통하는 데서나 각각 그 나름의 제한과 왜곡을 겪고 상처를 입었으며, 그리하여 국민문학으로서의 온전함과는 거리가 있는 내재적 불구성을 지니게 되었던 것으로 판단된다.

이 점을 잘 보여주는 것이 남북한 문단에서의 리얼리즘(사실주의)론의 운명과 위상이 아닐까 생각한다. 내가 제대로 된 북한의 문학이론서를 처음 접한 것은 사회과학원 문학연구실 편 『우리나라 문학에서 사실주의의 발생, 발전논쟁』(사계절 1989)인데, 김시업 교수의 해제에 따르면 북한 문단에서는 1957년부터 이 문제에 대한 학술토론이 활발하게 전개되어 『사실주의에 관한 논문집』(과학원출판사 1959)으로 묶였고, 1960년부터 1963년 초까지는 토론이 더욱 활기를 띠어 많은 이론가와 연구자들이 여기에 참여하였다. 『우리나라 문학에서 사실주의의 발생, 발전논쟁』은 이러한 성과들을 총괄적으로 반영하기 위해 조직된 토론회(1963. 3. 27~30)에서 발표된 논문들 및 토론 참가자 몇 사람의 글을 추가하여 엮은 것이라 한다. 오래전에 읽은 기억을 가지고 말한다면, 당시 북한문단과 학계에서의 사실주의 논의는 일제강점기 우리 비평계의 핵심적 문제의식을 계승 발전시킨 것일뿐더러 그것을 유구한 민족문학의 전통에 이론적으로 접맥시키려 노력한 시도로서, 같은 시기 남한문단의 부박한 실존주의 유행이나 비현실적 전통논의와 커다란 대조를 이룬다고 할 수 있다. 그런데 어쩐 일인지 1960년대 후반부터 북한문단에서는 이런 토론의 활기가 급격히 쇠퇴하는 반면, 마치 그 쟁점을 이어받기라도 하듯 1970년대 이후 남한 평단에서 리얼리즘론이 문학논의의 중심으로 진입하였다. 단언하기는 어렵지만, 1970년대 중반부터 20년 동안 민족문학론과 결부되어 전개된 한국문단의 리얼리즘론은 같은 기간의 한국 민주화운동이 그러하듯 국제적 명성을 얻기에 충분한 폭과 깊이를 획득했다고 자부할 수 있을 것이다. 그러나, 보라, 그로부터 십수 년이 지난 오늘 이 나라에서는 민주주의도 리얼리즘도 생기와 실체를 잃고 환멸의 감정만이 온 천지에 자욱하지 않은가.

다시 책으로 돌아와보면, 한겨울 덮인 눈 아래 새움이 돋듯 미미하게나마 희망의 조짐이 자라고 있음을 느낄 수 있다. 무엇보다 남북의 연구자들이 한자리에 앉아 같은 주제에 대하여 토론을 벌이고, 그들이 남북한 전체 동포를 잠재적 독자로 상정하여 한 권의 책에 실릴 글을 썼다는 사실 자체가 온전한 문학공동체의 복원에 기여할 것이라 기대된다. 한편, 북측 연구자들의 논문에서 전반적으로 공허한 정치구호와 상투적인 수사가 많이 사라지고 작품의 구체적 실상에 입각하여 이론을 끌고나가려는 자세가 보이는 것도 반가운 변화이다. 가령, 「해방전 프로레타리아 문학과 강경애의 소설」이라는 글에서 한중모 연구원은 강경애 초기소설의 부족점을 지적하면서 이렇게 말하고 있다. "형상창조에서 성격과 생활의 논리가 잘 관철되지 못하여 사건진전이 이치에 닿지 않고 이야기를 억지로 꾸민 느낌을 주는 대목들이 적지 않다. 이로부터 사상이 형상을 통하여 자연스럽게 우러나오지 못하고 인위적으로 강조하는 듯한 인상을 주고 있다."(153면) 어쩌면 이런 부분은 굳이 리얼리즘론까지 끌어댈 필요도 없는 문학적 상식이라 할 것이다. 그러나 상식의 통용이야말로 건강의 증거 아닌가. 개인적으로 대단히 흥미있게 읽은 것은 일제강점기 검열로 '붓질 복자'된 작품을 복원한 판본과 북한의 복원본을 비교한 한만수의 논문인데, 이를 통해 우리는 남북의 문학이 더 가까워지기 위해 어떤 종류의 걸림돌을 넘어야 할지 새삼 깨달을 수 있다. 이 논문이 제기한 문제에 남북이 합의할 수 있다면, 그것은 단순히 강경애 소설의 원본확정에 그치지 않고 통일문학사 구성의 기본원칙을 정하는 데까지 나아갈 수 있을 것이다. 그것은 놀라운 가능성의 확인이다.

『창비주간논평』 2007. 1. 14.

세계화와 한민족문학

'문학의 해'에 관련된 두 개의 주제

1 '문학의 해'와 세계화

올해가 '문학의 해'로 지정되어 그동안 여러 가지 행사가 치러졌던 것은 적어도 문학 종사자들에게는 잘 알려진 사실이다. 직접 글을 쓰는 문인이 아니더라도 문학에 관심과 애정을 가진 독자라면 신문이나 텔레비전 같은 데서 기획연재 등을 통해 우리 문학의 어제와 오늘을 점검하는 기사와 영상물을 눈여겨보았을 것이다. 일본과의 사이에 독도 문제가 한창 끓어올랐던 3월 1일에 문인들이 삼일절 기념식을 독도 앞바다의 흔들리는 배 위에서 가졌던 것도 어떤 사람들에게는 자못 인상적인 광경으로 비쳤을 것이다.

그러나 아무리 생각해도 '문학의 해'가 문학을 국민적인 관심사로 끌어올리는 데 성공하지 못했음은 물론이고 행사에 직접 관여했던 당사자들 이외에는 일반 문인들에게조차 어떤 뜻깊은 자극 또는 반성의 계기가 되었다는 증거를 찾기는 어려울 것 같다. 사실 이것은 처음부터 예견된 것이었고 어떤 점에서는 불가피한 것이었다고 말할 수 있다. 금년 『한국문학』 여름호 좌담에서 서기원 '문학의 해' 조직위원장이 언급했듯이 "문학뿐만이 아니라 모든 예술이 개인의 창조적 행위지 단체가 행사를 벌인다고 발전하는 게 아니"기 때문이기도 하지만, 그런 원칙론을 떠나서 생각해보더라도 오늘 이 시대의 사회역사적 환경이 문학을 포함한 순수예술활동의 활기찬 발전을 위해 결코 호의적이라고 볼 수 없기 때문이다. 어쩌면 바로 그렇기 때문에 정부가 나서서 '춤의 해' '미술의 해' '책의 해' 따위를 지정하여 재정적 지원을 하고 진흥책을 마련해주었는지도 모를 일이다. 다시 말하면 오늘의 문학과 예술은 정부 당국의 개입을 필요로 할 만큼 심각하게 위축되어 있는 것이다.

그러나 상당한 예산을 들인 '문학의 해' 기획이 과연 소기의 성과를 거두었는지 따져보는 것은 단순히 국가예산의 효율적 사용을 위해서가 아니라 오늘 이 나라에서의 문학과 예술의 사회적 위상을 점검하기 위해서 필수적인 일이다. 내 생각에 '문학의 해' '미술의 해' '춤의 해' 지정은 그것을 통해 국민들의 예술적 관심을 진작시키고 문예활동을 융성하게 하는 데에 무슨 적극적인 성과를 거두었다기보다 역설적으로 오늘의 사회현실이 진정한 창조로서의 예술적 상상력과 문학적 고민으로부터 얼마나 멀리 떨어져 있는가, 다시 말해 지금 우리가 얼마나 삭막하고 살벌하며 예술적대적인 시대에 살고 있는가를 뼈저리게 확인시켜주었다는 데 의의가 있을 것이다. '문학의 해'였든 '미술의 해'였든 그것이 '찻잔 속의 행사' 이상의 범국민적인 축제가 아니었음은 의심할 여지가 없다.

다들 얘기하는 바와 같이 자본주의 산업문명은 그것의 발생 순간부터 오늘에 이르기까지 인류역사상 유례없는 역동성과 적응력을 발휘하여 발전과 팽창을 거듭해왔고 마침내 전지구를 하나의 체제로 수렴하는 데 성공한 듯이 보인다. 자본주의의 명백한 자기모순에 대한 대안적 구상으로서의 사회주의가 한때 강력한 현실적 힘을 가졌던 적도 있었으나, 21세기를 눈앞에 둔 오늘 사회주의는 지적 이상주의자들의 두뇌 속으로 유폐되고 말았다. 그리하여 이제 이슬람세계의 원리주의 운동만이 거의 유일하게 자본주의체제에 저항하고 있는 듯하다. 우리의 경우 6,70년대의 '근대화'와 90년대의 '국제화' '세계화'는 자본주의적 세계체제에 대한 자발적 투항의 논리로서, 이것의 현실적 결과는 민족적 토대와 전통적 가치의 붕괴일 것이다.

따지고보면 19세기 후반 봉건조선왕조가 자본주의 침략세력과 접촉을 가지기 시작한 이래 이것은 피할 수 없는 운명의 길이었다고 할 수 있다. 자본의 자기증식운동의 세계적 그물 바깥에서 독립적이고 안정적인 생존을 지탱하는 것이 결코 가능하지 않다는 사실은 논증할 필요도 없는 현대 세계사의 실제적 경험이다. 다만 우리의 경우 비극적인 것은 식민지화와 분단과 전쟁이라는 최악의 희생이 여기에 지불되었다는 점이다. 최근의 '세계화'라는 것만 두고 보더라도 이 구호의 공세적 제창과 더불어 민족적 상황이 더욱 악화되고 있다는 사실이야말로 이 세계화의 역사적 함축이 무엇인지에 대해 심사숙고하게 만든다고 할 것이다.

어떻든 세계화는 비록 우리가 그것에 저항한다 하더라도 막을 수 없는 대세이다. 그리고 내 생각에 세계화는 아주 조심스럽게 그리고 민족적 현실에 맞게 추진된다 하더라도 우리의 삶에 엄청난 문제를 발생시킬 것이다. 물론 '민족적 현실에 맞게'라는 단서와 '세계화'의 방향이 본질적으로 또 원천적으로 상충될 수도 있다는 의논이 가능하다. 다시 말해 민족의 이익에 부합하는 세계화란 두 마리의 토끼를 동시에 쫓는 환상일 뿐이라는 시각도 있을 수 있다. 어쩌면 이것이 세계화에 대한 근본주의적 관심일지도 모른다. 그러나 분명한 것은 우리의 사색이 실재하는 현실에 바탕을 둘 때에만 진정한 의미를 가지리라는 점, 그리고 우리의 현실은 이미 자본주의 세계체제에 깊숙이 속박되어 있다는 점이다.

우리가 매일의 일상생활에서 끊임없이 경험하는 바이지만 우리의 삶은 한편으로 물질의 생산과 유통과 소비의 전과정을 지배하는 살인적인 경쟁체제에 포섭되어 있고 다른 한편 그것의 중압을 망각하게 하고 그것의 본질에 정면으로 부딪히는 것을 회피하게 해주는 수많은 사회문화적 기제에 포위되어 있다. 우리의 경우 세계화가 아직 충분히 진행되지 않았기 때문에 그 진행되지 않은 정도만큼 자본부의의 포섭과 포위에는 크고작은 구멍이 뚫려 있게 마련이다. 전지구적 자본주의화 즉 세계화가 아무리 진전되더라도 아마 이런 구멍들은 자본주의체제의 작동을 원활하게 하기 위한 배기구로서 또는 거꾸로 자본주의체제의 분해를 준비하기 위한 효소로서 남아 있을 것이다. 미국이나 유럽 또는 일본이나 우리나라에서 자본주의의 지배력이 강화될수록 이 주류적 체제의 손아귀에 잡히지 않는 작고 독립적인 운동단위들이 오히려 증가하는 것은 매우 시사적인 현상이다. 가령 제도교육 바깥에 있는 소규모의 자율적인 '열린 학교'들이라든가 농업과 축산의 기계화 내지 산업화에 거역하는 유기농운동, 대규모 유통산업의 시장논리에 저항하는 생산자-소비자 직거래운동(예컨대 한살림운동), 권력과 금력의 부패, 타락을 감시하고 사회정의의 구현을 위해 노력하는 종교계, 학계 및 시민운동가들의 헌신적인 활동 등은 그 자체가 자본주의의 극복을 지향한다기보다 때로는 자본주의의 보완에 그치는 수가 있겠지만, 어떻든 자본주의의 모순을 드러내고 그것을 대상화하는 효과를 낳을 것이다.

그런 면에서 오늘날 문학과 예술, 학문과 종교는 자본주의와의 관계에서 볼 때 양날의 칼과 같은 존재로 되지 않았나 생각한다. 근대자본주의가 중세봉건주의와 마찬가지로 하나의 역사적 체제라는 것은 그것이 단순한 생산양식 즉 물질적 생산과 소비의 특정한 제도일 뿐만 아니라 인간의 관념체계와 의식형태 즉 일체의 정신활동을 제약하는 규정력을 갖는다는 것을 의미한다. 가령, 오늘날 세계 중심부에서의 학문적 활동은 대규모 공장생산과 꼭 같은 의미에서의 지식과 이론의 생산공정이다. 그것은 인격의 도야와 학술이론적 천착이 하나의 '공부' 속에 통일되어 있던 그런 인문적 활동이 결코 아니다. 문학창작 역시 오늘의 주류적 형태는 제품생산의 성격을 갖기에 이르렀다. 소위 '전업작가'들에 의해 씌어져 출판시장을 통해 독자-소비자에게 판매되는 '문학작품'들은 자본주의 시장논리에 정확하게 순응하는 소비재들이다. 물론 그런 작품이 반드시 독자들의 저속한 취미에만 영합하는 조악품인 것은 아니다. 자본주의의 강점은 반자본주의적 심성에 뿌리를 둔 활동들조차 자신의 역동성의 일부로 소화할 수 있는 그 무한한 잡식성에 있다 하겠는데, 따라서 시대적 추이에 민감하게 반응하는 그리고 섬세한 손길로 잘 다듬어진 작품일수록 자본주의 유통구조 안에서 더 인기있는 품목이 될 가능성이 높다. 그러나 다른 한편 문학은 자본주의가 남김없이 먹어치우기에는 늘 껄끄러운 요소를 어쩔 수 없이 가지고 있다. 시간과 재능과 공력이 처절하게 투입된 진정으로 창의적인 작품과 그렇지 못한 작품 간의 명백한 변별은 문학을 결코 단순한 제품의 수준에 머물러 있도록 내버려두지 않는다. 진지한 문학작품이 어느 시대에나(즉 봉건주의 시대에나 자본주의 시대에나) 했던 역할, 즉 사람들에게 자신의 삶의 현실을 제대로 바라보게 하고 이웃의 고통에 무심할 수 없게 하며 남과 더불어 즐거움을 나누고 싶은 마음을 갖게 하는 그런 역할은 물질적 이해관계 속에서 자기실현의 가능성을 차단당한 수많은 남녀들에게 참된 구원의 빛으로 다가올 수밖에 없다. 그런 점에서 문학은 진정한 종교와 학문이 그러하듯이 어떤 종류의 역사적 체제에도 함몰되지 않는 자신의 고유한 잉여, 인간의 미래를 위한 잠재적 잉여를 가지고 있다.

물론 나는 여기서 문학의 초시대적 형이상학적 가치에 대해 주장하는 것이 아니다. 정말 위대한 작품이라면 시간과 공간의 제한을 넘어 인류가 지구상에 살아 있는 한 영원히 감동과 영감을 불러일으킬 수 있는 근원적 힘을 가지고 있는 것이 사실일 것이다. 그러나 그런 경우에도 절실하고 치열하게 현실을 살아가는 한 사람이 멀리 떨어져 딴 현실을 사는 다른 한 사람에게 대화를 건네는 방식으로 그러한 것이지, 문학작품에 어떤 초월적 가치의 실체가 마치 음식에 양분이 들어 있듯 잠복해 있어서 그러한 것은 아닐 것이다. 돌이켜보면 지난날(가령, 30년대에나 해방 직후에나 또는 80년대에) 우리는 문학으로부터 자본주의에 반대되는 잉여의 요소를 너무 조급히 추출하고자 하였다. 단숨에 써먹기에는 문학은 매우 불편한 어떤 것인데, 그것은 자본주의자에게만 그런 것이 아니라 변혁운동가에게도 그러하다.

그렇기는 하지만 자본주의는 지금까지 우리가 보아온 어떤 역사적 체제보다도 위장이 튼튼하고 식욕이 왕성한 체제인 것 같다. 그리하여 오늘날 자본주의는 한편으로 온갖 엄청난 과학기술적 발전을 바탕으로 전자통신-영상매체에 의해 문학의 영토를 좁혀오고 있고, 다른 한편 문학작품의 창작과 향수과정 자체를 시장화하고 있다. 이른바 '문학의 위기'론은 이러한 현실에 대한 징후적 진단이다.

그렇다면 '세계화' '정보화'를 추구하는 정부가 동시에 문학의 해를 지정한 것은 하나의 역설이고 자기모순 아닌가. 우리 사회가 자본주의 세계시장에 편입되면 될수록 문학의 영역은 위축될 것이고 반대로 창조적인 문학이 융성하면 할수록 자본주의 세계체제에 대한 반성과 비판은 거세어질 터인데, 이 정부가 정말 원하는 것은 무엇인가. 물론 대답은 분명하다. 언필칭 문민정부라고 하지만, 그리고 정치 엘리뜨의 인적 구성과 그 선출방식에 상당한 정당성이 확보되었다고 하지만 해방후 남한사회의 근본토대가 본질적으로 개혁된 바는 없다. 오히려 어떤 점에서 자본의 지배는 90년대 들어 더 효율적이고 안정적인 기반을 구축했다고 볼 수도 있다. 군사정권의 폭력성과 자의성이 원시적 축적과정의 자본측에 터무니없는 이득을 안겨주기는 했으나 그와 동시에 자본운동 본연의 합리주의와 충돌하는 측면 또한 적지 않았기 때문에 권력의 비군사화는 90년대 한국 자본주의의 이익과도 일치한다고 볼 수 있다. 금융실명제 실시를 출발로 한 최근의 교육개혁 프로그램과 노사개혁 시도는 다름아닌 한국 자본주의의 연착륙을 유도하기 위한 합리화정책의 단계적 절차이다. 그런 점에서 '문학의 해'는 없어도 그만이고 있어도 괜찮은 조그만 장식물에 불과하다.

그러나 문학의 해가 지정됨으로써 문학의 초라한 사회적 위상이 여지없이 확인되었다면 그것은 하나의 쓰라린 소득이다. 그리고 자본주의의 전지구적 승리의 시대에 문학의 그 초라한 위상에도 불구하고 자본주의보다(뿐만 아니라 상상할 수 있는 어떠한 역사적 체제보다) 더 영속적인 생명성을 내장하고 있음을 깨닫게 되었다면 그것은 커다란 보람이다. 중세의 가톨릭이 서양의 봉건체제와, 성리학이 중국이나 한국의 봉건제도와 깊이 유착되어 있었음은 널리 알려진 사실이다. 가톨릭은 엄청난 진통을 겪기는 했으나 봉건체제와의 유착을 청산하여 회상하는 데 성공한 듯이 보이며, 성리학은 자신을 낳은 체제를 떠나 독립적으로 살아갈 수 있을지 아직 미지수이다. 그에 비하면 인간의 언어사용과 더불어 시작된 문학활동은 자본주의와의 불륜의 역사가 매우 짧고 피상적이다. 따라서 문학은 자신의 처지에 대해 '위기'를 말하는 것이 아직 이르며 좀더 자부심을 가져도 좋다. 그러나 세상에 거저 주어지는 것은 없다. 작은일에서나 큰일에서나 애를 쓰고 힘을 들인 만큼 그만한 성취가 이루어지게 마련이다. '세계화'라는 이름의 자본주의 확장논리에 몸을 팔든 힘들고 외로운 고통을 감수하든 그것은 자유일 것이다. 예수의 삶을 따르는 것은 물론 박해를 자초하는 길이었다. 그러나 그것은 영원함과의 약속이다. 환락과 풍요는 끝없이 우리의 몸과 마음을 유혹한다. 그러나 그것은 자기를 망가뜨리고 남을 짓밟으며 환경을 파괴하는 결과에 필연적으로 도달한다. 제대로 문학을 한다는 것은 적어도 이와 같은 차원에서의 끝없는 실존적 결단의 과정이며 절체절명의 단애에서 행하는 선택의 과정에 대응한다. 그것은 고통이고 희열이며, 한쪽의 포기이고 다른 쪽의 획득이다. 그것은 물질세계에서의 소외이고 정신세계에서의 장악이다. 그것은 자신과 가족,

이웃과 사회 안에서의 전방위적 싸움을 전제한다. 그런데 그것은 자신을 비우고 자신을 낮출수록 이기는 싸움이다. 이제 이 시대에 문학은 학문의 몸을 갖추되 종교의 마음을 자기 것으로 갖지 않아서는 안될 것이다.

2 '문학의 해'와 한민족문학

올해 '문학의 해'와 관련하여 그 조직위원회가 주최한 행사 가운데 나는 지난 10월 3일 '세계 속의·한국문학과 문학인'이라는 이름의 심포지엄에 토론자로 참가하였다. 이날 오전에는 ①이호철(남한) 「남북통일과 재외동포 문학」 ②이회성(일본) 「일본 속의 한국문학과 문학인」 ③한춘(중국) 「중국 속의 한국문학과 문학인」 등이 발표되고 김양수·염무웅·황운헌·김유미가 토론자로 나섰으며, 오후에는 ④고원(미국) 「미국 속의 한국문학과 문학인」 ⑤리진(러시아) 「러시아 속의 한국문학과 문학인」 ⑥김영무(남한) 「해외동포 문학의 잠재적 창조성」 등이 발표되고 구기성·오양호·유안진·이창윤 등이 토론에 참가하였다.

나는 이호철 선생의 권유로 토론에 나서기는 하였으나 솔직히 말해서 이 대회에 별다른 기대를 갖지 않았다. 정부기관에서 하는 대규모 행사라는 것이 으레 겉모양만 요란할 뿐이고 제대로 내실을 갖추기 어렵다고 생각했던 것이다. 이번 심포지엄도 널따란 공간에 수백 명이 운집하여 이야기를 나누는 것이었으므로 토론다운 토론이 이루어지지는 못하였다. 그러나 심포지엄이 진행되는 동안 나는 이것이 그런 대로 뜻있는 행사라는 것을 실감하였고 얼마간의 실질적인 소득을 거두었다고 확신하게 되었다. 발표자들 모두가 언급했듯이 북한 문인이 참석하지 못한 데서 오는 공백을 뼈아프게 실감함으로써 우리 민족문학의 총체를 확인한 것도 하나의 성과였지만, 무엇보다도 오랫동안 해외에 거주해온 동포 문인들의 진지한 고뇌와 간절한 실감이 발제문에 표현됨으로써 우리 민족문학의 정체성을 좀더 심각하게 검토할 수 있었던 것은 매우 뜻깊은 일이었다.

주지하는 바와 같이 우리 민족은 19세기 후반 식민지화의 위기 속에서 중국(특히 간도 즉 연변지역)과 러시아, 그리고 일본과 미국 등지로 이주해갔다. 독립운동을 위해 망명한 분들도 있고 징용으로 끌려간 사람도 있겠지만, 대부분의 경우 먹고살 길을 찾아 떠나갔을 것이다. '이민'이란 말에 해당하는 것은 60년대 이후 미국과 남미 등지로 떠난 경우일 것이다. 어쨌든 오늘 전세계 어디에 가나 우리 민족이 그곳에 터를 잡고 살고 있음을 볼 수 있다. 어떤 통계에 의하면 유대인과 중국인 다음으로 우리의 해외 이주민이 많다고 한다.

사람이 사는 곳에는 으레 그 삶의 언어적 표현활동 즉 문학이 있게 마련이다. 당연히 해외동포들에게도 그들의 문학이 존재한다. 이 경우 우리는 우선 두 부류로 크게 나누어볼 수 있을 것이다. 첫째는 국내에서 이미 문인으로 등장한 후에 외국으로 나간 경우이다. 「낙동강」의 작가 조명희, 「격정시대」의 작가 김학철이 그러하고 고원·마종기 같은 재미시인들도 이 범주에 포함될 것이다. 장혁주·김사량 같은 일제시대의 재일문인은 경우가 좀 다르지만 넓은 의미에서 여기에 해당한다. 같은 이민 1세대이지만 국내에서는 청소년 시절을 보냈을 뿐이고 해외에서 문학에 눈을 떠 우리말 아닌 주재국의 언어로 창작을 했다면 그것은 우리 문학인가 아닌가. 이미륵·강용흘·김은국·이은직이 각각 독어·영어·일어로 쓴 작품은 민족문학 안에서 거론될 수 있는가. 이와는 경우가 아주 다르지만 일제말 국내문인이 일본어로 쓴 작품은 어떻게 처리되어야 하는가. 한걸음 나아가 수천년의 우리 역사에는 중국에 체류중 한문으로 발표된 작품도 있으며(최치원), 잘 아는 바와 같이 조선왕조 말기까지 한문은 국문을 압도하는 표현의 수단이었다.

둘째, 말의 진정한 의미에서의 해외동포 즉 이민 2세, 3세들의 문학이다. 이때에도 두 가지 경우로 나누어 생각해야 할 터인데, 중국처럼 중화인민공화국 공민으로서 국가적으로 중국에 귀속되어 있다고 느끼면서도 소수민족(조선족) 자신의 언어로 글을 쓰는 상당수 문인들이 있으며, 러시아와 일본에서처럼 그 나라 말로 창작을 하여 그 나라 문단의 인정을 받은 문인들이 있다. 이렇게 따져보면 우리나라 사람이 우리말로 쓴 작품을 민족문학이라고 규정하는 정의는 하나의 원칙론에 지나지 않고, 원칙에 벗어나는 수많은 변형들을 문학적 논의가 어떻게 다루어야 할지 만만치 않은 문제들을 제기한다고 할 것이다.

　민족문학의 범위와 성격에 관한 이러한 논의는 우리나라의 경우에나 다른 나라의 경우에나 실은 단순치 않은 이론적 문제점과 결부되어 있음을 깨닫게 된다. 생각해보면 그것은 단일언어를 사용하는 단일민족이 단일국가를 이루어 일정한 지역에서 살아오지 않은 세계사적 경험의 필연적인 귀결이다. 가령, 독일민족은 독일과 오스트리아라는 두 개의 국가를 가지고 있고, 뿐만 아니라 스위스 국민의 3분의 2가 독일어를 사용한다. 러시아·폴란드·체코·이딸리아 등지에도 상당수 독일인이 독일어를 모국어로 사용하면서 살고 있다. 독일에서 태어나 생애의 후반을 망명지 빠리에서 보낸 유대인 시인 하이네, 체코의 프라하에서 태어나 독일어로 교육받은 유대인 작가 카프카의 존재는 문제의 복잡성을 말해주는 단적인 사례라고 할 것이다. 그런가 하면 전세계에 널리 식민지를 가졌던 영국과 프랑스 및 스페인과 포르투갈의 경우 민족범위와 언어범위는 크게 다르며 국가범위는 더욱 다르다. 아일랜드 출신이지만 영어 창작으로 세계적 명성을 얻은 제임스 조이스나 예이츠 같은 문인들이 있는가 하면 스코틀랜드나 웨일즈에 살면서도 영어 아닌 토착어를 고집하는 작가들이 있는데, 이들의 작품이 영문학에 포함되는가 아닌가 하는 문제가 단순치 않게 제기되는 것이다. 우리의 경우 단일민족으로서 근대 이전까지 장구한 세월에 걸쳐 한반도 안에서 살아왔기 때문에 문제가 간단할 것 같다. 그러나 주지하다시피 우리는 베트남·몽골과 더불어 강력한 한자문화권에 속해 있었고 일본도 우리보다 좀 느슨하기는 했지만 마찬가지였다. 한글이 창제된 이후에도 지배계급의 공식적 표현수단은 한문이었다. 평민계급의 문화적 진출이 눈부시게 진행된 18세기 이후에도 조선왕조의 수명이 다할 때까지 국문문학은 한문문학의 사상적 우위를 탈취하지 못하였다. 따라서 우리의 경우 문학적 표현매체로서의 국문(한글)과 한문의 민족문학적 중요성을 어떻게 평가할 것인가 하는 문제가 적잖은 논란의 대상이 되었다. 그리하여 춘원 이광수 같은 작가는 '조선문학이란 조선문으로 쓴 문학'만 의미하는 것으로서 한문학은 조선문학이 아닌 중국문학이라는 극단적인 주장을 하였고, 국문학자 조윤제는 넓은 의미의 국문학과 순수한 의미의 국문학이라는 차등적 범주를 설정하여 이 문제를 해결하고자 하였으며, 50년대의 정병욱 교수는 창작 당대의 일반적 표기수단인 문자에 의하여 국문학 여부를 결정지을 수 없다는 견해를 발표하였다. 정 교수의 이 마지막 견해가 점점 더 설득력을 얻어 널리 받아들여지고 있는 듯하나, 논란이 끝난 것은 아니다. (이에 관한 논의들은 金興圭「한국문학의 범위」, 1982; 趙東一「국문학의 개념과 범위」, 1986; 林熒澤「민족문학의 개념과 그 사적 전개」, 1995 등에 비교적 논리적으로 정리되어 있다.)

이렇게 살펴볼 때 민족문학의 범위를 결정하는 것이 칼로 자르듯 명확하게 그어질 일이 아님을 짐작할 수 있다. 이번 심포지엄의 발제문 가운데서도 특히 나에게 통렬한 아픔으로 다가왔던 질문은 러시아에서 온 리진의 '카자흐인들이 카자흐어로 말하는 카자흐스탄 땅에서 2세 한인이 러시아어로 창작한 작품은 어느 민족 문학작품이겠습니까?'라는 것이었다. 소연방의 카자흐스탄으로 흘러간 한인 2세가 러시아어로 교육을 받고 러시아어로 글을 썼지만 소련의 해체로 카자흐스탄이 독립하자 그는 이중적 의미에서 소외된 존재로 전락하고 만 것이다. 이때 그의 문학의 민족적 정체성은 어디서 찾아야 할 것인가.

수많은 해외동포들 가운데 이 문제가 상대적으로 잘 정돈되어 있는 곳은 오직 중국뿐인 것 같다. 중국정부의 비교적 원만한 소수민족정책에 힘입어 중국의 조선족들은 독특한 우리말 문화를 발전시키고 있으며, 따라서 그들은 남한어는 물론이고 북한어와도 구별되는 제3의 우리말 속에서 살아가고 있다. 중국의 조선족 문학이 해외동포 문학 중에서도 유례없이 활기를 띠고 있고 연변작가협회에 조선족 정식회원만도 3백명이나 가입해 있다는 사실은 이와 같은 언어적 조건을 떠나서 상상할 수 없다. 살아 있는 언어공동체의 존재야말로 생동하는 문학의 불가결한 기초가 된다.

이런 점에서 일본·러시아·미국에서의 우리 민족문학의 장래는 밝은 편이 아니다. 우선 러시아의 우리 동포문학은 이미 민족문학의 경계선을 확실히 넘어섰다고 볼 수 있을 것 같다. 리진의 발제문에 의하면 러시아 동포작가들은 "거의 모두 대러시아 문학의 강력한 전통의 날개 밑에 들어가" 있으며, 가령 아나똘리 김의 「옥파밭」이란 소설에 한인 여주인공이 등장하긴 하지만 '작가가 보여주려고 한 것은 전형적인 한인 여자가 아니라 이 경우 구체적인 한인 여자의 형상에 집약된 소련 여자'라는 것이다. 더욱이 2세, 3세로 갈수록 감수성이 달라져, 이제 그들에게는 '동족의 운명이 문제인 것이 아니라 구체적인 인물의 운명이 문제'로 되었다는 것이다. 물론 생각해보면 본질적으로 모든 문학은 인간운명의 보편성을 탐구한다. 그러나 그 보편성은 구체적인 사회적·역사적 연관을 매개로 추구될 수밖에 없다. 러시아 2세, 3세 동포들의 경우 종족적으로 한인 출신이라는 것만 제외하면 그들의 삶은 이미 민족사적 연관을 떠났다고 해야 할 것이다.

1백만을 헤아린다는 재일동포들 가운데 60만 명이 한국 또는 조선 국적을 갖고 있고, 20만 이상은 귀화했으며 나머지는 체류동포라고 한다. 귀화동포는 해마다 늘어 작년(1995년) 한 해에 1만여 명의 동포들이 일본 국적을 취득하였고 21세기의 20년대(그러니까 지금부터 4반세기 뒤)에는 대부분 귀화할 것이라고 이회성은 예측한다. 그런데 이미 지금도 이민 2세인 이회성 자신을 포함하여 더 많은 동포 문인들이 일본어로 글을 쓴다고 한다. 그러니 21세기의 20년대에 우리말로 창작되는 재일동포 문학의 가능성은 전무하다고 해야 할 것이다. 실은 지난날 일제시대에도 재일 한국인들은 일본 문단에 등장하며 거기서 인정받는 것을 목표로 삼았다. 이렇게 된 까닭은 여러 가지로 생각해볼 수 있을 터인데, 아마 가장 핵심적인 사실은 일본이 이질적 요소의 혼재를 용납하지 못하는 극히 단일적인 국가라는 점일 것이다(다른 민족과 섞여 사는 경험은 이 땅에서도 매우 생소한 것이다. 수십만에 이르렀을 재한 일본인들은 8·15와 더불어 일시에 청산되었고, 상당수에 달하는 오늘의 외국인노동자들도 우리 사회에 통합될 가능성은 극히 희박하다). 유일한 소수민족이라는 아이누족이 있으나 겨우 2만 명 남직으로 무시할 수 있는 정도에 불과하다. 재일 외국인 가운데 우리 동포가 85퍼센트 이상을 차지한다고 하는데, 러시아나 중국처럼 다민족 국가의 역사적 경험을 갖지 못한 일본이 강력한 동화정책을 펴리라는 것은 분명하다. 따라서 나는 오랜 옛날 가야와 백제와 고구려의 유민들이 그러했던 것처럼, 또 임진왜란 때 끌려갔던 10만 조선인의 운명이 그러했던 것처럼 지금의 재일동포 다수는 결국 언젠가는 일본화할 것이라고 침통하게 예감한다. 그런데 이회성은 이번 심포지엄의 발제문에서 '일본어는 외국어이기는 하되 벌써 선택의 언어가 아니라 이미 자신의 심정을 표현하는 데 있어서 불가피한 언어로 되어' 있으며 자신의 발제문 자체가 일본어로 먼저 쓴 다음 우리글로 번역한 것임을 고백하면서도, 자신들의 해외동포문학이 범민족문학으로서의 한국문학에 포함되어야 한다고 주장하고 있다. 민족문제에 깊은 관심과 애정을 가진 양심적이고 지성적인 작가 이회성의 이 주장은 나에게 말할 수 없이 안타깝고 쓰라리다. 그러나 객관적인 역사현실은 그의 고통스러운 자기분열을 가차없이 드러낼 뿐이다.

같은 다민족국가이지만 미국은 러시아와도 다르고 중국과는 더욱 다르다. 미국에도 물론 인디언문제·흑인문제 등의 난제들이 있다. 인디언문제는 전혀 다른 뿌리를 가진 미국적 원죄에 해당하는 것이라 해야겠지만, 기타 민족문제들은 가령 러시아의 체첸사태라든가 중국의 티베트분쟁과는 성격을 달리하는 일국내의 계급적 통합의 문제로 볼 수 있을 것이다. 어쨌든 요컨대 신생국가 미국이야말로 전형적인 다민족국가이다. 여기에 이민간 한국인들이 과연 얼마 동안이나 민족적 정체성을 유지할 수 있을까. 우리말에 능속해진 뒤에, 심지어 문인으로 한국문단에 등장한 뒤에 그곳에 정착한 이민 1세대가 사라지고 나면 한국계 미국인들은 적어도 문화적으로는 고국과의 내면적 연결을 잃어버릴 것이다. 그들 2세대, 3세대 중에서도 물론 재능있는 문필가가 나올 것이다. 바로『뿌리』를 쓴 알렉스 헤일리처럼 자신의 종족적 뿌리를 찾는 작가가 그 미국인들 가운데서 탄생할 수도 있다. 그러나 이미 그때 그것은 그들의 문학이지 우리의 문학은 아니다.

생각해보면 '한민족문학'은 그 말과 실체 모두가 식민지와 전쟁과 분단이라는 불행한 현대사를 통과한 우리 민족의 고통스런 현실의 반영이다. 민족의 양대 주체인 남과 북이 분열과 적대를 평화롭게 극복하여 독립적이고 민주적인 통일민족국가를 이룩하는 데 성공하는 그날 우리의 민족현실은 또다른 비약을 성취할 것이고 그때 민족문학은 우리 이론가들에게 새로운 정의를 요구할 것이다. 해외에 흩어진 '범민족문학'도 그런 도약적 상황에 처하여 새로운 변신을 수행할지 모른다. 세계적 규모에서 이루어질 민족역량의 결집이 전지구적 평화의 증진에 결정적 기여를 하게 될 그 꿈같은 날을 바라며 오늘을 준비하자.

『한국문학』 1996년 겨울호

민족적 관점과 세계적 시야

■

백낙청 비평의 초창기 풍경

1

지난 40여년에 걸친 백낙청(白樂晴) 선생의 활동과 업적은 이제 부연설명의 필요가 없는 공공연한 것이 되었다. 그러나 막상 그의 인물을 규정하려 들면 그는 종래의 일반적인 개념에 간단히 잡히지 않는다. 그가 1960년대 중반에 영문학 교수이자 문학평론가로 공적 활동을 개시한 것은 잘 알려져 있고, 곧이어서 계간지 『창작과비평』(이하 『창비』)을 창간하여 지금까지 주도해온 것도 공지의 사실이다. 그러나 이것은 그의 이해에 이르기 위한 일종의 표지판 같은 것이고, 표지판을 따라가서 무엇을 마주치게 될지는 자명한 것이 아니다.

오늘날 대학에서 문학을 연구하고 가르치는 일과 문단현장에서 평론활동을 하는 일은 엄격하게 분리되어 있다기보다 긴밀하게 연결되어 있는 수가 많다. 근본적으로 문학이론과 실제비평이 한 사람의 작업영역 안에서 맞물려 이루어지는 것은 양자 모두의 내실있는 발전을 위해 바람직한 일이다. 하지만 1960년대에만 하더라도 대학교수가 신문이나 잡지에 비평적인 글을 발표하는 것은 일종의 외도로서 백안시하는 풍조가 있었다. 이헌구·백철·조연현 등 당시의 이른바 대가급 평론가들이 모두 대학에 자리잡고는 있었으나, 그들의 학자-평론가 겸업은 사실상 편의적인 것에 불과했다. 오히려 일제말 최재서가 강단비평이란 험담을 들어가면서도 잠시나마 이론비평과 실제비평의 통합의 예를 보여주었고, 이와는 아주 다른 경우이지만 국문학자 김태준(金台俊)과 현장비평가 임화(林和)가 출판사 학예사를 무대로 이념적 협동작업을 시험함으로써 새로운 가능성을 보였다고 생각한다. 그러나 그러한 초보적 시도마저 일제말·해방후의 격변을 거치는 동안 쑥대밭이 되고 말았다. 돌이켜보면 이것은 우리 대학제도 안에서의 어설픈 문학연구가 그 나름으로 치열한 동시대의 문학현장을 제대로 감당하지 못해왔음을 말해주는 기형적 현상이다.

이렇게 살펴보면 4·19혁명을 겪고 난 1960년대 중반은 한국사 전체에서 그러하듯 문학사에서도 중대한 전환의 시기였다고 말할 수 있다. 한마디로 이 시기는 좁은 의미에서 전후문학(戰後文學)이 마감되는 시점이었다. 물론 이 전후문학이란 용어가 단순한 것은 아니다. 4·19혁명 직후 일단의 젊은 문인들이 '전후문인협회'를 결성하고 보수기득권층이 주도해온 문인협회 중심의 문단풍토에 반기를 들고자 했던 것을 보면, 이들의 '전후문학'이란 개념 안에는 냉전시대의 주류문학에 대한 반성과 비판의 의식이 담겨 있다고 할 수 있다. 돌이켜보면 전쟁의 참화를 거쳐 분단이 고착되는 동안 한국문단은 김광섭·모윤숙·이헌구 등 보수적인 민족주의 성향의 문인들과 김동리·서정주·조연현 등 소위 순수문학 주창자들의 독무대로 되었다. 요컨대 당시의 주류문학이란 기성체제에 비판적이기보다 순응적이고 현실을 직시하기보다 현실의 문제를 외면하려는 문학이며, 외국의 유행사조를 추종하는 데 급급하여 그것을 주체적으로 소화할 자세도 능력도 갖추지 못한 문학이었다.

물론 1950년대에 이런 타협적인 문학만 있었던 것은 아니다. 손창섭·

장용학·이범선·선우휘·오상원, 김수영·신동문·전봉건 등 전쟁의 포연 속에서 젊음을 보낸 세대들의 절망의 심연에서 솟아오른 문학, 현장의 증언이 생생하게 담긴 저항의 문학이 있었다. '전후문학'이라는 말로 우리가 떠올리는 것은 바로 이러한 문학이다. 그러나 이런 의미의 전후문학은 1950년대 주류문학에 포섭되기를 거부한 일탈의 문학이기는 했지만, 주류문학의 근본적 문제점을 본격적으로 제기하여 그것을 극복하는 데까지 나아가지는 못하였다. 그런 점에서 1960년대 중반의 소위 참여문학 논쟁은 1950년대 전후문학의 문제의식을 1970년대 이후의 민족문학론으로 연결시키는 과정에서의 이론적인 통과의례였다고 생각한다.

2

이상의 간략한 서술을 통해 나는 백낙청 비평의 출발지점이 해방후 한국문학사의 중대한 전환기에 위치해 있었다는 사실을 지적한 셈이다. 물론 비슷한 시기에 평론가로 데뷔한 사람은 한둘이 아니다. 그러나 백낙청의 경우 그의 비평활동과 시대적 배경 사이에는 유달리 긴밀한 연관이 있음을 어렵지 않게 간취할 수 있다. 아마 그만큼 자기 시대의 구체적인 현실을 끊임없이 민족사의 커다란 맥락 안에서 사유하며, 그때그때의 현실이 요구하는 이론적 필요에 최선을 다해 자신의 삶과 사색을 투입한 예를 찾기는 어려울 것이다. 그가 발표한 주요 평론들——물론 이것은 그의 저작의 일부이다——의 표제가 「민족문학의 현단계」(1975) 「민족문학론의 새로운 과제」(1980) 「민족문학의 새로운 고비를 맞아」(1983) 「오늘의 민족문학과 민족운동」(1988) 「지구시대의 민족문학」(1993) 「분단시대의 최근 정세와 분단체제론」(1994) 등인 것만 훑어보아도 그가 늘 긴장된 역사감각과 일관된 사명의식을 가지고 당면한 현실과의 연관 속에서 당대문학의 성취와 과제를 점검하고 있음을 알 수 있다. 그런 점에서 그의 글과 말은 언제나 시대적 상황에 밀착되어 있고, 또 그런 뜻에서 그의 글과 말은 그야말로 시대의 소산이다. 따라서 그를 이해하자면 다른 누구의 경우보다 더 본질적인 의미에서 그가 살아온 시대를 파악할 필요가 있다.

그러나 물론 이렇게 말하는 것은 그의 글과 말의 뿌리에, 즉 그의 사색의 바탕에 언제나 강력한 현실성이 작동하고 있음을 지적하는 것이지, 그의 글과 말이 시대의 표면을 기계적으로 반영하고 있다는 뜻은 아니다. 오히려 많은 경우 그의 사색은 피상적인 유행에 정면으로 도전하는 요소를 늘 함축하며, 따라서 흔히 말하는 전복적이고 논쟁유발적인 성격이 그의 글과 말에는 늘 내재해 있다고 할 수 있다. 그의 초기비평에 상투형(常套型)의 파괴가 그처럼 자주 중요한 화두로 대두되었던 것도 이런 면과 관련이 있을 것이다.

여기서 '초기'라고 하는 것은 1965년 문단등장부터 1969년 다시 도미하기까지, 즉 『창비』 창간호의 「새로운 창작과 비평의 자세」부터 「시민문학론」까지를 가리키는데, 말하자면 이 시기는 백낙청 비평의 요람기라고 할 수 있다. 그 시절의 평론들을 다시 읽고 나서 말해야 책임있는 발언이 되겠지만, 이 글을 쓰고 있는 내 형편상 도저히 그럴 수 없어 대강의 짐작으로 말한다면, 그의 초기비평에는 1970년대 이후 오늘에 이르기까지 한결같은 집중도로써 전개되어온 이념적 모색과 실천적 자세가 이미 맹아적으로 잠재해 있다. 물론 초기의 글에는, 『창비』 10년을 돌아보는 좌담에서 스스로 인정했듯이, 우리 현실에 발딛는 자세가 아직 확고하지 못하고, 설사 현실인식을 강조하더라도 그것을 바로 민족현실이라는 말로 개념화하는 데까지 나가지 못하며, 무엇보다 여러 면에서 서구지향적 취향이랄 수 있는 측면을 지니고 있었다. 한마디로 서양에서 공부하고 돌아온 사람의 체취를 어쩔 수 없이 풍겼다고 할 수 있다. 당연히 그런 측면 자체는 자랑이 아니다. 그러나 백낙청 개인의 인생역정에서는 초기의 그런 요소가 오히려 값진 역할을 하는데, 왜냐하면 당시 우리 문학이 해결해야 할 역사적 과제인 현실성의 회복과 서구지향성의 극복이 백낙청에게는 동시에 자신의 절실한 내적 과제이기도 했기 때문이다. 그런 점에서 그가 어느 누구도 흉내낼 수 없는 성실함과 철저성으로 자기 길을 걸어간 것은 우리 모두에게 복된 일이었다. 이번에 3,40년 전의 대담과 좌담들을 읽고 나는 새삼 그 점을 확인할 수 있었다.

한 사람의 대담·좌담·인터뷰 등을 모은 것으로는 이 다섯 권의 『백낙청회화록』이 우리나라 초유의 것이 아닌가 한다. 이렇게 모아놓고 보니 그동안 그가 꼼꼼하고 빈틈없는 문장으로 구축해온 비평의 세계와 본질적으로 동일하면서도 형식상 구별되는, 또 하나의 커다란 지적 영토를 일구어왔음을 발견하고 경탄하게 된다. 동시에 이 도도한 담론의 항해는, 백낙청이 조타수로서 전체적인 방향을 잡았다고는 해도 여러 방면에서 차출된 선원들의 적극적인 협동 또한 필수였으므로, 유례없이 집단적 참여로 수행된 대규모의 한국 현대지성사라고 할 수 있다. 아울러 다섯 권의 목차만 보더라도 그의 사상적 심화와 활동영역의 확장을 한눈으로 개관할 수 있는데, 뒤로 갈수록 신문이나 방송과의 인터뷰가 더 잦아지고 있어, 그의 지도적 역할에 대한 사회적 기대치가 높아짐을 짐작할 수 있다.

생각해보면 말은 글로 쓴 것이든 입으로 내뱉는 것이든 누군가 읽거나 들어줄 상대를 향해서 하는 발화의 형식이다. 잘 알고 있듯이 글은 집필·발표·독서의 과정을 거치는 동안 매 단계 특유의 제약과 장점을 동시에 지니게 마련이다. 어떻든 지식의 생산과 유통, 보존에 있어 글(책)은 지금까지 우리가 알고 있는 최선의 방책이다. 그런데 강연·강의, 대담·좌담, 각종 토론, 인터뷰 등은 그 공공성에 있어서 우리의 일상적 언어생활과 다르고 동시에 음성언어를 매개로 한다는 점에서 글과도 구별된다. 원고를 써서 읽는 강연의 경우에도 그것은 그 자리의 청중에게 직접 소리로 전달된다는 현장성·일회성을 전제로 하며, 더욱이 대담이나 좌담의 경우 서로 다른 입장과 견해를 가진 참석자들 간에 교환되는 주장과 반론이 불가피하게 현장성과 즉흥성을 강화할 수밖에 없다. 이번 『회화록』을 보면 백낙청은 훌륭한 문장가임에 못지않게 뛰어난 변설가(辨說家)임이 드러나며, 특히 1970년대 중반 백낙청 민족문학론의 이론적 얼개가 형성되어 갈 무렵에는 유난히 그의 어조가 치열하고 논리가 전투적이어서, 다른 어느 시기의 좌담보다 흥미진진하게 읽힌다.

3

백낙청이 처음 참석한 좌담은 「작가 선우휘와 마주 앉다」(1968)라는 대담이다. 애초에 잡지사에서 붙인 제목은 '작가와 평론가의 대결'인데, 대담이 이루어진 시점으로 보아 본래의 제목보다 '문학의 현실참여를 중심으로'라는 부제가 더 중요할 것이다. 이 부제가 말해주듯이 대담은 1960년대 내내 문단을 달구었던 참여문학 논쟁의 와중에서 이루어졌고, 실상 이 대담 자체가 그 논쟁의 일부라고 할 수 있다. 실은 그 전해(1967. 11) 한 세미나에서 불문학자 김붕구 교수가 「작가와 사회」라는 논문을 발표하여, 한국의 참여문학론자들이 주체성 없이 서구문학 사조를 맹목적으로 추종하고 있으며 싸르트르식 참여론은 결국 프롤레타리아 혁명의 이데올로기로 귀착될 수밖에 없다는 요지의 주장을 하였다. 이를 계기로 김 교수의 주장을 찬동 또는 반박하는 글이 지상을 장식함으로써, 참여문학 논쟁은 해방공간의 좌우투쟁을 연상케 하는 위험수위까지 고조되었는데, 김붕구씨의 주장을 속화된 언어로 재탕한 것이 선우휘였다. 「분지(糞地)」 사건(1965)과 관련하여 소설가 남정현의 구속에 항의하는 글을 발표하고 이로인해 당국에 연행되는 것으로 문단적 이력을 시작한 백낙청이 선우휘와의 대담에서 왜 그처럼 방어적인 자세로 시종했는지 하는 것은 이러한 상황적 배경을 상기할 때 제대로 납득할 수 있다.

하지만 그러한 방어적인 자세에도 불구하고 이 대담은 백낙청 비평의 한두 가지 기본전제를 분명하게 천명하고 있다. 가령 다음과 같은 발언이 그러하다. "한국 지식인의 입장에서 볼 때 저는 우선 싸르트르가 문학의 본질이 자유이며 도구가 아니고 바로 그런 속성 때문에 문학이 사회에 어떤 영향을 미치고 현실에 참여할 수밖에 없다 하는 것을 이론적으로 밝혀준다는 것이 상당히 도움이 되는…" "한국에서의 현실을 편의상 이남과 이북으로 갈라서 말씀하셨는데, 사실은 그뿐만이 아니라 한국 바깥의 세계라는 것도 '한국현실'의 일부를 이루고 있고요." 어떤 점에서 이 발언에 담긴 문학관과 세계적 관점은 더욱 발전된 형태로 오늘까지 견지되고 있다고 말할 수 있다. 그러나 이 대담에서 나를 특히 괄목케 하는 것은 그가 선우휘의 주장을 직설적으로 반박하기보다 상당 부분 수용하고 있다는 점인데, 그렇게 함으로써 그는 도리어 상대방의 냉전논리를 해체하는 논쟁의 기술을 발휘하는 것이다.

생각건대 백낙청 문학비평의 본격적 전개는 미국에서 돌아와 문단에 복귀한 1973년부터일 것이다. 이 해에 그는 신경림의 첫시집 『농무』에 발문을 썼고 이어서 김종길·김우창과 함께 「시집 『농무』의 세계와 한국시의 방향」이라는 좌담에 참가했다. 이 좌담은 30년이 훨씬 넘는 세월이 지난 지금 읽어도 신경림 시의 문학사적 의의에 대한 낡지 않은 관찰들을 담고 있다. 이 무렵부터 20년 동안 백낙청의 비평적 사유는 한마디로 민족문학론으로 수렴된다고 할 수 있는데, 그리 들어가는 초입에 신경림 시의 발견이 놓여 있다는 것은 매우 흥미로운 일이다. 좌담에서도 그는 김수영·신동엽과 비교하여 신경림 시에 성취된 민중성과 현대성의 독특한 결합을 지적하고 있지만, 예술성과 운동성의 결합이라는 개념으로 치환할 수 있는 이런 측면이야말로 평론 「민족문학 이념의 신전개」(1974), 대담 「리얼리즘과 민족문학」(1974), 평론 「민족문학의 현단계」(1975), 좌담 「어

떻게 할 것인가: 민족·세계·문학」(1976) 등을 통해 본격화되는 민족문학론의 주요 골격이 되는 것이다.

다른 한편, 싸르트르 추종에 대한 선우휘의 비판을 부분적으로 수용하되 그것을 외국문학의 주체적 수용이라는 일반명제로 승급시킨다든가 한반도의 분단된 양쪽뿐만 아니라 한국 바깥의 세계도 한국현실의 일부를 이루고 있다고 발언하는 데서 나타나는 개방적이면서도 세계적인 관점은 그의 민족문학론의 또다른 구성부분이다. 주로 리얼리즘 논의와 연관된 발언 속에서 그는 보기에 따라 아주 대담한 주장을 펼친다. "우리가 리얼리즘이라는 개념을 꼭 어떤 시대, 어떤 부류의 사실주의적인 문학에 구애됨이 없이 우리의 입장에서 새로 이해하고 살려나가려고 한다면 이제는 서구문학의 테두리 밖으로 시선을 돌리는 일이 19세기 서구 대가들에 대한 재평가 못지않게 중요하지 않을까 합니다."(대담 「리얼리즘과 민족문학」) 이런 생각은 때로는 문학론의 범위를 넘어 현 세계질서의 정당성에 대한 근원적 의문으로 발전한다. "약육강식의 세계질서에 의해 희생되고 있는 민족의 경우에는⋯ 이러한 부당한 질서에 대해 자기방어를 해야겠다는 소극적인 의미에서 출발해서 이것과는 다른 차원의 세계질서가 이루어져야겠다는 생각에까지 나갈 수 있을 것 같습니다."(좌담 「어떻게 할 것인가: 민족·세계·문학」) 제3세계 문학의 일원으로서 민족문학의 세계사적 의의를 강조하는 문맥에서 나온 이 발언은 아마 백낙청 사유의 전개과정에서도 가장 급진적인 대목일 것이다.

4

주지하는 바와 같이 백낙청은 1987년 6월항쟁을 겪고 난 다음부터 분단현실의 구조적·역사적 이해에 몰두하여 이를 분단체제론으로 정식화한 바 있다. 그는 여기서 더 나아가 오늘날 분단극복을 위한 국민적 실천운동의 최전선에서 지도적인 역할을 맡고 있고, 그런 활동을 통해 그의 분단체제론은 이제 이론의 영역을 넘어 현실을 변화시키는 물질적 힘의 영역으로까지 진입하고 있다. 분명한 사실은 그의 경우 분단문제에 대한 사유가 결코 돌출적인 것이 아니라 오랜 연원을 가진 것이며, 그의 분단체제론이 면밀하고 점진적인 준비과정의 산물이라는 점이다.

이번 책에서 보더라도 이미 그는 1976년 『세계의문학』 창간호 좌담에서 이렇게 말하고 있다. "이런 중대하고도 험난한 작업임을 생각할 때 오늘날 우리 민족 대다수가 통일이라는 명제 앞에서 자연발생적으로 느끼는 절실한 감정을 존중한다는 것은 단순한 도덕적인 당위의 문제도 아니요…" 이듬해인 1977년 『독서신문』 주최의 좌담 「하나의 세계를 지향하는 한민족의 이상」에서는 이렇게 발언한다. "통일을 지향하면서 통일을 저해하는 문제를 하나하나 생각하고 이것을 해결해나가려고 하는 노력과 세계 전체가 진정으로 하나가 되기를 지향하는 노력 간에 어떤 구조적·본질적인 일치점이 있다고 믿기 때문에…" 물론 이만한 정도의 발언에 과도한 무게를 둘 필요는 없을지 모른다. 왜냐하면 적어도 좌담 「분단시대의 민족문화」(1977)까지만 하더라도 분단문제에 관한 이론작업은 '분단시대'라는 용어의 창시자인 강만길 교수가 주로 맡고 있는 것 같기 때문이다.

돌이켜보면 1970년대의 문학운동은 10·26과 5·18이라는 고비를 맞으면서 일시적인 위축을 경험하였다. 그리고 그 시기에 이어진 폭발과 분출의 장관(壯觀) 또한 어느덧 역사 속의 페이지로 옮겨지고 있다. 백낙청의 이름과 불가분하게 결부된 민족문학론은 아직 우리의 생생한 기억이 말해주듯이 1970~80년대의 격변을 온몸으로 통과하였다. 그리하여 21세기를 맞은 오늘 마침내 세상은 달라져 남북분단의 벽은 흔들리고 있다. 그러나 이 모든 긍정적 변화의 조짐들에도 불구하고 우리의 일상생활을 얽어매고 있는 모순의 그물은 여전히 강고하고 사회적 양극화는 극단적으로 심화되고 있으며 정의로운 세계의 꿈은 더욱 희미해지고 있는 것 같다. 백선생 자신은 여전히 희망과 낙관의 행진을 멈추지 않고 있지만, 지난날 우리 문학도들의 빛나는 지도이념이었던 민족문학론의 역사적 사명은 이제 소실점이 보이는 지점까지 온 것이 분명하다. 그런 점에서 이 책은 지식인들의 의식의 역사라는 형식으로 원하든 원하지 않든 한 시대를 정리하는 조망대의 구실을 맡을 수밖에 없을 것 같다.

『백낙청회화록』(창비 2007) 제1권 해설

근본적 전환의 모색

■

김종철 평론집 『간디의 물레』 『시적 인간과 생태적 인간』

1

1978년 평론집 『시와 역사적 상상력』이 출간되기까지도 김종철(金鍾
哲) 교수가 글을 많이 쓰는 사람은 아니었다. 그러나 작품을 제대로 읽어
내는 드물게 민감한 감수성과 유연하고 설득력있는 문장으로 인하여, 그
리고 당시만 하더라도 문학비평을 전업으로 하는 문필가의 숫자가 적었
던 탓에 그는 언제나 주요평론가들 중 한 사람으로 거명되었다.

그의 글의 매력을 기억하는 독자들로서는 유감스러운 일이지만, 평론
집 출간 이후 그의 평론을 대하기는 더욱 어려워졌고, 저 요란했던 1980
년대에는 그는 거의 문단 바깥으로 밀려난 존재처럼 보였다. 그동안 그의
관심은 어디를 향하고 있었던가. 1991년부터 그가 편집·발행하는 격월간
지 『녹색평론』이 이에 대한 답변이다. 이 잡지의 편집을 통해, 그리고 틈
틈이 발표하는 글을 통해 김종철 교수가 해온 일은 한편으로 생각하면 문
학평론의 통상적인 범위를 벗어나는 어떤 근본적인 운동에 관계되어 있
다고 말할 수 있고, 다르게 생각하면 문학행위의 존립근거 자체를 문제삼

는 가장 본원적인 문학활동에 해당되는 것이라고 말할 수 있다. 이번에 거의 동시에 출간된 두 권의 책에 그동안의 글이 정리됨으로써 우리는 오늘의 지구적 상황에 대한 김 교수의 사색을 검토하고 이에 대한 우리 자신의 자세를 점검할 모처럼의 기회를 갖게 되었다. 그러나 김 교수의 책 자체가 체계적인 저술이 아니듯이 이 글 역시 본격적인 서평은 되지 못한다.

2

저자 스스로 말했듯이 『간디의 물레』는 어떤 체계적인 또는 이론적인 저술이 아니라 "지난 8년간 격월간 『녹색평론』을 엮어내는 동안 틈틈이 쓰거나 말했던 기록들을 모아서 묶어낸"(「책머리에」) 책이다. 중요한 건 아니지만, 이 말은 약간의 수정이 필요하다. 왜냐하면 이 책에는 바로 표제의 글인 「간디의 물레」를 비롯하여 『녹색평론』 창간 이전에 발표된 글도 서너 편 실려 있기 때문이다. 그러나 글 뒤에 붙은 발표연도를 살펴본 독자들이나 그 사실을 눈치챌 만큼 『간디의 물레』는 집요한 '녹색의' 일관성을 가지고 있다. 앞서 체계적 저술이 아니라고 말했지만, 그것은 학술서적 같은 외면적 내지 형식적 체계를 결하고 있다는 뜻일 뿐이다. 한 권의 책에 저자의 통일된 관점 혹은 한결같은 문제의식이 외곬으로 숨쉬고 있을 경우 그것을 일종의 내면적 체계라 불러도 좋다면, 이 책은 바로 내면적 체계의 책이다.

이미 알 만한 사람은 모두 알고 있겠지만, 김종철 교수의 입장은 이른바 생태론적 관점이라고 하는 것이다. 그의 글 여러 곳에서 반복되고 변주되는 사상의 핵심은 아마 다음과 같은 문장 속에 잘 농축되어 있을 것이다.

인간은 자연의 일부이고, 만물은 나의 형제이다. 나는 나 자신의 개인적인 의지나 욕망 때문에 이 세상의 삶을 향유하고 있는 게 아니다. 나를 살아 있게 하는 것은 내 능력으로는 헤아리기 어려운 깊고 거대한 근원적인 생명충동이며, 그 충동은 자연의 심층에 내재되어 있다. 내가 존재하는 것은 반딧불이나 할미꽃이 이 세상에 존재할 수 있게 하는 것과 같은 힘, 같은 원리에 의존하고 있다. 반딧불과 할미꽃의 소멸은 인간도 얼마 안 있어 사라질 것임을 예고해준다. 인간은 수십억 년에 걸친 생물진화의 긴 과정에서 가장 섬세하고 복잡한 지성과 자의식을 갖춘 존재로 진화해왔다. 그러나 이런 사실이 다른 생명체에 대한 인간의 지배를 정당한 것으로 하는 것은 아니다. 오히려 그것은 인간의 책임을 말하는 것으로 해석되어야 한다. 인간은 본래 흙에서 나왔으므로 어떻게 보면 우리 각자는 움직이고 말하는 흙이나 바위라고 할 수 있다. 이 것은 누구도 인위적인 변경을 가할 수 없는 타고난 인간조건이며 운명이다. 그런데 산업기술문명은 이런 근원적인 인간 조건을 무시하도록 강요한다. 여기에 우리가 일상 경험하는 삶의 폭력성과 문화의 극단적인 퇴폐의 근본원인이 있는 것이다. (26면)

거의 신앙고백과도 같은 떨림과 확신 속에 아름답게 표명된 이와 같은 '생태학적 감수성'(38면)에 기초하여 볼 때, 생태계의 손상은 단순한 외부적 재난이 아니라 지구생명 전체의 총체적인 위기이자 인간성과 인간문화의 근본적 위기라고 할 수 있다. 어쩌면 논의의 이 출발점 자체가 극히 논쟁적인 것일지 모른다. 왜냐하면 환경오염이나 생태계 파괴라는 즉물적 사실에만 시야를 제한하고 그것의 지나친 확대해석에 반대하는 일종의 객관주의적 입장도 있을 수 있기 때문이다. 그리고 그런 입장에서 본다면 "만물은 나의 형제이다"라는 언명은 종교적 심성의 표현일지언정 객관적 사실의 진술일 수는 없을 것이다.

그런데 이 서평을 쓰는 동안 신문에 보니 이런 기사가 실려 있다. 세계 식물학자들의 모임인 국제식물총회(IBC)가 최근 80개국 4천여 명의 회원이 참석한 가운데 미국 쎄인트루이스에서 연례회의를 열고 보고서를 채택했는데, 이에 의하면 지구상 30만 종의 식물 중 이미 5만 종이 멸종위기에 놓여 있고 앞으로 25년 동안만 현재와 같은 추세로 자연환경의 파괴가 계속된다면 21세기 말에는 20만 종이 사라질 것이라 한다. IBC는 이어서 "식물이 멸종되면 필연적으로 동물의 멸종이 뒤따르게 될 것이며, 동물도 향후 100년간 3분의 2가량이 멸종할 것"이라고 밝혔다는 것이다(『동아일보』 1999. 8. 11). 이러한 경고를 발한 식물학자들의 관점이 신문기사에 암시되어 있듯이 단지 열대우림의 파괴를 중단할 것을 촉구하는 수준의 것인지, 아니면 김종철 교수가 생각하듯 현대 산업문명의 근본적인 방향전환을 요구하는 것인지 하는 것은 분명하지 않다. 그러나 적어도 김 교수의 감성에 의한다면 식물학자들의 경고는 나와 내 자식에게, 즉 우리 인간에게 미래가 암담한 것일 수밖에 없다는 또 하나의 증언이다.

어떻든 『간디의 물레』 어느 곳을 펼치더라도 우리는 오늘의 지구문명이 총체적이고 전면적인 위기에 봉착해 있다는 일종의 근본주의적 진단을 읽을 수 있다. 이 위기는 김 교수가 보기에 종래의 관습적인 대응이나 기술주의적 처방으로는 결코 극복될 수 없다. "자본주의 경제가 인간생활의 진정한 필요가 아니라 이윤추구를 근본동기로 하는만큼 그것이 인간과 자연에 대한 착취적·폭력적 관계를 한없이 강화한다는 것"(35면)은 분명하지만, 그러나 자본주의의 대안적 체제라고 자칭하는 사회주의가 이에 대한 해결책인 것은 아니다. 간단히 말해서 사회주의는 산업화의 과실을 공평하게 분배하자는 것이었지, 산업사회와 전혀 다른 삶의 방식을 모색한 것이 아니었다. 도리어 소련이나 동구의 사회주의는 물질적 발전이 서구보다 뒤떨어진 조건에서 생산력의 증대와 과학기술의 발달을 정치적 강제에 의해 추구했기 때문에 생태학적 재난이 더욱 비참한 것으로 나타났다는 것이다.

오늘의 지배적 문명, 즉 산업기술문명을 김 교수는 스웨덴의 노벨상 수상자 알프펜(Alfvén)의 명명에 따라 '거대한 집단자살 체제'(7면)라고 부르고 있다. 집단자살이란 낱말이 충격적이기는 하지만, 지구가 유한한 체계임을 인정하는 한 이것은 현대 산업문명의 본질을 정확하게 찍어낸 표현인지도 모른다. 만약 그렇다면 우리는 한편으로는 「'국제화'의 재앙」이라는 글에서 질문자가 물었듯이, "자본주의건 사회주의건 인류역사가 '바람직하지 않은 방향으로' 여기까지 왔다면, 그러면 이게 어디서부터 이렇게 어긋나기 시작했을까요?"(102면)라고 물어가면서, 다른 한편 이 절체절명의 위기에서 벗어나는 '활로'(83면)가 있는지, 있다면 무엇인지 찾아보지 않을 수 없다.

오늘의 이 지구적 위기의 뿌리는 무엇인가? 이 책의 여러 곳에서 김 교수는 최근 2,3백 년에 걸친 서구 산업기술문명 내지 산업적 생활방식의 확산을 지목하고 있다. 그러나 생각해보면 산업주의 문화 자체도 평지돌출이 아니라 일정한 역사적 전개과정의 결과물이다. 그래서 김 교수 자신도 고대 이집트의 피라미드 건설에 관한 루이스 멈포드의 설명을 상기하면서 "인간사회에 불평등한 계급구성이 시작되고, 사람이 타자를 자신의 권력에 봉사하는 수단으로 간주하기 시작한 때로부터 오늘의 위기는 시작되었다고 할 수 있다"(76면)고 말하고 있다. 이렇게 따지고들다보면 인류문명의 발생 자체를 문제삼아야 할지도 모른다. 비록 거기까지는 가지 않더라도 "글을 읽고 쓰는 생활에는 본원적으로 인간이 자연과 공동체와 자기 자신으로부터 멀어지게 되는 일종의 소외작용이 불가피하게 개입한다는 사실"(252면)에 대한 언급을 읽으면, 김 교수가 인류사의 지배적 문명 내지 인간사회의 주류문화에 대해 깊은 반감을 지니고 있음을 알 수 있다.

3

지구에 살고 있는 생명체들의 삶의 자연적 기반이 붕괴된 것이 최근 수백년간의 급격한 산업화 때문인지 또는 문자의 발명과 같은 문화생활의 영위가 이미 생태적 파손을 필연적으로 예감케 하는 것인지, 그리고 그 배후에 있는 세계관적 토대가 데카르트 같은 사람의 기계론적·이분법적 우주관인지 또는 그보다 훨씬 더 거슬러 올라가서 희랍과 중국 고대의 합리주의 철학부터인지 그것은 가늠하기 어렵다. 어쩌면 여기에는 어떤 정답도 있을 수 없을지 모른다. 따라서 우리는 인류역사가 어디서부터 어긋나기 시작했느냐는 물음에 "아직 제 실력으로는 도저히 해명할 수 없고 (…) 종래에는 산업혁명 이후에 이런 문제가 생겼다고 흔히들 얘기해왔지만 곰곰이 생각해보면 (…) 더 근원적인 것이 있지 않은가 합니다"(102면)라는 김종철 교수의 대답이 아주 솔직한 것이라고 인정할 수 있다. 그러나 이것은 단지 생각의 차원에만 관련된 문제, 즉 그냥 넘어가도 좋은 문제가 아닐 것이다. 왜냐하면 인류역사의 발전에 있어서 산업화로 가는 방향이 불가피한 선택이었던가 아닌가 하는 문제는 오늘의 위기를 진단하고 해결을 모색하는 일에 직결되어 있기 때문이다. 그것은 예를 들면 기술적·산업적·사회적 발전이 자전거의 발명과 보급까지만 허용하는 수준에서 멈출 수 있는가 아니면 거기서 더 나아가 자동차의 발명과 대중화로 진전될 수밖에 없는가 하는 문제와 마찬가지다. 나 자신으로 말하면 이 문제에 대해서도 판단이 잘 서지 않는다. 한 가지 상기할 만한 사실은 자동차의 대중화가 뒤늦게 시작된 우리나라가 유럽이나 일본에 비해 자전거의 보급률도 훨씬 낮다는 점이다. 중국보다도 낮고 멕시코나 인도네시아와 비슷하다고 한다. 다시 말하면 천민적 자본주의 사회일수록 산업화의 재난에 더 노골적으로 노출되어 있다고 할 것이다.

인류공멸의 위기를 벗어나기 위한 활로를 찾는 일에서도 김 교수의 방안은 철저하고 근본적이다. 그가 보기에 "산업문화의 공식적 기구와 제도를 통해서 생태적 위기를 극복한다는 것은 원리상으로 불가능한 일"이며 "이 산업주의 문명에 기본골격을 그대로 두고, 여기에 부분적인 수선을 가하여 위기를 넘길 수 있다고 생각하는 것이야말로 어떻게 보면 진짜 위기"(83면)이다. 유일한 활로는 "거룩한 것에 대한 감각이 살아 있고, 오랜 세월 축적된 삶의 기술과 지혜가 보존되고, 무엇보다 사람이 겸허한 마음을 갖게 하는 분위기가"(34면) 있었던 산업화 이전의 토착문화의 원리를 부활하는 것이고, "땅에 뿌리박은 상부상조와 자립성을 토대로 하는 삶의 패턴을"(210면) 근원적으로 회복하는 것이다. 그리고 그것은 다름아니라 "절제된 가난의 삶"(135면)을 자발적으로 선택하는 것이다. 인간이 아무리 재간이 뛰어나고 과학기술의 능력이 아무리 향상된다 하더라도 지구라는 유한체계 속에서 살아갈 수밖에 없는 한, "내핍과 절약과 가난은 일시적인 것이 아니라 인간다운 삶에 있어서는 항구적인 생활방식일 수밖에 없다."(134면) 생명의 문화라고 부를 수 있는 이러한 문화를 재건하자면 "우리 각자의 인간적인 자기쇄신"(19면), 즉 일종의 개종(改宗)에 맞먹을 만한 "의식의 대전환"(37면)이 있어야 한다고 김 교수는 주장한다.

개인 차원에서나 인류사회 전체로나 이러한 근본적 전환이 과연 가능할 것인가. 멀리 갈 것 없이 우선 나 자신이 나의 일상생활을 얼마나 바꿀 수 있는가? 가령 개인자동차를 버릴 수 있을지는 모른다. 그러나 문제는 자동차 하나에만 있는 것이 아니다. 김 교수의 글에서 자동차가 "부분적인 합리성과 전체적인 비이성의 결합을 보여주는 전형적인 기술"(137면)로서 집중적으로 거론되고 있지만, 자동차는 서로 긴밀하게 연결된 산업체제와 생활구조의 유기적인 일부분이다. 예컨대 우리의 주거문화에 대해 생각해보자. 며칠전 정부가 발표한 통계에 의하면 아파트가 생겨난 지 40여년 만에 드디어 단독주택보다 더 많아졌다고 한다. 그러나 단독주택이라는 것도 옛날과 달리 전기·상하수도·가스·전화선·인터넷 등을 통해 철저히 외부공급에 의존하는 구조이지 결코 자생적 공간이 아니다. 이제 자동차도 어느정도 그렇게 되어버렸지만, 주택은 더욱이나 선택의 여지가 없어졌다. 요컨대 우리는 우리의 일상생활을 구성하는 모든 부분들에서 대량소비와 환경파괴가 구조화된 거대체제에 갇혀 있는 것이다. 얘기가 되풀이되지만, 나는 김종철 교수의 현실진단과 대안구상이 얼마나 정확하고 적절한지 판별할 능력이 없다. 내심 깊은 공감을 느끼는 경우에도, 단지 공감에 그칠 것이 아니라 생활 속에서 실제로 실천해야 한다고 생각하면, 공감의 무책임성에 힘이 빠진다. 그러나 한 가지 분명하게 아는 것이 있는데, 그것은 김 교수가 『녹색평론』을 엮어내는 일을 하지 않았더라면 "미치거나 깊이 병들었지 모른다"(7면)고 고백한 말의 진실성이다. 다시 말해, 그가 말하는 내용이 진리인지 비진리인지 하는 것과 관계없이 그가 혼신의 힘을 다해 자신의 최대의 진심을 말하고 있다는 것을 나는 의심없이 믿는다. 그런 점에서 『간디의 물레』가 우리에게 발휘하는 호소력의 근원은 과학적인 것이라기보다(과학은 거짓이 없고 실패가 없다는 생각은 근거 없는 미신이라고 그는 말한다—16면) 말하자면 문학적인 것이라고 할 수 있을 것이다.

4

『간디의 물레』가 다양한 화제에 대해 언급하면서도 일관된 메씨지를 전하고 있다면, 김 교수의 또다른 책 『시적 인간과 생태적 인간』은 문학평론가이자 영문학 교수인 저자의 면모를 좀더 분명하게 보여주고 있다. 책의 제1부는 세 편의 강연과 한 편의 대담으로 이루어져 있다. 대담도 대등한 토론이 아니라 짤막한 질문과 긴 답변으로 되어 있어, 강연의 성격이 짙다. 이 대담은 가장 최근의 것일뿐더러 여러 가지 주제에 관해 마음 편하게 의견을 털어놓고 있어, 김 교수의 요즘 생각을 알기에 적합하다. 제2부는 네 사람의 시인에 관한 본격적인 문학평론이다. 제3부는, 앞의 대담에서 김 교수가 "예전에 좀더 젊었을 적에 나는 미국 흑인에 대해 관심이 꽤 있었어요. 미국 흑인의 문명은 제3세계의 억압받는 모든 민중의 전형이라고 생각했거든요. 그래서 제국주의적 착취, 불평등한 사회적 관계, 자본과 노동의 갈등 같은 문제가 늘 시야의 중심에 들어와 있었어요"(139면)라고 말하고 있는데, 바로 그런 입장에서 씌어진 문학론과 문화이론이다.

제1부의 강연에서 대체로 우리는 『간디의 물레』에서 읽은 견해와 관점이 되풀이 개진되고 있음을 들을 수 있다. 좀 색다르다면 생태적 감수성을 시적 감수성, 시의 마음에 연관시키는 부분이다. 그러나 여기서도 김 교수의 개념이 고정적인 것은 아니다. 가령, "지금 중요한 것은 문학형식으로서의 시가 아니라 누구나 갖고 있는 시적 마음"(60면), "시적 사고라는 것은 본질적으로 모든 생명을 하나로 보는 사고방식"(61면)이라고 할 때의 시는 특정한 문학장르를 지칭한다기보다 생명의 활동성에 대한 포괄적인 비유라고 할 수 있다. 반면에, 모든 분야에서 상업주의가 압도하고 소설이 사멸의 길로 접어든 현실에서 "시에 대한 욕구는 더욱 강렬해질지도 모른다"(119면)고 할 때의 시는 분명히 특정장르에 한정된 개념이라고 할 것이다.

영화나 텔레비전 같은 영상문화가 판을 치고 각종 대중문화가 우리의 일상생활을 지배하게 된 오늘 시와 소설의 운명이 어떤 모습으로 전개될지, 또 문학의 앞날이 어떠할지 우리 문학 전공자들로서는 심각한 관심거리이다. 많은 사람들이 지적하고 있듯이 소설장르가 19세기 서구에서 맡았던 것과 같은 역할을 잃어버리고 있다는 것은 분명해 보인다. 인간의 삶에서 오랫동안 문자가 차지해왔던 독점적 지위에도 근본적인 동요가 일어나고 있는지 모른다. 문자의 발명, 문자생활의 시작을 인간사회에서의 착취와 지배관계의 발생과 연관짓는 김종철 교수의 입장에서 볼 때 문자문화의 쇠퇴현상이 반드시 아쉬운 것만은 아닐 수도 있을 것이다. 그러나 경제의 논리와 기술공학의 원리가 삶의 모든 분야를 지배하게 된 상황에서 시가 과연 이러한 상황에 맞설 만한 대항체로서의 구실을 제대로 할 수 있을지 나로서는 의문이다.

이 책의 제3부에 실린 글 중 가령 「이야기꾼의 소멸」 같은 것은 1977년에 발표된 것으로 되어 있다. 가장 긴 논문인 「역사, 일상생활, 욕망」에는 1984년이라는 연도가 붙어 있다. 아주 오래전에 씌어진 글들인데, 미학적 인식과 문학적 표현의 여러 문제점들을 사회적·역사적 실천에 결부시켜 논술한 뒤의 논문은 나에게 특별한 감회를 자아내게 한다. 김 교수도 유물론적 문학관에 깊이 침윤된 적이 있었음을 뒤늦게 발견했기 때문이다. 그러나 그는 체질적으로 공식주의·교조주의에 대해 저항적이다. 그는 말한다: "문학과 예술의 일차적인 요건은 사람의 마음을 움직이는 힘을 가져야 한다는 것이겠지만, 이와 같은 힘은 메마른 추상적 진술로써 절대로 생겨나지 않는다. 그러므로 문학에서 비근한 일상적 체험이 중시되고 사람의 정서적 경험이 주목받게 되는 것은 당연하다."(255면) 그러나 이 당연한 상식이 우리 사회에서 충분히 존중받는 것은 아니다. 상식의 눈으로만 작품을 읽어서는 도대체 문학비평가가 될 수도 없겠지만, 그러나 상식을 벗어난 이상감각이 예술성의 보증으로 통용되는 풍토는 더욱더 문제이다. 어떻든 김종철 교수의 생태학적 세계관은 한편으로는 시인의 마음이라고 할 만한 여리고 민감한 감수성의 자연스러운 발전으로서, 그러나 다른 한편 맑스주의라든가 유물론과 같은 일종의 사회과학적 사유와의 교류와 길항의 결과로서 성립된 것으로 보인다.

제2부에 실린 네 편의 시인론과 제3부의 「산업화와 문학」은 추상적인 이론전개가 아니라 실제의 작품분석을 통해 이론을 구체화하고 있다. 내 생각에는 이 글들에서야말로 다른 사람이 쉽게 대신할 수 없는 김 교수의

뛰어난 능력이 발휘되는 것 같다. 원래 추상적 이론이란 자칫 논리적 자기충족의 유혹에 빠져 공허해지기 쉽다. 구체적 대상과의 실천적 접촉을 통해서만 이론은 살아있는 무엇인가로 될 수 있다. 더욱이 문학평론에 있어서 작품분석은 추상적인 이론체계가 텍스트라는 대상에 적용 가능성을 시험해보는 과정이 아니라 이론이 자기존재를 획득해가는 본연의 자리이다. 무용가의 몸에서 무용을 따로 떼어낼 수 없듯이 작품을 읽고 느끼고 감상하는 일에서 문학이론을 분리하는 것은 아마 불가능할 것이다. 개인의 진실한 느낌과 정서적 경험을 중시하는 김 교수가 작품을 앞에 놓고 뭔가 얘기하는 글, 즉 본연의 문학평론을 그렇게 많이 쓰지 않았다는 것은 어떻게 보면 본인의 의사에 반하는 이상한 일이고 또 아주 유감스러운 일이다.

맛있는 음식이 빨리 없어지는 것이 그렇듯이 재미있는 글이 빨리 읽어지는 것은 아쉬운 일이다. 이용악·신동엽·이선관에 관한 글을 읽으면서 나는 그런 아쉬움을 느낀다. 전에 발표될 때 읽은 것을 다시 읽는데도 그렇다. 특히 「시의 구원, 삶의 아름다움」이라는 제목으로 씌어진 무명의 동향선배 이선관에 관한 글은 구원이라는 낱말, 아름다움이라는 낱말로써 우리가 상상할 수 있는 최대치를 비평적 문장 안에서 구현하고 있다. 이제 이선관 시인의 고달픈 삶과 소탈한 문학은 김종철 버전 속에서 불멸의 존재로 역사화되었다. 그러나 역사화에도 불구하고 그것은 위압적인 모습으로 우리를 굽어보는 것이 아니라 지치고 낙담에 빠졌을 때 위로받기 위해 달려가고 싶은 고향의 품처럼 거기 그대로 있다. 그리하여 우리는 구원이 '자주적인 사고에 투철한'(210면) 사람들끼리의 만남에서 오고, 아름다움이란 '사람살이의 본래적인 존재방식'(220면)이 자신에게 합당한 언어를 찾을 때 이루어짐을 깨닫는다.

『당대비평』 1999년 가을호

과거사 한두 장면

■

천상병이 살았던 시대

2006년 1월 26일 '국정원 과거사건 진실규명을 통한 발전위원회'(약칭 진실위)는 '동백림사건 조사결과 발표회'를 열고, 재독음악가 고 윤이상 선생, 재불화가 고 이응로 선생을 비롯한 각계의 많은 인사들이 연루됐던 이 유명한 사건이 실은 당시 박정희 정권의 정치적 목적에 의해 터무니없이 과대포장된 것이라고 발표했다. '동백림사건'이란 대체 어떤 사건인가. 중년 이상의 나이든 세대들에게는 낡은 사진첩의 빛바랜 사진처럼 희미해져 있을 것이고 젊은 세대들에게는 '동백림'이란 지명부터가 구시대의 유물처럼 생소하게 들리겠지만, 한때 이 사건은 온 나라를 경악시킨 대규모의 소위 '간첩단 사건'이었다.

돌이켜보면 1967년 7월 8일 김형욱 당시 중앙정보부 부장은 유럽에 거주하는 많은 지식인, 예술가, 유학생들이 1959년 9월부터 동베를린 소재 북한대사관을 왕래하면서 간첩활동을 했고 그중 일부는 북한에 들어가 노동당에 입당한 뒤 귀국하여 이적활동을 했다고 발표했다. 이것이 소위 '동백림사건'인데, 이 사건과 관련하여 국제적으로 큰 말썽이 일어난 것은 윤이상·이응로 등 많은 관련자들을 정보부에서 온갖 기만적 술책을 동원해서 불법적으로 잡아온 일이었다. 독일과 프랑스는 자기 나라 영토 안에서 벌어진 외국 정보기관의 이와 같은 주권침해 행위에 대해 강력히 항의했고, 이로 말미암아 한국정부는 외교적으로 난처한 입장에 빠지게 되었다. 이런저런 이유 때문에 당시의 한국 정보부는 그와 유사한 간첩혐의 사건들에 비해 관련자들을 상대적으로 덜 혹독하게 다룰 수밖에 없었고, 재판부에 대한 정부권력의 압력도 자연히 미온적이었을 것이다. 그리하여 194명의 관련자 가운데 1심에서 6명에게 사형, 4명에게 무기징역을 구형할 만큼 한껏 법석을 떤 무시무시한 간첩사건이었음에도 최종심에서 간첩죄가 인정된 피고인은 아무도 없었고, 그나마 1970년 12월에는 두 명의 사형수까지 마지막으로 풀려나면서 사건 관련자는 아무도 감옥에 남아 있지 않게 되었다. 그러니까 1970년 12월의 시점에서 이미 '동백림사건'의 허구성은 사실상 만천하에 입증된 셈이었다. 그렇게 본다면 이번 진실위의 발표는 35년 전에 밝혀진, 누구나 아는 사실을 국가기구의 이름으로 뒤늦게 공인한 데 지나지 않는다고 볼 수 있다.

그러나 나 개인으로서는 이번 진실위의 발표를 접하자 오랫동안 잊고 지냈던 과거사 몇 장면이 슬그머니 기억의 수면 위로 떠오르는 것을 막을 수 없다. 시간을 거슬러 오르면 거금 43년 전인 1963년이 되는데, 그해 가을 내가 다니던 대학의 독문학과에는 젊고 발랄한 독일인 여성이 회화담당 강사로 교실에 나타났다. 이름은 하이디 강이었다. 그녀는 불과 서너 시간의 수업을 통해, 그리고 전공강의도 아닌 단순한 회화연습을 통해 날카로운 지성과 인간적 매력으로 학생들을 사로잡았다. 4학년 2학기 수업은 안 나가도 그만인 관습을 깨고 나는 그 시간에 열심히 출석했고, 그 결과 하이디 선생의 눈에 띄는 학생이 되었다. 차츰 알게 된 사실이지만, 그녀의 남편은 당시 서울대 상대의 젊은 교수였던 강빈구(姜濱口)였다. 프랑스 디종대학에서 법학박사 학위를 받은 강빈구와 독일 뮌헨대에서 영문학을 공부하던 하이디가 어떻게 만나 결혼에 성공했는지 알 수는 없으되, 어떻든 그녀는 남편이 서울대에 교수로 취직이 되자 전쟁이 끝난 지 10년밖에 안된 아시아의 낯설고 가난한 나라로 따라온 것이었다.

　이듬해 나는 졸업을 하고 졸업식이 끝나기도 전에 신구문화사라는 출판사에 취직을 했다. 하지만 하이디 선생의 독일어 수업은 계속 들을 수 있었다. 그녀가 대학에 나가는지 어쩐지 알 수는 없었지만, 그것과 별도로 그녀는 한동안 시청 뒤 독일문화원의 조그만 강의실을 빌려서 수업을 하기도 했고, 또 그뒤에는 아현동 종근당제약 건물의 자기 집 거실에서 독일어로 이야기를 주고받는 모임을 계속하기도 했다. 그러고보면 강빈구 선생이 종근당제약 사장의 아들이거나 동생쯤 될지도 모르겠다는 생각이 이제야 들기도 하는데, 어떻든 이 집에서 나는 퇴근하는 강빈구 선생과 몇번 마주친 적이 있다. 그는 자신의 외국인 아내를 둘러싸고 앉아 서툴게 독일어를 지껄이는 우리들에게 아주 친절하게 인사를 했다. 부부간에도 아마 영어나 프랑스어로 의사소통을 해야 하는 그로서는 그런 방식으로라도 아내의 모국어 갈증을 풀어주는 우리들이 고마웠을지 몰랐다. 이 무렵 두어해 동안 어쩌면 나는 하이디 선생의 가장 충실한 제자였을 것이다. 언젠가 그녀는 여러 사람 앞에서 나에게 칭찬을 하더니 상을 주기도 했다. 상품은 1941년부터 45년까지, 그러니까 2차대전 기간중 나치하 독일에서 전개된 저항운동을 담은 음성자료집인데,「제3제국에서의 저항」이라는 표제가 붙은 그 LP판 두 장은 지금도 내 서재에 꽂혀 있다.

　그런데 어느날인가 갑자기 분위기가 살벌해지더니, 우리는 더이상 강빈구 선생 댁을 드나들 수 없는 것은 물론이고 하이디 선생도 만날 수 없게 되었다. 그러다가 얼마 뒤 강빈구 선생은 중앙정보부가 발표한 소위 '동백림을 거점으로 한 북괴 대남공작단'의 주요인물로 이름이 신문지상에 나타났다. 우리는 기겁을 하게 놀랐고, 특히 하이디 선생의 권유와 주선으로 독일유학을 꿈꾸던 나는 유학은커녕 일말의 불안감조차 느껴야 했다. 1990년대 이후 군사독재가 종식되고 민주화가 진전되면서 간첩이라는 낱말이 가지는 압도적인 파괴력도 이제는 어느정도 약효가 줄어들었지만, 당시만 해도 당국이 누구를 간첩이라고 지목하면 그가 실제로 어떤 사람이고 무슨 일을 했는지 여부를 떠나 당사자와 그의 가족은 정상적인 삶을 살 수 없게 되는 것이 이 한국사회였다. 오랜 세월이 지난 뒤에 간접적으로 알게 된 사실이지만, 강빈구 선생은 1심에서 무기, 최종심에서 10년형을 언도받았으나 오래지 않아 풀려났고, 이 고초를 겪은 끝에 결국 대학교수로서의 인생을 포기했으며, 하이디 선생은 남편 때문에 혹독한 조사를 받은 뒤 정보부의 압력으로 추방되다시피 독일로 갔다가 9년 만에 다시 돌아와 최근까지 외국어대에 교수로 재직하면서 한국작품의 독일어 번역에 많은 업적을 남겼다.

강빈구의 이름과 뗄 수 없이 연결되는 문인이 바로 천상병(千祥炳) 시인이다. 알다시피 천상병은 일찍이 고교생 신분이었을 때 스승인 김춘수의 눈에 띄어 시인으로 추천을 받았지만, 1950년대부터 1960년대 중반까지 그는 시보다 오히려 평론분야에서 더 왕성하게 활동을 했다. 내가 처음 천상병 선생을 만났을 때 그는 시인이라기보다 평론가로 자신을 내세우는 듯한 언동을 취했다. 대학졸업 직전에 신구문화사라는 출판사에 취직을 했다고 앞에서 언급했는데, 내가 취직하고 나서 1년쯤 뒤에 이 출판사가 기획한 책은 『현대한국문학전집』이라는 것이었다. 오영수·장용학·손창섭부터 최인훈·김승옥까지 해방후 등장한 작가들의 대표작을 모으고 여기에 작가론과 작품론을 곁들여 18권짜리 전집을 만드는 것이었다. 전체적인 틀을 짜고 문인들에게 섭외를 한 것은 시인 신동문 선생이었고, 나는 작가들이 가져온 원고를 읽어 대표작을 선별하고 작가론과 작품론을 평론가에게 청탁하는 업무를 맡았다. 이런 연유로 나는 1960년대 중엽 제법 이름이 알려진 평론가들의 적잖은 글을 원고상태에서 접하게 되었는데, 불행히도 이 경험은 나로 하여금 선배평론가 다수를 불신하게 만들었다. 천상병은 그 비평적 감식안과 문장력에 신뢰가 가는 많지 않은 평론문장의 집필자들 중의 하나였다.

『현대한국문학전집』은 1965년 11월에 여섯 권이 간행되고 이듬해 다시 여섯 권, 그리고 1967년 초에 마지막 여섯 권이 간행됨으로써 완간되었다. 그러는 동안 나는 이름으로만 알고 있던 많은 작가, 시인들과 인사를 나누고 그중 몇분과는 꽤 친해지게 되었다. 김수영·신동엽·천상병·박봉우·남정현 같은 분들이 아마 그럴 것이다. 그런데 이 전집이 완간되고 나서 얼마 안되고부터 천상병 시인이 도무지 나타나지 않는 것이었다. 그가 동백림사건에 연루되어 가혹한 고문과 조사를 받고 있을 줄은 나는 꿈에도 짐작하지 못하고 있었다. 그런데 알고보니 그는 강빈구 선생과 서울상대 동기동창이었던 것이다. 강선생은 친구에게 자신이 유학중 동베를린에 다녀온 사실을 모험담처럼 자랑삼아 털어놓았고, 천선생은 그 유복한 친구에게서 평소의 버릇대로 가끔 장난삼아 몇푼 술값을 뜯어내었었다. 그것뿐이었다. 그런데 1960년대의 대한민국은 이렇게 짓궂지만 평범하게 우정을 나누던 친구들 중 한 사람에게는 무서운 간첩혐의를 씌워 끝내 학자의 길을 포기하게 만들었고, 다른 한 사람에게는 간첩인 사실을 알고 이를 이용하여 금품을 갈취한 파렴치한의 치욕을 안겼다.

천상병 선생의 연보를 보면 그는 1970년경에 마침내 고문의 상처와 후유증으로부터 천천히 벗어나 다시 글쓰기에 착수했음을 알 수 있다. 그러나 이제 그는 수필가도 평론가도 아닌 오직 시인으로서, 온 몸과 마음을 시에 몰입한다. 몇편의 시에 그가 고문의 고통을 적어놓기도 했지만, 그런 시들에서조차도 작품 안에 들어 있는 것은 개인적 경험의 기록 자체가 아니라 고통과 치욕의 극한상황을 비굴하지 않게 통과한 자의 정신의 위엄이다. 동백림사건이라는 희대의 사건이 (아니, 아니다. 지난날 동백림사건보다 더 억울하고 터무니없는 죄목으로 죽고 고통받고 인생이 박살나버린 사건들을 기억한다면 그것은 희대의 사건이 아니다) 역설적으로 무슨 뜻이 있다면, 그것은 그 어두운 시대의 숨막히는 야만과 질곡을 이응로·윤이상·천상병같이 남다르게 섬세한 예술가들로 하여금 직접 체험케 함으로써 그들의 그림과 음악과 시에 무서운 깊이와 새로운 통렬성을 부여한 것일 터이다.

오늘날 동백림사건은 과거가 되었다. 그러나 사건이 발생한 지 거의 40년이 된 시점에 이르러서야 국가폭력에 의한 인권유린 사실이 공식적으로 인정되고 있다는 것은 부끄러운 일이다. 그렇게 본다면 이 사건은 여전히 현재에 속해 있다. 제대로 된 국가라면 자신이 국민에게 저지른 범죄와 폭력의 진상을 낱낱이 밝히고 마땅히 사죄해야 하며, 가능하다면 최선의 보상과 배상을 해야 한다. 동백림사건은 관련자들이 대부분 유력한 지식인인 데다가 다른 나라와의 외교적 마찰 때문에 그나마 온건하게 처리되었다고 할 수 있다. 그런 점에서 이 사건은 정부수립 이후 60년 가까운 동안 알게모르게 일어난 수많은 의혹들에 비할 때 그야말로 빙산의 일각이다. 아직도 밝혀지지 않은 의문사와 집단학살은 얼마나 많은가. 구천을 떠도는 원혼들의 호소에 귀기울이는 마음이 글쓰는 자의 마음임을 잊지 말아야 한다.

『문학들』2006년 봄호

40년 만에 공개된 김수영의 '불온시'

    1968년 초봄 『조선일보』 지상에서 그 신문의 논설위원이자 문학평론가인 이어령(李御寧)과 시인 김수영(金洙暎)이 주고받은 논쟁은 우리 문단사에 전설적인 사건의 하나로 기록되어 있다. 이 논쟁이 있고 나서 불과 서너 달 만에 김수영 시인이 불의의 사고로 세상을 떠났기 때문에, 그리고 그무렵 「사랑의 변주곡」 「의자가 많아서 걸린다」 「풀」 같은 시와 「시여, 침을 뱉어라」 같은 산문에 보이듯 김수영의 문학적 사유와 시적 생산성이 절정에 이르러 있었기 때문에 논쟁은 한층 강한 인상을 남겼다.

    그런데 김수영은 논쟁의 발단이 된 평론 「지식인의 사회참여」에서, 자신이 최근에 써놓기만 하고 발표하지 못하는 작품이 있음을 언급하고 있다. 이와 더불어 그는 신문사의 신춘문예 응모작들 속에 끼여 있던 '불온한' 내용의 시들도 생각난다고 말하고 있다. 이어서 그는 이렇게 글을 마무리하고 있다. "나의 상식으로는 내 작품이나 '불온한' 그 응모작품이 아무 거리낌 없이 발표될 수 있는 사회가 되어야만 현대사회라고 할 수 있을 것 같고, 그런 영광된 사회가 반드시 머지않아 올 거라고 굳게 믿고 있다. 그러나 나를 괴롭히는 것은 신문사의 응모에도 응해오지 않는 보이지 않는 '불온한' 작품들이다. 이런 작품이 나의 '상상적 강박관념'에서 볼 때는 땅을 덮고 하늘을 덮을 만큼 많다. 그리고 그 안에 대문호와 대시인의 씨앗이 숨어 있다."

여기서 김수영이 말하려는 것이 무엇인지 알아채는 것은 어려운 일이 아니다. 그는 자신의 시대를 억압적인 시대로 인식하고 있으며, 그 억압이 창조의 가능성을 근원적으로 봉쇄하고 있다고 지적한다. 그러나 그가 예감하기에 언론자유가 제한 없이 보장된 사회는 반드시 도래할 것이다. 그런 사회를 김수영은 '현대사회' 또는 '영광된 사회'라고 부르고 있다. 자유를 생명처럼 중시하는 시인이 자유가 보장된 사회에 '영광된'이라는 최상급 수식어를 바치는 것은 기꺼이 공감할 수 있지만, 거기에 '현대사회'라는 시대구분법을 적용하는 데는 동조하기 어렵다. 왜냐하면 김수영 사후 40여년의 역사가 입증하듯이 김수영이 명명한 '현대' 안에는 우리가 아직 도달하지 못한 목표치뿐만 아니라 극복하고 넘어서야 할 모순과 문제점도 또한 들어 있기 때문이다.

논쟁의 진행을 조금 더 따라가보자. "모든 전위문학은 불온하다. 그리고 모든 살아있는 문화는 본질적으로 불온한 것이다. 그것은 두말할 것도 없이 문화의 본질이 꿈을 추구하는 것이고 불가능을 추구하는 것이기 때문이다." 이 문장이 포함된 김수영의 글 「실험적인 문학과 정치적 자유」가 발표되자, 이어령은 반론에서 문학과 정치의 원천적인 분리가 자기 논지의 전제라고 말하면서 문학작품을 문학작품으로서만 읽으려 하지 않는 이데올로기적 독법이 도리어 문학에 대한 직접적인 위협이라고 주장하였다. 그러면서 그는 김수영이 말한 '설합 속의 불온시'의 실체를 밝힐 것을 요구하였다. 이에 대해 김수영은 자기 작품이 당시의 상황에서 "불온하다는 오해를 받을 우려가 있기 때문에" 설합 속에 넣어두고 있을 뿐이며, 자신은 그 작품을 결코 불온하다고 생각지 않는다고 대답하였다. 그러니까 자신의 소망은 '불온하다고 보여질 우려'가 있는 작품이 불온의 오해와 우려를 불식하고 '불온하지 않게' 통할 수 있는 정치·문화적 풍토를 만드는 것이라고 김수영은 주장했던 것이다.

김수영 시인 40주기를 맞아 『창작과비평』 금년(2008년) 여름호는 평론가 김명인 교수의 수고로 김수영의 묻혀 있던 시와 일기 여러 편을 발표했는데, 그 가운데는 오랫동안 '설합 속의 불온시'로 회자되던 문제의 작품이 들어 있어 언론의 주목을 받았다. 제목은 바로 「'金日成萬歲'」. 과연 이 작품은 제목만으로도 김명인이 다른 문맥에서 말한 "냉전적 반공이데올로기의 임계선"을 건드린다고 할 만하다. 그 점은 김수영이 세상을 떠날 무렵이나 그보다 20여년 전 그가 시인으로 데뷔할 무렵 또는 세상을 떠나고서 40년이 지난 오늘이나 본질적으로는 대동소이하다고 말할 수 있다. 그러나 현상적으로 세상이 달라지지 않은 것도 아니다. 적어도 오늘 그 작품을 활자화한 일 때문에 누가 정보기관에 불려가거나 사법적 제재의 대상으로 검토된다는 말은 들리지 않기 때문이다.

김수영의 시세계를 훑어보면 문학적 완성도를 떠나서 두 편의 작품이 단연 눈에 뜨인다. 아마 그는 그 두 편의 시에서 평생 자신의 내면을 강압해온 금기의 경계선을 드디어 넘어보려고 시도했던 것 같다. 그것은 오랫동안 시인의 내부에서 작동해오던 자기검열의 메커니즘을 깨부수기 위해 마침내 도전을 결단한 것이었다. 그것은 자아의 확장과 사회적 해방이 한 몸으로 일체화하는 실천, 그 자신의 용어로 '자유의 이행(履行)' 바로 그 것이었다. 그 하나가 「性」이고 다른 하나가 문제의 「'金日成萬歲'」인데, 강산이 네 번 바뀌는 세월이 지난 지금 읽어보더라도 그의 시정신은 여전히 시대의 첨단에―또는 시대의 극단에―서 있다.

주목할 사실은 1968년 1월 19일작인 「性」이 시인의 작고 직후 발표될 수 있었던 데에 비하여 1960년 10월 6일작인 「'金日成萬歲'」는 거의 반세기 동안이나 '설합 속에' 유폐될 수밖에 없었다는 점이다. 털어놓고 말하면 「性」이 『창작과비평』 1968년 가을호에 유고로 발표될 당시 나는 그 잡지의 편집실무에 관여하고 있어서 이 작품의 노골적인 성담론이 내심 겁나기도 했었다. 그런가 하면 미망인 김현경 여사를 통해서 위험한 제목을 가진 또다른 전위적인 작품이 존재함을 알고 있었다. 하지만 1968년 당시에나 그후 잡지의 편집에 좀더 재량권을 발휘할 수 있게 된 다음에나 그 작품을 활자화할 용기는 나에게 생기지 않았다. 그런 점에서 「'金日成萬歲'」의 발표지연은 분명히 나 자신에게도 책임의 일단이 없다고 할 수 없다. 이런 말을 하는 심정 속에는 억압의 시대에 대한 회한만이 아니라 고난의 시대를 용케 참고 견뎌냈다는 일말의 떳떳함도 있다.

그러나 40년 전에 세상을 떠난 시인의 일면을 여기서 뒤늦게 거론하는 것은, 아주 우회적인 방식으로나마, 그의 시 제목이 지닌 상징성과 폭발력이 지금 이 순간에 다시 살아나고 있음을 환기시키기 위해서이다. 이명박 정권의 등장에 의해 김수영 시대의 수사학이 새로운 활력을 얻는 것은 김수영도 우리도 원치 않는 역사의 퇴행이다. 세상 어느 곳에서나 퇴행을 막는 일은 그 사회 구성원 모두의 의무이지만, 특히 젊은 세대에게는 자랑스러운 임무이기도 하다.

『다산포럼』 2008. 7. 15.

생의 균열로서의 서구문학 체험

    지난 2월 중순경 고려대 황현산 교수가 보내온 한 권의 책이 오래 잊고 지냈던 젊은날의 한때를 상기시켜주었다. 봉투를 뜯자 미끄러져 나온 책의 띠지에서 맨 먼저 눈에 들어온 글자는 피가 말라붙은 듯 검붉게 인쇄된 Mallarmé였다. 그것은 다름아니라 황교수가 번역한 말라르메의 『시집』이었던 것이다. 나는 저도 모르게 나지막이 "말라르메!"라는 소리를 입밖에 내었다. 그것은 마치 금지가 이미 해제된 암호를 여전한 두려움 속에서 발설한 듯한, 또는 얼굴도 희미해진 옛여자의 이름을 늙어가는 아내 앞에서 내뱉은 듯한 그로테스크한 느낌을 불러일으켰다. 그러자 문득 괴테의 『젊은 베르테르의 슬픔』(이하 『베르테르』) 속에서 한 장면이 선명하게 떠오른다. 베르테르는 샤를로테를 마차에 태우고 시골길을 달려 초대받은 무도회에 참석한다. 춤이 거듭되고 그럴수록 베르테르의 감정은 점점 고조된다. 그는 샤를로테의 눈에서 물기가 반짝이는 것을 보았고, 그 순간 그녀는 그의 손등에 자신의 손을 얹고 "클로프슈토크!" 하고 속삭인다. 서간체소설의 화자 겸 주인공인 베르테르는 이 대목의 중요성에 걸맞게 그녀의 속삭임이 촉발한 감정의 소용돌이에 자신이 불가항력적으로 빨려드는 과정을 상세하게 서술한다. 그러나 잠시 후 갑자기 요란하게 뇌성벽력이 치고 비가 쏟아지면서 사람들은 불안에 사로잡혀 웅성웅성 바깥을 내다본다. 무도회의 화려한 분위기는 자연의 위력 앞에 싸늘하게 식고 마는 것이다.

유럽 최초의 베스트쎌러라고 일컬어지는 소설 『베르테르』(1774)에서 주인공 청춘남녀들은 왜 고양된 정서적 일치의 순간에 눈을 반짝이며 "클로프슈토크!"하고 중얼거렸던가. 아마 이를 제대로 설명하자면 대혁명 이전 시대 독일사회의 폐쇄성과 낙후성, 침체된 기존질서와 낡은 인습적 도덕에 대해 언급해야 할 것이다. 그러나 그것은 이 글의 목표에 맞지 않는 일이므로 접어두고, 다만 모든 악조건에도 불구하고 18세기 후반 클로프슈토크(1724~1803)와 레싱(1729~81) 같은 새로운 문인들에 의해 독일 시민문학의 여명이 착실하게 준비되고 있었던 사실만은 반드시 상기할 필요가 있다. 특히 클로프슈토크는 괴테를 비롯한 이른바 1770년 세대 즉 질풍노도 세대의 분출하는 감성과 자기해방의 정서를 한걸음 앞서 자유분방한 리듬에 담아 노래함으로써 이 세대 젊은이들의 문학적 우상이 되었다. 따라서 "클로프슈토크"라는 중얼거림 속에는 젊은 베르테르와 샤를로테를 사로잡은 앙양된 연애감정뿐만 아니라 당시 독일사회의 완고함과 경직성에 대한 열렬한 반항의 정신이 담겨 있다. 다시 말해 클로프슈토크의 이름은 베르테르 세대의 열망을 고취하고 영감을 자극하는 한 시대의 문화적 기호였던 것이다. 이 기호의 호출을 통해 두 사람은 친밀감의 공유를 위한 확인절차들을 생략하고 감성적 동지로서의 정체성을 상대방에게서 즉각적으로 전달받을 수 있었다.

그러나 정작 내가 숙고해야 할 문제는 기억의 두터운 지층 밑에 화석화되어 있던 소설 『베르테르』의 한 장면을 의식의 수면 위로 떠오르게 만든 나 자신의 씁쓸한 탄식, 그 탄식 속에 교차하는 복합적인 자기분열의 양상이다. 자기분열의 촉매는 다름아닌 저 잊혀진 이름 말라르메이다. 내가 말라르메에 대해 그런 대로 얼마쯤 공부를 해본 것은 아마 대학 3,4학년 무렵이었을 것이다. 1962년경 내가 다니던 독문학과에는 독일유학에서 갓 귀국한 이동승(李東昇) 교수가 출강하여 혈기에 넘친 강의로 우물안 개구리였던 학생들을 선풍적으로 사로잡았는데, 그는 많은 전후시인들의 새로운 작품을 강독했고 참신한 이론가들의 주장을 소개했다. 이런 경위로 이름을 알게 되어 구한 책이 예컨대 한스 제들마이르(Hans Sedlmayr)의 『중심의 상실』 『현대예술의 혁명』, 후고 프리드리히(Hugo Friedrich)의 『현대시의 구조』 같은 것들이었다. 마침 한구석에 『현대예술의 혁명』이 꽂혀 있어 꺼내보니, 뒤쪽 안표지에 1963년 4월 23일에 구입했다는 날짜에 곁들여 몇마디 감상적인 글귀가 적혀 있다. 후고 프리드리히의 책도 그 무렵에 샀을 것이다.

당시 서울에는 독일어책 전문서점이 딱 한 군데 있었다. 명동에서 충무로로 빠지는 골목의 어느 건물에 자리잡은 소피아서점이 그곳인데, 일부러 찾아오는 손님 이외의 뜨내기가 들르지 않는 한국 유일의 서점일 것이다. 대여섯 평쯤 될까 말까 한 넓이의 서점은 출입문을 제외한 사방 벽의 서가에 빼곡히 책들이 꽂혀 있어, 늘 어딘가 좀 침울하고 근엄한 분위기를 풍겼다. 그래도 문학·철학·법학 등 독일어와 연관성이 깊은 분야의 지식을 원산지 제품으로 접하고자 하는 학도들에게 이 서점은 말하자면 독일 조계(租界)와도 같은 역할을 했다. 대학시절엔 가정교사로, 졸업 후엔 출판사 직원으로 힘들게 벌어들인 나의 몇푼 안되는 돈이 소피아서점을 거쳐 독일 출판자본에까지 흘러갔을 것을 생각하면 쓴웃음이 나온다. 그나마 약간 위안이 된다면 그후 좀더 여유있는 형편이 되어 사들인 책들 중 읽지 않거나 읽다 만 것이 읽은 것보다 훨씬 많음에 비하여 이 무렵 구한 제들마이르와 후고 프리드리히의 책은 돈이 아깝지 않을 만큼 열심히 읽었다는 점이다.

지금 털어놓는 비밀이지만, 당시 김현·김승옥 등의 권유로 함께하게 된 동인지 『산문시대』에 자못 거창하게 연재예고를 해놓고 두 번 발표하고 중단한 「현대성 논고」라는 글은 사실 제들마이르의 『현대예술의 혁명』을 반쯤 베낀 것이었다. 1963년 6월 발간된 『산문시대』 제4호를 들추어보니, 「현대성 논고」 각주에는 제들마이르의 저서에 곁들여 『현대시의 구조』도 더러 참조한 것으로 되어 있다. 돌이켜보건대 이 『현대시의 구조』를 나는 공책에 번역해가면서 읽었다. 1956년 초판이 간행되고 나서 한창 모더니즘 시학의 교과서로 명성을 떨치던 이 책을 읽는 일은 그러나 나에게 결코 만만한 것이 아니었다. 왜냐하면 이 책이 중심적으로 다룬 시인들은 바로 보들레르·랭보·말라르메였던 것이다. 게다가 저자는 로만스어문학 전공자답게 프랑스문학에 대해서뿐만 아니라 스페인과 이딸리아문학에 대해서도 해박한 지식을 과시했는데, 당시 우리들 주위에는 남유럽 문학에 관해 참고할 책도 물어볼 스승도 마땅히 없었다. 이 후고 프리드리히의 난삽하기 짝이 없는 고답적 안내를 받아 독문학 영내에서 내가 도착한 지점은 노발리스였다. 프리드리히의 설명에 따르면 노발리스의 시작품은 여전히 정감의 표현으로서의 낭만주의 문학의 영향권 안에 들어 있었지만 『단편』(*Fragmente*) 등에 표명된 그의 시적 이상과 예술적 성찰들은 이미 모더니티의 모든 징후를 포함하고 있었다. 그런 점에서 노발리스를 읽는 것은 서구 현대시의 원류를 탐색하는 작업이기도 했지만, 무엇보다도 나에게는 프랑스어로 씌어진 가장 완벽한 시적 구조물 즉 말라르메의 세계에 비(非)프랑스어를 매개로 접근하려는 절망적 시도로부터 면제되는 것을 의미했다.

이 시절 나에게 말라르메는 감상주의의 청산을 보장하는 상징적 지표이기도 했다. 그것은 마치 1930년대 초 「모더니즘의 역사적 위치」 같은 에쎄이들을 통해 김기림(金起林)이 한국시의 역사 속에서 시도했던 계통발생적 작업을 나의 개인사 속에서 개체발생적으로 수행하는 일이었다. 그러나 돌이켜보면 내가 '말라르메'라고 간주했던 문학적 형상이 말라르메의 역사적 실존과 얼마나 연관이 있는지 하는 것은 확실하지 않다. 어떻든 나는 후고 프리드리히가 작성한 현대시의 이론적 지도에 따라 한편으로 노발리스를 향해 거슬러 올라가고, 다른 한편 20세기의 서구시를 여기 저기 기웃거렸다. T. S. 엘리엇의 시와 이론을 읽는 것은 1960년대 한국 문학도들의 필수과정에 해당되는 것이었지만, 나의 경우 우연한 계기로 가르시아 로르까를 접하게 되고 그와 동시에 앞서 말한 이동승 교수의 천거로 고트프리트 벤의 책들을 구하게 되었다. 어느날(1963년 7월 2일이라고 기록되어 있다) 범문사라는 영어서점에 들러 이런 책 저런 책 뒤적거리다가 표지에 "Roy Campbell's celebrated study of Federico García Lorca"라고 그럴듯하게 씌어진 얄팍한 책이 손에 잡혔다. 뒤표지에는 "로이 캠벨은 이 폭발적인 소책자를 쓰기 위해 세상에 태어난 것처럼 보인다"는, 저자가 듣기에 기분이 좋을지 나쁠지 얼른 분간되지 않는 찬사가 적혀 있고, 덧붙여 로르까의 영역시선이 포함되어 있었다. 흥분해서 집으로 돌아온 나는 당연히 그 책에 몰두하였다. 그런데 읽어나갈수록 캠벨의『로르까』는 후고 프리드리히의 이론적 강도(强度)로부터의 약화, 즉 소박한 입문서로 비쳤다. 그러나 실상 문제인 것은 당시의 내가 가르시아 로르까를 제대로 읽고 해석할 눈을 갖추지 못했다는 점이었다. 가령 나는 1930년대의 유럽 정치사, 특히 스페인내전과 로르까의 죽음에 얽힌 역사적 맥락에 관해 지극히 피상적인 지식밖에 가진 것이 없었다. 어쨌든 캠벨의 책은 매카시즘의 소동이 한물간 직후의 시점에서(이 책은 1952년 예일대 출판부 간행이다) 정치적으로 얼이 빠진 미국 독자들에게 가르시아 로르까를 공산주의 스캔들로부터 구출하여 그를 훌륭한 순수시인으로 복권시키려는 의도를 가지고 있었고, 후고 프리드리히의 시선에 포착된 로르까 역시 철저히 정치적으로 방부처리된 모더니즘 시학의 또 한 사람의 대표자였다고 기억된다.

1950년대 말 1960년대 초에 고트프리트 벤은 엘리엇이나 발레리 같은 거물의 존재를 갈구하는 한국의 독문학도들에게 거의 유일한 대안이었다. 물론 릴케가 여전히 높은 명성을 누리는 시인이었지만, 그는 어딘지 한 시대 이전의 인물이라는 느낌을 주었다. 브레히트는 극작가로서뿐 아니라 시인으로서도 그야말로 세계적인 작가의 반열에 올랐지만, 유감스럽게도 이 나라에서는 공공연하게 그의 이름을 입에 올리는 것이 약간은 용기를 필요로 하였다. (1960년대에 일어났던 웃지 못할 에피소드인데, 소피아서점에서 잠깐 카프카의 책들을 정보기관이 거둬들인 적이 있다. 하하하, 카프카가 공산국가 체코 출신이라는 것이 이유였다. 그러니까 한국의 현실이 카프카의 소설을 정교하게 모방한 셈이었다.) 랭보·말라르메·발레리의 책을 끼고 다니는 불문학도들에게 늘 선망의 눈길을 보내던 나는 1962년 말경 벤의 『서정시의 제문제』라는 얇은 책을 사서 며칠 동안에 통독하고는 쾌재를 불렀다. 거기에는 시적 모더니티의 핵심이라고 할 수 있는 견해가 아주 간결하게 요약되어 있었던 것이다. 곧 나는 벤의 선집과 다른 에쎄이들 및 벤에 관한 연구서 한 권을 구해서 대강 읽고 논문 형식의 글을 초하여 『문리대학보』(1963)에 발표했다. 대학생 리포트에 해당하는 이 글의 활자화를 회상하면 그 후안무치에 지금도 등에서 식은땀이 솟는다.

그런데 곰곰이 생각해보면 벤은 로르까와도 다를뿐더러 엘리엇이나 발레리와도 구별되는 시인이 아니었던가 싶어진다. 가르시아 로르까는 스페인어권에서는 네루다의 진정한 동료이자 선배로서 정치적 폭력에 의해 중도에 좌절한 다재다능한 민중예술가였던 것 같다. 그러나 벤은 젊은 시절 표현주의 운동의 격정에 동참했던 한때를 보낸 이후 줄곧 완강한 정치적 보수주의의 길을 걸었다. 표현주의 시대의 시들을 모은 사화집 『인류의 여명』 증보판(1959, 초판 1920) 서문에서 벤은 거의 40년 전의 일을 회고하면서 1920년대의 질풍노도가 극복될 수밖에 없었다고 말한다. 자신이 살아온 시대의 끔찍한 참화를 괄호 안에 묶은 채 젊은 시절의 질풍노도적 과격과 미숙성이 시적 언어의 절대성과 형식미의 완결성에 의해 극복될 수밖에 없었다고 말함으로써 그는 은연중 노년의 자기에게 괴테적 이미지를 부여하고 싶었을지 모른다. 그러나 "아우슈비츠 이후에도 서정시는 씌어질 수 있는가?"라는 동시대인의 절박한 물음에 그는 한번도 진지하게 대답한 적이 없었다. 모더니즘의 실천자라는 측면에서도 벤은 막다른 데까지 가보는 철저함과는 거리가 있었고, 예술적 이상의 순결을 지키기 위해 희생을 감수하는 순교정신의 소유자도 아니었던 것 같다. 점잖은 신사의 모습으로 찍힌 그의 사진은 그가 시인이자 동시에 개업의사이고 부르주아 계급의 일원임을 여지없이 상기시킨다. (벤의 책을 읽던 시절로부터 무려 45년의 세월이 지난 뒤, 그러니까 2007년에, 나는 정년퇴직을 하고서 반년 동안 베를린에서 살았다. 숲이 우거진 거리와 공원으로 매일 산책을 나갔는데, 산책코스 중에는 쇠네베르크구청 방향도 있었다. 그 구청은 분단시절 서베를린 시청으로 사용된 멋없는 건물인데, 1963년 6월 26일 케네디 미국 대통령의 유명한 연설이 행해진 곳이었다. 어느날 그쪽으로 길을 걷다가 우연히 한 주택건물의 정문 옆에 붙은 동판으로 눈길이 갔다. 거기 이렇게 새겨져 있었다. "시인 고트프리트 벤이 1937년 12월 1일부터 1956년 7월 7일 작고할 때까지 여기 살다." 가슴 깊은 곳으로부터 나도 모를 반가움이 솟아올랐다. 마침 그 건물로 들어가려던 노부부가 문앞에서 서성거리는 나를 안으로 안내하여 벤의 말년의 삶이 묻어 있는 1층 집 안을 보여주었다. 평범한 동네의 중산층 가정 이상은 아니었다. 그 사실이 어쩐지 안도감을 주었다.)

이것은 나의 정치주의적 억측인데, 1950년대 서독에서 형식주의 미학이 득세하고 벤 같은 반동적 시인들이 언론의 각광을 받았던 것은 그 자체가 당시의 국제정치적 상황과 관련이 있는 현상이 아닐까 의심해볼 만하다. 다시 말해 그것은 미국 주도의 반공포위 전략과 문화이데올로기 공작이 이곳 서독에서도 일정하게 관철되었다는 증거 아닐까. 그런 점에서

1968년의 봉기는 미국과 소련 등 기득권국가를 중심으로 형성된 이런 모든 체제유지적 질서에 대한 밑으로부터의 반란이었다. 정치에서나 문학에서나, 세계적으로나 지역적으로나 1968년은 "더 나은 세계를 향한 열정과 그런 세계의 실현을 방해하는 세력에 대한 분노"(크리스 하먼『세계를 뒤흔든 1968』)가 분출한 해였다. 이 혁명적 고조와 더불어 시작된 사고의 전환이 오늘 21세기에 이르기까지—때로는 격렬하게, 때로는 지지부진하게—지속되는 근본적 변화의 출발이자 변화의 동력이라고 나는 생각한다.

1770년의 괴테 세대에게 불러일으킨 클로프슈토크의 호소력과 1960년 한국의 문학세대에게 끼친 말라르메의 감화력을 직접 대비하는 것은 물론 가당찮은 착오일 것이다. 독문학사의 상식이 가르치는 바와 같이 클로프슈토크와 괴테는 독일 근대서정시의 탄생과정, 좀더 포괄적으로 말해서 독일 근대시민문학의 상승과정에서 강력한 연속성 안에 묶일 수 있는 존재들이다. 따라서 베르테르와 샤를로테의 "클로프슈토크"라는 속삭임 속에는 두 주인공 간의 감정적 친밀성뿐만 아니라 선배시인에 대한 괴테 자신의 지지와 연대의식도 함축되어 있다. 18세기 후반 독일의 정신사적 지형 속에서 그들은 레싱·헤르더·실러, 그밖에 젊은 낭만주의자들과 더불어 말하자면 공동의 세대전선(世代戰線)을 구축하고 있었다. 괴테와 실러가 그들 간의 현격한 차이에도 불구하고 유례없이 창조적인 교류와 협동을 진행시켰던 사례는 이런 시대적 배경 속에서만 가능했던 일이었다. 이 시대 독일문학과 외국문학의 관계에서도 동일한 견고성이 감지된다. 알려진 대로 독일문학은 중세 고전주의의 전성기 이후 오랫동안 침체를 벗어나지 못했고, 계몽주의가 발아하던 18세기 전반에도 프랑스의 모범을 따라가기에 급급해 있었다. 그런데 레싱·괴테·실러의 독일 시민비극의 개화는 독일 문인들이 프랑스 고전극의 규범주의로부터 벗어나 셰익스피어 연극의 본질적 깊이를 체득하는 과정에 대응된다. 이 시대에 괴테를 비롯한 많은 작가들이 그리스를 연구하고 셰익스피어를 수용했지만, 그것은 어떤 의미에서도 결코 대외의존의 심화가 아니라 독일 국민문학의 강화와 풍요화를 위한 필요한 영양섭취였다.

우리 근대문학의 형성과 발전에 있어 서구문학의 영향이 결정적 의의를 가진다는 데 이의를 달기는 어려울 것이다. 왕조시대의 중세문학이 주체적·내재적인 자기극복을 통해 근대문학으로 발전한 것이 아님은 객관적인 사실일 것이다. 근대문학사상 최초의 시집이 번역시집이었다는 것은 한국문학의 근대에 내재된 역사적 문제점을 상징적으로 예시한다. 그런데 1921년 3월 광익서관에서 간행된 김억(金億) 번역시집 『오뇌(懊惱)의 무도』에는 보들레르·베를렌·구르몽·예이츠 등의 시들이 주로 실려 있어, 이미 이때에도 프랑스 상징주의가 단연 매혹의 대상이었음을 알게 한다. 아마 여기서 본질적으로 중요한 것은 이 번역시들이 우리 근대시의 탄생과 성장에 대해 갖는 내적 연관성을 심층적으로 규명하는 작업일 것이다. 그것은 물론 이 글의 몫이 아니지만, 나 자신의 젊은 시절의 경험을 토대로 말한다면 우리 민족문학에 대한 서구문학의 관계는 단선적·일의적인 것이 아니라 모순적·복합적인 것이었다는 사실이다. 1920년대에나 1960년대에나 보들레르·릴케·말라르메 들은 이 나라 문학청년들의 무의식을 장악한 팜므파탈이었다.

여기서 다시 한번 물어보자. 왜 서구문학은 우리에게 그토록 매혹적인가. 저항하기 힘든 마력으로 우리를 사로잡는 서양문학의 힘은 어디에서 연원하는가. 우리의 주체성을 파멸적 심연으로 몰아가 지옥의 불길에 던져버린다 하더라도, 이튿날 새벽 악몽에서 깨어나자마자 머리칼을 쥐어뜯으며 회한의 눈물을 쏟는다 하더라도, 복원될 수 없는 생의 균열에 의해 번민과 불면의 가혹함이 영구히 지속된다 하더라도 왜 우리는 한번 빠졌던 미혹의 감옥에서 풀려나오지 못하는가. 이것은 서구 바깥에 있는 나라들이 공유하는 문학사의 숙제인 동시에 서구문학의 덫에 걸린 수많은 개인들의 실존적 질문일 것이다.

그러나 언제부터인가 상황은 변하고 있는 것 같다. 이와 관련된 몇가지 징후적 사실들을 지적할 수 있을 것이다. 우선 서구문학의 매력의 물질적 근원인 서구현실의 압도적 우위가 점차 소진되고 있다는 것이 결정적으로 중요하다. 널리 지적되는 바와 같이 동아시아는 풍부한 전통문화의 자산을 간직하고 있을 뿐만 아니라 근년에는 정치·경제적으로도 유럽과 미국의 상대가 될 만큼 성장하였다. 이제 흰 피부는 동아시아인들에게서 절대적으로 우월적이었던 과거의 지위를 잃어버리고 점차 상대화되기 시작했다. 이것은 필연적으로 젊은 세대들의 미적 취향과 문학적 감수성에도 변화를 초래할 것이다. 이와 아울러 정보·통신산업과 전자매체의 놀라운 발전이 활자문학의 사회적 위상에 심대한 타격을 가하고 있고, 문학의 생산과 소비 즉 창작환경과 문학시장도 경쟁체제에 적응하기 위한 자발적 변신을 거듭하지 않을 수 없을 것이다. 이렇게 되면 나 같은 사람이 평생 겪었던 자기분열의 질환은 이제 지나간 과도기의 스캔들로 초라한 악명을 남길지 모른다. 하기는 어느 책에 씌어 있기를, 모든 인간은 자기 시대를 과도기로 여긴다 했던가.

오늘날 우리나라에서 서구문학은 이제 40년 전, 80년 전과 반대로 존립기반의 붕괴를 걱정해야 할 처지에 놓여 있는 것 같다. 이른바 '대학개혁'이 강도높게 진행되면서 기초학문 및 인문학 분야의 학과들은 존폐의 기로에 서서 위축일로를 걷고 있다. 특히 독일어·프랑스어 등 소위 제2외국어 문학과들은 더욱 심한 위기에 서 있다. 영문학과는 초강대국 미국의 위세에 힘입어서인지 그런대로 인기를 누리고 있지만, 그러나 잘 들여다보면 불문학과나 독문학과와 형편이 본질적으로 다른 것은 아니다.

서구문학 연구자의 숫적 감소가 한국문학에 무슨 상관이 있겠는가. 지난날 이 나라의 비평가들이 약간의 서구문학 지식을 무기로 우리 문학을 함부로 폄훼했던 것은 더이상 거론할 필요조차 없는 무례이고 과오이다.

그러나 그렇다고 해서 외국문학에 대한 외면과 무지가 저절로 우리 문학에 대한 존중을 결과하는 것이 아님은 두말할 나위도 없다. 평론가이자 영문학자인 백낙청 교수는 꽤 오래전 이렇게 말한 적이 있다. "대학에서 영문학을 강의한다고 하면 일단은 '영문학자'로 대접을 받는다. 그런데 이 나라에서 영국이나 미국의 문학을 연구하는 것이 하나의 '학문'으로 정립되어 있는지는 나로서 아직 풀지 못한 숙제의 하나이다."(「영문학연구에서의 주체성 문제」, 1980) 제대로 영문학을 공부해본 경험과 실력의 소유자이기에 이처럼 솔직하게 자신의 학문적 정체성을 도마 위에 올려놓을 수 있었을 것이다. 이 발언 속에는 한국에서 한국인이 하는 서양문학 연구의 본질적 한계뿐만 아니라 서구문학 앞에서 느껴야 하는 한국 문학도들의 끊임없는 존재론적 회의와 자기분열 또한 반영되어 있다. 물론 그런 언급은 한국에서의 영문학 내지 서구문학 연구의 의의를 부정하자는 것이 아닐 것이다. 한국의 서구문학 연구가 그 입지의 불확실성을 극복하기 위해 혼신의 투쟁을 계속한다면, 그것은 연구주제가 우리 것이라고 해서 자동적으로 주체성이 확보되는 것처럼 착각하는 다수 한국학 전공자들의 오해를 바로잡는 데 기여할 것이고, 나아가 학문 자체의 본질적 깊이를 달성하는 결과를 낳을 것이다.

생각해보면 우리의 삶의 길이 모험이고 암중모색이며 수많은 요인들의 예측할 수 없는 착종의 과정이듯이, 문학 역시 인간운명의 등신대의 초상이다. 문학적 근대의 성취를 위해 지불된 한 세대의 노고와 상처가 있었다면 그 다음 세대는 또다른 고통과 좌절의 역정에 자기 고유의 이름표를 달기 위해 새 발걸음을 내디딜 것이다. 어쩌면 모순과 균열이 치유되는 순간을 우리는 생의 종결이라 명명할지 모른다.

『문학수첩』 2005년 여름호

서구문학의 망령에서 벗어나기

■

프랑크푸르트 도서전 포럼 '한독문학의 만남'

1

올가을 우리 문학은 모처럼 타자의 시선을 통해 자신을 들여다볼 수 있는 기회를 가지게 되었다. 다들 알다시피 매년 10월 초순 발표되는 노벨문학상 수상자의 후보에 시인 고은과 소설가 황석영의 이름이 과거 어느 문인의 경우보다 현실감 있게 거명되어, 관심있는 국민들로 하여금 마치 핼리 혜성의 지구 접근을 기다리는 소년들 같은 심정이 되게 한 것이 하나이고, 이와 시기적으로 겹치면서 세계 최대의 서적박람회라고 하는 '2005년 프랑크푸르트 도서전'에 한국이 주빈국으로 지정되어, 금년 내내 독일에서 한국의 문화와 예술을 소개하는 다양한 행사들이 줄을 이은 것이 다른 하나이다. 특히 도서전이 열리는 기간(10. 19~23)을 전후해서는 프랑크푸르트에서뿐만 아니라 베를린·뮌헨·라이프치히·쾰른·하이델베르크 등 독일의 여러 도시에서 각종 음악·무용·연극작품 들의 공연과 인쇄문화·불교회화·조선백자·사진 등의 전시 및 다채로운 영화상영이 진행되고 많은 시인과 작가들의 작품낭독회가 개최되었다. 그런 행사들에 비하면 구색용으로 양념처럼 끼워넣은 느낌을 주기는 하지만, 어쨌든 학술적인 토론회도 있었다. 프랑크푸르트 독일건축박물관에서 열린 '공공(公共)의 공간'에 관한 한·독 전문가들의 포럼(10. 14), 프랑크푸르트 시청 회의실에서 진행된 '독일과 한국에서의 민주주의, 통일, 평화'라는 심포지엄(10. 15~16), 그리고 장소를 옮겨 마인츠에서 열린 '새로운 아이디어, 새로운 세계: 정보기술과 생물공학 포럼' 등이 그것이다. 그리고 독립적인 학술토론회라기보다 이번 도서전 기간중의 주빈국 문화행사를 해설하고 지원하기 위해 기획된 듯한 세 개의 '문화포럼'도 있었다. 세 포럼은 모두 도서전시장의 주빈국관 이벤트홀에서 '담론과 목소리들'(Diskurse und Stimmen)이라는 전체 제목하에 10월 19일부터 21일까지 매일 오전 두세 시간씩 잇달아 열렸는데, ①미디어의 발달로 인해 오늘날 출판·인쇄문화가 어떤 문제에 직면하고 있는가를 사회학적 입장에서 살펴보고자 한 '모바일 사회와 책: 세계의 젊은이를 책으로 안내할 전자 텍스트' ②독일과 한국문학의 상관관계에 대해 논의할 예정이었던 '한·독문학 쟁점토론: 독일문학과 한국문학의 만남', 그리고 ③독일의 문화수도 에쎈시와 한국의 문화중심도시 광주를 비교하면서 동서양의 문화도시들을 개관하고자 한 '독일 에쎈시와 한국 광주시: 도시의 문화성형(成形, plastic surgery)' 등이 그것이다. 그밖에도 이번 도서전에 참가한 70여 출판사들 가운데 몇몇 주요 회사와 출판협회는 전시기간 5일 동안 매일 출판기념회, 낭독회, 설명회, 세미나 등 예닐곱 건의 이벤트 프로그램을 마련하여, 거대한 구경거리로서의 이 도서축제를 방문한 낯선 손님들의 호기심을 끌어당기고자 하였다.

한국의 문인이 노벨문학상을 받을지도 모른다는 것이 단순한 희망사항이 아니라 실현가능 상황으로 외신에 보도되고 국내의 여러 언론매체에서 만약의 경우에 대비한 구체적인 보도준비를 한 것도 아마 처음일 테지만, 한국문화, 그 중에서도 한국문학이 서양의 주요국가에서 이처럼 다양

622

하게 소개된 것도 아마 역사상 초유일 것이다. 이 사실과 관련하여 냉정하게 짚고 엄격하게 따질 것이 한두 가지가 아니지만, 그러나 그와는 별도로 지난 시대의 뼈저린 고난과 상처를 견디고 넘어선 끝에 드디어 이룩한 우리 자신의 어떤 총체적인 성장과 문화적 축적에 대해서는 이제 허심탄회한 자부심과 떳떳한 자기긍정을 가질 때가 됐다고 나는 생각한다. 물론 노벨상 그 자체는 20세기의 수상역사가 증명하듯이 철저한 서구중심주의 내지 강대국중심주의의 정치적 도구였으며, 때로는 거의 스캔들이고 때로는 구역질나는 치욕이었다. 대표적인 사례를 들자면 아마 1973년 미국의 키씬저와 이듬해 일본 사또오(佐藤榮作)의 평화상 수상이 될 것이다. 하지만 아무튼 우리 문학이 노벨상 수상과 같은 국제적 이벤트로써 정당한 평가를 받는 것은 바람직한 일이고, 따라서 수상자 발표에 무심할 수 없는 저널리즘의 생리는 이해할 만한 것이다.

마침 이 글을 쓰려고 자료를 뒤적이다가 우연히 서재 한구석 옛 잡지더미에서 『사상계』 1962년 '문예특별증간특대호'가 눈에 띄었다. 발행일자를 보니 1962년 11월 15일이다. 학생시절 탐독했던 추억이 떠오르는데, 어언 43년 전이다. 맨 먼저 눈에 들어오는 것은 그해 노벨문학상 수상작인 존 스타인벡의 소설 「울적한 겨울」 900매를 파격적으로 전재(全載)한 사실이다. 그런가 하면 평론가 백철(白鐵)의 「세계문학과 한국문학」이 권두논문으로 실려 있고, 이어서 정병조(鄭炳祖)의 「번역문학의 과제」, 김진만(金鎭萬)의 「몇가지 일반론」, 박태진(朴泰鎭)의 「우리 문학 해외소개의 사견(私見)」 등 세 편의 에쎄이를 '특집: 번역문학의 반성'이라는 표제 아래 묶고 있다. 그밖에도 미국·독일·프랑스·이딸리아 등 서방국가들의 최근 문학동향을 소개하는 고정란이 '세계문학'이라는 이름으로 마련되어, 시·소설·평론 등 국내작가들의 작품발표 지면을 제외하면, 이 『사상계』 문예증간호는 전체적으로 노벨문학상 발표의 강력한 파장 속에 기획되었음을 한눈에 간취할 수 있다.

그런데 백철의 권두논문을 비롯한 서양문학 전공자들 중심의 글을 읽어보면 이 잡지의 발간부터 오늘까지 많은 세월이 흘렀고 그동안 우리 문학에 엄청난 양적 팽창과 질적 비약이 이루어졌음에도 불구하고 그때의 것인지 지금의 것인지 얼른 구분이 안되는, 어디선가 듣던 곡이 귀에 익은 타령에 섞여 여전히 들리는 듯한 착각에 빠진다. 가령, 가장 한국적인 것이 가장 세계적인 것이다, 따라서 "본토산(本土産)의 재료로 현대적인 거북선을 만들고 전통적인 것의 돛을 올려서 우리 현대문학은 세계문학의 항로로 들어설 채비를 해야겠다"(백철), 외국문학을 한국어로 옮기자면 번역전문가를 체계적으로 양성해야 한다, 한국문학을 서양에 소개함에 있어 훌륭한 번역자를 만나는 것도 중요하지만 외국어로 번역할 만한 수준높은 작품이 창작되는 것이 더 중요하다, 번역이란 단순히 말을 옮기는 기계적 작업이 아니고 미묘한 정서적·문화적 교류이다… 등등. 물론 모두 틀린 말이 아니다. 그러나 19세기 후반 '서세동점(西勢東漸)'의 위기에 고식적으로 대응했던 때의 판에 박힌 자세에서 한걸음도 더 나아가지 못하고 있음도 사실이다. 어쩌면 오늘날 화사한 치장에 세련된 화법으로 전개되는 갖가지 난삽한 담론들도 본질적으로는 그와 같은 서양추종주의, 달리 말하면 변형된 식민주의를 벗어나지 못하고 있는지도 모른다.

하지만 돌이켜보면 1962년은 6·25전쟁이 끝난 지 아직 10년도 되지 않은 때이다. 권두논문을 쓴 백철이 현역으로 살아남은 거의 유일한 제1세대 전업평론가로서 문단의 원로 대접을 받고 있었지만, 따지고 보면 당시 그는 겨우 54세였다. 선배인 김팔봉은 우여곡절 끝에 소설가로 명맥을 유지하고 있었고, 최재서는 일제말의 반역활동 때문에 문단을 떠났으며, 김환태는 35세에 요절했고, 임화·김기림·이원조 등은 남북분단의 희생으로 사라지고 없었다. 그러고보면 최고 원로라 할 춘원 이광수가 생존해 있었다 하더라도 이때 그의 나이는 70세에 불과하다. 다시 말하면 1962년의 춘원은 올해의 고은보다 두 살이나 아래인 것이다. 그런데 춘원은 그보다 20

년 전인 일제말에 이미 노년의 이미지를 획득했음에 비하여 지금의 고은은 여전히 청년처럼 활동하는 현역이다. 이것은 단순한 숫자놀이가 아니라 우리 문학의 점진적인 생물학적 성숙, 다시 말해 노령의 나이에도 불구하고 창작의 현장으로 몰아붙이는 우리 사회의 점점 더 강화되는 문화적 압력을 보여준다.

그러고보면 1962년 『사상계』 문예증간호는 제4회 신인문학상도 함께 발표하고 있다. 서정인(徐廷仁)의 「후송(後送)」이 당선작이고, 박순녀(朴順女)의 「아이 러브 유」와 본명 황수영으로 투고된 황석영의 「입석 부근」이 가작이다. 황석영이 이때 만 19세이니 소년작가의 탄생이라 할 수 있겠지만, 1962년 그해 신춘문예에 소설이 당선된 김승옥과 역시 같은 해 『자유문학』에 평론가로 데뷔한 김현이 황석영보다 겨우 한두 살 위이니, 사실상 같은 또래다. 서정인과 동갑인 최인훈이 조금 먼저 문단에 등장한 것을 필두로, 또 시단에서 황동규·최하림·이성부 등이 속속 나타난 것을 계기로 일일이 거명하기 벅찰 만큼 많은 새로운 재능들이 출현하였으니, 그 무렵 시작된 한국문학의 대폭발은 지금도 멈추지 않고 계속되고 있다. 이와 같은 자랑스러운 발전적 사실과, 40여년 전이나 지금이나 되풀이되는 우리 사회의 부끄러운 저발전(低發展)현상으로서의 노벨문학상 증후군을 대조해본다면, 한국문학을 사로잡고 있는 이 문화적 졸부근성 내지 정신적 공허감이 어디에 뿌리를 두고 있는지 심각하게 숙고해볼 필요가 있다.

2

이번 도서전의 많은 주빈국행사들 가운데 내가 참가한 것은 앞서 소개한 '담론과 목소리들'이라는 문화포럼의 두번째, 즉 「독일문학과 한국문학의 만남」이라는 토론회였다. 서울대의 안삼환(安三煥) 교수와 빌레펠트대의 외르크 드레프스(Joerg Drews) 교수가 발제를 맡았고, 토론자로는 한국 측에서 김주연·김누리·염무웅 등 문학평론을 겸업하는 독문학 교수들과 마리온 에거트(Marion Eggert)·베르너 프리크(Werner Frick)·카이 퀼러(Kai Koehler) 등 한국학을 전공하는 독일인 교수들이 참여하였다. 애초에 참가 부탁을 받았을 때 나는 이 포럼이 한국어로 진행되는지 독일어로 진행되는지에 관한 정보도 얻지 못했고, 심지어 포럼에서 토론할 내용이 정확히 무엇인지에 대해서조차 제대로 알지 못했다. 7월 말이던가, 한국 측 참가자들의 예비모임에 출석해서야 나는 그 예비모임이 바로 포럼의 내용을 무엇으로 할지에 대해 논의하는 자리임을 알았다. 그리고 그 자리에서 상호추천과 합의에 의해 발제자가 안삼환 교수로 결정되었다. 다시 말하면 예비모임이 소집될 때까지 참가자만 정해졌을 뿐, 토론의 내용을 포함한 포럼의 쏘프트웨어는 참가자들 자신이 채워넣어야 하게 되어 있었다. 이것은 포럼 참가자들에게 최대의 재량권을 부여한 것이고 마음껏 창의성을 발휘하도록 허락한 것이지만, 뒤집어 생각하면 도서전 조직위원회가 대체 무엇을 조직했는지 의심스럽게 만드는 일종의 직무유기를 저지른 것이었다.

어떻든 '한·독문학의 만남'이라는 주제 자체는 당연히 한국에서 독문학을 공부하는 모든 학도들의 공통된 관심사이고 나 개인의 입장에서도 독문학을 전공으로 선택한 순간부터 지금까지 줄곧 따라다니는 문제의식이라고 할 수 있다. 아마 외국문학을 공부하는 사람치고 자신이 하는 일의 정당성의 근거에 대해 묻고 의심하는 존재론적 회의로부터 자유로운 사람은 없을 것이다. 그날(10. 20) 오전 2시간 반 동안 진행된 포럼에 한국학을 연구하는 독일인 교수들이 발제자와 토론자 합쳐 네 사람 있었고 독문학을 공부하면서 자국의 문학활동에도 관여하는 한국인 교수들 역시 동수가 참석했었지만, 양자 사이에는 문학을 매개로 하는 많은 공통점에도 불구하고 중대한 차이점이 있었다. 내가 잘못 판단한 것인지 모르나, 독일인 한국학자들의 한국문학에 대한 관계는 좀더 중립적이고 객관적일지 모른다. 즉, 그들의 연구활동은 비교적 순수한 학문적 계기로부터 출발했을 것으로 믿어진다. 반면에 한국인 독문학도들에게는, 비록 오늘날에는 사정이 크게 달라졌다 하더라도 내가 대학에 입학하기 위해 학과를 선택했던 40여년 전에는, 독문학 연구를 통해 자국의 문학을 살찌우겠다는 사명감이 은연중 더 커다란 작용을 하였다. 거슬러 올라가면 아마 1920,30년대에 일본에 유학하여 서양문학을 전공했던 우리 선배들의 경우에는 그런 애국적 동기가 더 강했을 것이다. 다시 말하면 해당 외국문학의 연구 자체보다는 거기서 빨아들인 자양분을 한국문학의 발전에 활용하겠다는 목표의 압박이 더 컸을 것이다. 물론 그런 사명감이 그후의 활동을 통해 실제로 달성되었느냐의 여부, 그리고 그 사명감의 강도가 시종일관 그대로 유지될 수 있었느냐의 여부는 별개의 문제이다. 요컨대 19세기 후반 한국이 서양세력에 의해 강압적으로 지구사회에 편입된 이후 한국인의 의식(그리고 무의식) 안에는 유럽의 소위 선진국을 적극 모방하고 추종하려는 심리적 강박증세와 더불어 그것에 대한 반작용으로서의 강한 배타적 적대감이 서로 길항하면서 공존해왔다고 말할 수 있는데, 그것은 지난 수십년 동안 한국에서 이루어진 눈부신 경제성장과 괄목할 만한 민주주의의 발전 즉 일종의 서구화를 통해 크게 완화되기는 했지만 아직도 완전히 극복된 것은 아니다. 한·독문학의 만남, 더 포괄적인 의미에서 한·서구문학의 만남에는 이러한 역사적 비대칭이 존재해왔고 또 여전히 존재하고 있다고 생각한다. 세계에 자랑할 만한 많은 훌륭한 문학작품들의 축적에도 불구하고 자신의 부(富)에 대한 충분한 확신을 못 가진 채 허기들린 듯이 노벨문학상 수상에 집착하는 우리 사회의 빈민적(貧民的) 습성은 그 비대칭이 우리의 무의식 안에 얼마나 깊숙이 내면화되어 있는가를 반증하는 것이기도 하다.

3

안삼환·드레프스 두 교수의 발제문을 미리 읽고 충분히 숙고하여 토론에 임하자는 것이 내 계획이었다. 그렇게 함으로써 평소의 문제의식, 즉 방금 말한 서구문학에 대한 우리 문학의 뿌리깊은 열등감과 터무니없는 배타주의에 대해 다시 한번 고민할 기회를 가지려고 했다. 그러나 안삼환 교수의 발제문을 e메일로 받은 것은 프랑크푸르트로 떠나기 닷새 전이었고, 드레프스 교수의 것은 바로 전날 여행가방을 싸는 와중에 받았다. 이 역시 도서전 조직위원회의 조직성을 부분적으로 보여준 사례라고 할 것이다.

「한국에서의 독일문학」이라는 안 교수의 독일어 발제문은 충분치 않은 준비기간에도 불구하고 적지 않은 자료를 섭렵하고 면밀한 검토를 거친 아주 조심스러운 논문이었다. 그 글은 '일방적 문학수용으로부터 활발한 문화교류로'라는 부제가 나타내듯이 일제강점기 신문학 초기부터 오늘날까지 한국에 독일문학이 어떤 방식으로 소개되었는가, 그리고 한국 작가들이 독일문학으로부터 어떤 창조적 영감을 공급받았는가 하는 데 대한 개괄적 요약을 거쳐, 한·독문학이 지금까지의 일방통행적 관계를 극복하고 어떻게 쌍방향적 소통을 이룰 수 있는가 하는 희망적 전망을 제시하는 것으로 결말을 맺고 있다. 이 글은 대단히 포괄적인 주제에 대한 일종의 역사적 개관이기 때문에, 그리고 그것을 극히 제한된 분량 안에서 처리했기 때문에 불가피하게 많은 결락의 요소를 지니고 있다. 그것은 불가피한 일이다. 그러나 독일문학 또는 서양문학이 이 나라 독서계층에게 소개되고 그리하여 우리 근대문학의 형성에 심각한 영향을 끼친 사실을 돌아봄에 있어서 다음과 같은 점들은 잊지 말아야 할 것으로 생각한다.

첫째, 독일문학이—적어도 초창기에는—그밖의 다른 유럽문학들 속에 파묻히고 뒤섞여서 독자대중에게 전달되었다는 사실이 좀더 분명하게 의식화되어야 하리라는 점이다. 이 방면에 대한 선구적 연구자인 김병철(金秉喆) 교수의 저서(『한국근대번역문학사연구』, 을유문화사 1975)에 따르면, 일제시기 독일문학은 한국에서 언제나 영문학·불문학·러시아문학보다 더 적게 번역되었고 그나마 괴테와 하이네 등 소수의 문인들 작품에 집중되었다. 그럼에도 불구하고 『하이네 시선집』(1923)이 타고르에 이은 우리나라 두번째의 번역시집이고 유럽 시인으로서는 최초의 개인시집이라는 점, 즉 당시 한국문단에서 하이네가 특별한 주목의 대상이었던 점은 별도의 고찰을 요한다고 하겠다.

다음으로, 안삼환 교수도 언급하고 있듯이 이 시기의 많은 책들은 일본어 번역으로부터의 재번역(重譯)인데, 이런 사정은 1920년대 중반부터 조금씩 개선되기 시작했다. 일본 대학에서 유럽문학을 전공한 문학도들이 기존의 번역풍토를 비판하면서 원전에서 직접 번역하는 일에 착수했던 것이다. 1927년 1월 그들이 창간한 잡지가 『해외문학』이다. 그 창간호에 참여한 유일한 독문학도는 김진섭(金晋燮, 1906~?)으로서, 그는 당시에 이미 표현주의를 소개하는 비평적 에쎄이와 하인리히 만의 단편소설 번역을 발표하였다. 『해외문학』지를 기반으로 한 '해외문학연구회'에는 그후 독문학도로서 김진섭 이외에 김삼규(金三奎, 괴테 전공)·서항석(徐恒錫, 실러 전공)·조희순(曹喜淳, 슈니츨러 전공) 등의 멤버들이 참가하였다. 이 세 사람은 모두 일본 최고의 명문인 토오꾜오제대 독문과 출신임에도 불구하고 귀국 후 독문학자로서 기대에 걸맞은 업적을 남기지 않았다. 어떻든 번역문학사를 포함한 식민지시대 문학사의 전개과정을 논의함에 있어서 일본의 매개적 역할을 가감없이 엄정하게 검토하는 일은——비록 내키지 않는 것이라 하더라도——역사의 올바른 재구성을 위해 생략할 수 없는 작업이라 할 것이다.

셋째, 1945년 해방후 한국(물론 이 경우 남한)에서 미국과 유럽문학 연구가 비약적으로 발전한 데에는 문학외적 요인이 결정적인 역할을 했다고 믿어진다. 무엇보다도 한국이 일본 대신 미국의 영향 아래로 들어감으로써 서양문화가 일본이라는 중개자를 거칠 필요 없이 직접 수입되었고, 이와 무관하지 않게 국립서울대학교(1946)를 비롯한 여러 대학에 영문과·독문과·불문과 등 서양어문학과들이 광범하게 설치됨으로써 예비영문학도·예비독문학도가 다수 산출되었다는 사실을 상기할 필요가 있다. 나 자신도 이런 서구지향적이고 개방주의적인 대학제도의 산물이고 그 수혜자의 한 사람이다. 그러나 생각해보면, 한국의 고등학교에서 그렇게 오랫동안 독일어가 가장 유력한 제2외국어였고 한국의 대학에 그렇게 많은 수의 서양문학 학과가 존재해왔다는 사실이야말로 어쩌면 불가사의에 가까운 일이다.

마지막으로, 독일문학과 한국문학의 만남이 각자에게 생산적 자극이 되고—일찍이 괴테가 뜻했던—창조적 교류의 기회가 되려면 우리가 무엇에 주목하고 어디에 더 힘을 기울여야 하는가 조금 생각해보겠다. 내 견해로는 문학은 본질적으로 자아의 탐구이며 자기가 속한 공동체적 삶의 표현이다. 그러나 물론 이것은 큰 테두리의 원칙일 뿐이고, 특정한 시대적 조건에 따라서는 자기탐구가 불가피하게 외면되거나 변형될 수 있다. 지난날 한때 한국문학은 서양문학의 압도적 영향 밑에서 그 외형의 모방에만 급급했던 적이 있었던 것이 사실이다. 그러나 돌이켜보면 레싱 이전의 독일도 영국과 프랑스로부터의 문학적 수입초과국이었다. 르네쌍스 시대의 유럽 전체가 동방세계의 문명적 자산에 결정적으로 힘입었었다. 천년 이천년 전에 한국은 중국이나 인도 같은 문화적 선진국으로부터 종교와 예술과 학문을 받아들여 그것을 이웃 일본에 가르쳐주었다. 결국 문제는 누군가로부터 무엇을 배우고 받아들였느냐가 아니라 그것을 진정한 자기의 것으로 만들었느냐이다.

이런 취지에서 나는, 안삼환 교수가 예로 든 이청준(李淸俊)과 김원일

(金源一)에 이어, 다른 한 사람의 예를 듦으로써 독일인·한국인 반반이 섞인 50명 될까 말까 한 청중들 앞에서의 나의 서투른 독일어 토론을 간신히 마쳤다. 그 다른 한 사람이란 곧 시인 김남주(金南柱)이다. 주지하듯 그는 1974년 문단에 데뷔했으나 별로 많은 작품을 발표하지 못한 채 1979년 감옥에 갇히는 몸이 되었다. 「오적」의 김지하처럼 저항적인 시를 발표했기 때문이 아니라 '남민전 준비위'라는 반정부 운동조직에 가담했기 때문이었다. 1988년 말 석방될 때까지 그는 감방 안에서 시를 쓰고 또 하이네·브레히트·네루다 등의 작품을 번역하여 책으로 출판하였다. 김남주 자신은 스스로 전문적인 번역가를 자처한 적이 없다. 그는 심지어 시 쓰는 것조차 혁명운동을 위한 이데올로기적 방편이라고 주장하였다. 물론 그의 말을 액면 그대로 받아들일 필요는 없을 것이다. 왜냐하면 시는 자신에게 있어 운동을 위한 수단에 불과하다는 언급에도 불구하고 그의 작품은 고도의 예술적 집중과 탁월한 언어적 능력의 산물임이 분명하기 때문이다. 그런데 이 문맥에서 우리의 주의를 끄는 점은 그가 그러한 시작 방법과 세계관을 바로 하이네와 브레히트 작품의 치열한 번역을 통해 온몸으로 배웠다는 사실이다. 브레히트 시들은 이미 김광규(金光圭) 교수-시인에 의해 잘 번역되어 1985년 『살아남은 자의 슬픔』이라는 표제로 출판된 바 있었다. 바로 그 책이 서점에 깔리는 시간에도 김남주는 그런 번역시집의 출간사실조차 알지 못한 채 간수들의 눈길을 피해 사전(辭典)의 도움도 없이 브레히트의 시들을 혼신의 힘을 다해 한국어로 옮기고 있었다. 그리고 이런 악전고투의 과정에서 습득한 불굴의 정신과 신랄한 창작 기법으로 그는 자신의 시를 썼다. 그렇기 때문에 김광규의 번역과 김남주의 번역 간에는 적지 않은 차이가 있으며(하나는 정확하고 세련된 번역인 반면에 다른 하나는 혁명적 열정에 가득 찬 거친 번역이다), 김광규의 시와 김남주의 시는 서로 다른 사회적 맥락 위에 서서 각기 다른 미래를 바라보고 있다. 그러므로 한 언어와 다른 언어, 한 문학과 다른 문학이 만나

부딪치는 모든 현장에서는 마치 전류에 스파크가 일어 불꽃을 튀기듯 끊임없이 더 높고 새로운 문학이 생성되어 해방을 갈구하는 인간의 영혼을 흔들 것이며, 그렇게 생성된 문학은 민족과 종교와 계급을 뛰어넘어 끝없는 생명을 이어갈 것이다. 그런 세계문학적 연대가 이룩되고 인류애적 공감의 영역이 확장되는 곳에서 우리는 굳이 한국문학과 외국문학의 경계선을 긋는 일에 매달리지 않아도 될 것이다.

『문학수첩』 2005년 겨울호

시대의 변화 속에 서양문학연구의 정체성을 생각한다[*]

■

독문학도의 입장에서

1

내가 처음 독일어와 인연을 맺은 것은 고등학교에 입학하던 1957년이니, 어느덧 50년의 세월이 지났다. 아직 궁핍한 시절이었음에도 내가 다니던 공주사대 부속고교는 면학 분위기를 강조하면서 제2외국어로 독일어를 필수로 가르쳤다. 하지만 중학교에서 문법 위주로 영어를 공부해오던 시골학생들에게 독일어는 너무 큰 부담이었다. 다행히 2학년부터는 문 ·이과 분리에 따라 독어를 문과에만 부과했고, 3학년에 와서는 대학입시에 필요한 극소수 학생들만 선택으로 독어를 공부했다. 마지막 학기에는 대학을 갓 졸업한 젊은 강사가 예닐곱 학생들을 데리고 막스 뮐러의 소설

---

[*] 이 글은 2006년 12월 1일 부산 동아대학교에서 열린 한국독일어문학회 주최 '추계 학술 발표대회'에 초청받아 강연한 내용이다. 정년퇴직을 눈앞에 둔 필자에게 독문학 연구 풍토의 변화를 회고하면서 자기정체성을 재점검하라는 것이 주최측의 주문이었는데, 필자는 1997년 10월 24일 충북대학교에서 열린 한국독어독문학회 주최 '독일문학과 한국문학'이란 학술대회에서도 비슷한 내용의 발표를 한 적이 있어, 이를 수정 · 보완하여 이 글을 만들었다.

『독일인의 사랑』을 강독했는데, 그 작품의 애절한 여운은 지금도 아련하게 남아 있다.

그동안 가끔 받아온 질문 가운데 하나가 왜 독문학과를 가게 되었느냐는 것이다. 하기는 지금도 독일어책을 읽다가 무슨 소린지 감이 안 잡혀 막막해지거나 독문학과 교수생활이 내 관심사와 멀게 느껴질 때면 나 스스로도 물어본다. 어쩌다가 이런 전공을 택해서 평생 이렇게 사전과 씨름하고 정체성의 불안에 시달려야 하나.

돌이켜보면 누가 옆에서 이끈 것이 아닌데도 나는 중학생 때부터 벌써 문학에 중독되기 시작했다. 방학을 이용해 문화원 서가의 책들을 거의 독파했고, 고등학교에 진학해서는 『사상계』『현대문학』 같은 잡지들을 구독했다. 문학적인 글 이외에도 함석헌 선생의 논설에 깊이 심취했다. 1958년 그의 글이 연재되는 동안 『사상계』 신간호 나올 때가 가까워지면 나는 서점 앞을 수시로 오가며 신간이 도착했나를 살펴보곤 했다. 같은 잡지에 연재된 유달영의 「인생 노우트」와 안병욱의 「현대사상강좌」도 내가 애독한 글이었다. 이 무렵 우리 문단을 풍미한 싸르트르·까뮈 같은 실존주의 작가들도 매혹의 대상으로서 호기심을 자극했다. 그러나 누구보다도 손창섭·오상원·선우휘 등 전후문학 세대의 소설과 이들의 이념적 대변자라 여겨지던 이어령의 평론에 빠져들었다. 아마 이런 잡다한 독서편력과 독일어 간의 절충의 결과 대학진학 때 독문학과를 선택하게 되었을 것이다.

거의 50년 전의 내 경험을 오늘의 교육현실과 단순 비교하는 것은 당연히 무리한 일이다. 그럼에도 불구하고 나는 내가 살았던 과거를 기초로 다음과 같은 몇가지 일반론을 끌어낼 수 있다고 믿는다. 첫째, 당시에도 소위 일류대학에 가는 것은 쉬운 일이 아니었지만, 그래도 오늘의 입시지옥과는 아주 딴판이었다. 가정형편 때문에 아예 진학의 꿈을 접은 아이들이 많았음에도 그들의 좌절감이 교실 전체를 어둡게 만들지는 않았다. 진학을 목표로 하더라도 고3 한해만 입시공부에 전념하는 것이 보통이었다.

그때까지는 형편에 따라 집안일을 거들거나 나처럼 문학에 빠져 책벌레가 되기도 하고, 극소수지만 아르바이트로 학비를 버는 아이도 있었다. 대학의 숫자가 지금과는 비교할 수 없이 적었지만 진학률은 더 낮아서, 입시의 실패를 인생의 실패로 여기는 풍조는 아직 없었다. 한국 전래의 인문존중 전통이 살아있어서인지 또는 일본식 교육의 영향이 남아 있어서인지, 수학이나 화학 선생님들 중에도 문학과 철학에 대해 조예가 있는 분들이 더러 있었다. 자기중심적인 판단인지 모르지만, 요컨대 1950~60년대의 대학 신입생들은 인문학을 전공할 기초적 준비를 어느정도 하고 난 다음에 대학 강의실에 들어왔다고 말할 수 있다.

둘째, 대학에 다니는 동안 학생들이 받는 사회적 압박의 성질도 오늘날과는 아주 달랐던 것 같다. 물론 1인당 국민소득 1~2백 달러, 수출 2~3억 달러의 시대를 1인당 소득 1만 6천 달러, 수출 3천억 달러 시대와 직접 비교할 수는 없다. 하지만 1960년대의 대학생들은 온몸을 짓누르는 빈곤의 압력과 암담한 취업전망에도 불구하고 웬일인지 별로 주눅들지 않았다. 너나없이 가난한데다가 거리의 풍경도 그렇게 자극적인 것이 아니었으므로 이른바 상대적 박탈감이란 것이 생겨날 여지가 아직 없었던 탓인지 모른다. 작년 EBS 문화사씨리즈의 다큐멘터리 드라마 「지금도 마로니에는」에 나온 김승옥(소설가)·김지하(시인)·하길종(영화감독) 등 실존인물 캐릭터가 부분적으로 보여주었듯이, 정치적 억압과 경제적 궁핍이 지배하는 현실의 암울함은 오히려 학생들을 더욱 치열한 고민과 저항의 정서 속으로 끌고갔다. 그런데 민주화가 이루어지고 경제적으로 풍요해졌다는 오늘, 대학은 점점 더 취업준비를 위한 천박한 실용주의의 공간으로 전락하고, 무자비한 시장논리는 대학 구성원 모두의 영혼을 뿌리째 잠식하고 있다. 이런 상황에서 대학이 인문학 후속세대를 제대로 양성하기를 바라는 것은 나무에 올라가 물고기를 구하는 것이다. 따라서 학문에 뜻을 둔 개인들의 열정과 희생만으로 학문공동체의 명맥이 이어져나가는 비극은 앞으로도 지속될 수밖에 없을 것이다. 가끔씩 언론에 보도되는 대학강사 자살 사건은 우리의 폐부를 찌른다.

셋째, 언어가 문학행위의 태생적 조건임을 상기하면서, 우리가 어떤 경로를 통해 특정한 외국어와 접촉하게 되는가 하는 점을 생각해본다. 이 시대의 상식으로 되어버린 사실이지만, 모(국)어인 한국어 이외에 영어의 지배력은 날로 강화되고 있고 그것과의 접촉시기도 하루가 다르게 앞당겨지고 그것과의 접촉장소도 오래전에 공교육의 테두리를 벗어나 있다. 영어를 '제1외국어' 아닌 '제2국어'로, 다시 말해 대한민국의 공용어로 삼자는 주장이 나온 것도 어제오늘의 일이 아니다. 그런데 독문학도의 입장에서 관심사는 다름아닌 제2외국어의 운명이다. 내가 고등학생이던 1950년대에 제2외국어라고 하면 독일어와 불어를 가리켰고, 그중에서도 독일어가 단연 우위였다. 이승만 정권의 반공방일(反共防日)이라는 구호는 러시아어·중국어·일본어를 접근금지의 영역 안에 가두어놓았으며, 불어·독일어 못지않게 위대한 문화적 유산을 가진 이딸리아어와 스페인어는 정치적 이유와 관계없이 당시 교육정책 당국자의 눈에 들어오지 않았다. 인도의 힌두어나 중동의 아랍어는 차라리 과분한 사치였다.

그런데 독일은 메이지유신 이후 일본이 근대국가 건설의 모델로 삼은 나라이자 그들에게 학문과 사상의 종주국으로 간주된 나라였다. 독일어가 이 나라에서 오랫동안 당연한 듯이 가장 유력한 제2외국어의 위치를 점했던 것은 그런 점에서 하나의 식민지잔재라고 볼 수도 있다. 그러므로 이런 현실적 조건에서 내가 대학진학 때 독문과를 지원한 것은 개인의 주체적 선택이라 주장할 수 없음이 분명하다. 그리고 그 결과 평생을 독문학 교수로 밥벌이를 해왔다면, 인간의 삶이란 자유의지의 구현인가 아니면 시대상황의 산물인가 자문하지 않을 수 없다. 어떻든 1980년대 들어 경제가 발전하고 해외여행이 자유화되는 등 점차 대외개방적인 체제로 전환되고, 또 냉전이 종식되고 시장논리가 세계를 지배하게 됨에 따라 한국에서 독일어의 지위는 급속도로 저하하였다. 인문학의 전반적인 위기 속에서도 독문학도들이 유난히 더 추위를 타는 것은 지난 시기에 독일어가 온실 속에서 과보호를 받았었기 때문이 아닐까 반성해볼 필요가 있다.

2

다들 알다시피 한국 근대문학의 형성·발전에 있어 서양문학의 영향은 결정적인 것이었다. 그것이 구체적으로 어떤 양상이었고 그것을 어떻게 해석하여 이론화할 것인가 하는 문제는 당연히 많은 논란을 불러올 것이다. 그러나 봉건시대의 중세문학이 스스로 자기극복을 해서 근대문학으로 발전된 것이 아님은 부정할 수 없을 것이다. 우리 신문학이 서구적인 문학장르를 받아들인 역사적 사실을 이론적으로 정식화한 것이 임화(林和)의 이식문학론인데, 이때 임화가 말한 '서구적인 문학장르'란 구체적으로는 영국·프랑스·러시아 등 유럽국가들의 근대문학 장르이며, 당연히 독문학도 여기 포함된다.

19세기 말부터 1950년까지의 번역문학 역사를 다룬 저서『한국근대번역문학사연구』(金秉喆, 을유문화사 1975)에 따르면 1920년대에 있어 독문학 소개는 다른 유럽문학에 비해 상대적으로 빈약하고 그나마 괴테와 하이네 두 사람에 집중되어 있었다고 한다. 이 책에 의하면 한국 번역문학사에서 개척자적 의의를 가지는 것은 1918년 간행된 번역전문 주간지『태서문예신보』이고, 그 뒤를 이어 서구문학 전파를 본궤도에 올려놓은 것은 1927년 1월 토오꾜오에서 '해외문학연구회'의 이름으로 창간된『해외문학』이다. 소위 '해외문학파' 중에서 독문학 전공자는 김진섭(金晉燮)·서항석(徐恒錫)·박용철(朴龍喆)·김삼규(金三奎) 등으로, 영문학보다는 훨씬 적지만 불문학이나 러시아문학과는 겨룰 만한 숫자였다. 그러나 김진섭

이 독특한 수필의 경지를 열고 박용철이 시인으로 활약하면서 짤막한 번역과 해설을 썼으며 서항석이 연극계에서 활동한 것이 전부이고, 그밖에 독문학 전공자다운 업적은 찾기 힘들다.

주지하듯이 해방후 1946년 8월 22일 국립서울대학교 설치령이 공포되어, 경성대학이 서울대학교로 개편되고 그 문리대 안에 독문학과가 개설됨으로써, 독문학의 연구와 교육은 이 땅에서 처음으로 제도적 발판을 마련하였다. 그러나 학생들의 열의에도 불구하고 교수진의 미비로 독문학과는 상당기간 부실함을 면치 못했던 것 같다. 학과개설 당년에는 전임교수가 없어서 철학과 박종홍(朴鍾鴻) 교수가 학과장 대리를 겸했다고 한다. 그러다가 1950년대 말부터 차츰 자리가 잡히기 시작했는데, 내가 입학하던 1960년에는 서울대 문리대 이외에 서울대 사대, 외국어대, 성균관대 등 4개 대학에 독문학과(독어학과·독어교육학과 포함)가 설치 운영되었다. 그후 차츰 다른 대학에도 독문학과가 생겨났는데, 그 증설추이를 살펴보면 다음 도표와 같다.*

연도	학교수	연도	학교수
1965	6	1983	58
1972	7	1896	60
1974	8	1991	62
1975	10	1994	64
1978	14	2000	71
1979	20	2002	65
1980	40	2003	64
1981	63	2006	63

* 1965~90년은 『문교통계연보』, 1991~2006년은 『교육통계연보』를 참조하여 합성. 참고삼아 어문학과들이 개설된 대학수와 입학정원을 살펴보면 다음과 같다(2006학년도). 영어영문 244개교-6549명, 국어국문 174개교-3766명, 중국어문 131개교-3011명, 일어일문 95개교-2497명, 독어독문 63개교-1231명, 불어불문 52개교-1155명, 러시아문학 28개교-422명, 스페인어문 16개교-430명. 『교육통계연보』 참조.

그런데 1995년부터는 학부제가 도입되기 시작하여 '서양어문학부' '제2외국어문학부' 등의 명칭 속에 독문학과가 흡수됨으로써 정확한 통계를 잡기 어렵다. 아무튼 이로써 본다면 독어독문학과는 초기에는 아주 조금씩 개설학교가 늘어나다가 무슨 연유인지 1979~81년 3년 사이에 갑자기 3배로 폭증했고 그후 거의 정체되다가 2002년부터는 도리어 줄어드는 양상을 보이고 있다(아마 불문학과도 비슷한 형편일 것이다).

한편, 독문학 관련 석·박사학위 수여도 1980년대 들어 급격하게 증가하고 있다. 1957년에 첫 석사학위자가 배출되고 나서 1970년대 말까지는 10~20명에 그치다가 1980년대에 갑자기 증가세를 보여 1983년부터 1백명 이상의 석사가 산출되었다. 박사학위도 1973년 첫 수여자가 탄생한 이후 꾸준히 늘고 있다. 두말할 것 없이 이것은 독문과 개설대학의 갑작스런 증가와 긴밀하게 연관된 현상일 것이다. 같은 기간(1955~89)에 외국(서독, 오스트리아, 스위스, 미국)에서 25명의 석사, 88명의 박사학위 취득자가 배출된 사실을 함께 고려하면 우리나라 독문학 연구자의 양적 규모가 어느 정도인지 대강 짐작할 수 있다.

독문학연구의 이러한 외형적 변화를 어떻게 받아들일 것인가. 내가 아는 한 독문학계에서는 이 문제를 의제화한 적이 없었다. 연구인력의 규모와 연구내용의 질적 수준에서 단연 우위인 영문학계만이 때때로 자신의 정체성문제를 제기했을 뿐, 여타 서양문학 연구자들은 그런 질문을 던질 여유를 가질 수 없었다. 그러나 형편이 어렵더라도 가령, 전임교수도 미비한 상태에서 왜 서울대학교는 출범 당초부터 독어독문학과의 개설을 당연한 것으로 간주했는가라는 의문조차 품지 말아야 하는 것은 아니다. 이것은 한국 근대문학의 전개에 독문학 못지않게 깊은 연관을 가진 러시아문학이 1984년에야 겨우 서울대 대학제도 안에 진입했고, 다른 어느 나라보다 밀접한 침투관계를 가진 일본문학이 여전히 국립서울대 바깥에 방치되어 있다는 사실과 더불어 심각하게 따져볼 사안이다. 쉽게 단정하기는 어렵지만, 나는 이것도 우리 교육이 일제 식민지시대의 잔재와 분단 냉전시대의 고정관념을 극복하지 못한 증거라고 믿는다.

3

거듭되는 얘기지만 1990년대에 접어든 이후 독일어교육과 독문학연구의 여건은 날이 갈수록 열악해지고 있다. 제2외국어의 선두자리를 고등학교에서뿐 아니라 대학에서도 일본어에 내준 지 오래고, 영어의 절대적 우세 속에 제2외국어 자체가 다수 학생들에게 외면당하고 있다. 소위 일류대학의 경우는 어떤지 모르지만, 내가 재직하는 영남대의 경우 1980년대 중반 이후의 입학생 가운데 전공을 살린 취업자는(본 대학의 시간강사라는 임시직을 제외하면) 전무한 형편이다. 박사학위를 취득한 졸업생이 학문연구의 계속성을 담보하기 위해 필수적인 사회적 조건을 갖추는 일 즉 대학이나 연구소에서 일자리를 얻는 것은 그야말로 하늘에 별따기다. 사회주의가 몰락하고 자본주의의 지배력이 강화되면서 인문교육 전체가 위축되는 가운데, 독일어는 상업적 언어로서뿐 아니라 학문과 사상의 언어로서도 영어에 크게 밀리고 있다. 어떤 사람들은 영어가 중세유럽의 라틴어나 동아시아의 한문을 능가하는 세계적인 보편언어가 될 것이라고 전망하는가 하면, 어떤 사람은 한국에서도 이제 영어를 공용어로 채택해야 한다고 주장한다.

대학구성원으로서 인문학연구의 기반이 위협받고 있음을 실감하는 것은 시장논리가 대학사회의 오랜 관행조차 무력화시키는 현장을 목격할 때이다. '세계화'라는 구호와 인문학 종사자들의 비명이 거의 동시에 울리기 시작한 것은 우연이 아니다. 그리하여 1996년 11월 7일 전국의 인문대 학장들은 제주대학에 모여 '인문학 제주선언'을 발표했고, 1996년도

교육부가 각 대학에 지원한 연구개발비 8백억원 가운데 77%가 이공계에 제공되고 나머지가 인문사회계열에 배당되었다는 보도가 나왔으며, 1997년 8월 말에도 '전국 국공립대 인문대 학장협의회'가 교육부 장관에게 드리는 건의문을 통해 학문분야간 불균형이 심화되지 않도록 제도적 장치를 마련하고 기초학문 분야에 정책적 지원을 해야 한다고 촉구했다. 그로부터 꼭 10년이 지난 올가을 우리는 고려대 문과대 교수들이 인문학 위기 선언(2006. 9. 15)을 발표한 데 이어 9월 26일에는 전국 80여개 인문대 학장들의 선언을 비롯한 또 한 차례 비슷한 선언과 건의의 물결이 휩쓸고 지나가는 광경을 착잡한 심경으로 지켜보았다.

학부제·복수전공제·업적평가제 등 1990년대 후반 교육부가 강행한 소위 '대학개혁'은 사실상 실패로 끝났음이 만천하에 드러나고 있다. 그러나 학과제로의 복귀가 인문학의 쇠퇴를 저지할 리는 없으며, 특히 독문학·불문학·철학·사학 등 인문학 학과들의 경쟁력이 되살아날 수 없음도 분명하다. 사실은 인기학과인 영문과의 경우도 조금만 깊이 들여다보면 형편이 본질적으로 다른 것이 아닌데, 이것은 문제의 원인도 해결책도 대학 내부에 있는 것이 아님을 웅변하는 침통한 현실이다. "해마다 하는 것처럼 금년 초에도 나는 소위 면접이라는, 어디에 소용되는 것인지 알 수 없는 일을 했지만, 영문학과를 지원한 백 명에 가까운 학생들 가운데 영문학을 공부해보겠다는 학생은 다섯 손가락 안에도 들까말까 했다. 그 외에는 영어를 수단으로 하여 영문학과는 관계없는 다른 일에 종사하겠다는 학생들이었다."(김우창 「한국의 영문학과 한국문화」, 『안과밖』 창간호, 1996) 이러한 김우창 교수의 탄식이 그가 재직했던 고려대에만 해당되는 것은 아닐 것이고, 그로부터 10년이 지난 오늘 상황이 악화되었으면 악화되었지 개선되었을 리는 만무할 것이기 때문이다.

4

    그렇다면 우리 독문학도를 포함한 서양문학 연구자들은 이런 현실에 어떻게 대응할 것인가. 우리는 먼저, 오늘 이 나라에서 서양문학 연구가 왜 필요한 것인지 국민과 정책 당국자에게, 또 학생들에게 얼마나 제대로 설명하고 그들을 합리적으로 설득할 수 있을지 생각해보아야 한다. 한국 땅에서 서양문학을 공부한다는 것이 도대체 무엇을 하자는 것인지에 대해 남이 아닌 우리 자신에게 얼마나 절실하게 이해시킬 수 있을지 고민해야 한다. 그리고 우리가 서양문학 연구자의 자리를 지키는 데에 무슨 당위나 필연성 같은 것은 없고, 다만 이제는 발을 뺄 수 없어 타성에 끌려가는 것은 아닌가 자문해야 한다. 자타가 공인하는 실력있는 영문학자인 백낙청 교수는 오래전에 이렇게 말한 바 있다. "대학에서 영문학을 강의한다고 하면 일단은 '영문학자'로 대접을 받는다. 그런데 이 나라에서 영국이나 미국의 문학을 연구하는 것이 하나의 '학문'으로 정립되어 있는지는 나로서 아직 풀지 못한 숙제의 하나이다."(백낙청 「영문학연구에서의 주체성 문제」, 1980) 또 한 사람의 저명한 영문학자인 김우창 교수 역시 비슷한 취지의 말을 하고 있다. "한국에서 영문학을 한다는 것, 또는 서양문학을 공부하고 있다는 것은 설 자리가 불확실한 상태에서 일을 하는 것이다. 제도적으로 그 서 있는 자리를 살펴보아도 매우 불안한 위치에 있음을 곧 알 수 있다."(김우창, 앞의 글) 물론 그들의 이런 언급은 한국에서 이루어지는 영문학 내지 서양문학 연구의 의의를 부정하자는 데 목적이 있는 것은 아닐 것이다. 그들의 발언은 한국 인문학의 영역 안에서 서양문학 연구가 그 불확실한 입지에도 불구하고, 아니 어쩌면 바로 그런 불확실성 때문에 우리의 인문적 성찰에 본질적인 기여를 하게 될 가능성을 도출하기 위한 수사학적 출발일 것이다.

그러나 근본적으로 문학연구라고 하는 것이 하나의 분과학문으로 성립될 수 있는가에 대한 논란은 완전히 끝난 것이 아니다. 하기는 독일어 'Literaturwissenschaft'(문예학)는 문학연구의 학문됨을 그 낱말 자체로써 주장하고 있다. 하지만 영국의 경우 1877년에 왕립위원회의 한 입회인은 영문학이란 "여성들과 학교선생들이 된 이류·삼류계층에 속하는 남자들"에게나 적합한 과목이라고 간주했다고 하며, 1920년대 초반에도 "도대체 영문학이란 것이 연구할 가치가 있는지조차 매우 불명료"했다고 한다. 이런 형편이었기에 영문학연구가 분과학문의 하나로 대학제도 안에 진입한 것은 겨우 19세기 후반 빅토리아시대였다고 한다(이상 테리 이글턴 『문학이론입문』 제1장, '영문학연구의 발흥' 참조). 그러고보면 독일의 문예학이 그 학문성을 고수하기 위해 실체가 불투명한 문학작품의 미적 성취에 대한 연구보다 객관적 검증이 확실한 실증적·역사적·형식적 측면으로 연구범위를 한정했던 것은 이해할 만한 노릇이다.

그런데 우리가 서양문학을 공부하는 것은 영국인이 영문학을, 독일인이 독문학을 연구하는 것과는 당연히 근본적인 차이를 가진다. 한마디로 서양문학은 우리에게 남의 문학, 즉 타자의 문학이다. 그러나 우리 독문학도들에게 그런 대타의식이 있었던가. 우리 근대문학사가 이식문학의 역사였다는 일제강점기 임화의 발언을 잠깐 인용했었지만, 소위 선진국의 발전된 문화가 선진국 자신에 의해서뿐만 아니라 후진국 지식인들에 의해서도 배우고 따라야 할 보편적 모범으로 수용됨으로써 서양문학 연구의 학문적 정당성은 오랫동안 제대로 의문의 도마 위에 오르지도 못했다.

흔히들 주체적인 입장에서 외국문학을 공부하자. 그리고 그렇게 해서 우리 문학의 발전에 기여하자,라고 말한다. 이것은 좋은 말이고 또 옳은 말이다. 그러나 주체적인 연구가 구체적으로 어떤 것인지는 말처럼 명확한 것이 아니다. 서양의 문학작품과 우리 문학작품을 단순히 대비시키는 연구는 그 어느 쪽에도 보태는 바가 많지 않을 것이다. 서구문학의 이론을 깊이 공부해서 그것으로 우리 작품을 분석하고 평가하는 일은——이것이 그동안 외국문학을 전공한 연구자들이 한국문학의 발전을 위해서 주로 해온 일이다——우리의 근대문학사가 입증하듯이 많은 공헌과 더불어 적지 않은 혼란을 초래하기도 했다. 차라리 독문학도들이 흔히 그러한 것처럼 한국문학에의 섣부른 개입을 절제했을 때 역설적으로 이식문학적 과오를 덜 저지를지도 모를 일이다.

어떻든 한국에서 서구문학을 연구하는 것은 그 학문적·사회적 존재이유가 자명하게 보장되는 활동이 아니다. 영문학도 불문학도 또 독문학도 근본적으로는 다르지 않을 것이다. 내 생각에는 오히려 이 사실을 솔직하게 받아들이고 그 불안한 위치에서 자기정체성의 근거를 찾는 것, 그러기 위해 문학과 현실에 대한 치열한 사색과 자기점검을 하는 것이 출발점이 될 수 있을 것이다. 그런 점에서 각 대학 독문과·불문과들이 존폐의 기로에 서 있다고 느끼는 이 시점이야말로 어떤 면에서는 기사회생의 계기가 될 수도 있다.

오늘날 점점 더 분명해지고 있듯이 문학은 시대와 사회를 초월해서 통용되는 고정불변의 실체가 아니다. 어떤 작품이 위대한 문학(말하자면 正典)으로 간주되는 것은 그것이 특정한 시대에 특정한 사람들이 의식적 또는 무의식적으로 그렇게 간주하기로 합의한 역사적 구성물임을 의미한다. 그래서 테리 이글턴은 "우리 역사에 충분히 심층적인 변화가 주어진다면 미래에 셰익스피어로부터 결코 아무것도 얻어내지 못하는 사회를 만들어내는 일조차 가능하다"고까지 말한다. 그에 의하면 지금과 전혀 다른 종류의 사회에서는 셰익스피어의 작품들은 "한계가 있거나 부적합한 사고와 감정으로 차 있어 극히 이질적으로만 여겨질 수도 있을" 것이고, 따라서 그런 상황에서는 셰익스피어가 "담벼락에 그려진 만화나 낙서만한 가치"밖에 갖지 못할지도 모른다고 한다(테리 이글턴, 앞의 책). 물론 이것은 셰익스피어를 식민지 인도와 바꾸지 않겠다고 큰소리치는 것 못지 않은 또 하나의 극단적인 발언이다. 그러나 어떤 위대한 작가도, 가령 독일문학에서 올림포스적 위대성의 상징인 괴테의 경우도, 그 위대성은 초시대적 고정가치로서 주어져 있는 것이 아니고 수많은 독자와 연구자들의 끊임없는 재해석과 재평가의 과정을 통해 형성된 역사적 구성물이다. 그렇기 때문에 문학사는 거듭 새롭게 씌어지는 것 아닌가. 따라서 우리의 문학연구는 작품평가에 스며든 각 시대, 각 사회의 이데올로기적 편향을 걷어내고 자신의 눈으로 작품의 심층을 파고들수록 문학의 진실에 더 가까이 다가갈 수 있다. 식민지와 분단, 전쟁과 독재의 고통을 뼈저리게 경험한 이 나라의 문학도들은 그런 점에서 제국주의시대 서구문학의 위대성과 허구성을 서구인 자신들과는 다른 눈으로 더욱 예리하게 판별할 주체적 관점의 소유자가 될 수 있다. 적어도 그런 자부심을 가질 수는 있다고 생각한다.

물론 외국문학의 연구는 주체적 관점의 확보만으로는 되지 않는다. 그것은 우선 해당국가의 언어와 역사·지리·풍습 등 문화 전반을 충분히 학습하고 그 나라의 주요 문학작품을 충실하게 읽을 것을 요구한다. 솔직히 말해서 독문학도가 독일어국가에 유학 가서 10년쯤 살지 않고서는 이 요구에 부응하는 것이 불가능하다. 그런 점에서 나 같은 사람은 누가 어쩌다가 독문학도로 대접해줄 때마다 낯이 뜨거워진다. 그런데 나의 경우와는 반대로, 서양 현지에 가서 학문을 공부하는 사람은 치열한 학문수련의 과정에 진입할수록 타자의 학문을 자신의 의식 속에 내면화할 위험을 면하기 어렵다. 다시 말해 온전한 외국문학 연구자가 되려면 자신의 정체성의 근원인 한국적 주체성으로부터 일정 기간 자발적으로 소외되어야 한다. 그렇기 때문에 모든 외국학문 연구자는 한 사람의 학자가 되기 위한 학문적 몰입의 시간이 끝난 다음, 한국학계에서 활동하기 위해 반드시 일종의 재활교육 내지 재적응훈련을 의식적으로 받아야 할 필요가 있다고 믿는다.

영문학과를 제외한 다른 서양문학 학과들은 이런 본질적인 문제 이외에 또다른 구차한 난관들에 부딪혀 있다. 아무 학과에나 일단 합격해놓고 보자는 대학입시의 이상과열 현상(즉 거품현상)이 수그러든다면 대부분의 서양문학 학과들은 존립 자체가 위태로워질 것이다. 경제발전에 따라, 또 정책전환에 따라 인문학 내지 기초학문에 대한 정부지원이 이루어지더라도, 50~60개 대학의 독문·불문학과에서 매년 1천 명이 넘는 예비독문학도·예비불문학도를 졸업생으로 배출해야 할 국가적 수요가 있다고는 우리 자신이 주장하기 어렵다. 마찬가지로 영어교육 아닌 영문학연구의 경우에도 이 나라에서 얼마만한 인력이 참여하는 것이 적정한지 쉽게 가늠하기 어렵다. 그러므로 이제 서구문학과 학생들은 대학제도 바깥에 다양하게 생성된 새로운 활동영역에도 눈을 돌릴 필요가 있다. 이와 더불어 현직 교수들도 연구와 강의 양면에서 환골탈태의 변혁을 요구받게 되었다. 구태의연한 방식은 이제 점점 설 자리를 잃을 것이다. 그러므로 비근한 예를 든다면, 동일주제를 가지고 영문과·불문과·독문과 및 철학과·사학과 교수들이 공동연구·공동강의 하는 '열린 교육'을 시험해본다든지, 학생들의 능력과 취향을 자극하는 영화나 관광 같은 다른 활동분야와의 접목을 시도한다든지 하는 몸부림을 피할 수 없다. 그러나 어떻든 이제 우리는 온실에서 쫓겨나 찬바람 부는 거리에 서게 되었다. 한국의 서양문학 연구는 이제 진정한 의미에서 학문다운 학문을 하느냐 쇠락의 길로 가느냐 하는 기로에 섰다. 그리고 선택은 남에게 미룰 수 없는 우리 자신의 몫이라는 것이 내 생각이다.

『사람의문학』 2006년 겨울호

648